Liebende reisen miteinander, hintereinander her oder voreinander weg durch die Metropolen Europas, von Prag nach Berlin, über Istanbul und Ankara bis auf die Nordseeinsel Föhr. Ferda und Aneschka haben einander in Prag gefunden, trennen sich und gehen ihrer Wege und können doch nicht loslassen, suchen einander immer wieder. In diesen Zeiten des Aufruhrs irren die Verträumten und Entflammten durch Länder, Städte und Mythen, streifen auf verschlungenen Wegen durch dunkle Wälder und treffen auf Zwerge, Ritter und das Tausengüldkraut. Mit unglaublicher Lust und Fabulierkunst entwirft Feridun Zaimoglu einen phantasievollen, tausendgestaltigen Kosmos, eine Abenteuerwelt der Liebe.

»Einer der schillerndsten Schriftsteller Deutschlands.« annabelle

»Hinterland ist ein Universalroman der Spätestromantik, in dem kleine Epochen, oftmals zwischen Traum und Wirklichkeit verschwimmend, zum Kaleidoskop von Sehnsüchten und Leidenschaften geformt werden.«
Ulrich Rüdenauer, Mannheimer Morgen

Feridun Zaimoglu, 1964 im anatolischen Bolu geboren, lebt seit über 35 Jahren in Deutschland. Er studierte Kunst und Humanmedizin in Kiel, wo er seither als Schriftsteller, Drehbuchautor, Dramatiker und Journalist arbeitet. Er war Kolumnist für das »Zeit-Magazin« und schreibt für »Die Welt«, die »Frankfurter Rundschau«, »Die Zeit« und die »FAZ«. Er erhielt zahlreiche literarische Auszeichnungen, darunter den Adelbert-von-Chamisso-Preis, den Hugo-Ball-Preis, den Grimmelhausen-Preis sowie die Corine und war Stipendiat der Villa Massimo in Rom. Er veröffentlichte unter anderem die Erzählungen »Zwölf Gramm Glück« und das Buch »Rom intensiv«, im Fischer Taschenbuch Verlag sind die Romane »German Amok«, »Leyla« und »Liebesbrand« lieferbar.

Unsere Adresse im Internet: www.fischerverlage.de

Feridun Zaimoglu
hinterland

Roman

Fischer Taschenbuch Verlag

MIX
Papier aus verantwortungsvollen Quellen
FSC® C083411

Veröffentlicht im Fischer Taschenbuch Verlag,
einem Unternehmen der S. Fischer Verlag GmbH,
Frankfurt am Main, Februar 2011

Lizenzausgabe mit freundlicher Genehmigung
des Verlages Kiepenheuer & Witsch, Köln

Satz: Pinkuin Satz und Datentechnik, Berlin
Druck und Bindung: CPI – Clausen & Bosse, Leck
Printed in Germany
ISBN 978-3-596-18774-4

zwerg

Wie einer unglücklichen Dame Beistand aus dem Wald zuwächst und ein deutscher Schuhmachergeselle von seiner Pragerin an der Hand genommen und durch ihre Welt geführt wird

Ihr Mann hatte sie wegen einer Jüngeren verlassen, und eines Nachts kam sie die Mitternachtsverzweiflung an, sie trank eine ganze Flasche polnischen Johannisbeerschnaps, sank auf den Fußboden und schlief ihren Rausch aus. Für eine Frau ihres Stolzes (ihr Kinn sinkt nie, niemals, auf die Blusenkragen) machte es keinen Unterschied, daß er der Mittzwanzigerin ihre erste chirurgische Korrektur finanziert hatte: Ihr gewesener Ehemann hält viel von Liebesbeweisen. Seine Neue steckt ihr teures Näschen in den Wind, und sie wird, spätestens in einem Jahr, begreifen, daß er begabt ist, grob zu werden, wann immer der Anfang seiner Zuneigung verwischt in seiner Erinnerung.

Es ist nichts, es ist passiert, es gibt kein Zurück. Auch kein Zurück zu den Tagen, da sie ihre Freunde in Verlegenheit brachte, weil sie schreiend trank und betrunken schrie. Im Foyer eines Prager Theaters fiel sie nach der Vorstellung dem Hauptdarsteller derart heftig um den Hals, daß er glaubte, sie wollte ihn würgen, und er beschwerte sich bei der Intendantin, bei dem Journalisten und bei allen, die sie, die verlassene Ehefrau, kannten. Im kalten Licht des Mitleids zu stehen brachte sie fast um, alle benahmen sich, als spielten sie das Kinderspiel, bei dem es darum ging, angesichts einer Provokation einen kühlen Kopf zu bewahren. Nein, das war noch nicht der Abend, an dem sie sich schwor, keine über viele Stunden betrunkene Frau sein zu wollen; nach diesem Abend gab es andere peinliche Abende, ihren beiden Katzen machte es nichts aus, daß sie schwankte, sie mußte sich immer hinsetzen, um ihre Futternäpfchen zu füllen. Sie mußte immer mit kleinen Schritten gehen, in ihrer Wohnung wie auf der Straße, und sie mußte sich beherrschen, um nicht ihre Fußknöchel aufzuschürfen an den hohen Bordsteinkanten. Leichter zu sein als die Luft ist ein Fluch, und sie war auf dem besten Wege, mit fünfzig Jahren eines baldigen Tages hinzufallen und nicht aufzustehen – ihre Farben verblaßten, denn sie war bleich und trug kein Make-up, ihre roten Seidenblusen, ihre hellblauen Röcke gab sie weg. Ihre Worte verschwanden, weil sie mitten im Satz ihren Glauben verlor, so wie man eine Kupfermünze oder einen kleingespitzten Bleistift im Utensilienköcher verschwinden läßt und vergißt. Sie geriet ins Wanken, sie war etwas schwerer als Luft, deshalb mußte sie sich festhalten: an Türgriffen, an Tischkanten, an den Unterarmen wildfremder Menschen, an den Ellbogen großer Kinder, an sich selbst.

In dieser Zeit, da an ihrem weiten Pullover viele helle Katzenhaare klebten, kaufte sie alte Teesiebkapseln auf dem Flohmarkt, reinigte sie von den dunklen Flecken und wickelte die Ketten um die Nägel an dem morschen weißen Wegweiser, den sie im Wald gefunden hatte. (Eine Frau geht nicht im dunklen Wald spazieren, und wenn doch, so will sie mit den wispernden Wichteln einen Pakt schließen.) Sie bewegen sich selten, und wenn doch, hängen sie an den dicken Wurzeln, die die Erde durchbrochen haben. Über die Frau hatten sie noch kein Urteil gefällt: Sie war ein Eindringling mit einem ungeübten Auge, sie hielt sie für Wassertropfen oder für bunte Bänder, die sich an Holz und Stein verfangen hatten. Und die Wichtel ahnten, daß sie etwas tun mußten, also sperrten sie die Gehwege der Frau für böse Männer und böse Geister –

sie tat ihnen nicht leid, sie wollten ihr nicht helfen, es ärgerte sie nur, daß man sie nicht sah, obwohl sie doch laut an Baumrinden nagten und von Wurzeln herunterhingen, manchmal stundenlang.

Der Mann mit dem kleinsten Stand auf dem Flohmarkt hatte ihr von ihnen erzählt, er verkaufte den Trödel der roten Epoche, und nur die jungen Touristen stürzten sich auf die Wimpel, die Medaillen, die Anstecknadeln und die Russenmützen. Von diesem Mann hatte sie erfahren, daß es nicht ungefährlich war, in einem Waldhaus zu wohnen: Die Wichtel hüpften über das trockene Bachbett und wirbelten im Grund des Hauses, daß die Träume zerrissen im Schlaf. Die Frau aber wußte damals nur so viel, wie der Kummer es zuließ. (Die Bekümmerten drücken auf ihre Augen und glauben, daß sie weinen, sie pressen jedoch nur das Gift heraus, und es rinnt herunter und tropft in den Staub. Es tropft manchmal auf die Mützen der Wichtel, die flüstern mit dem Wind, die zucken mit dem verschreckten Wild, die kräuseln die Nasen.)

Die Nase. Das Näschen. Das Näschen der neuen jungen Frau ihres Mannes. Sie lernte also, am Waldesrand zu wohnen. Sie lernte also mit der Fusselrolle über ihren Pullover zu fahren, und sie riß den katzenhaarbeklebten Streifen ab und warf ihn in den Mülleimer und trank erst dann ihre erste Tasse Kaffee. Jeden Morgen.

Die Bauern – das waren die Männer, deren Väter und Großväter Bauern gewesen sind – gewöhnten sich langsam an die Zugezogene, und sie wunderten sich über eine Städterin, die kein Rouge auflegte und sich auch sonst etwas seltsam benahm. Sie reichte ihnen eine Eisdose aus Plastik, sie wollten schon nach den Löffeln fragen, und da sahen sie die Kümmelkäseplätzchen und erstarrten. Schickte es sich für sie, die Söhne hartleibiger Bauern, Damenhäppchen zu essen und so zu tun, als fügten sie sich den neuen Sitten? Einige Augenblicke lang rieben sie die verstoppelten Wangen und waren still. Ihre

Blicke fielen auf die alte Kleekarre in ihrem Garten, die Speichen hatten sich von der Radnabe gelöst und standen nach allen Seiten ab. Im Beet lagen Hacke, Gabel, Rechen ohne Stiel und eine verrostete Bügelgießkanne, mit Glas- und Topfscherben war die winterstarre Erde eingegrenzt. Was sollten sie machen? Sie aßen die Plätzchen, und als die Frau nach den sonderbaren kleinen Rotmützenträgern fragte, hielten sie mitten im Kauen inne und starrten in den Wald und machten sich Sorgen wegen des trockenen Bachbetts: Die Fingerhutmännchen konnten ohne Mühe den Graben überwinden und die Träume der Frau verwispern.

Sie zogen ab, und die Frau schaute ihnen hinterher, vier Bauernsöhne in aufgeknöpften Wolljacken, die Kälte konnte ihnen nichts anhaben, sie würden im Wirtshaus über sie reden, und wahrscheinlich nannten sie sie ›die mit den Katzen‹. Ich sollte meine ganze Hoffnung darauf setzen, hier in Maßen zu verwildern, dachte sie, ich hätte das Recht, diesen Mann, der mir das Waldhaus überlassen, aber nicht geschenkt hat, zu verklagen.

In wenigen Jahren war dieser Mann in die besseren Kreise aufgestiegen, er war gescheit, er war nicht häßlich, und er kam von der Kultur – als Programmdirektor im Rundfunk lernte er, sich vorzusehen: vor den Wetterumschwüngen und vor den Frauen, die in der neuen Zeit neue Kleider trugen; nur ganz wenige trauten sich, noch in weiten Miniröcken herumzulaufen, wie es im roten Krämersystem Mode gewesen war. Ein Wunder wie die Totenerweckung konnte er nicht vollbringen, er konnte aber schweigen und loben, und so machte er sich einen Namen als ein Mann, der junge Talente förderte und eine Richtung vorgab. Nichts davon war wahr. Er entschied, daß er den hübschen gestiefelten Frauen nachschauen durfte, die Ehe hielt, seine Ehe ging ihn doch nur dann etwas an, wenn er in die gemeinsame Wohnung zurückkehrte.

Hier die Frau, die begann, Farbe abzugeben an die Räume, an die Möbelstücke, an die Tapete. Hier seine Frau. Hier seine Frau, die keine Maßnahmen ergriff gegen die Abzehrung. Hier eine Frau, die den breiten roten Hüftgürtel nicht mehr trug, hier eine kleine Belastung. Wie konnte man das werden, was sie war: Nur ein hübsches Gesicht, mehr nicht? Dann stieß er sich die Stirn beim Duschen am Wassermischerhebel, der Schmerz kam und ging, und die Gewißheit setzte sich in ihm fest, daß er in ihrer Nähe zum Tolpatsch verkam – er verkam, und sie ließ es zu. Da wappnete er sich für die große Sensation, er schüttelte sich, wie der Hund sich die Zecken aus dem Fell schüttelt, er aß keine Schokolade und keine fritierten Kartoffelecken mehr, und er bat seinen Friseur, sein Haar in Fransen zu schneiden, denn ein Scheitel paßte nicht wirklich zu einem Kulturmann seines Alters. Er wurde auf eine junge Praktikantin aufmerksam (Das Leben ist eine Geschichte, in der sich alle wiedererkennen, und in der sich alles wiederfindet), aber ... kann man das überhaupt sagen? Nein, nein. Es geschah, daß er hochsah und den Staub am Deckenstuck seines Büroraumes bemerkte, er stand mit dem Rücken zur Tür, und als ein Dielenbrett knarrte, wirbelte er herum, und da erblickte er eine junge Frau, ihre Nase war eine Nasenspitze zu groß für ihr Gesicht, und ihr leicht seitlich versetzter Mund formte Worte, die er nicht begriff, denn eine Stille fraß sich in seinem Kopf bis zu seinen Ohren vor, und vielleicht war seine Ohrenröte das erste Zeichen seiner Verliebtheit.

Sie zuckte zusammen, als der Direktor, der Mann, der die Decke inspizierte, seine Ohren mit den Händen umschloß, er sah aus, als würden ihm Fäuste aus den Schläfen wachsen. Vier Tage später saß sie mit ihm in einer Bar, die bekannt war für die Sitzschalen, in denen man versank, es war schwierig, sich einigermaßen würdevoll zu erheben, deshalb saß sie mit voller Blase ihm gegenüber, der sich für dieses Treffen keine bunte Krawatte umgebunden hatte. Er sprach davon, daß mancher Menschen Herzen in eine Nußschale paßten, und in der nächsten halben Stunde waren sie damit beschäftigt, aufzuzählen, was alles tatsächlich in einer (halben) Nußschale Platz hatte: eine Rosine, ein Brotkrümel, die Aschesäule einer Zigarette, an der man dreimal gezogen hat, ein Weisheitszahn, ein klitzekleiner Rechenstein, Papierschnipsel … plötzlich stand sie abrupt auf und strebte hastig zur Damentoilette – er sah ihr nach – sie spürte seinen Blick, und als sie etwas später am Waschbecken stand, starrte sie den Seifenspender an und dachte: Oh Gott er möchte eine Affäre mit mir anfangen wenn ich mich nicht irre gibt es zwischen uns einen Altersunterschied von vierundzwanzig Jahren das kann nicht gutgehen und wie erkläre ich es meiner Mutter sie wird mich ein trübes Frauchen schimpfen jetzt wasch dir die Hände und gehe zurück ja ich wußte es er hat in der Zwischenzeit für uns ein zweites Glas Wein bestellt was schwebt ihm da vor heute nacht.

Sie gingen mehrmals aus, heimlich, er ging dazu über, gleich eine Flasche Wein zu bestellen, und auch die Albernheit, am Korken zu riechen, den der Kellner ihm reichte, schreckte sie nicht ab. Der Direktor kümmerte sich um sie, und sie hatte nicht vor, sich hochzuschlafen: Das alles paßte haargenau in die Nußschale. Er brauchte nur einen besseren Haarschnitt, er sah aus wie ihr kleiner Bruder nach dem Aufwachen. Das erste Mal, in einem Hotelzimmer, nicht billig, nicht verhetzt, nicht betrunken, und sie riß nach der schönen Liebe im Bad das Zellophan auf, füllte das Plastikwasserglas voll. Und trank. Sie hatte eine Hausstauballergie und schlief deshalb unter einer Decke mit Astronautenbezug, und als Laken benutzte sie ein großes Tischwachstuch. Sie würde es ihm erklären, und er würde sich daran gewöhnen. Die verdammten Milben brachten sie zum Niesen, sie brachten sie um.

Sie würde nicht einmal zucken, wenn ein Schabernackmännchen durch lautes Lachen sie aus dem Schlaf risse, aber vielleicht hatten sie Angst vor den Katzen, auch sie traute dem Frieden nicht, wenn sich die beiden im Korb kringelten. Sie waren ja Tiere, die ihre Ohren dem Geräusch zuwenden, und die Laute wurden über das Holz und den Beton übertragen. In manchen Nächten hoffte sie auf Ermunterung. In manchen Nächten löste sich eine Ecke der Plane und flappte im Wind. In diesen Nächten trank sie, und trank und trank. Die Trinker mit spitzem Kinn und tiefer Kinnkerbe, mit der Weinflasche vor sich, sie kannte sie. Sie glich ihnen nicht, sie lag nur im Dunkeln, nüchtern war sie farblos, weinheiter war sie über ihr Herzklopfen unbekümmerter. (Nur wer lächelt, wird zum Tanzen aufgefordert.) In vielen Nächten lag sie einfach da, den Zeigefinger im Buch, um die Seite nicht zu verschlagen, so wie sie es als kleines Mädchen getan hatte. Zuviel Schmerz, um aufzustehen, zuviel Feenstaub an ihrem Kleid, um nicht von einem Tanz mit einem guten Mann zu träumen. In ihren Augen leuchtete ein bißchen Weiß, ein bißchen Braun. Und die Glanzpunkte an ihren Wimpern. Wenn sie schielte, sah sie den Glanz, und sie sagte es laut auf: Ich sehe den Glanz. Es hörte sich verrückt an. Das Wetterleuchten am trüben Himmel über dem Wald trieb sie ans Fenster, und sie hielt sich fest am Fensterbrett, sie schielte, sie sah den Glanz und war froh darüber, was sollte ihr in diesem Augenblick den Frohsinn schwinden machen, wer sollte sie bestehlen. Und dann ein leiser Regen, morgen würden die Schabernackmännchen an den Wurzeln hängen, und sie würde so tun, als hielte sie sie für langgezogene dicke Tropfen. Obwohl es noch kalt war, roch es nach Frühling, zuviel Paradies zur falschen Jahreszeit.

Im Balbin Poesiekneipchen geschah es, es geschah, daß es sie wieder einmal in das Viertel Vinohrady verschlug, am Tag nach der schweren Nacht, am Tag nach ihrer Trunkenheit, und es hatte Stunden gedauert, bis sie den Mut aufbrachte,

Lidschatten aufzulegen, endlich Farbe auf ihren Lidern. Ein befreundeter Komponist suchte sie auf, er sprach nach der Umarmung von der Suppe, die in seinem Magen brodelte, sie hat nach Sumpfgrütze geschmeckt, sagte er – so sprach er manchmal, er hatte eine schöne halbvulgäre Art. Und er sagte: Wie soll ich das verstehen, was schon dir schwerfällt, zu verstehen? Er lud sie ein, am Abend in die Stadt zu fahren, er verspreche sich nicht viel von dem Auftritt des jungen Kubaners, doch seine Tochter würde ihren neuen Freund aus Deutschland mitbringen, und man könnte ja sehen. Die Pokkennarben auf seinen Wangen, sie starrte darauf und klatschte in die Hände, und er fuhr plötzlich herum und sah lange in den Wald hinein, der leichte Wind trug das Geflüster herbei, das Geflüster der Närrchen, und dann kollerten sie wie Truthähne, und es hörte sich wegen ihrer dünnen Stimmen an, als würde man zwei Kastanienfruchtkapseln aneinanderreiben.

Es waren in dem kleinen Kneipenraum viele Mädchen, die dem unteren Volkshaufen entstammten, manch ein Mädchen drehte sich nach dem bekannten Komponisten um, sie rechnete fast damit, daß man ihn um ein Autogramm bat. Erdnüsse und Chips wurden in der ungeöffneten Verpackung auf Tellern serviert, man mußte am Tresen bestellen. Und dort saß er, der neue Freund, er saß auf einem Barhocker zwischen dem Vater und seiner Tochter, und er traute sich nicht, Händchen zu halten mit seiner jungen Freundin, wahrscheinlich aus altmodischen Gründen. Vielleicht fühlte er sich begünstigt, vielleicht hatte er das leichte Gefühl eines Geistes, der durch Wände gehen kann.

Er konnte kein Wort Tschechisch, dafür sprach sie ein paar Brocken Deutsch, und sie sagte: Gefällt es bei uns? Und er sagte: Es gefällt mir sehr bei Ihnen, danke. Wofür? Sie tat ja nichts dafür, daß der Gast aus Deutschland voller Liebe auf diese Stadt Prag blickte. Der Komponist bedankte sich auch bei ihr – wofür? Sie hatte sich doch einfach überreden lassen, sich auf einem Kleinbühnenkonzert zu betrinken. Ein dunkelhaariger braunäugiger Deutscher war schon ein merkwürdiger Anblick, und es war auch seltsam lustig, daß er verschämt neben der jungen Frau saß und eine verblichene Jeanshose trug, die ihm nicht stand. Der kubanische Sänger sang sich in ein Fiasko, es gab immer wieder Rückkopplungen, sie wurde nüchtern und trank sich müde, und die Mädchen aus der Plattenbausiedlung aßen die Chipstüten leer und hörten mit der Zeit auf, im Takt der Musik zu wippen. Ihre an den Spitzen ondulierten Haare verstrichen zu Strähnen, die auf den nackten Schultern lagen wie abgeschnittene Locken.

Der Komponist kümmerte sich um sie, er fragte sie nach ihrem Leben im Waldhaus und nach ihren Tagen außerhalb der Stadt, und sehr bald – der Kubaner hatte sich in der halbstündigen Pause nach draußen abgesetzt – waren sie in ein Gespräch vertieft, in dem es um die Kaufpaläste im Gewerbegebiet ging. Aus dem Augenwinkel sah sie, wie der Gast aus Deutschland einen Kuß auf die Lippen der Freundin drückte, und sie umschloß seinen Hinterkopf mit der Hand und verlängerte den Kuß. Die Liebe der anderen sollte sie nicht bedrücken. (Der Haß, wenn wir es ernst meinen, wenn wir nicht aus nichtigen Gründen hassen, ist eine schöne vergängliche Empfindung: Eine Frau hat einen guten Grund, den Mann zu hassen, der glaubt, er könne sie ungestraft verlassen.) Der Haß, den die Frau mit den verwisperten Träumen empfand, versickerte in grauen Schlieren in ihr Herz, und deshalb hatte sie Herzklopfen, und deshalb trank sie sich jeden Tag besinnungslos, und deshalb aber verlosch sie nicht.

In den Kaufpalästen gibt es nur Plastikkram, sagte der Komponist, und Polyesterkram, mir steigt in Museen und in großen Supermärkten das Blut ins Gesicht, wie ist es bei dir? Ich gehe in kleinen Läden einkaufen, sagte sie, der Kubaner trieb die Musiker zusammen, sie sammelten sich auf der Bühne, dann sang der kleine Mann ein altes tschechisches Sehnsuchtslied, die Mädchen waren getröstet, er schmeichelte mit diesem Lied diesen Mädchen, die fünf Minuten lang lächelnd ins Ungefähre starrten. (Ein Traum kettet sich an den nächsten Traum, und wenn ein Mädchen zum schönen Lied nicht tanzt und sitzen bleibt, wird sie trotzdem begehrt.)

In dem Saal waren nicht so viele Männer, und die wenigen, die hergekommen waren, hielten sich zurück mit dem Trinken, und es gab auch keinen einzigen Mann, der vom Barhocker herunterfiel. Der Clubbesitzer trug einen Dissidentenvollbart, und auf seinem Kopf lag eine Melone auf, sie war zwei Nummern zu klein. Er versuchte sein Glück bei ihr, sie blieb gleichgültig. Da schlug er seine Melone an seinem Jackett ab, ein kleiner Wutanfall, der verging.

Der Zwergenzorn war schlimmer, es war schlimm, den Zorn der Zwerge zu erregen, sie hatte die Närrchen bislang nur ein einziges Mal gegen sich aufgebracht: Sie hatte bei einem ihrer Spaziergänge einem Erdkerlchen die Kappe vom Kopf gerissen, es summte sofort auf vor Schmerz, denn es konnte ohne Kappe nicht verschwinden im Loch, es wäre verloren gewesen in der Wildnis des Gesindels. Das Gesindel lebte in der Oberwelt, und die Daumenköpfchen lebten in der Unterwelt, in der kalten Zeit aber hingen und streckten sie sich, in der Hoffnung auf einen Zuwachs von einem Fingernagel Größe. Die, die nicht schon oben waren, krochen durch die engen Stollen heraus und ließen sich von dem Unbekappten erklären, daß er in seiner Gymnastik nicht ungeschickt vorgegangen war – ihn traf keine Schuld. Die Frau, nein, der linke Fußknöchel der Frau hatte ihn angerempelt, der böse Knöchel ragte aus dem Wanderschuh heraus, nein, da war ein Loch im Schuh. Wer hatte Schuld auf sich geladen? Die Frau. Oder der Knöchel. Oder der Wanderschuh. Oder das Loch. Ja, das Loch. Wie rächt man sich an einem Loch? sagte der Meister der Unterirdischen, ist es da, oder ist es nicht da? Wenn ich den Finger, diesen Finger (Er zeigte ihnen allen seinen rechten Zeigefinger, dem die Kuppe fehlte, weil er eine Käsereibe mit einer Rutsche verwechselt hatte), in die Erde stecke, kann ich den Finger zurückziehen, aber nicht das Loch. Das Loch bleibt da, wo es ist, ich kann es nicht mitnehmen und meinem Weiblein zeigen wie ein angenagtes Kleeblatt, worüber mein Weiblein sich freuen würde, weil wir beide weiternagen würden an dem Blatt … (Er führte diesen Gedanken in vielen vielen Schleifen aus, seltsamerweise lauschten ihm die Zwerge andächtig. Wir merken uns: Die Abschweifung ist für die Närrchen fast so wichtig wie das Verwispern der Träume wildfremder Menschen.) Sie standen eng beieinander, und jeder von ihnen hatte im stillen geschworen, keine Geste der Besänftigung zu erkennen, und die Beeren in ihren zweifäustegroßen Kammern, die Beeren, die sie gesammelt hatten in der Stunde des trübsten Mondscheins, die leckeren giftigen Beeren, die die Menschen umbrachten, diese Beeren also, von denen der Meister sprach, nicht ohne sich über die dicke herabhängende Unterlippe zu lecken, diese Beeren würden sie essen nach ihrem Feldzug gegen das tückische Schuhloch. An einem geflickten Strumpfloch konnte man sich rächen, man nagte an dem Garn, man rupfte den Flicken ab, und schon brachte man die Socke dazu, sich zu schämen. Die Zwerge fauchten wie kleine Gauner, und als wäre das alles nicht schlimm genug, rief die Eule, und da gerieten sie in Aufruhr, und weil sie fast verrückt wurden (Der Zwerg ist ein Rätsel. Der Zwerg haßt das Rätsel), versuchten sie, sich zwischen den Schuppen der Tannenzapfen zu verstecken. Doch vergebens – der Kopf paßte hinein, der Bauch ragte heraus. Also hüpften sie über das Bachbett und trampelten fast die ganze Nacht vor der Hausschwelle der Frau, sie fiepten und piepten, sie sollte ihnen das elende Loch übergeben, sie verfügten über mehr Zauberkraft als der Wanderschuh.

Sie wachte auf vom Lärm der kleinen Leute, sie blieb liegen

und verwarf den Gedanken, sich auf Zehenspitzen zur Tür zu schleichen und sie plötzlich aufzureißen, sie hätte die Närrchen zu Tode erschreckt. Da schrie einer immer wieder ein Wort, ›Plupp‹ oder ›Plipp‹ oder ›Papperlapapp‹ oder ›Plopp hopp‹ – sie konnte ihn nicht richtig verstehen, sie spürte nur die große Erregung, sie hörte nach jedem Wort oder Satz des Schreiers die Hurrarufe und das drauffolgende Trampeln. Bald hielt sie es nicht mehr aus in ihrem Bett, sie ging leise zu einem schattigen Winkel des Nebenzimmers, setzte sich auf den Malhocker und schaute auf die aufgebrachten Rotmützchen: Ein Schimmer glühte um ihre Köpfe, Moos klebte an ihren Ohrläppchen. Sie steckten in schwarzen Pelzpantoffeln, sie waren ordentlich angezogen und nicht zerlumpt. Der Brustlatz war fast verdeckt vom filzigen Bart, und jedesmal, wenn sie wütend sprangen, zitterten ihre Bauchbeulen.

Sie merkte nicht, wie ein neuer Tag anbrach, sie spürte nur, daß der dunkle Schleier auf ihrem Gesicht zerriß. Plötzlich starrten die Kleinchen in Richtung des Waldes, Rückzug, schrie ein dickes Männchen, und da sie erwartet hatte, daß der Haufen geschlossen zurückhüpfte, machte sie große Augen, als die Närrchen aus der Formation ausbrachen: Die einen trotteten drauflos, die anderen kullerten (Tatsächlich, sie kullerten wie eine Murmel), und dann gab es viele, die von einem Bein auf das andere springend einander zum Umfallen brachten. Das Käppchen ward gefunden – sie wußte es. Sie ließ ihnen etwas Zeit für ihre seltsame Gymnastik, am späten Vormittag des nächsten Tages füllte sie Fingerhüte mit zuckersüßem Quittensirup, trat mit einem einzigen Schritt über das Bachbett und stellte sie vorsichtig auf den Boden. Die hängenden Närrchen schauten sie finster an, so leicht ließen sie sich nicht besänftigen. Am nächsten Tag füllte sie die leeren Fingerhüte mit bittersüßem Granatapfelsirup, die hängenden Närrchen blickten gleichgültig drein. Erst am sechsten Tag – sie trat frühmorgens ins Freie – empfingen die Zwerge sie schon am Erdbuckel zwischen Beet und Bach, sie hielten die Fingerhüte hoch, die sie mit rot gefärbtem Zuckerwasser auffüllte, sie tranken es in einem Zug, und da rollte etwas herbei und richtete sich auf und legte etwas auf ihre Schuhspitze. Es war ein zerkauter weißer Bindfaden, den der Meister darbot, um die Frau zum erwünschten Oberirdischen zu erklären – doch das konnte sie ja nicht wissen.

Wieso starrt sie ihre Schuhe an? dachte der Komponist, er kaute an einer Handvoll Rauchmandeln, und wenn er den Blick schweifen ließ, hoffte er auf eine Frau zu stoßen, bei der er nicht nach einem Monat sein Autoradio aufdrehen mußte: Es war ihm passiert, beim letzten Mal, bei der letzten Bekanntschaft, sie hatte gesagt: In dem toten Eichhörnchen, das wir gerade umfahren haben, steckt mehr Leben als in dir. Das hatte sie gesagt. Sie kannten sich doch erst einen Monat und elf Tage, es war kein Fehler gewesen, diese Frau, die am Bankschalter ihren Dienst tat, anzusprechen. Ganz bestimmt nicht. Das Leben, das sie meinte, bestand aus Tanzveranstaltungen, teurem Wein, Urlaub in exklusiven Inselhotels und einem Überschuß an Übermut. Sie schrie, wenn ihr ein Musikstück gefiel, sie schrie sich fast heiser. Er schrie nur, wenn man ihn zwang, auf eine Leiter zu steigen und die Glühbirne auszuwechseln, er schrie, weil er nicht pfeifen konnte und aber vor Höhenangst pfeifen wollte. Immer wenn er in Liebe zu einer Frau entflammte, sagte er sich laut vor: Diese Liebe wurde im Himmel beschlossen und nicht in der Hölle! Deshalb, wirklich nur deshalb, fing er jedesmal an, sich zu verbessern. Er nahm sich vor, am Tisch und auf jedem Stuhl mit geradem Rücken zu sitzen. Er nahm sich vor, im Schlaf nicht mehr so weit auf seine Seite des Bettes zu rollen, daß er herunterfiel. Er nahm sich vor, Neujahrskarten an Freunde und Bekannte zu verschicken. Die Neue in seinem Leben aber fing gleich am ersten Tag von dem Leben zu schwärmen an, das sie mit ihm teilen wollte. Er fühlte sich in Prag wohl, es war seine schöne Stadt, und daß der neue Freund seiner Tochter der Stadt Komplimente machte, hatte ihn erst mißtrauisch gestimmt. Worauf spielte er an? Er wußte um die Scheidung des Komponisten, die jetzt fast ein Jahrzehnt zurücklag – wollte der Gast aus Deutschland vielleicht mit seiner Liebestauglichkeit angeben? Nein, das wollte er nicht. (Er lag richtig.) Verdammt seien Barhocker! dachte er, seine Füße ruhten auf der Chromstrebe, er hatte kein Gefühl in den Beinen.

Er starrte auf den ausgestopften Auerhahn oben an der Längswand, von ihm aus gesehen rechts, und von ihm aus gesehen links saß am entferntesten Ende des langen Kneipentisches eine Frau, die ihm bekannt vorkam, er konnte sie keinem Lied und keinem Konzert zuordnen. Jetzt stand sie auf, blickte ihn an, blickte weg, blickte ihn wieder an, blickte weg, blickte wieder weg. So ging es so lange weiter, bis sie sich durch die Reihen der Mädchen vorgekämpft hatte. Als sie vor ihm stand, rutschte er vom Barhocker herunter, er wäre wegen seiner tauben Beine fast eingeknickt, es kam ihm schon komisch vor, daß sie stehend schwieg, schweigend stand – was in aller Welt wollte sie?

Und dann sagte sie: Edita, erinnerst du dich? Genau. Früher hatten alle in der Klasse sie ›die Edita mit der Eisschicht auf dem Haarknoten‹ genannt, die Edita war im Winter besonders zugeknöpft gewesen, und als er sie einmal zu einer Schülerparty einlud, sagte sie: Bei diesen Minustemperaturen kann mich wirklich niemand trösten. Die Edita bastelte gern Kindermasken aus Wellpappe und Maschendraht oder Zupfpuppen aus Wollresten, sie schnitzte Dame-Steine aus Haselnußstecken oder bog Draht zu Biegepüppchen. (War der höfliche Applaus für den Kubaner ausgeblieben? – er wußte es nicht.) Er winkte seiner Tochter und dem braunäugigen Deutschen zu, er nahm sich vor, ihn bei nächster Gelegenheit darüber aufzuklären, daß seine Freundin aufgeklärt war.

Bald saßen Edita und er in einer Studentenkneipe, sie tranken das Übliche, sie sprachen das Übliche, und da fiel ihm ein, daß er sich von der Verlassenen nicht verabschiedet hatte. Der Salzrand an seinem Margarita-Glaskelch ließ ihn erschauern, weil … Wieso? fragte Edita. Und er sagte: Viele meiner Freunde sind nach der Wende damit beschäftigt, die Umstellungen, den Umbau und ›die neuen Dinge aus dem Westen‹ für gewöhnlich, für wenigstens nicht sehr berauschend zu finden. Das Neue ist aber überwältigend. Und er erzählte ihr: Auf dem Rücksitz eines Taxis fühle ich mich wohl, ich lebe in der modernen Zeit. Nicht alles war schlecht damals, nicht alles ist gut heute. Die Taxifahrer verdienen gut, und auch wenn ich mein eigenes Auto habe, ich liebe es, in einem Taxi durch die Gegend zu fahren. Wie findest du Hosenpressen in den Hotelzimmern? sagte Edita. Diese Frage brachte ihn aus der Fassung, worauf lief dieses Gespräch nur hinaus?

Edita sagte, sie könne nur nachts aus dem Haus gehen, es war keine Marotte von ihr, sie hatte sich vor etwa zwei Jahren wegen ihrer Rückenschmerzen einer Spritzenbehandlung unterzogen, und ein Nervenkanal hatte sich entzündet. Man stach ihr dabei auch die Phobie vor der Tageshelle ein (Sie ist eine ideale Märchenfigur – sie muß sich nicht sorgen, daß sie hungert, denn das Erbe ihres Vaters – Gott hab ihn selig – enthebt sie fast aller Sorgen. Ihre Mutter lebt in der zweiten Ehe und hat den Kontakt zu ihr vor langer Zeit abgebrochen), man bezähmte sie mit Spritzen. Ich mache mich gleich unbeliebt, sagte sie plötzlich, und doch folgte auf diese Ankündigung kein verruchtes Wort, sie hatte es sich wohl anders überlegt. Und sie erzählte ihm: Ich habe einen grünen Daumen, also begreife ich nicht, wieso die Orchidee bei mir in der Wohnung nicht blüht. Ein wasserleichenlilafarbener Stengel ist herausgewachsen und gleich vertrocknet, an derselben Stelle sproß ein kahler Trieb, die Orchidee sieht einfach schlecht aus im Topf, ich will sie verschenken, doch sogar meine beste Freundin hat kein Interesse. Die Edita mit der lausigen Luxuspflanze, dachte der Komponist, die Edita ist also kein Biegepüppchen, wie schade, daß sie tagsüber in ihrer Wohnung eingesperrt ist, wie gut, daß ihr deshalb viele unnötige Begegnungen erspart bleiben.

Sie wurde vor der Zeit nüchtern und verließ heimlich die Kneipe, und kaum war sie an der frischen Luft, verfiel sie in Laufschritt, sie empfand jenes Hochgefühl, das sich bei leicht verzweifelten Jungfrauen einstellt, immer an den Frühlingsnachmittagen zwischen halb vier und halb sechs. Auf keinen Fall würde sie sich dumm anstellen, und bald saß sie auf dem Rücksitz eines Taxis und dachte: Alles, was in meiner Kraft steht, will ich tun, um … nicht mehr vorsichtig zu sein. Nur bei den Zwergen will ich aufpassen, daß ich keine Wurzel und keinen Halm zertrete. Neuerdings versuchten die Halbstarken unter den Närrchen bei den Buschfräulein Eindruck zu schinden, indem sie vorführten, wie leicht es für sie war, Halme zu biegen.

Und tatsächlich stand noch zu dieser Stunde am Erdbukkel, dem Lieblingsplatz der melancholischen Rotmützchen, ein Moosfräulein, es war aus der Grube und dem Mauseloch herausgekrochen und zupfte ratlos an dem Kinderhemd, das es trug. Die Frau bückte sich, hielt ihr die offene Hand hin, ihren Daumen spreizte sie ab, und das Moosweiblein hüpfte auf das Trittbrett und von dort auf ihre Hand. Es hatte nichts dagegen, ins Haus hineingetragen zu werden, es hatte auch keine Scheu vor den Katzen, die auf ihren Vorderpfoten lagen und wie gebannt die Wand anstarrten. Sie witterten eine Unterirdische, peitschten einige Male mit dem Schwanz und dösten langsam ein. Da sprach das Moosfräulein: Unser Hausrat ist aus Silber, und ich wohn' mit mei'm Männlein unterm Holunder. Wir lieben diese Grube als Aufenthalt. Man darf bei uns nicht pfeifen, nicht in den Stollen, nicht in der Kammer, nicht wenn wir seelenruhig herabhängen. Wer pfeift, will uns sagen, daß wir Mücken sind, im Vergleich zu euch Menschen. Wir blasen den Pfeifer an, wir blasen ihm ein geschwollenes Auge. Dem, der uns Übles will, drehen wir den Kopf um.

Es war vielleicht der passende Augenblick, um ihre Verblüffung zu zeigen, oder von Frau zu Frau zu reden, doch sie schaute ihm nur dabei zu, wie es das trockene Moos von der Schürze abklopfte, es stellte sich aber sehr ungeschickt an, und nun zierten dunkelgrüne Streifen das lange Kinderhemd. Sie hatte es also nicht mit einem grimmigen Gnom zu tun, sie war erleichtert, sie mußte sich mehr Kenntnisse über diese etwas täppischen Menschmäuse aneignen. Ich werde angemaunzt von Katzen, dachte sie, ich werde angebellt von Dackeln, und ich werde angefaucht von Zwergen, die Grimmigkeit wandelt sich aber schnell in etwas anderes Freundliches. Hatte sie die Fingerhüte aufgefüllt? Ja. Stattete das Weiblein einen Hausbesuch ab ohne arge Gedanken, oder war sie vorgeschickt worden, um sie abzulenken? Und die Erdkerlchen würden die Posaunen des Zorns blasen, über den großen Graben strömen und sie niedertrampeln. Wie brachten Zwerge einen Menschen zu Fall? Sie bliesen ihm die Betrunkenheit ein. Und wie wehrte sich ein Mensch gegen das Zwergengetümmel? Das Weiblein hatte es ihr verraten, sie mußte einfach nur pfeifen. Und da ging ihr auf, daß man ihr dies Geheimnis verriet, weil man nicht wollte, daß sie sich vor ihnen verbarg.

Genau in diesem Augenblick, da ihr vor Rührung die Tränen in die Augen traten, kam durch die Tür der Komponist, gefolgt von einer Frau, die sie nie zuvor gesehen hatte. Oder doch?

Edita fand es unheimlich, in dem Waldhaus dieser sonderbaren Frau zu sein, was hielt sie ihre flache Hand hoch? Wieso ging ihr Blick zwischen ihr und der Hand hin und her? Sie hatten sie erschreckt, das war offensichtlich. Sie sagte also:

Als Kind liebte ich Experimente, Antonin weiß es, wir sind nämlich zusammen in derselben Klasse gewesen, und er fand, daß es Ihnen nichts ausmacht, wenn er mich mitnimmt. Ja, die Experimente. Ich habe einmal einen Dorsch mit Salz eingerieben und in Gipsmullbinden eingewickelt, dann habe ich den Dorsch in meine Duschwanne gelegt. Dort lag der Fisch wochenlang. Als ich wußte, der Dorsch hat genug, malte ich ihn blau-gold, also in den Farben der Pharaonen, an. Verstehen Sie? Ich wollte nachvollziehen, wie das Mumifizieren funktioniert …

Die Frau setzte sich daraufhin auf den Hocker neben dem alten gußeisernen Ofen, schlüpfte aus ihren Straßenschuhen heraus und in dicke Wollsocken hinein, die an der Ferse und am großen Zeh geflickt waren, der grobe Übergang von Wollstrumpf zur Nylonstrumpfhose faszinierte Edita, und dann wandten sich beide Frauen wie auf ein Zeichen zu Antonin um, der am Fenster stand und auf Geräusche im Wald horchte. Da draußen schlichen kleine Tiere herum, und sie raschelten bei der Futtersuche, Stille fand sich nicht in der bezähmten Wildnis, man konnte hier aber bestimmt in kleinem Maßstab glücklich sein. Man konnte sich hier kleine Verletzungen zuziehen. Die Wunden verheilten schneller als in der Stadt.

Die Frau verkündete mit lauter Stimme, daß sie Quittensaft auf Vorrat gekauft hätte, und wenig später tranken sie alle den süßen Saft, die beiden Katzen strichen um ihrer aller Beine herum, und weil sie es müde wurden, einem Mann und zwei Frauen beim Trinken zuzuschauen, ließen sie sich auf die Seite fallen und waren bald eingeschlafen. Antonin entschuldigte sich für die späte Störung, begann dann aber über seine Unruhe zu sprechen, erst in stockenden Worten, es kostete ihn keine große Überwindung, über die dunklen Tage zu kommen, nur diesmal wäre es anders, die Wandervögel kehrten zurück, alle Freunde und Bekannten würden schon bald in die nächste Jahreszeit springen wollen, nur er. Nur er, nur diesmal. Er käme sich vor wie ein Lakai, der in seiner engen Dienstbotenkammer auf der Bettkante sitzt und die Zeit mit Stieren und Nagelpolieren verbringt, um dann endlich vor die Herrschaften treten zu können. Nur er. Nur diesmal. Er komponierte Dreck zu Mehl, er komponierte Schlamm und Kalk und Trauerüberreste zu Keksen, er komponierte den Dunst in der Abzugshaube und den angebrannten Knoster am Boden von Töpfen und Pfannen zu eßbarer Melodie, er komponierte die getilgten Wörter und die Leerstellen und die Zwischenräume und das Brachland der Stille zu singbarer Schrift, er sah beim Melodiemachen im Geiste einen Prozessionsspinner, eine Gallwespe, einen Rüsselkäfer, einen Kiefernspanner, einen Fichtenspinner, und er vertonte das Fressen der Schädlinge, und er vertonte ihr Krabbeln in den Fraßgängen unter der Rinde, und wenn er Noten eintrug auf die Linien, wenn er seine Finger und den Bleistift dabei betrachtete, hoffte er, daß er seine Seele noch nicht dem Schnickschnack verkauft hatte, und wenn seine Seele noch im Fleisch stecken sollte, müßte er sich doch freuen können. Und er freute sich selten. (Ein Komponist ist ein Unterhalter der besonderen Sorte: Er ist damit beschäftigt, die meiste Zeit seines Lebens den Schnickschnack seines Alltags zu tilgen. Er wünscht sich, daß die Männer und Frauen ihm schon dann um den Hals fallen, da er in seinem Studio eine schöne Melodie geschaffen hat. Der Applaus setzt immer zu spät ein. Ist Antonin ein kummervoller Abenteurer?)

Bist du damit beschäftigt, dich nicht mehr zu verbergen? fragte die Frau und kratzte sich an einer unteren Stelle der Wade, und für Edita klang die Frage wie der Beweis, daß die Tschechen, egal unter welcher Herrschaft sie lebten, Träumer waren. Es ärgerte sie. Sie war darüber derart erbost, daß sie das leere dünnwandige Glas aus ihrer Hand gleiten ließ, sie alle starrten auf die Scherben zu ihren Füßen, dann erhob sich die Frau, bückte sich in einen Winkel des Hauses und fegte mit dem Besen die Scherben in die Kehrschaufel. Nach dem Herrschaftswechsel waren sie alle damit beschäftigt, den Dreck in Grobschmutzschläuche zu saugen, sie alle, und diese Frau in ihrem verspukten Waldhaus (Antonin hatte sich in diese Richtung geäußert), diese Frau bewahrte noch Besen und Schaufel auf, statt sie gewinnbringend auf dem Flohmarkt Nostalgikern zu verkaufen. Edita entschuldigte sich halbherzig, durch den Bruch des Wasserglases war der Bann gebrochen. Kraft und Anspruch und Frühstückspause, das war die neue Zeit.

Der Abschied fiel kühl aus, sie versprach, das zerbrochene Glas zu ersetzen, und als sie auf dem Beifahrersitz saß und zurückschaute, sah sie die Frau, wie sie den Kehricht auf das Beet schüttete, und ein hüpfendes Glanzlicht im Dunkeln in der Nähe der Frau bemerkte sie auch, dann nahm Antonin die Kurve, und sie fuhren zurück. Sie bat ihn, sie vor ihrem Haus in Smichov abzusetzen, er mußte deswegen einen großen Umweg fahren, er schaute oft in den Rückspiegel, als gelte es, einen Verfolger abzuschütteln, und irgendwann auf halber Strecke hielt sie es nicht mehr aus und fragte ihn, ob das nun eine schicksalhafte Begegnung war oder nicht. Er hätte antworten können: Das wird sich herausstellen, das werden wir noch sehen. Er hätte sagen können: Es ist spät, ich bin müde, und hast du vorhin auch die Eule rufen gehört? Er hätte erst lange schweigen und dann die Stille brechen können: Ja. Statt dessen schwieg er lange und sagte dann: Mir war so, als hätte ich eine kleine Zipfelmütze mit einer Lichttroddel herumwandern gesehen.

Wir, die kleinen Gauner, sterben langsam aus, es treten an unsere Stelle jene, die nicht reinen Blutes sind, sie wollen nicht wirklich lange leben, sie wollen nur große Geschöpfe sein, bis ein gewöhnlicher Mann sie umbringt. Bei einem Gauner reichen Gunst und Gabe zu Geschäften hier, zu Geschäften dort. Man läßt uns nicht mehr tun, wir bewegen uns im Schatten der Kleinigkeiten. Es gibt zwischen dem Fuchs und dem Pelzhändler ein besonderes Verhältnis, der Jäger ist vernachlässigenswert, er erlegt das Tier, das ist keine große Kunst. Die Polizisten heißen Ordnungshüter, als würden wir – die Diebe und die Tagediebe – ordnungswidrig handeln. Worin besteht unsere Gaunerei? Wir schnappen uns einen begehrenswerten Gegenstand und verkaufen ihn dem Hehler. Wir, die kleinen Gauner, enden früher oder später beim Hehler, der uns an den Meistbietenden verpfeift – er will seine Haut retten, und uns wird die Haut über den Kopf gezogen. Das ist meine Philosophie, oder sie ist es gewesen, denn ich gehöre zu jenen Halunken, die sich nach einigen wenigen Gesetzesverstößen abgesetzt haben. (Er schummelt, wie er das immer tut, wenn er seine Geschichten erzählt.)

Meine Vorgeschichte hat ihre interessanten Seiten, ich habe mit ihr abgeschlossen, und nun bin ich in dieser Stadt, in der man mir nur jene Fragen stellt, die man auch jedem anderen Touristen stellen würde: Wie gefällt es Ihnen bei uns? Was halten Sie von uns Pragern und Tschechen? Schmeckt Ihnen das Essen? Dreimal Ja. Ich bin in Prag in eine seltsame Liebesgeschichte verwickelt, sie hat begonnen, ohne daß ich angeben könnte, an welchem Tag und zu welcher Tageszeit ich anfing, mich komisch zu fühlen. So viele gähnende Menschen auf den Straßen, sie gähnen den Winter aus, und manchmal müssen die Frauen – sie sind höflicher als die Männer – eine Minute, zwei oder drei Minuten die Hand vor den Mund halten, ich gähnte mit ihnen mit und gähnte eine schöne junge Frau an, die an einem Ampelmast lehnte, ich steckte sie mit meinem Gähnen an, und sie bedeckte ihren Mund mit der Hand. Das war bei meinem letzten Pragaufenthalt vor einigen Monaten, und ich lernte, auf Zeichen zu achten, als ich nachts auf einer verlassenen Straße in der Nähe meines Hotels einen Traktorentankdeckel fand. Ich konnte ihn nicht einstecken, er war zu groß.

Aber wieder zurück zu dem Ampelmast, oder eher zu der Wunderschönen, die daran lehnte: Natürlich wagte ich gähnend einen zweiten Blick, da war sie aber schon verschwunden. Als wir uns wiederfanden, in einer staubigen Ecke des Viertels, war sie dabei, in übergroße Handschuhe zu schlüpfen, ich gähnte nicht, ich sprach sie an. Auf deutsch. Sie sprach mit mir, auch auf deutsch. Vielleicht haben wir beide gewartet, daß einer von uns plötzlich gähnte, vielleicht hatte sie fertiggegähnt. Ich sagte ihr: Ich bin zum ersten Mal in Ihrer Stadt, und ich bin gespannt, was Sie mich jetzt fragen werden. Sie sagte: Nichts. Wir verstanden uns sehr gut. Sie erzählte von wunden Tieren, die ihre Mutter auflas, früher, sie kam eines Tages mit einem sehr müden Igel nach Hause, und das war das erste Mal, daß sie, noch ein halbes Kind, erkannte, daß auch Igel der Stimmungsschwankungen überdrüssig werden. Ihre Mutter hat den Igel in die Badewanne gelegt und sich monatelang mit Katzenwäsche begnügt, sie hat den Igel gesund gepflegt und wieder ausgesetzt. Jetzt war die Zeit nach der Scheidung ihrer Eltern, jetzt war die Zeit, da sie mit einem fremden, nicht abstoßenden Mann ausging, der ein geschwollenes rechtes Auge hatte. Es tränte ununterbrochen, und es war für mich lästig, mir mit der Papierserviette immer wieder das Auge trockenzutupfen. Ich hatte in meiner Jakkentasche einen ganzen Vorrat an Servietten, und falls es ihr seltsam vorkam, so sprach sie mich nicht darauf an.

Ich erklärte ihr: Ich stecke in Restaurants, in die ich essen gehe, und in Bars, in die ich trinken gehe, stets eine Handvoll Zahnstocher und Papierservietten ein. Ich weiß nicht, ob es eine schlechte Angewohnheit ist, ich weiß nur, daß ich mich nicht des Diebstahls schuldig mache – ich habe auch einmal Plastiklöffel aus dem Eisfach eingesteckt, und der Detektiv des Supermarkts hat mir das Versprechen abgenommen, es nie wieder zu tun. Die Zugluft, sagte ich ihr, ich habe bei offenem Kippfenster und vielleicht mit offenen Augen geschlafen, von nichts kommt nichts, und sie wunderte sich über meine Redewendung, das Gegenteil müßte ihrer Meinung nach heißen: Von etwas kommt etwas.

Später stolperte ich über eine plattgefahrene Konservendose, und sie sagte: Von etwas kommt etwas. Wir saßen dann in meinem Hotelzimmer und sahen uns verlegen einen Film an, in dem fünf oder sechs Söhne reicher Eltern auf die Idee kommen, einen nicht mehr taufrischen Mafiapaten zu entführen, ihr Plan geht natürlich nicht auf, und sie werden einer nach dem anderen erschossen. Wir saßen auf Stühlen, und sie sagte: Es sind sechs Entführer, und außerdem hat er einen einzigen geschont, und sonst alle kaltgemacht. Ich war verwirrt, ich hatte also den Film nicht wirklich verstanden, ich war verlegen. Wegen ihr. Fünf oder sechs junge Männer, ich dachte darüber eine Weile nach, sie hatte sich schon von mir verabschiedet und war gegangen, und dann fühlte ich mich komisch.

An meinem letzten Tag kam sie wieder, sie stürzte ins Hotelfoyer, und als sie mich im Sessel sitzen sah, neben mir ein großer Koffer, ein kleiner Koffer, eine Plastiktüte, wurde sie ernst, und dann ging sie neben meinem großen Koffer in die Knie, sie stützte sich mit beiden Armen auf die Armlehne und schaute mich schweigend an, und ich versprach ihr, sehr bald nach Prag zu reisen. Wegen ihr.

Als wir uns wieder wiederfanden, bei meinem zweiten Pragbesuch, hatte sie, hatte Aneschka, hatte die Wunderschöne eine tschechische Zeitung in ihrer Hosentasche, die sie entfaltete, um mir ein unvorteilhaftes Foto von mir auf der Regionalseite zu zeigen: Ich lehne nicht an einem Ampelmast, aber an einer Kaimauer, ich habe wegen der Kälte ein Fuchskneifgesicht. Es ging in dem kurzen Artikel um Touristen, die voller Bewunderung auf diese Stadt schauen, sie trotzten auch der Eiseskälte und dem Eisregen, und die Prager sollten sich an diesen Touristen ein Beispiel nehmen.

Nun gut, sagte ich, na ja. Mein Vater heißt Antonin, sagte sie, er ist ein Komponist, von etwas kommt etwas, und eine gute Freundin von ihm heißt Vlasta, eine feine Dame, die gezwungen ist, in einem Waldhaus zu leben, weil ihr sehr sehr sehr blöder Mann sie sitzengelassen hat. Irgendwann wirst du sie kennenlernen. Was hältst du von mir? Viel, sehr viel, sagte ich, und nach dem ersten Kuß kam der zweite, es waren mehr als fünf oder sechs Küsse, und ich, der ehemalige kleine Gauner, der es gerade noch geschafft hatte, nicht beim Pelzhändler am Bügel zu hängen, umarmte sie, und das komische Gefühl verging. Es verging einfach.

Eine schöne Unterwerfung war das, ich unterwarf mich, ich kämpfte nicht um einen besseren Preis beim Hehler, ich fuhr nicht in eine andere Stadt, damit der Haßrausch meiner Konkurrenten sich in etwas Besseres als Mordlust verwandelte, ich merkte, daß das Spinnennetz, an dem ich seit Jahren knüpfte, einfach zerriß. Und ich freute mich. Kein Schnickschnack. Kein Plastik. Kein Polyester. Eine große Sache. Ich überging etwas zu hastig, etwas zu auffällig ihre Fragen nach meinem Beruf, ich sagte, daß ich etwas machte, das besser wäre als die Teilzeitarbeit eines Zeitungsausstellers – ich sagte: Ich bin Schuhmacher, nein falsch, ich arbeite in einem Laden für Schuh- und Lederwarenreparatur, der Meister bietet auch die orthopädische Schuhzurichtung in eigener Werkstatt an, genau mit diesem Satz in Folienschrift an seinem Schaufenster wirbt er für sich, ich bin für die Umrißzeichnung des rechten und linken Fußes zuständig, ich bitte den Kunden in Strümpfen, die Füße auf zwei blanke Kartons zu stellen und die Zehen nach unten zu drücken, um mit einem schön gespitzten Bleistift um die Füße zu fahren, dann messe ich Länge und Breite mit dem Schustermaßband und die Schuhgrüße mit dem Fußmeßgerät … bald habe ich es vom Lehrling zum Gesellen geschafft.

Du machst Schusterei, stellte sie fest, in ihren Augen galt ich deswegen als kein Geringerer, ich hatte zwar keinen bürgerlichen Beruf, aber ich bediente die Bürger, so wie ich mich früher bei ihnen bedient hatte. Ich kannte mich nicht im gesamten Stadtgebiet aus, und das verunsicherte mich: In anderen, mir unbekannten Vierteln Prags schlossen Männer ihre Geschäfte ab, ich aber hielt mich hier auf, um Geld auszugeben, das Geld wohlgemerkt, das ich mir von meinem Meister geliehen hatte. Schuster sprechen heute so wie Bankangestellte, mein Meister forderte mich auf, die Schulden beizeiten zu begleichen, sonst würde er Verzugs- und Überziehungszinsen draufschlagen. Fast jeder wies mich an, mich vor kleinen und großen Fehlern zu hüten, mein Herz steckte nicht in einem Chitinbeutel, und vielleicht war die einzige, die davon wußte, Aneschka.

Sie nahm mich mit ins Theater, doch das Stück war für diesen Abend abgesetzt, weil die schwangere Schauspielerin Ängste ausstehen mußte, wir tranken im Theatercafé Gewürztee und kehrten zurück ins Hotelzimmer, wir waren die nächste halbe Stunde damit beschäftigt, die Weinflecken auf der Tagesdecke mit Gallusseife einzureiben, die Seife einziehen zu lassen und auszuwaschen. Ihr Vater, der Komponist, rief sie an und bestellte uns in eine Bar mit dem eigenartigen Namen Balbin Poesiekneipchen, ein rundbäuchiger Mann mit einem angeklebten Zylinder auf dem Kopf empfing uns freundlich, er starrte meine Jeanshose an, ungebührlich lange, wie mir schien, dann durfte ich durch die Lücke zwischen seinem Schulterpolster und dem Bartresen durchschlüpfen.

Es blieb noch viel Zeit für den Auftritt des Kubaners, ich ging auf die Toilette und wählte die Nummer der automatischen Ansage des Wasserstands von der Kieler Förde, er wurde gemessen an der Holtenauer Schleuse, ich stellte das Mobiltelefon auf den Lautmodus: Achtung! Achtung! Pegel Holtenau viertausendneunzig. Tendenz bleibend. Das war ein Niedrigwert, erst ab sechs Meter dreiundvierzig lief das Wasser über die Kaikanten. Ein Mann stürzte aus einer Kabine, schaute mich an, schüttelte den Kopf, und verließ die Toilette, ohne sich die Hände gewaschen zu haben. Ich wurde dem Vater und Frau Vlasta vorgestellt, jede Minute ohne Kuß war eine verschwendete Minute, doch ich mußte mich zurückhalten, ich wollte nicht, daß man mich als den Flegel auf dem Barhocker in Erinnerung behielt.

Das Buschfräulein verriet der Dame Vlasta, daß man den Bauern mit dem fluchenden Männermund bestraft habe, zwei Rotkappen hätten in die Mähne seiner Stute Gretchenschnecken geflochten, und es selbst hätte nur aus der Ferne zugeschaut, es selbst billigte das Schurkenzwergenstück, weil es selbst von den Flüchen des Bauern Nasenflügelstechen bekäme. Es selbst hieße übrigens Finna, Finna wie Finnland ohne Land, aber mit Au ohne U.

Plötzlich wurde sie durchscheinend und wehte kurz wie ein Fetzen Schleier aus Glanzlichtern, und sie verschwand genau in dem Augenblick, da die Tochter des Komponisten mit dem braunäugigen Gast aus Deutschland durch die Tür trat, vielleicht hatten sie angeklopft, vielleicht hatte sie ›Herein‹ gerufen. Er steckte diesmal in einer Jeanshose mit großen Potaschenklappen, beim Hinsetzen hielt er sie fest, um zu verhindern, daß sie zu beiden Seiten abstanden. (Der Schuster hatte ihm schon mehrere Male von jugendlicher Mode abgeraten – er aber fand sich nicht zu alt und verabscheute Altherren-Cordhosen.)

Die Liebe also. Also die Liebe. Über zwanzig Jahre Altersunterschied. Und aber die Liebe. Ihre erste Frage richtete sie an ihn: Was ist ein Zwerg? Sie sind deutsch, Sie müssen es wissen. Er sagte: Ich bin Schuhmacher oder vielmehr die zweite Kraft in einem Schusterladen, ich bin spezialisiert auf Fußumrisse. Aneschka zupfte einmal an seiner Taschenklappe, er verstand, er nickte, er dachte kurz nach, er sagte: Das sind Kobolde, kleiner als Liliputaner, sie machen dicke Bakken und watscheln im Entenschritt im Kreis (falsch). Ich kenne eine Frau, die eine Rolle Zwirn um ihren Hals gewickelt hat, weil sie wissen wollte, ob es ihr, wie versprochen, nicht gelingen wird, auf das Fadenende zu stoßen. (Fast richtig. Es war erstens ein Mann, zweitens hat er sich nur einen Spaß machen wollen.) Ein Zwerg ist eine belebte Torfknolle im Nebelmantel.

Er mußte seine Zwergenbeschreibung mehrmals aufsagen, Aneschka machte sich auf einem abgerissenen Haushaltswischblatt Notizen und erklärte es der Dame Vlasta auf tschechisch. In der Zwischenzeit kam ein orangegestreifter Kater aus dem Nebenzimmer und versuchte mit ausgefahrenen Krallen an seinem Hosenbein hochzuklettern. Er schüttelte ihn weg, der Kater döste unter dem Schemel ein. Die Frau ließ ihn nicht aus den Augen, der Ofen strahlte nur wenig Wärme aus, und er lauschte einem Geräusch und versuchte es in ein Bild zu übersetzen: Ein Spatz pickte auf einen Joghurtplastikbecherdeckel. Der Komponist hielt sich am Schneefanggitter am Dach fest und ließ unablässig abgebrochene Schwefelköpfe von Zündhölzern herunterregnen. Ein paar Kinder trugen einen Kichererbsenweitwurf-Wettbewerb aus. Er hielt alle diese Möglichkeiten für unwahrscheinlich, er beschloß, sich nicht weiter damit zu befassen.

Die Dame Vlasta starrte ihn an, und er fragte sie, ob er sie mit seiner Zwergenbeschreibung enttäuscht hätte. Sie sagte nur: Der Holunder soll nimmer verdorren, sie bot ihnen Glühwein an, den sie vorsichtig und in kleinen Schlucken austranken. (Was kann passieren in einer Winternacht, da die Bäume die schlechten Träume und den schlechten Atem des fluchenden Bauern und des Getiers im Wald einatmen? Was kann da schon einem Besucher zustoßen? Er wird sich natürlich nicht an den drei Nelken, die in seinem Glühwein schwimmen, verschlucken. Es geht alles mit rechten Dingen zu. Nur das Moosweiblein hat geflunkert: Es heißt nicht Finna. Die Zwerge geben niemals, niemals ihren wahren Namen preis.)

Natürlich fand es die Dame Vlasta seltsam, daß sie in den letzten Tagen soviel Besuch bekam, sie schrieb es den zaubermächtigen Zwergen zu, daß man nun, viel öfter als früher, ihre Nähe suchte – der Gast aus Deutschland wurde hinter seinem Rücken nach der Ameise in einem tschechischen Kindermärchen genannt: Ferda. Er sah nicht wirklich wie ein Schusterlehrling aus, der es nicht abwarten konnte, zum Gesellen ausgebildet zu werden, er pflegte seinen Zweitagebart und trug Pullover mit V-Ausschnitt und Hemden mit geknöpften Kragenspitzen. Man hatte also Ferda in ihr Waldhaus gebracht, und er hatte die Närrchen mit Kobolden gleichgesetzt, was für ein Irrtum. Er war ein Irrtum. Sie würde Finna um mehr Kenntnis über ihn bitten, vielleicht strapazierte sie aber auch mit ihrer Bitte die bessere Bekanntschaft, von der sie hoffte, sie möge in Freundschaft übergehen.

Sie konnte nicht mehr aufrecht stehen, sie konnte nicht mehr mit geradem Rücken sitzen, sie war müde. Also sagte sie: Es ist Viertel vor zwölf, ihr könnt euch auf den Boden legen und schlafen, streift einfach den Schonbezug vom Sofa und deckt euch damit zu. Ich gehe jetzt ins Bett. Sie löschte die Kerzen, füllte ein Glas mit kaltem Wasser und schlurfte ins Schlafzimmer. Sie blieben in der Dunkelheit sitzen und wagten es nicht, sich zu rühren. Dann tuschelten sie miteinander, Ferda fand es nach einigen Minuten abwegig, in einem fremden Haus im Dunkeln zu flüstern. Und ganz sicher wollte er sich nicht neben die Katze auf den Boden hinlegen. Sie wünschten laut gute Nacht, bekamen keine Antwort, schlossen die Tür hinter sich. Aneschka setzte sich ans Steuer, er kämpfte gegen die Müdigkeit an und massierte sich die schweren Lider. Morgen war ein neuer Tag.

An diesem neuen Tag, einem verregneten Mittwoch, unternahm er den lahmen Versuch, zur Nüchternheit zurückzufinden – ihn schwindelte von den Geschichten, die man ihm erzählt hatte, es musste doch eine Möglichkeit geben, davon unbeeindruckt seinen Touristenstatus zu erhalten. Er duschte, er trimmte seinen Bart, er massierte sich die harten Muskeln am Nacken und an den Schulterblättern: Er wandte dabei die Technik der Schimpansen an, die sich mit der rechten Hand am linken Ohr kratzen.

Die Schwester der Freundin von Aneschka hatte Windpokken bekommen, und sie war am frühen Morgen aufgebrochen, um mit der Freundin zusammen eine jucklindernde Salbe auf die Pocken zu massieren. Kinderkrank sind wir alle, halb Luft halb Kind sind wir alle. Und wenn der Regen niedergeht, an diesem Mittwoch, und fast alles Tageslicht vergraut, schließen wir, ob Schuster, ob junge Frau, ob von Närrchen geliebte Dame, die Augen, denn das Licht hinter unseren Augen verschlingt das Grau und alle Grautöne. Wenn wir die Augen wieder öffnen, haben wir mehr Licht in unserm Blick. Es will uns niemand zum Aufgeben überreden.

Und so stand Ferda vor dem Schaufenster eines Schneiders und starrte auf die schwarzen Puppen in Strickstrampelhosen, dann beobachtete er einen Mann, der erst die Straße überquerte, um danach die losen Schnürsenkel zu einer Doppelschleife zu binden (Er ist abergläubisch, er glaubt, sich dadurch vor der Gleichgewichtsstörung zu feien); dieser Mann hatte dicke Arme und vielleicht trainierte er mit Kanaldeckeln, und … wohin führten ihn diese Gedanken?

Ferda gewöhnte sich den feierlichen Tonfall ab, er war, ohne es wirklich zu merken, geschrumpft, und der kleine Mann in ihm wollte ihn dazu überreden, die Zeichen zu erkennen, das Leben rauschte an ihm vorbei, das Leben war ein weggewehtes Haftnotizblatt, doch er hatte keine Lust auf das Geschwätz des kleinen Mannes in ihm, der ihm eingab, daß das, was er sah, im besten Falle eine Ankündigung des Spektakels hinter den Dingen war. (Wieder die Philosophie! Wieder Theorien und Thesen!) Nicht einmal in der Provinz konnte er eine Frau damit beeindrucken, wenn er sagte: Also, ich glaube, das Leben ist ein weggewehtes Haftnotizblatt. Nicht umsonst hatte sein Meister ihm mit einem Stück Sohlenleder aufs Haupt geschlagen. Es gilt in der Schuhmacherwerkstatt, Schuhe zu machen oder zu reparieren, es gilt, sorgfältig zu arbeiten und schnell zu vergessen. Von den Zeichen fortkommen, nicht mehr zu deuten, weil man sonst einem Hieb, einer Ohrfeige oder einem kräftigen Klaps schwer ausweichen kann – müßige Gedanken!

Aneschka ging, in der Minute, in der Ferda das geschwollene Auge rieb, zu einem Marktstand und kaufte sich eine einzelne Birne, sie aß sie beim Schlendern durch kleine Gassen, und sie mußte sich nicht wegen des Kopfsteinpflasters sorgen. Ferda hatte die flachen Absätze festgeklopft, sie würden sich nicht lösen. Das, was von oben herabkam, fühlte sich auf ihrer Haut an wie Schlammregen, sie kam zu spät zu ihrer zweiten Verabredung, die kleine Schwester ihrer Freundin hatte mit Wasserfarben die Pocken angemalt, und sie mußten lange auf das großäugige Mädchen einreden, bis sie ihm endlich die Farbe abtupfen konnten.

Edita empfing sie in ihrer Wohnung, sie zog sich freiwillig ihre Schuhe aus, um nicht den Straßenschlamm ins Haus zu tragen. Und sie erschrak. Überall standen Gipsbüsten von finster dreinblickenden Römern, ein Tunikazipfel war um Hals und Nacken geschlungen und hing wie eine erstarrte Faltenstudie in Stein herab. Edita in knöchellangem Wollkleid mit Blümchenborte am Rocksaum. In und auf den Regalen Büsten, Edita von ihnen umgeben, von ihnen umzingelt, faustdicke bis kniehohe Büsten, und Edita, die die Verwunderung der Besucherin verstand, eilte in die Küche und setzte Teewasser auf, und nach einigen Minuten, in denen sie kein Wort miteinander sprachen, kam sie mit zwei vollen Tassen wieder zurück. Eine schlappe Orchidee im Topf neben dem viktorianischen Sessel, an der Troddelborte zwischen den beiden Vorderbeinen hatten sich Wollmäuse verfangen. Der elektrische Raumbefeuchter machte ein bißchen Lärm.

Dein Vater, sprach Edita, es geht um ihn. Er hat mich damals in der Grundschule immer nur angestarrt. Mehr nicht. Und jetzt haben wir uns zufällig wiedergesehen, und er starrt mich wieder bloß an oder sagt seltsame Dinge. Aneschka kannte diese Frau nicht, sie hatte sie hergebeten, um vielleicht durch sie bestärkt zu werden in ihrem Verliebtheitsgefühl, und wenn sie ihr erzählte, daß ihr Vater, der bekannte Komponist, seltsamerweise von Kinderbuchillustratorinnen angehimmelt wurde, würde … würde was passieren? Sie ließ sich von Ferda eine Umrißzeichnung ihres rechten wie linken Fußes machen, sie fand nichts dabei. Edita stellte ihre Wohnung mit Gipsbüsten voll und glaubte, eine höhere Kraft hätte zwei ehemalige Drittkläßler nach Jahrzehnten zusammengeführt. Sie fand nichts dabei. Also sagte Aneschka: Mein Vater komponiert Lieder, die auch ein Automechaniker mitsummen möchte. Jemand muß sich ja um die Melodien kümmern. Sein Starren darf man sich nicht zu Herzen nehmen, es bedeutet nur, daß er das, was er sieht, länger ansehen mag. Ob du ihm gefällst, kann ich nicht wissen. Hast du ihn schon geküßt?

Edita bekam sofort einen Schluckauf, sie lief aber nicht rot an, sie stellte sich an das geöffnete Fenster, das Regengrau ging langsam über in das natürliche Abendgrau, ein Auto sprang nicht an, der Plakatkleber marschierte mit Wischer und Kleistereimer zur Litfaßsäule in der Nebenstraße. Sie schloß das Fenster und sagte, sie wollte es ganz bestimmt versuchen, bald wäre es so dunkel, daß sie das Haus verlassen konnte, und sie hoffte, Antonin hätte Zeit für sie, man durfte ihr bitte keine geheimen Absichten unterstellen.

Später, als Aneschka den Weg ins Hotel ging und die nassen Tauben auf den Dachfirsten betrachtete, fiel ihr etwas ein, das sie sofort wieder vergaß, und erst viel später, als sie ihre Brille abnahm und verwundert die Fettflecken auf den Gläsern entdeckte, fiel ihr wieder der Gedanke ein, der ihr nach einem langen Kuß kurz durch den Kopf gegangen war: Wenn Ferda einen Kuß auf ihre Lippen drückte, wischte seine Nasenspitze über ihre Brillengläser, und sie sah die Welt nur noch unklar. Sie lächelte kurz, er hatte tatsächlich ein Fuchskneifgesicht und Haare wie ein Lausbube. Sollte sie ihn dazu überreden, nach Prag zu ziehen? Hier gab es allerdings keinen großen Bedarf an Schustern, die Stadt glich immer mehr einem Freiluftmuseum, vielleicht war es ungerecht, so etwas zu denken, vielleicht aber mochte sie viel lieber hier eine Weile und dort eine Weile sein. Sie sang gerne für andere Menschen.

Sie singt wunderschöne Lieder, und wenn sie mir im Hotelzimmer ein Lied singt, bin ich verliebter denn je. Wenn ein Ferkel Gänsehaut bekommt, weiten sich die Poren zu kleinen rosa Pickeln – Aneschkas Stimme läßt die Haare an meinen Unterarmen sich aufrichten, und sie sehen aus, als hätte ich mir mit dem Zirkeldorn tausend Löcher gestochen. (Er übertreibt.) Ich bin auf offener Straße wütend geworden, dabei hatte ich doch nur vor, nach einem geeigneten Geschenk für meinen Meister zu suchen. Er gehört zu jenen Menschen, die man mit einem Mitbringsel aus einem fernen Land gegen sich aufbringen kann. Einen Souvenirteller mit dem nostalgischen Abbild der Karlsbrücke würde er auf meinem Kopf in tausend Scherben zerschlagen.

Der Regen hat mir jede Absicht weggewischt, doch davor, im strömenden Regen und inmitten der Arbeiter und Angestellten, die auf den Bürgersteigen um Stehplätze und Gehstreifen rangelten, nahm ich mir vor, einen weißen Regenschirm zu kaufen: Weiß war eine Absicht, es war die Farbe der reinen Absicht, ein schönes Signal. Die Verkäuferin im Kaufhaus riet mir davon ab, sie sprach Deutsch, alle sprechen sie hier Deutsch, sie sagte, weiß paßte eher zu einer Frau, und ein Mann hätte sich an gedeckte Farben zu halten. Ich kaufte weiß. Draußen ging ich um zwei Ecken und stand mit dem aufgespannten neuen Schirm an der dritten Ecke, da trat ein Mann unter den Schirm, der mit einem dünnen Zweig immer wieder in eine schmutzige Lache gedroschen hatte. Er stand dicht bei mir wie ein Liebhaber mit der festen Absicht, den Geliebten neckisch in den Arm zu zwicken. Ich wich zurück, er trat heran. Ich ging zwei Schritte auf Abstand, er sprang unter den weißen Schirm. Dann aber hatte er plötzlich einen kleinen verbogenen Schraubenzieher in der Hand, mit dem er in meinen neuen Regenschirm von unten einstach, bis er von zwei Passanten weggezerrt wurde. Aneschka mußte mich in jenem Moment gesehen haben, in dem mein vor Wut hochrot angelaufener Kopf unter dem zerfetzten verschmutzten Schirmstoff wie eine kleine Sonne schien – dabei hatte ich wohl auf die Schaulustigen in deftigen deutschen Worten eingeredet, sie aber starrten mich nur seelenruhig an.

Für Aneschka sah ich aus wie der Angehörige einer Splittergruppe, der versucht, die unterkühlten Umstehenden anzufeuern. Sie nahm mich bei der Hand, zog mich aus dem Haufen heraus, und dann legte sie beide Hände auf mein Gesicht, um mir den Kopf zu kühlen, den kaputten Regenschirm warf ich in den Rinnstein, ich setzte mich in Bewegung, sie hielt mit mir Schritt, ihre Hände auf meinen Wangen. Die Hausfassaden zerliefen in Rostschlieren, unter einem Himmel schwand eine Stadt dahin, und Aneschkas Absätze, die ich festgeklopft hatte, lösten sich wieder, weil wir durch große Pfützen schritten, es war fast unmöglich, den Arbeitern und Angestellten auszuweichen. Eine graubraune Pfütze vereinigte sich mit einer ölig braunen Lache, im Wasser der Straßen spiegelten sich die Anzüge, die Daunenjacken, die Schalkragenpullover, die Wetterparkas, die Lederblousons, die durchnäßten Trenchcoats, die Pulloverblousons, die Föntollen, die Halb- und Vollglatzen, die Pagenköpfe, und die freilaufenden Hunde und die Hunde an der Leine. Ich erinnerte mich wieder an meinen Meister, nein, an das Mitbringsel, nein, an seine ein Dreivierteljahr alte Jack-Russell-Hündin, die an alten vermufften Schnürsenkeln oder an Röhrenknochen kaute – bei diesem Wetter wollte ich kein Souvenir kaufen, ich wollte an die Hündin denken.

Als wir an einem Hotel vorbeikamen, bat ich Aneschka, im Foyer kurz auf mich zu warten, ich flitzte auf die Gästetoilette, auf einem Messingschild bat die Hotelleitung, die Urinalspülung mit dem Fuß zu bedienen. Ich schlug mir Wasser ins Gesicht, behauchte aus alter Gewohnheit den Spiegel und rieb den Kondensfilm wieder weg.

Träumt sie von mir? Oder gibt sie auf sich acht und verschließt ihre Augen vor den fremden Splittern, dem Staubkorn, den Partikeln, die einen Nebel bilden in kurzen Träumen. Wenn man nicht aufpaßt. Wenn die Splitter im Traum stecken. Wenn Licht und Dunkel vergehen – wird man da verdreht? Bin ich ein verdrehter Mann, vor der Schusterei, vor dem kleinen Ganoventum gab es für mich eine nicht häßliche, eine fast schöne Welt, ein nicht häßliches, ein fast schönes Leben. Und in diesem damaligen Leben wurde mein Körper verdreht, wurde mein Sinn verdreht: Ich wollte doch nur meine Füße beschäftigen. In den Städten, in den Mitten der Städte, in den Fußgängerzonen, die manchmal von einem Kaufpalast an einem Ende zum Kaufpalast zum anderen schnurgerade verlaufen, am Rande des Menschenstroms: Dort stand ich oder saß ich lange, und ich verbrachte Tage Wochen Monate damit, endlich herauszufinden, was ich da eigentlich tat. Ein Pflastermaler sagte mir, er würde nur Datteln ohne Brom und nicht begaste Walnüsse essen, ich probierte eine Dattel und sah hinab auf die vielen bunten Kreidestifte, mit denen er eine Hochzeitsgesellschaft auf dem Lande gemalt hatte: Die Braut und der Bräutigam im Vordergrund waren pausbäckig, und alle Männer und Frauen und Hunde und Katzen und Vögel auf dem Bild trugen Gänseblümchenkränze auf dem Kopf. Zwei Maulwürfe jonglierten auf ihrer pechschwarzen Nasenspitze mit vollen Schnapsgläsern. Ein Kinderbild. Von einem Augenblick zum anderen wurde ich bekehrt, nein, es gefiel mir, was ich da sah. Du bist bekehrt, sagte der Maler, und ich hielt ihn sofort für einen Drogenbekehrten. Das war es nicht. Das war nicht der Hunger, ich aß in jenen Tagen vielleicht zwei Brötchen am Tag, vielleicht auch nur eins, vorm Schlafengehen. Die Pausbäckchen brachten mich auf die Idee: Ich nagte am Innenfleisch meiner Wangen, und wenn ich die zerbissenen Stellen mit der Zungenspitze antippte, taten sie weh. Das war es nicht. Ich verließ den Pflastermaler, stieg in ein Taxi ein und ließ mich nach Hause fahren, das Taxameter zeigte sechs Euro neunzig, ich streckte dem Fahrer einen Fünfzigeuroschein hin, er wollte nicht wechseln, er war von seinem Chef angewiesen worden, nicht mehr als siebzig Euro in der Börse zu haben. Er hatte vor zwei Stunden angefangen, ich war sein zweiter Gast. Und dann entschied er sich anders und nahm den Geldschein und gab mir das Rückgeld, und immer noch zerbrach ich mir den Kopf darüber, was für eine Kraft ich denn spürte … plötzlich war ein Loch in meinem Kopf, und daraus strömte das unsaubere Gas aus meinen Lungen.

Die Tochter des Komponisten empfing ihn wie einen Fremden, und innerhalb einer Minute wurde er wieder zu ihrem Freund. Er war wohl in der Zeit, da sie auf Windpocken die Salbe aufgetragen und Editas Gipsbüsten angestarrt hatte, beim Friseur gewesen. Er hatte einen kleineren Kopf. Der paßte zu seiner halbtrüben Stimmung. Die Friseure in Prag, nicht alle, waren früher Schafscherer, und jetzt schoren sie Jungs und Männer, denen sie knisternde Kittel anlegten und mit der Effilierschere die Locken ausfransten. Ferda hatte noch den Abdruck des Papierkragens am Nacken. Sie stolperte über eine aufgeweichte Zeitung, sie setzten sich in eine Konditorei, er bat sie, beide Schuhe auszuziehen, er wollte die Absätze wieder festklopfen und ließ sich nicht von den entgeisterten Gästen abhalten. Und während er klopfte, erzählte er:

Um neun schließt der Meister auf, vormittags kommen fast nur Frauen, und mein Meister repariert Geldbörsen, Schlüsseltaschen, Puppenschuhe, Jacken, Hosen, Reitstiefel, Reisekoffer, alte Hebammenkoffer und Pferdegeschirr mit aufgeplatzten Nähten. Er polstert Sättel auf, er bezieht Motorradsitzbänke, er erstellt für zwanzig Euro Gutachten über die Schäden an Koffern und Taschen, die die Kundinnen an die Fluggesellschaft schicken. Er sagt: Wir haben nicht Klempner gelernt und wagen uns an Schuhe ran, deshalb sind wir keine Schuster, wir sind Schuhmacher! In seiner Werkstatt stehen eine Nähmaschine, eine Bohrmaschine, um dünne Sohlen aufzubohren; eine Schuhpresse – die Sohlen werden mit Klebstoff eingestrichen, über die Eisenleiste gestülpt und dann gepreßt. Und dann zum Trocknen weggestellt. Zwei Schleifmaschinen hat der Meister – die Schritte gehen so: Nägel einschlagen in den Absatz, mit dem Nagelversenker nacharbeiten, schleifen. Wir haben Schuhweitgeräte für Halbschuhe, aber wenn eine Frau mit einem Wadenumfang von achtundvierzig Zentimetern reinkommt, müssen wir schauen, was wir tun können.

Der Meister hat lange Leichtgummischalen und das Weitgerät in die Stiefel gesteckt und so lange an der kleinen Handkurbel am Gerät gedreht, bis es ihm nach Augenmaß gereicht hat, dann durfte ich Lederdehner sprühen, und die Stiefel haben wir einen vollen Tag stehenlassen. Du hättest das Gesicht der Frau sehen sollen, als sie in die Stiefel schlüpfen konnte, ihre Waden paßten hinein, und sie war glücklich. Wenn nichts zu machen ist, sagt mein Meister: Sieht schlecht aus. Ist ein ganz anderes System. Ich halt mich nicht damit auf … Was glaubst du, was soll ich ihm aus Prag mitbringen?

Schokolade und Postkarten, sagte sie und zog sich die Schuhe an. Sie hatte ihrer Mutter, von der sie im Moment nur wußte, daß sie Kieselerdekapseln für Haut und Haar und Nägel schluckte, sie hatte also ihrer Mutter ebensolche Geschenke aus Deutschland, aus Berlin, mitgebracht: Teure Pralinen, haltbar bis zum Herbst des darauffolgenden Jahres, und Ansichtskarten, billig im halben Dutzend erstanden. Ihre Mutter hatte die Pralinen ihrem neuen Mann weitergeschenkt, das war in Ordnung, es ging ja um die Geste. Für Aneschka bestand das Leben aus Geklimper oder Melodie, denn sie dachte nicht in Worten oder in Bildern, sie nahm alles wahr in Noten, in Tönen, in schönen oder unerträglichen Gesängen. Ferdas Stimme gefiel ihr, es war die Stimme eines Mannes, der nur kurz im Stimmbruch gewesen war und danach einfache Wörter sprechen konnte. Ihre Mutter rief jeden Morgen früh bei ihr an und hinterließ auf dem Anrufbeantworter eine Nachricht, nein falsch, sie sprach auf das Gerät, nach dem Piepton mußte sie sich räuspern, um dann eine Ermunterungslosung zu sprechen. Eine Ermunterung ging folgendermaßen:

Hallo, du bist bestimmt noch nicht wach, es ist ja erst Viertel vor sechs, du weißt, ich stelle den Wecker auf sieben Uhr, aber heute … na ja, heute kam es anders. Hattest du einen schönen Schlaf? Ich hoffe es. Also, ich glaube, du kannst dich auf den heutigen Tag freuen, ich habe noch nicht dein Horoskop gelesen, aber da wird auch nichts anderes drinstehen als … als Glück. Vielleicht findest du heute eine Mütze oder Münzen auf der Straße. Du weißt ja, ich sage immer, man muß, wenn man etwas gefunden hat, abwägen, ob man wirklich der ehrliche Finder sein will oder nicht. Manchmal bin ich doch zum Fundbüro gegangen, aber ich habe noch nie … noch nie in meinem Leben Finderlohn kassiert. Eine Mütze oder Münzen darf man schon behalten. So, gleich ist meine Sprechzeit um, aber noch eins: Komm mich doch mal wieder besuchen, ich mache dir dann einen Ingwertee, den du so gerne … Piep.

In einer anderen Ermunterung hatte sie Aneschka vor Träumern gewarnt, das waren Männer, die sich nicht wirklich von Liebeshändeln beeindrucken ließen, sie entschärften die Frauen, und sie wußten nicht, daß man eine Eieruhr im Uhrzeigersinn aufzog und erst dann einstellte, damit sie nach drei oder vier oder ihretwegen auch fünf Minuten klingelte. Ferda machte träumend Schusterei, er reparierte seine Träume, und wenn ihm etwas zu weit ging, rief er diesen komischen Satz aus: Jetzt ist aber die Wurst warm! Oder er sagte: Das Möhrchen ist gelutscht!

Sie standen gleichzeitig auf, steinschwer waren sie geworden, müde vom nutzlosen Tag, und unterwegs zum Hotel sahen sie einen Fotografen, der mit seiner alten Hasselblad Sechs-mal-sechs-Zentimeter-Bilder schoß, sie wußten es beide, sie hatten auf Menschen auf quadratischen Fotos gestarrt, auf Fotos in fremden Alben. Der Fotograf hatte eine Hose, die an den Knien ausgebeult war, wahrscheinlich ist das ein ehrgeiziger Tscheche, dachte Ferda, wahrscheinlich ist das ein noch nicht ausstudierter Student, dachte Aneschka – er hielt die Kamera auf Parkbänke, von denen das Regenwasser tropfte. Und später sollte was geschehen? Später würden sie am Ende eines Liebesstreits im Bett liegen und sich nicht rühren.

Draußen roch es nach verbranntem Holz, und der Wind trug den Geruch durch das offene Fenster hinein.

Die Dame Vlasta war nüchtern, heute nacht wachte das Närrchen Finna nicht über ihr Herdfeuer. Sie hatte sich den anderen Zwergen angeschlossen, sie pflockten Holunderzweige in die Erdhügel, um die Maulwürfe zu vertreiben. Manchmal dachte sie darüber nach, über die engen Gänge unter der Erde, sie fragte sich, ob die Gnömchen Tunnel bauten und in einer Nachtstunde, da sie besinnungslos auf dem Sofa lag, noch in ihrem Kleid aus grobem Stoff, durch den Boden durchbrachen. Sie schwand ja so dahin. Sie lebte heute ohne Kraft dahin.

Und dann klingelte das Mobiltelefon, das ihr der Komponist geschenkt hatte, sie ließ es lange klingeln, der Anrufer legte auf und rief wieder an, sie nahm ab in der Hoffnung, bald wieder zur Stille zurückkehren zu dürfen.

Ich will wissen, wie es dir geht, sagte er, ich bin im Waldhaus, sagte sie. Sie sprachen eine kurze Weile, dann war das Gespräch zu Ende. Danach aber hielt sie es allein nicht mehr aus, also bestellte sie ein Taxi, und als sie auf der Schnellstraße aus dem Seitenfenster schaute, sah sie die hell erleuchteten Kaufpaläste in der Peripherie der Stadt, und wenn es wieder dunkel wurde, legte sich ein großer Schatten in kleinen Falten auf die Landschaft. Das Helle war grell, und das Dunkle war schlammgrau. Sie wandte den Blick ab und zupfte an ihrem Rock, und plötzlich fing der Fahrer an zu erzählen. Eine Frau und ein Mann stiegen bei ihm ein vor ein paar Tagen, sie sagte, sie hätte für ihren Mann neue Hausschuhe gekauft, sie holte sie sogar aus der Plastiktüte, und tatsächlich, er betrachtete sie im Rückspiegel, wegen des Verkehrs warf er vielmehr kurze Blicke auf die schönen hirschbraunen Pantoffeln, da fielen ihm aber die zitternden Hände auf, die die Pantoffeln hochhielten, und ihr Mann auf dem Beifahrersitz sagte, es wäre nicht so schlimm wie Parkinson, nur ein Viertel so schlimm, vielleicht sogar nur ein Zehntel. Während der restlichen Fahrt unterhielten sie sich über Menschen, die von Krankheiten befallen werden: Über Männer, die sich heimlich zwicken, durch die Kleidung, sie sind zufrieden wegen der kleinen blauen Flecken, sie fügen sich selbst Leid zu, weil es sonst keiner übernimmt, sie zu bestrafen. Über Frauen, die die Vorhänge zuziehen, um das Licht auszusperren.

Die Dame Vlasta hörte dem Taxifahrer zu, er hatte eine gute Stimme, er hätte auch von eins bis tausend laut zählen können, und sie hätte ihm trotzdem gelauscht. Ihre Lust, in einer Bar am Tresen zu sitzen, verging, sie bat ihn, sie wieder zum Waldhaus zurückzufahren. Und sie fügte hinzu: Nein, ich bin nicht von einer Krankheit befallen, es ist noch nicht soweit. Ich hatte einen schönen Plan, und jetzt habe ich den Plan aufgegeben. Es ist eine überragende Leistung, wollte sie hinzufügen, daß ich so beherrscht bin, wer erkennt sie nur an? – sie sprach diese Worte nicht aus. Der Mann, der sie durch die Nacht fuhr, sollte sich keine Meinung über sie bilden. Manche Menschen sitzen draußen in der Kälte, es macht ihnen nichts aus. Andere baden im Eiswasser, sie härten sich ab. Was ist mit einer Frau wie ihr, die Alkoholdämpfe ausschwitzt, unter der Anleitung eines Moosweibleins?

Der Taxifahrer schwieg eine kurze Weile mit ihr mit, und als die illuminierten Kaufpaläste in Sichtweite kamen, bat er sie um Erlaubnis, ja, so fing er an zu sprechen: Erlauben Sie mir, daß ich Sie kostenlos chauffiere? (Altmodisch kommt von alter Mode und überkommener Umgangsform. Dieser Mann, der seit dem Zusammenbruch Taxi fuhr, war lange Zeit ein Junggeselle mit wechselnden Freundinnen gewesen. Er hatte nun aber das Gefühl, daß er übertrieb. Übertreibung ist neumodisch. Er ließ es nicht zu, daß es ihn zerriß, in seiner

Brust war Ruhe.) Sie rauchten während der Fahrt, er kurbelte das Beifahrerfenster einen Spalt herunter, sie rutschte in die Mitte des Rücksitzes, es gefiel ihr, wie der Rauch durch den Spalt abzog. Am Hinterkopf des Fahrers kräuselten sich die Haare, und als er sich kurz zu ihr umdrehte und sie anlächelte, blickte sie verlegen weg.

Er sagte: Haben Sie besondere Wünsche, was das Fahrtziel anbetrifft? Wollen wir übers Land fahren oder wieder zurück zur Stadt, und dann zu Ihrem Waldhaus? Sie sagte: Ich bin auf keine Affäre aus. Und er sagte: In unserem Alter liegt eine Affäre außerhalb unseres Interesses. Schöne steife Formulierung. Sie brauchte Gesellschaft. Sie wollte sich nicht zum Schlafen hinlegen, und deshalb überkam es sie. Fahren Sie Ihre Lieblingsstrecken ab, sprach sie, und lassen Sie uns bitte die nächste Viertelstunde einfach schweigen. Der Fahrer lenkte das Auto einhändig, das Leder des Lenkrads knirschte immer dann, wenn er seine Hand auf eine andere Stelle auflegte, und es wunderte ihn nicht, daß die Dame Vlasta ihn ins Waldhaus hereinbat, es wunderte ihn nicht, daß sie erst einige Kerzen anzündete, sich bückte und in der gebückten Haltung den Boden absuchte, er saß auf dem Sofa und zügelte seine Neugier und trank den lauwarmen Tee. Auf ihre Frage hin beteuerte er, daß ihm kein Winzling unter den Sohlen klebte und daß ihm auch kein vorscheinendes Bäuchlein aufgefallen wäre. An seltsame Fragen war er gewöhnt.

Die Dame Vlasta sagte, die Wesen vom Wald würden sich gerne mit Kosenamen anreden, sie grüßte beispielsweise den Meister der Wesen mit folgender Anrede: Ahoj moje sladká žížalko (Hallo, mein süßes Forellchen). Nun war der Fahrer doch recht erstaunt – was brachte diese Nacht für ihn? Konnte er hoffen, daß er unverletzt davonkam? Er fühlte in sich eine Unruhe aufsteigen, und da er aber nicht verschlossen wirken wollte, stand er abrupt auf, streckte ihr die Hand entgegen und nannte seinen Namen: Karel; sie gab ihm die Hand und nannte ihren Namen: Vlasta. Dann lösten sich die Hände, sie hatten sich einander vorgestellt, es sollte möglich sein, das Gespräch auf andere freundliche Dinge zu lenken. Die Dame Vlasta verschwand im Nebenzimmer, die Katzen hatten gerufen, und als sie wiederkam, sah sie Karel mit großen Augen am Fenster stehen und den Kopf hin- und herdrehen.

Sie raschelten im Unterholz. Sie erregten die Aufmerksamkeit der Besucher. Und tatsächlich stapfte das Buschfräulein, das sich als Finna vorgestellt hatte, durch das welke Laub, wütend und verärgert über ihre Wut, sie warf sich gelegentlich auf den Boden, sie hielt aber ihre Schotenmütze an beiden Seiten fest, es war ihr gleich, daß ein Käfer sich an ihrem Zipfel festbiß und brummte, vielleicht war das ja eine Grille, die den Winter bislang unbeschadet überstanden hatte, die letzte lebende Grille im Wald. (Nein.) Finna, deren wirklichen Namen man nur leise in den engen Stollen wisperte, Finna also hatte Holunderzweige in die Maulwurfshügel gesteckt, und sie hatte die Erdkrümel von ihrem Kittel abgeklopft, und weil Gnömchen sich über die Faulheit der Menschen nur wundern können, war sie nach dieser Arbeit gespannt gewesen, was man ihr und ihnen an Arbeit auftrug. Nichts. Der Bauer, der sie seit langem kannte, war vor dem Ofen eingeschlafen, seine Stube hatten sie danach gefegt und gefeudelt, und dann aber standen sie ratlos herum – wo nicht Mist und Unrat geschaufelt werden können, wo nicht der Staub aufwirbelt, wenn man einen Schritt geht, ist kein Aufenthalt mehr möglich für die Närrchen. Die Wut hatte Finna – die nicht Finna heißt – gepackt, sie stürzte kreischend (also fiepend) hinaus und zerbiß einen in den Erdhügel getriebenen Holunderzweig, und dann den nächsten und den nächsten. Die anderen Zwerge hüpften hinter ihr her, es war nicht ratsam, sie von dem Zerbeißen abzuhalten, und irgendwann schrie (also summte heiser) Finna sie an, sie sollten sie gefälligst in Ruhe kreischen lassen.

Das Moosweiblein schälte Streifen von Baumrinde ab,

trampelte Halme nieder und machte Eulen nach, so daß ihre Augen fast aus dem Kopf fielen, schließlich rannte sie zum Waldhaus der Frau und nagte eine Treppenstufe an, als plötzlich der Kopf eines fremden Menschen am Fenster erschien. Sie rollte sich zu einer Kugel zusammen und hörte den Mann sagen, daß da draußen etwas wäre, die Frau hielt ihn davon ab, rauszugehen und nachzusehen – er verschwand vom Fenster. Dafür klopfte jemand Finna auf die Schulter, sie japste (also piepte) und schlug sich sofort auf den Mund. Wieder der Kopf am Fenster. Sie erstarrte. Tunk hinter ihr erstarrte. Kopf wieder weg. Finna und Tunk krochen rückwärts zurück in den Wald, und erst dann traute sie sich, ihm die Ohrläppchen zum Schlackern zu bringen. Aus einem anderen Leben gefallen zu sein in diese Welt, in der für die Riesen ein Kuß nicht viel galt; in dieser Welt, da die Riesen um die Herrschaft rangen, gelegentlich unsichtbar zu werden: Die Närrchen waren es leid, ständig auf der Hut sein zu müssen, es entsprach nicht ihrer Natur, und deshalb konnten Zwerge sich wegen Nichtigkeiten balgen. Die beiden Gnömchen (deren Namen wir nicht wissen und von denen wir glauben, daß sie Spuk des Windes und Gewisper der Nacht sind) vergaßen bald den Streit, hängten sich an Wurzeln, streckten und reckten sich, sie schlossen die Augen und öffneten sie wieder, denn die Bilder hinter ihren Lidern erzählten die Geschichte ihrer Auszüge aus Wäldern und Stollen. Doch der Versteckspiele waren sie überdrüssig, und die Zwerge hatten beschlossen, sich in die Welt der Menschen einzubrennen, sich dummen und klugen Bauern zu zeigen, und Finna erzählte Tunk, dem Zwitterwesen – halb Mann, halb Frau –, daß die Dame Vlasta dabei war, ihr Herz an einen Taxifahrer zu verlieren. An einen neugierigen Mann, der viel zu oft am Fenster stand und die Augen aufriß, in der Hoffnung, das Gewisper der Nacht möge sich in klare Bilder übersetzen.

Und auch der Komponist schien langsam zu begreifen,

noch ahnte er mehr, als daß er wußte, aber es war nur eine Frage der Zeit, bis sein Blick von den Baumkronen und dem Himmel hinunterschweifte zu allem, was in den Schatten stand, in den Schattenverstecken reglos hing: Er hatte den Blick für das Kleine, das Unannehmbare. Das Moosweiblein und der Zwitterzwerg schauten hinüber zum Waldhaus, das Kerzenlicht malte flackernde Finger auf die Fensterscheiben, dahinter verborgen eine Frau und ein Mann, flackernde Bilder in ihren Gesichtern, nichts als Zufall, daß sie in sein Taxi gestiegen war, nichts als Zufall, daß ihr gewesener Mann sie angerufen hatte, nichts als Zufall, daß sie mit dem großäugigen Mann zusammensaß, mitten in der Nacht. Drei Zufälle ergaben einen Wunsch. Ein Wunsch war ein Tagtraum. Ein Tagtraum machte die Riesen zwei Köpfe kleiner. Kleinheit war eine schöne Möglichkeit … Finna forderte Tunk auf, nicht länger das Alphabet der Zusammenhänge durchzugehen, davon bekam sie Nasenzwicken.

Dort drin aber saßen sie nur beieinander. Für einen unsichtbaren Dritten sah es aus, als hätten die Dame Vlasta und Karel einander nichts zu sagen, der Mann und die Frau waren nur verschämt, und er sagte: Ein kleines Abenteuer wäre doch auch in Ihrem Sinne – das aber war eine Liebeseinleitung, die nach Anweisung klang. Sie erstarrte. Er erstarrte. Dann entschuldigte er sich für seine Worte und fragte, ob er gehen müßte, er hätte es ja verdient. Er durfte bleiben und auf dem Sofa liegen, sie lag wach im Nebenzimmer, er starrte das Närrchen Finna an, sie wippte auf seinen Zehen. Als er Anstalten machte, sich zu erheben, bedeutete sie ihm, liegenzubleiben, er starrte das Närrchen Finna weiter an, die hüpfte und hüpfte und hüpfte, um neben seinem Kopf zu knien und ihm etwas ins Ohr zu wispern. Nein, nicht irgend etwas, keine kurze oder lange Geschichte, keine Märchen oder Legenden – nicht irgend etwas, sondern etwas. Erst kratzte sich Karel an den gekräuselten Haaren, dann mußte er heftig niesen. Die

Dame Vlasta wünschte von nebenan Gesundheit, und er bedankte sich lächelnd bei der feinen Dame.

Hallo. Hier deine Mutter. Hast du eine Münze gefunden? Ich habe nichts von dir gehört. An deiner Stelle würde ich die Glücksmünze in einer Schublade ganz vorne aufbewahren. Beim Herausziehen rutscht die Münze nach hinten, und das heißt, daß du die Stolperfallen des Tages überspringst. So geht der Aberglaube. Was man glaubt, das findet einen, gleich oder später. Zieh bitte eine deiner dickeren Strumpfhosen an, und … Piep.

ritter

Wie ein frisch entlassener Schmuckdieb mit einer Grazie an seiner Seite den Verräter sucht und seinen besten Freund, den Fotografen, findet

Ein bißchen von allem, reichte das, oder war es zu wenig für einen Mann seines Schlages? Kam er um bei dem Gedanken, daß er sein Muldentablett unter die volle Kelle gehalten hatte und nun auf seine Portion starrte und feststellte, daß er im Vergleich zu seinem Vordermann die kleinere Hühnerbrust bekam – trieb ihn deshalb die Wut an?

Ich stand hinter ihm und hörte ihn tief Luft holen. Er trat nicht aus der Schlange. Er bezahlte an der Kasse. Ein ordnungsgemäßer Verlauf, hier in der Kantine legte ich Wert darauf, ich hielt es für wichtig, daß ein dicker Mann wie er für Frauen keine Bedrohung darstellte. Daß ein zweifacher Mörder versucht hatte, ihm in den Nacken zu stechen, vor den Augen der Wärter, spielte draußen keine Rolle mehr. Die Lumpen trifft kein Tadel, sie knicken nicht ein. Jetzt war es wichtig, das Essenstablett an beiden Seiten zu halten, nach einem freien Tisch zu spähen, das Tablett auf den Tisch zu stellen und sich hinzusetzen.

Er war mein großer Bruder, wir hatten dieselbe Mutter, ich wollte heute auf ihn aufpassen. Ein leichtes Frühstück, zwei warme Mahlzeiten: Wenn er sich täglich daran hielt und sonst in Bewegung blieb, würde er in kurzer Zeit abnehmen und mußte sich nicht länger dafür schämen, daß man ihn für einen Schlosser oder Hausmeister hielt. Er schlang das Essen, natürlich, die jahrelange Gewohnheit, ich schaute hinaus, damit er nicht glaubte, daß ich Anspruch erhob auf einen Bissen von seiner kleinen Portion.

Der Wachmann blieb kurz an unserem Tisch stehen und scherzte mit mir über die Studenten, die ihre Fahrräder abschlossen und aber von den Hunden der jungen Asozialen angebellt wurden, sie hatten einen blinden Obdachlosen zu ihrem König gewählt, und der König blieb so lange König, wie er bei jedem Schluck aus der Bierflasche Prost brüllte. Fritz heißt der Kerl, sagte der Wachmann, Fritz, der Flitzer: Ich könnte wie Jesus die Hand auf seine Augen legen und ihn heilen, aber es wäre geschwindelt. Fritz kann nämlich sehen, er tut das nur, wenn keiner hinschaut. Mein Bruder mußte sich auf den Kleinkram konzentrieren, hier draußen, also aß er weiter, der volle Löffel verschwand immer wieder in seinem Mund, bis er ein letztes Mal schluckte, der Wachmann war weitergezogen, um die Verstecke und Winkel der Mensa nach Unbefugten abzusuchen, er war streng, er kannte seine Aufgaben, doch gehörte er zu den anständigen Ostdeutschen, die sich noch an Knappheit erinnerten.

Wir zogen unsere Mäntel an und gingen nach draußen, der König hielt die brennende Zigarette an einen Faden, der von seinem Ärmelsaum abstand, und als wir an ihm vorbeizogen, zischte er ein obszönes Wort, das meinen Bruder kurz innehalten ließ, aber nur kurz, bald darauf, am fast stillgelegten Bahnhof Zoo, aßen wir glasierte Teigringe, er rieb seine verklebten Fingerspitzen an der Hose. Er wollte am Kurfürstendamm alleine spazierengehen, vor den Schaufenstern stehenbleiben und die Zahlen auf den Preisschildern lesen – es war gut, daß er keine eiserne Regel befolgte an diesem Tag.

Dies war der Tag, an dem ein Eichelhäher durch das offene Balkonfenster hereinflog, zwei Male einen Kreis beschrieb und wieder herausflog. Mit seinen Flügeln hatte er die Decke berührt, immer wieder, rostbraun der Leib, blau die Flügeldekken, und ich suchte jetzt meine Umgebung nach diesem Blau ab, immer wieder war der kleine Vogel zur Decke geflattert, ich mußte dieses Geräusch vergessen. Vor meinen Augen nur Dunkelblau am unteren Ende eines Werbeplakats, auf dem eine Geschäftsfrau mit einem überraschend frohen Gesicht Zuversicht ausstrahlte; und ein blauer Fetzen Papier, über den die Passanten hinwegschritten, bis er an der Sohle eines Mädchens klebenblieb. Ohne Ansehen ihrer Behinderung trafen sich die Drogenverseuchten zwischen den geparkten Autos, es waren nicht mehr so viele wie zu der Zeit, da im Bahnhof am Zoologischen Garten alle Schnellzüge haltmachten.

Ich folgte der heißen Spur meines Bruders, auch wenn er mich davor gewarnt hatte, ich wich auf Seitenstraßen aus und trank bei einem Händler eine Tasse Kaffee, er kaufte zu Tageshöchstpreisen Gold, Brillanten, Silber, Perlen, Bruch- und Zahngold, sowie komplette Nachlässe. Es hatte sich herumgesprochen, sie wußten es alle. Sag mir, wenn ich helfen kann, sagte der Händler, ich habe ein leerstehendes Lager, dort kann er erst einmal unterkommen, meinen alten Rasierapparat kann er auch haben. Während er fortfuhr, die Artikel seines für ihn unbrauchbaren Besitzstands aufzuzählen, schielte ich hinaus, in der Hoffnung, daß mein freier Bruder den Weg zum Händler finden würde, ich war bei seinem alten Freund aus alten Tagen, bei dem Freund ohne kriminelle Absichten. Nach einer halben Stunde fand ich es unschicklich, weiter zu warten und zu hoffen, er steckte mir fünfzig Euro zu und bat mich, das Geld mit schönem Gruß an den Bruder zu geben.

Meine Tatkraft hatte im Laufe der wenigen Stunden nachgelassen. Ich war damit beschäftigt, Platz zu schaffen in meiner Altbauwohnung, für eine neue Frau in meinem Leben, ihre Haare kringelten sich nach dem Duschen zu kleinen Locken, und ich durfte fast immer daran riechen. Vom letzten Schliff schrieb sie auf der Postkarte mit der Ansicht einer Straße des gotischen Viertels, sie müßte sich einen Feinschliff geben, bevor sie mit einem Mann zusammenzog, ich empfand ihre Worte als gezwungen dramatisch – was, in Gottes Namen, machte sie in Barcelona? Sie hätte sich um ihren Umzug kümmern müssen, doch statt dessen verschwand sie von einem Tag auf den anderen, und dann erhielt ich keinen Brief, aber eine Karte, sie hatte nicht in ihrer üblichen Handschrift geschrieben, sondern in verschnörkelten Blockbuchstaben, und sooft ich auch versuchte, sie über ihr Mobiltelefon zu erreichen, wurde ich nur mit der Mailbox verbunden. Wo bist du nur? dachte ich, da fiel mir wieder mein Bruder ein: Sollte ich ihn über meine Stadt aufklären? In Berlin war die Kälte eine Kunstform, sie war eine Gesinnung, die Berliner Bezähmten taten so, als wären die Touristen, die ihre Straßen bevölkerten, dumme Kolonialisten, denen man Glasperlen, verschnittene Anzüge und Hauptstadtschund andrehen konnte. Es traute sich keiner, sich zu beschweren, die gesprühten Losungen an den Hauswänden lasen sich wie Schlagzeilen im Regionalteil einer Zeitung, und es galt nur in Berlin als aufregend, eine Cocktailolive oder eine Birne in Rotwein zu essen.

Manchmal stellte ich mich auf die Zehenspitzen, um mich nicht ganz so klein zu fühlen, mich überragten die Ladenfronten, mich überragten die Busse und Geländewagen und jene deutschen Frauen, die ihren schönen Müttern aus der Wirtschaftswunderzeit sehr ähnlich sahen. Wo war mein Bruder? Suchte er Streit, wollte er aufmüpfig werden? Ihm lief die Zeit davon, in unserer Zeit sagte man nicht Pi mal Kongo, wenn man gefragt wurde, ob man sich gut oder schlecht fühlte. Heute sprach man auch nicht von der Übermacht des unwürdigen Gegners, kaum daß man nicht mehr nur einer von vielen Verbrechern war, wir hier draußen kauften Luftreiniger gegen den schlechten Geruch, wir waren froh, weil wir den richtigen Fliesenleger kannten, und ein Mann kannte fast immer eine Frau, die Himbeermousse im Baumkuchenmantel auf zweierlei Fruchtmark bestellte: Fehlerfrei und ohne zu stocken. Ich sollte ihm Berlin erklären, es war nicht mehr so wie früher. Ich sollte mit ihr sprechen dürfen, ihre Stimme hören, im selben Bett schlafen. Ich sollte ihn finden.

Die Tasche aus abriebfestem Polyester gefiel ihr, der Verkäufer hatte sie unangemessen freundlich behandelt, ihrem Wunsch nach Preiserlaß entsprochen, und nun kassierte er das Geld und machte sich bereit für den Eröffnungszug, sie aber eilte aus dem Geschäft. Eine Verzerrung in ihrem Leben ließ sie nicht zu. Sie kaufte eine Currywurst am Würstchenstand in der Nähe, und weil an allen anderen Stehtischen die Menschen dicht gedrängt und mit eingezogenen Schultern aßen, gesellte sie sich zu dem Trinker im Mantel, er hatte lange Fingernägel, und mit einem Fingernagel schälte er eine Knoblauchzehe, die spröden Schalen fielen zu Boden, er versenkte die Zehe in seiner Backentasche. Dann fing er an zu kauen, nahm einen Schluck, einen zweiten Schluck aus der Bierflasche und schluckte laut die zermalmte Zehe herunter. Ihre Wurst lag unberührt auf dem Pappteller, sie hatte zu ihm hingesehen und gestaunt, sie tunkte hastig den Zipfel in den Ketchup und begann ein Stück nach dem anderen zu essen. Kein Wort jetzt, dachte sie, ich bin still, und du bist gefälligst auch still, du ißt deinen Knoblauch, und ich esse meine Wurst.

Der Mann stellte sich tatsächlich nicht vor, noch warf er ihr heimliche Blicke zu, die Gelegenheit war doch günstig, um das Wild zu stellen, wenigstens die Flinte anzusetzen auf sie, die sich schön gemacht hatte, wie sich alle Frauen am Tagesanfang schön machen. Weil nur sie es verstehen, daß man mit Schönheit am Morgen für einen halben Grad Temperaturanstieg sorgen kann. Der Trinker im Kamelhaarmantel sah nicht aus wie ein Jäger, sie mußte lächeln über ihre heimlichen Gedanken, seltsam nur, daß sie ihn nicht verabscheute wegen seines dicken Bauchs, wegen des Biers um diese Tageszeit, wegen der Knoblauchzehe, die Wurstesser an den anderen Tischen hatten seine Nähe gemieden. Da wurde er auf sie aufmerksam, er setzte Daumen und Zeigefinger auf die Mundwinkel und ließ sie in der Mitte der Unterlippe zusammentreffen, wahrscheinlich wollte er sichergehen, daß ihm kein Krümel und keine Schale im Gesicht klebte, wenn er zu einer Frau sprach.

Er blieb aber stumm, und sie sagte: Es ist Ihre erste Berlinreise, er schüttelte den Kopf und verriet ihr, daß man ihn wegen illegaler Geschäfte ins Gefängnis gesteckt hatte, für einen Wiederholungstäter wie ihn würde eine lange Haftstrafe vielleicht die abschreckende Wirkung haben, vielleicht auch nicht … Wieso sprach er so umständlich daher? Also sagte sie: Sie reden blödes Zeug, und er sagte: Da haben Sie recht. Ausgerechnet in dem Moment, in dem sie das Gespräch auf etwas Leichtes Feines lenken wollte, stieß er leicht auf, entschuldigte sich aber hastig, und daß er vor Scham rot anlief, stimmte sie heiter, und sie fand den Würstchenbudenbesitzer lustig, gerade jetzt fiel ihr seine Marotte ein, in freien Stunden auf Friedhöfen herumzugehen, er war über die Maßen vorsichtig, er wollte nicht aus Versehen auf ein Grab treten; und sie wurde heiter, weil der Trinker ohne Erfolg versucht hatte, den Bauch einzuziehen, er glaubte, sie interessierte sich für ihn und würde ihn in ein Abenteuer locken.

Eine Herzerfrischung schwebte ihr tatsächlich vor. Es war die Tageszeit, da die Selbstmörder die letzte Tat scheuten und die Ermüdeten noch nicht zu Aufputschmitteln griffen, die Zeit der Kaffeepause der Straßenkehrer, die Zeit der ersten Zeile der Poeten, nachdem sie beim Zähneputzen die Kalkflecken am Spiegel gezählt hatten, es war die Zeit, da sich die Männer und Frauen auf den Bahnsteigen wie Brandungsgeröll verteilten und der Abwind der ankommenden Züge die steingewordenen Gesichter umschmeichelte, und es war ein

Gesicht darunter, in das keine Regung eingezeichnet war, der kleine Bruder suchte den großen Bruder, und er suchte seine neue Freundin in jeder Menge, die er sah, noch war das eine vergebliche Liebesmüh, noch zu früh, um an eine gute Wendung zu glauben, der Entlassene ging die Straßen ab, und die fremde Frau hielt Schritt, die Brüder würden sich so bald nicht treffen.

Man sprach vom Eichelhäher als von einem Rabenvogel, und wenn der Unglückshäher auf einer Astgabel saß, traf der Tod denjenigen, der ihn gesehen hatte: So ging der Glaube, und die Städter verloren diesen Glauben nicht, sie waren nur etwas verwirrt wegen des Lärms, wegen der Motorengeräusche und wegen der Gewalt der Halbwüchsigen, denen es längst nicht mehr darum ging, den richtigen Ton zu treffen. Der Entlassene glaubte nur schwach an die Vorsehung, und das auch nur dann, wenn es ihn hart traf. Vögel pickten Futter oder saßen auf den Ästen, mehr fiel ihm dazu nicht ein; sie aber hatte einmal den Bürzel einer Goldammer aus einer Hekke herausragen sehen, und wenig später, vielleicht sogar noch am selben Tag, hatte sie zum Himmel aufgeblickt, dann war ihr Blick zu einer Baumkrone gewandert, in der viele Sperlinge gesessen und getschilpt hatten. Im obersten Stockwerk des sechsstöckigen Wasserturms im Prenzlauer Berg wohnte ihre zweitbeste Freundin, und sie besuchte sie eigentlich fast nur deshalb, weil sie die Goldammern und Buchfinken in den Bäumen ringsherum hören wollte.

An einem Freitagabend konnte das Unglück kommen oder ausbleiben, es gab keine Tabletten für Immunität und es gab keine Spritzen für Frohsinn, man hatte es der Frau und dem Mann oft genug erklärt, und sie aber wußten es doch. Es zog sie nicht zu den Ständen auf dem Breitscheidplatz, ihr Blick ging hoch zur Turmruine der Gedächtniskirche, und dann waren sie schon auf der Tauentzienstraße, und sie fand es weiterhin nicht eigenartig, dem Fremden im Kamelhaarmantel zu folgen, still ist man aufmerksamer, dachte sie, er hat nichts Böses und nichts Falsches an sich, und als er vor dem *Kaufhaus des Westens* stand, wandte er sich zu ihr um und fragte sie nach dem Portier. Man hatte ihm gesagt, daß die Kunden von einem Einlasser empfangen wurden, sie blieb still und aufmerksam, und um ihre Verlegenheit zu überspielen, nahm sie eine Karte vom Fach auf dem Informationstresen, sie las, daß im April eine Wilde-Zwanziger-Nacht angesetzt war, der Eintritt kostete hundertfünfzig Euro, und ein sogenannter Charleston-Chic war als Dresscode vorgeschrieben.

Sie wurde von einem stark geschminkten Mädchen von hinten angerempelt, der Stoß wirbelte sie zu ihm um, sie sagte, sie wäre noch nie in ihrem Leben in diesem Kaufhaus gewesen, sie wollte nicht tausend Wurstsorten, sondern höchstens vier oder fünf, sie wollte nicht zwischen Hunderten von Weinen oder Tee- oder Käsesorten auswählen müssen. Er nickte ihr zu, mittlerweile studierte er den Etagenfaltplan, sie standen auf derselben Rolltreppenstufe, im fünften Stock steuerte er die Spielwarenabteilung an, und nachdem sie gegen den Uhrzeigersinn einen Kreis beschrieben hatten, griff er im Vorbeigehen aus dem Spielfigurenregal einen berittenen Plastikritter, er stellte sich in der langen Schlange an der Kasse an und bezahlte, dann standen sie auf jeder Rolltreppe auf derselben Stufe, kurz vor dem Rausgehen schaute sie sich die auf hohen schlanken Podesten stehenden Schaufensterpuppen an: Ihre Gesichter waren an den Seiten zu großen Facetten rasiert und in die Fläche von der Stirn bis zum Kinn Augen, Nase und Mund hineinmodelliert worden.

Sie stieß sich an den hereinströmenden Menschen, und als sie wieder ins Freie schlüpften, wankte sie kurz, nur kurz, denn es war der falsche Platz auf dem Bürgersteig, um innezuhalten. Sie erinnerte sich an die Worte ihrer zweitbesten Freundin Anka, sie wählte bürgerlich und sprach oft von dem

Gesindel, das die Hegemonie der Geldklasse angriffe, von den Kerlen, denen nicht Champagner noch Kaviar heilig war – sie traf sich mit anderen Westberliner Damen im Restaurant Silberterrasse im fünften Stock, Anka nannte ihre Frauengruppe die KaDeWe-Karos, weil sie alle Röcke mit Viereckmuster liebten ... Sollte sie ihm davon erzählen? Sie wunderte sich über ihn, er hatte für das Spielzeug bezahlt und es nicht in einer seiner Taschen verschwinden lassen – sollte sie die beiden miteinander bekannt machen, die Zimperliche mit dem Rabiaten? Doch würde Anka diesen Mann nicht den Verlotterten zuschlagen, jenen Kerlen, die in Gammeltimpen zu ihresgleichen stießen? Ihrer Meinung nach mußten Männer schon am Frühstückstisch eine Krawatte tragen, denn die Halsschlinge drosselte die Blutzufuhr in den Kopf und verhinderte einen morgendlichen Blutrausch – eine abstruse Theorie, dachte sie, auch wenn sie selbst ungern unordentlichen Männern verfiel. Und so fragte sie ihn, ob er wüßte, was eine Gammeltimpe sei, und er sagte: Gammlerlokal, und bevor sie zu einer Erklärung ansetzen konnte, sagte er: Dort sind auch Frauen, die sich froh singen.

Am Bahnhof Zoo kniete er sich hin, um sich die Schnürsenkel zuzubinden, und sie hörte eine junge Frau in buntgestreiften Überziehstrümpfen in ihr Mobiltelefon sprechen, die fremde Sprache war weicher als Russisch und härter als Polnisch, es waren aber Vermutungen, sie kannte weder einen Russen noch einen Polen. Ein Gitarrenkasten lag vor ihren Füßen. Wenig später standen sie auf dem Vorplatz einer Kantine, ihr behagte es nicht, einem blinden Obdachlosen vorgestellt zu werden, deshalb verschwieg sie ihren Namen, der Blinde und der Mann im Kamelhaarmantel gaben einander die Hand, sie hießen Franz und Fritz, und es erheiterte sie. Sie dachte sich einen Werbespruch für ein neues Spülmittel aus: Blitzblank mit Fritzfranz. Wenn man diesem Fritz Bart und Haar abschnitte, käme vielleicht ein nicht so mürrisches

Gesicht zum Vorschein, aber diese Männer ließen sich nicht herunterhandeln, und sie waren bestimmt nicht aufgelegt, Ratschläge von Frauen anzunehmen. Franz gab dem Mann den Plastikritter, und seltsamerweise hielt der Blinde den Ritter vor die Augen und starrte ihn an, sie täuschte sich nicht, er betrachtete sein neues Spielzeug und sagte: Ich bin hingerissen.

Man kann nur hingerissen sein oder nichts sein, dazwischen ist nur geschmolzener Schnee. Ich muß mich nicht vorsehen, da keine geruchsempfindliche Frau zu Hause auf mich wartet. Sie hat gleich gemerkt, daß ich meine Blindheit nur vortäusche, das ist ein kleiner Spaß, den ich mir erlaube. Ihren Namen kenne ich nicht, das ist der Spaß, den Sie sich erlauben. Also gut, Franz, ich bin es dir schuldig, zu erzählen, welcher Teufel den Fotografen geritten hat, daß er dich ans Messer lieferte, du siehst aus, als hättest du die Zeit in der Zelle einigermaßen gut überstanden. Er aber blieb verschont, obwohl das Gerücht die Runde macht, eine schöne Frau hätte sich in ihn verliebt, lange her das, immerhin eine Zuneigung von unerwarteter Seite. Seine Seele ist eine große Landkarte. Hat er gesagt, jedem und jeder, und es hörte sich doch wie eine Verheißung an.

Der Fotograf gehört zu denen, für die die Selbstversenkung tagtägliche Pflicht ist, ich lass' das sein, was kommt schon dabei rum, mit Scherereien kenn' ich mich aus. Ärger hab' ich jeden Tag am Hals, der Wachtmeister da drin setzt mir zu, er ist nicht verbogen, er ist nicht gerade. So wie der Fotograf: Er hat sich in Hunderte von Schnipseln zerrissen, und jeder, den er fotografierte, war und ist ein Schnipsel, er hat seine Papierseele verschnipselt. Einmal sprach er mich an, ich war sehr überrascht, weil er mich wegen meiner Täuschung der unversehrten Menschen geringschätzte, er sprach von der Auslösesumme, die er bei jedem Schnappschuß zu bezahlen hätte – jeder, der für ein Foto posiert, verkauft ein Stück seiner Seele, bei ihm verhielt es sich anders, er sammelte nicht Seelenstücke und paßte sie zusammen –, der Fotograf hatte eine Schamstelle: War das sein Kopf? War das sein Herz? Waren das seine Finger, die auf den Auslöser drückten?

Bei dir jedenfalls hat er den entscheidenden Moment nicht verpaßt, du bist in den Antiquitätenladen im S-Bahn-Viadukt eingebrochen, der Mann trieb sich oft in der Dircksenstraße herum, du hättest es wissen müssen, das war und ist eine bevorzugte Gegend für die modernen Hyänen. Tu ich dem Mann unrecht? Nein, schließlich hat er dich fotografiert, als du ein Loch in das Geschäft gehämmert hast, du hast den Tresor mit dem Trennschleifer geknackt, den ich dir besorgt hatte. Ich weiß immer, worauf ich mich einlasse, ich rede jetzt frei, weil ich nicht annehme, daß es sich bei der Dame in deiner Gesellschaft um eine Polizistin handelt, sie sieht mir auch nicht aus wie eine Denunziantin. Ich habe meinen Teil der Beute bekommen. Danke, ja. Ich bin für einige Monate aus der Stadt verschwunden. Danke, ja. Ich halte meinen Hinterhof sauber, das ist die Regel.

Der Fotograf? Er wohl auch, er hat dich ganz sicher nicht verpfeifen wollen, aber er hat geschwätzt, er hat mit seiner Kunst angegeben, es ging ja um zwei Schnipsel seiner Seele, um zwei Fotos, die er herumgehen ließ. Vorher, nachher. Vorher, das warst du, wie du dich durch das Loch gezwängt hast. Nachher, das warst du auf der Flucht. Das konnte nur bei den Häschern landen, das Ereignis des Fotografen, der die beiden Fotos als Ereignis feierte, und man hört ja von jungen Leuten in abgerissenen Kleidern, die wie Chaoten aussehen, dabei sind sie Schnüffler, und ich glaube, so ein Schnüffler ist damals schnurstracks zu den Häschern gegangen und hat berichtet. So kam das eine zum anderen. Du hattest nicht einmal die Zeit, den schönen Schmuck zu veräußern, auch wenn die Höker der Stadt die Ohren spitzten, die Häscher haben dich abgegriffen, davor aber bekam ich meinen Teil der Beute. Danke, ja. Auf die Dame ist bestimmt Verlaß, wenn sie diese Geschichte an eine passende, an eine zuständige Stelle weiterleitet, bin ich kein Scheinblinder unter Zweiäugigen mehr, das wäre sehr schade.

Der Fotograf? Ich kehrte zurück, ich traf ihn, ich ließ es wie einen Zufall aussehen, aber ich traf ihn. Nicht gut. Er aß ein Kaninchen in Mandelsoße, biß in eine Schrotkugel und verlor einen Zahn, das war also kein Stallkarnickel – was ist ein Stallkarnickel wert, wenn man einen Zahn verliert? Was ist man als Mann noch wert, wenn man nicht daran interessiert ist, sich den Milchkaffeeschnurbart abzuwischen. Sie bezähmen uns alle, vielleicht. Nicht gut, der Mann hat allen Mut verloren, der Mann hat sich wegschieben lassen: Keine Glut, kein Bekenntnis, kein Verlangen, nichts Außer- und Ungewöhnliches mehr. Er lebt noch. Der Ritter gefällt mir, danke, ja. Es ist keine Tragödie, sich nicht länger als Werkzeug der Vorsehung anzusehen, er hat in seinen besten Zeiten stark übertrieben. Heute lebt er irgendwo und steht irgendwann auf. An seiner Küchenwand hängen gewellte Fotos. Hab' ich gehört. Von wem? Suche nach Schnipsel neunzehn. Kastanienallee. Eckkneipe.

S-Bahnhof Eberswalder Straße. Ein Kellner, dick wie ein Haihappen: Dein Bruder hat nach dir gefragt, der Schein kommt von ihm, nein, von dem Händler, den du kennst: Nimm das Geld und werde glücklich.

Vom U-Bahnhof Wittenbergplatz aus fuhren sie Richtung Pankow und stiegen in der Eberswalderstraße aus, sie erfuhren nach einem Blick auf die Anzeigetafel von dem Streik von Mitternacht bis zum frühen Nachmittag des übernächsten Tages, die U- und S-Bahnen und die Busse würden bald nicht mehr fahren.

Er hatte sich keinen Plan zugelegt, und die nicht mehr ganz

so fremde Frau an seiner Seite verwirrte ihn nur deshalb, weil sie auf die richtige Gelegenheit oder den rechten Moment wartete, um ihren Namen zu verraten. Über Fritz hatte sie gesagt: Man muß ihn eine halbe Stunde im heißen Badewannenwasser einweichen – er ist schon komisch, oder? Und als sie in die Bar eintraten, in die Bar mit dem Namen *An einem Sonntag im August*, eilte er aus Angst vor einer bösen Überraschung in die hinterste Ecke des schlauchartigen Raums, alle Tische waren besetzt, und hinten, ganz hinten im Fensterwinkel, sah er ein rotes und ein graublaues Sofa. Sie ließ sich auf das Sofa mit der leicht verschmutzten roten Husse fallen, und dann saß er da und starrte auf die jungen Frauen und Männer an den anderen Tischen, sie saßen mit langen Schals um den Hals und kalten Füßen unterm Tisch auf Sesseln, Sofas, Stühlen, sie waren nicht blind, sie waren glücklich. Er war erstaunt, man durfte trotz des Nichtrauchergesetzes rauchen, und also zog er eine Zigarette aus der Schachtel in seiner Manteltasche heraus und steckte sie sich an.

Nach dem ersten Lungenzug hielt er inne, bot ihr eine Zigarette an, sie nahm dankbar eine aus der Schachtel und ließ sich sogar von ihm Feuer geben. Sie bestellte zwei Gläser Limettenlimonade mit Vanille, er trank das aromatisierte Zukkerwasser bis zur Hälfte und sah ihr dabei zu, wie sie mit dem schwarzen Strohhalm zwischen den Eiswürfeln stocherte, und weil er sich sicher fühlte am hintersten Ende des Raumes, ließ er den Blick schweifen. Er entdeckte ihn an der alten Registrierkasse, und tatsächlich, inmitten der schlaksigen jungen Männer fiel er als Dicker im kurzärmeligen hautengen Hemd auf, das schien ihn zu betrüben, und er sprach seinen Gedanken laut aus: Der ist betrübt wegen seines Übergewichts. Sie fragte, ob sie beide miteinander bekannt wären, nein, sagte er, der Fotograf hat uns zu Schnipseln gemacht, ich möcht' mal wissen, welche Nummer ich trage. Dann stand er auf und ging zu ihm hin und log nicht, noch erzählte er eine unwahre

Geschichte, er war nun einmal auf Informanten angewiesen, von denen er hoffte, daß sie ihn über kleine Umwege zum Schuldigen führen würden, es ergab keinen Sinn, sie zu beschwindeln.

Ich würde den Kerl an den Haaren durch die Straßen schleifen, sagte der Kellner, er hat mich heimlich fotografiert, es war die Woche, in der ich mit einer großen Beule herumlief, ich sah nicht besonders gesund aus, ich hatte wenig bis gar nicht geschlafen, und der verfluchte Paparazzo hat ein Foto von mir gemacht, er glaubt, er ist der große Künstler, also hat er mein Foto retuschiert, es auf Plakatgröße aufgezogen und zu Dutzenden überall geklebt, und die Frauen haben sich gekugelt vor Lachen, auf dem Steckbrief sah ich aus wie ein Zoomonster mit fettem Kopf, verdammt noch mal, ich bin keine Sensation, ich will nur, daß mich eine einzige Frau für weltberühmt hält, wenn du glaubst, daß ich mit ihm unter einer Decke stecke, hast du dich geschnitten, ich würde ja liebend gerne mit dir auf die Jagd nach ihm gehen, aber ich bin beschäftigt, ich kann dir nicht helfen, doch, Moment mal, der Paparazzo ist jetzt voll auf Zettelankleber umgeschwenkt, überall sieht man seine Kunst, die keine Kunst ist, hier in der Kastanienallee, an den Hackeschen Höfen, in der Oranienstraße, in der Skalitzerstraße zwischen dem Kottbusser Tor und dem Görlitzer Bahnhof, immer dasselbe Motiv, ein Rehkitz – knallrot eingerahmt, man nennt ihn den Bambibomber, er hinterläßt irgendwelche irren Botschaften, finde ihn, und du machst mich glücklich, deine Getränke gehen aufs Haus.

Wenig später waren sie wieder draußen, und er erzählte ihr die Neuigkeit, es wurde langsam sichtbar, er würde bald die kandierte Kirsche vom Kuchen picken, und auch wenn sie über seine Ausdrucksweise befremdet war, war sie es zufrieden, an seiner Seite zu gehen. Es wurde langsam sichtbar, sie beteiligte sich an der Suche nach einem Mann, der sich falsch verhielt, sie wollte sich nicht vorstellen, was passieren würde, wenn Franz ihn fand. In einem mit Nippes vollgestopften Laden kaufte er eine Taschenlampe, er hatte große Dinge vor und wollte in der Dämmerung dem Zufall nicht völlig ausgeliefert sein, und als sie durch die Kastanienallee schritten, nicht schlendernd und nicht schwankend, leuchtete er die gesprühten Schablonenbilder und die geklebten Figuren aus: Eine schwarzbraunweiße Frau, die in Hüfthöhe überging in Rolltreppen, auf denen mauskleine Menschen standen; die Figur einer Frau auf schreiend hellblauem Grund, ihr Körper bestand unterhalb des V-Ausschnitts ihres Pullovers aus brennenden Autos und Liebespaaren auf Parkbänken; ein lächelndes Mädchen, in deren Nachthemdfalten Stacheldrähte eingezeichnet waren, daran hingen vom Wind erfaßte Unterhemden und Unterhosen; dicke Männchen auf schwarzgelben Zebrastreifen oder in Brandspuren eingearbeitet; eine große Gliederpuppe, deren Bauch ein Schlauch mit Ziehharmonikafalz entwuchs und in einer Schraubenmutter endete, die Mutter ersetzte den Kopf und den Hals der Puppe – überall sahen sie die Zeichen der Fassadenzeichner und der Papierfigurenkleber, in Hauseingängen, auf Stromkästen, über Klingelschildern. Das Papier war an manchen Stellen abgerissen, von Wind und Wetter angegriffen und mit Namenskürzeln übersät, in die Gesichter hatten andere Zeichner ihre Kritzel eingeritzt, mit Messerspitzen, mit rostigen Nägeln, mit stumpfen Werkzeugen, und ein Abfallrohr, das in einer wasservollen hölzernen Regentonne verschwand, war über und über mit Farbspritzern bekleckert, es wurde alles sichtbar, denn der Lichtkegel der Taschenlampe wanderte über Stein und Schutt, über den verschönerten grauen Beton, über den an rauhen Stellen festgebackenen Kleister.

Und sie traten in ein Haus und gelangten über die Hintertür in den ersten, den zweiten und in den dritten Hinterhof, und dort, auf einem pockigen Untergrund, entdeckten sie Dutzende von selbstklebenden Paketzetteln, die mit Hunderten von knallroten Rehkitzen bestempelt waren. Er ging in die Hocke und kümmerte sich nicht darum, daß seine Mantelschöße über den schmutzigen Boden wischten. Sie raffte ihren Mantel und kniete sich neben ihn. Aus der Nähe betrachtet verschwammen die Rehkitze zu einem roten Schleier, sie schaute ihn von der Seite an, das Licht glitt über die Aufschriftzettel von oben nach unten, von rechts nach links, und plötzlich stieß er einen kurzen Schrei aus, der sie jäh hochfahren und zwei Schritte auf Abstand gehen ließ, doch er drehte sich um und bat sie, wieder näher zu treten. Erst nach einigem Zögern folgte sie seiner Bitte.

Siehst du … Sehen Sie die lange Zeile oben an der Kante? sagte er, und sie sah hin und las die Zeile: *Einlieferungsnummer (Barcode, falls vorhanden)/N° de l'envoi (code à barres, s'il existe) n.*

Der Buchstabe *n* ist mit Kugelschreiber hinzugefügt, fuhr er fort, er macht eigentlich keinen Sinn. Wenn man aber genauer hinsieht, erkennt man die Punkte unter bestimmten Buchstaben der Zeile, es sind vier Buchstaben in dem Wort *Einlieferungsnummer* und ein Buchstabe in dem Wort *falls* markiert, nämlich das *E*, das *n*, das *g*, das *e* und schließlich das *l* – das ergibt das Wort *Engel*. In den französischen Wörtern *barres* und *existe* sind die Buchstaben *b*, *e*, *x* und *e* unterpunktet – wenn man das *n* hinter der Klammer dazugibt, kommt man auf das Wort *bexen*. *Engel bexen*. Es gibt in dieser Zeile kein *c* nach dem Wort *barres*. Also verweist er auf das *Engelbecken*, dort werden wir ihn oder eine weitere Spur von ihm finden. Entweder führt er uns in die Irre, oder er gibt hier seine richtige Adresse an. Er hat uns nicht den Gefallen getan, seine Hausnummer zu hinterlassen.

Und sie fuhren mit dem Taxi nach Kreuzberg, sie war sich sicher, daß irgend etwas falsch war, sie saßen beide auf dem Rücksitz, der Anstandsabstand von anderthalb Handspannen wurde gewahrt, und bevor sie sich weiter den Kopf zerbrechen konnte, wandte er sich plötzlich zu ihr um und sagte, sie sollte es bitte keinesfalls als Desinteresse seinerseits werten, weil er sie nicht nach ihren Interessen fragte. Damit hatte er ihr Gefühl benannt, und da sprudelte es aus ihr heraus – sie fing an zu erzählen, nicht gehemmt nicht zögerlich, sie war für einige Jahre Lehrerin gewesen und hatte Gymnasiasten in Englisch und Französisch unterrichtet, dann kam es zu dem Übergriff eines Schülers, er attackierte sie eines Morgens mit einem Messer, es blieb nicht nur bei Drohgebärden, er stach zu, mehrmals. Sie überlebte. Sie ging in Frührente. Sie zog um nach Berlin. Sie beging nicht den Fehler, einem Mann völlig zu vertrauen oder sogar bei ihm einzuziehen. Und an Heirat hatte sie an keinem Tag ihres bisherigen Lebens gedacht, das würde auch so bleiben … Sie wußte, er hatte nicht von ihrem Vorleben, sondern von ihren Interessen gesprochen, aber einem frisch Entlassenen würde sie, bei aller Sympathie für seine gemäßigte Verrücktheit, nicht mit weiteren Auskünften dienen können.

Er bezahlte, sie stiegen am Oranienplatz aus und gingen durch den Park, und als sie unter dem kleinen Viadukt standen, sagte er: Wir sind nicht mehr in Kreuzberg, wir sind in Mitte. Er tat so, als wäre er auf einer Ortsbegehung und hätte sie mitgenommen, und sie mußte ob seiner ernsten Miene laut lachen. Daß er sie unbewegt ansah, spornte sie an weiterzulachen, und als ihr Lachen verebbte, erzählte er grinsend, daß es früher Schwäne gegeben habe, die auf dem künstlichen See geschwommen wären, ein schönes Stück Brachland, fast ein Streifen aufgegebene Erde, und jeder, der in der Nähe wohnte und den sorgenvolle Gedanken plagten, wäre hier spazierengegangen. Der Wildwuchs der Schilfrohre mit den Zigarrenkolben an der Spitze und sogar der Lärm des Muldenkippers, der den Hydraulikarm ausfuhr, hätten nichts ausgemacht.

Überall das gelöste Gestein. Überall alles unfertig. Vom Wind aufgebauschte weiße Plastiktüten trieben auf der

Wasseroberfläche, und sie sah Plastikfeuerzeuge auf dem Seegrund, sie hörte ein eigenartiges leises Geräusch, er hatte eine neue Zigarettenschachtel aufgerissen, die geknüllte Zellophanhülle in seiner Manteltasche knisterte nun auf – sie sollte schon ohne ihn hineingehen, in das Café, sie sollte für sich schon bestellen, er müßte noch rauchen. Sie blieb bei ihm und erzählte von dem Schüler, der es als schönen Spaß verstand, sich rote Gummibänder um die Nase zu wickeln, und sie von einem gewöhnlichen unbedeutenden Tag an als Frau Opfer ansprach, die Mädchen in ihrer Klasse hatten gelacht und gelacht. Es hagelte Verwarnungen für ihn, auch in anderen Fächern, auch in anderen Schulstunden spottete er über die Lehrer, und sie verwarnten ihn, aber er war wüst, man konnte ihn nicht kleinkriegen, und daß er in das Holz seiner Schulbank Losungen der Aufsässigkeit ritzte, sorgte nicht für Aufsehen. Und daß er einem Mädchen ins Ohrläppchen biß, konnte man als Beziehungsproblem abtun, denn dieses Mädchen war allen Lehrern ein Dorn im Auge, es hatten sich eben zwei Asoziale gefunden. Und tatsächlich trieb es den Jungen zu einem Meisterstück, und sein Liebchen feuerte ihn an, ich war die Frau Opfer, und da machte er mich zu seinem Opfer.

Als sie eintraten, fiel ein butterbeschmiertes Brötchenmesser auf den Boden, und der helle Klang ließ ihn zusammenfahren, sie setzten sich wieder aufs Sofa (wahrscheinlich war es für die Berliner Cafébetreiber billiger, die Räume mit altem Trödel vollzustellen). Man hatte es nicht eilig hier, die Tresenkraft war ein junger Vater im geblümten Hemd, er spielte mit seiner Tochter, und seine Frau schaute ihnen zu. Am Nebentisch sagte ein Mann zu einer Frau: Denkst du vielleicht auch an etwas? Hast du den Kopf nur zum Haaretragen?

Sie verstand nicht, weshalb Franz nicht nach den Zeichen des Fotografen Ausschau hielt, ihr waren keine Rehkitzzettel aufgefallen, vielleicht folgten sie einer falschen Fährte. In den Stunden, die sie mit ihm verbracht hatte, war sie weder verwandelt noch verzaubert worden, sie war nur hingerissen von der Möglichkeit, einem Dieb und Einbrecher zu folgen, auch wenn es für ihn ein Vorleben und ein Nachleben gab, auch wenn er nach der großen Dumpfheit in seiner Zelle einen ersten Triumph bei der Spurensuche feiern konnte – kein Mensch konnte sich ungestraft verwandeln. Während sie auf den jungen Vater warteten, sprach sie ihn darauf an, es kostete ihn keine Mühe, ihr zuzuhören, dann antwortete er im leisen Ton, dabei hatte sie keine Frage gestellt: Ich beschäftige mich allein damit, wie ich es dem Kerl heimzahlen kann, der Angeber hat mich zu Fall gebracht, keine Angst, ich werde ihm nicht weh tun, ich werde ihn nur stellen, denn diese Leute kennen kein Maß, für ihn ist es gewesen, als hätte er eine Büroklammer aus der Form gebogen: Ich werde versuchen, zu ihm durchzudringen …

Er brach mitten in seiner Aufzählung der Gründe ab, die ihn im Gefängnis bewogen hätten, über die Bekannten nachzudenken, über die Beschaffer, die Betrüger, und über die Betreuer der Betrüger, das waren solche Männer wie der Flitzer, er konnte schon allein wegen seiner vorgetäuschten Blindheit nicht schneller laufen als ein tapsendes Kind, er war aber meisterhaft darin, fast alles zu sehen und nichts von seinem Wissen ohne Lohn preiszugeben. Wieso freut er sich über einen Ritter? sagte sie, er ist doch ein erwachsener Mann. Die Antwort blieb er ihr schuldig, der junge Vater drückte ihnen die Getränkekarte in die Hand, dann bewegte er sich langsam wieder zurück zum Tresen, und sie starrte gebannt auf den plattgedrückten Haarwirbel an seinem Hinterkopf.

Erst der junge Bruder, dann der Franz, dann der Haihappen – Tage gibt's, die sind nicht schön. Keiner von den dreien war mir wirklich recht. Was sollte da herauskommen? Frage eins: Hast du meinen Bruder gesehen? Frage zwei: Wer hat mich verpfiffen, und wo steckt der Mann? Frage drei: Was fällt dir ein, ihn zu mir zu schicken, das ist ein Verbrechen? Alles richtig. Die Frau an seiner Seite steht eine Klasse und zwei Leitersprossen höher als wir alle, die wir durch viele Viertel zogen, aber nur Nachbarn in einem Bezirk waren. Sie betrachtete mich, und ihr Mißtrauen wuchs, doch ich hatte Hoffnung, daß es verging mit der Zeit, wenn sie dabeiblieb, würde sie sich in seinen Kreisen bewegen, vielleicht mochte sie den Franz heraufziehen. Kaum zogen sie in ein anderes Viertel, zupften die jungen Leute an mir herum, und ich gab in dieser Sekunde meine vorgetäuschte Behinderung auf und sah hin zu der schönen Bulgarin, die aus der Kantine kam und wie üblich nicht einging auf die hingejohlten Versprechen der Jungen, die nur mit kleinen Zirkusnummern glänzen können. Ich stahl mich weg, ich war nicht blind, ich fiel nur durch leichtes Hinken auf. Der Winter war eine verhüllende Jahreszeit, die Alten konnten kleine Plätze besetzen, ohne aufzufallen, sie konnten Rollkragenpullover tragen, um ihre Truthahnhälse zu verstecken. Ich hinkte zum Bahnhof Zoo, stieg ein, fuhr ein paar Stationen, und dort, wo ich ankam, sah ich sofort, daß etwas nicht stimmte. Der Weststandard hatte die Ostberliner nur mürrischer gemacht, und die Alten mußten den Jungen aus dem Wege gehen: Dieses verdammte Gefühl, bei jedem Schritt müder zu werden. Froh war ich nur, weil ich es vor Streikbeginn in meine vertraute Gegend geschafft hatte.

Ich suchte den Mann auf, der sich keine Musik- und Buchtitel merken konnte, er stellte mir einen lauwarmen Kaffee auf den Tisch, den Schnaps trank er allein, den Schnaps teilte er nicht, und bevor ich den Versuch unternahm, mich vorzuwagen, sprach er vom roten Franz – früher hatte Franz immer rote Hemden getragen –, der herumlief wie ein Widergänger und die Ruhe der Lebenden störte. Wen hatte er sich da angelacht? Den hatte man doch als Eigenbrötler in Erinnerung. Wie kam er auf die Idee, bei den Leuten anzuklopfen, wo er doch wußte, daß wir ihm erstens nix schuldig waren. Und zwotens, in unseren Verstecken fühlten wir uns nicht sicher und nicht wohl. Ein Jagdhund wie der rote Franz brach das Gesetz und verstieß gegen unsere Regeln. Der teilte nach beiden Seiten aus. Der bekäme von beiden Seiten eingeschenkt. Er wäre der Letzte, der die Meute anlockte, bei Franz hätte er jetzt große Bedenken.

Ich trank seinen kalten bitteren ungezuckerten Kaffee und ließ ihn eine Weile toben, es gab wenig, über das er nicht schimpfte, er hielt sich an den Satz: Nicht geschimpft ist genug gelobt. Widersprechen wollte ich schon allein deshalb nicht, weil ich Schulden bei ihm hatte, ein geplatztes Geschäft, das das von mir hineingesteckte Geld verschlang. Seiner Frau ging ich aus dem Weg, sie war zu ihrer Schwester in Deutschlands Mitte verreist, ich konnte also, wenn ich ihn nicht zornig machte, im Gästezimmer schlafen. Den Schnaps sollte er mal endlich teilen, die Zeit meiner Bitten war aber längst vorbei, er schlich sich in die Küche, und als er wieder zurückkam, leckte er sich über die Lippen.

Wird er ihn finden? sagte ich. Das wär' nicht gut für uns beide, sagte er. Und ich versicherte ihm, daß ich keinen Fehler begangen hatte, wir waren doch vorbereitet gewesen auf Franz' Entlassung, der wäre doch erledigt gewesen, schon vor seinem Fall, wenn er an den Tischen vorbeiging, mußte er die Tischkanten mit dem Handrücken streifen, ein übler Tick, der mußte die Innenseite des Trinkrands eines jeden Amarettobechers, den er leer getrunken hatte, sauberlecken, noch ein übler Tick. Franz war nicht dumm, er brauchte nur einen, der eine Leitersprosse höher stand als er, er brauchte diesen Freund, der ihm seine Spielwiese zeigte. Damals hing an seiner Küchenwand ein Jahreskalender ohne Einträge, und weil ich den kommenden Niedergang in den Knochen spürte, war ich immer kurz davor, aufzuspringen und einen Tag im Kalender anzukreuzen, den Tag, da die Häscher ihn einkassieren würden. Wir wußten es doch alle, Aufschwung Abschwung, rauf und runter, Gesetz und Regel, da konnte man Wetten auf den Ausgang abschließen, und als er nach einer großen Nummer viel zu früh sein Versteck verließ, dämmerte es uns: Den Bruder zu hüten ist falsch. Sich vor dem Bruder zu hüten ist richtig …

Ich war verrückt, daß ich diese Worte aussprach, er haßte lange Vorträge, wir beide hatten Franz in die dunkle falsche Richtung gestoßen, und was wäre, wenn Franz den Fotografen fand? Es war an der Zeit, meinen mürrischen Gastgeber in Ruhe zu lassen, ich bat ihn um Rasierseife und einen Einwegrasierer, und weil ich ihn zu meiner Verblüffung nicht verärgert hatte, durfte ich mir im Bad das Gesicht freikratzen. Ich war nicht mehr blind. Ich trug keinen Bart mehr. Im Gästezimmer starrte ich auf das antike dunkel gebeizte Tellerbord, auf dessen Brettern alte Warmhalteteller für Kinder hochkant standen, und ich erinnerte mich an die Entrüstung der Frau des Hauses, als ich darauf gedeutet und blöde gegrinst hatte. Es ist nicht einzusehen, sagte sie, daß ich mich an den Geschmack von euch Hugenotten halte, damit hatte sie auch für immer und ewig das Urteil über mich gefällt, dabei hatte ich nicht spotten wollen, ich war nur belustigt, wie Hehlerware ihren Weg in die Haushalte fand.

Mir fiel wieder der Plastikritter ein, ich klaubte ihn aus der Tasche, ein berittener Standartenträger, das Gesicht gut herausgearbeitet, die Rüstung in der richtigen kalten Farbe bemalt, er fehlte mir in meiner Sammlung, wie durch Zufall hatte Franz die richtige Wahl getroffen. Er war nicht als Bestechung gemeint, aber als Wiedersehensgeschenk, ich war kein Judas, und er war kein Heiland im Olivenhain, das konnte er endlich mal einsehen. Mensch Franz. Würdest du mich in diesem meinem Unterschlupf sehen, würdest auch du mich abschreiben. In dieser Stadt war die Entrüstung immer sehr groß, wenn man nicht fand, was man suchte, wir hatten uns doch daran gewöhnt, also beschafften wir uns unauffällige billige Waren – Mensch Franz, was suchst du? Willst du heilig werden, Schuld Unschuld, läppisch das alles. Also sammelte ich kniende und stehende Bogenschützen, Kreuzritter mit Lanze, mit Spieß, Sarazenen mit Speer und Schwert, und in einem anderen Unterschlupf hatte ich sie auf einer großen Holzplatte in Heeren in offener Feldschlacht aufgestellt, die vordersten Reihen waren aufgelöst, und die Plastikritter und die Plastiksarazenen standen sich gegenüber, erstarrt in dem Augenblick vor dem Schwerthieb und der tödlichen Verwundung. Du, Franz, versteigst dich in den Wahn, den Verräter aufzuscheuchen aus seinem Loch, ich begnüge mich mit Kinderspielen. Meine Wangen brannten. Ich hielt die Feuerzeugflamme an den Docht des Kerzenstummels, klappte den Handspiegel auf und musterte mein Spiegelbild: Eine saubere Rasur, eine kleine Verwandlung, und trotzdem würde er mich erkennen.

Die Haustür wurde aufgeschlossen, ich hörte den Mann mit seiner Frau reden, sie sprach in Zimmerlautstärke, er flüsterte, dann ging die Tür des Gästezimmers auf, und ich sah sie im Türrahmen stehen, sie sagte: Komm, wir trinken alle zusammen einen Schnaps, und ich lag einige Sekunden lang wie gelähmt im Bett. Dies war für sieben Jahre meine Ehefrau gewesen, dies war die Frau, die mich in ihrem Leben nicht länger dulden wollte, weil sie ein neues Leben anfing mit dem Hehler, der ihr versprach auszusteigen und es doch nicht tat, dies war die Frau, die ihn dazu brachte, seinen Schnaps mit mir zu teilen. Langsam kroch ich aus dem Bett, steckte hastig den Ritter in meine Tasche und folgte ihrer Einladung. Das Wohnzimmer war hell erleuchtet, und als ich eintrat, grunzte der Mann, vielleicht war es auch nur ein versöhnlicher Laut. In Anwesenheit seiner glänzenden Frau wollte er wohl gesellig wirken, er schenkte mir sogar eigenhändig Schnaps ein.

Es war weit nach Mitternacht, und nach dem ersten Schluck wußte ich, was die Stunde geschlagen hatte. Sie sagte: Du weißt, daß ich dich in meinem Haus nicht dulde. Trotzdem kommst du her, und du fühlst dich sogar so heimisch, daß du dich in meinem Badezimmer rasierst. Ohne Bart siehst du unanständig aus, dein Kopf ist so unanständig wie ein nackter Kerl in der Öffentlichkeit. Ich weiß, du willst mich nicht zurückerobern. Du bist lumpig und verwahrlost. Es ist sehr lange her, daß ich dich wegen deiner Arbeitsverweigerung gewarnt habe. Aber es geht bei dir hier rein und dort raus. Ich kenne das Problem mit Franz, als Ehefrau ist man ein Mitwisser. Was wollt ihr jetzt unternehmen? Ihr Mann meldete sich als erster, die Augen auf- und die Tür geschlossen halten, der rückte einem doch nicht mit einer Bande auf die Pelle, ein Hauch und den bekäme man umgepustet, und wegen des Streiks wäre er sowieso im Nachteil, über viel Bargeld könnte er nicht verfügen, er müßte sich Sorgen machen, und nicht wir. Und er redete sich in Rage, und während er weitergrollte, stand sie auf und legte den Kopf schief, auch ich hatte draußen ein Räuspern gehört, und nach einem zweiten Räuspern hörten wir Franz, wie er sich draußen die Schuhe abtrat, und dann sagte er zu einer Person: Es wäre wunderschön, wenn die da drin mir endlich keine Lügen mehr auftischen würden.

Die Hausmeisterin paßte ihn im Treppenhaus ab, folgendes war geschehen: Sie hatte dem Klempner und seinem Praktikanten, wie abgesprochen, mit dem Zweitschlüssel seine Wohnung aufgeschlossen, der Klempner hatte die Wasserhähne ausgewechselt und neue Absperrhähne für die Toilette, das Waschbecken, die Dusche und die Waschmaschine eingebaut. Doch dann passierte das Unglück, der Praktikant öffnete das Überlaufventil für den Boiler, das Wasser lief über den viel zu kurzen Hahn auf die Arbeitsplatte und den Boden, es gab eine Überschwemmung, sie kam gerade rein, um nachzusehen, weil sie den Handwerkern traute, aber nicht den Menschen. Und sie behielt recht, der Klempner und sein Praktikant wischten mit all den schönen teuren Badetüchern den Boden ab, sie schimpfte mit den beiden, sie schimpften zurück, und Gott sei Dank rückte zu ihrer Verstärkung Helen an, die Tochter des Fotografen. Der Praktikant, der dumme Junge, machte ihr gleich ein Kompliment, wofür es von seinem Meister eine Backpfeife setzte. Sie und Helen hätten hinter den Tolpatschen aufgeräumt, die Badetücher wären schon gewaschen und aufgehängt.

Er bedankte sich bei ihr und stieg die Treppen hoch zum ersten Stock, seine Hand lag auf der Klinke, als sie die Tür aufriß und ihn hineinzog. Die Wäschespinne stand links neben dem Eingang seines Ateliers, und gleich auf der Schwelle hatte seine Tochter ihren Wochenendkoffer abgestellt, aus dessen Seitenschlitz ein Stück Stoff herausquoll. Natürlich würde er keine Überraschung heucheln, und natürlich würde er sie nicht auf die Blutkruste an ihrer Unterlippe ansprechen. Ihren gelbrot angemalten ehemaligen Bestattungswagen hatte er in der Seitenstraße entdeckt, vor der Hausruine, die abgerissen gehörte, die Fenster waren eingeschlagen, und Glaszakken hingen im Rahmen, und es hieß, nachts würden Ratten durch die Räume huschen. Auf irgendeine Überraschung war er gefaßt, vielleicht war sie schwanger, vielleicht hatte sie mit ihrer Mutter gebrochen, oder aber sie wollte sich von ihm Geld ausleihen, tausend Euro, für eine Reise nach Florenz, oder eher nach Madrid.

Er war es, dachte er, er ist Spanier, er ist Gast in meinem Land, und er schlägt meine Tochter. Ein Klaps mit dem

Handrücken auf die Lippe. Er verletzt Helen mit den Knöcheln. Immer nur ein Hieb in der Woche. Regelmäßig. Zur Hölle mit dir. Du hast deine Beine unter meinen Tisch gestreckt, und ich mußte den aufgeklärten Vater spielen. Helen zuliebe. Die du einmal wöchentlich schlägst. Du hast meinen Wein getrunken, du saßest auf meiner Klobrille, du hast dir mit meiner Seife die Hände gewaschen. Ich lächelte dich an. Helen zuliebe. Die du mit einem einzigen Schlag ins Gesicht aus der Wohnung treibst. Sie flieht, obwohl sie die ganze Miete zahlt. Du kämmst dir die langen schwarzen Haare wie eine Frau, und auch meine Tochter hast du dazu gebracht, Olivenöl ins Haar zu kneten. Du wirst sie irgendwann verlassen, dir eine Kurzhaarfrisur schneiden lassen, nach Spanien zurückkehren, und dort, in den Kneipen, wirst du vor allem den Spanierinnen erzählen, wie kalt und neurotisch die deutschen Frauen sind.

Er drehte sich um und achtete nicht auf den Bittruf seiner Tochter, er lief hinunter auf die Straße, zu seinem Wagen, er hielt an bei Rot und fuhr an bei Grün, an diesem Samstagmittag waren ungewöhnlich wenige Menschen unterwegs, und als er an der vorletzten Ampel wieder anhalten musste, heftete er den Blick an einen Fußgänger, der ihm vage bekannt vorkam, doch dann wurde er angehupt und mußte den Blick wieder von ihm lösen. Er parkte in zweiter Reihe, die zwanzig Minuten bis hierher hatte er starr auf die Insektenleichen auf der Windschutzscheibe geschaut, und der Spanier öffnete endlich die Tür, er umarmte ihn wie bei einer herzlichen Begrüßung und tanzte sich mit ihm hinein. Er löste den Anstekker vom Knopfloch seiner Lederjacke und stach ihm mit dem kurzen Dorn einmal in seinen Oberschenkel, der Stachel ging durch den Stoff und durch die Haut glatt durch, der Spanier schrie auf und fiel hin. Für jeden Schlag ein Stich, sagte er ruhig, ab heute wird es so laufen. Dann drehte er sich um und verließ die Wohnung, er fuhr zurück, parkte in der Seitenstraße, rieb sich das naßgeschwitzte Gesicht beim Gehen trocken, er hob den Blick.

Franz, älter, zehn Kilo schwerer, stand mit einer Frau zusammen vor seinem Haus. Er trat näher und sagte: Ich glaube, ich habe vorhin deinen Bruder gesehen: Wie geht es dir? Und Franz sagte: Pi mal Kongo, seine Worte ließen die Frau an seiner Seite ihn erst ungläubig anstarren und dann auflachen, sie mußten schief grinsen, um nicht unhöflich zu wirken, obwohl ihnen beiden in diesem Augenblick andere Gedanken durch den Kopf gingen. Er wägte kurz ab, ob er sie in seine Wohnung bitten wollte, Helen war oben, und er konnte eigentlich nicht zulassen, daß sie Zeugin eines häßlichen Vorgangs wurde. Sein Gefühl sagte ihm gar nichts, also ging er vor, sie folgten ihm schweigend, er ging durch die Räume, ihr Koffer lag noch auf der Schwelle, sie aber war bestimmt zu ihrem Freund gefahren, der sich vor ihr bestimmt vor Schmerzen krümmte und ihren Vater auf spanisch verfluchte.

Als er zurückkam, standen die beiden in der Küche, Franz musterte die verblichenen Polaroidfotos am Kühlschrank, er schien jemanden wiederzuerkennen, er trat vor und musterte den Jungen, den der Fotograf im Moment seines gewaltigen Jähzorns getroffen hatte, der Junge zog eine finstere Miene, sein Gesicht war monströs verzerrt, es war der Moment kurz davor gewesen, kurz bevor er mit der Bierflasche auf den Fotografen losging.

Ohne auf seine Aufforderung, sich hinzusetzen, einzugehen, fing Franz an, von einem Verrat zu erzählen, den man an ihm begangen hätte, und fast wäre er versucht gewesen, ihn als den Verräter zu stellen, nicht sein Instinkt, aber die kluge Dame in seiner Gesellschaft hätte ihn geleitet, sie hätte nämlich vorgeschlagen, den Fritz im Badewannenwasser einzuweichen, er mußte seither immer an den Schmutz denken, der oben auf dem Wasser trieb, er kannte saubere Männer mit einer schmutzigen Seele, und er kannte schmutzige Männer mit einer sauberen Seele, das waren jedoch nur Knastbruderphantasien, und es käme nicht darauf an, eine Taschenlampe zu kaufen und Chiffren auf Zetteln zu entziffern, man müßte nur versuchen, keine Fehlschlüsse zu ziehen. An dieser Stelle, wie um Franz daran zu hindern, sich mit Nebensachen zu befassen, fiel ihm die Frau ins Wort und sagte: Er hat zu fest in die Kohlen geblasen, da flog ihm die Asche in die Augen.

Der Fotograf verstand sie auf Anhieb, und er verstand auch, wieso jetzt die Tür aufging und seine Tochter mit einer Brötchentüte in der Hand hereinkam, sie musterte die fremde Frau und den fremden Mann in der Küche, und da stand die fremde Frau auf, machte zwei Schritte auf Helen zu, hielt ihr die Hand hin und sagte: Verzeihen Sie, daß wir unangemeldet erschienen sind, ich heiße Jacinta, der Name leitet sich von Hyazinth ab, und er heißt Franz, soviel ich weiß sind dein … Vater und er miteinander bekannt. Nun war es an dem Fotografen, die beiden Gäste, die sich nicht wirklich aufgedrängt hatten, zu einem späten Frühstück einzuladen, und als Jacinta Aprikosenkonfitüre auf ihr ungebuttertes halbes Brötchen strich, erzählte Helen von dem Mann, dem sie auf dem Weg zur Bäckerei begegnet war, er hatte seinem Jack-Russell-Terrier mit gestrecktem Zeigefinger nicht ›Sitz!‹, aber ›Gesäß senken‹ befohlen, und wegen seines Ordnungsrufs hätte es einen Streit unter den dort versammelten Hundebesitzern gegeben. Sie unterhielten sich über die Nebensachen der Wochentage, über die langen dunkelblauen Mäntel der Männer, über die Handtaschen der Frauen, und als den Fotografen ein plötzlich aufkommender Unwille über eine Viertelstunde schweigen ließ, erstarb das Gespräch, und doch machte Franz keine Anstalten, aufzubrechen.

Die beiden Männer standen auf und wechselten ins Nebenzimmer, der Fotograf zog einen alten Lederkoffer unter dem Bett hervor, klappte den Deckel auf, griff hinein und übergab Franz eine gewöhnliche weiße Plastiktüte mit schwerem Inhalt. Nichts war angerührt oder versetzt worden, die Colliers, die Broschen, die Ringe, die Uhren, die Ketten. Die Trödelhändler hatten monatelang umsonst gewartet, und der Hehler, der Franz einen Fünfzigeuroschein hatte zukommen lassen, war bei jedem Läuten der Ladentürglocke fast von seinem Stuhl gekippt, denn die Regel lautete, daß jeder gescheite Dieb das Diebesgut einem Kumpan übergab, für den Fall seiner Festnahme, das war ja in Franzens Fall eingetreten. Jeder Dieb mußte eine Risikostreuung vornehmen, sprachen die Anfänger, sie wußten nichts und protzten nur, deshalb waren sie gefährlich. Der Kumpan von Franz hielt sich bedeckt, er zog einen falschen Verdacht auf sich und täuschte nicht nur die Hehler, er täuschte auch seinen Freund, der ihm jetzt gegenüberstand, der Kumpan hätte ihm gerne gesagt, daß er im Kamelhaarmantel aussah wie ein in Samt gekleideter Aff'. Er tat es nicht. Sie hörten die Frauen in der Küche miteinander sprechen, und sie wollten sie nicht mit ihrem Schweigen beunruhigen. Deshalb setzten sich der Dieb und sein Kumpan hin und gingen grinsend den Schmuck einzeln durch.

Ich sah sie am Stand für Wickellampen auf dem Flohmarkt am Mauerpark, sie brauchte sich nicht umzudrehen, ihr Haar, ihre Jacke, ihre Schuhe, ihre Angewohnheit, die linke Hand zur Faust zu ballen, wenn sie mit der rechten Hand einen Gegenstand berührte. Und dann wandte sie sich von den Angeboten ab und mir zu, wir standen uns gegenüber, und ich schämte mich, weil ich mir vorkam wie in einer dummen Szene. Was stimmt nicht mit mir, daß sie mich anlügt, dachte ich, und was stimmt nicht mit ihr? Ich war aufgelegt, weiterzuschlendern und in den Plattenkisten zu wühlen, statt dessen wurde ich von einem Menschenstrom erfaßt und konnte erst ein paar Meter weiter zur Seite treten, ich fand mich vor einem Händler wieder, der von groben Plastikrahmen eingefaßte Bilder von knienden Frauen verkaufte: Ein Engel schwebte auf halber Höhe und hielt einer Verhüllten einen Spiegel vor, oben im gleißenden Schein entsprang einer Taube ein Lichtstrahl, der sich im Spiegel brach und in die linke Brust der Niederknienden geleitet wurde. Der Händler sprach auf mich ein, und als ich mich umdrehte, sah ich meine Freundin, und wir schlugen uns seitlich zwischen den Ständen durch, bis wir endlich heraustraten, und weil keiner von uns einen Vorschlag machen wollte, setzten wir uns auf eine Treppenstufe. Sie sagte: Ich war nicht in Barcelona. Ich habe eine Freundin gebeten, dir eine Postkarte zu schicken. Eigentlich habe ich damit gerechnet, dich hier zu treffen. Ich wollte es dir schonend beibringen … Das mit uns beiden klappt nur, wenn ich sie ab und zu sehen darf.

Manchmal verliebte sie sich in einen Mann, das kam zwar selten vor, aber es kam vor, und dann mußte ihre Freundin jedesmal in der ersten Nacht ihrer Abwesenheit gegen den Drang ankämpfen, an ihren Nägeln zu kauen, sie mußte sich zwingen, keine Angst zu haben, weil sie bislang nach jedem Abenteuer zurückgekehrt war. Meine Freundin Sandra nahm sich selten eine Auszeit von ihrer großen Liebe Iris, ich hatte keine Lust und nicht die Erlaubnis, ihre gemeinsame Wohnung zu besichtigen, Iris kannte ich nur vom Hörensagen, und so wußte ich, was sie Sandra im Moment der Liebesenthüllung zurief: Wer sich zu Honig macht, den benaschen die Fliegen. Die Männer nannte sie die Kaufinteressierten, ich nahm es ihr nicht übel, weil sie auf einem ausziehbaren Sofabett schlief und schlecht träumte, in all den Nächten, da sie nicht ihre Traumfrau umarmen durfte, da sie wußte, daß sie sich von einem Mann umarmen ließ.

Ich hatte sie umarmt. Ich hatte ihr von meinem Bruder im Gefängnis erzählt, in der Hoffnung, es würde mich in ihren Augen verwegener machen. Ein Langzeitstudent der Anglistik, der in einem Kopiergeschäft arbeitete, würde sie doch nicht wirklich beeindrucken können. Und eines Morgens klingelte es an der Tür, und ich glaubte, es wäre der Werbezettelverteiler, und rührte mich nicht von der Stelle. Dann aber sah ich einen Schatten hinter der Milchglasscheibe, rief: Wer ist da? und riß die Tür auf. Sie sagte sofort, sie hätte sich in mich verschaut. Bis zu diesem Morgen hatte ich diese Geschichte für die Märchen der Starken gehalten, die die Schwachen damit quälten. Mir war doch noch nie eine große Aufwühlung geschenkt worden, mein großer Bruder sprach davon, daß es bei mir nur einer sanften Brise bedurfte, und die Schindeln auf dem Dach würden davonfliegen.

Viereinhalb Wochen waren seither vergangen, und ich saß jetzt neben ihr auf einer kalten Steinstufe, hinter mir kläfften die großen und kleinen Hunde auf dem Hundespielplatz, und ich sagte: Du wirst mich für verrückt halten, aber heute ist ein Eichelhäher durchs offene Fenster reingeflogen, und ich habe mit offenem Mund dagesessen. Ich wußte nicht, was ich sagen sollte. Sie sagte: Was tut man denn, wenn ein Vogel reinfliegt? Ich sagte: Na, vielleicht überlegt man sich schnell, daß es das Beste wäre, sofort alle Fenster aufzumachen. Damit er rausfliegen kann. Und dann muß man es in die Tat umsetzen. Aber er war ja gleich weg, er hat nur zwei Runden gedreht. Ich saß mit dem Rücken zum Fenster, und er flitzte knapp über meinem Kopf hinein. Seine Flügel waren zur Hälfte blau, ein wahnsinniges Blau. Sie sagte: Du konntest es in der kurzen Zeit erkennen? Ja, sagte ich, bestimmt, weil es nur einige Sekunden gedauert hat.

Sie würde ab und zu eine Nacht bei Iris verbringen, ob ich es akzeptierte oder nicht, ich hatte keine Wahl, und sie hatte sich entschieden. Wir führten keine schlampige Beziehung, das stand außer Frage. Sie verliebte sich in einen Mann, und sie verließ ihn nach einer Weile, ich kannte das alles nur vom Hörensagen, und sie sprach über diese Dinge nur, wie sie mir versicherte, damit in mir nicht die Hoffnung auf eine ernste Sache aufkeimte. Eine ernste Sache? Ich hatte Iris kein einziges Mal sehen dürfen, aber ganz sicher war ihr Glaube an die ernste Sache mit Sandra unerschütterlich. Es pendelt sich noch ein: Sie dachte das, und ich dachte das. Eine Dreiecksbeziehung machte zwei Beteiligte zu kaputten Narren, ich war verstrickt, und niemand hatte mich zu meinem Unglück gezwungen.

Sie nahm mich bei der Hand und führte mich auf einen Platz abseits vom Flohmarkt, es war ihre Art, den anderen zu trösten, wenn sie ihm gerade eröffnet hatte, daß es keinen Riß im Himmel gab, aus dem Sterntaler herniederprasselten. Ich könnte mit ihrer Freundin die Kappen tauschen, es änderte nichts, sie blieb unverändert. Wie Butter in der Sonne schmolz mein Vergnügen dahin. Und dann sah ich ihn auf mich zuhinken, den Scheinblinden von der Kantine, ich erkannte ihn trotz der Rasur und der neuen Kleidung, mein Bruder kannte nur Männer mit kleinen und großen Bäuchen, dieser hier war aber dünn geblieben, er und mein Bruder kannten sich, das war mir schon aufgefallen vorgestern. Er störte sich nicht weiter an meiner Begleitung und sagte mir, er könnte seinen Daumen noch rühren, unter Schmerzen zwar, aber er könnte, Franz hätte unter großem Druck gestanden, und da würde einem Mann wie ihm eben nur das Fingerknikken einfallen, er hätte ihm den Daumen umgebogen, vor seiner geschiedenen Frau und ihrem neuen Mann. Der Franz hätte es übler treiben können, nämlich biegen bis die Sehnen barsten, er, Fritz, wäre mit dem Gesicht im Teppich gelegen, er sähe jedoch nichts Schändliches darin, natürlich würde er, wie alle Männer, wie alle Frauen, denken, daß es die anderen treffen möge und nicht ihn. Diesmal hätte es ihn getroffen und nicht die Menschen, bei denen er zu Gast gewesen war, sie hätten geschwiegen wie tote Mäuse. Und wie käme es, daß die beiden Brüder nicht an Weiberknappheit litten, er aber vom Glotzen und Dankeschönsagen trockene Augen und trockenen Mund bekäme, mit Dankeschön wär' eben die Suppe schlecht schmalzen.

Alles, nur das nicht, dachte ich, der Kerl sollte einfach nur woanders betteln gehen, hier mußte ich mir überlegen, wie ich die ernste Sache am Leben erhielt, und als ich diesen Fritz ansah, fielen mir drei Worte ein, die für ein Musikstück als Titel taugten: Solo am Sonntag. Es werden viele Männer verrückt, weil sie es nicht loswerden können, ich wollte schon diesen Gedanken aussprechen, aber Sandra kam mir zuvor, sie fragte ihn, ob es ihm helfen würde, wenn wir alle drei Glühwein tranken, und natürlich nickte Fritz, und wenig später saßen wir mit dem Glühweinbecher in der Hand auf der kalten Stufe. Wir tranken und schauten geradeaus. Ich pustete ihr zwei lose Wimpern aus dem Gesicht, es geschah manchmal, daß sie wild schlief, und am Morgen sagte sie dann: Das Kissen ist mein Friseur. Es werden Männer verrückt und invalide, weil sie verlassen werden von einer Frau, von der sie nicht erwarten, daß sie sich um den Haushalt kümmert oder die Zimmerpflanzen wässert, sie werden verrückt. Mitte, Prenzlauer Berg, Friedrichshain – in den Straßen dieser Bezirke lief und verlief ich mich, meine letzte Freundin wohnte Danziger/Ecke Greifswalderstraße, meine vorletzte Freundin hatte in der Oranienburger Straße gewohnt, bevor sie einen Mann aus der Filmbranche geheiratet und in ein besseres Viertel umgezogen war. Was tat ich, was nicht auch andere taten?

Und sie fragte jetzt den Invaliden: Sein Bruder ist also wieder draußen? Sind sich die Brüder ähnlich? Zwei Fragen auf einmal, sagte er, sie haben ihn wieder rausgelassen, ja, und nein, Franz ist ungeraten, und dein artiger Freund sieht mir so aus, als wär' er bei den Hunden glücklicher als bei uns.

Es war Zeit, den Becher abzustellen, aufzustehen und ohne Gruß wegzugehen, ich tat es, ich störte mich nicht an der Anwesenheit des Hinkebeins und sagte Sandra, daß es keinen

Sinn hätte, weiterzumachen zu dritt statt zu zweit, einen zweiten Liebhaber, ob Mann, ob Frau, hielte ich nicht aus, ich wäre der Spießer aus dem Bilderbuch. Und alles Gute noch. Schon in meiner Abwendungsbewegung fing ich an, mich nach dem Blau umzuschauen, nach dem Blau der Flügeldecken des Eichelhähers.

Und der Staub fiel auf die vielen Hotelwerbekugelschreiber, die sie in den letzten Jahren gesammelt hatte, auf die Buntstifte, die Briefumschläge und die Karten, auf den Buchblock der Enzyklopädien, die aus dem zweiten Regalbrett von unten herausstanden, auf den Deckel des Aktenvernichters, den Schonbezug des Sessels, auf den neugepolsterten Sitz des Stuhls mit hoher Lehne, der Staub fiel auf die Stehlampe und die Schreibtischlampe, auf die grüne Geldbörse, die Telefonbücher vom letzten Jahr, auf die Dielen und die Dielenritzen des Holzfußbodens, auf die Kabel, die von der Musikanlage zur Mehrfachsteckdose führten, auf die nebeneinandergestellten Schuhe und Stiefel im Eingang, auf den Spiegelrahmen und das Faxgerät. Der Staub rieselte herab auf die rot-creme-weiß gestreifte Gardine, die Fensterbänke, die Zierdosen auf dem Beistelltisch, auf die Herdplatten, die Putztücher an den Plastikhaken und die Drahtkleiderbügel, die am Küchentürgriff hingen. Er rieselte herunter von der Decke, und sie sagte, sie wäre daran gewöhnt, durch Stäubchenwolken zu gehen, sie käme mit dem Wischen nicht mehr hinterher, sie bezahlte eben den Preis dafür, in einer Altbauwohnung recht günstig zu wohnen, und das Wasser wäre kalkhaltig, sie hätte aufgehört, sich über Kalkflecken zu ärgern.

Franz wartete eine Erlaubnis nicht ab und setzte sich, tatsächlich sah er, wie sich die im Licht flirrenden Staubpartikel auf ihr Haar legten, sie rief ihn zu sich ans Fenster und zeigte auf die Haltestelle vor der Hauptfiliale einer Sekte. Es gäbe eine kleine Bürgerbewegung, die die Verlegung der Haltestelle forderte, denn es stiegen dort Schulkinder ein und aus, und die Eltern befürchteten eine illegale und illegitime Einflußnahme seitens der Sektenanhänger, das wäre aber ausgemachter Unsinn, und auch das Bezirksamt würde es ähnlich sehen und deshalb die Haltestelle nicht verlegen. Er lauschte ihrer Stimme mehr, als daß er der Geschichte folgte, es kam ihm eigenartig vor, daß sie ihn zu sich eingeladen hatte, er hätte wie in den letzten Nächten auch in einem Hotelzimmer unterkommen können. Sie hieß also Jacinta. Und der Schmuck war in der Plastiktüte, die er in der geliehenen Kunstledertasche aufbewahrte, und die Tasche lag auf der Kommode im Flur.

Jacinta. Ich habe alles verstanden, sagte sie, aber was ist mit den Rehkitzen? Sie haben uns gelockt in die Hinterhöfe, sagte er, ein falsches Gerücht, ein anderer, der sich mit dem Namen des Fotografen tarnt, der Haihappen kann es nicht sein, Fritz und das Ehepaar, bei dem er untergeschlüpft war, können es auch nicht sein. Ich weiß es nicht … Und sie dachten nach, vielmehr taten sie so, als würden sie daran Gedanken verschwenden, es war ein Geheimnis, ein Detail, eine Kleinigkeit, die sie nicht beschäftigte, und weil er sich unbehaglich fühlte, am Fenster nah bei ihr, holte er die Tasche, und aus der Tasche holte er die Plastiktüte, und dann, ohne zu zögern, leerte er sie, und all das Gold fiel auf den weichen Teppich, sie setzte sich auf den Boden, er glitt neben sie, und sie schauten es sich an. Das Gold.

Und er sagte: Wähl dir bitte eine Uhr, ein Armband, einen Ring und eine Halskette aus, bitte die komplette Serie, und tu mir den Gefallen und verstehe es nicht falsch. Sie konnte aber keine Arglist darin erkennen, daß er sie beschenkte. Zuerst suchte sie sich eine Goldkette mit Herzanhänger aus, er würde es nicht falsch auslegen. Während sie mit dem Zeigefinger im Schmuck stocherte, sah er den Staub herabfallen auf ihre Schultern, auf ihren Hals, an dem die Kette schon hing, auf ihr dunkelbraunes Haar, auf ihre Unterarme, auf die aufgeplatzte Naht an der Ärmelinnenseite.

Plötzlich sah sie auf, die Uhr, der Ring und das Armband in der Faust, sie stand auf und nahm auf dem Stuhl mit der hohen Lehne Platz. Sie sagte: Anka ist vielleicht nicht meine beste Freundin, sie ist es auch nie gewesen, aber ich besuche sie ab und zu. Anka also stand einmal auf der Kante des Bürgersteigs, und als die Ampel für Fußgänger auf Grün schaltete, tat sie genau einen Schritt und wurde von einem Fahrrad gerammt, der Fahrer hatte Gott sei Dank schon gebremst, Anka kam mit dem Schrecken davon. Sie läßt sich keine Gelegenheit entgehen, um zu schimpfen, und das war eine ideale Gelegenheit. Aber sie dachte: Diesmal nicht. Diesmal will ich mir den Mann ansehen, er sieht gut aus. Sie können … Sind wir schon zum Du übergegangen? Ja, sagte er. Gut, du kannst mir folgen? Jedenfalls hat Anka beschlossen, sich zu einem Wiedergutmachungsessen einladen zu lassen. Der Mann – ich habe ihn nie zu Gesicht bekommen – glaubt erst einmal, er hätte es mit einer Gepuderten aus Charlottenburg oder aus Potsdam zu tun, er ist nicht unbedingt abweisend, er ist nur vorsichtig. Was will diese Frau von ihm, und was kann er ihr geben? Wäre er ein Fahrradkurier in genitalbetonter Hose gewesen, Anka hätte ihn auf Schmerzensgeld verklagt. Verzeihung, das ist ihre Ausdrucksweise, und nicht meine. Aber er arbeitet mal da, mal dort, so hat er sich beim Essen ihr gegenüber ausgedrückt. Meine Freundin haßt Geheimnistuerei, sie glaubt, Männer würden sich nur interessant machen oder aber Unterhaltsgeld an die Mutter ihres Kindes zahlen und langsam verarmen. Was heißt das, mal da mal dort? Diese Frage stellt sie ihm, und er bleibt ihr immer noch eine eindeutige Antwort schuldig. Dann rückt er mit der Wahrheit heraus, und als sie erfährt, daß er in unsaubere Geschäfte verstrickt ist, tupft sie mit der Serviette an ihren Mundwinkeln, steht auf und geht weg …

Ja, sagte Franz, weil wir also in deiner Wohnung sind, bin ich es wohl, der gehen sollte. Er hatte nicht mit Widerspruch gerechnet, also packte er den Schmuck in die Tüte und die Tüte in die Tasche, zog seinen Kamelhaarmantel an und verließ die Wohnung. Auf der Straße atmete er tief die kalte Abendluft ein, er war sich sicher, daß Jacinta diese Geschichte von der reinen Jungfrau Anka frei erfunden und erzählt hatte, um ihn dezent zum Gehen aufzufordern, sie war eine verlegene Frau, und ihr fehlten manchmal die richtigen Worte. Sie hatte aber erst die Schmucksachen ausgewählt und sich wahrscheinlich währenddessen eine Fabel einfallen lassen. Er würde jetzt einen Falafelteller bei einem Libanesen bestellen und dazu kaltes Mineralwasser mit Kohlensäure trinken.

Sie stellte sich vor den Badezimmerspiegel, drückte die flachen Hände an ihre Brust und schaute sich an, die Lichtreflexe am Gold gefielen ihr, und es gefiel ihr auch, daß sie ihre neuen Geschenke allein bewundern konnte, der fremde Mann hätte sie nur abgehalten zu lächeln. Und zu lächeln und zu lächeln. Anka durfte den Schmuck an ihr nicht sehen, denn sie würde davon ausgehen, daß sich Jacinta den Herzenswunsch aller Mädchen erfüllt hatte, die Tatsachen des Lebens waren für sie Murmeln, entweder hielt man sie in der Hand, oder man rutschte auf ihnen aus. Kein vermögender Mann, dachte Jacinta, aber ein Einbrecher, der die Blinden und Taubstummen zum Reden bringt, indem er ihnen einfach den Daumen umbiegt.

Wenn man stirbt, steht die heraufschwebende Seele – das zerrissene Band hängt ihm vom Nabel herab – nicht dem Todesengel von Angesicht zu Angesicht gegenüber. Sie weicht zunächst, so geht der echte Glaube der Menschen, nicht vom Körper, mit dem sie bis vor einigen Sekunden untrennbar verbunden war. Und der Engel – er ist mehr Wolke als Luft – betrachtet dies Schauspiel von der Ferne, und er sieht auch denjenigen, der diesem Menschen mit einem Schlag auf den Hinterkopf gemordet hat. Der Mörder aber, der vielleicht nur die Absicht hatte, die Warnung seines Auftraggebers weiterzugeben, wird in den nächsten Tagen die Zeitung aufschlagen und den Artikel über seine Beförderung vom Schläger zum Totschläger lesen, erst ungläubig, dann mit einer gewissen Resignation. Sie wandelt nur jene Kriminelle an, die ahnen, daß sie höchstwahrscheinlich Opfer von anderen Gewalttätern werden. Der Engel sieht ihm hinterher, er ist nicht allwissend, er ist geschickt worden, um die Seelen einzufangen, daß sie nicht Wolke werden noch Luft. Den Totschläger kümmert es wenig, was mit ihm geschieht, wenn er stirbt. Der Mann, der ihn für einen harten Schlag bezahlt hatte, hielt Tauben für Tauben und nicht für Vögel des Heiligen Geistes, die Auferstehung war nach seiner Meinung nur die Spukgeschichte von Spinnern, die es sich im Sarg gemütlich machen wollten bis zum großen Paukenschlag.

Wäre also Franz nicht zur Seite gesprungen und hätte er nicht mit der Tasche ausgeholt, wäre dies alles passiert, und der Engel hätte ihm das zerrissene Band vom Nabel gezupft und ihn in der Kunst des leichten Aufstiegs unterwiesen. Der Hieb mit dem Knüppel ging ins Leere, und der unmaskierte Mann setzte nicht nach, sondern rannte einfach davon. Für einen Moment war Franz versucht, ihm hinterherzulaufen, aber zwei Dinge hielten ihn davon ab: Sein Knastbauch und der Blumenkasten, der vor ihm auf dem Bürgersteig barst. Dann hörte er sie seinen Namen rufen, und als er hochschaute, sah er Jacinta, sie lehnte sich weit aus dem Fenster und würde, wenn sie ihrer Aufregung nicht Herr wurde, herunterfallen. Er rief ihr zu, sie sollte reingehen und auf den Türsummer drücken.

Wenig später saß er ihr gegenüber, trotz des Schrecks war

sie in heiterer Stimmung, Gold stand ihr gut, und Franz war am Leben, der Blumenkasten schlug im richtigen Moment unten auf, ein falscher Schritt von Franz und sie hätte die Polizei benachrichtigen müssen. Mir fehlt nichts, sagte er, und auch der Schmuck ist noch komplett. Ich bin nicht wirklich dem Schlag ausgewichen, ich fing vor Freude an zu tänzeln, ich bin auf mein linkes Bein gehüpft, und der Kerl schlug auf die Stelle rechts, doch da war ich schon nicht mehr. Ich werde zur Legende, er wird wen auch immer anrufen und ihm von meinen Instinkten berichten, und den Mann am anderen Ende der Leitung wird es sehr beeindrucken. Wer hat den Schläger gedungen? Bist du müde, oder hast du Lust auf eine Belohnung? Was für eine Belohnung? sagte Jacinta, ich gehe heute nicht mehr aus dem Haus … Und er wünschte ihr einen schönen Abend und verließ die Wohnung, er hatte keinen Hunger mehr, er wollte weder eine Abrechnung noch eine Vergeltung, und nachdem er ziellos herumgewandert war, betrat er doch ein italienisches Restaurant und bestellte, ohne einen Blick auf die Speisekarte geworfen zu haben, Parmaschinken auf Honigmelone. Die Kellnerin setzte ihm einen großen Teller vor, die Parmaschinkenscheiben waren über Orangenschnitze gelegt worden, und daß sie sagte, die Orangen würden aufs Haus gehen, überzeugte ihn endgültig davon, daß dieser Sonntag kein verwerflicher, kein schlechter, aber ein ungewöhnlicher Sonntag war. Also aß er alles auf, bezahlte direkt an der Kasse und landete, über Wege und Umwege, bei dem Händler in einer Seitenstraße des Kurfürstendamms. Es wurde sichtbar.

Ein Engel? Herabregnender Staub? Ein Stümper, dem es nicht gelingt, einen Knüppel richtig einzusetzen? Die Suche des kleinen verliebten Bruders nach seinem großen Bruder und nach seiner eigenwilligen Freundin? Was gingen ihn all diese Einzelheiten an, mit denen er aufgehört hatte, sich zu befassen, vor langer Zeit, na gut, vor gut einem Jahr, als sein ordentliches und ruhiges Leben doch zu ordentlich und ruhig geriet und er sich Hals über Kopf in die Nachbarin verliebte. Für sie war es nicht viel mehr als ein Partykuß gewesen. Längst vergessen.

Jetzt aber erzählte Franz, der Entlassene, seine hübsche Geschichte, es war ihm anzusehen, er war froh, zwei Male einem Attentat entgangen zu sein. Diese fremde Frau an seiner Seite, diese Frau, von der alle Welt sprach, hatte wohl einen gewissen Einfluß auf ihn. Keine Spekulationen. Von Staub und irgendwelchen Engeln sprach er früher nicht, vielleicht lag es am Umgang mit rohen Kerlen im Knast, daß er ruhiger wirkte. Seine Hände zitterten leicht, bestimmt war es die Angst, einen dritten Anschlag nicht zu überleben. Endlich kam er zu einem Ende, und dann bat er ihn, ein grünes Filztuch auf dem Glastisch auszubreiten.

Er hatte seinen Laden geschlossen, sie saßen im Hinterzimmer, und der Händler tat Franz den Gefallen, er war in Feierabendlaune. Und da funkelte das Gold. Er starrte darauf und sagte plötzlich aus einer Eingebung heraus eine Zahl. Franz zog die Stirn in Falten. Sie schwiegen einige Minuten, und der Händler nannte eine andere Zahl. Nach weiteren zehn Minuten drehte sich Franz um und wartete, bis der Händler das vereinbarte Geld in kleinen Scheinen aus seinem geheimen Fach geholt und auf den Goldschmuck gelegt hatte. Er steckte das Geld ein und sagte: Mein Bruder wird dich sicher noch einmal aufsuchen. Bitte keine Auskünfte. Er versprach es ihm, und dann war er schon weg. Also die Beute. Schön. Und die Augen von Franz – was hatte er in ihnen gelesen? Verdammt noch mal, gar nichts, es sollten andere Gaukler vorgeben, zu zaubern oder ins Innerste der Menschen sehen zu können. Im Inneren der Männer und der Frauen war nur eine kleine Grotte, in der es loderte wie in der Hölle. Der Händler entrollte seine Bodenmatratze und legte sich hin, er war müde, er hatte nicht die geringste Lust auf die beiden Idioten, die draußen auf ihn lauerten, um ihm eins über den Schädel zu ziehen und ein bißchen Geld zu erbeuten. Morgen würde er Fritz, den rachsüchtigen alten Trottel, ausfindig machen und ihn auffordern, keine Amateure mehr loszuschicken. Sonst … sonst würde er sich einen Blindenhund zulegen.

schwarzbrot

Wie ein zorniger Regisseur junge Talente und einen alten Amateur zum großen Schauspiel anleitet; wie die verzweifelte Vilma vom Nichts verschluckt wird und die Pragerin ihrer Berliner Brieffreundin vom wunderlichen Tun ihres Schuhmachers schreibt

Eine Liebe, Trennung, eine Liebe, Trennung, das Jahr war vergangen, und im ersten Monat des neuen Jahres hatte er beschlossen, den Schmerz mit den Mitteln der Aufstandsbekämpfung anzugehen: roh und herzlos. Nichts als Worte. Nichts als Worte brachte es ihm ein, daß er schwieg – keiner seiner Freunde ging freiwillig zu einer Totenfeier, und sie besuchten ihn, sie brachten ihm ein Glas Konfitüre oder eine Tafel Schokolade, und nach einer halben Stunde fühlten sie sich unbehaglich, sie wünschten ihm eine gute Nacht und verließen ihn dann hastig.

Er hatte früher auf einer roten Liste gestanden, heute mied man ihn nicht mehr, das war ihm also gelungen. Der Schweiß in seinen Achseln war nicht vergeudet – ein Gedanke, der ihm immer dann kam, wenn ein Gefühl verflog. Er hatte die Vorhänge naß aufgehängt. Gut. Die Nachbarin hatte geklingelt und ihn gebeten, die Schrauben fester zu drehen, er sorgte in wenigen Minuten dafür, daß die Stützräder am Hinterreifen nicht mehr wackelten. Ihr Kind war glücklich und rollte sein Fahrrad in sein Zimmer. Und weil ihm noch etwas Zeit blieb, seifte er seinen Oberkörper ein, wusch ihn am Waschbecken, und weil er zu lange den Blick nicht von den Haarrissen im Porzellan abwenden konnte, fröstelte es ihn, er rieb sich ab, bis er seine Haltung wieder gewann, erst dann konnte er seine Wimpern tuschen. Er blinzelte, stellte fest, daß die Tusche an den Wimpernspitzen nicht verbrockte, er band sich in der Küche eine Schürze um, hob das Tablett in die richtige und schickliche Höhe und entspannte seine Finger, damit die weißen Knöchel seine Anspannung nicht verrieten. Das Teegedeck für die Dame, das stille Wasser für den Herrn.

Im Wohnzimmer schaute er schnell auf den Tischaufsatz, die Schalen waren mit Rachenpastillen bestückt, die Vulgarität stach ihm ins Auge: Das nächste Mal würde es richtige Süßigkeiten geben. Es reichten einige wenige Handgriffe, und die Herrschaften waren zufrieden, er trat, ohne den leeren Stühlen den Rücken zuzukehren, fünf Schritte zurück, in seiner ihm zugedachten Rolle war er glücklich, und er ging ab. Vielmehr eilte er wieder ins Bad und reinigte seine Wimpern vom Lackschwarz. Fast wäre er in seine Jacke geschlüpft, ohne die Schürze abzulegen, und weil ihn dieser fast begangene Fehler mißtrauisch stimmte, betrachtete er sein Gesicht im Flurspiegel: Ein Männermund, eine Männernase, kurzes Männerhaar. Man würde es ihm sofort ansehen, doch an einem Winterabend waren die Menschen froh, im Warmen zu sitzen, sie würden ihm den Mann ansehen und sich aber an seiner Rolle des dienstbaren Geistes ergötzen. Servieren war eine Kunst, das Auftragebrett durch den Raum zu tragen war eine Kunst, er mußte das besondere Lächeln eines Dienstmädchens üben, das sich jedes Geschmacksurteil verbietet: über die Stimmungswechsel der Frau des Hauses, über den Herrn, der beim Rauchen in die Zigarettenspitze beißt.

Und bevor er in die Rolle schlüpfte, während der halbstündigen Besprechung, in der es ihm gestattet war, nur ein Laie von fast sechzig Jahren zu sein, hörte er aufmerksam zu. Und widersprach nicht. Der junge Regisseur holte sich bei ihnen keinen Rat, er jagte die Überlieferung zum Teufel, er sagte: Nach der Überlieferung dürfte es nicht den Stückeschreiber und den Regisseur voneinander getrennt geben, ich erkläre also den Schreiber für überflüssig, ich erkläre den Originaltext für überflüssig, und ihr folgt einfach meinen Anweisungen und beschwert euch nicht, daß ihr in den falschen Kleidern steckt … Er hatte jede Rolle gegen das Geschlecht besetzt, die Männer wurden von Frauen gespielt, und die Männer schlüpften in Nylonstrümpfe und Röcke und Bolerojäckchen, und sie lernten den besonderen Hüftschwung, sie lernten zu sprechen, als wären sie im Stimmbruch, und der Regisseur saß im dunklen Saal und lauerte auf einen kleinen Fehler. Dann öffnete er für sie, die sie auf der Bühne Gelenkigkeit übten, die Tore der Hölle, mit diesen Worten kündigte er seinen Wutanfall an – sie mußten sich ihm zuwenden und seiner gebrüllten Rede über die Ungeschickten und Verträumten lauschen.

Er aber war ein Laie, ein Mann im Dienstmädchenkostüm, der Rock bedeckte kaum seine Kniescheiben, der unflätige Regisseur hatte ihm aufgegeben, die Lächerlichkeit niederzuspielen, den lächerlich kurzen Rock zu übersehen, das Quietschen der Turnschuhe zu überhören. Nur manchmal wurde er beschimpft, der Junge nannte ihn dann einfach nur den Sarg, er schrie: Der Sarg ist morsch, der Sarg soll den Toten in sich ausspucken! Er war so etwas wie ein Statist, natürlich, der Regisseur konnte ihn ohne Mühe ersetzen durch einen anderen älteren Mann, der davon träumte, seine geschiedene Frau und seine erwachsenen Kinder zur Premiere einzuladen.

Langsam werde ich einer Kammerzofe immer ähnlicher, dachte er noch, er ging aus dem Haus, und wie immer schaute er auf das Unkraut in den Asphaltrissen, und wie immer zwang er sich, nicht über den Anblick von unauffälligem Verfall die Orientierung zu verlieren. Der Wind rüttelte an den Schutzzäunen, trotz der Kälte und des Dunkels machte er sich zu Fuß auf den Weg, die wenigen Menschen, die er unterwegs traf, grüßten ihn mit einem Nicken: Es hatte sich herumgesprochen, und wer sich mit ihm gutstellte, bekam vielleicht einen guten Platz in der fünften Reihe oder kam sogar umsonst hinein. Eine kleine Berühmtheit.

Der Komponist machte ihm die Tür auf, und wie immer glänzte seine faltenlose Stirn, und wie immer ließ er ihn wortlos hinein, er mochte es nicht, wenn sich junge und alte Männer an sein hübsches Kind herandrängten, er wünschte, daß die Bewerber um die Liebe seiner achtzehnjährigen Tochter im Wassergraben ersoffen: Dieses Haus, in dem der Komponist und sein hübsches Kind lebten, war eine Burg, so dachte der Vater, und er freute sich über die Stille, die betäubte und abwehrte, die die Bekannten und Berühmten auf Abstand hielt.

Er ließ ihn also hinein, peinlich darum bedacht, keinen Handschlag zu provozieren, und als der Mann gegen den Garderobenhaken stieß, blieb er stumm, sagte ihm aber, er sollte bitte die Schuhe ausziehen. Auf Strümpfen ging er die Wendeltreppe hoch, und als er vor der Tür der Dachkammer stand, zeigte sich ihm folgendes Bild: Ein Fremder saß mit ausgestrecktem rechten Gipsbein auf dem Stuhl, hinter ihm stand Aneschka und schnitt seine nassen Haare, der Krückstock war an einen Hocker in Griffnähe angelehnt.

Seltsam, daß der Fremde bei seinem Anblick mit dem freien heilen Fuß scharrte, erst dann schaute das hübsche Kind auf. Das ist mein ehemaliger Klassenlehrer, sagte sie, und das ist mein Freund Ferda. Und sie erzählte von dem platten Hinterkopf und den Geheimratsecken des Fremden, deshalb würde sie vorne tarnen und täuschen und hinten bürsten und aufbauschen, und damit ihr Freund nicht vormodern aussähe, versuchte sie sich an einem Fransenschnitt, sie wäre noch nicht davon überzeugt, ihm die Ohren freizuschneiden. Der

Fremde hört auf den Kosenamen Ameise, dachte er, und bis auf Danke und Auf Wiedersehen kann er bestimmt kein Wort Tschechisch sprechen, das entbindet mich von der Pflicht, mit ihm eine Konversation zu führen. Bald hatte er von Aneschka erfahren, daß der Gast aus Deutschland ihretwegen Liebesreisen nach Prag unternahm, einer Stadt, die er bis dahin nur in Zusammenhang mit einer Jahreszeit, dem Frühling, zu bringen vermochte. (Der Verliebte unterschlug sein Wissen, er wollte der angebeteten Frau ein schönes Kompliment machen, und natürlich hatte er alles Recht der Welt, ein harmloses Lügenmärchen zu erzählen. Wir waren doch alle weit darüber hinaus, nach den Regeln der Kleinbürger auf Verwegenheit zu verzichten – doch dazu später.) Sie beschrieb einen Kreis um den Stuhl, nein, sie umtänzelte diesen Mann, der höflich grinste und vom Dauergrinsen leichte Kopfschmerzen bekam, das merkte er daran, daß er mit der Zeigefingerkuppe die Stelle über seiner Nase massierte, die Hand verdeckte seine Augen wie ein Taubenflügel. Er zeigte auf sich und sagte: Vaclav, dann setzte er sich auf den Korbstuhl und lauschte den fremden Worten aus dem Munde des hübschen Kindes. Sie war seine Schülerin gewesen, er hatte es nicht bedauert, sie in seiner Klasse zu wissen – dieser Satz, den er gedacht, aber Gott sei Dank nicht ausgesprochen hatte, dieser Satz hätte dem Regisseur gefallen. Weshalb? Weil er intellektuell klang. Weil man ihn einer sogenannten Assistenzfigur in den Mund legen konnte, einer unbedeutenden Person am Rande, die sich gut aus dem Bild herausdirigieren ließ.

Als die letzte Haarlocke herabfiel, stand der Fremde abrupt auf und küßte sie vor seinen Augen auf den Mund, dann aber lief er rot an und fegte die feuchten dunkelbraunen Haarkringel ins Kehrblech.

Für Vaclav war es der richtige Zeitpunkt, um sich Aneschka zuzuwenden; sie eilte davon und kam sehr bald mit feuchten Händen wieder zurück. In der Zwischenzeit hatte er die schwarzen und weißen Steine auf die Zungen des Backgammonbretts gesetzt, das hübsche Kind und er saßen einander im Schneidersitz gegenüber, die Ameise starrte erst herüber und setzte sich dazu, dann fingen sie an zu würfeln und bewegten ihre Steine über das Feld. Sie warf fast immer die gewünschte Augenzahl, und so schaffte sie es, ihre Steine in ihrem Heimfeld zu versammeln und auszuwürfeln, sie hatte ihn angedoppelt, das nächste Spiel ging knapp an ihn, und auch das dritte konnte er für sich entscheiden, zwei einfache Siege, es herrschte Gleichstand. Sie gewann sechs zu zwei, und er war wütend, wütend über ihre Angewohnheit, die Steine aufs Holzbrett zu knallen, und wütend, daß sie ihn nicht nur geschlagen, sondern deklassiert hatte. Die Ameise grinste wieder höflich, und sie wechselten die Plätze, Vaclav schaute staunend seinem Spiel zu, das einem Amoklauf glich und aber immer mit einem Desaster endete. Sein Gipsbein lag auf einem Kissen, und als er sich an der Krücke hochkämpfte, fielen ihm Kassenbelege aus der Hosentasche, er hörte ihn zu einer langen Erklärung auf deutsch ansetzen, Aneschka fiel ihm ins Wort und erzählte, Ferda würde für seinen Steuerberater die Quittungen sammeln und sie eben in seiner Tasche aufbewahren, um sie dann in eine Klarsichtsfolie und die Folie in einen großen Umschlag zu stecken, der Steuerberater erledigte den Rest …

Das war, auch in der tschechischen Übersetzung, eine Erklärung, wie er sie von einem Deutschen erwartete, ein Tscheche hätte sich jegliche Neugier verbeten. Nun versuchten die beiden Männer doch eine Konversation, das hübsche Kind hatte wenig Mühe, von der einen in die andere Sprache zu wechseln, es ließ sich erst mehrere Sätze aufsagen und faßte alles zusammen. Also erfuhr Vaclav: Der Deutsche liebte Prag und die Prager. Aneschkas Kommentar: Er idealisiert uns. Der Deutsche hatte seine große Liebe in dieser Stadt entdeckt – kein Kommentar. Der Deutsche bewunderte die tschechischen Köche und die böhmische Küche, er mußte sich aber nach jedem Verzehr einer warmen Mahlzeit zwingen, aufrecht zu gehen, weil ihm das Essen schwer im Magen lag, aber bald würde er mit den Einheimischen gleichziehen und die schweren Soßen vertragen können. Vaclav nahm diese Floskeln lächelnd zur Kenntnis, und da sagte der Deutsche, sagte Aneschka: Die Neuen Mechaniker, es gibt sie in meinem Land, es gibt sie in eurem Land, sie putzen alle Ideen weg, sie verkünden, daß sie sich allein nach der umkämpften Volksseele richten, und wo bleibt aber die schöne Aufregung? Ich habe meinen Mittelfußknochen rechtsaußen gebrochen, ein dummes Mißgeschick, also trage ich Gips am Bein und humpele auf der Krücke, ich genieße das Gehen auf euren Straßen trotzdem …

Aneschka schaute ihn an und schaute ihren Lehrer an, sie beide dachten über diese Worte nach und kamen zu dem Schluß, daß sie der Ameise nicht recht folgen konnten, er betäubte sie mit irrsinnigen Bekenntnissen, vielleicht, dachte Vaclav, setzte er eine Niederlage im Brettspiel mit einem Gesichtsverlust gleich, und er mußte sich ans Herz fassen und bekennen; vielleicht, dachte Aneschka, ist mein deutscher Liebhaber ein bißchen wunderlich, er ist das Gegenteil von einem Bürokraten, nämlich ein träumender Schuhmacher, ein machender Traumschuster, und die Begeisterung brennt ihm kleine Krater in die Haut und löst ihm die Zunge, alles brennt an ihm, daher paßt er nicht auf, wo er hintritt, und stolpert über hohe Bordsteinkanten.

Vaclav verabschiedete sich, für das nächste Spiel würden sie sich am Telefon verabreden, und da er nicht annahm, die Ameise wiederzusehen, wünschte er ihm altmodisch alles Gute für die Zukunft, er wartete die Übersetzung nicht ab, schlüpfte unten im Eingang in seine Schuhe und lauschte dem Klavierstück, das der Komponist im Studio spielte.

Mitten in der Nacht, auf dem Weg nach Hause, beugte er

sich hinunter und schüttelte am Hosensaum, der sich nach innen umgelegt hatte, und dabei sprang ein weißer Spielstein heraus und kullerte davon, er sah aus wie der Ehering eines Gespensts, nur für einen Augenblick. Will er mich kaltstellen? dachte er, will der junge Regisseur etwa die alten Amateure loswerden? Ich bin ja nichts weiter als eine Assistenzfigur, ich bohre mir aber auf der Bühne nicht in der Nase und gebe auch nicht einer Laune nach. Das Stück, das er inszeniert, hat keinen Wert, der Gast wird es sich ansehen, und wenn das Licht verlöscht, wird er klatschen, weil das von ihm erwartet wird. Ein Theaterabend mit Männern und Frauen, die Frauen und Männer spielten, und die Regie hatte es gefügt, daß alle ihren Eifer einbüßten und nach und nach umkamen, durch fremde oder eigene Hand. Er, der alte Laie, sollte in der uneinsehbaren Abseite beim Sterben schreien, so lange, bis der eine oder andere Gast im Publikum veranlaßt wurde, dagegen anzuschreien, und den Mißklang der Schreie würde der Regisseur als einen Triumph feiern, das hatte er verkündet.

Vaclav schaute hoch, der Nachthimmel beunruhigte ihn nicht.

Der Lügner – ich kannte ihn, er war ein betäubender Mann, und sooft ich auch mir wünschte, er möge sich auflösen oder im Feuergefecht mit Kleinkriminellen sterben, er blieb am Leben und belog mich und die anderen, die er um sich versammelte. Die in seiner Nähe sein wollten: Weil es ihnen gefiel, auf der falschen Seite zu stehen. Der Lügner – so nannte ich ihn, obwohl er eine Frau war, in meinem Stück, auf der Bühne, schlüpfte sie in Männerkleider, und auch in meinen Tag- und Nachtträumen sah ich sie als Mann. Ich mußte nur einmal blinzeln, und es war, als schüttelte ich an einer

Schneekugel, und wenn sich die Kunstflocken herablegten auf den Grund meines Traums, stand sie als Umriß vor heller Landschaft, und ich erkannte sie als einen Mann, der mich immer ins Auge faßte. War ich besessen, bloß weil sie, weil der Lügner es nicht zuließ, daß ich von ihm fortkam? Besessenheit traf auf ihn zu, sie war besessen normal … ich sollte mich an dieser Stelle für ein Geschlecht entscheiden, und also ein Mann.

Er brach mitten im Satz ab und sagte: Es liegt mir auf der Seele, und wenn man ihn fragte, was es denn wäre, wandte er sich achselzuckend ab, er mit den langen Haaren, er mit der Narbe aus der Kindheit am Lippenrand, der Mann also wußte, daß sich selten die Gelegenheit bot, nicht einfältige Menschen zu Narren zu machen. Sie alle, wir alle hielten Weingläser in der Hand, wir waren beeindruckt von den Büchern im Regal, dabei hatte er sie doch von ihrem Onkel geerbt, dem Dissidenten, der auch in der neuen Zeit die Abweichung zur Regel erhob und dem Lügner seine ganze Bibliothek zu Lebzeiten vermachte. Weshalb? In einer der vielen Krisen seines Lebens hatte der Onkel einfach beschlossen, seinen Besitzstand um drei Viertel zu mindern, und seine Lieblingsnichte … na gut, sie war, was sie war, und die Verkehrung machte mich verrückt, also sie … sie nahm das Geschenk an, verbat sich aber jede Bedingung. Sie würde ihn deshalb nicht öfter besuchen kommen.

Wir alle, mit den Weingläsern in der Hand, glotzten auf die bunten Buchrücken, wir fühlten uns wohl in ihrer großen Wohnung, und auch wenn sie in der Hierarchie des Theaterhauses zum mittleren Segment gehörte, wir alle, von den Regisseuren bis zu den Technikern, fühlten uns geschmeichelt, daß sie uns Einlaß gewährt hatte. Es lag ihr etwas auf der Seele. Und es gab manch einen Unbeirrbaren, der sich dazu hinreißen ließ, Fragen zu stellen, wie dieser hochtalentierte Seiteneinsteiger, und sie knüpfte ein kleines Geheimnis an das andere und ließ ihn zappeln. Einmal unterbrach ich sie, zeigte auf den mahagonibraunen Trittstuhl und sagte, ich wollte ihn gerne als wichtiges Requisit einbauen in mein Stück. Doch sie hatte Einwände, der Stuhl, dessen Lehne sich über zwei Scharniere unter dem Sitz nach hinten kippen ließ, so daß man auf drei Trittbretter steigen konnte, dieser Stuhl war doch nur ein Geschenk des Onkels, sie aber hatte Angst, daß man ihn bei den Proben zerschrammte. Ihre Gegenrede war sehr heftig, das junge Talent versuchte, sie zu besänftigen, und es hörte sich sogar in meinen Ohren so an, als hätte ich ihn instruiert. Dieser Gegenstand würde sich hervorragend dafür eignen, die Bürgerlichen in der überheizten Wohnung zu zeichnen, so stellte ich es mir vor, ich gehörte keinesfalls zu der Kasperkohorte, zu den Armseligen und Unaufmerksamen, denen die bürgerlich inspirierte Liebenswürdigkeit nicht zusagte. Denn die Freiheit spülte den Adel des Abschaums zuoberst, die Proleten von heute haßten das Theater, die subtilen Techniken, das Gedämpfte und Verlangsamte, und ich wollte, trotz der Geschlechterverkehrung, die Praxis der Diskretion loben.

Sie aber lachte mir ins Gesicht und sagte, ich sollte sie mit meinem Niveau verschonen, an diesem denkwürdigen Abend wandten sie sich alle gegen mich, ich war ihr Dompteur, und sie verziehen es mir nicht, daß ich sie bei einer Probe meine heiligen Laien genannt hatte – nur der Alte hielt sich aus dem Gezänk heraus, und ich beschloß, ihn nie wieder zu gängeln, weil er sich die Schläfen schwarz färbte.

Die Techniker, die Bühnenbildner, die Schauspieler und sogar der Pförtner forderten die Wiedereinsetzung in alte Rechte, sie warfen mir vor, zu brüllen statt zu trösten, und der Lügner … die Lügnerin verbreitete das Gerücht, ich wäre schuld an Tomás' Selbstmord, man hätte ihn nie einem Menschenschinder wie mir zutreiben dürfen. In der kurzen Zeit, die ich ihn kannte, bestand Tomás darauf, dem Tode nahe zu sein, es wird mir keiner die Arbeit abnehmen, so erklärte er mir einmal, ich bin wie geschaffen für das schnelle Ende. Mit diesen Todessüchtigen mußte ich mich herumschlagen, es nützte nichts, daß ich ihnen manchmal den Vormittag freigab, damit sie den Schmutz, der sich in ihren Köpfen im Wachzustand sammelte, herausschliefen, ich bat sie sogar, morgens nach dem Aufwachen auf die Kissen zu schlagen mit der Faust, und ich sagte: Wir atmen unsere Ängste in unsere Träume, und dank dieser Hygieneträume können wir tagsüber empfänglich bleiben. Tomás, schrie sie daraufhin, Tomás ist tot, du bestreichst meine Füße mit Salböl, aber das ändert nichts daran, daß er wegen dir einen Nervenzusammenbruch erlitt! Wie merkwürdig doch ihre Worte waren, wie furchtbar schlimm und unangebracht. Der Schweiß in der Senke zwischen ihren Brüsten brachte das junge Talent fast um, ihre Brüste zeichneten sich unter ihrem roten Kaschmirpullover ab, weil sie nie einen Büstenhalter trug, und der Junge versuchte vergeblich, nicht hinzusehen – vielleicht hatte sie Tomás in Bann gehalten, in jenen Tagen, als es ihm noch nicht möglich schien, Frauen ansehnlich zu finden.

Den Trittstuhl brachte sie zur Probe mit, sie stieg auf die Bühne, stellte ihn genau an die richtige Stelle, machte ihre üblichen Gelenkigkeitsübungen und verstauchte sich den Fuß – alle sprangen herbei, um ihr zu helfen, nur ich saß auf meinem Sitz im Saal und dachte an Sabotage. Sie hatte mir meinen Willen gelassen, im Gegenzug sollte ich auf sie verzichten, darauf liefen ihre Racheakte hinaus: Man bekam nur sie, und wenn man sich einen zusätzlichen Gegenstand wünschte, fiel ihr eine Möglichkeit ein, sich zum Verschwinden zu bringen.

Ich tat ihr kein Leid an. Ich lobte auch nicht ihre Betäubungskunst. Wann hatte in letzter Zeit eine Frau von mir als von einem alleinstehenden Mann gesprochen, ich konnte mich nicht erinnern. Der Fußweg von dem Haus, in dem ich wohnte, bis zur Probebühne dauerte nicht länger als zwanzig Minuten, und in den letzten zehn Minuten stieß sie hinzu, die Lügnerin, sie erschien, wann immer ihr der Sinn danach stand, und sie fing eine Unterhaltung mit mir an, in deren Verlauf sie jedesmal auf den Selbstmörder zu sprechen kam, der verschwendete Mann, sagte sie, es schmerzt mich, wenn ich an ihn denke, und es schmerzt mich, daß ich vor den anderen dich beschuldige, ihn in den Tod getrieben zu haben. Ich habe eine merkwürdige Art, Männer zu mögen, und daß du ein alleinstehender Mann bist, macht dich unsympathisch. Ich ließ sie neben mir hergehen und scheuchte sie nicht weg, außerhalb des Theatersaals war ich friedfertig, ich sprach mit leiser Stimme, so daß man mich öfter darum bat, das Wort oder den ganzen Satz zu wiederholen. Zehn Minuten lange Gespräche: Über ihre Angst, am Valentinstag, dem Tag der Verliebten, von einem anonymen Verehrer einen Strauß Rosen zugestellt zu bekommen. Über den Trittstuhl, den sie gedachte, mir nur im Falle guter Besprechungen des Stücks zu schenken. Über Tomás. Über die mit Tautropfen benetzte Haut der Schlange im Paradies. Über die teergeschwärzten Gesichter der Sünder in der Hölle. Dann gefiel es ihr, manchmal, lächelnd und schweigend auf den vor seiner Loge im Freien rauchenden Pförtner zuzulaufen und ihm einen harten Klaps auf die Seite zu geben: Diese Gesten machten sie, die Betörende, schlagartig zum Mann.

War ich nicht etwa derjenige, der sich Gedanken darüber machen mußte, wie er die Rollen besetzte und daß die Schauspieler hart an der Rampenkante das wahre Leben vortäuschten, ohne auszurutschen und ins Publikum zu fallen? Und unter der großen Muschelschale, in der Bühnenmitte, die Souffleuse, meine Geliebte des letzten verschneiten Herbstes, sie merkte jede Unsicherheit und wisperte ein Wort, einen Satz vor, ihr Beruf machte sie grau, und sie färbte sich die Haare mal platinblond mal kandiszuckerbraun. Alles Vorkommnisse, auf die ich keinen Einfluß hatte: Ich bemerkte, man informierte mich, ich entdeckte. Wer wollte, daß ich ihn bestaunte, mußte auffallen oder sich dem fremden Einfluß – meiner Einwirkung – entziehen.

Und die Betäubende verschwand, sie, die die Lüge von Tomás' Verderben und meiner Verderbnis in Umlauf gebracht hatte, die mit Hunderten von Büchern beschenkte Vilma verlor mit mir die Geduld, ging nach ihrer letzten Szene von der Bühne ab, und ich hörte sie von der Abseite rufen, daß sie das anschließende Lob-und-Tadel-Gespräch schwänzen würde. Am zweiten Tag ihres Verschwindens bat der Alte darum, mich auf dem Nachhauseweg zu begleiten, ich dachte, er wollte einen zusätzlichen Dialog erpressen, doch er sagte einen seltsamen Satz: Eine unsichtbare Windhose saugte die Betrunkenen vom Stuhl, es trifft ganz bestimmte Männer und Frauen – ich herrschte ihn an, er fuhr ungerührt fort: In der Karoliny-Svetle-Straße gibt es ein kleines Restaurant, das einer gewissen Gretá gehört, sie kommt aus einem kaukasischen Land, man muß darauf achtgeben, daß man nicht auf das Muttermal auf ihrer Oberlippe starrt. Vilma wurde dort von einem Bekannten von mir gesehen, sie hat Teigtaschen in Feigenform und Feigengröße bestellt, eine Spezialität des Hauses. Nach dem Essen begann sie kaukasischen Kognak zu trinken, ein Glas nach dem anderen, und mein Bekannter, der mit ihr am Tisch saß, weil alle Tische besetzt waren, gab es auf, sie, nun ja, auf sich aufmerksam zu machen. Sie wissen, wie sie ist, wir alle kennen sie nur ein bißchen, ihr Verhalten kommt mir trotzdem sehr ungewöhnlich vor. Sie trank sich in eine Heiterkeit, und um sie in Ruhe zu lassen, begab sich mein Bekannter an den Tresen, dort holte er ein Buch hervor, begann darin zu lesen, und er schwört, nicht länger als vier Seiten und einige Zeilen der fünften Seite gelesen zu haben, er schaute sich nach ihr um, ihr Stuhl war leer, und sie war weg, ihre Rechnung hat sie nicht bezahlt. Was halten Sie davon? Nichts, sagte ich und lief schneller, und ich dachte: Ich habe keinen Grund zur Beunruhigung.

In ihrer Dachkammer gab es neun Steckdosen, einen handbemalten flachen Stein auf ihrem Schreibtisch und eine Marionette, die an sieben Fäden hing. Ich lag auf der Matratze und vertrieb mir die Zeit mit grundlosem Starren und Zählen, ich zählte die an den drei Dachschrägen angebrachten Plakate und Postkarten, dann die von den Balken herabhängenden Rosensträuße, bei jedem Luftzug raschelten die trockenen Blätter, dann löste sich ein Rosenblatt, und das leise Krispeln machte mich seltsamerweise ängstlich.

Ich war wieder hergereist und hatte mir gleich am ersten Tag den Fuß gebrochen: Das Wirtshaus im versteckten Winkel, rechts neben meinem Hotel, wurde von einem Mann geführt, der stolz auf die zu allen Jahreszeiten beschlagenen Fenster war, ein Schleier aus Nikotin und Küchendunst ließ die Köpfe der Menschen auf den Fensterplätzen wie Papierlaternen aussehen, und ich hatte hingesehen und bei meinem Schritt von der Bordsteinkante auf die Straße über Aneschka nachgedacht – ihr Namenstag fiel auf den dreizehnten Juli, und ich ging in Gedanken all die Geschenke durch, die ich ihr machen wollte. Dann der Schmerz. Dann der Gips.

Morgen würde man mir den Gips aufschneiden, ab morgen würde ich mit einem wadenhohen Plastikgestell laufen müssen, die deutschsprechende Ärztin hatte einen Vortrag über die Entlastung des oberen und unteren Sprunggelenks gehalten. Aneschka nannte mich ihren einbeinigen deutschen Banditen, und ich fragte sie nach dem Besuch ihres ehemaligen Lehrers, ob es ihn belaste, daß er nicht mehr kleine und große Kinder unterrichten könne. In ihm ist eine böse Euphorie, sagte sie, er sieht sich als Insekt und schlägt die Männer, und nur die Männer, Insektengruppen zu.

Während sie sprach, zog sie die Lippen nach, und auch jetzt, da sie auf einem Kissen am anderen Ende der Dachkammer saß, trug sie Lippenstift auf, ihr Vater war in die Stadt gefahren, um sich mit einer Souffleuse zu treffen, sie arbeitete im ›Theater am Geländer‹, und weil sie sich unter einer Muschelschale am Bühnenrand verstecken konnte, bekam sie den Spitznamen Ivana, die Schildkröte. Keine Nacht verging, ohne daß ich einer Geschichte von einem Menschen lauschte, den der Traumglanz beschien, diese Worte sprach Aneschka, und auch jetzt, da sie neben mir lag und ein Lichtpunkt über ihre dunkelroten Lippen wanderte, beschrieb sie mir den Traumglanz: Er gehörte in dieser Stadt zu den alltäglichen Dingen wie Luft und Brot und Fingernägel und der Hunger nach Schokolade mit Erdnußcremefüllung, er war etwas, worüber sich die Prager nicht wunderten, ich, der Deutsche, würde mich zwar wundern, daß im Tschechischen der Zweig Ästchen hieß, ich würde bestimmt glauben, die Tschechen würden immer dann verniedlichen, wenn sie ratlos wären, aber aus dem Baumstamm wuchsen eben keine Stämmchen, sondern Äste, doch dem Ast entsprossen keine Zweige, sondern Ästchen. Und der Traumglanz? Eine Antwort auf die Glorie der Heiligen, die den Kopf in den Nacken legten, verloren in der Schau der Vögel, der Wolken, des Himmelsblaus. Die Dünste der ganz normalen Tschechen, die Dämpfe, die ihren nicht wahren nicht unwahren Geschichten entwichen, all das und ein bißchen Geheimnis, das alles war der Traumglanz. Ich konnte nicht sagen: Ich verstehe, es hätte sie vielleicht zu Recht gegen mich aufgebracht, viel zu viele Touristen und Einheimische, sie träumten nicht, sie glänzten nicht, doch die Seltsamkeiten wogen schwer, sogar für einen angehenden Schuhmacher wie mich.

Und ich dachte: Ich liebe eine Tschechin, auch sie kennt

sich aus im Seltsamwerden und Merkwürdigmachen, und sie bekommt dann ein schönes leichtes Fieber, ihre Temperatur steigt auf knapp achtunddreißig Grad Celsius, ich darf, da sie fiebernd berührbar bleiben will, meine Hand auf ihre Stirn legen. Meine Hand lag auf ihrer Stirn, ich hatte mein Gipsbein abgewinkelt und meinen halben Körper zu ihr hin verdreht. Baumstamm Ast Ästchen. Ich wollte sie sofort küssen, auf halbem Weg zum Kuß drehte sie sich weg und richtete sich auf, sie legte den Finger auf die Lippen und sagte leise: Unten ist ein Einbrecher, hörst du? Tatsächlich hörte ich ihn, und mein erster Gedanke war, daß er seine Straßenschuhe ausgezogen haben mußte und in Hauspantoffeln oder Strümpfen durch die Räume schlich, ich hörte das Geräusch von über den Holzfußboden kratzenden Stuhlbeinen, dann einen gedämpften Laut, wahrscheinlich hatte er sich an einer Möbelkante gestoßen, im nächsten Moment fiel etwas um, und ich hielt es nicht länger aus, wie ein Käfer auf dem Rücken zu liegen. Mühsam zog ich mich an dem Krückstock hoch, und als ich glaubte, auf dem gesunden und dem vergipsten Fuß sicher zu stehen, hinkte ich vorsichtig zum Schreibtisch, von hier aus hatte ich den richtigen Blickwinkel, um durch den Türspalt zu spähen, noch kam er nicht hoch, und die Faust in meiner Brust schlug und schlug, aber was konnte mir schon passieren, wenn ich mich ihm in den Weg stellte. Hinter meinem Rücken hörte ich es rascheln, sie sagte: Sei nicht leichtsinnig, er wird dich als Gegner nicht ernst nehmen. Doch, sagte ich, ich werde jetzt anfangen, laut Deutsch zu sprechen, und dann schrie ich gegen mein Herzklopfen an: Achtung, ich komme runter, wer immer du bist, du hast hier nichts zu suchen, wer in fremde Häuser eindringt, führt Böses im Schilde, es ist mir völlig gleich, ob du nur neugierig bist oder ob du den Fernseher und die Musikanlage, den Teppich und das Besteck rausträgst, die Wertgegenstände bleiben hier, verdammt noch mal …

Aneschka faßte mich am Arm und zog die Tür auf, langsam, ganz langsam bewegte ich mich hinaus und hielt mich am Treppengeländer fest, ich umgriff die Krücke mit der linken Hand, und als ich unten einen halben Haarschopf erblickte, warf ich, ohne zu überlegen, den Krückstock auf das Haupt des Einbrechers, ich schrie mich heiser und verstummte sofort, da der wütende Komponist auf der zweiten Stufe der Wendeltreppe auftauchte, er und Aneschka unterhielten sich auf tschechisch, er setzte sich auf die Treppenstufe und begann, hicksend zu lachen, und Aneschka sagte: Mein Vater konnte gerade noch zur Seite treten, sonst hätte die herabsausende Krücke ihn aufgespießt. Er übertreibt. Er hält dich für einen abgerichteten Schäferhund, er gratuliert dir, weil du dich nicht hinter mir versteckt hast. Ich habe ihm gesagt, daß er uns große Angst eingejagt hat, er glaubt, ich übertreibe. Hattest du denn keine Angst?

Am liebsten hätte ich mich hingelegt und so lange die Augen geschlossen, bis der Schmerz in meinem gebrochenen Fuß und in meiner Brust verklungen wäre, aber ich schüttelte den Kopf und ließ mich auf der Stufe nieder, Aneschka setzte sich neben mich, und wir sprachen über die Dörfer mit den unaussprechlichen Namen, durch die der Komponist gefahren war, auf dem Weg zu der Souffleuse, und in diesen Augenblicken hatte er an die lichtscheue Edita denken müssen, Edita-die-das-Dorfleben-haßt, die äußerst disziplinierte Edita, Edita-die-von-der-Angst-befallene-Gipsbüstensammlerin, und immer weitere Namen hätte sich der Komponist einfallen lassen, und kurz vor Šebrov wäre er zu der Entscheidung gelangt, daß er zu dieser Stunde kein neues Liebesverhältnis anfangen dürfe. (Was denken die Frauen, wenn sie nachts im Bett liegen, allein und abgeschminkt? Oder abgeschminkt und neben einem Freund oder Ehemann oder Geliebten? Das Bett ist groß genug, daß eine Frau ihren Gedanken nachhängen kann, vielleicht wackelt sie dabei mit den Zehen und dreht Locken in ihr Haar, beides gleichzeitig. Die Souffleuse Ivana und die verschwundene Vilma: In diesem Augenblick, da dem Komponisten die Idee kommt, ein Klavierstück über hellwache Frauen im Bett zu komponieren, sind sie sehr müde – Ivana wollte bei den ersten Treffen mit einem Musiker versuchen, herauszuklettern aus der Zelle unter der Muschelschale. Und Vilma hat sich heimlich in das Theater am Geländer eingeschlichen, den Trittstuhl nach langer Suche in der Requisitenkammer gefunden und ihn auf den Beifahrersitz gestellt, mit einer bunten Patchworkdecke bedeckt und sogar angegurtet. Ivana macht einen langen Spaziergang, Vilma fährt durch die Straßen der Außenbezirke Prags, es wird noch lange dauern, bis beide Frauen wieder zurückkehren. Sie sind sehr müde, doch sie denken an alles andere als an Schlaf.)

Später hatten wir uns alle beruhigt. Später saß ich ausgestreckt auf dem Rücksitz des alten Autos, das Aneschka fuhr, ihr Vater drückte die glühende Drahtspirale des Anzünders an das Zigarettenende, und nach dem zweiten tiefen Lungenzug erklärte er mir auf englisch, daß wir bald von der Karlsbrücke aus auf die Bilder einer Ausstellung schauen würden, die Originale hingen in der Prager Burg, und der Fotograf mit dem Namen Jacub hätte sich mit dem Designer Libor zusammengetan. Die Schwarzweißfotos werden nicht einfach auf eine verwitterte Kaimauer projiziert, sagte er, Libor hat an einer ufernahen Stelle des Flusses eine heiße Quelle tief im Wasser installiert, sie verkocht das Wasser zu einem Sprühregennebel, und die Bilder werden auf diese Leinwand projiziert, ich bin gespannt. Später stellten wir uns zwischen zwei Steinstatuen der Karlsbrücke, später waren wir alle verblüfft, weil sich nicht viele Menschen zur Schau der Bilder eingefunden hatten, der Komponist klappte sein Mobiltelefon auf und sprach mit Jacub, er ging voran, ich humpelte hinterher,

Aneschka stieß leere Bierdosen und Flaschen mit der Stiefelspitze aus dem Weg, weil sie fürchtete, ich könnte mit der Krücke ausrutschen und mir meinen gesunden Fuß brechen. Es hatte keine einzige Minute gegeben, in der ich mir wünschte, an einem anderen Ort in besseren Verhältnissen zu sein, ich war glücklich, auch wenn ich nur einen Schuh trug und das morgendliche Anziehen quälend lange dauerte, ich war glücklich, weil ich fast alles nur in der Übersetzung verstand, und als man uns in dem Restaurant *Bei Gretá* Stühle an einen niedrigen Tisch stellte, rief ich: Wie schön!, und Aneschka, ihr Vater und die Tschechen in dem Saal – und auch Gretá – starrten mich kurz an und hielten mich wahrscheinlich für einen Deutschen, der sich auf ein exotisches Essen freute.

Gretá war eine Diasporageorgierin, ich konnte ganz bestimmt nicht Georgien auf der Landkarte finden, es klang wie ein Land hinter den sieben Bergen, sie ging auf die Knie und klopfte gegen den Gips, es gefiel ihr, daß ich nicht zu den albernen Jungs gehörte, die ihren Gipsfuß oder weiße Papiertischdecken mit Filzstift bemalen. Dann kam Libor und drehte mir sein kalkweißes Gesicht zu, kaum daß er saß, seine linke Augenbraue war vernarbt, und weil der Rauch der Zigarette in seinem rechten Mundwinkel seltsamerweise in sein linkes Auge zog, kniff er es zu. Was glaubt er, wer ich bin, dachte ich, wir sehen uns zum ersten Mal, und er tut so, als teilten wir beide ein Geheimnis.

Ich ließ den Blick über die ziegelroten Wände schweifen, überall Kreidezeichnungen, überall fremde verschmierte Worte, über dem Durchgang zur Küche entdeckte ich auf einem Foto ein Reifenspurenherz im Schnee, nach einer Weile fand ich es beschämend, darin Zeichen zu entdecken, ich wandte den Blick ab und schaute wieder in Libors kalkweißes Gesicht, und da begann er, in fließendem Deutsch, von Eigenarten und der Eigenheit zu erzählen. Das sind deutsche Worte, sagte er, wenn es einen Wind gibt, der mich erschreckt, wenn ich Angst davor habe, daß sich jemand, mit dem ich nicht rechne, im Schrank oder im Badezimmer versteckt hat, weiß ich, das ist Eigenheit, kannst du mir folgen? Nein, sagte ich, macht nichts, sprich bitte weiter. Ich spreche weiter, fuhr er fort, dir ist bestimmt aufgefallen, daß die Ampeln hier schnell auf Rot schalten. Die Menschen beeilen sich beim Überqueren der Straße, man sieht sogar Frauen mit Kinderwagen zur anderen Straßenseite rennen. Das ist Eigenheit. Gretá steht tagsüber vor ihrem Restaurant, sie schnippt mit den Fingern, dabei pfeift sie ein georgisches Heldenlied, damit vertreibt sie sich die Zeit, bis endlich ein Bekannter vorbeikommt, den sie davon überzeugt, doch nicht zum Einkaufen zu gehen, sondern mit ihr über die aktuellen Fleischpreise zu sprechen. Das ist ihre Eigenart. Was ist deine Eigenheit? Schwarzbrot, sagte ich.

Nun sprach Libor davon, daß man bei uns Deutschen wohl das Brot färbte, Schwarzbrot, Graubrot, Weißbrot, die reinste Farbenlehre wäre das, und er hätte bei seinem einzigen Deutschlandaufenthalt in der Bäckerei gestanden und die Brotsorten bestaunt, die Bäckersfrau hatte ihn aufgefordert, das Grübeln einzustellen und sich zu entscheiden. Und dann sagte er: Das Gesäßgewicht der letzten Jahre drückt mich nieder. (Was könnte er damit gemeint haben? Verzieren, verschönern, verfärben; Libors Arbeit besteht darin, eine Ware, die man nicht essen oder trinken kann, genießbar zu machen. Einmal alle zwei Monate stellt er seine Dienste einem armen Künstler unentgeltlich zur Verfügung. Er entwirft Einladungskarten und Internetseiten und besorgt die richtigen technischen Apparate, trommelt für besondere Ausstellungen. Bei Jacub hat er versagt. Und immer dann, wenn ihm eine gute Tat mißglückt, schließt er sich in seiner Wohnung ein und starrt auf seine Fingerspitzen, seine Hände ruhen auf den Oberschenkeln, und er erinnert sich: an die Zeit, da er glaubte, auch ein kleiner Kasper könnte großes Theater machen; an die Tage, die er damit verbrachte, in der ›Dobra Trafika‹, dem Guten Kiosk, zu sitzen, immer zwischen elf Uhr dreißig vormittags bis siebzehn Uhr fünfzehn nachmittags, er betrachtete nachdenkliche junge Frauen, die sich an heißer weißer Trinkschokolade die Zunge verbrühten. Auch wenn er weiß, daß kein Heil darin liegt, zurückzublicken, auch wenn er weiß, daß er froh sein müßte, keiner Katastrophe zuzusteuern, er kann nicht anders, als auf seine Fingerkuppen zu starren und dabei leise zu brummen. Libor brummt auch beim Eintippen seiner Instruktionen in den Computer.)

Die meisten Menschen glaubten, Himmel und Hölle wären zwei Bilder an der Korkpinnwand im Zimmer eines Kindes, das seinen Tuschkasten danach zugeklappt und für immer weggelegt hatte. Tomás starb mit zweiundzwanzig Jahren eines unnatürlichen Todes, denn es war unnatürlich, sich mit einer Überdosis Schlaftabletten aus dieser Welt zu verabschieden, unmöglich war es auch, weil er geliebt wurde und diese Liebe ins Leere ging. Er schlief sein Leben aus. Nach der offiziellen Version gehörte er zu den Kummerbetäubten, denen man einen Körper ohne Gesäß andichtet und von denen man behauptet, sie könnten von keiner Geisteskrankheit befallen werden. Weil sie eine schöne Art haben, ihren Launen nachzugeben. Tomás blies nur kurz die Backen auf, und schon verflog der Ärger, oder sein Gegenüber verschluckte sich an dem Tadel, den er aussprechen wollte.

Der junge Regisseur, kein besonders schlechter Mensch, erhob keine Einwände, als man den Jungen für eine Rolle in seinem Stück empfahl. Wer empfahl ihn? Vilma, die Lügnerin, und Gretá, die Georgierin, zwei Frauen, auf deren Urteil er sich verließ, da sie die Herkömmlichkeit zum Teufel jagten. Wenn zwei junge Männer sich gegenüberstehen, der eine ein Anweiser, der andere ein Anwender, könnte diese besondere Situation eine Freundschaft oder eine Feindschaft zur Folge haben, doch die beiden Männer begnügten sich damit, einander zu beäugen, nur zwei Minuten lang war alles offen und unentschieden, dann aber brach der Theateralltag in ihr Leben ein. Tomás spielte den Fremdkörper im Hause einer bürgerlichen Familie, er sollte bitte sehr nicht auf sein gewinnendes Äußeres vertrauen, es wurde ihm verordnet, seine Haare ordentlich zu kämmen und sogar einen linken Scheitel zu setzen, und als er in der ihm zugewiesenen Rolle aufging, schrieb der Regisseur über Nacht einige entscheidende Szenen um. Tomás würde als die Tochter des Dienstmädchens – eines alten Mannes – den Herrn des Hauses so sehr beeindrucken, daß dieser gegen alle Regeln des Anstands verstieß. Also saß er in Nylonstrümpfen auf Vilmas Schoß, dabei mußte er seine Beine damenhaft anwinkeln, seine spitzen Knie bohrten sich in die Flanke Vilmas, der diese unanständige Geschichte nichts auszumachen schien, es war, wie es war, und der Anweiser verlangte eine fast schon heilige Hingabe. Also flüsterte sie Tomás ins Ohr, er sollte nur ob der Bosheit des Hausherrn ärgerlich werden, und übrigens würde er ihr im wirklichen Leben den Kopf verdrehen. Nach dieser Enthüllung spielte Tomás wie ein junger Gott, jeder im Proberaum hielt den Atem an, weil das Idiotische der Dinge und der Dialoge verflogen war – wie ein junger Gott? Diese Lobesworte eines ergriffenen Technikers bedeuteten einen Rückfall in die Herkömmlichkeit, man hätte das Spiel des Geschlechtsumgewandelten als ein Trugbild bezeichnen können, dem die Zuschauer erlagen, doch der Regisseur hatte sich bald gefangen und schrieb einen ersten Satz auf den Bogen Papier: Die Seufzer einer melancholischen Maschine sind nichts im Vergleich zu den Lauten des Jungen.

Der Junge wurde begehrt, und weshalb also der Tod, weshalb Himmel und Hölle, die wir wegen seines Selbstmords gezwungen sind zu unterscheiden? Hatte sich seine Seele des Gesäßgewichts entledigt? Und schwebte sie, wie es die Märchen für Erwachsene nahelegten, über den Häuptern der gesäßbeschwerten Menschen? Nichts geht verloren, nichts wird verschwendet, wie kann man das Nichts nach dem Tode, dieses große Unglück, verteidigen? Der zweiundzwanzigjährige Tomás war krank, die Krankheit zerrte und zupfte an seinem ansonsten unversehrten Körper, und er wurde, da er in die Schwärze hineinglitt, fast verrückt: Tatsächlich wäre er in einigen Jahren zu einem Depressionsegoisten verkommen, er hätte sich nur noch mit dem Gedanken beschäftigt, in seinen Händen und Füßen, in seinen Eingeweiden, in seinem Kopf und Hals ein bißchen Gefühl zu spüren. Der Himmel: Ein schmerzfreies Reich. Die Hölle: Das Tuschkastenschwarz. Um diesem Schwarz zu entgehen, hatte er Pavlina geheiratet, gleich am Tage seiner Aufnahme in die Schauspielschule, er wußte um ihre Geisteskrankheit, um ihre Schübe, und um das Versteck, das sie aufsuchte, weil dann jeder Mann in ihrer Nähe ein Mann zuviel war. Sie versteckte sich nachts in der Kinderbetreuungsstätte, ihr Onkel gab ihr den Zweitschlüssel mit den Worten, sie möge keine Angst haben, wenn die wilden Katzen vom Hinterhof ihre Pfoten gegen die Fenster preßten, und natürlich, gleich in der ersten Nacht, steckte sie sich die Finger in die Ohren und sang gegen das Katzenpfotenklacken an, und als Tomás gegen das Glas klopfte, in der Hoffnung auf Einlaß und eine lange Umarmung, begann sie zu schreien, sie schrie ein amerikanisches Liebeslied, und es hörte sich an wie die Attackehymne eines Kammerjägers. Nach hundert Nächten waren sie geschieden, und etwas später wies man sie ein und nahm ihr das dünne Hemd weg, sie sollte sich nicht die Spaghettiträger abreißen, aneinanderknoten und um ihren Hals winden. Ihre Spur verlor sich, in Prag keine Seltenheit, nichts wird verschwendet, und jeder, dem es reicht, hat viele Möglichkeiten, aus dem Menschenstrom herauszutreten.

Tomás saß auf Vilmas Schoß. Sie alle waren mit den Nerven am Ende: Ein wichtiger Theaterkritiker hatte einer Probe beiwohnen dürfen und mittendrin ›Ja, nein, ja, nein!‹ ausgerufen – was bedeutete das? Würde er den Regisseur erledigen, würde er ihn der Greueltaten am Original bezichtigen und ihn auf seine Liste der Trüben und Trägen setzen? Diese Liste, vom Kritiker dutzendfach fotokopiert und in allen Theaterkantinen dieser Stadt ausgelegt, erfuhr in den letzten Jahren kaum eine Änderung, nur zwei Namen wurden gestrichen: Eine Regisseurin ging nach Graz, ein Regisseur bekam nach zwei streng originaltreuen Inszenierungen einen großen Preis und durfte selbstverständlich nicht mehr angefeindet werden.

Ja, nein, ja, nein! Sie sprachen darüber, später in Vilmas Wohnung, später in ihrem Bett, das Schauspiel war zu Ende, und das echte Leben begann mit dieser Nacht, sie liebten sich, und Vilma sagte: Wir sind den beiden Männern egal, wir spielen das Stück des einen Mannes, und der andere Mann wird uns bestimmt nicht trösten, weil wir tapfer unseren Text sprechen. Ja deshalb, weil er sich in Schauspielerinnen verliebt. Nein deshalb, weil er bislang keinen Erfolg hatte. (Darum ging es dem Kritiker keinesfalls. Er liebte Shakespeare und Molière, und er liebte die Körpersprache der Männer und Frauen, die in Rollen schlüpften, um zu gefallen. Er glaubte, in der Kunst hätte man sich ernsthaft zu verhalten. Also schwor er auf das Blendwerk – er benutzte das deutsche Wort dafür – und haßte die Albernen auf der Premierenfeier, die Erleichterung ob einer bestandenen Prüfung ließ er nicht gelten.) Ein merkwürdiger Mann und eine Zänkische, sie lagen beieinander, es war nicht immer vermeidbar, von der knackenden Heizung aufgestört zu werden, es war für sie nicht vertretbar, dem Kritiker keine bösen Motive zu unterstellen, aber Tomás lebte noch und dachte diese Worte: Alles am Brennen. Alles wird mir leichtgemacht, und Vilma dachte diese Worte: Er hat ein schönes Ärschchen. Er soll bei mir bleiben, so lange wie es ihm möglich ist, so lange wie ich es ertrage. Himmel und Hölle: Eine Tat, ein Sprung, ein Herbstblatt Verzweiflung, ein Windstoß Stille, eine Handvoll Körner Zweifel.

Und dann? Und dann hat es ein junger Mann getan, er ist in das nächste Leben hinübergesprungen, er hat eine jeden Laut und jeden Lärm verzehrende Lücke hinterlassen, einen grauen Platz, auf dem sich die Männer und Frauen drängeln, die ihn kannten und liebten und haßten, sie zweifeln das Privileg des Toten an, weggegangen zu sein, ohne zu bezahlen. Tomás gehörte keineswegs zu jenen Menschen, die nicht gegen ihre Vorsätze handelten, ihn trieb das Glück an wie fast alle Prager, die letzte Zerstörung lag lange zurück, und wenn man einen Mann sah, dessen Kopf unter einer hochgeklappten Motorhaube verschwand, dachte man einfach nur an eine Panne, und ganz sicher eilte zur Pannenhilfe ein Mechaniker der alten Schule, einer, der gelernt hatte, ohne teure Apparate auszukommen, und beim Anblick der beiden Männer erinnerte man sich an die Verwüstung der Körper und der Seelen. War es unpassend, große Dinge zu versuchen? Galt man als untüchtig, wenn man nicht weiterdachte als bis zur nächsten Straßenecke?

In dieser Nacht kamen Vilma und Tomás überein, daß es weitere Nächte geben würde, sie würden ihr Liebesgeheimnis hüten, der moderne Extremist, wie sie den Regisseur manchmal nannten, würde sie verbrauchen für seine Provokation, und der Kritiker würde in seinem Grimm nicht nachlassen, aber das alles ging Tomás nichts an. In den Morgenstunden schlich er sich davon und brach die Hintertür des Theaters ohne Mühe auf, er hatte Vilma eine Flasche Grappa entwendet und trank vor leeren Rängen Schluck um Schluck, bis es ihn anödete und er im Laufschritt zur Toilette eilte. Im Rausch knotete er sich das Toilettenpapierende um die Gürtelschlaufe hinten an seiner Hose, seine Hände zitterten nicht, und er starrte neugierig auf das, was er tat. Langsam, behutsam leise ging er wieder zurück, es durfte nicht sein, daß das Papier riß, und er stieg auf die Bühne, schob drei Verstärkerkisten nebeneinander, schlief auf der harten Unterlage ein. Knapp zwei Stunden später folgte die Putzfrau der Papierbahn, wegen der Ödeme in ihren Beinen war sie zu heftigen Bewegungen nicht imstande, und trotzdem mußte sie sich ob des Anblicks des schlafenden Jungen schnell auf einen gepolsterten Klappsitz im fünften Rang fallen lassen. Daß die Künstler, Maler, Schreiber, Mimen tranken wie verrückt – das wußte sie. Daß sie alle wegen der Alkoholkultur dunkle Ringe unter den Augen hatten und morgens nur unter Aufbietung ihrer letzten Kraft aus dem Bett kamen – das wußte sie. Diesem jungen Schauspieler aber verzieh sie alles: Er schlief wie ein Mädchen, er schlief wie das Mädchen, das er in dem neuen Stück spielte. Und die junge Frau, die einen Mann zu spielen gezwungen war, stand jetzt neben ihr, sie hatte sie nicht gehört, so sehr war die Putzfrau versunken in ihre schönen Gedanken.

Vilma sagte: Du wünschst dir, zwanzig Jahre jünger zu sein, stimmt das? Es stimmt bestimmt. Meine Heizung knackt frühmorgens am lautesten, deshalb bin ich davon wach geworden und habe ihn heimlich beim Anziehen beobachtet, und jetzt beobachtest du ihn beim Schlafen. Ich glaube nicht, daß es verkehrt ist. Vielleicht wird er erst dadurch schön, daß er sich von uns allen betrachten läßt. Die Putzfrau wollte aber ganz sicher nicht über Vilmas Worte nachdenken, sie hatte ihr eine heimliche Affäre enthüllt, sie hatte sie ins Vertrauen gezogen, doch alle in diesem Theaterhaus sahen in ihr eine kummervolle Arbeiterin, deren Mann durch sein kummerfaltenreiches Gesicht zu den Ausgezeichneten gehörte. Die Künstler und die Techniker und die Putzfrau und ihr Mann waren, wie man ihr immer wieder versicherte, eine kleine Gemeinschaft.

Trotzdem trank sie keinen Schnaps, jedenfalls nicht jeden Abend, denn sie und ihr Mann hielten sich abends und nachts im Theatercafé auf, manchmal überkam sie die Lust, eine Vorstellung zu besuchen. Sie mußte ihren Mann nicht zu Kultur zwingen. Sollte sie also der Schauspielerin enthüllen, daß der schlafende Tomás der Sohn eines gekauften Abgeordneten war, einen Irrtum schloß sie aus, sollte sie ihn deshalb halb rempelnd halb kneifend wecken? Sie lebte immer noch in der Zeit der Knappheit, sie fand es albern, Toilettenpapier zu verschwenden. Vilma nahm auf dem Klappsitz rechts neben ihr Platz und strich züchtig über ihren dunkelblauen Rock, ihrer beider Schultern berührten sich leicht, sie schauten ihm zu, wie er schlief, und sie ließen ihn schlafen, sie ließen ihn in Frieden: Er hatte eine schöne Art, auf Verstärkerkisten zu schlafen.

Nach seinem Tod, bald, würden sie lange nachdenken müssen, wohin das, was von ihm übrigblieb, eingegangen war, denn auf der anderen Seite dieses Lebens gab es einen schlechten und einen guten Platz. Die Putzfrau las manchmal in einem heiligen Buch, darin wurde jeder Selbstmörder in dunkle Schlünde gestoßen. Vilma wünschte ihrem zeitweiligen Geliebten nur die gute Genesung. Ein einziges Mal sprachen die beiden Frauen darüber, auf der Damentoilette, in die sie geflohen waren, um Ruhe zu haben vor den Neugierigen, und die Putzfrau sagte, es täte ihr leid und es wäre überhaupt nicht rechtschaffen, dem Herrn Tomás einen Teufel an den Hals zu wünschen, schließlich hätte er vor ihren Augen so wunderbar friedlich geschlafen. Und Vilma sagte: Ich denke an ihn so oft wie an meine tote Katze, die ich vor vier Jahren einschläfern ließ, in meinen Träumen hat Tomás einen Katzenkopf ... ist das nicht dumm?

All die schönen Verluste. All das, woran ich dachte, wenn sich das Licht an einem Kieselstein brach, wenn ich einen Schimmer oder einen Glimmer sah, all die Scherben und all der Staub. Und die Feigenschalen in ihren Händen, die sie zu einer Schale geformt hatte. Sie stand, mit dem Rücken an den Garderobenschrankspiegel gelehnt, im Flur, und sie schaute in mein Gesicht, ich trat beiseite und hinkte aus dem Badezimmer, die Krücken war ich losgeworden, konnte mich aber an das Plastikgestell nicht gewöhnen. Außerdem schwieg Aneschka seit einer halben Stunde, ein kleiner Streit und die furchtbare Zeit, die mich und meine wenigen Versöhnungsworte und alles, worauf mein Blick fiel, zerdehnte – hezky cesky, hatte ich im Spaß gerufen, das hieß: schön tschechisch, doch sie war nicht in der Stimmung, zu lächeln, zu lachen. In dieser Stille kam mir mein Klumpfuß vor wie ein Brocken Stein, und weil ich glaubte, ihr nicht mehr zu gefallen, rieb ich mir die Augen oder kratzte mich durch den Hosenstoff am Knie, in der Hoffnung, das Klacken meiner Ringe oder das Rascheln könnte sie auf mich aufmerksam machen.

Sie hatte zwei Feigen gegessen, und jetzt wusch sie sich die Hände und den Mund, hinter der verschlossenen Tür, und ich glaubte, die Langeweile in meiner Gegenwart würde sie hinaustreiben. Ein deutscher Gast ist ein Gast, der mit leeren Händen nach Deutschland zurückkehrt, vielleicht war ich für sie kein Grund mehr, vergnügt zu sein, vielleicht reichte es nicht mehr, das Merkwürdige möglich zu machen. Es gab eine große Lücke, die sich noch nicht mit Luft und Straßenlärm gefüllt hatte, eine Schauspielerin mit dem für meine Ohren altmodisch klingenden Namen Vilma war verschwunden, sie hatte sich abgesetzt, oder fremde Kräfte hatten auf sie eingewirkt: Die Bekannten, die um keine Auskunft verlegen waren, stellten fest, daß sie keine Möglichkeit hatten, sie aufzuspüren.

Tatsächlich gingen der Komponist, die Zwergendame Frau

Vlasta und zwei Männer aus dem Theater Hinweisen nach, plötzlich wollten gelegentliche Trinker sie an einigen Plätzen gesehen haben. Für einen Pragbesucher wie mich grenzte das alles an Übertreibung, und ich hatte den Fehler begangen, meine nüchterne Meinung zu äußern. Man begegnet hier meist ungefährlichen Menschen, sagte mir Aneschka voller Zorn, man versteht ihre Körpersprache, man versteht, wieso sie durch den Mund atmen, wenn sie an heißen Tagen an Gullydeckeln vorbeilaufen, und ich verstehe, daß du die Kruste am Brot liebst … aber du kennst diese Vilma nicht, genauso wie ich, nur ich verstehe die besorgten und verliebten Männer, sie haben ein bißchen Angst, daß sie lebt und daß sie für sie gestorben ist, sie fürchten sich davor, daß wieder ein Stück Leben weggebröckelt oder abgebrochen ist, ohne daß sie es bemerkt haben, Eintritt Austritt, damit haben wir zu schaffen, und auch ich bin besorgt, weil ich fürchte, daß diese mir unbekannte Vilma ausgetreten ist.

Jetzt küßte sie mich kurz, und ihr zweiter Kuß dauerte länger, dann entfaltete sie auf dem Bett einen Stadtplan, die Moldau und die Ufer, die Stadt mit den hundert Türmen, sie zeichnete mit dem Kugelschreiber einen Kringel und daneben die Zahl eins, ich sah eine rote Komödienmaske in unmittelbarer Nähe der Bethlehemkapelle und sagte: Das ist das Theater am Geländer – sie nickte. Dann folgte ein Kringel mit der Zahl zwei, das Einkaufszentrum Andel im Viertel Novy Smichov, den dritten Kringel zeichnete sie am Park an der alten Stadtmauer, dort, wo die Keplerstraße einen sanften Bogen beschrieb. In diesem Park betranken sich die Schüler des Gymnasiums mit teurem Wein, und die jungen Männer und Frauen der Abschlußklassen setzten sich auf den taunassen Rasen und träumten von einer Liebe in einer anderen Großstadt. Aneschka verband die Kringel mit verblüffend geraden Strichen, ich starrte auf das Dreieck, von dem sie sagte, es wäre ein besonderes Dreieck, denn die Stadtfläche, die es bedeckte, schloß Straßen und Gassen und Lokale und Treffpunkte der verlotterten Jugend und der alkoholerheiterten Künstler ein, und öfter als selten würden sie in dieser Stunde gesehen werden, die Jungen und die Frauen und die Künstler, und in der nächsten Stunde würden sie verschwinden. Sie nannte die Namen jener, die man verschollen wähnte, sie machte Angaben zu jeder Person, und ich verstand, daß es nicht Menschen waren, die in trunkenem Zustand einem Gewalttäter in die Arme laufen.

Mein Verständnis für die Sonderbaren hielt auch dann noch an, als wir uns in das Dorf Kunratice fahren ließen; im Restaurant ›Zum Ohrlosen‹ wartete der Komponist auf uns, und wie der Zufall es wollte, wurde die Schüssel Tartar serviert, kaum daß wir uns gesetzt hatten. Wir gingen schweigend mit der Knoblauchzehe über die gerösteten halben Brotscheiben und bestrichen sie dick mit dem rohen Hackfleisch, wir bissen hinein, und erst nach einigen Bissen und vielen Schlucken Wasser sagte Aneschkas Vater: Ihr seid wieder versöhnt, das freut mich, an diesem Abend möchte ich ungern in den Streit anderer Menschen geraten. Diese bessere Kneipe gehört einem Koch, der viel Geld macht, und aber nicht ohrlos ist, die Piraten haben ihn bei der Namensgebung inspiriert. Das Geld, das er hier verdient, gibt er lieber auf einer karibischen Insel aus. Dir, Ferda, sind bestimmt die Fotos an den Wänden aufgefallen, der Mann mit den beiden Ohren ist der Koch, zu beiden Seiten stehen dicke Schönheiten, bei denen es sich nicht um seine Frauen handelt. Der Koch hat mir persönlich erzählt, daß man diese Frauen auf fast allen Fotos der Touristen findet, denn sie hoffen auf diese Weise, von einem Mäzen entdeckt zu werden. Du wirst bemerken, daß sie nicht posieren können, das ist eine schöne Eigenheit der Eingeborenen, sie stellen sich einfach hin und grinsen oder zeigen das Siegeszeichen. Ich frage mich immer, ob sie es wissen können, daß sie über den weißen Mann gesiegt haben. Und überhaupt wollte ich dich fragen, wieso du deine Vorliebe für Schwarzbrot als deine Eigenheit ausgibst.

Ich machte einen halbherzigen Versuch, mich zu erklären, doch wir wußten alle drei, daß es nicht darauf ankam, in den Worten eines Fußumrißzeichners auf einen Vernunftkern zu stoßen. Der Komponist war abgelenkt, weil am Nebentisch ein bekannter Fernsehmoderator saß, schließlich hörte ich auf zu sprechen, und weil ich geräuschvoll an der verbrannten Brotkante kaute, fiel mir wieder ein, was Aneschka mir über die Stille gesagt hatte. Die gerade Stille war eine Erfindung des gehobenen Bürgertums: Es verband den Lärm der Arbeiter mit der Unsitte, zu jeder Tageszeit und bei jeder Beschäftigung nicht still sein zu wollen, deshalb durfte bei Tisch nicht gesprochen werden, auch wenn der Sohn und die Tochter und die Frau des Hausherrn keine Freude dabei empfanden, ihn beim Suppenschlürfen zu erleben.

Immer dann, wenn ein Lastwagen über die Hauptstraße des Dorfes donnerte, klirrten die leeren Ginflaschen auf dem Regalbrett in der Küche, und das, so Aneschka, war Beunruhigung, war die ungerade Stille, sie und ihr Vater waren für eine kurze Zeit beunruhigt und glaubten, daß sich mit dem Klirren ein ungebetener Besuch ankündigte. In der ungeraden Stille kläffte plötzlich ein Hund, unter dem Stuhl, auf dem man saß, es fiel ein Füllfederhalter auf den Boden, es zersprang ein Eiswürfel im hohen Glas, das mit Orangensaft gefüllt war. Beim Beineübereinanderschlagen stieß man sich einen Fußknöchel an einer Möbelkante. Oder aber man beschaute einen schönen Wasserkrug und las folgende Zeilen auf dem Etikett: Handarbeit! Eventuelles Kleckern ist daher kein Reklamationsgrund!! Das war Aneschka passiert, die beiden Ausrufezeichen hatten sie verblüfft, und da war ein Angestellter des Keramikgeschäfts wie aus dem Nichts an ihrer Seite erschienen, um ihre Aufmerksamkeit auf die Gläser im Angebot zu lenken. Er hatte gesagt: Ein benutztes Glas ist immer besser als ein unbenutztes. Ein Glas im Schrank riecht immer nach Schrank. Eine Bluse im Schrank riecht nach Kleiderschrank. An einem blitzblank sauberen Glas riechen Sie immer die Spülmaschine. Es konnte also geschehen, daß man gerade noch einen Krug ansah, und im nächsten Moment wurde man herausgerissen aus der Betrachtung, der Körper schnellte vor, die Seele kam mit einem schnellen Schritt hinterher, und die Zeit zwischen vorher und nachher, die Zeit, die so lange dauerte wie ein Bruchteil Wimpernschlag, hieß in Aneschkas Worten der Plink-Plink-Augenblick.

Später ging sie, die mich verwirrte, auf der Bürgersteigkante, ich lief neben ihr her auf dem Kopfsteinpflaster, und als der Regen stärker wurde, zog ich mir die Kapuze meines Mantels über den Kopf, sie rutschte mir ins Gesicht über die Augen, und ich war damit beschäftigt, sie immer wieder hochzuschieben. Sie, über die ich mich lächelnd wunderte, dachte über die Windhosen nach, die manche Frauen und Männer im großen Dreieck erfaßte, was ist das nur für eine gebieterische Kraft, hatte sie vorhin ausgerufen, wodurch zeichnen sie sich aus, daß sie verschwinden, gibt es so viele Plink-Plink-Augenblicke in ihrem Leben, daß sie unsichtbar werden? Und ich gab es auf, Sinn und Tollheit auseinanderzuhalten, jetzt im Regen, ich nahm mir vor, nicht mehr im Bett mit geschlossenen Augen zu liegen und zu grübeln, und auch wenn ich wegen des Plastikgestells an meinem rechten Fuß fluchte und auch wenn ich an Gelenkigkeit eingebüßt hatte: Wir liebten uns jede Nacht, sie roch nach einem Schöne-Frauen-Parfüm.

Liebe Helen,
ich habe für Dich ein Drittel der Zeitungsseite herausgerissen, damit Du weißt, daß ich Deiner Frage nicht ausweiche – Du hast mich bei meinem letzten Berlinaufenthalt gefragt, wie mein neuer deutscher Freund aussieht und ob er mich, wie so viele junge und ältere Männer, belehren will. Du siehst auf dem Foto einen Bengalesen, der mit einem Lappen einen Schnallenschuh putzt. Er hat einen dicken kleinen Finger, sein Daumen ist nicht zu sehen, vielleicht hat er ihn unter den Lappen gebogen. Im Text neben dem Foto heißt es, daß die größte Schuhfabrik der Welt in Bangladesch entsteht. Früher haben mich solche Zeitungsmeldungen nicht interessiert. Heute mache ich mir Gedanken. Ferda, meine Ameise, widerspricht immer, wenn man ihn einen Schuster nennt, er sagt, daß er noch in die Lehre geht, ich bin also mit einem Schusterlehrling zusammengekommen. Ich glaube, er brennt. Er hat warme Hände und eine Nase, die so groß ist wie drei Stupsnasen. Ich glaube, es wird schwierig für ihn werden, sich in der ungeraden Stille einzurichten …

An dieser Stelle hörte Aneschka auf weiterzuschreiben, sie hätte ihrer Schreibfreundin so viele Dinge erklären müssen, und es lohnte nicht die Mühe, vielmehr hatte sie es satt, zu übersetzen oder die Zweideutigkeit der tschechischen Gesten in deutschen Gesten wiederzugeben. Sie faltete das Drittel Zeitung wieder in Handtellergröße und steckte es gedankenverloren in irgendein Buch. (Einige Wochen später würde sie dieses Buch aufschlagen und sich ärgern, weil die Druckerschwärze auf die Seiten abgefärbt hatte, sie würde den Vorsatz fassen, nur Blumen zum Trockenpressen zwischen die Seiten eines Buches zu legen.)

Sie wußte plötzlich, wo sie sie finden konnte, sie wollte ihrer Ahnung folgen, sie küßte ihren schlafenden Freund auf das linke geschlossene Lid, zerriß das Briefpapier in viele kleine Fetzen, schlüpfte in ihren Mantel, und weil sie vergaß, einen Regenschirm mitzunehmen, wurde sie auf dem Weg zur Bushaltestelle naß. Nach zwei Stationen stieg sie um, und der Bus brachte sie bis zu ihrem ehemaligen Gymnasium, sie war sich sicher, wo sie sie finden würde, und nach fünf Minuten Fußmarsch, während derer sie an nichts anderes dachte als an eine bestimmte Möglichkeit, ein Lied über kullernde Schrauben in einer leeren Schublade zu komponieren, erreichte sie den Park: Und dort, auf der gelbgestrichenen Bank, saß Vilma, neben ihr, in Reichweite, stand ein Stuhl, der aussah wie eine halbe Leiter.

Aneschka näherte sich ihr wie einer scheuen Katze, sie grüßte sie und nahm auf der Parkbank Platz, und dann erzählte sie der Verschwundenen, der von ihr Wiederentdeckten, die an einem Schokoladenriegel knabberte, daß eine Taube oder eine Krähe wegfliegen würde, wenn man in die Hände klatschte. Vielleicht wäre es ihr auch so ergangen, wenn sie sich belästigt fühlte, könnte sie natürlich auf der Stelle gehen. Nein, bleib, sagte Vilma, und sie stellten sich vor, Vilma hatte nicht nur von dem berühmten Komponisten gehört, sie wußte auch von der geheimen Leidenschaft der Souffleuse, diesen Mann zu lieben, dessen Fingerkuppen über die weißen und schwarzen Klaviertasten flogen, sie sprach, nach einem harten Bruch mitten im Satz, von Tomás, ihrem scheuen Vogel im Paradies, in der Hölle brannten alle, die Rang und Namen hatten, und Tomás aber war ein Freund der Frauen gewesen, er hatte bei einer Probe auf ihrem Schoß gesessen. Es war nicht sehr angenehm, fuhr sie fort, weil die Münzen in mein Fleisch drückten, eine Fünfzig-, vier Zwanzig- und zwei Zehnkronenmünzen, also hundertfünfzig Kronen in einem Umschlag, den ich in meine Hosentasche gesteckt hatte, um ihn später dem Pförtner zu geben, ich bat ihn, für mich Hundefutter zu kaufen und das Geld auszulegen. Er ist ein bißchen in mich verliebt, mehr als ein bißchen, und da er glaubt, nicht über seinen Stand hochlieben zu dürfen, beläßt er es bei einer harmlosen Schwärmerei, wir alle im Theater wissen Bescheid, ich weiß auch, daß man ihm hinterbracht hat, was in dieser Szene geschieht, ein Mann in aufreizenden Frauenkleidern sitzt auf dem Schoß einer Frau im Anzug, und daher ist er seitdem im Zweifel, ob seine Liebe zu mir ihn nicht ins Zwielicht rückt. Ich habe vor gut einem Jahr beschlossen, keine Turnschuhe mehr zu tragen, plötzlich ergibt es für ihn einen Sinn, ich werde männerähnlicher, und weil der Regisseur mich darin bestärkt, haßt er ihn …

Wieso bist du verschwunden? sagte Aneschka. Wegen dieser Geschichten und ohne besonderen Grund, sagte Vilma und schlug die Beine übereinander, in den Rillen ihrer regenwassernassen Schuhsohle entdeckte Aneschka zwei Kaugummipfropfen, und beflügelt von dem Gefühl, in die ungerade Stille hinüberzugleiten, sprach sie von ihrem ersten chemischen Schwindel, der sie erfaßt hatte, als sie das erste Mal eine Kopfschmerztablette einnahm, seitdem liebte sie die romantische Chemie, sie wollte aber nichts einnehmen, was ihre Stimmung hob. (Sprachen die beiden Frauen aneinander vorbei? Für einen Außenstehenden mochte es so wirken. Wir dürfen nicht vergessen, daß sie sich innerhalb der auf dem Stadtplan schraffierten Zone des besonderen Dreiecks befanden, Ferda hatte das Gebiet mit Schraffur markiert, um sich langsam an den Gedanken zu gewöhnen, daß in dieser Stadt die Umrisse von Körperteilen verschwammen, je nachdem, wo sich die Menschen aufhielten. Vilma hatte zu lange geschwiegen, sie hatte in zu kurzer Zeit zu große Mengen an Alkohol zu sich genommen: Nun war die Zeit der Ernüchterung. Vilma und Aneschka waren abgelenkt, weil die Alarmanlage eines Autos in der Nähe anging, ein falscher Alarm, dachten sie beide, ein Auto ist zu dicht vorbeigefahren, und die Vibration hat die Alarmfunktion in Gang gesetzt. Das ruhige Hinterland ist eine schöne Illusion, es gibt immer das erste Wort, den ersten

Laut und den ersten Lärm, und dann begibt man sich an einen anderen Ort, um seine Ruhe zu haben.)

Sie saßen also und sprachen. Ein junger Lehrer erkannte Aneschka, aber da sie vorgab, in ein Gespräch vertieft zu sein, eilte er vorbei, ohne den Versuch zu unternehmen, der alten schönen Zeiten wegen sich mit ihr zu verabreden. Sie hatte ihn bemerkt, ihre einstige Verliebtheit war längst ausgeklungen, ja, das war das richtige Wort. Vilma fragte sie aus nach ihrem Vater, der sich nicht auf Ivana, die Schildkröte, einlassen wollte, wer das Schlechte berührt, dem wackeln die Zähne, sagte sie, ihre seltsame Bemerkung brachte sie beide zum Lachen, und sie standen auf. Aneschka griff ohne Aufforderung zur Fußstütze des Trittstuhls und half beim Tragen, der leichte Regen tupfte Tropfen auf ihre Gesichter, sie empfanden die Euphorie von Frauen, die schon am Tagesanfang den schönen Abend spüren. Es war so gefügt, es sollte geschehen, daß eine Stunde später Aneschka mit ihrem deutschen Freund in einem Studentencafé saß, er war außer Atem, weil er die Treppen zum fünften Stock hastig hochgestiegen war, und wieder versuchte er, in den tschechischen Worten, die er nicht verstand, Hinweise auf das wirkliche Prag zu finden, gestern noch ein Fernsehmoderator am Nebentisch, heute zwei Schachspieler, die siegessicher einander angrinsten – Aneschka bat um vier Bestellblockseiten und schrieb, aus schlechtem Gewissen, an ihre Brieffreundin.

Liebe Helen,
dies ist mein zweiter Versuch, mich an Dich zu erinnern: Deshalb schreibe ich Dir ja. Und ich hoffe, daß Du Dich an mich erinnerst, wenn Du meinen Brief erhältst. Bei jedem Satz muß ich meine Muskeln anspannen, ein Fehler wäre mir sehr peinlich. Also, daß es uns beiden gutgeht, glaube ich gern. Mein Vater ist beunruhigt, das Amt für Strafzettel hat sich bei ihm gemeldet. Der Beamte hat ihm gesagt: Wir kön-

nen Ihnen die Bußgeldbescheide nicht zuschicken, weil Sie sich nicht umgemeldet haben, wir haben Ihre aktuelle Adresse nicht vorliegen. (Ich habe mich zehn Minuten mit Ferda beraten, um den letzten Satz richtig zu formulieren.) Mein Vater, er war verheiratet, er ist geschieden, jetzt träumt er von einer Frau, der keine Perfektion vorschwebt, wenn sie einen Mann auswählt. Er wird bei seiner Suche abgelenkt, und deshalb parkt er meist im absoluten Halteverbot, natürlich erst, nachdem er mehrere Runden gedreht hat. Ich habe im Moment keine großen Schwierigkeiten, mich an meinen Tagesplan zu halten. Ferda hinkt, er hat sich den Fuß gebrochen, bald wird er wieder richtig gehen können. Ich möchte Dir zwar gerne erzählen, wer alles in letzter Zeit verschwunden und wer wieder aufgetaucht ist, nur ich fürchte, Du würdest mich dann für eine zernagte Schrebergartenfahnenstange halten. (Kann man das so sagen?) Vielleicht beim nächsten Brief oder, viel besser, beim nächsten Treffen. Trägst Du enge oder weite Jeanshosen? Ich finde, das Korsett unserer Zeit ist die enge Jeanshose. Ich stehe und ziehe die Hose bis zu den Knien, dann lege ich mich aufs Bett, strecke die Beine in die Höhe und zerre am Hosenbund, bis ich ihn auf Höhe der Oberschenkel habe. Schließlich stehe ich auf, und ich muß all meine Kraft aufbieten, um den Reißverschluß hochzuziehen und mich zuzuknöpfen. Keiner schreibt mir vor, diese Qual auf mich zu nehmen, doch da ich meist lange oder kurze Röcke trage, wollte ich etwas Abwechslung in meinem Leben. Ich halte mich nicht an einen Diätplan, ich will nicht dünner erscheinen, als ich bin. Darüber habe ich auch mit Ferda gesprochen, doch ich mußte das Gespräch abbrechen, weil er bei meinem Anblick schöne unanständige Dinge gesagt hat. Übrigens, ich habe für ihn ein Lied komponiert, und seltsam fand ich, daß ich, um in Stimmung zu kommen, an Schrauben in Schubladen oder Drahtbügel in Kleiderschränken gedacht habe. Klingt das trostlos? Dabei habe ich trostvolle Bil-

der im Kopf, und doch ist diese meine Liebesbeziehung eine seltsame. Wieso? Deshalb: Ich feile an den Kurzmitteilungen, die ich ihm schicken werde, wenn er wieder nach Deutschland zurückkehrt, ja ich speichere sie sogar. Ich spiele, wie Du weißt, in einer Musikgruppe, und der Klarinettist saugt immer die Lippen ein. Darüber hat sich Ferda einmal ausgelassen, und auch wenn er zugibt, keinen wirklichen Musikgeschmack zu haben, spart er nicht mit Urteilen über die Musiker. Das hat mich erzürnt, und wir haben uns, nicht nur deswegen, gestritten. Er spricht auch mir das Recht zu, über schlechte oder gute Schuhe aus der Hand von schlechten oder guten Schustern eine Meinung zu haben. Gut. Doch Musik ist etwas anderes, oder nicht?
Worüber soll ich auf dem letzten Zettel schreiben? Nicht über das Wetter, über die Wolken und den Sonnenschein, nicht über die gekauften und noch nicht gekauften Politiker, nicht über die einfachen Menschen, die doch nur atmen und sogar im Schlaf das Atmen nicht vergessen. Nicht über meine Angst, daß Ferda vom Erdboden verschluckt wird und verschwindet. Ich hoffe, daß wir uns bald wiedersehen und uns das Erinnern ersparen.

Am offenen Fenster, draußen kalte Nacht, flackerndes blaues Fernseherleuchten in den meisten Zimmern. Sie mußte daran denken, daß sie mit der Wolldecke auf den Schultern wie ein Erdbebenopfer aussah, sie atmete den Zigarettenrauch hinaus. Der Mann hinter ihr hatte sie überrascht, ein Überfall. Die Schamfrist war verstrichen, oder aber er hatte es sich anders überlegt, wie auch immer, er saß auf dem Korbsessel, und als sie seinen Blick an ihrem Rücken spürte, sagte sie zwischen zwei Zügen, daß er genug gesessen hätte, er sollte sich endlich an sie schmiegen und ihren Bauch streicheln. Er kam ihrer Aufforderung nach, er küßte sie sogar auf den Hinterkopf. Die Gardinen waren nicht zugezogen, die Nachbarn von gegenüber mochten denken, was sie wollten, es war ihr egal.

Und nach wenigen Minuten, als es sich nicht länger aufschieben ließ, versteifte sie in der Umklammerung und wartete ab, daß er einige Schritte auf Abstand ging, sie wandte sich um und sagte: Willst du dir an mir die Schuhe abputzen? Heute nacht hier, morgen nacht dort – so verdirbt man die Frauen … Wenn er es geschmacklos fand, gleich nach der ersten richtigen Umarmung zu einer Entscheidung gedrängt zu werden, so ließ er es sich nicht anmerken, heute war der Tag, da er das Lied über hellwache Frauen im Bett fertigkomponiert hatte, auch hatte man ihm zugetragen, daß die flüchtige Schauspielerin wieder aufgetaucht war. Der Regisseur strich aus der Laune des Wiedersehensmoments wieder eine Szene und erklärte vor versammelter Mannschaft, er hätte in letzter Zeit sehr viel über das Phänomen des schwindenden Kindes im Mutterleib nachgedacht: Bei Mehrlingsschwangerschaften würde nicht selten das eine Kind vom anderen aufgesogen und ausgezehrt werden, das unterversorgte Kind sterbe lange vor der Geburt des einzigen gesunden Kindes – diesem Hauptgedanken wäre er nachgegangen. Der tatsächlich etwas geschwätzige Pförtner hatte dem Komponisten noch ein weiteres Detail verraten, der hintere Ausgang des Theaters war an diesem Abend unbewacht, und daher hatte sich der böse Kritiker hineinschleichen können, er stand reglos im Schatten der großen Topfpflanze, die zu begießen der Pförtner die Frau Putzfrau immer erinnern mußte, er hörte und notierte sich jedes Wort, um es dann als Zitat in seinen Exekutionstext einzustreuen, denn roh und herzlos war sein Artikel, gemein und liederlich, häßlich und verdorben …

Der Komponist kannte den Kritiker als einen bösen Buben, der jede Tischgesellschaft zum Lachen brachte, also war er auf seiner Seite, er hatte es auch satt, den Schurkenstücken von

Avantgardisten Beifall zu spenden. Jetzt aber Ivana, die Wortflüsterin unter der Muschelschale, jetzt aber die Frau, die ihn davor warnte, sie zu pfeifen wie eine schöne Melodie, und sie aber gleich zu vergessen. Es stimmt, sagte er schließlich, es ist wahr, daß ich Männer beneide, die weder ein noch aus wissen, ich habe eine klare Linie, und deshalb komme ich nicht zurecht. (Weshalb muß man grundsätzlich werden, wenn man aufgefordert wird, realistisch zu sein? Überall flöten sie, die verliebten Männer, einen Schmerz vor, dabei erwartet man von ihnen Ausdauer und einen hinreichenden Grund, sich ihnen hinzugeben.) Es kann sein, sagte der Komponist, ich leugne es nicht, daß ich manchmal wankelmütig bin. Aber ich habe dich und keine andere umarmt, oder nicht? Oder nicht, sagte Ivana, sie setzte sich auf die Bettkante, ihren Vorsatz, nur bei offenem Fenster zu rauchen, empfand sie plötzlich als lächerlich, sie steckte sich eine neue Zigarette an und blies den Rauch in Richtung seiner linken Schulter, und es paßte, daß er reflexhaft den Rauch von seinem Gesicht, von seinem Kopf auf seine Schulter wegwedelte.

Sie war in ihn verliebt. Er würde vielleicht noch eine Weile brauchen. Gefällt dir meine Haarfarbe nicht? sagte sie, soll ich mir die Haare wieder blond färben, ich bin nämlich im Zweifel. Und sie unterhielten sich die nächste halbe Stunde über das Kandiszuckerbraun, über verschämte und unverschämte Friseure, über den Nutzen und die Nachteile der Heimfärbung, und als sie anfing, mit dem langen Fingernagel die Furchen zwischen seinen Handknöcheln sanft zu kratzen, konnte er endlich seinen Verdacht aussprechen. Dort die Vase, aus deren engem Hals Plastiktulpen herausquollen, weiter weg ›das Dressoir‹, er übersetzte es als Ankleidekommode und wußte nicht, was damit gemeint sein konnte, darauf lagen ein Paar weiße und ein paar dunkelviolette Handschuhe, und je länger er den Blick schweifen ließ, desto besser gelang es ihm, beteiligt zu klingen, und schließlich sagte er: Ich kenne eine gewisse Edita, du und sie, ihr seht euch sehr ähnlich … Natürlich, wie denn auch anders, sie waren Geschwister, und daß Ivana es leugnete, machte für ihn Sinn, sie beide wurden schön in der Dunkelheit, und da sie die Helle mieden, weil sie sie angriff, weil das Licht ein Zubehör der Nacht war, dichteten die Männer ihnen kleine Geheimnisse an. Er aber war hier, und sie kratzte zwischen seinen Handknöcheln, und da begann er, das Lied zu summen, und als sie fragte, sagte er, er hätte es für sie komponiert, nein, nicht wahr, er hätte mit einigen Noten herumgespielt, aus keinem anderen Grund, als beschäftigt zu bleiben, und jetzt wäre ihm der Titel eingefallen: Ivana im ersten Drittel ihrer Zuversicht. Sie legte ihren Kopf schief. Gut, sagte er, wir nennen das Lied: Ivana überreicht ihrem Geliebten einen Strauß Tulpen, nein warte, das Lied heißt: Tausend Muscheln für Ivana.

Nach vielen Stunden und kurz vor Morgengrauen gingen sie gemeinsam aus dem Haus, die alte Nachbarin, die nach kurzem Schlaf das Bett floh und jeden Tag den Bürgersteig vor der Haustür kehrte, richtete sich beim Anblick des fremden Mannes an der Seite dieser Kulturperson auf, und fast schien es, als wollte sie ihnen beiden mit einer gezielten Gemeinheit den Tag verderben, aber da wünschte ihr der Mann seltsamerweise einen großen Frühstückshunger, und es blieb ihr nur festzustellen, daß sie bald zu Mittag essen würde. Das wenige, an das man noch glaubte, war gezaubert, und die Zauberei bestand darin, daß beispielsweise der Komponist der Frau, in die er sich spätestens am späten Nachmittag verlieben würde, ein Lied schenkte: Es interessierte ihn nicht mehr, was ihn wirklich bewogen und bewegt hatte, ihn wühlte nur noch auf, daß sie ihn bat, einen treffenden Titel auszusuchen.

Und sie trafen an diesem frühen Samstag den herumirrenden deutschen Freund Aneschkas, er hatte sich verlaufen, es machte ihnen nichts aus, falsches Englisch zu sprechen und in ihre Sätze deutsche Worte einzustreuen, Worte wie Kindermund, Volksfürsorge, Rachenschmerzen, Herbstsonate, Tausendfüßler, Larifari und Kaiserwetter. Ferda grinste höflich, und er versuchte sich mit tschechischen Vokabeln zu revanchieren. Aber sein ungeschulter Kindermund preßte Silben hervor, die klangen wie …

Sie klingen wie eine große Glocke am Zipfel einer Mütze, sagte Ivana, und als Ferda nach vielen Angängen endlich verstand, was sie meinte, hüpfte er einmal und mußte sich aber an den schmerzenden Fuß fassen. Dies alles war kein Grund, sich zu wundern, das alles konnte überall geschehen, zum Beispiel vor dem Einkaufszentrum Nový Smichov, hier bildeten die Straßen am Knotenpunkt der Straßenbahngleise den Großbuchstaben T, und da die Straßenbahnen in beiden Richtungen verkehrten, da sie um Ecken fuhren, blieb Ferda keine zehn Minuten später erst einmal stehen und beobachtete, wie sich die Prager beim Überqueren der breiten Straße verhielten. Sie schauen aus dem Augenwinkel, dachte er, sie nehmen es sich vor und haben doch keine Lust, zu hetzen und unterwegs ihren Schal zu verlieren, der im nächsten Moment unter die Räder eines Autos kommt.

Es gelang ihm, die gegenüberliegende Seite unbeschadet zu erreichen, und da blieb sein Blick an einem kleinen Kranz aus Alufolie haften, der aus der Manteltasche eines Mannes hervorlugte, der Mann aber knackte seitlich neben dem Eingang des Einkaufszentrums Haselnüsse mit den bloßen Zähnen. Er starrte Ferda an, Ferda nickte stumm und wurde damit belohnt, daß der Mann ihm zwei Haselnüsse hinhielt, er nahm sie, wieder stumm nickend, an. Was sollte er jetzt machen? Sich neben ihn stellen und die harte Schale zerbeißen, während der Strom der neugierigen Pragerinnen an ihm vorbeizog? Genau das tat er denn auch, Ferda und der Mann kamen ins Gespräch, es war umfaßbar, wie gut der Tscheche Deutsch sprach, Ferda faßte Mut und erzählte ihm von seiner Liebe zu einer Prager Schönheit, das Schalenknacken des Mannes störte ihn kaum, er war es zufrieden, er sprach, und man hörte ihm zu, und da aber, weil sich der lange Monolog des Fremden in die Länge zog, ging der Mann grußlos weg.

Und als er sich umdrehte, sah er Aneschka, sie stieg aus der Straßenbahn und rückte ihre Brille auf dem schmalen Nasenrücken hoch. Die wahren Gründe waren ihm gleichgültig, sie taten in dieser Stadt, was sie taten, und er tat, was ihm gefiel – also holte er tief Luft und ging ihr entgegen.

Der alte Vaclav übertrieb, er dachte ernsthaft darüber nach, zu verlieren, und er hatte mich dazu ausersehen, ihm die nötige Beihilfe zu gewähren. Es war der Tag meiner Besuche bei den Schauspielern, als erstes suchte ich Vilma auf, die mich einließ, und während ich mir die Worte im Kopf zurechtlegte, tupfte sie ein Wattebäuschchen in die Cremedose und rieb sich das Lidstrichschwarz aus den Augen. Ich wollte ihr die Betrübnis ausreden, doch sie war keineswegs in Trauer, ich wollte sie mit Lob anpeitschen, doch sie wirkte einfach nur unbekümmert. Sie sagte, sie müßte ihre Blusen und eine Strickjacke zur Reinigung bringen, dann würde sie in einem Restaurant essen, in dem man das erste Körbchen Brot nicht berechnete … und außerdem nähme sie ihr Angebot zurück, der Trittstuhl gehörte ihr, sie würde ihn nicht mir, nicht ihrer besten Freundin und auch sonst niemandem schenken wollen … und ja, sie stünde ab sofort für die Proben zur Verfügung, ich sollte aber bitte schön nicht mit immer neuen Streichungen und Einfällen für Chaos sorgen. Ich bedankte mich und sagte blöderweise, daß ich allein zur Tür fände. Sollte ich, den sie alle für einen Menschenschinder hielten, einfach umkehren? Sollte ich eine Postkarte schicken an meine Frau in Krakau, die sich nicht scheiden ließ, obwohl uns nichts verband außer dem Ehevertrag? Nein.

Ich klopfte bei Vaclav an, doch die Tür war nicht abgeschlossen, also trat ich ohne Warnung in die Wohnung – da saß er also in Frauenkleidern auf einem Stuhl, er hatte eine passende Bluse und einen passenden Rock aus dem Theaterfundus mitgenommen, seine spitzen Altmännerknie sahen in den billigen Nylonstrümpfen aus wie bleiche Steine vom Strand. Er zuckte zusammen, als ich mich räusperte, er sagte, er übte für seine Rolle, und ich wies ihn darauf hin, daß er nicht mehr die Dienstmagd würde spielen müssen, ich wüßte um die rote Liste, auf der er im alten System wegen abseitiger sexueller Umtriebe gestanden hatte, in meinen Augen wäre er der Herr Vaclav, ein äußerst begabter Amateurschauspieler, und daß manche Menschen ihn wegen seines Transvestitentums mißtrauisch beäugten, wäre verständlich und aber nicht weiter von Bedeutung. Er würde Tomás' Platz einnehmen müssen, das Dienstmädchen hatte keine ehrgeizige Tochter, die sich auf den Schoß des Hausherrn setzte, um dafür mit einer Goldkette beschenkt zu werden, was wäre damit gewonnen, die Zuschauer auf die Ärgernisse im dunklen Hintergrund ihres Lebens hinzuweisen, das brächte mir doch nichts weiter ein als einen Verriß aus der Feder des Kritikers, über den wir uns alle das Maul zerrissen, der aber vielleicht recht hätte. Herr Vaclav sollte jetzt auch mal aufhören, einen Narren aus sich zu machen, es kleidete sich ein jedermann nach eigenem Ermessen und Kalkül, er litte, verdammt noch mal, nicht an einer Stoffwechselkrankheit, ich hätte runde Filzgleiter unter alle Stuhlbeine geklebt, nicht etwa, weil ich Rücksicht nahm auf die Nachbarn einen Stockwerk unter mir, sondern weil mich das Geräusch beim Stuhlverrücken verrückt machte, jeder suchte sich den Frieden aus, den er wollte, jeder stimmte das Donnerwetter an, das sein Herz ihm befahl, und so, und Schluß, und einen Kaffee bitte, ohne Zucker und Sahne …

Er verharrte kurz, dann stand er auf, und ich hörte ihn in der Küche Schranktüren aufreißen, ich hörte den Deckel der Kaffeedose auf den Boden fallen, ich hielt es für das Beste, mitten im Zimmer zu stehen und an nichts zu denken. Schließlich brachte er mir den Becher Kaffee, schwarz und brühheiß, so daß ich vor jedem Schluck pusten mußte, er schaute mir dabei zu, und dann sagte er: Frauenkleider sind interessant. Ich bin nicht sehr alt, es gelang mir, Frauen auf mich aufmerksam zu machen. Ich hatte in letzter Zeit einige Lieben, jetzt lebe ich wieder allein. Es hat diese Frauen nicht gestört, daß ich mich zu Hause manchmal wie eine Frau anzog. Doch es hat sie etwas gestört, sie verließen mich aus anderen Gründen. Draußen würde ich es nicht wagen, derart extravagant herumzulaufen, glauben Sie mir das.

Hatte ich Verständnis? Vielleicht. Eigentlich beschäftigte mich die Not des Gelegenheitstransvestiten nicht, daher hörte ich nur mit halbem Ohr zu, als er von dem antihaftbeschichteten Donutmaker mit den rutschhemmenden Gummifüßen sprach, er wollte mir das Gerät sogar vorführen, doch ich floh ins Freie, was hätte es mir eingebracht, weitere Besuche abzustatten. Sie alle würden zur Probe erscheinen, und sie würden keine Gelegenheit auslassen, um ihren Unmut über das Avantgardestück zu zeigen. Meine Kunst gegen ihre Kunst, meine Anweisungen gegen ihre Vorlieben, meine Texte gegen ihre Worte. Ich hatte längst aufgehört, Schauspielern angst zu machen, ich neigte nur manchmal zu Wutanfällen. Nach einem kurzen Spaziergang am Fluß kehrte ich bei Gretá ein, sie brachte mir sofort ein Glas georgischen Kognak, und ich trank ihn, um einer vermuteten Sitte zu entsprechen, in einem Zug aus. Und natürlich war es Zufall, und es war kein Zufall, daß Ivana aus der Toilette zurückkam, sich an ihren Tisch setzte, den Blick schweifen ließ und mich entdeckte. Wir starrten einander an. Da kam sie herüber und sagte stehend: Mein neuer Freund denkt, daß er mit meiner Zwillingsschwester zusammen war, dabei bin ich ein Einzelkind. Ist das nicht verrückt?

Oder er ist verrückt, sagte ich und bereute sofort meine Worte – ich würde schon eine Möglichkeit finden, mich bei ihr zu entschuldigen, doch als der berühmte Komponist sein Gesicht gegen das Panoramafenster drückte und Grimassen schnitt und Ivana ihm die Zunge herausstreckte, war mein Wissen über die Liebesangelegenheiten meiner Bühnenfiguren komplett, und eine Entschuldigung kam nicht mehr in Frage. Der alte Vaclav übertrieb, Vilma war kurz ins Zwielicht hinübergewechselt und heimgekehrt, und die Besucher des Theaters am Geländer fingen an, uns in ihre Geschichten einzubinden. Ich bestellte Blätterteig, ich hatte Hunger.

lili marleen

Wie die alten weisen Männer vom Turmschatten alle Hoffnungen auf den Schuhmachergesellen setzen und Ferda in Istanbul die empfindsame Hündin Belinda zuläuft; wie ihm der sittenstrenge Onkel vor dem Sippentreffen das Buch »Anweisungen für die tulpenpflückende Dame« übergibt

Die Neue Feuerwache der empfindsamen jungen Männer stand auf dem kleinen Hügel im Istanbuler Stadtteil Galata, der einstige Wehrturm lud schon allein wegen seines Kegeldachs dazu ein, den Kopf in den Nacken zu legen und hochzuschauen: Wer wußte schon, wer auf der Aussichtsplattform stand, wer mochte es ausschließen, daß von oben spitze und stumpfe Steine herabfielen. Die Empfindsamen – sie vergaßen sich und fällten eine Entscheidung, sie fielen vom Himmel wie überreife Paradiesfrüchte, und auch der in Hast Eilende, der mit geringem Stundenlohn Bezahlte, die nach der Liebesnacht zum Frühstück langsam Treibende, sie alle konnten nicht anders, als mitten im Schritt auszubrechen, sie gingen in kleinem Bogen um den Turm herum.

Unter dem Kerker im Erdgeschoß hatte man vor Jahren Skelette in der sogenannten Fechtstellung gefunden, die Beugemuskeln waren stärker als die Streckmuskeln, und Menschen, die im Brand umkamen, zogen ihre Arme und Beine an den Leib heran und beugten sie. Dann erzählten sich die Leute vom Viertel, daß dies ein verdammter Fleck Erde war, auf dem der Turm stand, man konnte sich noch so modern kleiden, man konnte noch so heftig den Aberglauben verteufeln, man rief es herbei, das Unheil, wenn man in der Nähe wohnte und beim Anblick des Turms Gott nicht anrief.

Der Platz, der nur an einer Seite den Turmsockel umgab, war mit Kopfstein bepflastert, hier saßen auf Parkbänken eigenartige Männer, die Hände auch im Sommer in den Taschen versteckt, vielleicht wollten sie sie nicht vorzeigen, um sich nicht zu verraten: Sie ließen sich die Fingernägel wachsen, um in den Morgenstunden, da der Menschenstrom abriß, ihre Namen einzukratzen in den brüchigen Mörtel.

Herr Altan vom Souvenirladen im Turmschatten ließ keinen Mann und keine Frau vor seinem Laden rauchen, er bat sie herein, steckte eine Selbstgedrehte in die Zigarettenspitze aus Meerschaum und erzählte paffend von den flammenden Hummeln, die immer dann, wenn keiner hinsah, den Turm umflogen, und jeden Morgen im Monat Juli kehrte er die toten Hummeln von den Steinstufen, er kniete sich jedesmal hin und betrachtete die verschwärzten Flügelstummel und die wie mit Pech überzogenen kleinen Leiber. Jahrelang hatte er diese Entdeckung für sich behalten, wer ein Geheimnis teilt, hat einen Mitwisser, dachte er, in diesen Zeiten will ich nicht als Sonderling gelten, die Sonderlinge machen mir noch das Geschäft kaputt, weil sie auf dem Platz herumlungern und die Touristen mit lauten Ausrufen erschrecken. Also keine Enthüllung, kein Sterbenswörtchen. Warum aber entschied er sich, fast über Nacht, daß er die Diskretion aufgeben mußte, wollte er noch in den Spiegel schauen, ohne zu zucken?

Er war, wie so viele andere auch, kein gebürtiger Istanbuler, manchmal mußte er sich deshalb von echten Istanbulern sagen lassen, daß er zu der Schar der Besatzer gehörte, die herzogen, um bei jedem zehnten Schritt auf den Boden zu spucken. Er schleuderte keinen Auswurf auf das Pflaster, er hatte nur den trockenen Raucherhusten, und er kam nie – niemals! – auf die Idee, die Gassen des Viertels auszuschreiten wie ein linker Student. (Natürlich wählte Herr Altan rechts, die Ladenbesitzer und Händler unterhielten sich tagtäglich über Politik, dabei lagen die Zeitungen aufgefaltet auf dem Schoß, und sie bezogen sich immer auf die aktuellen Thesen der Kolumnenschreiber. Mal ging es um die Räumung illegal besiedelter Hügel, mal um die streunenden wilden Hunde, die ihre Schnauzen in die aufgebissenen Mülltüten vor den Bürgerhäusern steckten. Sie alle wählten rechts, weil sie das laute Poltern, das laute Sprechen und das laute Angeben verabscheuten. Den Konservativen, darin waren sie sich einig, war die Luft ausgegangen, sie trugen goldene Krawattennadeln und ließen sich von Neureichen zu Trauzeugen degradieren.)

In einem der Gespräche mit drei Händlern hatte Herr Altan die Hummeln in Flammen erwähnt, und er war überrascht gewesen, daß sie ihn nicht der bolschewistischen Phantasterei bezichtigt hatten. Einen Bolschewisten hieß man einen Narren, einen Tölpel, einen Spätaufsteher, einen byzantinischen Rückeroberer – aber nein, die vier Händler rückten näher, senkten die Stimme und sprachen: über die Hummeln, deren kaltes Feuer Löcher in die Nacht und in den Wind brannte, die nur ein wenig Leben beseelte, als wären sie Finger eines halbtoten Geistes, der nie in voller Gestalt erschien; die Hummeln, bei deren Anblick ihnen, erwachsenen ernüchterten Männern, der Schreck in die Glieder fuhr. Herr Altan eilte der Ruf eines Wüstlings voraus, der seine Unterhosen ungebügelt trug, er war mit seinen knapp sechzig Jahren einer der jüngeren Krämer, und was ihn heute beschämte, konnte er schon morgen als heiße Luft abtun – nur nicht seine Werteordnungsliebe, nur nicht diese furchtbaren entflammten Seelchen. Die Hummeln waren in seinen Augen keine schwarzen Punkte im Hitzeflirren des Asphalts, seine launischen Freunde gaben ihm darin recht. Vom höchsten Stock des Turmes stürzten die empfindsamen Männer in die

Tiefe, sie hatten es noch nie mit eigenen Augen gesehen, doch es gab Augenzeugen, in andere Viertel Versprengte, über die zerschundenen Körper im Turmschatten Vergrämte, sie waren weggezogen, und da sie keinen Nachsendeantrag stellten, bekamen sie Briefe von Bekannten, die nur ihre alte Adresse kannten. Herr Erkan bewahrte die Briefe in seinem Geschäft für Lampenschirme, Lampenfassungen und elektrische Neuheiten auf, nur ein einziges Mal versuchte ihn der Teufel und flüsterte ihm ein, wenigstens einen Brief zu öffnen. Es war nicht der Teufel, aber sein Schwiegersohn, mit dem er sich eigentlich gut verstand, und nur deshalb hatte er diesen einen Brief geöffnet, ihn vollständig gelesen und die ganze Nacht mit sich gerungen. Der Verfasser des Briefes war wohl Hals über Kopf aus dem Galataviertel nach Üsküdar im asiatischen Teil geflohen, und er beschrieb dem Empfänger die Qualen, die er erlitten hatte – ein Gesumme von draußen weckte ihn, und er stellte sich ans Fenster und sah die fliegenden glühenden Kohlenstücke, summende Kohlenstücke, die der Schwerkraft trotzten, solche Bilder schauten doch nur Heilige oder Opiumsüchtige, und er rührte kein Rauschgift und keinen Alkohol an, wie in Gottes Namen konnte das passieren, und was genau war also passiert. Hilf mir, dieses Bild aus meinem Kopf zu bannen, hatte der Mann geschrieben, und mach, daß du da fortkommst, hier in diesem Haus wird eine Wohnung im vierten Stock frei, sei ohne Sorge, es gibt einen Aufzug und wohlerzogene junge Frauen, die einem alten Mann die Einkaufstüte bis vor die Wohnungstür tragen … Herr Erkan hätte diesen Brief, verdammt noch mal, nicht öffnen dürfen, für einige Wochen stand sein Seelenheil auf dem Spiel, doch er hatte sich gefangen, er war im Anzug zum Wahllokal gegangen und hatte seine Stimme einer rechten Volkspartei gegeben, die für ihre Abgeordneten im tadellosen Anzug bekannt war. In dem besagten Gespräch also war der Schleier zerrissen, der Schleier, der sich nie bauschte, wenn der Wind hineinfuhr, der Schleier zwischen den Herren Händlern und dem, was sie unterschiedlich benannten: die Hummeln, die Kohlestücke, die leuchtenden Fetzen Flammenkleid, die brennenden Augen der empfindsamen jungen Männer. Und tatsächlich einigten sie sich auf diese letzte Bezeichnung des Phänomens, um dann aber nur noch über ›das Phänomen‹ zu sprechen. Das Phänomen entstand, weil die Seelen zurückkamen an den Platz des Turmschattens, ihr Schmerz konnte nicht überboten werden, man konnte sie nicht besänftigen mit Gebeten oder kleinen Opfergaben, die man in Geschenkpapier einwickelte und mit einer roten Kordelschleife versah. Das taten die Herren Altan und Erkan, ohne Absprache mit den anderen beiden Händlern, sie opferten einen Handschmeichler und eine antike Zitruspresse, sie legten sie in einer Morgenstunde auf die vierte Treppenstufe am Turmaufgang, sie bekamen große Angst wegen der heidnischen Ungehörigkeit, die sie sich erlaubten, sie eilten nach Hause und blieben wach. Die Herren Osman und Göktürk wurden wenig später informiert, Herr Göktürk sagte: Das war mutig, Herr Osman hob zu keiner Widerrede an. Es verging nicht, das Phänomen.

Timur, der Schwiegersohn, schreckte aus dem Schlaf hoch, am zwölften April eines glücklosen Jahres, doch nicht wegen Lappalien, sondern wegen der Schwärze eines Traums, dessen Einzelheiten er sich nicht merken konnte, er schlüpfte schnell in seine jahreszeitstimmigen dunklen Kleider und machte sich auf zu einem langen Spaziergang, und bald stand er auf der Galatabrücke. Die Angler umschlossen mit einer Hand den Korkgriff ihrer unberingten Stippruten, die andere Hand war immer in Bewegung, in den Plastikeimern, bis zum Rand voll mit Meereswasser, zuckten kleine Fische mit ihren Flossen. Die Männer mit den Angelruten unterhielten sich nicht miteinander, nur einer brach aus der Reihe heraus, übergab die Rute seinem Sohn und schloß sich Timur an. Erst gingen sie schweigend nebeneinanderher, dem Mann waren die Zigaretten ausgegangen, er kaufte am Kiosk eine Packung Ungefilterte, und dann rauchte er eine Zigarette ganz, rauchte die zweite Zigarette bis zur Hälfte und warf sie weg. Sie verloren sich in den Gassen des Viertels Eminönü, sie traten in ein Teehaus ein, in dem die Alten schon eingekehrt waren, sie hielten, wie es sich für Einheimische gehörte, ihr Tulpenglas mit Daumen und Zeigefinger im Zangengriff. Worum genau bin ich gebeten worden? dachte der Schwiegersohn, hätte ich nicht eine gewisse Unregelmäßigkeit bemerkt, wäre ich diesem Treffen ferngeblieben. Den Alten fehlt es ganz sicher nicht an Verstand, und ich bin ein verdammter Säufer … Kaum hatten sie Platz genommen, setzte sich Herr Osman die Lesebrille auf und begann von einem Blatt abzulesen, von dem die Neuhinzugekommenen zu ihrem Erschrecken angenommen hatten, es handelte sich um ein Bekennerschreiben, denn es waren die Tage des stillen Terrors und der vorsichtigen Terroristen. Man konnte nie wissen, was auf der Hausschwelle lag, doch Herr Osman bezog sich eindeutig auf die belebten fliegenden bunten Klumpen, die man auf der Steinstufe fand. Die Empfindsamen, sprach er, sind auf elende Weise umgekommen, sie schlugen auf dem harten Boden auf und waren auf der Stelle tot. Was treibt Junggesellen und Schüler im Alter von zwischen sechzehn und achtundzwanzig dazu, keine Sekunde länger leben zu wollen? Die verschmähte Liebe? Schulden? Ein schlechtes Zeugnis? Schwarze Sehnsucht? … Er legte einen Finger genau auf den Punkt nach der Zeile, die er soeben vorgelesen hatte, und polterte über die Sitte, einer grundlosen Seelenvertrübung eine Farbe zuzuordnen, die Fahrer von Sammeltaxis würden den Ellenbogen auf den Fensterholm legen und bei Höchstgeschwindigkeit Gefühle bekommen, Gefühle von Verlust, das taten sie doch nur, weil ihre Art von Rebellion die Verletzung von Verkehrsregeln bedeutete, aber zurück zu den Empfindsamen, alles Männer und keine einzige Frau darunter, waren sie, die sie hier saßen, die Jungen und die Alten, nicht minder gefährdet, und doch blieben sie am Leben …

Es wurde Zeit, ihm ins Wort zu fallen, und das tat der Brückenangler auch, er verwies auf die knappe Zeit und seine Sorgfaltspflicht als Vater eines Sohnes, dem er erst beibringen mußte, daß ein Fisch nicht aus dem Wasser sprang, weil man die Rute hin- und herschwenkte. Er mochte, so wurde ihm aufgetragen, jenen Mann finden, der den ihnen allen bekannten Brief bekam und die Flucht antrat, Herr Altan hatte eigene Erkundungen angestellt und die neue Adresse des Mannes erfahren. Der Angler sollte mit ihm über das Phänomen sprechen. (Die Türken der Neuzeit sind völlig zu Unrecht in den Ruf gekommen, jedem Streitschlichter den Garaus zu machen. Sie zanken sich gerne, üble Nachrede und Verleumdung gelten als legitime Mittel, um eine Person, der man mindestens den Hexenschuß an den Rücken wünscht, zu Fall zu bringen. Spätestens dann, wenn alle Wege verstellt sind, wird einem harmlosen Zivilisten das Amt des Friedensrichters angetragen: Man ködert ihn mit großen Worten und der Aussicht auf eine nichtdotierte Auszeichnung. Aber auch in Fällen wie der Auffindung eines zu Tode verschreckten Mannes beauftragt man einen nicht sehr klugen nicht sehr dummen, aber kräftigen Mann. Er soll, so man ihm die Suche erschwert, schon mal wirksam mit der Faust drohen können. Der Schwiegersohn war nichts weiter als ein Beisitzer, der Angler, sein langjähriger Freund, hatte eher das Zeug zu einem Unterhändler.) Er verabschiedete sich, und sie starrten sein volles Teeglas an – bevor jemand dies Bild zu deuten anfing, war es besser, ein anderes Vorkommnis zu bereden, also sprach Herr Altan von dem Band mit den schwarzen Metalldornen, die die für die Straßenpflege zuständige Behörde ausgerechnet auf dem Gassenabschnitt vor seinem Laden angebracht hatte; die Dornen fuhren automatisch aus, wenn sich ein Wagen aus der verbotenen Richtung näherte, und wie viele Geisterfahrer schon waren wutentbrannt ausgestiegen, weil sie wegen der zerfetzten Vorderreifen nothalten mußten, und er hatte sie besänftigen wollen und war leider als ›Komplize der Wegelagerer‹ beschimpft worden. Herr Göktürk verkaufte in seinem Geschäft am Turmschatten Derwischporträts in Aquarell und dicke Wollsocken, die die zugezogenen Bäuerinnen von den Hängen am Stadtrand strickten, er verdiente nicht schlecht und nicht sehr gut. Er machte zwar diesem Alten keine Konkurrenz, er wußte aber, daß der Mann mit dem Hinweis auf ›das Vorkommnis‹ ihn wegen seiner Weigerung schalt, aus seinem Laden hinauszutreten und ihm zu Hilfe zu eilen. Was konnte er schon anrichten? Wer die Warnschilder mißachtet und durch immer engere Gassen fährt, in dem Glauben, eine Abkürzung zu nehmen, wird von den aufklappenden Stacheln angehalten. Die Händler saßen auf ihren Korbschemeln, sie waren beeindruckt von Timurs stiller Geste, er hatte sich unbemerkt davongemacht, nicht ohne einen Geldschein auf den Tisch gelegt zu haben. Und als aber der Gebetsruf erklang, erhoben sie sich von den Sitzen.

Auf seinem Kontrollgang durch das Foyer des Hotels entdeckte der Sicherheitsbeamte das Maskottchen, es respektierte die Absprache, es hielt sich nicht in jenem Bereich auf, der für die Hotelgäste bestimmt war: Rüschtü Bej hatte es schon immer vorgezogen, jeden Wirbel um seine Person zu vermeiden. Deshalb wurde ihm auch ein Aschenbecher hingelegt, und er verstand es als Aufforderung, eine Zigarette zu rauchen, er tat es in aller Ruhe, und wenn die Aschesäule Fingernagelgröße erreichte, streifte er sie sachte ab, er wollte sich die Asche vom Jackett nicht klopfen müssen. Da er darum gebeten worden war, die Fremden in Frieden zu lassen, vor allem die japanischen und amerikanischen Damen, und überhaupt Frauen jeden Alters, sie durften nicht mit den falschen Eindrücken in ihre Heimat zurückkehren ... da ihm jede Art der Belästigung peinlich war, ging sein Blick hinaus auf die große Terrasse, und er sah kurz zur alten Brücke hin und wandte aber den Blick wieder ab. An einem Abend wie diesem freute er sich, daß sein Krawattenknoten nicht auf die Kehle drückte, und daß die junge Rezeptionistin keine Anstalten machte, ihm mit empörenden Handzeichen zuzusetzen. Der Concierge – ein in seiner Freizeit Kaugummi kauender Mann – flüsterte ihr jetzt etwas ins Ohr, und sie starrten leicht belustigt zu ihm herüber, er hatte einen Sonderstatus, es war ihm gestattet, in der Lobby zu sitzen und jedem Fremden, der ihn darum bat, Gossenanekdoten in fehlerhaftem Englisch zu erzählen, denn nur die Illusion zählte, die Illusion von einer Stadt, die man glaubte zu verstehen, wenn ein glattrasierter Herr über sein Leben als junger Tölpel sprach, wenn er zurückkehrte in die Zeit vor zweieinhalb Jahrzehnten: Unsere Väter, sie sagten: Hier habe ich den Samen gesät, hier soll der Baum stehen. So waren sie, sie hofften auf den Schatten, den der Baum spendet, sie bewegten sich nicht von der Stelle weg. Es ist alles anders gekommen, als sie es uns beibrachten, wir hatten die falschen Lehrer. Und so sind die meisten auf ihre Art verrückt geworden. Wir sind halsstarrig, wir haben uns vielleicht zwei Schritte vom Boden unserer Väter wegbewegt, und wir können also nicht mehr im Schatten des Baumes liegen ... Die Fremden verstanden ihn nur zu gut, sie schüttelten ihm zum Abschied immer die Hand, in ihren Augen war er genauso eine kuriose Figur wie der Schuhputzer im Durchgang zum Frühstückssaal oder die junge spöttische Frau an der Rezeption, die man allein wegen ihrer grünen Augen und ihrer pechschwarzen Haare eingestellt hatte. Allerdings durfte er unter keinen Umständen Geld annehmen, sein Lohn war der Aufenthalt im Foyer eines Luxushotels, vier Tässchen Mokka am Tag und zwei Gläser Leitungswasser. Da er nie die hungeräugigen Kellner herabwürdigte, behandelten sie ihn wie ihresgleichen, sie waren keine Barzahler und kauften Möbel und Elektrogeräte auf Kredit, der Werbespruch ›Sympathie in Raten‹ verfing bei ihnen. Alles schön und gut, dachte Rüschtü Bej noch, als sich ein Mann als ein guter Freund des Schwiegersohns von Herrn Erkan vorstellte, auf Nachfrage bestätigte er, daß er ihn kannte, aus der schwierigen Zeit, in der es ihm unmöglich erschien, dem Teufel einen gottvollen Tag abzuluchsen, damals, wegen gewisser Vorfälle, konnte er auch nicht mehr Freude am Verzehr von getrockneten Rogen der Meeräsche empfinden, er könnte sich vorstellen, wieso man ihn vorgeschickt hätte, es wäre sehr respektvoll, ihm die Briefe nicht mitgebracht zu haben. Denn diese Post. Denn diese Post wollte er um keinen Preis annehmen, ginge er recht in der Annahme, daß man ihn, Rüschtü Bej, um Hilfe bei der Aufklärung der Wiedergängeraugen bat? (Ein Wiedergänger ist der Geist eines bestatteten toten Körpers, es ist die Seele, die sich weigert, bis zum Jüngsten Tag in einem Erdloch oder in einem Felskerker zu verweilen: Sie begehrt zu sehr. Früher hat man Gräber mit schweren Steinen beschwert, um die Grabräuber vor einer folgenschweren Begegnung zu bewahren.) Der Brückenangler fühlte sich nicht wohl, dieser Freund des Vaters seines Freundes sprach wie jene Frauen, die aus dem Kaffeesatz Glücksversprechen lasen, und tatsächlich sah er ihn jetzt auf den schwarzbraunen Bodensatz starren, der sich in Schlieren, Höckern und Tupfern über die Innenseite der Mokkatasse verteilt hatte. Aus Schmutzspuren Schicksalszeichen lesen – war das nicht unanständig? Seltsam auch, daß Rüschtü Bej sein Auftauchen als gottgegeben und gottgelenkt hinnahm, vielleicht wußte er auch, daß niemand in Istanbul wirklich untertauchen konnte, er hatte sich nur mit einem Verkehrspolizisten und einer Waschfrau unterhalten, und sie beide hatten genau gewußt, wessen Spuren er folgte, sie raunten ihm zu, daß der alte Herr fremden Frauen den Hof machte, das wäre genauso sinnlos, wie wenn man versuchte, mit einem Gehstock Löcher in den Himmel zu stochern. Jetzt aber klaubte Rüschtü Bej Gabel und Löffel aus der Jackettinnentasche, er steckte die Löffelspitze zwischen die Gabelzinken und legte die Fingerkuppe unter den Scheitel der Gabellöffelwippe, kein Luftzug, der die Balance störte, kein Angestellter, der den Mann aufforderte, die Kinderei doch bitte schön zu unterlassen. Verläßliche Quellen berichten, sprach Rüschtü Bej, daß sich zwei große Steine aus dem gefügten Wandwerk lösten und auf zwei Wachleute fielen, für jeden ein Stein, bemerkenswert. Es ist außerdem überliefert, daß ein junger Empfindsamer vom Turm hoch droben in die Tiefe stürzte. Ein Toter und zwei Schwerverletzte, sie sind in die Geschichtsschreibung eingegangen, sie werden allerdings nur in einer Fußnote erwähnt. Wie schade, daß man es nicht für wert befand, ihre Namen zu nennen, sonst hätte ich an ihren verfallenen Gräbern ein Gebet sprechen können … Sehen Sie, was passiert ist, es lohnt nicht, auch nur für eine Sekunde, unachtsam zu werden, die kleine Fingerwippe ist auf dem Tisch zerbrochen!

Der Brückenangler hörte einen Kellner am Nebentisch den Geschmack der drei Imperien preisen, das Fleischmenü wäre eine Komposition der Rezepte der römischen, andalusischen und der osmanischen Küche, und bevor die einheimischen Touristen aus der Hauptstadt ihre Bestellung aufgaben, bevor der Angler verrückt wurde: wegen der vielen versteckten Lampen, deren Licht alle Farben verblassen ließ; wegen der unentwegt grinsenden Angestellten, und wegen der viel zu schönen Frau an der Rezeption – bevor er noch verwirrt eine kleine Dummheit beging, richtete er sich auf und sagte: Wir müssen gehen, ich bringe Sie zu Ihren Freunden. Rüschtü Bej war schnell auf den Beinen, er verhielt kurz am Conciergetresen, kratzte sich an der Nase und griff zum Arm des Anglers, der verdutzt zur Schönen hinübersah, weil sie ihn anlächelte, hatte sie ihn im Verdacht, daß er zu den Männern gehörte, die reich waren und sich aber unauffällig kleideten? Er konnte nicht das Ende eines Gehstocks spitzen und einen Durchschlupf in den trüben Himmel bohren, das müßte er ihr unbedingt noch erklären. Dieser einzige Gedanke beschäftigte ihn auf dem Rückweg, und daß sein Sohn auf der Galatabrücke ihm entgegenlief und die kleinen Fische im Eimer zeigte, nahm er wahr: Er schickte ihn nach Hause. Als sie die steile Gasse hochschritten, fühlte er sich wie anderthalb Männer, Rüschtü Bej legte sein halbes Gewicht in den Griff um seinen Arm, und sogar die Polizisten, die in einer Dreierreihe herabgingen, machten ihnen Platz. An der Talstation der Standseilbahn, am Tünel-Platz, machten sie halt und verschnauften – sie waren einem Umweg gefolgt, und nun kehrten sie in einer kleinen Schleife zurück zum Haus mit dem abblätternden Fassadenanstrich, am Geländer der Terrassenwohnung im fünften Stock stand ein Mann in einem schwarzen Kapuzenmantel. Als der Brückenangler ihm aus einem inneren Anschub heraus zuwinkte, verzog dieser das Gesicht. War er hingerissen von der Aussicht, und störten ihn nur die Spielzeugmenschen? Da sahen sie, daß Kürbiskernschalen herabfielen, im Fall kurz aufgehalten vom Wind, und sie trieben ab und fielen auf das Pflaster, und als Rüschtü Bej sagte: Sie sehen aus wie die abgestreifte Kopfhaut von sehr kleinen Fingerpuppen, als er diese Worte sprach, mußte der Angler noch einmal hochblicken, der Mann am Geländer starrte ihn wütend an, trat zurück und entzog sich seinem Blickfeld. Die Freunde des Alten entdeckte er nach wenigen Schritten zu Füßen des Turmes, sie hatten sich auf zwei Parkbänke verteilt, der Vater seines besten Freundes stand auf, zog an den Fingerstulpen seiner Handschuhe und eilte herbei. Woher hatten sie alle gewußt, daß es ihm nicht schwerfallen würde, den Entlaufenen so schnell zu finden? Sie hatten es gewußt, sie hatten am richtigen Platz auf sie gewartet, sie hatten nicht gezweifelt. Und es gab für ihn nichts mehr zu tun, also dachte er ein letztes Mal, ein vorletztes Mal, an die junge Empfangsdame, die sich bestimmt viel davon versprach, fremde Männer willkommen zu heißen im teuren Betonbunker mit den schönen Aussichten, und während er versuchte, die Einzelheiten ihres Gesichts zu einem Ganzen zusammenzufügen, ging er, leicht gedrosselt von einer kleinen Hoffnung, die Gasse entlang, in der sich die Frauenbeschauer drängelten.

Die wenigen Gnaden, die uns zuteil werden: Stand es ihnen denn nicht gut an, daß sie ausschwärmten? Sie warteten vielleicht den Gebetsausruf zu Mittag ab, sie lüpften den Tüllvorhang, sie schauten aus kleinen Fenstern hinaus und entdeckten andere junge Männer, denen sie sich anschlossen. Die Aufgehübschten kamen von den Hügeln herunter, wie tote Schlangen lagen die dicken nassen Haarsträhnen auf dem Kopf, und sie hatten sich zwei Tage nicht rasiert, weil es der Mode entsprach, nur die Jochbögen und den Hals von den Stoppeln freizuschaben. Ein weißes Hemd, eine Jeanshose, Imitatturnschuhe. Sie trotzten der Kälte und trugen keine Schals und keinen Mantel, und sie stiegen in Busse und Züge ein, oder aber sie brachen in der Frühe auf, um nach einem mehrstündigen Gewaltmarsch an der Fähranlegestelle anzukommen, und sie stiegen in die Fähre ein, und wann immer der Teeknecht ihnen einen Tee anbot, lehnten sie ab: Sie kannten ihn, er war unberechenbar, die Halbirren ohne städtische Manieren verwirrten sie – sie saßen, ohne ein Wort miteinander zu sprechen, im Passagiersaal, jedes laut ausgesprochene Wort hätte sie als Söhne von Bauern, als Hügelwilde, verraten. Der Halbirre aber ließ sich nicht täuschen, er wollte mit ihnen unbedingt über die große Politik reden, denn sie, die jungen ungalanten Anatolier, wären doch die strahlende Zukunft des

Landes, man könnte mit dem Löffel die Zuckerwürfel am Boden des Tulpenglases zerstoßen und kluge Gedanken äußern. Kluge Gedanken. Einer von ihnen verstieß heute gegen das Schweigegebot und sagte: Wir kümmern uns wenig um den politischen Anstand. Da lachten sie alle, der Teeknecht und die Frau, die eine Brille mit Goldfassung trug, und die beiden Männer, die ihre Krawatte auf Brusthöhe zwischen die Knöpfe ihres Hemdes gesteckt hatten, sie lachten die Aufgehübschten nicht aus, sie lachten sie an. Die Halbgebildeten von den Hügeln kombinieren die Worte auf ihre Art, die Gelehrten des staatlichen Sprachinstituts erfinden neue reine türkische Worte, und es geschieht, daß ein Südostanatolier – ein Türke, ein Kurde, ein Araber – ein neues reines türkisches Wort aufschnappt, und da er es ausspricht, gibt er dem Wort einen Sinn, das es bis dahin nicht hatte. Die Städter hielten die Hügelwilden also für tatsächlich klug, auch wenn sie das Gelächter und die folgende Heiterkeit zu verwirren schien, und daß der Teeknecht ihnen zurief, die Pestflöhe in den Sitzen würden sie bald beißen, machte sie für einen Augenblick wütend. Doch dann rissen sie sich zusammen, jeder Verstoß gegen die gute Sitte würde die bebrillte Frau und die Männer mit den halben Krawatten nur in dem Glauben stärken, daß sie, die Vorort-Istanbuler, in Erdlöchern hausten. Die Brüder Konga und Asul saßen nebeneinander auf dem roten zerschlitzten Sitz, und später, da sie das europäische Festland erreichten, würden sie über das hübsche Mädchen am Ende des Saals sprechen, es war ihnen gleich aufgefallen, es trug einen Rock mit Pfauenaugenmuster, und natürlich – hatte es sie keines Blickes gewürdigt. Jetzt aber galt es, dem Halbirren seine Freude am Spiel mit ihnen zu gönnen, er war nicht der Kapitän der Fähre, er war kein Mann, der sich von ihnen unterschied durch eine Angestelltenuniform, also mußten sie sich gut betragen, denn fast jedes Wochenende fuhren sie mit der Fähre: Eine unbedachte Äußerung – über den Pfauenaugenrock, über den schmutzigen Hemdkragen des Teeknechts – würde ihn zum hundertprozentigen Irrsinn verleiten lassen. Dort, wo sie wohnten, wurden die Männer vom Schnapstrinken blind, und die Frauen … sie träumten und träumten einen einzigen Traum, beim Auswringen des Bettvorlegers draußen neben dem Ziegelscherbenhaufen, Hand über Hand quetschten sie das Wasser heraus und sahen, wie das Schmutzwasser in den Karrenrinnen verlief, und sie träumten von fünf, von zehn Goldreifen an jedem Handgelenk. Dort, wo die Brüder lebten, wußte jedes Kind, daß das moderne Leben von der Beleuchtung abhing, sobald die Lichter ausgingen, wäre es auch vorbei mit dem politischen Anstand, und die Pestflöhe würden sie alle anspringen. Aber erst dann. Jetzt das Spiel des Teeknechts: Wie brachte er sie dazu, sich wie echte Hügelwilde zu verhalten? Sie wandten sich aber ab und starrten durch das Bullauge auf den Wellenschaum, sie wurden bespuckt mit aufgeschäumtem Wasser, das war ganz sicher kein Riese, der auf dem Meeresgrund lauerte, oder die Seele eines Mannes, der sich für einen Halbgott hielt und deshalb ersoff, diesen und anderen Märchen schenkten sie keinen Glauben mehr. Und trotzdem, sie wurden bespuckt. Am Ziegelscherbenhaufen saß manchmal auch eine Witwe und rang ihre frisch gewaschene Unterwäsche aus, und da sie es vor den Augen der faulen unverschämten Männer tat, galt sie als schamlos. Sie hatte den Gebrüdern erzählt, daß die Schaumkrone ein bespeichelter Mund war und der Meeresboden vor Gerippen von Halbgöttern wimmelte, und da war ihr ein glotzender Kerl ins Wort gefallen und hatte sie davor gewarnt, den Jungen die Lügen der Vorväter aufzutischen, die einzige Wahrheit, auf die es auf diesem Hügel ankäme, hieße: Gold frißt die Inflation nicht weg. Von Gold wollte die Witwe nichts wissen, sie sammelte Glühbirnen mit verbranntem Glühfaden, wenn sie sie beschaute, am besten nachts im Schein der zwei Kerzen auf dem Holztisch, wußte sie, daß die Kinder und die Jungen und die Männer unrecht hatten: Man war auch im Dunkeln modern. Modern war man nicht im Schmutz, in den sich der Wegwurf und all die kaputten Dinge eingruben. Sie hütete sich, es den Brüdern zu erzählen, sie hätte ihnen den Traum geraubt, den Traum von der Fähre, die man nur zu besteigen brauchte, um an das andere Ufer zu gelangen, dort wurde das Schöne und das Prächtige bestrahlt in den Schaufenstern, und die modernen gecremten Frauen schritten daher und machten sich lustig über die Hügelwilden, die das Gaffen nicht lassen konnten.

Der Teeknecht zupfte am Ärmel von Asul, und also mußte er sich ihm zuwenden, was ist da in der Plastiktüte? sagte er, seid ihr beiden Kuriere? Wenn ja, muß ich es melden. Ein Weckglas, sagte Asul, wir sind beauftragt worden, es mit gegorenem Hirsesaft zu füllen, eine Witwe hat uns darum gebeten, es ist nicht die Jahreszeit für *boza,* das wissen wir, und das weiß sie auch, die Witwe, wir geben eben unser Bestes und sind anständig. Wieder das Gelächter. Waren die Brüder in eine unmögliche Lage hineingeraten? (Konga, der ältere Bruder, hatte die Angewohnheit, aufzuspringen oder einen Satz zur Seite zu machen, wenn eine Autoritätsperson ihn mit Fragen bedrängte. Der nichtuniformierte Kellner spielte sich lehrerhaft auf. Er war versucht, für einige Augenblicke den Kerl am Kragen zu packen und ihn, wie im Engtanz, Schritt für Schritt zurückzudrängen. Er schnellte vom Sitz hoch, packte die Plastiktüte und verzog sich schnell in den hinteren Saal. Dies war eine Geste, die auch der beharrliche Teeknecht verstand, er ließ ab von den Brüdern.) Asul zupfte seine Hose gerade, er wollte seine Verlegenheit gerne übergehen, und da ihn aber die Frau über den Brillenrand hinweg ansah, konnte er nicht einfach an den Speichelmund der kleinen Wellen denken, es wäre ihr gegenüber sehr unhöflich, es seinem Bruder gleichzutun und den Platz zu wechseln. Ich kenne da einen Laden in der Nähe der Süleymaniye-Moschee, sagte sie, dort verkaufen sie Weinessig, Traubenmost und boza … Asul schrieb sich die genaue Adresse auf und dankte ihr, die sie eine altmodische Strickjacke trug, und als er den Blick auf den Boden heftete, um sie nicht weiter zu belästigen, sah er ihre nackten Fersen, ihre Füße steckten in karmesinroten Lederpantoletten, und über den Spann ihres rechten und linken Fußes zogen sich quer dünne lange Abdrücke: Sie schlüpfte wohl immer wieder aus den Schuhen, sie mußten drücken. Da erinnerte er sich und lief rot an, sein Vater hatte ihn ermahnt, nicht länger, als es die Schicklichkeitsgesetze vorgaben, auf Frauenhände und Frauenfüße und Frauengesichter zu starren, sonst würde man ihn, den frisch beflaumten Achtzehnjährigen, für einen Hügelbarbaren halten. Sein Bruder versuchte, ihn auf sich aufmerksam zu machen, er winkte ihm zu, wo er stand, vor der Notausgangstür, war er allen Blicken ausgesetzt, und stur, wie er war, würde er trotzdem so lange verharren, bis er die Anspannung nicht mehr ertrug, jäh umfiel und zu zucken begann – Asul benutzte seine Daumen als Stöpsel, steckte sie in die Ohren und beugte die Finger. Sie hatten sich auf dieses Zeichen geeinigt, in Fällen, da eine Frau an einem der Brüder Interesse zeigen sollte, und tatsächlich kam Konga wieder zurück und setzte sich in einigem Abstand auf einen Sitz, dessen roter Plastikbezug Wutparolen in Spiegelschrift aufwies. Haben Sie sich gerade die Ohren gereinigt? sagte die Frau, und Asul erklärte ihr, daß er das nie auf einer Fähre und in Gegenwart von Städtern tun würde. Da sagte sie: Ich habe zum ersten Mal seit vier Jahren wieder Geburtstag, und ich werde erst wieder in vier Jahren meinen Geburtstag feiern können, Sie kennen doch sicherlich das Problem der Männer und Frauen, die am neunundzwanzigsten Februar zur Welt gekommen sind, der Februar hat ja sonst achtundzwanzig Tage, aber weil unser Kalender nur dreihundertfünfundsechzig Tage kennt, müssen wir ihn korrigieren, also hängen wir im Schaltjahr dem Februar einen

Tag an … Auf seine Frage, wieviel Tage denn ein Jahr hätte, antwortete sie: Dreihundertfünfundsechzig Komma soundso viele Zahlen hinter der Dezimalstelle.

Asuls Stärke war das Kopfrechnen, und es ärgerte ihn, daß sie ihm die Zahlen hinter dem Komma vorenthielt, er hätte ihr gerne demonstrieren wollen, wie sehr er sich auf komplizierte Rechenwege verstand, dafür brauchte er kein Papier und keinen Stift, sondern nur das Netz aus strahlenden Linien hinter seinen geschlossenen Lidern, er schloß beim Kopfrechnen erst die Augen, fädelte an den stramm gezogenen Fäden die dunklen Zahlen auf, öffnete die Augen und kannte die Lösung. Dieser Frau mit den nackten Fersen konnte man aber vielleicht nicht schnell gefallen, und sicher mußte er ihr verheimlichen, daß ihm Kalbspansen am besten schmeckten. Er wünschte ihr alles Gute zum Geburtstag, sie spitzte daraufhin erst ihren Mund zu einer Tulpe aus zwei Blättern und bemerkte, daß sie in ihrem Alter auf künftige Geburtstage verzichten könnte, und am liebsten hätte Asul, der mindestens zehn Jahre jünger war, sie auf der Stelle geküßt, oder wenigstens den Tulpenkelch in ihrem schönen Gesicht leicht berührt. Er beugte sich vor, sein Gesäß schwebte kurz in der Luft, und in diesem Moment legte die Fähre an, der Ruck ließ Asul nach vorne schnellen, und hätte die Frau nicht soviel Geistesgegenwart bewiesen und ihn an den Schultern festgehalten, er wäre ihr entgegengeschleudert worden. So aber saß er sicher, so aber ruhten ihre Hände auf seinen Schultern. Der Teeknecht lachte laut auf, sie löste sich von ihm, Konga schaute ihn finster von der Seite an, schließlich hatte ihm die Fahrt mit der Fähre nichts eingebracht als die Unlust, so schnell würde er sie nicht niederringen können, es galt, das leere Weckglas zu füllen, es galt, die wenigen Stunden der Zerstreuung zu nutzen. Denn sie hatten versprochen, sich zur rechten Zeit am Ziegelscherbenhaufen einzufinden, daß die Witwe auch ja nicht Alarm schlug, sie würde keine zehn Minuten warten, um vor der

Tür ihrer Großmutter eine Wehklage über die gemordeten jungen Männer anzustimmen. Die Stadt, würde sie heulen, hat sie geköpft, entmannt und verdaut, Istanbul ist die Kapitale der Blutschergen, sie fallen über jeden her, den sie mit ihrem feinen Benehmen beeindrucken können … Und ihre Großmutter? Sie würde die schreiende Witwe davonjagen, sie würde aber hinaustreten und laut Bittgebete aufsagen, jede Verspätung ahndete sie mit einem zweitägigen Kochstreik, die Brüder stahlen sich dann davon und ernährten sich von Sesamteigkringeln. Also sagte Konga: Wenn du nicht willst, daß wir die nächsten zwei Tage hungern, müssen wir uns beeilen. Jetzt musterte die Frau die Brüder, sie mußten ihr natürlich seltsam vorkommen, andererseits war sie am letzten Februartag eines Schaltjahres zur Welt gekommen und mußte vorsichtig sein gegenüber Männern, die sie allein deshalb den leicht beherrschbaren Frauen zuschlugen. Sie hatte ihn vor einem Sturz in die Unanständigkeit bewahrt, so formulierte sie es im Geiste, und was wäre gewonnen, wenn sie ihm erlaubte … wenn sie ihm erlaubte, nicht zu stürzen, aber näher zu kommen. Er hat noch nie mit einer Frau geschlafen, dachte sie, das sehe ich ihm an, es wird also Mißverständnisse geben. Kaum hatte sie diesen Gedanken zu Ende gedacht, tauchte sie in eine undurchdringliche Wolke, eine unsichtbare Wolke, eine Wolke, die Männer als einen Vorhang aus dem vertrockneten Seidenbart des Maises beschrieben hatten. Hinter dem sie verschwand, für Zugriffe unerreichbar, für Liebeswerben unempfänglich. Natürlich spürte es auch Asul, er sah die Umwölkte in der Abwendungsbewegung erstarren und ihn über die Schulter anschauen, und ob dieser Blick, der nur ihm galt, ein anderes Leben zur Folge hätte, würde sich zeigen. Würde sich bestimmt zeigen.

Das Herz bleibt dir stehen, wenn du das tust, sagte sie. Und ich tat es – ich griff zu dem Maschinenteil auf dem Boden, zu der Kurbel, mit der man vielleicht ein stotterndes Gerät angeworfen hatte, sie lag im gehäuften Unrat, und weil sie der Ekel packte, wie er sie überhaupt zu vielen Gelegenheiten packte, sprach sie diese Warnung aus. Dieser summenden Frau war ich nichts schuldig, ich hatte mich ihr angeschlossen, um meinem Cousin nicht widersprechen zu müssen, er wollte mir, seinem fremdsinnigen Verwandten, dem fremden Verwandten, der viel zu viele Monate seiner Stadt ferngeblieben war, er wollte mir … den Kummer brechen. Aber diese Frau summte eine Kindermelodie; und sie trommelte mit drei Fingern auf der großen keksdosengoldfarbenen Schließe ihrer Umhängetasche, und wann immer es ihr gefiel, holte sie aus eben dieser Tasche eine Stoffserviette und trocknete den Schweiß an ihrem Hals. Ich hatte entdeckt, daß im Rinnstein der Gassen Maschinenteile lagen, rostige Rammspitzen, eingedellte Zifferblätter, verschmorte Sicherheitsverschlüsse, Kontrollampen, Bruchstücke von Raststützen, und sogar der Führungsbügel eines Rüttelstampfers, diese abgefallenen und geborstenen Stücke begeisterten mich. Jedesmal, wenn ich mich bückte und einen schönen Fund aufhob, wandte sie sich ab, ich wußte, daß sie ihrem ehemaligen Mann einen Gefallen tat, wenn sie auf mich aufpaßte – noch hatte sie ihn nicht aufgegeben. Noch glaubte sie, sie müßte ihm nur Füße anzüchten, daß er bei anderen Frauen keine Zeit verlor und zu ihr zurücklief, sie waren in ihren Augen Unkrautstengel zwischen seinen Lippen, er nagte daran, und der Saft troff ihm vom Kinn herab: Um Vergleiche war sie nicht verlegen.

Es blühten die Mandelbäume in dieser Jahreszeit, doch ich hatte nur Augen für Geräteabfall, für Metall und Kunststoff, für Kupferblüte und Überzugsanstrich, für das stumpfe verwitterte Karmesinrot an alten Türklopfern. Und da ich die Kurbel auf meiner Handfläche anstarrte, sagte sie: Der Kopf wird dir vom Hals reißen und vor deine Füße fallen, spann gefälligst deine Nackenmuskeln an! Und sieh dich vor, die Zigeunermädchen haben dich ausgespäht, du darfst dich nicht ergeben, hast du deine Geldscheine in deiner Hosentasche? Wenn nicht, bist du erledigt! Wenn nicht, wird es nichts nützen, wir müßten eigentlich Rücken an Rücken stehen, das könnte sie von ihrem Beutezug abbringen … Sie sprach lächelnd jenen Unsinn, von dem sie dachte, es würde reichen, ihn aufzusagen, denn dann hielten wir sie für verrückt genug. Sie war auch verrückt genug, daß ich mich wegen ihrer Worte nicht aus der Erstarrung lösen konnte, in ihrer Gegenwart kam ich nicht auf den Einfall, zum Himmel hochzuschauen, zum wolkenverschäumten Himmel, der erste Risse zeigte, dunkle Bahnen des kommenden Regens. War ich hergekommen, um dem Raunen zu lauschen? Jeder raunte mir ein Gerücht zu, das Mütterchen, das zwischen einem Mobiltelefonladen und einem öffentlichen Abort bunte runde Stoffflicken anbot; der Verkäufer von Schreckpistolen, dem ich versprechen mußte, nicht die Karriere eines Tankstellenräubers einzuschlagen; die Polizisten, die mich wegen meines Bartschattens verwarnten, sie taten es aus Spaß, sie freuten sich über meinen Gesichtsausdruck, als sie mir von den Knochenbrüchen erzählten, Männer wie ich zogen sie sich zu, bei dem Versuch, ihre Taschen und Börsen nicht den Taschendieben zu überlassen. Hiernach trösteten sie mich, die Verruchten werden siegen, sagten sie, aber wir ziehen einige aus dem Verkehr, und das Mütterchen eilte sofort herbei und raunte uns zu, daß um fünf Uhr in der Früh jeder Mann und jede Möwe und jede Krähe ungeschützt wäre – einen schönen Klang im Ohr mußte man also teuer erkaufen, soviel hatte ich verstanden. Sie alle und auch die ehemalige Frau meines Cousins raunten und wisperten, und ich fiel ihnen ins Wort, da nahmen sie sich vor, mit mir schonend umzugehen. Danach aber war sie verschwunden, vielleicht hatte sie auf eine Ablenkung gelauert, ich sah mich um, ich drehte mich einmal im Kreis, und als ich wieder still stand, waren auch das Mütterchen und die Polizisten weitergezogen. Von der Peraallee ging eine Seitengasse ab, in die man besser nicht einbog, man hatte mich vor den Zigeunern gewarnt, sie wohnten in den Häusern am dunklen Ende der Gasse und stellten sich jedem daherkommenden Mann in den Weg und fingen an zu flüstern: Ich lade dich zu mir nach Hause ein, meine Frau hat gekocht, es gibt Reis und Lammfleisch am Spieß, die Flasche Anisschnaps werden wir beide gemeinsam austrinken, und dann werde ich meine Tochter ins Zimmer rufen, sie wird vor deinen Augen singen und tanzen, und gegen Ende des Abends werde ich ihr erlauben, für eine Viertelstunde auf deinem Schoß zu sitzen. Du wirst ihren Rücken streicheln können, du wirst ihren Hals beriechen können, und ein einziger kurzer Kuß sei dir auch erlaubt. Doch dafür verlange ich Geld, nur halb soviel, wie du in jedem Vergnügungslokal ausgeben müßtest … Mein Cousin hatte mir aufgetragen, auf der Stelle kehrtzumachen, sollte ein solcher Familienvater aus einem Hauseingang heraustreten. Die Einflüsterer, die Töchterverkäufer. Bald saß ich in ebendieser Gasse, aber im vorderen Abschnitt, auf einem Basthocker, es fiel mir leicht, nicht über die Schulter zu schauen, ein Zigeunervater würde sich hüten, einem trübgesichtigen Mann wie mir in den Rücken zu fallen. Im Abenddämmer eilende Passanten und ich voller Erwartung, daß sie nicht anrief, hatte etwas zu bedeuten. Da tauchte sie plötzlich wieder auf, aus dem hinteren Teil der Gasse, sie schien erstaunt zu sein, daß mein Herz noch schlug, und ich musterte die Kratzspuren an ihren Unterarmen und auf ihrem Handrükken. Ich habe mich heftig gestritten, sagte sie, ich war in einem Süßteigwarengeschäft, wie es sich gehört, habe ich mich in die Schlange gestellt, da geht aber dieses feine Mädchen an der Schlange vorbei gleich zum Tresen, das lasse ich nie zu, niemals … Wie hatten mein Cousin und diese Frau miteinander auskommen können, so viele Jahre in einer viel zu kleinen Wohnung, wie hatten sie ihren Haß überlebt? Und weil sie mich fragte, erzählte ich ihr von meinem Schusterleben, von Wind und Wetter, von gut schmeckendem Rindfleisch, von den Durchsagen der Schaffner in überfüllten Zügen, und von jener Frau in meinem Leben, die mich vielleicht nicht anrufen würde. Sie warf mir einen Blick zu, und ich verspürte den Wunsch, ihre Beine zu streicheln, ihre nackten Mädchenknie, wie furchtbar, was für eine niederträchtige Lust, ich sollte woanders hinschauen, dorthin wo die Saboteure des fließenden Verkehrs und der reibungslosen Geschäfte im Menschenstrom standen, die Greise, das Mütterchen, der beinamputierte Junge, das böse Kind, das Gänseblümchen vor die Füße der Passanten streute und um sofortige Bezahlung schrie, bis es seinen Willen bekam. Was war doch mein Cousin berechnend, daß er mich in die Gefahr brachte, dieser Frau mit den frischen Kratzspuren zu folgen, in welches Zimmer auch immer. Du hast dich nicht verbessert, du bist abgestiegen, sagte sie leise, wenn das Gespräch auf dich kommt, leiten deine Bekannten ihre Entrüstung mit den Worten ein: Ein Schuhmacher, ich bitte euch! Aber es gibt keinen, der besondere Anstrengungen unternommen hätte, dich in Verruf zu bringen. Sie halten dich alle eben nur für einen besseren Schuhputzer … Ich bin dir keinen Gefallen schuldig, und ich plaudere auch keine Geheimnisse aus, du sollst wissen, daß man sich komische Dinge über dich erzählt.

Die Einflüsterer. Die Tochterverkäufer. An Herzversagen würde ich, ihnen allen zum Trotz, nicht so bald sterben. Sie fragte mich nach meinen weiteren Plänen an diesem Tag, keine Pläne, ich fühlte mich begünstigt, sie sprang vom Hocker hoch und lief in eine unbestimmte Richtung, und es gefiel mir, daß in dem Moment, da ich sie in der Menschenmenge nicht ausmachen konnte, das böse Kind einen Warnruf ausstieß, es rannte davon, wahrscheinlich rückten die städtischen

Kontrolleure an. Also erhob ich mich und schlenderte wieder zum Turm, mein Meister würde sich bestimmt über eine Sultanfigur für den Setzkasten freuen, ich betrat den Laden in nächster Nähe, der Besitzer war ein Schwarzer, ich starrte ihn an. Haben Sie noch nie einen Äthiopiertürken gesehen? sagte er, meine Vorfahren lebten schon vor dreihundert Jahren in diesem Land. Und was ist mit Ihren Ahnen? Kaukasus, sagte ich, die Tschetschenen. Haben die Deportation überlebt. Nicht alle. Stalin, Sie wissen … Eine Weile musterte er mich schweigend, er ließ den Blick lange auf der Kapuze meines schwarzen Mantels ruhen, und dann sagte er einen eigenartigen Satz: Sind Sie ein Empfindsamer in der Blüte Ihrer Verzweiflung? Die Frau, die ich liebe, hat sich von mir abgewendet, sagte ich, sie schreibt keine Briefe mehr, sie nimmt meine Anrufe nicht entgegen. Ich habe nicht Psychologie studiert, aber eine Frau in ihrer Verfassung nennt man wohl eine Frau ohne Verlangen …

Dann wandte ich mich ab und wies auf die bemalte Terrakottafigur Sultan Suleimans in der Glasvitrine, ich äußerte den Gedanken, daß der groß geratene Turban wie ein abgeschlagener Kopf auf dem Haupt des Herrschers auflag – er ließ mich ausreden, obwohl ihm meine Worte zu weit gingen, vielleicht gehörte er zu jenen höflichen Herren, die den Untergang des Imperiums betrauerten. Die rostige Kurbel ragte aus meiner Manteltasche heraus, und ich hielt es wegen seiner Anspannung für angebracht, ihn auf den Fundort hinzuweisen: Da draußen, in der Nähe, im Unrat. Ich rechnete fest damit, daß er mich des Ladens verwies, er nahm die Figur aus meiner Hand und steckte sie mir in die leere Manteltasche, und als ich nach meiner Geldbörse griff, schüttelte er den Kopf. Wissen Sie, sagte er, ich habe einen Mann am Steuer und eine Frau auf dem Beifahrersitz streiten sehen. Eine alltägliche Situation, werden Sie denken, aber es waren beide Taubstumme, ihre Hände flogen herum. Ich hatte Angst, daß die Frau ins Lenkrad faßt, oder daß er, um eine besonders komplizierte Beschimpfung zu formulieren, beide Hände gebraucht. Eine unberechtigte Sorge. Der Mann fuhr an den Straßenrand, und ich sah diese Hände in ständiger Bewegung. Ich ging selbstverständlich weiter, sie sollten sich nicht von mir beobachtet fühlen. Unterwegs habe ich den Entschluß gefaßt, diese Taubstummensprache zu erlernen. Um an meine Frage von vorhin anzuknüpfen: Was haben Sie sich vorgenommen? Sind Sie derart empfindsam, daß Sie plötzlich Vorurteile gegen das Leben hegen? … Da klingelte mein Mobiltelefon, und der Klingelton, der knackenden Eiszapfen nachempfunden war, brachte ihn um die Ruhe, er legte beide Hände wie Muschelschalen um die Ohren, und ich sprach stockend mit meinem Onkel aus Ankara, was konnte ihn derart gerührt haben, daß er nach acht Jahren wieder mit mir sprach? Er hatte jeden Kontakt gekappt und sogar seinen drei Söhnen verboten, Grußkarten an mich zu schicken – jetzt aber hörte ich ihn nach den ersten Worten tief Luft holen, und weil der Atem in seine Brust fuhr, hörte ich auch seine Lungen rasseln, war es eine Krankheit, der nahende Tod, der ihn zur Sanftmut zwang? Nein, die Laune des Augenblicks, ein Spätnachmittag mit über die Regale, die Decke und seine Hauspantoffeln wandernden Schatten, er hielt sich in seinem Arbeitszimmer zu Hause auf, er hatte wieder einmal Nasenbluten gehabt, nichts Schlimmes, nichts Unwürdiges, nur das Nasenbluten eines Mannes in den Endsechzigern, ihm konnte man nicht vorwerfen, nur noch um einen Sitzplatz im Paradies zu ringen, er behielt alle und alles im Blick, ich müßte ihm die schnarrende Stimme entschuldigen, er würde das Taschentuch gegen die Nasenlöcher drücken, und nun wäre aber Schluß mit umständlichen Eröffnungsworten. Der Herr Händler nahm hinter seiner Registrierkasse Platz, ein Auge blieb verdeckt, das andere Auge starrte mich unverwandt an, vielleicht fand er es unangebracht, daß ich in seinem Laden telefonierte, ich machte Anstalten hinauszugehen, doch er schüttelte heftig den Kopf, und ich sah kurz auch in sein anderes Auge. Ich bestätigte meinem Onkel, daß ich mich für weitere zwei Tage in Istanbul aufhielt, wahrscheinlich hatte meine Mutter, die auch mit Kontaktsperre belegt wurde, ihn darüber informiert. Du wirst anschließend nach Ankara reisen, sagte er, und wir werden uns nicht mehr um die alten Geschichten kümmern, du bist das, was du bist, und ich schließe dich in die Arme … Meine Frau weigert sich, an dem Treffen teilzunehmen, nein, kein Treffen, aber eine Zusammenkunft, und deinen Cousins werde ich ins Gewissen reden. Nur fürchte ich, daß ihre Mutter sie vor die Wahl stellen wird, und meine Söhne werden ihrem Donnerwetter nichts entgegenzusetzen haben. Ein Neuanfang, ist es auch in deinem Sinne? … Im weiteren Verlauf des Gesprächs eröffnete er mir, daß mir aus der Hinterlassenschaft meiner Großmutter ein kleines Gebetbuch zustünde, er würde ein Sippentreffen in die Wege leiten, er würde das Büchlein vor allen Augen aushändigen wollen … Ich bedankte mich, er legte auf. War das ein Fortschritt, daß ich auf anderer Menschen Einfluß setzte, um voranzukommen? Der Händler stand wieder vor mir, er war sichtlich verärgert über meine Weigerung, mich als einen Empfindsamen auszugeben, und ich sagte: Sie wollen mich einladen? Ich gehe gerne mit.

Hatte man sich nicht darauf verständigt, nach vielen schlaflosen Nächten, daß es keine Falter und keine Bienen und keine Hummeln waren, aber Brandlöcher im Nerz der Nacht? Dies Gewand war wie über einen Kleiderbügel gestülpt worden, es hing steif und ohne zu flattern in der Luft, und durch die ausgebrannten Löcher starrten Augen hinein. Licht über Licht in ihrem Viertel. Und nun, vor den anderen Männern, traute sich Rüschtü Bej, seinen Irrtum zuzugeben, sie alle wählten doch rechts, weil ihnen das Gottvertrauen noch nicht abhanden gekommen war, es gäbe auch Umstürzler im Namen des Allmächtigen, doch von ihnen wollte er nichts wissen, er verwies nur auf die Macht, die stärker war als die Narreteien des abgefallenen Engels – um es kurz zu machen, wieso zitterten sie, weshalb ängstigten sie die Brandlöcher, die Schlitze und Risse in der Dunkelheit tünchte man nicht über, man kittete sie nicht mit ihrer aller Angstschweiß – er hätte sich geirrt, er wohnte aber nun so lange am Ufer des Festlandes, daß er nicht einmal mehr von den aufgerissenen Augen träumte.

Die Herren Händler wanden sich auf ihren Stühlen, sie hatten sich von Rüschtü Bej mehr versprochen als die Reue eines Kartenzinkers, der die Fratze des Teufels mit billiger Fassadenfarbe bepinselt, vereint im Schrecken über das Phänomen wollten sie gemeinsam aufstehen und die Beine des Stuhls, auf dem Rüschtü Bej saß, brechen, jeder übernimmt ein Stuhlbein, dachte Herr Erkan, und dann plumpst sein Hinterteil in den billigen Polyesterhosenstoff auf den Boden, und wir werden es nicht sein, die ihm aufhelfen. Sein Unbehagen rührte auch daher, daß der Neu-Istanbuler Altan diesen jungen Mann mitgebracht hatte, sie kannten ihn nicht und verzogen den Mund, als er sich als Schuhmacher aus Deutschland auswies, das war ein Tourist zweiter Klasse, vielleicht auch nur ein über seine geringen Mittel verschämter Student, dem es gefiel, den Einheimischen dieser Stadt Originalität anzudichten. Er saß am Ende des Bogens, den sie, die um des Rätsels Lösung Ringenden, auf Hockern beschrieben, bestimmt wollte er die verfallene Stadtmauer, die Moscheen oder den geschlossenen Basar besichtigen, und nun mußte er sich vorkommen wie ein Protokollschreiber bei einer Sitzung des Ältestenrats. (Wie verhält es sich mit großen Worten? Macht sich ein Mann lächerlich, wenn er, wie beispielsweise Herr Osman es öfter tat, von sich als einem Schuldknecht des

Schicksals spricht? Ist der Orient eine Brutstätte der dramatischen Elemente? Wieso kann ein rechtskonservativer Türke nicht einfach nur Gesundheit wünschen, wenn jemand niest, und muß aber ihm ein langes Leben wünschen? Die großen Worte sind keine Floskeln. Herr Osman weiß, daß er sich zusammenreißt, daß er all seine Kunst aufbietet, um nicht von dem über seinem Haupt offenen Raum verschluckt zu werden. Das große Osmanische Reich ist, wie er glaubt, nicht etwa zerfallen, es wurde aufgesogen von der Luftleere hoch droben. Mit großen Worten stützt er die dünne Decke zwischen sich und dem grauenhaften Vakuum.)

Herr Göktürk konnte seine Wut nicht mehr zügeln und erhob sich; Herr Altan besah sich die Schramme an seinem Handrücken und erhob sich; Herr Osman atmete pfeifend durch die Nase aus und erhob sich; Herr Erkan hörte auf, das lose Fadenende in seiner Hosentasche um den Zeigefinger zu drehen, und erhob sich. Und in der Sekunde, da sie, vereint im Zorn über den Alten mit dem albernen Gehstock, zum Angriff übergingen, riß eine Frau die Tür des Teesalons auf, hielt auf der Schwelle inne und fing an zu schreien, Herr Altan sah es genau: Bevor sie zum Schrei ansetzte, schon früher, erstarrte der Schuhmacher bei ihrem Anblick, und alle, wirklich alle Männer im Raum, in diesem Raum des Rauchs, des Dampfs und der Atemluft, widerstanden dem Drang, sich niederzuwerfen, der Schrei schnitt in ihre Körper und in ihre halbvollen Mägen, in ihre Stirnen und in ihre Gedanken, der Schrei der ihnen allen, fast allen, unbekannten Frau schnitt und riß und schabte. Der Betreiber des Teeladens ging sofort in die Hocke, er hatte seinerzeit kniend und kauernd unter Trümmern das große Erdbeben überlebt, und jetzt plumpste sein Hinterteil auf den Boden, aber Rüschtü Bej … der schwerhörige Alte war vor dem Erscheinen der Unbekannten aufgestanden, da er die Attacke parieren wollte, und er stützte sich auf seinen Gehstock und machte einen Schritt in

Richtung des Ausgangs, und einen zweiten und dritten und vierten Schritt – daß diese Frau schrie, als wollte sie im Stehen gebären, war genauso unpassend wie ein kichernder Engel. Doch die Angelegenheiten des Zauberglaubens, derentwegen man ihn gerufen hatte, verwirrten sie alle und machten sie nachlässig; an seiner rechten Wade sah er den hochgezogenen Sportstrumpf, die Hose steckte im Gummiband – also stockte Rüschtü Bej mitten in der Bewegung.

Nur der Schuster im schwarzen Mantel erhob sich langsam, der Schrei riß ab, die Frau lächelte ihn an und rannte davon. Ein Kind im Wind. Gerade noch konnte sie in den Bus springen, bevor die Türen sich schlossen, gerade noch konnte er einen Taxifahrer an den Straßenrand winken, und dann sagte er den lächerlichen Satz: Bitte dem Bus folgen, und der Mann am Steuer lachte ihn zu Recht aus, er bot an, ihn an entlegene Plätze zu führen, an denen es Wunder gegen harte Währung geben würde, er selbst hätte mit einigen Freunden diese Wunder erleben wollen, sie hatten aber nur die Türsteher verärgert und wären erst von ihnen und anschließend, auf dem Polizeirevier, von jungen harten Kerlen verprügelt worden … Die Stahlrippe der Rückenlehne drückte gegen seinen Steiß, er fühlte einen großen Überdruß, den Asphaltphilosophen zu lauschen, von ihnen Ratschläge anzunehmen, wie gerne wäre er bei der, die ihn vielleicht nie wieder anrufen würde, denn sie ließ keinen Einfluß auf ihre schöne kleine Welt zu, seine kleine Welt aber wurde bevölkert von Greisen in Angst und von sachlichen Frauen, denen nichts anderes übrigblieb, als das Gerede und die Gerüchte zu überschreien. Sie hatte bestimmt ihre Gründe, er würde es schon erfahren.

Und Hürmüz stand am Kai im Viertel Ortaköy und nannte ihre Gründe: Das erste Mal, daß ich einen Mann geohrfeigt habe, das war … am Tage, als für mich die Schulglocke zum letzten Mal ertönte. Ich bin einmal sitzengeblieben, eingeschult worden bin ich recht spät, mit sieben Jahren, also war ich achtzehn, also liebte ich einen Siebzehnjährigen. Er sagte: Du bist eine Intellektuelle, du sitzt in Studentencafés, und die Linken hofieren dich, weil du eine Viertelzigeunerin bist, sie denken, daß sie etwas wiedergutmachen müssen. Fließt ein besonderes zähflüssiges Blut in deinen Adern? Ich habe keine Ahnung. Ich sagte: Du sprichst Unsinn. Und weil er aber weiter mit Beleidigungen nicht sparte, habe ich ihm eine Ohrfeige versetzt. Dieser Siebzehnjährige ist heute dreißig, und er erzählt harmlose Lügen, und er lügt, um nicht harmlos zu erscheinen. Wir waren nie verheiratet, also können wir auch nicht geschieden sein …

Der Deutsche hörte ihr zu, ohne sie anzusehen, er starrte auf den großen schwarzen Seestern, er klebte zur Hälfte an der Kante einer Hausfassade, reichte ums Eck und lief in dünnen Zacken aus, der längste Zacken verlief neben einem Fenster mit Holzladen, und vor diesem Haus mit dem Seestern entdeckte er seinen Cousin, der diesen Blick abgewartet haben mußte, denn er stieß sich gleich an der zweiten Treppenstufe des Hauseingangs ab und kam ihm entgegen. Hürmüz wandte sich ihm zu, und nachdem sie beide in einer langen Umarmung geschwiegen hatten, erfuhr er … keine weiteren Details ihrer Liebe. Letztes Jahr trieben tote Möwen ans Land, in der zweiten Septemberhälfte, sie waren plötzlich vom Himmel gestürzt, und seither hieß die Stunde, da es geschah, ›die Teestunde, in der die Möwen an Herzschlag starben‹, und jetzt, zwischen drei und vier Uhr nachmittags, schauten die Augenzeugen der Begebenheit hoch zum Himmel: Es flogen die Möwen kreischend durch die Luft. Sie trauten dem Frieden nicht und folgten dem kleinen Schwarm mit den Augen, in einer Stunde würde ihr Mißtrauen schwinden, in dieser Stimmung erregte jeder Fremde, dem man den Touristen nicht ansah, ihre Aufmerksamkeit. Einige wenige Einheimische betrachteten den Mann im schwarzen Mantel, er verabschiedete sich von seinen Bekannten und schlenderte an den

Ständen entlang, blieb an einem Schmuckstand stehen, bat um Erlaubnis und nahm eine Halskette in die Hand, befühlte sie und legte sie wieder zurück auf das Samttuch.

All das, was vom Himmel fällt. All das, was sich im Sturz auffächert, Flügel, Arme, Beine. All das, was sich nicht mehr regt, später am Boden. All das – er dachte darüber nach. Worüber hatten die Greise gesprochen? Wieso hatten sie ihn gemustert? Wie hatte ihn Herr Göktürk genannt? Einen frisch Vernarbten, der jede große Anstrengung meidet. Die Greise blickten aus Paillettenaugen hinaus, so seltsam es auch war, das zu denken, ihre Augen glimmten an kleinen Stellen im Weiß immer wieder auf. Und sie glaubten in ihm einen Empfindsamen gefunden zu haben, der ihnen verraten sollte, was die kreisrunden Schlupflöcher des jenseitigen Lichts bedeuten sollten. All das, was zwischen Himmel und Erde hängt, es fällt nicht, es schwankt nicht, es schwebt.

Und ein herrenloser Hund, ohne Leine und ohne Halsband, nagte an seiner Hinterpfote, da aber, als hätte ihn etwas aufgeschreckt, schaute er mit blicklosen Augen ins Leere, der Schuhmacher hatte den Hund unter dem Tapeziertisch nicht bemerkt, ein Bärtiger bog Silberdraht um falsche Steine und verkaufte sie als Talismane. Sie kamen ins Gespräch, es ging darum, ob Glücksbringer ein Mittel gegen die herrschende Entmutigung wären oder nicht. Oder nicht, sagte der Bärtige, ich verdiene nur das Geld für Zigaretten und eine Jeanshose. Gutes Zeichen, daß der Hund dir folgt, rief er ihm nach, und tatsächlich, er … nein falsch, sie trottete ihm hinterher und schielte ihn aus einigem Abstand an, als er klatschte, um sie zu vertreiben. Dieses Viertel war ein einziges Freiluftmuseum, ein Mythos, ein Laufsteg für junge Männer in Militärstiefeln ohne Schnürsenkel, man konnte getrocknete Trauben ohne Kerne, Knappstrupper aus Plastik und Pflanzen mit Wurzelballen kaufen, oder auch Talismane, man zählte dem Verkäufer das bißchen Geld in die Hand, und er bestand auf einer

Dreingabe, weil er nicht als Drahtwickler gelten wollte, und also sprach er das neumodische Wort ›Laufbahngestaltung‹ aus und gab den Ratschlag, in jenes Geschäft in der Parallelstraße einzutreten, das auch Umstandsmode führte.

Aus einer Laune heraus tat er es, vielleicht hatte er mit dem kleinen Wunder gerechnet, daß sein Mobiltelefon endlich klingelte, statt dessen traf er seinen Cousin und Hürmüz vor einem Regal mit weiten Kleidern an, sie waren von diesem Zufall nicht sehr beeindruckt. Hast du dich mit dem Gesindel angefreundet? sagte sie, und weil ihm ihre scherzhaft gemeinte Bemerkung kein Lachen entlockte, fügte sie hinzu, daß sie selbst der Creme des Gesindels angehörte, sie putzte in Zügen, zu ihren Arbeitsrequisiten gehörten ein schwarzer Wassereimer, eine schwarze Mülltüte und eine Bürste mit roten Borsten. Falsche Worte. Falsche Einzelheiten. Draußen die Hündin, ihre Zitzen verschmutzt, sie stülpten sich aus ihrem Bauch wie große Muttermale. Er streichelte sie, sie ließ es zu, Haare von ihrem Fell trug der leichte Wind davon. Dann verhandelte er viel zu lange mit einem netten gläubigen Taxifahrer, der sich erst einmal weigerte, einen Straßenköter durch Istanbul zu chauffieren, was brächte es ihm ein, fromm und gütig zu sein, wenn er nach der Fahrt Rücksitz und Fußraum saubersaugen müßte, was wäre wirklich sein Gewinn, und der Fahrgast sollte ihm gefälligst die Antwort nicht schuldig bleiben. Nichts, sagte der Schuster, kämen Sie meiner Bitte nach, bliebe Ihre Seele trotzdem ungeschont. Das schien den Mann zu beeindrucken, und er breitete die Wirtschaftsseiten seiner Zeitung auf dem Rücksitz aus, die Hündin wollte ihm das Gesicht lecken, er ließ es geschehen und strich mit dem Jackettärmel über Stirn und Wangenknochen, und dann fuhren sie zu dritt durch die Stadt.

Eine Weile schwieg er und prüfte nur im Rückspiegel, daß die Hündin auch ruhig blieb, er hatte den Schuster vor dem Einsteigen darum gebeten, sie davon abzuhalten, seinen sonnenverbrannten Nacken zu lecken. Dein Hund ist nicht aus der Unterwelt hervorgekrochen, sagte er plötzlich, ich bin mir da ziemlich sicher – die entscheidende Frage lautet: Was findet sie an dir? Oder hast du ihn seinem Besitzer geraubt? Um Gottes willen, nein, rief der Schuster aus, die Hündin ist mir zugelaufen, ich werde ihr den Napf füllen, und wir werden Freundschaft für zwei Tage schließen, ich besuche meine Eltern in Ankara … Er würde seine Mutter zu überzeugen versuchen, diese Hündin in die Familie aufzunehmen, sie hatte weißblonde Wimpern und vielleicht zwei oder drei Zecken im Fell, keine große Sache, sie stubenrein zu erziehen, bestimmt knurrte sie nur, wenn man zu schnelle Bewegungen machte oder sie in einem Zimmer in der Wohnung einsperrte.

Kaum stieg er aus, hörte er jemanden vom Dunkel des Turmschattens ihn rufen, und als er mit der Hündin … mit Belinda in dies Dunkel trat, sah er den Schwiegersohn von Herrn Erkan auf der Parkbank sitzen, er starrte die Hündin eine Weile an und fragte aber nicht nach. Sie knurrte kurz, und als der Schuster ihm übers Fell strich, beruhigte sie sich und fiel auf die Flanke, jetzt konnte er, der von einem räudigen Köter Angeknurrte, der von Wein Eingestimmte, endlich frei reden, vor diesem Schuhsohlenklopfer war es ihm möglich, und Timur sprach, er sprach von dem etwa siebenundsiebzig Meter hohen Turm, er sprach von Achmed Tschelebi, vor Jahrhunderten hatte er sich Adlerflügel angeschnallt und vom Südwind davonwehen lassen, und nach der Legende wäre der Sultan über die Außerkraftsetzung der Ordnung derart erschrocken gewesen, daß er Tschelebi fast hinrichten ließ, aber auch nur fast, ein Luftsprung erschütterte den Herrscher. Und vielleicht hätte der Schreck, der über die Monate nicht verklingen wollte, ihn dazu verleitet, seinen Erstgeborenen von zwei Taubstummen töten zu lassen. Der Wahn, die Angst als die Quelle des Wahns. Hielte er, der Mann aus Deutschland, ihn für einen Getriebenen? Ich weiß nicht, sagte der Schuster, ich werde in diese Geschichte gegen meinen Willen hineingezogen, dabei bin ich ohne Ehrgeiz …

Er hielt sich zugute, den Schwiegersohn nicht beschämt zu haben, es war zu spät, um ihn aufzurichten, der Talisman, der in seiner Faust glühte, gab ihm Trost, er sah Katzenköpfe in der Dunkelheit und Phosphoraugen, die Hündin … Belinda schlief zu seinen Füßen, ein Schauer jagte über ihre Flanke. Zwischen zwei Dächern stieg dünner Rauch auf, es war die Zeit, da die Kastanienröster ihre Kohlenbecken frisch bestückten, und bald würden die Hodschas der kleinen Moscheen langsam die Wendeltreppe im Minarett hochsteigen, das Mikrofon zuhalten, ihre Kehle freiräuspern und dann das Gebet ausrufen. Timur aber war der ungeratene Verwandte des Herrn Erkan, obwohl er noch zu seinem Glauben stand, brach er unter der Last der eingebildeten Sünden zusammen, als eingebildeter Sünder fiel es ihm leichter, jenes Mixgetränk weiterzutrinken, das die gehobenen Säufer in den Bars den Aufzug zum Scheiterhaufen nannten: doppelter heimischer Rum und Cola, im Verhältnis zwei zu fünf. Timur trank maßlos an manchen Tagen – gab es einen Grund? Nein. (Doch. Eigentlich nicht, aber doch. Seine Hautärztin hatte ihm das große Muttermal an der Ohrmuschel entfernt, es war trotz der örtlichen Betäubung leicht schmerzhaft. Danach begab er sich in die nächstbeste Kneipe und ließ sich von dem Barmann beraten, ob er gepanschten Wein oder etwas anderes trinken sollte. Etwas anderes verhieß einen schönen Abend. Vier Gläser später mußte man ihn vor die Tür setzen, wegen des Pflasters am Ohr nahm man auf ihn Rücksicht und schubste ihn nur hinaus.)

Er sollte ihm endlich antworten, hielte er ihn für würdelos? Nein, sagte der Schuster diesmal mit fester Stimme, aber verrate mir, was hier vorgeht. All diese Alten sind besorgt, sagte Timur, am liebsten würden sie zugeben, daß ihnen die Kräfte schwinden. Kommt das Phänomen vom Teufel? Dann müssen sie sich mit dem Gedanken anfreunden, daß sie in der Vergangenheit einen folgenschweren Fehler begangen haben. Darüber zerbrechen sie sich den Kopf. Tadellose Greise, das sind sie. Kommt das Phänomen von Gott, den ich hiermit um Vergebung bitte, weil ich sein Gebot nicht befolge … Kommt es also von Ihm? Das würde die Alten um ein Vielfaches mehr beunruhigen. Sie haben einmal über ihre verbliebene Lebenszeit gesprochen. Zehn bis fünfzehn Jahre noch. Zehn bis fünfzehn Jahre Ungewißheit. Was kann Gott ihnen bedeuten wollen? Daß sie ihre Läden aufgeben? Daß ihnen ihre Ruhe nicht vergönnt ist? Und das Schlimmste daran ist, daß ich meinem Schwiegervater eingeflüstert habe, diesen verdammten Brief zu öffnen. Ich stecke mit drin. Also, mein Angebot, was wäre, wenn du verkündest, du wolltest sterben, weil deine Liebe nicht mehr zählt – wir haben es alle erfahren. Was wäre, wenn du deinen Luftsprung vom Turm andeutetest? Ich weiß, daß du nicht die Absicht hast, dich zu töten. Aber so könnten wir die Alten dazu bringen, einen Sinn zu sehen, und sie würden plötzlich verstehen … Bist du dir sicher, daß dieser Hund keine Krankheiten überträgt?

Konga rief beim Alteisenhändler an, der ihm vorwarf, seine Zeit zu vergeuden, und trotzdem gab er seiner Tochter den Auftrag, erst bei der närrischen Witwe und dann bei der Großmutter der Brüder vorbeizufahren, sie sollte den Damen sagen, daß es den beiden gutging und sie sich, wie versprochen, höflich benahmen, sie baten um Verzeihung: Es würde viel mehr Zeit in Anspruch nehmen, das Weckglas mit Boza füllen zu lassen. Ihr atmet doch nur im Vorbeigehen das Parfüm der jungen Frauen ein, dachte der Händler, sollen sie sich mit euch abgeben und euch aus der Hand lesen? Konga bezahlte für den Anruf und gesellte sich zu Asul, dem die Henkel der Plastiktüte in das Handgelenk schnitten, er hatte eine neumodische Art, eine Tüte zu tragen, und vielleicht deshalb starrte der alte Mann inmitten der Lampen sie an. Asul winkte ihm mit der freien Hand zu, sie fingen an, die Aufmerksamkeit der Städter auf sich zu lenken, vielleicht war es ein Fehler gewesen, in dieses Geschäft der tausend Glühbirnen einzutreten. Nun aber gingen sie los.

Die Tage des sanften Terrors. Ein Tag der Belehrung. Ein Volksbefreier hatte, unter einem motorölgetränkten Blaumann und den Scherben einer Ketchupflasche versteckt, in einem Mülleimer Sprengstoff deponiert, und die Bombe ging zur Feierabendzeit hoch. Die Druckwelle erfaßte einen Straßenkehrerwagen und klemmte ihn in den Eingang der Gasse, aus der die Brüder hätten fünfzehn Schritte später heraustreten wollen. Sie blieben verschont. Sie wurden geschützt. Die Glas- und Nagelgeschosse bohrten sich nicht in ihre Körper, auch nicht in den Körper des Straßenkehrers, der im Moment der Detonation mit der Gabel ein Hackfleischbällchen in zwei ungleiche Teile zerteilte. Der Koch hatte dem Fleisch zuviel zerhäckselte Petersilie beigegeben, und er wollte gerade aufstehen und zornig werden – er blieb sitzen. Am Ende der Vorstellung des Staatsfeindes lagen viele einfache Angestellte, ein Karottensaft- und ein Schalverkäufer und ein kurdischer Polizist verletzt am Boden. War das ein unverzichtbarer Schritt im Kampf um die vollkommene Welt, und würden nur noch vierzehn Schritte fehlen? Hatte der Aktivist, dem man wenige Monate später eine Plastiktüte über den Kopf stülpen würde, im Keller einer Betonruine, weit draußen jenseits der Vororte ... hatte der Aktivist eine häßliche, aber notwendige Tat begangen? Der Anschlag galt niemand Bestimmtem, er sollte – um im Jargon der Organisation zu sprechen – das Vertrauen der Bürger in den Staat erschüttern. Keine Toten.

Das Weckglas zerbrach. Es schrillte in ihren Ohren. Deshalb konnten sie die Frau nicht hören, sie stand am Fenster und fragte laut, ob sie Hilfe brauchten. Die Brüder saßen einfach nur auf der Bordsteinkante und glotzten auf den Gummiring und die verbogene Klammer, die noch am Glasdeckel hing, und als die Frau Asul sanft an der Schulter berührte, erschreckte sie ihn sehr. Sie folgten ihr in die Wohnung, sie sagte, sie müßten ihren Schock herausfließen lassen, erst verstanden sie sie nicht, obwohl sie fast schrie, dann begriffen sie und wurden verlegen, und weil sie Asul an der Schulter drückte, ging er vor. Konga schloß sich für lange Zeit ein, und in diesen Minuten zitterten die Maisseidenbarthaare ihres Vorhangs, und es war keine Wolke zwischen ihnen, für eine Umarmung war es aber noch viel zu früh, die schöne Fremdheit zwischen ihnen wäre abhanden gekommen. Fremd war er ihr, fremd war sie ihm nicht.

Ich muß es fragen, sagte sie, ihr habt damit nichts zu tun, oder? Nein, sagte Asul, es gibt keine Kraft mit bindender Wirkung, keine spezielle Sicht für uns. (Und schon wieder der Versuch, bloß keine Hügelwildenvokabeln zu benutzen, auch dann nicht, wenn man am liebsten fluchen würde, fluchen über den Dreckskerl, der von großen Dingen träumte und das Blut der anderen als ein Ding ansah.) Also hat es wieder begonnen, flüsterte sie, Asul konnte ihr weder recht geben noch ihr widersprechen, denn er hatte nur gesehen, daß sie ihre Lippen bewegte, das Schrillen hatte ihre Worte übertönt. Jetzt erzählte er ihr fast schreiend von seinem Ungeschick und zeigte ihr einen gerissenen Henkel der Plastiktüte. Man wüßte nie so recht, was die Witwe vom Ziegelscherbenhaufen ausheckte, wenn sie leer ausging, doch sie hatten um einen kurzen Aufschub der Frist gebeten, Konga hätte bei dem Elektronikherrn telefonieren dürfen – kannte sie ihn? Er ist der Greis, der etwas Ungeheuerliches gesehen haben will, sagte sie, und Asul wurde enttäuscht, da sie ihm die ganze Geschichte vorenthielt. Er fühlte die Gegenwart seines Bruders hinter seinem Rücken, Konga glotzte die Holzmasken an der Stirnwand des Wohnzimmers an und überlegte, ob diese Frau, mit der sich Asul auf dem Fährschiff unterhalten hatte, ihnen gefährlich werden konnte: Die erstarrten Gesichter auf dem Grund der Rosentapete waren kein Ausweis einer neutralen Gesinnung. Ich lehre Völkerkunde, sprach sie zu ihm, und das sind Fälschungen, ich halte sie für schöne Schmuckstücke …

Jetzt endlich traute sich Konga, das Wort an sie zu richten, wie ist es in der Nacht, sagte er, wie ist es, wenn Sie durch das dunkle Zimmer gehen, weil Sie der Nachtdurst quält, wie ist es, von diesen finsteren Fratzen angegrinst zu werden? Was hängt denn bei Ihnen an der Wand? fragte sie zurück. Ein Abrißkalender, sagte Asul, eine Uhr, die immer stehenbleibt, man muß sie alle drei Stunden aufziehen, das ist aber die Mühe nicht wert, und an der Präsentierstelle der Wand hängt das Hochzeitsfoto unserer Eltern, den Rahmen haben wir selbst gebastelt … Sie hörten die Sirenen der Polizei- und Ambulanzwagen, sie hörten ihre Nachbarn die Treppen hinunterpoltern, sie würden am Straßenabschnitt des Terrors so lange ausharren, bis die Reporter eintrafen, und was die Kamera erblickte, war wahr, also würden ihre über die Schultern des Reporters ragenden Köpfe für eine halbe Minute die halbe Minute und die halbe Wahrheit ihres Alltags überragen. Fast war sie versucht, den Brüdern einen Rat zu geben: Geht wieder hinunter und stellt euch auf, eure Angehörigen und Bekannten in eurem Viertel werden euch im Fernsehen entdecken, und es wird sie beruhigen. Statt dessen streckte sie die Hand aus und nannte ihren Namen, Tamara, die Brüder beeilten sich, ihr die Hand zu geben, draußen die Angst, hier drinnen die Scham, zwei Männer und eine Frau, es galt, sich als ordentliche Gäste zu verhalten, sie hatte Asul und Konga zwar mehrmals aufgefordert, Platz zu nehmen, doch sie standen lieber, und da stürmte sie aus dem Zimmer und kam kurze Zeit später mit einem großen Glas mit eingelegten Gurken und Auberginen zurück.

Wir haben dir zwar unser Versprechen gegeben, aber wir haben nicht mit der Bombe gerechnet, sagte Konga, diese nette Volkskundedame hat uns in einem Notfall geholfen. Du darfst dich also über dieses Geschenk freuen. Ja, sagte die Witwe und ächzte, als sie ihre Unterwäsche in Übergröße in die Seifenlauge drückte, sie spannte die teebefleckte Stelle über die Faust und rieb hart mit dem Ärmelstoff darüber. Sie sahen ihr dabei zu: Seifenblasen bildeten sich an der Innenwand der Plastikwanne, das Wasser spritzte ihr auf die Bluse und auf das verkniffene Gesicht. Die Männer würden wieder einen Grund haben, sich über die Widersetzlichkeiten des Weibes das Maul zu zerreißen, einige unter ihnen zogen es sogar vor, mit den Brüdern zu brechen, denn keine anständige Frau wusch kurz vor Mitternacht öffentlich ihre … ihre Unterkleider, und kein junger Mann durfte ungerührt daneben stehen – man hatte sie schon verwarnt, zwei Male, drei Verwarnungen ergaben eine harte Strafe.

Nun ließ sie sich einfach auf den Boden fallen und klärte sie über die schreckliche Begebenheit auf: Ich verspiele keine Gelegenheit, um zu danken und mich dankbar zu zeigen. Erst also das. Erst einmal danke ich der Volksdame. Was beschäftigt mich seit einigen Stunden? Ich kenne den Bombenleger. Nicht persönlich. Man müßte von unserer Hügelspitze auf zwei Hügelspitzen springen und am zweiten Hügel kurz dem Wind folgen, und man stünde vor der Tür seines Vaters. Über ihn heißt es, er wäre kein Mann zum Heiraten. Aber er hat sich eine Frau genommen, die ihm fünf Kinder geboren hat, und das zweitjüngste Kind, nun ja, das ist er. Er lispelt oder stottert nicht, er hat keinen Klumpfuß oder einen Buckel, er muß also nicht mit dem Schicksal hadern. Die Propaganda. Sagen die einen. Faulheit. Sagen die anderen. Und dann die Weisheiten. In einer Grube voller Schlangen ist es besser, eine

Schlange zu sein. Sagt wer? Sagt der Betreiber des Lokals, in dem die Hügelbauern sitzen und trinken, sitzen und trinken. Vorhin kam wieder einer vorbei und musterte meinen Körper. Ich habe ihm zugerufen, er sollte im Lokal verkünden, daß er dem schamlosen Weib nachstellt. Da rief er zurück: Die Großtante eines Terroristen sollte lieber schnell Freundschaften schließen. Ich habe ja nichts zu befürchten, vielleicht tauchen bald Polizisten auf und befragen die Wilden, und dann kommen sie zu mir und befragen mich über den Kerl. Ich werde ihnen verraten, daß mich meine Verwandten nicht ausstehen können. Ich habe sie an keinem Tag meines Lebens geliebt. Mich beschäftigt also etwas anderes. Kann es sein, daß du, Asul, ein bißchen Farbe um die Augen bekommen hast? Du überreichst mir das volle Einmachglas wie einen Pokal, und dann lautet dein erster Satz: Sie hat es mir zum Weitergeben geschenkt. Ich mußte dir das Glas fast aus der Hand reißen. Also glaube ich, Konga kommt um vor Wut, weil er viele Tage vor sich hat, an denen er den Stadtfrauen heimlich nachschauen wird. Du aber kehrst zurück zum Hügel, und ich denke bei deinem Anblick: Der ist schwer verletzt. Und noch etwas. Ich bin natürlich zu eurer Großmutter geeilt, sie sprühte gerade Blattglanz auf die Stellfläche der kaputten Kommode, ich habe ihr so oft gesagt, daß man dafür Möbelpolitur benutzen muß, auch diesmal war ich kurz davor, ihr in den Arm zu fallen. Ich habe mich aber beherrscht.

Und dann sprachen wir, sie polierte mit dem falschen Mittel, ich versuchte, ihr dabei nicht zuzusehen. Wir sprachen. Worüber? Der Hügel zwischen unserem Hügel und dem Hügel der Bombenleger stinkt wie eine Müllhalde. Und wenn der Wind in unsere Richtung weht, stinken wir hier auch. Wir haben uns also erst über den Müll der anderen und dann über unseren Unrat unterhalten. Da hielt ich es nicht mehr aus und erwähnte die Verwüstung, sie hörte sofort mit dem Polieren auf. Natürlich war sie kurz davor, in Ohnmacht zu fallen. Ich habe das kalt gestellte Kölnisch Wasser aus dem Kühlschrank geholt, ich habe es ihr auf die Handgelenke gerieben. Das Band ist nicht zerrissen, sagte sie, sie sind noch am Leben. Sie ließ die Pupillen zu den inneren Augenwinkeln wandern. Ich kenne ihre Stimmung, wenn sie bewußt schielt, sie bekämpft ihre aufkeimende Angst durch Kopfschmerzen. Denn vom Schielen bekommt man nach wenigen Minuten Kopfschmerzen. Sie hält mich wie die anderen Hügelbauern nicht für den richtigen Umgang. Aber diesmal hat sie eine Ausnahme gemacht. Sie sagte: Diese Kinder sind junge Männer, und sie kommen um vor Verlangen, sie müssen bald heiraten. Ich kenne euch nicht gut genug, ihr seht mir nur nicht so aus, als würdet ihr eine Dummheit begehen. Ihr solltet nicht so früh verdummen. Sehr viele halten es für klug, eine Familie zu gründen, und sie haben recht damit. Doch ihr beiden, und auch der Bombenleger, könnt euch glücklich schätzen. Asul hat bald eine Freundin, und du, Konga, wirst auch bald ein augenbrauengezupftes Mädchen finden …

Sie sprach noch eine ganze Weile, das Seifenwasser war mittlerweile kalt, sie wünschten ihr guten Appetit beim Verzehr der eingelegten Gurken und Auberginen, und auf dem Nachhauseweg dachten sie über ihre Verteidigungsstrategie nach: Die Großmutter würde ihnen einen heißen Empfang bereiten. Denn im ›Buch der verborgenen Wunder‹ gab es Rat für jeden Anlaß, und sie blätterte jeden Tag darin. Ein heiliger Mann, einer, der vorgab, in den alten Schriften Rezepte entdeckt zu haben, Rezepte gegen heutige Irrtümer, hatte in diesem seinem Wundertraktat auf das Privatgrundstück der Frauen im Paradies hingewiesen. Ein grün schillernder Fluß zerteilte die erfüllten Sehnsüchte, er floß durchs Land des Himmels, und Buchstaben stiegen auf vom Grund und fügten sich zu Sätzen, die nur die Frauen unter den Paradiesbewohnern lesen konnten. Und manchmal plumpste ein Geheimnis vor die Füße eines Mannes in diesem Leben, er schrieb es nieder, für die Töchter, die Mütter, die Großmütter – sie würden dieses Grundstück früh genug betreten. Asul und Konga standen draußen am offenen Fenster, die Großmutter bewegte beim Lesen die Lippen, als Buchablage diente ein zerschabter Münzteller. Sie blickte auf und sagte: Hier steht etwas von eßbaren Wiesenblumen, die gegen unangebrachte Heiterkeit helfen sollen. Vielleicht sollte ich einen Strauß zusammenrupfen und ihn der Witwe überreichen.

Mein Vater, der Mann. Ein Jahr und einen Monat war es her, daß ich ihn das letzte Mal gesehen hatte, damals wie heute trug er eine graue Stoffhose, ein Hemd mit blauen Streifen, schwarze blankgeputzte Schuhe, und seinen Bart hatte er am oberen Lippenrand gestutzt: Ich sah ihn mir entgegenkommen, und ich schämte mich, daß ich sein Gesicht nach einem Kissenabdruck absuchte. Doch er verbarg jede Altersschwäche vor mir. Meine Mutter, die Frau. Sie sollte mir schon nach zehn Minuten im Taxi verraten, daß den Tschechen wegen der kommunistischen Erziehung nicht zu trauen wäre, und ich schwieg höflich, über meiner Liebe Blumenmuster mochte ich nicht sprechen. Auf der Fahrt vom Flughafen zur Innenstadt sah ich zu beiden Seiten der Schnellstraße zweistöckige Betonquader, die Schalungssprießen ragten aus dem Sockel heraus und reichten bis zur Stahlbetondecke oder waren im rechten Winkel verschwertet, bunte Bänder hatte man an einigen Sprießen geknotet, sie flatterten wie Kinderflaggen in alle Richtungen. Seltsam doch, dachte ich und sprach es aus, seltsam, wirklich junge Frauen pflocken in der Nähe der leeren Sarkophage von Heiligen Stecken und Stäbe in die Erde, und sie zerreißen ihre Haartücher in lange Streifen und binden sie um die Wunschlatten. Dann beginnen sie, ihre Bitten vorzutragen: Bitte tue das Wunder, daß meine Schwiegermutter einen Hustenanfall bekommt, jedesmal, wenn sie mit mir schimpft. Bitte tue das Wunder und lege mir die viel zu großen Ohren an, ich versuche sie unter dem Haar zu verstekken, doch meine fleischigen Ohrläppchen verraten mich … Seltsam wirklich, daß die Frauen zu den Baustellen pilgern, obwohl hier weit und breit keine Heiligen begraben sind. Sogar an den Tragebeinen des Zementsilos flattern Stoffetzen, auch an den Streben unter dem Führerhaus des Drehkrans. Was bedeutet das?

Ich bekam auf meine Frage keine Antwort, und als wir eine Stunde später am gedeckten Tisch saßen, schaute mich mein Vater plötzlich an und fragte mich, ob ich obskuren Ideen anhinge, die ungebildeten Schichten wären anfällig für jede Art der Verführung, zwei Hände, drei Füße, Lenkrad, Schaltknüppel und drei Pedale, das Zusammenspiel ließ ein Automobil fahren, genauso wären Himmel und Erde Produkte eines technischen Meisters. Eine Widerrede an diesem Abend des Wiedersehens kam nicht in Frage, ich konnte nicht über Aneschka und über meine Ausbildung zum Schuhmacher sprechen, also erzählten sie von der Wertsteigerung der Immobilien, das teure Hotel war fertiggestellt worden, und seitdem hatten sie Anrufe von Maklern bekommen, der Kauf einer Wohnung in näherer Umgebung des Hotels galt als vernünftige Investition.

Nach dem Essen packte ich meinen Koffer aus, ich hängte die Hemden über verbogene Drahtbügel, ich stopfte die frischen Unterhosen und Strümpfe in eine leere Schublade des Arbeitstisches, den man an die Wand geschoben hatte, um für das Klappbett Platz zu schaffen, und dann übergab ich meiner Mutter zwei Briefumschläge mit je zwei großen Geldscheinen. Sie bezogen eine knappe Rente, sie hatte Zucker, er litt an Herzrhythmusstörungen, einmal im Monat aßen sie draußen Hamburger und Pommes, ich war ihnen keine große Hilfe. In diesem kleinen Zimmer werde ich also die nächsten Nächte schlafen, dachte ich und trat zum Rauchen auf den Balkon, es roch nach verbrannter Holzkohle und nach einer alten Stadt. Auf dem Balkon der Dachgeschoßwohnung gegenüber sog eine junge Frau immer wieder an ihrer Zigarette, und jedesmal, wenn sie die Asche abklopfte, machte sie sich klein und nestelte nervös an den Blusenschulterpolstern. Das mußte die Putzfrau sein, von der man sich in dieser Straße erzählte, sie wäre vom Vater an einen sechzigjährigen Mann vermittelt worden, und eigenartigerweise hätte sie ihn bedrängt, diese Ehe zu arrangieren. Die Frauen, die sie zum Saubermachen dingten, rieten ihr davon ab. Sie sollte ihr Herz verschließen und das Geld beiseite legen, die Frau regierte den Mann, und ein Greis war aber unregierbar. Jetzt entdeckte sie mich und winkte mir zu, als ich aber zurückwinkte, warf sie die brennende Zigarette über die Brüstung und floh in die Wohnung. Ich hörte meine Mutter hinter mir auflachen, sie ist wenigstens keine Muttermörderin, sagte sie, und ich fiel in ihr Lachen ein. Im ganzen Land sprach man dieser Tage über die mordenden Töchter aus gutem Hause, eine Frau hatte den Anfang gemacht und sehr schnell Nachahmerinnen gefunden, mittlerweile waren fünf Mütter eines häßlichen Todes gestorben. Natürlich sprachen die Psychologen von Affekthandlungen, natürlich lagen sie damit falsch. (Kein Intellektueller in den türkischen Großstädten Istanbul, Ankara und Izmir würde eine andere Meinung vertreten – es gilt als schick, den Toten für tot und den Mörder für nicht mörderisch zu halten. Gut und böse: Kinderglaube. Ein gewendeter Intellektueller wird aber irgendwann, wenn man ihm denn die Aufmacherseite des Kulturteils freiräumt, von seiner neuen Volksnähe erzählen. Was meint er damit? Freier Verkehr der Waren und gottgefügtes Oben und Unten.)

Der Hausmeister hatte mir die Koffer hochgetragen und mich als der junge Herr des Hauses angeredet, nun sah ich ihn unten an der Gartenmauer lehnen und verträumt die Krähen und die Katzen betrachten. Die Männer von der Müllabfuhr streuten das Gerücht, es wären die Anarchistensöhne dieses reichen Viertels, die die spätabends vor die Bordsteinkante gestellten Plastiksäcke zerbissen und zerrupften. Nicht das Getier, aber das Gemensch würde sich in Abfall vergreifen. Das Gemensch kaufte Silvesterraketen und brannte Feuerwerk ab in den Stunden, da die Bürger schliefen – das Gemensch, das schworen die Müllmänner, waren die Universitätslinken, ihnen trauten sie jede Gemeinheit zu. Hasan, der gute Hausmeister, wußte um die Wahrheit, er wußte, daß die Katzen und Krähen hinter Büschen und Kaminen verschwanden, wenn der Müllwagen die steile Hauptstraße hochfuhr, um dann in ihre Straße abzubiegen. Er wußte auch, daß der Hund des jungen Herrn, der auf dem Balkon stand, im Heizkeller gut aufgehoben war, bald wäre der Vater besänftigt und würde ihn in der Wohnung dulden, und in wenigen Wochen gehörte es bestimmt zu seinen Aufgaben, den Hund … nein, die Hündin auszuführen. Die Absichten der Putzfrau aber konnte er nicht ergründen – was genau führte sie im Schilde? In Gegenwart anderer Dörfler in der Stadt verhielt sie sich unangemessen. Seine Frau hatte sie zur Rede stellen wollen, und sie hatte ihr plötzlich die Wange getätschelt, das tat man nicht, wenn man selbst vom Dorfe kam. Sein Sohn war Anhänger der Fußballmannschaft, deren Spieler er für anbetungswürdig hielt, der Hausmeister empfand also im Herzen eine Vatersorge weniger, und doch … was konnte er von einem heranwachsenden Mann halten, der von den Pfützen schwärmte, in denen sich seine Schuhsohlen spiegelten? Die Pfützen auf den Gehwegen nach dem Regenfall. Zum Gemensch gehörten seiner Meinung nach nicht die flüsternden Vatersöhnchen, denn tatsächlich schwärmte der Junge im falschen Ton von den falschen Dingen. Er und diese Dienerin des Hauses und vielleicht auch der ihn begaffende junge Herr auf dem Balkon, sie verhielten sich wie die Hündin, der außer ihm keiner zu nahe kommen durfte, seine Frau Gülseren hatte das Knurren nicht abgeschreckt, und nun erzählte sie den Hausmeistergattinnen, wie furchtbar es war, wenn ein Hund aus nächster Nähe einem ins Gesicht bellte. Er drehte sich um und schaute hoch – weg.

Mein Vater steckte die Lesebrille ohne Bügel auf die Nasenspitze und musterte das Foto, auf dem Aneschka im Dreiviertelprofil zu sehen war, ich sagte, daß ich sie zur Ballkleidprobe begleitet hatte, sie entschied sich für eine Robe in Rosa, und während der Anprobe war ich mit ihrem Vater in einen Streit geraten über die Farbe des Abendhimmels: Ultramarin hell oder Cölinblau dunkel? Ich wußte es nicht wirklich und mußte mich aber vom Stoffrascheln in der Kabine ablenken. Es ging unentschieden aus, Aneschka trat plötzlich in einem stierblutroten Ballkleid heraus und bat mich leise darum, eine Flasche Wasser für sie zu besorgen. Und, hast du ihre Bitte erfüllt? sagte meine Mutter. Ja, sagte ich. Dann betrachtete meine Mutter das Foto, und ehe sie mit mir wegen eines vermeintlichen Fehlverhaltens schimpfen konnte, klingelte das Telefon. Sie stand sofort auf, drückte den Telefonhörer ans Ohr, meldete sich mit ihrem Mädchennamen, sie lauschte einige Minuten und legte auf. Dein Onkel bittet uns alle nicht um Cola gegen den Durst, er bittet uns um das Unmögliche, er will sich mit der ganzen Sippe treffen, er spendiert jedem Familienmitglied ein Menü mit drei Gängen, und spätestens beim Nachtisch werden wir fröhliche Lieder singen, so ungefähr stellt er sich das vor.

In der drauffolgenden Stille dachte ein jeder von uns wohl über Rückzugsmöglichkeiten nach, und ich erinnerte mich an das Kratzen im Hintergrund, als mein Onkel am Telefon um Worte rang, mit denen er den Neffen auf eine schöne Wendung des Schicksals einstimmen wollte: Seine Frau – meine unmögliche Tante – hatte neben ihrem Mann gestanden und drohend am Stoff seines Hemdes oder Pullovers gekratzt. Man kannte sie aus früheren Tagen, und ihre Lust an Drohgebärden war bekannt. Vielleicht hatte sie ihn auf die Idee gebracht, das Gebetbuch meiner Großmutter ins Spiel zu bringen, vielleicht plante sie mit dem Einverständnis ihres Mannes einen Eklat. Wir berieten über einen Gegenschlag, vielmehr hörte ich zu, und meine Eltern sprachen über die Tage nach dem letzten großen Eklat: Meine unmögliche Tante hatte das Gerücht gestreut, daß sie bei einem Höflichkeitsbesuch von ›einem prominenten Familienmitglied‹ am Kreuzbein getätschelt worden war, in der Küche am Spülbecken. Sie hatte dem männlichen Verwandten den Rücken gekehrt, und dieser hätte sie beim Vorbeigehen dort berührt, wo der Rükken in den verlängerten Rücken übergeht. Entsprach dieser Übergriff den Tatsachen, oder versuchte sie sich in der Kunst der Rufschädigung? Jedenfalls gerieten die Tschetschenenmänner darüber in Zorn, und meinem Onkel blieb nichts anderes übrig, als seine Frau in Schutz zu nehmen. Diese Zeit hieß die Zeit des Gleichgewichts der Unruhe, auf beiden Seiten herrschte ein Unfriede, meiner Mutter, meinen Tanten und meinen Kusinen gingen sehr bald die frommen Sprüche aus. Jetzt aber massierte sie Haifischlebertran in die Haut am Handgelenk, dort hatte sich wegen Pigmentmangel ein weißer Fleck gebildet, gegen diese Vitiligoflecken war meine Mutter machtlos. Sie befolgte dennoch den Rat ihrer Putzfrau, die sie mit Fischöl-gefüllten Flakons belieferte. Sie wird im Kopf meines Bruders sitzen, wenn wir uns mit ihm treffen, sagte sie und hielt ihre glänzenden Handgelenke zum besseren Trocknen hoch, sie wird ihn später verhören und ausquetschen, bei ihr zu Hause, erst springt sie natürlich aus seinem Schädel … Gegen die Müdigkeit konnte ich nicht mehr ankämpfen, und meine Mutter legte mir einen gebügelten Frotteepyjama meines Vaters auf das Bett, ich schlüpfte in die Hose, mußte sie aber wegen des ausgeleierten Gummibands an der Hüfte festhalten. Was kam auf mich zu, wenn sie nicht mehr anrief? Ich verlor nicht alles auf einmal, ich verlor in Portionen und Teilbeträgen. Kurz vor dem Einschlafen hörte ich es an der Tür klingeln, ich spürte wenig später Belindas Pfote auf meinem herabhängenden Arm, dann schlief ich ein.

Der Buchverkäufer hatte entgegen seiner Angewohnheit eine telefonische Absprache getroffen und vier Kisten Bücher blind übernommen, und nun, nach einigen Stichproben, warf er vor Zorn eine Handvoll geröstete Kichererbsen in den Mund. Sein Geschäft in der unterirdischen Passage im Stadtzentrum von Kizilay galt als Hort der über vierzigjährigen Männer und Frauen, die das Übersinnliche voraussetzten und es aber für keine relevante Größe ansahen – also konnte Tansu Bej die Traktate schlecht aus den Kisten packen, auszeichnen und in die Regale stellen. Ein Buch trug den Titel: ›Die Vernunft, das Reittier des Herzens‹, ein anderes hieß ›Anweisungen für die tulpenpflückende Dame‹, das war ein dicker Band mit zerfasertem Lesebändchen, das Bucheignerzeichen auf der Innenseite des Vorderdeckels stellte ein gähnendes Erdmännchen dar – gähnte es oder fletschte es die Zähne, so genau konnte man das Zeichen nicht deuten. Tansu Bej entdeckte bei näherem Hinsehen am Kopf des Tieres Hornsprossen und neben den Hinterpfoten zwei Gebilde, die aussahen wie spitze Eckzähne, und also verstand er: Man konnte, wenn man anfing zu glauben, vom horntragenden Teufelsmenschen zum Erdmännchen sich verwandeln. Wer auch immer dies Exlibris entworfen hatte, er bewies einen Sinn für das Ungerade und Krumme, denn nichts und niemand konnte die Höcker zum Verschwinden bringen.

Fast wäre er über diesen Gedanken froh geworden, doch die Ladentür ging auf, und ein Mann kam herein, der komischerweise sofort seinen Blick auf den Band in Tansu Bejs

Händen heftete, und so schwiegen sie beide und blinzelten, bis der Kunde ihn bat, ihm die Unhöflichkeit, nicht gegrüßt zu haben, zu entschuldigen, dann sagte er: Man hat mir einen anderen Laden für gebrauchte Bücher empfohlen, ich war dort und empfand den Verkäufer als geschwätzig. Sie haben sich den Ruf erworben, Literatur für Atheisten und Artisten zu führen. Um ehrlich zu sein, ich hege keine Sympathie für diese Leute, aber ich habe einem inneren Drang nachgegeben und werde wohl mit dem Buch belohnt, in dem sie blättern. Haben Sie schon einen Preis festgesetzt? ... Was sollte er ihm antworten? Wenn sich dieser Mann einen maßgeschneiderten Zweireiher leisten konnte, verfügte er bestimmt über viel Geld; hinzu kam der versteckte Tadel, den er aus seinen Worten herausgehört zu haben glaubte. Er war doch nur ein der Kämpfe und Gespräche überdrüssig gewordener Städter, und er wollte zwar weiterhin Unterhalt für seine geschiedene Frau bezahlen und aber wünschte sich, daß ... die höhere Macht ihn mit der Liebe zu einer jungen Frau belohnte. Er sagte: Das ist ein Ratgeber für Damen, die sich Beistand und Erbauung erhoffen. Ich habe das Vorwort des Verfassers kurz überflogen, er meint, daß man morgens Tulpenmarmelade auf geröstetes Brot streichen sollte, spätestens beim vierten Bissen würde sich das heilige Aroma im Rachenraum entfalten. Er verspricht, die richtige Zubereitung der Marmelade in seinem nächsten Buch verraten zu wollen. Interessant, sagte der Kunde und schaukelte kurz auf seinen Schuhsohlen, vor und zurück, vor und zurück – es könnte nicht schaden, eine getrübte Miene zur Schau zu stellen, dachte Tansu Bej, im Beginn und im Schlußakt einer Verhandlung muß der Verkäufer seinen Unwillen bekunden, sich von der Ware zu trennen. Statt dessen wies er freundlich lächelnd auf das zweite Kapitel hin, das man als allererstes lesen mochte, denn darin werde die Dame darüber aufgeklärt, daß Männer mit dicken Ringen an den Fingern große Listen ersannen, um ihre Absichten zu verschleiern – die gläubige Dame sollte eine hellgelbe Tulpe zerrupfen, vier Blätter in einem nichtreligiösen Buch trokkenpressen und von den Haarrissen im spröden Blatt auf den Charakter des Herrn ihres Herzens schließen.

Herr Tansu schlug den Tulpenband an der richtigen Stelle auf und zeigte dem Kunden die Illustrationen: Ein über das ganze Blatt verlaufender dünner Riß wurde als kommende Entzweiung gedeutet; zwei im rechten Winkel aufeinander zulaufende Striche verhießen in soundso viel Tagen einen schönen Kuß, natürlich nur für den Mann und die Frau, deren Intimität vor Gott legitimiert war. Es ist genau das, was ich mir vorgestellt habe, sagte der Kunde, und er legte einen Geldschein auf den Tisch, an dem Tansu Bej saß, und sie beide sahen zu, wie sich der mehrfach gefaltete Geldschein leicht auffaltete, ein Luftzug wehte die Banknote zur Tischkante, und als er danach griff, vor den Augen des Käufers, als er danach gegriffen hatte, damit sie nicht auf den Boden segelte, glaubte der Mann, Tansu Bej ausreichend bezahlt zu haben. Er aber war nicht zufrieden: Der Verfasser des frommen Ratgebers tat ihm leid. Die Damen, die auf das Rezept der Tulpenmarmelade in diesem Büchlein verzichten mußten, taten ihm leid. Er tat sich schließlich selber leid, weil er heute morgen vor dem gelb besprühten Bankkartenschlitz gestanden hatte und nicht laut geworden war – wieso konnte er nicht wie ein anständiger Bürger einen Polizisten ansprechen und ihn auf die Sauerei aufmerksam machen?

Die Türglocke ertönte, und plötzlich stand eine bekopftuchte Frau neben dem Mann, sie starrte auf das Tulpenbuch und sagte: Ich bin mir sicher, daß er das Rezept von seiner Mutter hat. Er verschweigt sie als Quelle der Inspiration. Das ist schäbig. Davon abgesehen habe ich nichts gegen ihn einzuwenden. Ich habe mir folgenden Satz gemerkt: Wollt ihr alles Kriegsgerät auffahren, um euch ein schmales Grundstück freizuschießen? Schön, oder? (Die Männer waren verblüfft, und sie ließen sich ihre Verblüffung nicht anmerken. Ein Zufall ist eine Indiskretion des Schicksals. Tansu Bej hätte auf Nachfrage zugegeben, daß seine Bestürzung ob der Zufälle in den letzten Wochen ihn zu Grübeleien verleitet hatte. Die agnostische Lehre erklärte das Wenigste. Außerdem wollte er die frommen Schwestern nicht mehr für in Stoff gewickelte dumme Mäuse halten.)

Der Kunde fragte sie, ob sie ihm das Rezept verraten könnte und ob es ihm gestattet wäre, es sich zu notieren, und so schrieb er mit, während sie mit geschlossenen Augen über Zutaten und Zubereitung sprach, man müßte unbedingt Gewürznelken beigeben, eine Unterlassung würde sich auf den Geschmack der Marmelade auswirken. Er klappte das Notizbuch zu, steckte es in seine Jackettasche, lächelte die junge Frau und Tansu Bej zum Abschied an und verließ das Geschäft. In der Passage strebten rasierte Marxisten zu den Buchhandlungen, es fanden sich zwar die wenigsten Bücher auf dem Index, doch konnten diese Menschen sicher sein, daß die Verkäufer ihrem Hang für Konspiration großes Verständnis entgegenbrachten – diese Menschen, dachte Bener Bej, was soll diese greisenhafte Distanzierung, auch ich war ein Linker, jedenfalls so lange, bis die Studentenführer den Ernstfall ankündigten … Sie hatten Wind unter den Achseln, das gestand er mit den Worten seiner Mutter seligen Angedenkens ihnen zu, sie träumten doch nur, und in diesem Traum erwuchs eine böse Lust aus der Kapitulation im wirklichen Leben. Er verstand, was sie antrieb, und er durfte ruhig wie ein alter Mann denken, denn das, was ihn antrieb, war ihnen verhaßt. Bener Bej folgte einer Eingebung und legte den Weg zu seiner Lieblingskonditorei zu Fuß zurück, schon von weitem hörte er ihre Rufe, die Passanten, so sie nicht an schweren Einkaufstüten trugen, waren stehengeblieben und schauten in eine Richtung. Doch er ging weiter. Die Meute zog, kurze Spruchbänder an Lattenpfählen über den vielen Köpfen, durch den Schwanenpark, der die Prachtstraße der Botschaften mit der Laufmeile der Jungen und Schönen verband – die Meute war nicht Gemensch, sie war eine Ansammlung von Wanderschreiern in den falschen Anziehsachen. Wofür traten sie ein? Für mehr klimpernde Münzen in der Hosentasche. Verachtung machte sie schön. Und ehe er den bösen Gedanken weiterfolgen konnte, wurde er von einem am Rande mitlaufenden Mann angesprochen; ich grüße Sie, Herr Onkel, sagte er, und Bener Bej brachte die höfliche Anrede eines Radikalen aus der Fassung, er prallte regelrecht an dem Fremden ab, und das Buch glitt ihm aus der Hand, die der Radikale ergriff, küßte und an die Stirn führte. Der Ratgeber für Tulpenmarmeladeliebhaberinnen lag auf dem Stück Bürgersteig zwischen ihnen, und als ausgerechnet ein Polizist ihn aufhob und dem Mann im Anzug reichte, verstrich dieser Augenblick der Unruhe, er erkannte seinen Neffen wieder und sagte: Du hast dir die langen Haare geschnitten, und du trägst einen gelben Pullover. Zum ersten Mal in meinem Leben, sagte der Schuhmacher, ich komme mir vor, als hätte ich mich verkleidet … Sind das deine Genossen? Sie sind mir vor allem sympathisch, sagte sein Neffe und bestätigte ihn in dem Verdacht, daß er sich nicht wirklich verändert hatte, er war eine Umleertonne für Ideen, und er machte sich immer eine Vorstellung von der Welt, obwohl ihn niemand drängte. Was ist zivilisiertes Verhalten? hatte er ihn vor Jahren gefragt, jetzt erinnerte er sich an seine komische Antwort: Wenn man die Buletten, die man gegessen hat, nicht mehr an den Fingern abzählt, gilt man als zivilisiert. Ist es das versteckte oder das verratene Wohlbehagen – darüber streiten sich die Gelehrten … Und er lud ihn ein, viel zu spät entdeckte er die Zweifachstecker in seiner Hand, das weiße Stromkabel führte zum Hals eines Hundes, der ihn seelenruhig anstarrte, nein, er schaute ihn neugierig an. Beißt er die Hand, die ihn streichelt? sagte er, und ohne die Antwort abzuwarten, kraulte er ihm … kraulte er ihr den Kopf. Wenig später saßen sie auf dem Balkon der Konditorei, Bener Bej hatte den protestierenden Hauptkellner einfach bestochen, und Belinda durfte sogar vom Teller zwischen den Stuhlbeinen unter ihrem Tisch gefüllte Krapfen in süßem Sirup fressen. Er fütterte eine unbekannte Hündin, und er sprach mit einem fast unbekannten Neffen. Worüber? Über die Muttermörderin. Bener Bej hatte eine Entschuldigungsrede erwartet, wie sie gerne die Auswärtigen hielten, sie wollten, auch und vor allem im Urlaub, nicht davon lassen, die Einheimischen zu beschämen; doch seinem Neffen taten die toten Mütter in ihren Gräbern leid, er verlor kein Wort über die meuchelnden Töchter, er wollte ihn schon fragen, ob Geisterhände das Messer geführt hatten und ob die Entrüstung junger Männer über die Untaten junger Frauen nicht mißverstanden werden könnte. Da legte die Hündin ihren Kopf auf seinen Oberschenkel und schloß die Augen. Er verstand: Kein Streit. Bevor sich die Radikalen in Bewegung setzten, hatten sie der Polizei insgesamt vier Megaphone aushändigen müssen; diesmal gab es keinen Anlaß, sie einzukesseln, diesmal schritten die Polizisten nebenher … Bener Bej hörte nicht mehr richtig hin, er wartete eine Kunstpause seines Neffen ab und zeigte auf das Buch, das ist das Gebetbuch deiner Großmutter, von dem ich dir gesprochen habe, ich werde das Sippentreffen nicht erst abwarten, sagte er, nimm es und halte es in Ehren, bei dieser Gelegenheit möchte ich dir verraten, wieso ich den Kontakt zu dir abgebrochen habe: Es gibt keinen Grund, es hat sich eben ergeben. (Jede kleine Lüge, die man um des lieben Friedens willen erzählt, ist natürlich gerechtfertigt. Bener Bej glaubte seiner Frau sofort, als sie von dem häßlichen Vorfall in der Küche erzählte. Die Männer seiner großen Familie faßten sich zu oft ans Herz und machten sich damit in seinen Augen verdächtig. Also warf er in seinem Zorn nicht Teller an die Wand oder biß sich in die Faust. Nein. Er entschied, daß er für den Rest seines Lebens gut ohne diese Hinterntätschler auskommen konnte.) Belinda begann, an dem Stromkabel zu kauen.

Der Schwanenvater machte kein Geheimnis daraus, daß er für einige Jahre hatte ins Zuchthaus wechseln müssen, seine Schuld war erwiesen gewesen, und er lebte unter lauter Unschuldigen in seiner Zelle wie in allen Trakten, und auf Nachfrage zerstreute er jeden Verdacht und sagte: Ich habe versucht, einen Mann aufzuschlitzen, er hat sich gewehrt und mir die Nase und zwei Rippen und noch einen kleinen Knochen zertrümmert, deshalb hat man mich nicht wegen kaltblütiger Mordpläne drangekriegt. Er verriet dies Geheimnis, nein falsch, er sprach zu den neugierigen Leuten von der kurzen Unterbrechung ohne große Folgen für einen Junggesellen wie ihn, und diese Leute taten so, als hätte er Vertrauen zu ihnen gefaßt, sie nannten ihn hinter seinem Rücken ›den negativen Hasan Bekir‹. Er war nicht daran gewöhnt, mit Vor- und Zunamen angeredet zu werden, doch es hatte sich nun einmal eingebürgert, und was sollte er sie darauf hinweisen, daß er den Schwänen auch keine Familiennamen gab, Schwan eins bis Schwan neun schwammen auf dem künstlichen Teich, und Schwan acht war der einzige, der manchmal seinen Schnabel an seinem bestrumpften Knöchel putzte.

Schwan acht, sagte er jetzt zu Bigümsultan, neigt von allen meinen Vögeln zu Gefühlsausbrüchen, Schwan fünf glaubt, ich will ins Wasser springen, untertauchen und ihn zum Spaß an den Füßen ziehen. Sein Hals ist leicht verbogen, das kommt daher, weil er ihn sich fast ausrenkt, um zu schauen, wo ich mich gerade befinde. Außerdem steckt er ganz plötzlich seinen Kopf ins Wasser, um zu prüfen, ob sich Hände nach ihm strecken, er ist aber nur ein Fünftel negativ und zwei Achtel positiv ... Bigümsultan korrigierte Hasan Bekir nie,. wenn dieser die ganze Zahl vor lauter Bruchstücken aus den Augen verlor, außerdem beschäftigte sie die Frage, ob Schwäne auch zu der großen Vogelfamilie gehörten wie Spatzen, Rohrdrosseln und Meisen. Sie zog hastig an ihrer Zigarette, einmal, zweimal, und atmete den Rauch durch die Nase aus, und sie merkte, daß des Schwanenvaters Blick an ihrer Nasenspitze haftenblieb, er studierte wohl die blassen Sommersprossen, von denen einige Männer verbotenerweise in ihrer Gegenwart geschwärmt hatten. Die Zeitung des Revolutionärs ragte aus ihrer Umhängetasche, der Revolutionär mit dem Vollbart, der auch seine Jochbögen bedeckte, stand in einiger Entfernung, sie hatten vereinbart, so zu tun, als wäre er nur ein belesener Student und sie eine Zugehfrau in einer blaßgrünen Palasthose und einem hellen Regenmantel. Seine Mitkämpfer waren weitergezogen, einige wenige Frauen hatten sich im Park verteilt, sie mußten wegen des Anschlags in Istanbul vorsichtig sein. Der Hüter der Schwäne las die Schlagzeile auf der ersten Seite der Zeitung laut vor: Alles Beste ist bald, und dann klatschte er so ungeschickt wie jene Menschen, die es nicht gewohnt sind, Schausteller auf der Bühne zu bejubeln, er ließ die groben Hände aufeinanderprallen, einmal, zweimal, und er sagte, daß er letzte Woche kalte fritierte Lammbällchen in einem Schnellrestaurant bestellt hatte, und der Koch rief ihm aus der kalten Küche zu, das Beste bekäme er nicht an diesem Tag, er bekäme die Bällchen am kommenden Tag und könnte die frische Minze herausschmecken.

Bigümsultan zupfte ihr Kopftuch zurecht, man würde sie nicht tadeln, weil sie vor allen Augen mit einem älteren Mann sprach, vielleicht hielt man ihn für ihren Vater, vielleicht könnte man sie aber auch verdächtigen, ihm den Kopf zu verdrehen. Sie sah eine gepflegte ältere Dame auf sie zukommen, keine zwei Schritte vor ihr überlegte sie es sich anders und zischte ihr im Vorbeigehen eine Gemeinheit zu: Wir werden mit euch Vaterlandsverrätern schon fertig! Wer und wie viele seid ihr? rief Hasan Bekir, welches Vaterland hat dieses Mädchen verraten? Meinen Sie die Republik? Meinst du das Land der privilegierten Haufen? In seiner Entrüstung wechselte er von der höflichen Anrede in den vertrauten Ton unter Bekannten, und da er immer lauter wurde, fühlte sich ein Mann auf dem Balkon der Konditorei belästigt und bat darum, die Ruhestörung sofort zu unterlassen. Dort oben saß der Sohn der Frau, bei der sie manchmal putzen ging, und sie erinnerte sich, was der schwatzhafte Sohn des umhergaffenden Hausmeisters über ihn erzählte: Das ist einer, der viel Geld für weibischen Schnickschnack ausgibt, Ringe und Halsketten, bunte Strümpfe und Haarpflegemittel. Milchkaffee im Pappbecher zum Mitnehmen. Jetzt versuchte er, den zornigen Mann auf den Stuhl herunterzudrücken, und als ihm die Hand weggeschlagen wurde, steckte er ein Buch zwischen Hosenbund und Rücken, sprang mit einem Satz über die Balkonbrüstung und landete auf beiden Füßen, er verzog vor Schmerz das Gesicht und rollte zur Seite.

Für Hasan Bekir war es an der Zeit, davonzulaufen, die Schwäne waren versorgt, Schwan fünf starrte ihn von der Teichmitte aus an, am besten, er kümmerte sich nicht weiter um solche läppischen Dinge, und das läppischste Ding auf Gottes Erde war es, einem Vogel Manieren beizubringen. Er entdeckte sie, weil sie sich nicht verbargen, sie standen neben der Kunstplastik aus Messingblech, sie brachen Stücke vom Bierdeckel ab und warfen sie ins Wasser. Angelockt von Futter, das nur aussah wie Futter, schwammen herbei die reinen Schwäne, flogen hinzu die lausigen Tauben. Kaum daß ihr Lachen verebbte, sahen die beiden Männer sich umstellt, vier Parkwächter und ein grober Kerl mit einem Spieß in der Hand bildeten einen Ring um sie, und da sagte der Kerl: Das ist der Putzstock meines Großvaters, es heißt, er hat damit seine Bockbüchsflinte gereinigt, das kann nicht stimmen. Weder war er ein Jäger, noch hat er eine Flinte vererbt. Ich halte damit den Tieren die Quäler vom Leib. Also, alles wieder aufsammeln!

Und sie traten ohne eine weitere Aufforderung in den Teichrand, ihre Turnschuhe wurden naß, sie machten ihre Rücken krumm und fischten die durchgeweichten Pappstücke heraus, ein Wächter hielt ihnen eine Papiertüte hin, Hasan Bekir sprach einen Platzverweis aus: Viele vor sich hin singende Männer hatte er bisher vertrieben, Verrückte jedes Kalibers, dumme Leute, deren falsches Lachen sie verriet, und wer einen Vogel um sein Futter betrog, konnte es im Leben nicht weit bringen. Er begann seinen Rundgang und blieb an dem übernächsten Steinquader stehen, dort saß der Verrückte, der in der Absicht, seinen Kopf von den Schultern zu reißen, heruntergesprungen war, er rieb sich den Fuß. Bigümsultan gab ihm Ratschläge, ein Buch lag aufgeschlagen auf dem Boden.

Was sollte er tun? Um ihn nicht zu erschrecken, versteckte er den Putzstock hinter seinem Rücken, die Spitze ragte aber eine Handspanne hoch über seinen Kopf, der Verrückte sah hin und erschrak. Nein, sagte Hasan Bekir, ich steche dich bestimmt nicht ab. (Es muß gestattet sein, zu fragen, wieso die Südländer sich schreiend unterhalten. Wollen sie sichergehen, daß man jedes Wort versteht? Das Gegenüber darf im Streitfall kein Mißverständnis geltend machen, es wäre vermindert schuldfähig. Will der Schreiende jede künftige Komplikation ausschließen?) Schwan fünf fing an zu schnarren, der Schwanenvater drehte sich ruckartig um, und er sah, daß sich Hund und Schwan Schnauze an Schnabel beschnupperten, er überlegte noch, ob er den Putzstock wie eine Lanze nach dem wilden Tier werfen sollte, doch da zuckte er von einem Pfiff zusammen, und nun schnüffelte der Hund … die Hündin an seiner herabhängenden linken Hand. Im Zuchthaus hatte er seine Ausweichmanöver perfektioniert, da konnte wirklich jeder kommen und ihn herausfordern, er fand immer heraus – da war dieser Mustafa, der immer dann, wenn ihm der Kopf zersprang, einen kleinen Würfel in die Mokkatasse warf, die Öffnung der Tasse zuhielt und mit dieser selbstgemachten Schüttelrassel herumging, um seinen ›Liebling‹ des Tages auszulosen. Der Liebling mußte ein paar Schläge einstecken, der Liebling war vielleicht auch mal für die nächsten Tage ans Bett gefesselt, weil Mustafas Liebesfäuste niedergingen und keiner ihn vom Opfer wegzerren mochte. Sogar ihm war er ausgewichen, und am Tage seiner Entlassung hatte er aber einen harten Schlag auf den Hinterkopf eingesteckt. Und was hatte Mustafa zum Abschied gemurmelt? Ungeschicktes Fleisch muß weg.

Hasan Bekir sprach diese Worte halblaut aus, er bekam einen Schub und tauchte ein in eine andere Welt, es schob sich zwischen ihn und dem, was er sah, ein Bild, das Bild eines Saals mit hochschwangeren Frauen, sie schwiegen und schritten durch den Raum, und als dies Bild zerwehte, sah er die Hündin am Stock nagen, er mußte ihm aus der Hand, aus der geöffneten Faust gerutscht sein. Ruf deinen Hund zurück, sagte er, er zerkaut mir mein Werkzeug, und da griff Bigümsultan nach dem Elektrokabel und führte das Tier weg, und auch wenn der Verrückte anbot, für den Schaden aufzukommen, Hasan Bekir lehnte es ab. An diesem eigenartigen Tag lernte er also, daß das Blattrascheln bei sanften Windstößen Sommerkummer auslöste, daß warme Luft etwas Unwillkommenes herbeitrug, man begann, zu stolpern und zu stottern, man besah die Bißspuren am Holzgriff des Putzstocks, und der Hundespeichel glänzte in den Kerben; man trat nicht mit dem ganzen Fuß auf, aber mit dem Außenrist oder dem Fußballen, und man spreizte die Zehen in den halb abgelaufenen Schuhen und wunderte sich über den Schmerz nachts im Bett. Ihm fiel ein, daß er es eine ganze Stunde ausgehalten hatte, ohne zu rauchen, ich atme jetzt

Rauch in den Wind, dachte er und steckte sich eine Zigarette an, und also schauten Bigümsultan und er dem Mann zu, wie er seinen bestrumpften Fuß massierte. Es gab keinen, der es sich leichtmachte, vielleicht würden die beiden Kerle später zum Park zurückkehren, Bindfäden von der Rolle abreißen, sie zwischen Daumen und Zeigefinger zu Knäueln drehen und den Vögeln vor die Schnäbel werfen: Hasan Bekir würde sie mit den Wächtern zusammen trotzdem aufspüren und sie davonjagen. Der Sommertrost bestand darin, daß man an frischen Minzblättern rieb, und wenn man … wenn Hasan Bekir den Geruch tief durch die Nase einatmete, löste sich der Pfropfen in seiner Stirnhöhle auf, und dann glaubte er für einen schönen Nachmittag lang an die Verheißungen in seinem Tageshoroskop.

Wieso haben Sie vorhin geschrien? sagte der Mann mit einem leichten Akzent. Ich habe nicht geschrien, sagte Hasan Bekir, ich habe nur eine böse Dame zurechtgewiesen, in dieser Gegend trifft man sie oft, gepflegte Männer, gepflegte Frauen, sie hoffen auf einen Staatsstreich, diese Regimetreuen, sie hoffen, daß sich andere Leute die Hände schmutzig machen, und dann stehen sie am Straßenrand und schwenken Fähnchen. Sie lieben vaterländische Paraden. Ich bin ein Patriot, im Zuchthaus wird man angesteckt mit Vaterlandsliebe, und genau das ist mir auch passiert. Als ich rauskam, habe ich viele Leute offen darüber sprechen hören, daß dieser und jener ein gekaufter Hund wäre. Die böse Dame hat Bigümsultan beleidigt. Was hättest du an meiner Stelle getan? Ihr Regime bejubelt, sagte der Mann ernst, und da lachte Bigümsultan los, die Hündin erschrak derart, daß sie mit einem Satz ins Wasser sprang, ein Pfiff ließ sie aber wieder zurückspringen. Es waren der Zerstreuungen zu viele, Hasan Bekir wandte sich wortlos ab, der nächste Staatsstreich würde kommen oder nicht, der nächste Ärger im Park würde nicht so lange auf sich warten lassen, er griff blind nach dem Putzstock und schritt in Richtung der modernen Plastik, von der es hieß, sie würde auch bei längerem Betrachten den Sommerkummer nicht vertreiben.

Wir sind die Kinder und die Enkel jener, die in dem abgekoppelten Viehwaggon überlebten, wir sind die Frucht derer, die am Endbahnhof der Deportation nicht ankamen: So stellten sich die Tschetschenen meiner Sippe vor, und sie waren in diesen Momenten, da der Russenhaß ihr Herz verschwärzte, da sie keinem Russen die Hand zur Versöhnung ausstrecken wollten, wirklich großartig. Ich hätte es keinem Humanisten aus meiner Straße erklären können, ein Vertriebener galt als griesgrämiger Idiot der Geschichte, er begriff nicht, daß es genehm war, im Namen eines Volkes ein Völkchen zu strafen. Die Sippe zuerst, die Sippe voran – das brüllten die Männer, besoffen und voller Hoffnung, nicht etwa, um wie die Rotgardisten das Land mit Krieg zu überziehen, sondern den Linken ihres Viertels zu zeigen: Eine Wagenladung Verbannter, zerschunden und zerfressen, hat es geschafft. Sie sind geflohen, sie haben durchgehalten, sie sind in einem anderen Land als dem ihren bis ins dritte Glied heimisch geworden. Natürlich tranken sich die Männer, die Alten wie die Jungen, von einer Betäubung in die nächste, es klang alles fürchterlich falsch, und wann immer sie im Chor die Russen zum Teufel wünschten, hielt ich mir die Ohren zu. Und sie machten sich einen Spaß daraus, Kriegerlieder zu grölen, Lieder über das scharfe Schwert, das den Sowjet in zwei Teile spaltet, Lieder über Tschetschenen, die in geordneten Schlachtenreihen vorrücken. Es würde vom dritten zum vierten Glied übergehen, daß man vom Sowjet sprach, wenn man den Russen meinte.

Selten folgten meine Onkel einer Einladung, es war ihre Sache nicht, im Wohnzimmer zu sitzen und darauf zu achten, daß man beim Kaffeetrinken nicht kleckerte, nur die Dekadenten hielten den Unterteller unter die Tasse – vom dekadenten Gemensch sprachen sie dagegen oft, am besten im Saal eines Volkslokals, sie musterten die Kellner und teilten die Glattrasierten in Linke und Rechte und in solche, die sich Schritt für Schritt auf die Rückenmarkserlösung hinarbeiteten. War das nicht verrückt, was sollte das heißen? Wer den Kopf gebrauchte, erkannte. Wer das Herz gebrauchte, ersehnte. Wer die Organe für wertlos befand und die Seele ein unsichtbares Flugobjekt nach dem Tode nannte, erkämpfte sich das Glück, es hatte seinen Sitz im unteren Teil des Rückens. Dort wurde auch eine unmögliche Tante gestreichelt, an einer wichtigen Stelle an der Hinterseite, und vielleicht hatte der Schreck die Nerven befallen, war die Angst übermächtig geworden, die Angst, für immer beschädigt worden zu sein. Sie erschien nicht zum Sippentreffen, mein Onkel aber legte über die Lehne des Stuhls neben sich sein Jackett, wie um anzuzeigen, daß er als ganzer Mann und halber Mensch teilnahm. Die Lücke in der Tischordnung lud zu Deutungen ein, und weil man in seiner Gegenwart auch am anderen Ende der Tafel unmöglich tuscheln konnte, erhoben sich immer zwei Frauen gleichzeitig, lachten falsch ob des Zufalls, daß der Blasendruck sie im selben Moment aufspringen ließ.

Meine Mutter und meine Tanten trugen Schuhe mit flachen Absätzen, meine Kusinen streiften die silberschwarzen Stöckelschuhe unter dem Tisch ab und rieben die Ferse an der Wade. Hier waren wir also fast alle versammelt, im Restaurant des Pfannenmeisters Redschep, auf Posterformat vergrößerte Kopien von Zeitungsartikeln hingen an der Ansichtswand, an einer anderen Wand entdeckte ich Farbfotos von Meister Redschep, wie er, ganz in Weiß gekleidet, an gedeckten Tafeln stand, Rosen an schöne prominente Sängerinnen verteilte, neben wildbärtigen Intellektuellen posierte, die Hände seltsam verkrümmte und an die Hüften preßte. Er trug ein Krankenpflegerhemd, das brachte mich dazu, unsinnige Gedanken anzustellen, ein Gast, so lästig er war, mußte geehrt werden, und vielleicht konnte der Meister die Kranken besänftigen, indem er ihren Hunger stillte. Da aber stieß mich mein Onkel zu meiner Rechten an und wies mich auf die glänzende Stirn des Intellektuellen auf dem Foto hin. Der Mann glänzt wegen der Urlaubsbräune, sagte er, wenn es um dies Land geht, ist er stets ungnädig, der Herr verdient in einem Monat soviel wie hundert Schuhputzer in einem Jahr, und weil das Volk, dessen Macht er fürchtet, falsch wählt, muß er immer wieder extravagante Erholungsorte aufsuchen. Dort trifft er auf deutsche Lehrer und Auslandstürken, und sie können, bei Wein und Popmusik, nach Herzenslust schimpfen …

Meine Kusinen verdrehten nicht die Augen, auch sie hatten nur Verachtung übrig für die Rückenmarksunerlösten, sie würden überhaupt dem Mann nicht widersprechen, den sie seltener sahen als mich, den Schuhmacher. Und mein Blick ging über die angeheirateten Sippenfremden, die Schwiegersöhne, wie fühlten sie sich wohl in Gesellschaft der Väter ihrer Frauen, mußten sie nach der Zusammenkunft zu Hause das brennende starre Gesicht mit kaltem Wasser kühlen? Von einem wußte ich, daß er jeden Abend ein Heizkissen in den Nacken legte, und er hörte seine Frau im Nebenzimmer auf und ab gehen, es dauerte nie lange, und sie stürzte dann ins Bad, füllte einen Eimer halb voll mit Desinfektionsmittel, umschloß einen Schwamm mit beiden Händen und tauchte die Mädchenfäuste in die Lauge. Einen größeren Genuß verschaffte ihr nicht einmal das Liebesspiel. Was konnte er tun, da sie nach diesem Hygieneritus überschwenglich wurde und ihn zum heftigen Küssen zwang? Das Lippenbluten nach jedem Kuß verstörte ihn selten, ihre roten Flossenhände um so mehr. Sie flüsterte ihm jetzt etwas ins Ohr, und da sie beide mich anstarrten, fragte ich, wo sie ihre Haare hatte machen lassen, und sie sagte, in einem Geschäft namens Paris Coiffeur, für Waschen, Schneiden, Tönen und Fönen habe sie umgerechnet neunzig Euro bezahlt. Darüber konnte man gefahrlos reden, sie saß ja auf ihren Händen, und wenn sie ihr Gewicht verlagerte, klingelte der Glücksbringer am goldenen Armreifen, der Oberkörper ihres Mannes zitterte leicht, dies kleine Schauspiel war alle fünf Minuten anzusehen.

Die Hitze setzte uns allen zu, aber auch den Tauben draußen, sie lagen wie brütende Hennen auf den Steinplatten des Bürgersteigs und ließen sich von klatschenden Kindern nicht verscheuchen. Mein jüngerer Onkel hatte auf Drängen seiner neuen Frau seinen Oberlippenbart rasiert, er fühlte sich sichtlich unwohl, plötzlich strahlte er übers ganze Gesicht und erklärte, daß wir das Andenken des kürzlich verstorbenen Ältesten in Ehren halten mußten, einen Trinkspruch wollte er ausbringen … Und so weiter. Mein Onkel Bener machte keine Anstalten, zum Glas zu greifen, wir tranken hastig einen Schluck und stellten unsere Gläser wieder vor uns auf den Tisch, und wie auf Zuruf schlüpften die Männer aus ihren Jakketts und blickten verstohlen zum freien Stuhl. Ich erschrak, als ich einen über den Tisch schwebenden Arm erblickte, das Armende erblühte, und ich sah ein Porzellantäßchen ohne Henkel auf dem Handteller stehen. Ich ergriff es, nippte an dem braunschwarzen Gebräu und schüttelte mich, der Junge hinter mir zog lachend seinen Arm weg. Er hatte ein Messingstielgefäß quer über die Brust gehängt, wenn er sich vorbeugte wie bei einem angedeuteten Bückling, rann der Mokka über die Schnabeltülle und floß in die kleinen Tassen. Der Junge war ein Sohn des Volkes, und deshalb sprach ihn mein Vater an, der Junge schaute erst über die Schulter und gab dann Auskunft: Das, was Sie trinken, Damen, Herren, das ist Mirra, das r wird gerollt. Aber gut. Kaffee und Kardamom rührt man zusammen. Einen Tag kochen, einen Tag ruhen lassen, und noch einmal von vorn. Ergibt vier Tage. Da aber ist aus dem Kardamomkaffee Mirra geworden. Bitter und hart. Gut für die Verdauung. Zuckerkranke macht es glücklich. Damen, Herren, ich ziehe weiter zum nächsten Tisch. (Man vermutet bei ihm zu Recht, daß er aus dem Südosten hergezogen ist. Noch spricht er nicht jenes ausgefeilte Türkisch, das die Istanbuler Hügelwilden perfekt beherrschen. Sein Vater – der Chefkellner – lernt ihn an, er fordert ihn auf, auf die Gäste zu achten, nicht zu starren, aber sie staunend anzusehen. Auf die Unterhaltung kommt es an, die Köche sind eigentlich Zuarbeiter, und wenn man das richtige Benehmen lernt und die Tischgesellschaft unterhält, hat man eine große Zukunft vor sich. Der Junge wird es schaffen.)

Am Kopfende der Tafel taute nach anfänglicher Starre die Frau des seligen Ältesten auf, trotz des Machtanspruchs ihres Bruders Bener galt sie nun als die Älteste, und auch wenn sie Plastiktüten auswusch und zwischen den Geländerstangen auf dem Balkon zum Trocknen aufhängte, auch wenn sie den Klammerbeutel fest verschnürte, so daß die Vögel, die Irregeleiteten unter den Vögeln, nicht Wäscheklammern herauspickten … ihre Härte und ihre Herbheit waren unanfechtbare Tugenden.

Sie lenkte alle Blicke auf sich, wir wußten, sie würde jedem von uns nun eine Girlande aus frommen Sprüchen um den Hals hängen, und wir schrumpften zu Sitzzwergen, und sie sprach: Mein Mann ist mit Abgasen in der Lunge gestorben. Er hat einen Schlauch über das Auspuffrohr gestreift und das andere Ende in den Fensterspalt geklemmt. Kein schöner Tod, kein Tod ist schön. Jene, die sich das Leben nehmen, werden verwünscht. Vier Tage nach seinem Tod habe ich die abgefallenen grauen Brusthaare meines Mannes auf den Badezimmerfliesen gefunden. Keiner von euch war zur Stelle, um mich zu trösten. Dir, kleiner Bruder im feinen Anzug, hat es gefallen, uns zum Essen einzuladen, jedenfalls gehe ich davon aus, daß du die Rechnung bezahlst. Nach all den Jahren bist du aus dem Ort deiner Entrückung aufgetaucht. Deine Frau blieb zu Hause. Deinen Kindern ist es verboten, ihre älteste Tante anzurufen. Und als würde das alles nicht reichen, weigerst du dich, auf die Seele meines Mannes zu trinken. Wieso? Weil er deine Frau am Hintern gepackt hat? Ist ihr Hintern derart kostbar, daß nur du die Rundung ihrer linken und ihrer rechten Hinterbacke ertasten darfst? Sie war ja nicht nackt, zwischen der Hand meines Mannes und dem Hintern deiner Frau waren mindestens zwei Stoffschichten. Wollte er sie verführen? Wäre sie schwach geworden, und hätten sie sich heimlich in einem Hotelzimmer getroffen? Entbrannte er in großer Liebe? Nein, ich hätte es gemerkt. Er gehörte nicht zu den Perversen, die kleine Kinder auf ihrem Schoß sitzen lassen. Längst waren ihm auch die Haare am linken Scheitel ausgefallen, er konnte sie nicht nach rechts kämen und die Glatze bedecken. Nach dem Magendurchbruch mußte er auf den Schnaps verzichten, er trank manchmal ein kleines Glas, und dann wurde er schnapsselig, und dann sperrten wir uns ein im Schlafzimmer. Meine Offenheit muß niemanden hier beschämen. Ich will nur klarstellen, daß er nicht zu kurz kam. Aber wieso hat er deine Frau an die Kante des Arbeitstresens gedrückt, wieso hat er, ohne einen Tropfen Alkohol getrunken zu haben, die Hand in die verbotene Zone gestreckt, wieso mußten wir alle mit einem Gerücht leben, von dem wir wissen, daß es kein Gerücht ist? Ich habe eine Theorie. Sie geht folgendermaßen: Er war der einzige Sozialdemokrat in unserer Sippe. Er hat mir seine Tat angekündigt, er hat gesagt, Frau, ich werde den Po einer Faschistin drücken, ich habe Lust dazu. Ich dachte, es ist einer seiner groben Scherze. Ich dachte aber auch, daß er auf einem seiner Spaziergänge kurz nach vorne greift, in einem Gedränge, er würde sich vorsehen, um nicht als verrohter Greis gestellt zu werden, seine Hand würde sich an der Hinterbacke einer Wildfremden verkrallen und dann wieder in seiner Hosentasche verschwinden. Aber er sprach ausdrücklich von einer Faschistin. Im Laufe der Zeit habe ich die politische Gesinnung meines Mannes übernommen. Ohne nachzudenken, habe ich immer die Partei gewählt, von der er sagte, ich sollte sie wählen. Für Politik habe ich nichts übrig. Laut meiner Theorie hat also mein Mann deine Frau als Rechtsradikale ausgemacht und eine günstige Gelegenheit abgewartet, um sie am Hintern zu packen. Ist das verwerflich? Ist das unanständig? Ich bin immer auf der Seite meines Mannes, also werde ich euch eine Antwort schuldig bleiben. Nun ist er schon seit einiger Zeit tot, er hat sich selber totgemacht. Die einen glauben, sein Gewissen habe ihn schwer belastet. Für die anderen war er ein Rüpel, der im Kinderzimmer seiner Lüste eingesperrt war und keine Luft mehr bekam. Falsche Kommentare, falsche Deutungen. Appetit ist gut, jetzt sollten wir essen …

Der Chefkellner ließ zwei Platten auftragen, man erwies uns die Ehre und servierte die Spezialität des Hauses, gekochte Spanrippe an Reis aus geschrotetem Weizen. Mein Onkel Bener erklärte mir, daß der Meister das Stück zwischen Kamm und Brust des Rindes wunderbar vormodern zubereitete. War er getroffen von den Worten seiner Schwester? Hatte ihn die Sippenälteste etwa nicht bloßgestellt? Er kaute lächelnd an Streifen, die er vom festen Fleisch auf seinem Teller abzog. Ein seltsamer Anblick war das, er glich einem seligen Vorkoster, dem der Herrscher erlaubt, das giftfreie herrliche Essen zu Ende zu löffeln. Fast hätte ich ihn auf das Handbuch für die sittsame Dame angesprochen, es mußte sich um ein Versehen handeln, denn ich fand darin keine Gebete, aber Verwünschungen und das Versprechen des Verfassers, im Folgebuch über die vielen falschen Möglichkeiten und die einzige richtige Art, wie man süßen Tulpenblättersud zubereitete, zu schreiben. Doch er verschluckte sich an einem größeren Bissen, ich klopfte ihm auf den Rücken, und nach dem dritten harten Schlag flog ein geknäuelter Fleischstreifen aus seinem Mund auf den großen Salatteller. Er stand auf, griff nach seinem Jackett, bezahlte die Rechnung an der Kasse und hob, ohne sich uns zuzuwenden, einfach die Hand zum Abschied. Ich sah ihn nie wieder.

In diesem Land nannte man eine Katze nicht einfach Katze, man nannte sie die Stummelschwänzige, oder Die-so-tut-als-schielte-sie; der Hausmeister von gegenüber hieß denn auch der Billigurlauber in die Melancholie, dabei suchte er den Himmel nach Störchen ab, die Unheilverheißung einer Zigeunerin hatte ihn auf das Glück von oben eingestimmt, denn im Dunst der Holzkohle, der Giftschwaden aus den Schloten und Auspuffrohren konnte ein Mann nur oben ein schönes Zeichen entdecken: über den Dächern der Häuser, unter den Wolken des Himmels. Und der deutsche Sohn der Familie wurde der Sandalenbesohler genannt, nicht etwa nur der Deutsche, man fand es recht seltsam, daß er die Moldawierin, den Aserbaidschaner und die Turkmenin mit den Goldzähnen in Gespräche verwickelte, sie waren dienstbare Geister und führten die Hunde der Häuser aus, die sie für fünfhundert Dollar im Monat eingestellt hatten.

Der Deutsche hatte Stoffetzen aneinandergeknotet und um den Hals seiner Hündin geschlungen, eine Gardinenkordel führte zum Fetzenband, und wann immer das Tier an der Hinterseite eines anderen Tieres schnüffeln wollte, zog er nicht etwa an der Kordel, er rief: Belinda, laß das! Sie schnüffelte ungerührt weiter und ließ sich beschnüffeln, und da er wohl diese Zeit nicht ungenutzt verstreichen lassen wollte, schnüffelte er an Dienern und Dienerinnen. Bigümsultan sah in einer Zigarettenpause auf dem Balkon, wie er der Turkmenin Bilder aus dem Tulpenmarmeladenbuch zeigte, sie wich einen Schritt zurück und riß an der Leine, doch sowohl der Deutsche als auch die Hündin gingen über diese eindeutige Abweisung hinweg. Er klappte das Buch zu und erklärte sich ihr, er wird wohl in komplizierten Worten das Mißverständnis ausräumen wollen, dachte Bigümsultan, er wird von seiner Großmutter erzählen, deren Grab er vor zehn Jahren besucht hat, er hat einfach keine Lust, Grabsteine zu putzen. Wäre er herzlos, würde er sie längst vergessen haben, aber er denkt mindestens einmal in der Woche an sie. Die Turkmenin hörte ihm zu, und am Ende seiner Geschichte nickte sie, und beim Sprechen hielt sie die flache Hand vor den Mund, die Lichtreflexe an ihren Goldzähnen beschämten sie zutiefst. Der Deutsche wurde abgelenkt von einem Tüllvorhang, der sich aus einem Fenster einer Parterrewohnung herausbauschte, dann runzelte er die Stirn wegen der falschen Töne, die aus dieser Wohnung drangen, die Tochter des Hauses übte auf ihrer Flöte, Bigümsultan hätte ihm verraten können, daß sie davon träumte, ihre von Natur aus eingefallenen Wangen aufspritzen zu lassen und ihre Flöte entzweizubrechen. Die Goldbezahnte mußte ihn wohl gebeten haben, das Buch noch einmal aufzuschlagen, denn nun betrachteten sie Kopf an Kopf ein großes Bild, vom Balkon aus konnte Bigümsultan gerade noch erkennen, daß es sich um eine ganzseitige Illustration handelte, und da verstand sie. Er hatte auch sie um eine Deutung dieses Bildes gebeten. Kleine Körper mit weißen langen Pappschachteln auf den Köpfen. Sie zwinkerten dem Betrachter zu. Im Hintergrund flogen bis fast auf die Minenspitze gespitzte Bleistifte in der Luft und schrieben und zeichneten arabische Buchstaben. Die langen Pappschachteln sind symbolische Grabsteine, hatte sie ihm gesagt, die Mystiker tragen sie auf den Köpfen, um sich als vom Tod Gezeichnete zu erkennen zu geben, und weil das Kopfgewicht unerträglich schwer wird, schrumpft der Körper, das ist meine Deutung. Der Turkmenin fiel es schwer, ernst zu bleiben, und als sie sich nicht länger beherrschen konnte, lachte sie schallend und zog mit dem kläffenden Hündchen weiter, zurück blieben der Deutsche und die Hündin, die gehofft hatten weiterzuschnüffeln. Auch sie verlor das Interesse an ihm, sie schnippte die brennende Zigarette über die Brüstung, prüfte den Sitz ihrer Kopfbedeckung und ging hinein.

Frau Gül hatte sich nicht von der Stelle bewegt, sie sagte: Meine Kraft schwindet von Tag zu Tag. Du wirst allein den Teppich schrubben müssen – wirst du erfolgreich sein? Wo schnappte die Dame nur diese Worte auf? Unter ihrer Anleitung diente und bediente sie, und sie hatte bislang nur zwei Male widersprechen müssen: Es ging niemanden etwas an, daß sie ihre Haare zu Zöpfen flocht und bedeckte. Wer von einem Fetzen Stoff provoziert wurde, sollte seine Phobie behandeln lassen. Es ging auch nur sie etwas an, wenn sie ältere Männer … netter fand als jüngere. Sie staubte die Bilderrahmen ab, dann die Standflächen der Kommoden und Schränke, sie rieb mit einem feuchten Tuch über die Rauhfasertapeten der Wohnzimmerwände, und als die Dame die Sonnenbrille aufsetzte, wußte sie, sie würde ihren Geliebten zu einem Nachmittagsrendezvous aufsuchen. Sie sagte: Wenn ich wiederkomme, vielleicht am Abend, ist hoffentlich der Teppich sauber. Sie schlug die Tür hinter sich etwas fester zu, als es nötig war, vielleicht lehrte es das impertinente Persönchen, daß Maßhalten dem Mundhalten meistens gleichkam. (In den Vierteln der Reichen und Prächtigen herrscht die Klassendisziplin, so wie in anderen Weltgegenden auch. Ein Persönchen ist ein Mensch, von dem man glaubt, er verdiente es nicht, an der Wange getätschelt zu werden. Früher hat man die Haare der adoptierten Dienstmädchen barbarisch verschnitten, daß Außenstehende sie als der Familie nicht zugehörig erkennen konnten. Heute beschenkt man sie mit ausgesonderten unmodischen Kleidern.)

In diesem Land nannte man die Ehefrau eines verstorbenen Mannes in gehobener Position nicht einfach Witwe, man bemerkte die komplett epilierten Augenbrauen und die mit

Konturstift gemalten schwarzen Bögen über den Lidern und erfand folgende Geschichte: Frau Gül lag auf einer Liege am Rande des kleinen Schwimmbeckens im Freien, ihr Wohlbehagen verdankte sie zwei Sommercocktails und einer langen Nacht mit ihrem Liebhaber. Wer dieser Liebhaber war, ist von geringerem Interesse, zumal wir bemerken müssen, daß sie noch ihren Ehering trug. Sie schlief ein. Der Baum, keine zwei Liegen weiter, war von Blattkäfern befallen. Die frisch geschlüpften Käferchen flogen, angelockt von der Sonnencreme, in ihre Richtung, sie landeten auf ihren Augenbrauen und fraßen sie auf. Seither malt sich Frau Gül schwarze Bögen ins Gesicht … Nichts davon entsprach der Wahrheit, nichts davon konnte Frau Gül belustigen – sie hatte große Anstrengungen unternommen, die Quelle dieses bösen Gerüchts auszumachen, und war aber in ein Dickicht aus Käferwahrheiten geraten. So nannte sie die Lügen aus dem Munde von Persönchen, von großbusigen Bauerntöchtern, sie schworen auf das Verkehrte und bespien das Gerade.

Frau Gül ging an der Glücksbringerverkäuferin vorbei, sie ließ sich auch nicht von dem fliegenden Händler aufhalten, der seinen Stand als Feuerzeugwerkstatt pries, sie paßte eine Lücke zwischen den rasenden Autos ab und überquerte die Straße, sie stieß kurz hintereinander mit einem Alten und einer stark parfümierten Frau zusammen und eilte aber weiter, bis sie endlich an der Parkbank ankam: Natürlich entdeckte sie ihn, bevor er sie bemerkte, und weil sie die Heimlichtuerei zur Kunst erhoben hatten, blieb er entgegen seiner Gewohnheit sitzen und bestaunte sie, bestaunte ihr Kleid, bestaunte ihren Gang, bestaunte ihr strenges schönes Gesicht. Die Brottüte zwischen seinen Füßen auf dem Boden fiel ihr auf – wollte er etwa die Schwäne füttern? Was macht der Kampf gegen meine Klasse? sagte sie, hast du von dem Bombenanschlag in Istanbul gehört? Habe ich, sagte er, deine Putzfrau hat mich dasselbe gefragt, und ich habe ihr geantwortet, daß ich mit den Terroranarchisten nichts zu tun habe, Establishment ist gleich Establishment, links ist nicht gleich links. Ihr hattet gestern einen großen Auftritt, sagte sie, du hast doch hoffentlich nichts abbekommen? Die Polizisten schwangen ihre Knüppel, und wir haben wie die Idioten gebrüllt, sagte er, du weißt schon: Wir haben nichts zu verlieren außer unseren Ketten, solche Dinge eben, und ich verlor schon vor der offiziellen Auflösung der Demonstration die Lust, ich bin im Park spazierengegangen. Was hältst du von dem Schwanenvater? Nichts, sagte sie, sollte ich etwa anfangen, ihn wertzuschätzen? Er bewacht die Schwäne, sagte er, das ist doch schon mal was. Außerdem hat er zwei Männer erwischt, die seine Vögel geärgert haben. Er saß im Gefängnis. Ach ja, sagte sie, dann interessiert er mich nicht. Was wollen wir tun? ... Was sollten sie tun? Sie hatten abgemacht, mit dem Taxi zu seiner Wohnung zu fahren, er durfte in einer großen Wohnung in der Salonikistraße im Stadtzentrum wohnen, da sein linksgestrickter Professor ihm Sympathien entgegenbrachte und die Miete erließ, genaugenommen war der Revolutionär des Professors einzige Verbindung zu der Szene der Ungesetzlichen, und das ließ er sich etwas kosten.

Gül haßte die Nachstellung der freien Natur, sie mochte keine künstlichen Teiche und keine bettelnden Schwäne, und es paßte, daß man einen ehemaligen Verbrecher als Aufseher eingestellt hatte. Doch sie schwieg, ihr Liebhaber sympathisierte mit den Persönchen, und was sie für Gesindel hielt, nannte er ›die zornigen Subjekte des Zerfalls‹. Das Teichwasser war letzten Winter abgelassen worden, und die Schwäne wurden in andere Quartiere umgesiedelt, nur für eine Woche, und in dieser Zeit hatte sie ratlose Männer und Frauen mit Brottüten im Park herumirren gesehen, und ihr komischer Liebhaber wollte doch tatsächlich einen Bürgerprotest organisieren. Dies war das Land der herumschweifenden Schwanenfütterer, der Hohelieder trällernden Stalinisten und der perfekt geschminkten Muttermörderinnen. Und in diesem Land konnte ein Revolutionär, der die Sommersprossen im Gesicht ihrer Putzfrau zu zählen wagte, nicht mit Bomben, aber mit Brotkrumen die Herzen der Bürger erobern. Besser als vergehen. Verglimmen. Verrauchen. Er schlang seinen Arm um ihre Hüfte, die ob der Berührung Beglückte vergaß den Schmerz in ihren Fußballen sofort, bald würde im Dämmerlicht Hasan Bekir Schwan zwei dabei beobachten, wie seine Füße sich in den Algen verfingen, doch er brauchte seine Hilfe nicht, mit ein paar kräftigen Stößen schwamm er sich frei und glitt an ihm vorbei, der am Teichrand stand und zwei Worte flüsterte: Algenhaft, traumhaft. Wer zu lange ins Wasser schaut, ins Wasser des Teichs, des Flusses, ins Wasser des Meeres, sieht das, was unter Wasser treibt, als kiloschwere Traummasse, sie hat die Kraft geerbt, alles, was außerhalb des Wassers lebt, zu locken, zu rufen. Wie lange stehen wir noch, wann werden wir ins Wasser fallen?

Klopften die Nachbarn über uns, weil wir den Fernseher zu laut aufgedreht hatten? Nein, sie zerstießen Knoblauchzehen auf dem Boden ihres Wohnzimmers, und eigentlich, sprach meine Mutter, müßte sie sich beschweren, weil sie Belinda zum Jaulen brachten, die alte Frau und der alte Mann, doch der harte Terror der Muttermörderinnen hatte allen Frauen über Vierzig Angst eingejagt – eine gelegentlich winselnde Hündin konnte man mit Worten und getrockneten Rosinen besänftigen. Beste Herzen siegen, das war der Leitspruch meiner Mutter in diesen Tagen, ein bestes Herz wird die Totenstille nicht länger als zwei Wochen ertragen, sie ruft dich noch an, gräme dich nicht. Mein Mobiltelefon lag neben mir auf dem Sofa, und ich mußte daran denken, daß die alten aus der Mode gekommenen Worte, auch wenn man sie nicht benutzte, schön klangen. Ich grämte mich tatsächlich. Es lief Werbung für einen deutschen Staubsauger, und das einzige

Wort, das nicht ins Türkische übersetzt worden war, hieß Hausgerat, man hatte den Umlaut aus Gründen der besseren Sprechbarkeit einfach weggelassen.

Der Sprecher pries das herrliche Fabrikat an, und in ebendiesem Augenblick klingelte mein Telefon, ich nahm sofort das Gespräch an. Wie geht es dir, hier ist Altan, ich führe den Laden für Touristen, du kannst dich doch noch an mich erinnern? Ja, sagte ich und eilte in mein Zimmer, eine Sekunde bitte, ich stecke mir schnell eine Zigarette an. Und während ich es tat, erzählte mir Herr Altan, daß er das Rauchen beim Telefonieren für eine komische Sitte hielt, entweder das eine oder das andere, beides gleichzeitig verwirrte doch einen Mann, er riefe aber an, um … um mir die aktuellen Entwicklungen mitzuteilen, nichts und gleichzeitig viel hätte sich geändert. Rüschtü Bej wäre keine große Hilfe gewesen, das wüßte ich ja, und was sollte er es verhehlen, über das Phänomen würden sie sich, die Greise vom Turmschatten, immer noch den Kopf zerbrechen, die Löcher in der Dunkelheit, der leuchtende komprimierte Dunst, der Verhängnisse verhieß, ich wüßte das alles ja, käme es wieder, tauchte es wieder auf, es würde ihn sehr beruhigen, mich am Leben zu wissen, den Empfindsamen drohte nämlich der Verlust irgendeines Organs oder Körperteils, denn sie würden gedankenverloren den falschen Männern in die Arme laufen; sie würden, in unnütze Gedanken versunken, die Fahrzeuge in ihrem toten Winkel übersehen; sie würden im Laufe der Jahre Gewohnheiten verlernen; er, Altan, hätte in der Schule für Schönschrift mit dem Füller ein »sehr gut« bekommen, aber nun schriebe er in Blockbuchstaben schon seit mehreren Jahrzehnten, wie konnte das nur passieren?

Ich stand am offenen Fenster, Belinda schaute mich vom Türrahmen aus kurz an und lief aber wieder zurück ins Wohnzimmer, und plötzlich hörte ich die Klänge des Lieds eines jungen Wachtpostens, Altan Bej drehte an der Kurbel einer halbfingergroßen Orgel, und ich stimmte sofort die zweite Strophe an, unsere beiden Schatten sahen wie einer aus, summte ich, es war das Gedicht des einundzwanzigjährigen Gardefüseliers Hans Leip, der, so ging die Legende, die Vornamen von zwei geliebten Frauen zum Vor- und Zweitnamen einer einzigen Frau umgeschrieben hatte, ich hörte auch Altan Bej mitsummen, und ohne meine Aufforderung abzuwarten, drehte er weiter an der Kurbel, und ich lauschte dem Lied und schnippte die Zigarette aus dem offenen Fenster.

tausendgüldenkraut

Wie bei einem Berlinbesuch Aneschkas und Ferdas ewiger Liebe Rot verschießt; wie die humpelnde Schönheit Cora einen Einbrecher auf frischer Tat erwischt und von ihm auf die Sturminsel Föhr eingeladen wird; wie die Inselfriesen, von großer Unruhe gepackt, an dem Reumütigen Zeichen der alten herrlichen Zeit erkennen

Es gibt Straßenecken, an denen besonders viele Zigarettenkippen auf dem Boden liegen, die Tabakkrümel, vom Regen durchnäßt und von der Sonne zu kleinen Klumpen verbakken, verteilen sich über die Bodenplatten des Bürgersteigs, und wenn man unter der Markise der Bar ›*Razzia in Budapest*‹ steht und auf die zertretenen Filterstücke blickt, denkt man: Hier stehen sie besonders gern zusammen, die Raucher. Sie sprach diesen Gedanken leise aus.

Da flüsterte jemand hinter ihr, nah und atemlos an ihrem rechten Ohr: Das ist hier kein Balkangrill. Es entfuhr ihr trotz des Schrecks kein Laut, denn ein Dauerregen hatte sie freigewaschen. Und ihr Blick streifte in der halben Umdrehung den geplatzten Lack am Fensterkreuz, den Schatten einer Frau dahinter, der Schatten verschmolz mit dem Dunkel des Zimmers über der Markise der Bar. Noch einmal drehte sie sich um ihre Achse, doch da war niemand, den sie kannte oder erkannte. Ein Mädchen mit Gitarrenkasten im Dämmerlicht, das hübsche Kind, das es kaum erwarten konnte, seine Diätpläne zu vergessen. Hier in Berlin wurde Aneschka anders.

Nach einer Viertelstunde trat ein Kellner hinaus und sagte, ihre Freundin hätte soeben angerufen und um Geduld wegen ihrer Verspätung gebeten, sie sollte ihr Mobiltelefon einschalten. Sie saß unter der Markise, tote Fruchtfliegen schwammen in ihrem Wein, und unter ihren Schuhen fühlte sie die losen Pflastersteine. Eine Stille in der Kastanienallee, eine Stille zwischen sieben und Viertel vor neun Uhr abends. So still, daß sie sich an den Knien kratzte. Und weil dabei ihre Fingernägel über den Schorf auf der kleinen Wunde schabten, versehentlich, mußte sie sich vor Schmerz aufrichten, ihr Mantel glitt von der Armlehne auf die nassen Filter, sie beugte sich kurz hinunter, da aber sah sie einen gelben Bestattungswagen langsam in einer Parklücke verschwinden. Ihre Brieffreundin drehte im Gehen Locken in ihr Haar, und kaum hatte sie sie umarmt, einen Tee ohne Zucker bestellt, sprach sie von durchsichtig wirkenden Zahnspitzen, man gab dem Mangel ein Gesicht, und bei Calciummangel verkümmerten im roten Mund die weißen Zähne. Antlitzerkennung nannte sie es, Aneschka betupfte nur mit der Fingerkuppe den Wein, schüttelte die Fruchtfliege vom Finger und klopfte heimlich einen Takt auf den Henkel des Gitarrenkastens. Sie trocknete langsam, das feuchte Kleid klebte an genau zwei Stellen ihres Rükkens, und deshalb verspürte sie in dem Moment, da die über das Lesen in Gesichtern sprechende Freundin plötzlich einen Hustenanfall bekam, eine große Lust, über die letzten Tage ihres Lebens zu erzählen. Er hat mich nicht verlassen, ich habe ihn nicht verlassen, du weißt noch, oder, der braunäugige Deutsche, den wir Tschechen nach einer Ameise benannt haben, ich rufe ihn nicht an, er ruft auch nicht an, vielleicht ist das Kastanienliebe. Das erklärt sich so: Ich bin in der Kastanienallee, hier wachsen rechts und links neben der Straße Kastanienbäume, und er ist gerade in einer Stadt, in der man geröstete Kastanien ißt, der Händler packt sie in eine braune Zipfelpapiertüte, und Ferda hat mir einmal gezeigt, wie man nur mit einer Hand, mit dem Spiel der Innenfläche der Faust, die Schale von der Frucht löst …

Sie brach mittendrin ab, eilte nach *Budapest*, rannte aus *Budapest* wieder hinaus, und half Helen beim Trinken, der Kellner stand im Hintergrund und trocknete die Hände an der Schürze ab. Alles um Aneschka herum verschmolz mit dem gelbstichigen Dunkel hinter ihr, in der Bar hatten sich die Spätaufsteher versammelt, und sie drückten Nagelkerben in die Bierdeckel, weil sie sich aus den dunklen Gedanken rausgeschlafen hatten, weil ihnen nichts Gescheites einfiel: zu den zerkratzten Wänden in Dunkelgelb, zum Mohnrot der Schneiderweste, die die halb beschädigte Barbesitzerin heute trug. Halb krümmte sie sich, halb hielt sie sich aufrecht. Von ihrem Stehplatz vom äußeren Ende des Tresens aus konnte sie sie sehen, die Tochter des Fotografen, sie unterhielt sich mit einem jungen Ding, das halb deutsch halb undeutsch aussah. Wahrscheinlich kannten sie einander nicht sehr lange, wahrscheinlich traf sie keine Schuld, daß Helen fast an einem Schluck erstickte. Sie beide machten auf Cora einen besiegten Eindruck, sie war umgeben von den Besiegten, die man lange ärgern mußte, bis man ihnen aus der Tiefe des Rachens einen Grollaut entlockte. An ihren Armbeugen spannte sich glatte Haut, sie waren stolz, daß sie keine Einstichstellen befühlten.

Gut. Was sollte sie also Niklas berichten? Deine Tochter trifft sich mit fremden Frauen. Deine Tochter spuckt mir auf den Terrassenboden, sie ist entschuldigt, weil sie sich an meinem heißen Tee verschluckt hat. Deine Tochter, das sehe ich auf den ersten Blick, schaut sich unauffällig nach Männern um, ich gebe ihr keine zwei Monate, und sie hat einen neuen Freund. Nein, ein Spanier ist mir nicht aufgefallen, vielleicht versteckt er sich aber so gut, daß ich ihn nicht entdecken kann. Und wenn er ihr die Reifen zerstechen sollte, erkläre ich mich für nicht verantwortlich … Sie humpelte um den Tresen, vernahm den Gruß eines Besiegten und reagierte aber nicht darauf, sie zupfte am Saum der Weste und zog sie straff, das Kruzifix ruhte in der Mitte ihres Ausschnitts, in der Rinne zwischen ihren Brüsten, sie drückte das goldene Kreuz hinein, daß es nicht pendelte und ihr beim Hinken um die Ohren schlug, und als sie bei den beiden Frauen stand, schielte sie kurz an sich herunter und sagte: Helen, du kennst mich nicht, ich bin eine Verflossene deines Vaters, er hat mich gebeten, ein Auge auf dich zu haben, wenn du dich hier herumtreibst. Er meint es gut, und ich bin keine Spionin, das sollst du wissen. (Es bedrückte sie nicht, daß sie vor Monaten einen schmächtigen Gast mit einem Schlag zu Boden gestreckt hatte, er gehörte zu den Männern, die im betrunkenen Zustand schweinisch werden. Der Mann hatte laut vom Sex mit einem Hinkebein geschwärmt. Cora, die Barbesitzerin, nahm es zwar nicht genau mit den Umgangsformen. Aber. Die Bitte konnte sie Niklas unmöglich ausschlagen, sie konnte jedoch genausowenig einem ahnungslosen Mädchen hinterherspionieren. Übrigens, sie kannte Budapest nur aus den Bildbänden in ihrem Regal, das aus Sperrholzbrettern und Ziegelsteinen bestand.)

Ihr Vater, nicht verhärtet, nicht beschädigt, einer, der die Kunst in seinen Bildern verkennt, ihr Vater, nach dem man sucht, um ihm die Hälfte des anvertrauten Schmucks abzunehmen – sein Nachname endete zwar auf dt, aber einige wenige Freunde nannten ihn Held wie der Held in den Sagen. Irgendwann wird er im Rinnstein liegen, sagte ihre Mutter, doch sie glaubte ihr kein bißchen. Der fremden, halb eingeknickten Frau in der Zirkusweste glaubte sie sofort, und so geschah es, daß diese Frau die Abendgeschäfte dem Kellner übergab und Aneschka den Gitarrenkasten abnahm, den Rucksack konnte sie schlecht am Rücken tragen. Die Pragerin achtete darauf, daß die Schulterriemen ihres Wandersacks genau auf den Trägern ihres ärmellosen Mädchenoberteils auflagen. Das fiel Cora auf, und fast hätte sie ihr deswegen ein

Kompliment gemacht, sie hielt den Mund, stieg in den Leichenwagen ein, und wenig später stand sie Niklas gegenüber. Äffisch, daß ihm das Hemd oben und unten zwei Knöpfe offenstand, äffisch, daß er eine schwere Halskette trug wie die Kerle aus dem Balkan, und seltsam seine Worte: Ich wußte es, das Heimlichtun gefällt dir nicht.

Die Freundin ihrer Tochter schaute er nur kurz an und wünschte ihr, daß der Ausflug nach Berlin sich lohnte, er würde schallend lachen, wenn sie die Stadt bald Hals über Kopf verließe, und also mußte die halb eingestürzte Cora einschreiten, sie war in der Laune, ihm alle Knöpfe vom Hemd zu reißen. Während sie sich mit dem Fotografen stritt, saß Aneschka auf der Kante des Duschwannenpodests im Bad, sie starrte erst auf die Silberfische in den Fliesenfugen, dann starrte sie auf den Zehentrenner aus Schaumstoff, sie begann mit dem kleinen Zeh und trug durchsichtigen Unterlack auf, neun Zehen später hielt sie inne und folgte mit ihrem Blick einem Silberfisch, bis er in einer Ritze verschwand. Sie hörte ihr Mobiltelefon klingeln, Helen klopfte an die Tür und reichte es ihr durch den armbreiten Spalt, und sie erzählte dem geliebten Mann, ihrem Freund, was sie gerade tat, Französische Maniküre, sagte sie, ich trage Halbmonde aus weißem Lack auf die Fußnägelspitzen auf, ich werde warten, bis die Streifen trocknen, und ich werde in geraden Strichen vom Nagelbett bis zur Spitze alle Nägel mit rosa Klarlack überziehen, ich darf die ganze Zeit nicht zittern … Und sie erfuhr, daß er Fortschritte gemacht hatte in seinem Versuch, alte Männer nicht durch zu viel Empfindsamkeit zu verunsichern, denn die Alten würden zu den obersten Stockwerken der Häuser, zu den Dächern und Turmspitzen hochspähen, sie würden sogar damit rechnen, daß irgendwann ein Gebetsausrufer vom Minarett herunterfiel, dabei stieg man nicht mehr wie früher auf den höchsten Punkt eines Gotteshauses, aber gut. Sie konnte ihm folgen, obwohl sie es als Übertreibung ansah, den Blick nicht auf das zu lenken, was man sah und wovon man umgeben war. Sie schüttelte nah am Telefon das Nagellackfläschchen, und als er stutzte, sagte sie, sie hätte noch nicht entschieden, ob sie zum Zurückschieben der Nagelhaut ein Orangenholzstäbchen oder ein Hufstäbchen benutzen sollte. Und dann schwieg sie. Und hoffte. Ich werde wohl zu dir fahren müssen, sprach er, ich komme zu dir, das Eis in der Hölle soll schmelzen. (Waren seine Worte lächerlich? Müßte er nicht bei seinen Worten vorsichtig sein? In dieser Liebe nicht, nicht zu dieser Stunde.) Sie war nicht in der Stimmung, ihre Küsse durchs Telefon zu hauchen, also schwieg sie, und er legte einfach auf, der Abschied fiel ihm diesmal leicht.

Fast alle Frauen, die einen Mann liebten, zeigten sich an diesem Tag unnahbar, und die Männer, die ihre Kälte spürten, wandten sich ab von ihnen, nur für diesen Tag: Ferdas Kopf sank in die Mulde zwischen zwei Falten des Musselinvorhangs, dann auf das Kissen, der Vorhangsaum bedeckte Stirn Augen Nasenwurzel, zwei Fünftel seines Gesichts waren verborgen, die restlichen drei Fünftel vom feuchten grauen Gespinst verklebt, es war wie getrocknetes Pistazienharz, in dem Vogelfedern steckten, es war ein gehärteter Traumsud mit Splittern aus kleinen Wünschen. Nur bei Regenwetter fühle ich mich derart schlecht, dachte er und wartete auf den Anruf des Alten aus Istanbul, er würde ihn zum Saubermachen anstiften, zum Fensterputzen, denn der Tatendrang stellte sich nicht von alleine ein. Morgen war vielleicht der schönste Tag in seinem Leben.

Und der Fotograf? Seine Zugehfrau hatte ein frisches Handtuch längs gefaltet und über den Waschbeckenrand gelegt, und über diese Kleinigkeit freute er sich … wie konnte er also Cora besänftigen, da er doch nur in Ruhe einen Kaffee ohne Milch und Zucker trinken wollte, hier in der Küche. Ich bin so verlegen wie selten in meinem Leben, sagte sie, erzähl mir jetzt nichts von der Mücke und dem Elefanten, ich will jetzt gehen ... Natürlich ließ sie sich erst einmal auf einen Stuhl fallen, sie stützte sich wegen ihrer herabhängenden Hälfte an der Rückenlehne eines anderen Stuhls, ihre Wut war verraucht, und nun schaute sie ihn auf eine sonderbare Art an, ihr Blick streifte ihn immer wieder, es war der verbotene Blick eines Kindes auf das Bett im Elternschlafzimmer, dann aber kam die junge Tschechin und sagte: Darf ich euren Streit als erledigt betrachten? (In das Leben der anderen geriet sie sehr oft, öfter als nötig. In ihren Brillengläsern sollten sich die Männer und Frauen ruhig spiegeln, aber zu große Nähe war Verhängnis. Wer litt, blieb zu Hause und ging nicht tanzen.)

Der Fotograf wollte zu einer höflichen Antwort ansetzen, doch da flog die angelehnte Wohnungstür plötzlich auf, und dann sahen sie ihn alle, Aneschka, Helen, Cora. Der Fotograf, der dem Spanier am nächsten stand, schaute in die Mündung einer Waffe, einer Gaspistole, doch das konnte er nicht wissen, und sie warteten auf einen Drohruf, auf einen Verzweiflungsschrei, auf die Ankündigung, daß er sie als Geiseln in die Küche oder in ein anderes Zimmer sperren würde. Der Spanier richtete die Pistole auf den Mann, der ihn mit einer Anstecknadel gestochen hatte, als wäre er ein Insekt, das man in einen Weinkorken pinnt, und er war gekommen, um ihm, aber auch seiner gewesenen Freundin Angst einzujagen, man schrieb ihn nicht einfach so ab. Tatsächlich verlor er sich in diesen Gedanken, und da flogen ihm zwei rosa Zehentrimmer ins Gesicht, er richtete vor Schreck die Waffe gegen die Decke und feuerte einmal ab, der Knall löste den Fotografen aus der Erstarrung, und er klappte in der Körpermitte ein und bohrte sich mit dem Kopf voran in den Spanier. Sie fielen auf die dicke Schmutzfangmatte, die drei Frauen starrten auf das Schulbubengerangel am Boden, Cora bückte sich und hob die Waffe auf, steckte sie zur Sicherheit hinten in den Hosenbund, doch dann fürchtete sie, sie könnte aus Versehen losgehen und ihr die heile Hälfte wegschießen, also legte sie sie in das

Spülbecken neben die nicht abgewaschenen und mit Wasser gefüllten Kaffeebecher. Niklas preßte sich mit dem ganzen Körper gegen den Spanier, der anfing, wie ein Hundewelpe nach ihm zu schnappen, hör auf damit, schrie er, sonst beiße ich dir das schöne Gesicht kaputt, und wie durch ein Wunder hielt der Spanier daraufhin still. Er sprach leise, erst auf spanisch, dann auf deutsch, und die drei stehenden Frauen hörten ihm gespannt zu – wann hatte man schon Gelegenheit, einen besiegten Amokläufer bei seiner kleinen Beichte zu erleben – ich habe es mir zurechtgelegt, flüsterte er, ein Schritt nach dem anderen, und am Ende die böse Überraschung, nicht für mich, für dich, du hast sie mir weggenommen, jetzt habe ich mich kaputtgehauen, ich will doch nur … Du bekommst mich nicht, sagte seine gewesene Frau, steh auf und geh einfach weg. Und was geschah? Er stand auf, verlangte seine Waffe zurück und ging aber mit leeren Händen weg, sie sahen ihm hinterher, er hatte seinen Kragen naßgeschwitzt, eine Ärmelnaht war aufgeplatzt, und es überraschte die drei Frauen, daß Niklas ihm folgte, er stieg langsam die Treppen hinunter, sie konnten seine Kopfhaut durch das schüttere Haar durchscheinen sehen.

Vor dem Haus, dann zehn Schritte weiter weg, drehte sich der Spanier um, Niklas sagte: Du hast sie mit deinen Schlägen vertrieben, das muß dir doch klar sein, mich trifft keine Schuld. Jeder Schlag war ein Schritt von dir weg. (Ein schuldiger Liebender braucht keine Belehrung – es ist vorbei, es ist, als hätte all das nicht stattgefunden. All das? Der Kleinkram der Liebe liegt bei dem Spanier in der Wohnung, verstreut über die Schubladen und die Stauflächen der Schränke und Kommoden: Haare, Kamm, Nylonstrümpfe, Make-up-Utensilien, falsche Fingernägel. Daher brachte es ihn aus der Fassung, als ihm die Zehentrimmer ins Gesicht flogen. Auch der idiotisch Rasende, auch der um seine Verkommenheit wissende Mann braucht viele Tage, um zu begreifen. Da wird er den Kleinkram in Tüten stopfen und entsorgen. All das? Ja, das war's.)

Der Spanier verließ sich auf seine Kondition und entschied, den langen Weg nach Hause zu Fuß zurückzulegen.

Und der Fotograf? Er sprach niemals von seinen Arbeiten oder Fotografien, er sprach von seinen Bildern. Er sprach niemals von seinen Apparaten und der Mechanik, er sprach immer davon, daß es genauso einfach wäre, wie einen Grashalm zu knicken – also nannten ihn einige auch den Grashalmknikker; es paßte, weil er keine vier Klimmzüge in Folge machen konnte. Auf einem guten oder schönen Bild war alles am richtigen Platz, er malte sie zusammen, und dann summte eine Mücke neben einem Elefanten, und im Hintergrund, in der natürlichen Unschärfe belassen, ging gerade der Zoowart mit dem vollen Dungkübel vorbei, und es geschah, daß eine schöne Frau, die seine Einladung nicht ausschlug und das Foto im rahmenlosen Bildhalter an der Wand ansah … daß diese Frau sagte: Der Elefant hat aber einen sehr runzeligen Rüssel, hast du etwa nachgebessert? Das tat er nur selten, wie im Falle eines Mannes, dem ein Marder die Kühlschläuche seines Wagens zerbissen hatte, und der Mann schrie, daß man die Marder in der Stadt zurück in die Wildnis treiben sollte, und in dem Augenblick, da ihm die Halsschlagader geschwollen war, hatte er auf den Auslöser gedrückt. Später aber mußte er ihm eine Narbe wegretuschieren, sie zog den Mundwinkel nach oben und ließ den Entrüsteten unglaubwürdig erscheinen.

In der Kälte froren die Menschen ein, in der Wärme wurden sie leichtsinnig, und wann immer aber ein Schatten auf sie fiel – der Schatten eines auf Stützrädern fahrenden Kindes, der Schatten einer aufflatternden Krähe mit einem halben Butterbrötchen im Schnabel –, stutzten sie, als griffe eine Hand nach ihnen und zöge sie weg. Es kam ihm nicht komisch vor, daß er meist in der Nähe eines kurz beschatteten Mannes war, bei Frauen mußte er achtgeben, er wollte keine Frau in einer Angstsekunde überrumpeln, das stand ihm nicht zu. Trotzdem machte er Bilder von ihnen, und einmal hatte er eine alte Dame fotografiert: Sie steckte erst nach langem Zögern ihren Kopf in die Höhle eines Summsteins und fing an, zu brummen, und da, bei einem tiefen Ton, summte der Stein. Auf dem Bild sah man sie erschrocken zusammenfahren, ihre frisch frisierte und wunderschön glänzende Haarhaube halb in der Höhle, das Ledertäschchen war im Schwung eingefangen, und zwei gaffende Kleinkinder zeigten seltsamerweise ihre Handinnenflächen vor, so als wären sie endlich bereit, sich zu ergeben.

Seine Tochter Helen hielt ihn für einen Jäger der Schwärmer, die die meiste Zeit unentdeckt bleiben wollten, die bewußt steif dahergingen und spröde dahinsprachen, um sich zu tarnen. Kam er in ihre Nähe, täuschte er Steifheit vor und schoß ein Foto, zeichnete das Porträt des Schwärmers in einem beobachteten Moment. Er versteckte ein Bild vor ihr, das Bild des Spaniers beim tiefen Einatmen auf offener Straße, das enge Hemd spannte über der Brust, und hinter ihm ein dikker Taxifahrer, der am offenen Wagenschlag stand und dem fremden schlanken Mann spöttisch nachschaute – das Glück jener Tage war zerronnen.

Und also wechselte Niklas Heldt die Straßenseite, lehnte an einem Steinpoller und hoffte die nächste halbe Stunde auf eine Eingebung, es machte keinen Sinn, zurückzukehren in die Wohnung, er wäre den drei Frauen nicht gewachsen, sie würden ihn bestimmt in ein Gespräch verwickeln wollen, in dem es um Versagen und Bestehen ginge. Eine Unterhaltung im Gefolge einer sinnlosen Tat schwebte Helen und Aneschka und auch der Barbesitzerin keineswegs vor, die Zehentrenner waren in der Kulturtasche verschwunden, und die Kaffeetassen standen verkehrt herum im Abtropfgitter, Cora schluckte, weil ihre ruinierte Hälfte zitterte, eine Tablette und wünschte einen angenehmen Tag. Es würde sie nicht weiterbringen, wenn sie die Polizei anriefen, sie winkte ihrem angelehnt dämmernden Schwarm zu und eilte weiter: Sie wurde von Bienen umflogen, zwei Bienen flogen um ihren Kopf, und das Hinken verwirrte sie kurz, doch da war keine Hand, die sie wegwedelte. Eine Biene war an diesem Morgen durch die Lüftungsklappen mit der Luft in ein Auto gesogen worden, und sie hatte es überlebt, und sie flog durch das offene Seitenfenster, vielmehr wurde sie vom Fahrtwind erfaßt und fast gegen einen Laternenpfahl geschleudert, ihre Flügel und ihr molliger kleiner Körper blieben heil. Die andere Biene hatte sich ihr angeschlossen, ein Windstoß wehte sie zusammen, das Mohnrot einer Weste zog die Bienen an, und weil sie den aufragenden Kopf für die Staubblätter eines Tausendgüldenkrauts hielten, schwirrten sie heran.

Und Cora, vom Gesumm belästigt, von ihren Gedanken an den Fotografen abgelenkt, zog den Kopf ein und flüchtete in eine Bar und bestellte den Hauswein mit einem einzigen Eiswürfel, der Wein, das wußte sie, schmeckte lausig, der Eiswürfel, das hatte sie sich abgeschaut, schmolz schnell, und man konnte sich nach dem dritten Schluck einbilden, daß man verwässerten Kirschsirup trank. Der Kettenanhänger lag genau auf dem ersten zugeknöpften Westenknopf, und als sie ihn hastig in den Ausschnitt steckte, wurde ein junger Mann auf sie aufmerksam, er band sich gerade die kurze Kellnerschürze um, der Saum umflatterte seine Oberschenkel und ließ ihn albern aussehen. Er kannte sie, sie kannte ihn nicht. (Die Bar ›*Razzia in Budapest*‹ wurde von den meisten Anwohnern für eine Eckkneipe gehalten, in der sich Rocker oder die bunten Hunde der kriminellen Szene aufhielten. Doch das war falsch. An manchen Tagen konnte man auf der Terrasse auffallend viele Tätowierte entdecken, sie fanden große Freude daran, durch finsteres Stieren aus dem Dunkel unter der Markise ihren Hoheitsanspruch auf ein Stück Pflaster geltend zu machen. Ansonsten waren sie nett, sie halfen jedem auf, der hinfiel, sie wären auch Cora, der Herrin über ihre Getränke, zu Hilfe geeilt und hätten die staubblätterverliebten Bienen verscheucht.) Eine Frau, die Wein trank, in dem ein Eiswürfel schwamm, war für den jungen Mann interessant.

Zu Coras Verblüffung verbeugte er sich an ihrem Tisch, altmodische alte Männer stießen sie ab, altmodische junge Männer aber … hatte sie bislang nicht getroffen. Budapest, sagte er, Sie sind die Budapesterin, bin ich nicht, sagte sie, Sie tragen auch keine Hundemarke, oder? Natürlich hatte er mit Worten der Anerkennung gerechnet, er wollte ihr nur ein Kompliment machen und sie lächeln sehen, und da sein Wunsch nicht in Erfüllung ging, da ihn ihre schroffe Antwort verletzte, nickte er langsam und bediente andere Gäste. Dann aber flüsterte jemand, nah an seinem Ohr und hinter seinem Rücken, jemand flüsterte: Tut mir leid, es ist wegen der Gaspistole, die losging, und wegen der Bienen. Sie kletterte auf einen Barhocker, und er stand am Tresen, eine Viertelstunde nach dem kleinen Zusammenstoß, denn tatsächlich war er vor Schreck mit ihr kollidiert. Er sagte: Sie duzen mich, ich find's gut, soll ich Sie trotzdem weiter siezen? Nein, sagte sie, das wäre dumm. Euer Wein ist teuer und schmeckt schlecht, wieso tut ihr das? Weil der Chef Geld verdienen will, Sie … du kennst das ja. Am liebsten hätte sie ihn wieder zurechtgewiesen, sie hielt sich aber zurück, er schaute ihr direkt ins Gesicht, deshalb wurde sie für Sekunden unaufmerksam und rutschte vom Sitz herunter, sie konnte sich noch an der Tresenkante festhalten. Vertreibe ich ihm die Langeweile, dachte sie, unterhält er sich mit mir, weil er auf ein freies Getränk in meiner Bar spekuliert? Bin ich in seinen Augen die wüste Mutter mit dem Goldkruzifix zwischen den großen Brüsten? Oder glaubt er, daß ich in meinem Menopausenalter für jedes Gespräch mit einem Mann dankbar bin? Und sie sagte: Wieso möchtest du eigentlich mit mir sprechen? Hast du was auf dem Herzen? … Er lief rot an und wandte sich kurz ab und stammelte, daß er nicht vorgehabt hatte, sie wie die Bienen zu belästigen, er erhoffte sich nichts davon, nein falsch, es wäre auch egal. Was ist egal? sagte sie, willst du mich ausführen? Sie hätte sich fast wie die Tochter des Fotografen verschluckt, als er bejahte, aber sie hatte ja noch keinen Schluck genommen, statt dessen biß sie ins Weinglas, biß einen großen Splitter heraus und spuckte ihn aus, sie war unverletzt geblieben, sie nahm sich vor, diesen Tag als eigenartig zu bezeichnen, später, wenn sie nachts im Bett in Gedanken den Tag durchging.

Jetzt stellte er das rechte Bein auf die Fußstütze des Barhockers, auf dem sie saß, er krempelte die Jeanshose mehrmals um und zeigte ihr die Wadentätowierung: Ein Frauenkopf, die Nase bestand aus zwei Punkten, die Augen schwarz umrandet, ein Lichtpunkt auf den roten Lippen, Lichtpunkte auf dem dünnen Seitenscheitel. Sehen Sie … siehst du die Ähnlichkeit? sagte er, vor zwei Jahren hat ihn mir ein Freund gestochen, er hat behauptet, er würde sich bei seinen Motiven auf seine Phantasie verlassen, er hat gelogen. Siehst du die beiden Worte, ›Cora Contra‹? Nicht Coca-Cola, sondern Cora gibt Contra … Sie ließ ihn davon schwärmen, daß er in düsteren Zeiten sich immer an diese Durchhalteparole gehalten hätte, sie las die Worte auf seiner verstoppelten Wade, wahrscheinlich rasierte sich der Junge regelmäßig und war aber nachlässig geworden, und da er in seiner Schwärmerei eindeutig übertrieb, unterbrach sie ihn und fragte, ob er mit dem Bild auf der Wade ausgehen wollte. Er eilte schnell zu einem Tisch und nahm die Bestellung auf, die Frauen am Tisch musterten ihn, sie starrten auf das bis zum Knie umgekrempelte Hosenbein, ihm schien es nichts auszumachen, er war vor der halb versehrten leibhaftigen Cora geflohen, und er dachte über eine Möglichkeit nach, sie auf ein kleines Abenteuer einzustimmen.

Kaum war er zurück am Tresen, sprach sie ihn auf den

Tätowierer an, wie hieß er und, noch wichtiger, wo würde er seiner fragwürdigen Arbeit nachgehen. Tom, der gute Mann, sagte der Junge, so haben ihn alle genannt, er krümmte sich wie ein Kind mit dem Malstift über viele Körperteile, und manchmal war der Vorhang zwischen dem Wartezimmer und seinem Arbeitsraum zugezogen, da wußte ich, er krümmt sich über einen … Intimbereich, er hat einen Idioten rausgeprügelt, der durch einen Spalt im Vorhang reinspähte, nein, das war Toms Kunde, dem hat es nichts ausgemacht, vom Nabel bis zur Zehe nackt zu sein. Jedenfalls waren wir alle glücklich, denn der gute Mann hat uns das gegeben, was wir verlangten, nur ich hatte keine Idee, ich wollte nicht Yin und Yang, kein blutendes Herz, keine Schlange, die sich um eine Palme windet, nicht Anker, Kreuz und Herz, nicht einen von einem Dolch durchbohrten Totenschädel. Tom zeigte mir keltische Spiralkreise, aber nein, und schließlich ließ ich ihn machen. Irgendwann verschwand er, einen offiziellen Laden hatte er nie, seine Wohnung war gleichzeitig auch sein Atelier, er ist von hier weggezogen. Wohin? Keine Ahnung … Tom wie Thomas, dachte sie, Tom wie der verwirrte Mann, dessen sie sich annahm in den Monaten, da sie die tätowierten Kerle in ihrer Bar nicht ertrug, Tom zeichnete sie alle als Besiegte, und sie ließen ihn machen. Tom wie Thomas, der ihr zweitausend Euro schuldete, falsch, zweitausend Mark, dann kam die Währungsumstellung, und er fing an, von den Körpermalen zu sprechen, die er zeichnete, und er begeisterte sich an der Vorstellung, daß lebende Litfaßsäulen für ihn warben, der Sommer war die Jahreszeit seiner Hochstimmung, denn die leichtbekleideten Besiegten zeigten die Bilder auf ihrer Haut, es konnte passieren, daß Tom an einem einzigen Tag ein halbes Dutzend Kunden sah. Gut, sagte sie, gut – bekomme ich Falten im Gesicht, wenn du einen Wadenkrampf hast? Darauf habe ich nicht geachtet, sagte er, werde ich das nächste Mal tun. Nimmst du meine Einladung an? … Warum sollte ich es?

Er hatte sich in eine Wadenprominente verschossen, wollte sie mehr als diese stoppelige Wade anfassen? Und sie ging in Gedanken die Fragen in folgender Reihenfolge durch:

Wird er mich seiner Mutter vorstellen?

Werde ich dann feststellen müssen, daß sie zwei Jahre jünger ist als ich?

Hält er mich für eine ältere Schwester, mit der anzubändeln nicht mit einem Verbot belegt ist? (Eine schlimme Unterstellung, sie schüttelt sich und schließt kurz die Augen. Besser, sie hätte nicht diesen kriminellen Gedanken gehabt.)

Werde ich kein schlechtes Gewissen haben, wenn ich mich auf diese … Sache einlasse – wird Niklas sich von mir nicht endgültig abwenden?

Einem kleinen Unglück mißt man manchmal eine große Bedeutung zu, und so glaubte Cora später, eingehüllt vom Rosenrot eines Tagtraums, daß der Weinglassplitter zwischen ihren Zähnen auf das künftige Schlimme Beißende hinwies, das Schlimme Beißende war mal ein rempelnder Passant, mal Zahnfleischbluten beim Zähneputzen, es befiel sie bei einem plötzlichen Wutausbruch eines Besiegten und bei Wetterumschwüngen. Am Abendhimmel zeigte sich keine einzige Wolke, sie lag im Bett und dachte über diesen Tag der vielen Fragen nach, über den Jungen, der gerne an der Seite einer Kiezberühmtheit gesehen werden wollte, sie fühlte auch keine Scham dabei, sich dem Jungen nackt und frisch epiliert vorzustellen. Ihre hinkende Hälfte ragte über den Bettrand hinaus, ihr Fuß lag auf dem Teppich auf, die Kante, die ihre mittlerweile verstorbene französische Bulldogge zerbissen hatte, sah aus wie eine große bleiche Zunge. Sie tat besser daran, die Ohrstöpsel zu benutzen, denn heute empfing die Studentin den Kroaten in ihrem Schauderzimmer, und ihre Mädchenlaute drangen durch die Decke bis zu Coras Wohnung, sie war der Floh, den Cora husten hörte.

Der Einbrecher, der im Hinterhof auf die Altpapiertonne stieg, um unbemerkt das Badezimmerfenster aufzustemmen, vernahm einen Mädchenlaut, den er aber für den letzten Seufzer eines mechanischen Spielzeugs hielt, und da er sich leicht klopfenden Herzens durch das Fenster zwängte, den Kopf voran und die Füße noch durch den Fensterrahmen an die Flanken gepreßt, konnte er nur auf die Bodenfliesen starren, als er einen Luftzug spürte, und dann zog ihn jemand an den Haaren hoch und hielt ihm ein Feuerzeug unter die Nase. Wenn du zuckst, dreh' ich am Feuerzeugrad, und die Flamme verkohlt dir dein Näschen! Eine falsche Bewegung, und du bist gegrillt! Soll ich mit Ja antworten, oder soll ich nicken, sagte er. Nicken ist besser, sagte Cora, ein Perverser steigt in meine Wohnung ein, ich werd' verrückt. Er wollte widersprechen, doch die irre Frau riß ihm ein Büschel Haare aus und packte wieder zu, er entschied sich fürs Stillhalten, er steckte fest, seine Beine hingen in der Luft, und dann bekam er auch noch einen Schluckauf.

Fast hätte sie am Rad gedreht, blitzschnell zog sie einen Plastikhocker mit dem Bein heran und setzte sich hin, jetzt war er gezwungen, auf ihre nackten Knie zu starren. In diesem Augenblick hörte er einen Mädchenlaut, und einen zweiten und einen dritten, er beschloß, daß es das Beste war, die Laute zu zählen, immer wieder wurde er von einem Hicks durchgeschüttelt, die Frau machte keine Anstalten, ihn freizugeben, er hielt es nicht länger aus und sagte, er wollte nur eine Sache richtigstellen, ja, sie hatte ihn bei einem Raubzug erwischt, nein, er würde nie im Leben in fremde Wohnungen einbrechen, um einer Frau etwas anzutun, und außerdem hätte er nie im Leben damit gerechnet, daß sie zu Hause war … Nie im Leben, nie im Leben, schrie Cora, fällt dir nichts Besseres ein? Du lügst. Nein, sagte er, darf ich vielleicht meinen Kopf auf Ihrem Knie aufstützen, bitte nicht falsch verstehen, mein Nacken tut entsetzlich weh, wenn Sie erlauben, lege ich meinen Hinterkopf auf ihr Knie, und Sie halten das Feuerzeug unter meinen linken Nasenflügel, ich bin Ihnen so oder so ausgeliefert. Cora zog ihn leicht an den Haaren und drückte ihm das spitze Knie ins Ohr, sie achtete darauf, daß seine Arme im Fensterrahmen blieben, sie würde sich von einem Halbperversen nicht einlullen lassen. Ich bin früher als gewohnt nach Hause gekommen, sprach sie, das stimmt, du weißt also, wo ich arbeite, also hast du wahrscheinlich schon in meiner Bar gesessen. Hab' ich, sagte er. Wie heißt du? Robert, sagte er. Ich soll dir glauben, daß du mich nicht im Schlaf anfallen wolltest. Und wahrscheinlich verlangst du von mir, daß ich dich laufen lasse. Und bei der nächsten Gelegenheit stellst du es etwas geschickter an, brichst bei mir ein und vergewaltigst mich. Nie im Leben, rief er, und sein Kopf hüpfte kurz von ihrem Knie – sie schwieg, er hickste einige Male, die Studentin und der Kroate erreichten gemeinsam den Höhepunkt. Wann bist du geboren? Achtzehnter Zwölfter Vierundsechzig, sagte er. Ein Schütze, stellte sie fest, Schützen gelten als untreu, schweinisch, einfallslos, gewalttätig und sehr blöd. Das gilt vor allem für die Schützenmänner. Da hab' ich aber was anderes gehört, sagte er – jetzt schmerzte ihm das Ohr, und als er versuchte, auf die Wange abzurollen, zog sie ihn an den Haaren, sein Schmerzenslaut wurde von einem heftigen Hickser unterbrochen.

Das war eindeutig keine Pattsituation, sie konnte mit ihm spielen, solange sie wollte, und zu allem Überfluß rief jemand von oben, was er denn da machte. Cora schrie zurück, er sollte bitte zum Hinterhof runtergehen und sich dann melden. Einige wenige Minuten später schrie ein Mann von unterhalb der Füße von Robert, er könnte ihn herunterziehen und ihm die Wirbelsäule herausbeißen, und da zappelte er, von großer Unruhe erfaßt, sich aus dem Fensterrahmen frei, wurde aber im Badezimmer sofort heruntergerissen und von der irren Frau in den Schwitzkasten genommen – sie führte ihn rüde bis zur Wohnungstür, und plötzlich ließ sie sich mit ihm fallen, sein Kopf donnerte gegen den nackten Steinboden. Cora schnellte hoch und schloß dem Kroaten auf, tatsächlich, da stand er, bis auf die enge Radlerhose war er nackt, und er fragte sie sogleich, ob sie den fremden Mann erwürgt hatte. Nein, sagte sie, er ist ohnmächtig geworden, ich glaube nicht, daß er mir Gewalt antun wollte … Er ging in die Hocke und fuhr mit spitzen Fingern durch das Haar des Bewußtlosen, als suchte er nach Läuseeiern, er fand keine blutende Platzwunde und auch sonst keinen Grund, sich länger mit ihm zu beschäftigen, und als die Frau im knielangen Fußballtrikot vorschlug, gemeinsam ein Glas Himbeersaft zu trinken und darüber zu beraten, was man tun sollte mit dem liegenden Mann, der nicht die ganze Nacht dort im Flur liegen durfte … als sie ihm auch noch einen Morgenmantel anbot, hielt Mladen inne: Er fror nicht, und er mißtraute Frauen, die ihn in andere Kleidungsstücke stecken wollten, als die, die er trug, er hätte vorhin auf den Container steigen und seine Drohung wahr machen sollen. Mladen lehnte Himbeersaft und Morgenmantel ab, statt eine nach jedem Schluck in denselben Traum verrutschende Frau anzustarren, machte er kehrt, zog den träumenden Einbrecher an beiden Handgelenken in die Küche und setzte sich vorsichtshalber auf den Boden, ein kleiner Stoß oder ein härterer Schlag würde den Kerl besänftigen. Sie warteten schweigend, bis er endlich aufwachte, und sie waren überrascht, daß er sagte, gut, er hätte verstanden, und bevor die Polizei käme, würde er doch gerne auch Saft trinken.

Blutfest in den Innenstädten, Townships für Topverdiener: Wir ziehen nicht ab, wir vergelten es ihnen mit gleicher Münze, wir sehen uns im Mauerpark und auf der Straße! Der beidseitig bedruckte Handzettel war an den Rändern mit Totenköpfen versehen, auf der Rückseite ordneten sich Tintenkleckse zu Konturen eines großen weißen Sterns, in dessen

Mitte eine schwarzbehandschuhte Hand eingelassen war. Wer auch immer dieses Flugblatt entworfen hatte, wußte um das Unvermeidliche – die einen werden verdrängt, die anderen rücken nach, und sie haben das Geld, die verwohnten Höhlen auszumisten, in diesen Räumen wurde früher über das Grundrecht debattiert, schlampig sein zu dürfen, denn wurden nicht überall die alten Obdachlosen von jungen Hauptschülern angegriffen, denn wurde nicht überall, im Elternhaus, in der Schule und in anderen Erziehungsanstalten, Sauberkeit gelehrt: So wie man Saatgut in Reihen säte, so erzog man die Kleinen zu Knilchen, und wer herausbrach, tat dies mit einer neu erwachten Liebe zu Fett, Schmutz und Unrat. Über die vermögenden Anwohner ließ sich vieles sagen, aber es war so falsch nicht, die Widerstandslosungen zu übertünchen, man zieht doch nicht in ein Heim ein, um sich zu verstecken.

Lärm und Lüsternheit. Mein Meister fluchte oft über die Liederlichen, die Bürgerwohnungen bezogen, sie quetschten ihre Füße in schwarze Soldatenstiefel, weil die Mode es vorgab. Und weil sie in die Hocke gingen, um kleine fremde Hunde zu streicheln, riß die Sohle in der Mitte. Es machte ihnen nichts aus, sie liefen auf gespaltenen Sohlen und zogen sich eine Gehbehinderung zu, der Knilch wird zum Krüppel, rief mein Meister aus, der Krüppel bringt mir seine zerlatschten Nahkampftreter, der Geruch des Leders steigt mir in die Nase und trocknet die Schleimhäute aus … Er hatte mir freigegeben. Er hatte in den Hörer geschrien, daß mir jedes Talent fehlte, ordentliche Schuhe zu machen, in den kommenden Wochen sollte ich ihn in Ruhe lassen, er dulde keinen Narren in seiner Umgebung, ich möge doch bitte schön mein Glück bei der Feuerwehr versuchen.

Alle Notzufahrten sind mir verschlossen, dachte ich, und jetzt muß ich also in Berlin, wieder einmal in Berlin, eine Frau umstimmen. Ein glimmendes Scheit ins Dunkel halten. Hoffen, daß der Dunst, der schwarze Dunst vor meinen Augen, verflog. Es gab die Zeit, da mein Meister Pastetenrinden für Brot aß, die Not lehrte Künste, und seither glaubte er an die Macht der Rute, wenn die Rute ausgedient hat, muß sie in den Ofen, sagte er, und was sollte ich Aneschka sagen, sollte ich mich ihr zeigen, als wäre ich in neuen Künsten geschult, als hätten mir die Schläge den unsauberen Geist ausgetrieben, als wäre ich ein Verwandelter, der einen Zehentrenner von einem modischen Plastikkamm unterscheiden konnte. Ich starrte auf das Flugblatt und verstand: Die Widerständler hatten in geschälte halbe Kartoffeln die Umrißform einer Faust geschnitzt und sie ausgehöhlt, um mit dem Kartoffelstempel auf hundert fünfhundert tausend Handzettel das Bildzeichen ihrer Bewegung zu drucken. Es wurde Zeit, Aneschka zu treffen, die Bahnsteige in der Tiefetage des Berliner Hauptbahnhofs waren voller Wochenendbesucher, ich sah eine Handvoll Süddeutscher am Fahrplanglaskasten, und weil die Männer verlegen nach dem Ausgang aus diesem tiefen Schacht schielten, hielten sie es nicht mehr aus und stimmten wilde Gesänge an, es klang wie der Nachhall kleiner Detonationen. Der Griff meines Koffers brach auf der Rolltreppe, die Lust verging mir nicht, die zu Mittag Verschnapsten umschwirrten mich auf dem Vorplatz, die Lust verging mir nicht, und als ich vor ihr stand, überreichte ich ihr Wiesenschaumkraut und Kuckucksnelken mit geschlitzten rosa Blüten im Strauß, und ich sagte: Habe sie frühmorgens gerupft, vom Straßenrand, habe die Stengel schräg geschnitten, weil sie dann mehr Wasser aufnehmen und länger leben, in einer weißen Vase oder in einem hohen Wasserglas machen sie sich bestimmt gut …

Ihre lackierten Zehennägel, die Halbmonde auf den Zehenkuppen. Ein Luftzug ließ die Staubfäden an der Stützsäule im Eingang zittern, Ferda blickte an ihr vorbei ins Zimmer, und vielleicht würden ihm die vertrockneten Maikränze auffallen, die an den Balkonbrüstungen im Haus gegenüber hingen, in der Hornissenhitze der letzten zwei Tage verdorrte alles in der Stadt, deshalb hatte sie auf Kaffee verzichtet und trank nur noch Entgiftungstee, so viele Insekten, so wenige Libellen, und kaum hatte sie es gedacht und wollte es aussprechen, entdeckte sie die Fliegenleichen auf seinem hellblauen Hemd. Und sie behielt dieses Geheimnis für sich. Die Halskette, an der an jedem dritten Glied eine eingefaßte Spiegelscherbe hing, er wollte danach greifen und verhielt aber in der Bewegung, in seiner Hosentasche waren fünf Glückspfennige aus fünf deutschen Städten, am Taxistand auf der Bürgersteigkante hatte er auch einen Pfennig, nein, einen Cent gefunden – sollte er die Tasche herauszupfen, damit ihr die Pfennige und die Centmünze vor die Füße, vor die glänzenden Zehen fielen? Und sie aßen dann im Bett. Kümmelstangen, nackt lagen sie auf den Bettdecken, die Beine ineinander verschränkt, die Tagesdecke glitt in dem Augenblick zu Boden, da Ferda davon erzählte, wie er einem Mann mit zertrümmerten Fersen Pistazien in einer Papiertüte abgekauft hatte. Der Mann riß eine Zeitungsseite in Streifen, rollte die Streifen zu Kegeln, drückte das spitze Ende fest und knickte es um, man hatte ihn versehentlich in die Toilette eingeschlossen, er war aus dem Fenster herausgeklettert und hatte sich zwei Stockwerke fallen lassen, ein Pistazienhändler, dem man ansah, daß er log, als er behauptete, er wäre ein Kriegsveteran, denn die Orden, die an der Brusttasche eines Jacketts hingen, zierten kyrillische Buchstaben … Nicht weitersprechen. Nicht eine Frau unterhalten wollen, die langsam fror und an den Oberschenkeln und Armen Gänsehaut bekam, besser wäre es, zu schweigen und die Tagesdecke über ihren schönen Körper zu ziehen. Und er tat es. Von Miesmuscheln im goldbraunen Breiteig erzählte er also nicht, aber von dem Jungen, der ihm Kardamomkaffee eingeschenkt hatte in ein Täßchen, in alter Zeit war es Brauch, die Kosten für das Hochzeitsfest zu übernehmen, wenn man das Täßchen auf den Tisch stellte, statt es dem Jungen mit der umgehängten Schnabelkanne in die Hand zu drücken; war der Junge schon verheiratet, mußte man einen Goldtaler in das Täßchen legen. An diese Bräuche hielt sich heute niemand, und nur die Hügelwilden, die ein wunderbares Türkisch sprachen, blieben manchmal mitten im Schritt stehen, ein sanfter Wind umwehte ihren ausrasierten Nacken und ließ sie sich an Vaters Sitten erinnern.

Aneschka hörte Laute und Wortfetzen von der Straße, die Autos fuhren langsam an dem übermannshohen Bretterzaun der Baustelle vorbei, den müden Männern auf den Balkonen trieb der Staub in der Luft Tränen in die Augen. Wenn mir der Koffer geklaut wird, verlier' ich fast meine ganze Garderobe, sagte sie, das wäre ein sehr effektiver Diebstahl, und sie räkelte sich unter der Decke und kroch darunter, weil der Nachbar Löcher in die Wand bohrte, er ehrte Vaters Sitte der Mittagsruhe und ließ aber nicht unnötig Zeit verstreichen, um einer seltsamen Arbeit nachzugehen. Sie hatten also dieses Apartment in der Schwedter Straße für zehn Tage gemietet, und kaum war der zweite Tag zu einem Dreiviertel vergangen, kam ihr Liebhaber und überreichte ihr einen Strauß Wiesenblumen, er sprach über dies, sie sprach über das, und während die Liebenden vorsichtige Worte dieser Zeit nach der Entzweiung fanden, zertrat der Sohn des Obsthändlers zwei Parallelstraßen weiter Kartons und Kisten, in seinem Kopf hatten sich andere Worte festgesetzt, und wenn nicht bei jedem Tritt, so doch bei jedem dritten flüsterte er: Morgen ist kein Untergang. Er war der Unterweisungen seines Vaters überdrüssig, das Echte sollte er nicht verraten und das Gute nicht verbessern; hier, in der Kastanienallee, da sich die Frauen in den Farben des Sommers kleideten, war es ratsam, sorglos zu erscheinen, und doch versteckte er seine Augen nicht hinter einer Sonnenbrille, und doch sann er bei jedem fünften und sechsten Tritt darüber nach, ob es nicht falsch klang, was er dem Kunden gesagt hatte. Der Kunde: Alles gut?

Er, der Sohn: Ja. Liebe klappt. Leben klappt. Geschäfte werden besser … Fast alles gelogen. Vor Zorn trat er besonders heftig zu, und er flüsterte wieder, daß morgen kein Untergang wäre, jetzt fragte der Kunde einen Mann: Ist der Kragen ab?, da flitzte eine französische Bulldogge mit Fledermausohren hinter einem Stromkasten hervor, nein, es war ein Terrier mit einem Plastiktrichter am Hals, er ließ sich von den Tritten nicht verängstigen, im Gegenteil, er schnupperte an seiner Schuhspitze. Als sein Herrchen ihn bei seinem Namen rief, mußte der Sohn des Obsthändlers grinsen, Mücke hieß der Terrier, Mücke wie die Fruchtfliege über der einzigen halben Wassermelone, die nicht in dünne Plastikfolie eingewickelt war.

Und während der vierzehnjährige Sohn eines kroatischen Obsthändlers den Ruf seines Vaters aus dem Laden vernahm und sich zwang, sorglos zu erscheinen, obwohl die Gedanken und Ideen in seinem Kopf ausliefen in seinen Körper, saß der geknebelte Einbrecher in Coras Wohnzimmer und sah ihr dabei zu, wie sie schnipsen übte. Sie ahmte mit den Fingern eine Kastagnette nach, in seinen Ohren klang es, als bräche man zehn Salzstangen im Bund in der Mitte entzwei. Sie hatte ihm den Mund netterweise nicht zugeklebt, er konnte also nach Herzenslust schreien, aber er würde doch nur andere auf sich aufmerksam machen. Der Himbeersaft hatte ihn nicht wirklich erfrischt, er war nur froh, daß der gewalttätige Ausländer nicht länger bei ihm stand – der Mann jagte ihm eine große Angst ein, er hatte Saft auf seine Haare geschüttet und sie mit bloßen Händen nach vorne frisiert, um ihn, wie er sagte, zu bestrafen.

Plötzlich hörte Cora auf zu schnipsen, und sie sagte: Wenn ich dich hier bei mir behalte, mache ich mich der Gefangennahme fremder Mitmenschen schuldig. Es fehlt noch, daß man mich einbuchtet. Ich lass' dich frei, hörst du, du bist kein gebürtiger Berliner, woher kommst du, lüg mich bloß nicht an, sonst hole ich Mladen, und er kämmt dir zwei Seitenscheitel in die Haare. Ich stamme aus Föhr, sagte Robert, das ist eine Insel im Norden. Ich hatte es satt, überall von Wasser umgeben zu sein, da bin ich hergezogen. Findest du es spießig, arbeiten zu gehen? sagte Cora … Nein … Heute sind zu viele seltsame Dinge passiert, sagte Cora, eine Gaspistole ist in meiner Nähe losgegangen, ein tätowierter Junge hat mich verknallt angestarrt, ich bin auf seiner Wade abgebildet, und zu guter Letzt steigst du mir in die Wohnung. Ich frag' dich gar nicht, ob du schnipsen kannst, du siehst mir eher wie einer aus, der nicht für Feinarbeit zuständig ist. An der U-Bahn-Station Eberswalder Straße ist ein Zeitungskiosk, Akuna Matata steht ganz groß auf der giftgrünen Markise, und eines Tages habe ich den Besitzer gefragt, ob das der Name seines afrikanischen Vaters wäre, natürlich hat ihm meine Frage nicht gefallen, aber er wußte, das ist kein böses Weib, das sich über ihn lustig macht. Akuna Matata ist Suaheli und bedeutet: Kein Problem. Ist der Aufregung nicht wert. Lassen wir es doch ruhig angehen. Holen wir tief Luft. Es gibt wichtigere Sachen, um die wir uns kümmern sollten. Der Kioskhändler hat noch andere Bedeutungen aufgesagt, und ich weiß nicht, ob er sich einen Spaß mit mir erlaubt hat – kannst du dir das vorstellen? Akuna Matata. Es ist, als hätte man in seiner Kulturtasche einen Koffer voller Kleider verstaut. Akuna Matata, das klingt wie … wie Zungenrollen auf ausländisch. Oder wie leichtes Händeklatschen. Wie das erste Mal zaubern, man zieht aber nicht einen weißen Hasen aus dem Zylinder, man zieht, ja, was eigentlich, man zieht bunte Seidentücher heraus, Tücher, die miteinander verknotet sind. Tücher, die erst in der Luft segeln, bevor sie auf den Boden fallen. Akuna Matata. Zwei Worte, sechs Silben – perfekt. Was habe ich also in den letzten zehn Minuten gemacht? Zu den Silben geschnipst. Das erste Wort muß man langsam beschnipsen, das zweite schnell, und wenn man dabei die Augen schließt, denkt man, es sind die Anfangstakte eines Lieds, das die Erstkläßler besonders gerne singen. So. Ich bin kaputt, du hast mir die Nacht versaut …

Und sie erzählte, daß sie im Verzug wäre, die beiden Angestellten würden auf sie warten und die Budapestbar nicht, wie von ihnen verlangt, aufschließen, so lebten sie eine halbe Stunde auf ihre Kosten, sie finanzierte ein paar Taugenichtse des Viertels und füllte Dutzende Besiegte ab, Robert in Fesseln schaute auf und äußerte den Wunsch, als freier Mann neben ihr hergehen zu wollen, er würde mit Putzen, Tresen- und Tischewischen, und seinetwegen auch mit Tellerwaschen, seine Schuld abtragen.

An meinem Menschentag verließ ich mein Haus Nummer fünfundzwanzig, fünf Stockwerke, ich lebte in der zweiten Etage, keine großen Sorgen, das meiste gelingt auf Anhieb nicht, aber beim übernächsten Versuch, Bockwurst in netter Umgebung essen, das war mein Fest an jedem Tag. Die meiste Zeit behielt ich mein Leben im Zimmer, Fenster schließen, und Lärm war ausgesperrt, mein Leben war mein Haustier, das ich fütterte, ohne daß jemand stehenblieb und einen Tadel aussprach. Zum Bockwurstessen ging ich raus und lief schnell zurück, ein Zimmer mit Kühlschrank, Bett und umgelegten Umzugskisten, die Öffnung freundlicherweise mir zugewandt. Darin Hemden Hosen Zeug. Dienstag war Menschentag. An diesem Dienstag lebte ich dem Unwetter entgegen, ich roch die Luft, und die Luft umgab mein Leben. Schaute ich nach rechts, blickte ich auf lange Straßen, schaute ich nach links, sah ich gute Leute vor Gebäuden. Meistens. Heute kam mir wer entgegen? Ein Irrer, er trug eine kurze Sporthose und darüber einen Damenslip – widerlich. Ich ziehe die Irren an, dachte ich, wenn sie besonders verstört waren, erinnerten sie sich an meinen Menschentag, machten sich fein, stürzten ins Freie, um nicht mehr heimlich zu toben in der privaten

Gummizelle. Für sie alle, für die Irren, war ja gesorgt, man verschrieb ihnen Ruhigsteller, die sie absetzten, sie liefen frei herum, ohne Freiheit im Kopf.

Die Bockwurst aß ich schnell auf, erst die Wurst, dann das Brötchen heute bekam ich ohne eine höfliche Bitte ein Glas Leitungswasser, in dem Kalkstücke schwammen. Da stellte sich ein verstörter Kerl neben mich und sagte: Die Huren lehne ich ab, und andere Frauen interessieren sich nicht für mich. Ich kannte ihn. Es hieß, er hätte seinen Verstand verloren, er steckte sich lange Papierfetzen in den Mund, zerkaute und spuckte sie aus. Also, ich ließ ihn stehen. Wer mit den falschen unguten Leuten ins Gespräch kam, ging unter, eine knappe Woche, länger dauerte es nicht. Ich haßte Weisheiten, aber die Praxis war stärker. Ich haßte es, wenn Menschen mir zu nahe kamen, aber ich verteilte für einen Geldschein Werbezettel, und ich konnte es nicht verhindern, daß ein Mieter am Briefkasten mir begegnete. Heute war ich allein an den Briefkästen, und da entdeckte ich an der Wand von der ersten Stufe bis zur Toilette auf halber Treppe eine Schlangenlinie. Eine Frau hatte dies Zeichen angebracht, da war ich mir sicher: Sie zückte ihren Lippenstift, und während sie die Treppen hochstieg, malte sie den Wurm mit Gänsehaut an die Wand, sie rächte sich, weil sie vergeblich auf den Aufzug hatte warten müssen. Eine Weile starrte ich hin, dann warf ich die Prospekte ein. Und weg war ich. Mein Herz, das klopfte, ich lüftete ein Geheimnis, und es klopfte und schlug mir gegen die Brust. Viele Häuser klapperte ich ab, ein Gruß dem Fremden hier, ein Gutentagwunsch dort, ich lächelte nur, damit sie sich ungefährdet fühlten. Eine Frau, ich sah sie wieder, dunkelbrauner Haaransatz, sie mußte sich die Haare wieder färben lassen. Und sie sagte: Sie können mir das Heft gleich so geben, ich blättere unterwegs darin. Das tat ich, ich kannte sie, eine Dame mit einer Vorliebe für Haarspray, wahrscheinlich haßte sie es, wenn ihr die Strähnen ins Gesicht geweht wurden. Sie fragte mich, wie ich meine freie Zeit verbrachte, ein Lächeln hätte sie beleidigt, und ich sagte: Herumstreifen. Hemden Hosen Zeug bügeln. Ich bügele anderer Leute Kleidersachen für bißchen Geld … Sie machte einen Schritt auf mich zu, es beängstigte mich nicht, daß sie jetzt in meiner Nähe war, und da sie schwieg, erklärte ich meine Geschäftsbedingungen: Damit mein Kunde Vertrauen faßt, überließ ich ihm für zwei Tage meinen Paß, ich brachte ihm die gebügelte Wäsche zurück, wir tauschten Paß gegen frische Wäsche, und später wollte der Kunde auf die Sicherheit verzichten, doch blieb ich eisern bei meiner Regel …

Die Frau streckte die Hand aus und stellte sich als Franziska vor, ich drückte ihre Hand und bot ihr meine Dienste an, selbstverständlich würde ich als Mann nur Wäsche von ihr annehmen, die das äußere Erscheinungsbild ausmachte. Sie verstand, ich verstand. Am Abend sollte ich wiederkommen. Und in der Zwischenzeit? In der Zwischenzeit traf ich einen Sonderling, bleich, eine Kerbe an der Stirn, dort wo zwei kleine Adern wie zwei Seitenarme im Fluß mündeten. Man dachte an eine Wünschelrute, und tatsächlich, der Mann war dafür bekannt, daß er Freunden und Fremden etwas zurief. Meist rief er: Langer Tag heute – wünsch dir was! Er konnte Lippenlesen, keine Lüge. Wenn man nicht stumm einen Wunsch aufsagte, ging er einem fast an die Kehle. Er ließ mich vorbeiziehen, weil mir die Mißbilligung wie ein Geruch anhaftete. Besser mich nicht anfassen. Besser wegsehen. Noch eine zweite Bockwurst, ich aß sie unbehelligt im Stehen. Und dann trat ich in ihr Haus Nummer hundertzweiundsechzig ein, in meiner Hand vier gefaltete große Plastiktaschen. Ihre Wäsche, Blusen, Oberhemden, Stoffhosen, lag im Bastkorb. Ich übergab ihr den Paß, und sie aber stutzte. Wollen wir es vielleicht anders machen? sagte sie, hören Sie, ich weiß, Sie haben Ihre Prinzipien, ich bin ein sehr vorsichtiger Mensch und lasse keine fremden Männer in meine Wohnung hinein.

Aber diesmal mache ich eine Ausnahme. Ich habe ein Bügelbrett und ein Bügeleisen, Sie kommen einfach zu mir hoch und bügeln. Ich koche für uns einen Kaffee … Bitte mit Milch und viel Zucker, sagte ich.

Sie stieg die Treppen vor mir her, ich trug den Korb und heftete den Blick fest auf den Boden, nein, auf die Treppenstufen, nein, auf ihre Füße, nein, auf ihre Füße in den Schuhen auf hohen Absätzen. Ich sah entlang des Schuhrands am Spann einen durchsichtigen Stoffsaum, nein, es waren transparente Ballenpolster, die in Füßlinge eingenäht waren. Viele Jahre als Kassierer gearbeitet, ich kannte die Regale, vor denen die Frauen standen und staunten. Die Nadel stach durch den Stoff, und die Nadel mußte durch alle Knopflöcher, dachte ich, die auf dem Wäschestapel im Korb obenauf liegende Bluse hatte Knöpfe in zwei verschiedenen Farben. Sie hatte die abgefallenen Knöpfe durch andere ersetzt und sie … sehr ungewöhnlich fest angenäht. Der Stoff knitterte um zwei Knöpfe, ich konnte die kleinen kurzen Falten nicht ausbügeln. In ihrer Wohnung. Ich war verschämt, und sie bemerkte es und lächelte, sie sagte: Sie können entweder wieder in ihre Straßenschuhe schlüpfen, oder Sie gehen sich die Füße waschen. Aber bitte im Waschbecken – kriegen Sie die Füße so weit hoch? Auf dem Grund der Badewanne lagen hautfarbene Strumpfhosen, sie hatte sie in Seifenlauge eingeweicht. Das Blut schoß mir wegen meiner Scham in den Kopf. Wieder im Wohnzimmer, nasse Füße, der Becher Kaffee auf dem Tisch, das Bügelbrett aufgestellt, die Kontrollampe des Bügeleisens leuchtet rot. Ich fange an, und bald saß sie auf dem Sessel und schaute mir zu. Ich hatte sie um Kleiderbügel gebeten, und bald waren über fünf Bügel Blusen gestülpt. Ich fragte, ob ich eine kurze Pause einlegen dürfe, und statt einer wirklichen Antwort sagte sie: Sind Sie von allen verlassen worden? … Hab' es verwunden, sagte ich, keine große Geschichte …

Es gab Männer, die mit der Wand sprachen. Es gab Männer, die Suppentüten kauften, nur um den Tütenrand mehrfach umzufalten und mit einer Wäscheklammer festzumachen. Eine Ordnung, die keine Ordnung war. Und in meiner Ordnung durfte es nur wenig Kopfzerbrechen geben. Sie hörte mir zu, vielleicht lauschte sie auch nur dem Klang meiner Stimme. Kaum ein Durchkommen, oder doch? sagte sie und erzählte von dem Arzt, den sie wegen ihrer Flugangst aufsuchte, nach etlichen Therapiestunden hatte sie es aufgegeben, er war schon großartig in seinem Fach, nur sie war … ein Seelenbiest … Wußte ich, wovon sie sprach? Ja, doch, sagte ich, wenn ich mit Ihrem letzten Wäschestück fertig bin, wollen Sie, daß ich sofort Ihre Wohnung verlasse? Oder sollen wir uns unterhalten? … Nur, wenn Sie nicht auf komische Gedanken kommen, sagte sie.

Dann sprachen wir miteinander, trockene Füße, gute Arbeit getan, diese Gedanken, schöne Gedanken, Blusen Oberhemden Hosen aufgehängt. Frische Wäsche. Ein bißchen schlecht war mir, ich hatte Hunger und traute mich nicht, es zuzugeben. Ich habe einen Schlag auf den Kopf gekriegt, sagte ich, ich war der falsche Kassierer an der falschen Kasse, der Junge, der das tat, wurde schnell geschnappt. Ich im Krankenhaus, lag wochenlang im Einzelzimmer. Bin genesen. Seitdem hält sich mein Kopf an zwei Geschwindigkeiten. Mal bin ich langsam wie kurz vor dem Einschlafen. Mal bin ich schnell, als hätte ich nur soundso viele Minuten zu leben. Hab's verwunden, hab's überwunden. So einer wie ich, der gilt bei den meisten als einer mit einem Dachschaden. Der Schaden wurde repariert. Kopf geflickt. Ist ein paar Jahre her … Was bekommen Sie für das Bügeln? sagte sie, wir haben vergessen, einen Preis auszumachen … Und sie gab mir vierzig Euro.

Ich steckte das Geld schnell ganz schnell ein, und in meinem Bauch verquollen Angst und Freude miteinander, ganz plötzlich, die Angst des Mannes vor der Gunst der Frau mischte sich mit der Freude des Mietbüglers über die vornehm geschminkte Kundin. Hatte den Kaffee kalt werden lassen, erstaunt über die vollgeschriebenen großen kleinen gelb-weiß gestreiften Notizzettel, ich erlaubte mir, mich umzuschauen: Ein Lotterleben führte sie nicht, an den Mappen der Hängeregistratur kein Staub, Bücher, einige wenige, in kleinen Stapeln über die Wohnung verteilt, an den Wänden hing kein einziges Bild, an zwei Wänden Zettel und Zettel und Zettel, ihre Handschrift wie Gerstenkörner im flauen Wind. Ohne um Erlaubnis zu fragen, stand ich auf, trat an eine Wand heran. Konnte ihre Schrift entziffern, über zwei nebeneinanderhängenden Zettel hatte sie folgendes geschrieben:

SCHLEHEN: Früchte so lange an Strauch lassen, bis sie reifen. Vorsicht, die Vögel, man muß den Vögeln zuvorkommen. Sie sind die natürlichen Konkurrenten bei der Schlehenernte!

Schlehenmarmelade: Wichtige Zutaten sind Kandis und Vanillestangen.

Was tat sie wohl gerade jetzt hinter meinem Rücken? Ich spürte es, sie fühlte sich unwohl, und bevor sie ihre Freundlichkeit bereute, kehrte ich zu meinem Sitzplatz zurück, faltete die Plastiktüten und schlüpfte in meine Schuhe. Füße trocken. Danke für den Kaffee, sagte ich, danke für die Arbeit – genießen Sie Ihren Abend … Wie wäre es, wenn Sie dort an der Tür sitzen würden, sagte sie, ich bringe Ihnen ein weiches Polster, Sie bekommen auch einen Teller grüne entkernte Oliven und Weißbrot. Wie wäre es, wenn Sie mir noch eine Weile Gesellschaft leisten? Keine Angst, von mir geht keine Gefahr aus. Sie sollen mich auch nicht beschützen. Wollen Sie? … Der harte Boden tut mir gut, sagte ich, das Polster brauche ich für meinen Rücken … Dann aß ich das Brot und die Oliven, ich achtete darauf, daß das Öl nicht auf die Dielen tropfte, und wenig später schlüpfte ich aus den Schuhen.

Ihre Geschichte, natürlich hatte sie mich gebeten zu bleiben, damit sie einem komischen Mann die Geschichte einer komischen Frau erzählen konnte: Dreimal die Woche ging sie mit Männern ins Bett, sie bezahlten sie für eine Stunde, für die ganze Nacht, und weil sie wählerisch war, durften die Kunden keine Hängebäuche haben, sie hielten sie für irgend jemanden, sie hielten sie für irgendeine Studentin, sie hielten sie für irgendeine geschiedene Ostdeutsche, und weil sie keine Auskünfte über sich gab und sich nur außerhalb mit ihnen traf, in Hotelzimmern in Westberlin, hielt die Treue der Männer zu ihr an, der eine liebte sie bei Tage, der andere mochte es am späten Abend, und der dritte hatte keine festen Zeiten, es war, als blätterte sie in einem Bilderbuch und sähe auf jeder Seite Spiegelbilder ihrer natürlichen Umgebung: Zu der Stunde einen abgestreiften Rock, zur anderen Stunde herabgefallene Notizzettel, sie beschrieb sie, wenn ihr unterwegs ein Einfall kam, wenn sie einem Gespräch in der U-Bahn lauschte, wenn sie einfach nur ihre Hände ihre Finger ihre Handgelenke beschäftigen wollte; dieses Bilderbuch also, und es gab eine besondere Seite, auf der drei schwarzbraune Hengste auf der Koppel, ganz hinten am Gatter, beieinanderstehend abgebildet waren, sie rührten sich nicht, ihre Hälse berührten sich leicht, Pferde waren so schön nackt, und deshalb schlug sie oft, im Abendrot des Tages, im Abendrot, da die Fliegen verschwanden, diese Seite auf. Auf einer anderen besonderen Seite aber sah man ihre Füße auf der Sofapolsterkante, unten auf dem Boden eine ausgebreitete Doppelseite aus der Zeitung, dort lag ein einzelner verzupfter Wattebausch auf dem Kassenbon, der Nagellackentferner war in den Kassenzettel gesickert und hatte hellgraue Flecken eingeätzt, dieses Bilderbuch also, darin blätterte sie immer dann, wenn sie von fremden Männern angefaßt wurde – war sie ein kitschiges Mädchen?

Man könnte Sie für eine Ostdeutsche halten, sagte ich, und früher … früher hat man uns doch auch in Mädchen und Jungen eingeteilt, später hießen wir Frauen und Männer … Das kann stimmen, sagte sie, in diesen Hotelzimmern in Westberlin erlebe ich keine Abenteuer, das wäre gelogen, ich werde aber auch nicht eines Schlechteren belehrt, diese Stundenliebe, die keine Liebe ist, bringt mich nicht unter die Erde, aber man klettert doch auch nicht über den Zaun und schleicht sich zu den Pferden, um ihre nackten Körper zu streicheln. Hast du mal ein Pferd gestreichelt? … Nein, sagte ich, ich denke immer, sie beißen die Hand, in der ein Zuckerwürfel liegt, ich habe Angst vor Pferdemäulern … Viel zu lange hatte ich mich bei ihr aufgehalten, meine Füße waren längst getrocknet. Blieb, wo ich war, blieb sitzen. Sackte zur Seite, der Schlaf überrumpelte mich, und mein letzter Gedanke: Aus meinem Menschentag sind Menschentage geworden.

Hatte sie mich im Gesicht berührt, als ich auf meiner tauben Seite schlief, hatte sie den Traum verscheucht, in dem der Daumen einer gespreizten Hand leicht ganz leicht meine Haarsträhne entlangfuhr? Als ich erwachte, hielt sie sich keine zwei Schritte von mir entfernt. Fertiggeschminkt. Der Lidschatten im Bronzeton. Stift und Papier auf dem Holzfußboden, das Zimmerlicht eingeschaltet, es war doch taghell, es war der Spätmorgen. Ich schwieg, weil sie schweigen wollte. Nach der Tasse Kaffee, nach der butterbestrichenen Brotscheibe: Erst dann zog sie die Vorhänge auf. In ihrem Haus Nummer hundertzweiundsechzig strahlte das Licht auch dann, wenn man die Nacht überlebt hatte. Sie schwieg Regenwolken herbei, weißgrau gescheckter Himmel. Und ich erschrak, als sie plötzlich zu reden anfing, ihre Pläne für die nächsten Stunden schlossen mich ein: Krauskopfpelikan. Schönhörnchen, auf der Astgabel schnarchend. Federfüßiges Zwerghuhn, schwarzweiße Pfauenaugen auf den Federn. Hornraben. Schwarzer Mohrenmakak von der Insel Sulawesi. Rotgesichtsmakaken, Muttermakak sucht das Fell des Jungen nach Läusen. Mähnenibis. Schmiedspornkibis. Eulenschwalm. Gänsesäger. Agakröte.

Sie sagte die Namen der Tiere auf, erst bei sich zu Hause, dann im Zoo, wir traten durch das Elefantentor ein, auf dem Kiesweg hatte ein Kind glänzendes Bonbonpapier verteilt, sie zertrat es wütend, so viele Kinder, behütet bewacht von Müttern Vätern – ich wollte mit niemandem zusammenstoßen, und als ich in die falsche Richtung einen guten sicheren Schritt machte, zupfte sie mich am Ärmel zurück und zeigte auf die Wegweiser. Berliner Langlatschige Elster, sagte sie. Zwergmangusten, sagte sie im Raubtierhaus. In den Käfigen schlafender Leopard, schlafender Puma. Seltsame Tiere, die durch die offene Luke zwischen dem Innen- und Außengehege trippeln, wie gehetzt, Reisbrei im Futtertrog, der Brei verspritzt über den Steinboden, über die toten Mäuse, an denen das kleine Raubtier schnüffelt, beim Vorbeitrippeln. Am Glas Fingerabdrücke, Stirnabdrücke. Schwarze Fliegen auf den Fleischstücken. Nicht gegen die Glasscheibe klopfen. Nicht Münzen werfen in die Wassergräben: Sie kannte sich aus, Martha war oft zum Tiereschauen vorbeigekommen, Schönhörnchen, sagte Martha wieder. Schön, daß die Wolken weiterziehen, schön, daß wir nicht vor dem Regen fliehen müssen. Aber bald geht der Regen nieder.

Aber bald waren wir im Strandcafé am Hauptbahnhof, sie zog die Schuhe aus, weil sie kalten Sand unter ihren Füßen spüren wollte, der Sand aufgeschichtet und geformt zu Figuren, zu Nachtphantasien, Minotaurus, sagte sie, Kämpfende Hengste, Traum eines Tiefseefisches, Fräulein im Garten. Hinten, unter dem letzten Zelt, streckten wir uns auf Liegestühlen hin, immer wieder fuhren Ausflugsdampfer heran und beschrieben auf dem Wasser einen Dreiviertelkreis, die Touristen auf dem Deck winkten blind allen Ufern zu. Augen geschlossen – ich war blind, sie war blind, graues Licht unter den Lidern, es verdarb. Langhaarige junge Frauen mit Seitenscheitel und ein Russenkind, das Steine und Erdbrocken ins Wasser warf, ich holte Mandeleis, nachdem sie es gegessen hatte, brach sie den Stiel entzwei. Als erste fertig geworden, als erste an den Bauch gefaßt, weil man besser etwas Festes Heißes hätte essen sollen. Ein Loch im Magen, und wir lagen uns den Rücken frei von Schmerzen, sie sagte: Ich bin einmal mit einer Tierpflegerin im Zoo ins Gespräch gekommen, sie trägt Eimer voller Rüben und Karotten in die Käfige. Sie hat aufgehört, in die Augen der Tiere zu blicken. Nicht aus Angst. Sie sah nämlich schon nach kurzer Zeit aufgeschriebene Worte in den Augen. Verrückt. Verrückt, daß sie sich jetzt hüten muß, um nicht angesteckt zu werden. Wird es regnen, oder nicht? … Ich weiß nicht, sagte ich, fragte sie wegen ihrer Arbeit. … Ich schwieg, weil sie schweigen wollte. Spät geworden für uns beide. Heillos. Weit und breit keine Verstörten, denen ich auffiel, sie traf man vielleicht nicht im Zoo und nicht im Strandcafé, weil sie nicht bereit waren, für den Eintritt zu bezahlen. Wir stiegen in die S-Bahn und in der Eberswalder Straße aus, und der erste Betrunkene schrie mich an, es ginge ihn nichts an, was ich ihm zu erzählen hätte, er hatte die Arme verschränkt, um die Gänsehaut zu verbergen, er schrie und schrie, und die Flüche gingen ihm nicht aus, so leicht nicht, so leicht kriegte man ihn nicht, und er nannte mich einen Wurstfresser, woher kannte er mich, und ich stand einfach auf dem Fleck und sah zur Seite, seine Spucke auf meiner Wange, nein, es waren Regentropfen, und als ich mich umdrehte, sah ich die leere Stelle, Franziska ging arbeiten.

Der Regen machte ihre Pläne zunichte, sie hatten den Vorhersagen nicht geglaubt und sprangen nun, leicht enttäuscht, von Pfütze zu Pfütze, und sie entdeckte unter einer Holzbank die Spatzen, die sich vor den dicken Regentropfen schützten, und ihm lag die Pistaziensoßenpasta schwer im Magen; es gab heimliche Zuhörer hinter den Gardinen der Fenster im Erdgeschoß, also mußten sie auch im Vorbeigehen auf ihre Worte achten. An diesem Abend hatten sie sehr viel gesprochen, sie hatten sich invalid geredet. Verlegen waren sie und entschieden sich für einen Spaziergang auf der Schönhauser Allee, Ferda brauchte einen neuen Rollkoffer, vielleicht brauchten sie beide ein bißchen mehr Glück, um das richtige Geschäft auf Anhieb zu finden. Lange nach Mitternacht hatten sie den Trommelgeräuschen aus dem Mauerpark gelauscht, gestern nach dem Unwetter, und ein heller Bodensatz war aufgequirlt worden, dachte er, ein Kellergeist hatte trocken lachend hochgefunden, dachte sie. Müde war die Welt um sie herum, die Kopf an Fuß auf alten Kneipensofas liegenden Betäubten, die Händler von Kunstledertaschen, kleinen Elektrogeräten, Mozzarella-Tomaten-Brötchen und von Hauptstadt-Schnickschnack, sie alle sahen aus wie eingefroren in einer Ruhepause. An den Waren hingen Pappschilder mit durchgestrichenen Originalpreisen, an die große Gunst der Stunde glaubte zwar keiner in dieser Einkaufshalle, aber man kaufte ein, mehr als man nach Hause tragen konnte. Für einen Koffer im Angebot legte Ferda einen großen Geldschein auf die Münzschale, er drückte auf den Knopf in der Mitte des Griffes und fuhr ihn aus, er rollte den leeren Koffer auf dem Rückweg hinter sich her, über das Pflaster, über Betonplatten, über Kies und nasse Erde, die Windstöße wirbelten altes Laub hoch bis über die Dächer, und ihm fiel nichts ein, was er hätte sagen können.

Später saßen sie im Saal des Lichtblickkinos, der Vorführer hatte den Koffer in Verwahrung genommen, und bevor das Licht erlosch, ließ Ferda den Blick schweifen, sechs Reihen mit je vier Sitzen, und drei Reihen mit je drei Sitzen, das machte insgesamt dreiunddreißig Sitze, er zählte sich von der Verlegenheit los und versuchte dann, den auf hochhackigen roten Schuhen tänzelnden Künstler zu verstehen, der vom Bühnenrand herabzufallen drohte. Ein wenig Licht erhellte das Kreisrund der Stelle, an der er stand, erbost über die Zurufe warf er den Mikrofonständer um und ging hüftwackelnd nach hinten ab. Ein Film über den skandalösen Auftritt eines

Filmschauspielers – es beeindruckte Ferda nicht. Aneschka aber glaubte, einen Helden der heilen Welt deutscher Menschen entdeckt zu haben, in dieser heilen Welt ging ein böser Wolf herum und fraß ein Mädchen, ein Zweig, auf dem ein schwerer Vogel saß, zerbrach, im Sturz streifte der Vogel andere Zweige, und sie wippten in der kühlen Nacht, und ein starker Mann im Wald erschrak beim Anblick der wippenden Zweige, er machte kehrt, saß dann am Kamin, und die in den Flammen knackenden Scheite beruhigten ihn nicht: Er träumte schlecht, in den nächsten sechs Tagen träumte er gut.

Kaum waren sie draußen, vergaßen sie die Bilder im dunklen Kinosaal, Ferda gab den neuen Koffer beim Nachtpförtner ab, und schon eilten sie weiter und weiter, sie fuhren eine kurze Strecke, stiegen an der richtigen Haltestelle aus, verweilten kurz vor dem Treppenaufgang des Bahnhofs, es störte sie sehr, daß der Wind ihren Kleidersaum aufwehte und das Wasser der Pfützen durch die dünnen Schuhsohlen drang, sie gingen hastig durch die Oranienstraße. Die heile Welt der Kreuzbergmenschen, dachte Aneschka, sie ist mit meiner kleinen Welt verwandt. Sie traten in ein Café, dessen Angestellte am Vortag das Einjahresjubiläum gefeiert hatten, sie bestellten irgend etwas Billiges, und da sah Ferda einen andersartigen Menschen vor dem Kühlschrank in die Hocke gehen und zu den Bierflaschen im untersten Fach greifen, das lange, schlecht gefärbte Haar zum Ballerinaknoten hochgesteckt, das gelbbraun gepuderte Gesicht halb zugewandt halb abgewandt, Bartschatten am Kinn und an den Wangen. Ein Fraumann. (Dieser Mann mit der Körperlust einer Frau gibt sich Männern hin, die bei geschminkten femininen Männern kein so großes schlechtes Gewissen empfinden. Der Hauptliebhaber des Fraumannes hat zugesehen, wie das Mannweibchen Milch in eine dünnwandige Tasse schüttete, um erst dann Tee nachzugießen, dies war keine Feinheitsgeste, das verstand er in jenem Augenblick, der heiße Tee hätte das zarte Trinkgefäß bersten lassen. Der Fraumann war stolz auf seine dünnen Fesseln und Handgelenke, er träumte sich in hautengen kurzen Röcken, er mußte aber Schuhe der Größe fünfundvierzig tragen, und also weigerte er sich, das Tablett mit den bestellten Getränken zu den Tischen zu tragen – sie alle starrten ihn an, starrten seine großen Füße an.)

Aneschka trat hinaus und zündete sich eine Zigarette an, und als sie den Rauch zur Abwechslung durch die Nase ausstieß und dem Rauch hinterhersah, entdeckte er den Vater ihrer Brieffreundin im vorbeifahrenden Bus, der Kellner kam für eine Zigarettenlänge hinaus. Er hatte eine Hundeleine wie einen Schultertaschenriemen über die Brust gehängt, eine Leine ohne Hund, ein Riemen ohne Tasche, sie schob es auf seine Sektbeschwipstheit, daß er zu niemand Bestimmtem sprach, draußen fast schon Frost, sagte er leise, ich erfriere mich so. Kein gutes Wetter für Romanzen, sie gab ihm recht, die nassen Mäntel und Jacken und Kapuzenpullover der Gäste im Café rochen schlecht, und wegen der lauten Musik beugten sich die Jungen vor, um die Worte der Mädchen zu verstehen. Ein einzelner nur, der sich nicht für die Gerade als die kürzeste Verbindung zwischen zwei Punkten entschieden hatte – was hätte Aneschka ihm oder ihr nicht alles entlocken können, wäre sie auf seine oder ihre Bemerkung eingegangen: Töőö hieß er, ja, solange dieser fremde Geschlechtsteil an ihm hing, war er, trotz der großen Wünsche, ein Mann, Töőö, T wie Theodor und drei kleine Nullen mit Umlaut, aus diesen Buchstaben bestand sein Name, er zog ihn bei jeder neuen Vorstellung in die Länge, und viele, die ihn länger kannten, hielten ihn deshalb für einen affektierten Transvestiten, dem man am liebsten aus dem Wege ging. Vielleicht hätte er Aneschka von seiner Frauwerdung erzählt, doch ihm war längst die Lust vergangen, sein Geheimnis mit wildfremden Frauen zu teilen; vielleicht hätten sie auch nur schweigend nebeneinandergestanden und auf die Glut ihrer Zigarette gestarrt, doch in diesem Augenblick stürzte Ferda ins Freie, er umlief Aneschka in einem kleinen Bogen, überquerte die Straße, winkte ihr von der anderen Straßenseite kurz zu und schritt in drei Richtungen, bis er endlich eine Verbindung hatte, trotzdem mußte er das Mobiltelefon hart ans Ohr pressen. Seine Mutter klagte über den heutigen Tag, an dem viele Unglücke passiert waren, sie war zum Telefonieren in die renovierte kühle Garage hinabgestiegen, und weil sie durch das Fenster hinausschaute, hinaus auf den schmalen Streifen Land an der Kante des Hügels, konnte sie sich nicht fortbewegen, und sie bewegte sich nicht vom Fleck, da ihr Mann mit dem Gartenschlauchende in der Hand zwischen die Büsche stapfte, man hatte dort immer wieder eingerollte Schlangen gesehen, wahrscheinlich war es dieselbe Schlange, von der es hieß, sie würde über ihre Brut wachen und jede fremde Ferse beißen, die ihr zu nahe kam. Heute rechnete Ferdas Mutter mit einer schlimmen Sache, die anderthalb Meter hohe antike Vase war um genau sechs Uhr siebenundzwanzig in zwei ungleiche Hälften zerbrochen, früh am Morgen war ihr Mann dagegengelaufen, auf dem Weg vom Bad zur Küche, ihr geliebter Mann, der mit Mitte Siebzig die Blicke der breithüftigen Damen auf sich zog, sie hatte ihn doch öfters gemahnt, in den frühen Stunden vorsichtig einen Schritt vor den anderen zu setzen. Mit einem Ruck setzte er sich morgens auf, mit einem Ruck schlüpfte er in die Pantoffeln, mit einem Ruck stieß er sich von der Bettkante hoch, und dann kannte er kein Halten mehr. Mehrmals war es geschehen, daß er sie, die im leichten Schlaf Dahintreibende, an der Schulter berührt hatte, um sie zu wecken und für den Morgentau auf den Blättern zu begeistern, doch nein, diesmal war sie selber wach geworden, und sie sah hin, und sie sah ihren Mann vor den ungleichen Hälften der Vase knien. Wieder ein Stück alte Zeit zerfallen, wer hatte wohl diese Vase im Schaufenster eines Porzellanladens entdeckt, sie in mehrere Schichten Papier einwickeln lassen und heimgetragen, wer hatte wohl durch den engen Hals dieser Vase eine Tulpe zwei Tulpen drei Tulpen gesteckt und die abgefallenen Tulpenblätter neben der Vase auf dem Boden betrachtet, so lange, bis es Zeit wurde, die Blätter ins Kehrblech zu fegen. Eine feine Dame mußte es gewesen sein, eine von den feinen Damen, die man auf den Schwarzweißfotos mit den gezackten Rändern sah, eine junge Frau in einem Tüllrock, und wer sich damals in sie verliebte, verfluchte die unanstößigen Liebesgedanken, die sie wachrief, wenn sie an der Seite ihres Verlobten über den über Nacht festgestampften Kies des Gehwegs ging, die Vase dieser feinen Dame war zerbrochen.

Ferdas Mutter legte eine Pause ein, ihr Mann rief ihr zu, daß er jetzt mit zwei ungebissenen gesunden Fersen aus dem Gebüsch treten würde, keine Schlange, kein Skorpion, nur die Nachbarn, die ihre Gartenschläuche entrollten, um ihre Hunde und Katzen naß zu spritzen. Fast wäre heute wieder ein alter Mann ertrunken, fuhr sie fort, er schwamm hinaus aufs offene Meer, ein Krampf am Bein, und er ging unter, doch der Rettungsschwimmer ist ihm vorsichtshalber hinterhergeschwommen, er hat ihm an Land fast zwei Liter Wasser aus den Lungen gepumpt – der Alte hat zwar Stinktieraugen, aber Güte in seinem Herzen, so viel Güte, daß zehn Negerkinder unter ihrem Rock Platz finden. (Ferda hat sie oft gebeten, das Wort ›Neger‹ nicht mehr in den Mund zu nehmen, sie aber spricht jedesmal: An dem Tag, an dem du mir ein Negerfrollein als meine Schwiegertochter vorstellst, werde ich Fingerzimbeln anlegen und vor Freude nackt, nein in Unterwäsche, vor den Nachbarn tanzen … Sie ist meist am Schwanken, was sie für die Wahrheit ausgeben soll, und sie findet es nicht lohnend, ihrem Sohn die Wucht der Geschehnisse zuzumuten. Er scheint müde zu sein wie ein Aushilfsarbeiter, nein, wie ein junger Soldat, der mit dem Gedanken spielt, den

Etappenposten zu verlassen. Folgendes ist geschehen: Eine kleine Erschütterung hat die Vase erst zum Wackeln, dann zum Fallen gebracht, die Erde bebte an der Küste nach, in der alten Reichshauptstadt Istanbul schaukelten die Deckenlampen hin und her, und also gingen die Blicke der Alten vom Turmschatten hin und her – die Angst brannte in ihren Bäuchen. Doch vom unfesten Boden spricht die Mutter nicht, es wird den Sohn nicht davon überzeugen, die Schuhmacherei aufzugeben.)

Auf zwei Straßenseiten standen sie einander gegenüber: ein Mann, dem seine ehemalige Freundin seine vermeintliche Mutterhörigkeit zum Vorwurf gemacht hatte, und die Frau mit dem tschechischen Ausschnitt. Er glaubte, daß die Tschechinnen zuviel Brust vorzeigten, sogar der Fraumann schielte auf ihre blanke Haut, und obwohl er das Telefongespräch nicht beendet hatte, schrie er plötzlich hinüber, er schrie: Dann zeig doch dein Fleisch vor! Sie schrak zusammen, ging hinein, kam mit ihrer Tasche wieder zurück und lief in großen Schritten davon. Der Blumenhändler in der Kreuzberger Adalbertstraße bot Autoschmuck und Autogestecke, Grabsträuße und Grabgestecke und Brautsträuße an, man konnte bei ihm aber auch einfach Blumen kaufen, im Vorbeigehen schnappte sich Ferda wahllos zwei fast verblühte kleine gelbe Rosen und eilte Aneschka hinterher. In seiner Verwirrung fiel ihm nicht ein, die Verbindung zu kappen, seine Mutter rief immer wieder, was in Gottes Namen er denn wieder anstelle, er verstand sie und wollte ihr auf keinen Fall antworten. Da verhielt er im Lauf, ließ die Blumen zu Boden fallen und bog in eine Seitenstraße, auf der ihm behinderte Männer und Frauen entgegenkamen, er schmiegte sich aus Angst an die Hauswand, und weil die Aufseherin seine Angst roch, die Angst, von einem nicht zurechnungsfähigen und robbenhaft grinsenden Mann angefallen zu werden, weil er an ihm die Niedertracht der Unversehrten erkannte, bellte sie ihn an, zwei Male. Sie ermahnte die Nachzügler nicht, zur Gruppe vorzustoßen, und sie blieben auf Ferdas Höhe einfach stehen, sie zupften lustlos an ihren Kleidern, die man ihnen morgens ebenso lustlos übergestreift hatte, einer von ihnen trat ungelenk auf der Stelle, die Aufseherin verhinderte, daß er lang aufschlug. Ferda fragte sie, wieso sie ihn angekläfft hätte, sie starrte auf das Mobiltelefon in seiner Hand und lauschte der Frauenstimme, eine Frau stieß in einer ihr unbekannten Sprache Verwünschungen aus, doch bevor sie sich weitere Gedanken machen konnte, zog der robbenköpfige Mann an ihr, sie ging weiter und bellte kein drittes Mal. Vielleicht mußte er einfach durch die kleinen Straßen des Viertels laufen, und er fände sie. Vielleicht würde sie dann auf einer regengeschützten Terrasse sitzen, ihren Terminkalender aufgeschlagen haben und darin langsam blättern, sie liebte die Zahlen null, sechs, acht und neun, sie malte den gähnenden Mund der Null aus, sie bemalte das Wänstchen der Sechs, die zwei küssenden Doppelschleifen der Acht und die hängende Nase der Neun. Bestimmt sah er sie wieder, heute nacht.

Ich bin dir gefolgt, sagte eine Stimme hinter ihm, er drehte sich um und roch das Puder des Transvestiten, er widerstand dem Drang, ihm vor Wut ins Gesicht zu schlagen. Wieso stand er so dicht bei ihm, er wünschte seiner aufgebrachten Mutter eine gute Nacht und drückte auf die rote Taste. Er hörte sich seltsamerweise sagen, was er denn für Sorgen hätte, der Transvestit versuchte ihn daraufhin an der Wange zu streicheln, Ferda ruckte zurück und schlug seine Hand weg, die siehst du nicht so bald wieder, sagte der Gepuderte, ich bin dir gefolgt, weil du mich vorhin beobachtet hast, ich habe deine Blicke gespürt … Ich bin keiner von deiner Sorte, sagte Ferda, laß mich in Ruhe … Und Tööö sprach einfach weiter, er sprach von seinem Namen, von den drei Nullen mit Umlaut, von den Männern, die Männer bleiben durften, auch wenn sie ihn begehrten, er sprach davon, daß er sogar einige wenige Dankesbriefe in einer Schreibtischschublade aufbewahrte, von Männern geschrieben, die sonst Frauen nachpfiffen, was also sollte ihn, den Nachtgeist, daran hindern, mitzukommen. Noch nie war Ferda ein solches Liebesangebot gemacht worden, seine Wut verrauchte, und er sagte, sanfter als er es sonst getan hätte, daß dies ein Mißverständnis wäre, er wollte T mit den vielen Punkten über den Vokalen ganz bestimmt nicht kränken, seine Gene, seine Veranlagung, seine Lust sähen nun einmal vor, daß er gebürtige Frauen begehrte.

Sie fuhr mit der S-Bahn zurück und dachte nach: Über diese Nacht in Kreuzberg, da sie sich über die fremden Deutschen gewundert hatte, die Braunäugigen umgingen nur ungern Kartenständer oder Caféstühle oder Menschen, die im Wege standen, sie waren von Natur aus aufgeregt, und wann immer sich eine Möglichkeit zu einer lebhaften Unterhaltung bot, hielten sie mitten im Schritt an und standen Nachkommenden im Wege. Sie dachte nach: über ihren Freund, nein, ihren Mann, der sie wegen ihres Ausschnitts angeschrien hatte – wollte er, daß sie ihn erzog, daß sie sich mit einer furchtbaren Szene revanchierte? Aneschka verpaßte ihre Haltestelle.

Niklas Heldt, der Jäger der Schwärmer, sah aus dem Zugfenster hinaus, die Halbstarken hatten ihre Phantasienamen mit Taschenmessern, Schraubenziehern, Schlüsselbärten hineingekratzt und aber den rechten unteren Winkel frei gelassen, Heldt sah für Sekunden einen Mann an der Balkontür, anstatt eines Vorhangs hingen zwei ausgeblichene Stoffhosen an einer Gardinenstange draußen am Türsturz, sie flatterten dem Mann um die Schultern. An der Endstation stieg er aus, vom Rossitter Platz bis zum Stadion waren es nur ein paar hundert Meter, der Wald rechts und links des Gehwegs, unterbrochen von einer Unterführung, jagte ihm keine Angst mehr ein, beim allerersten Mal hatte die Angst in seinem Bauch gebrannt. Endlich trat er hinaus auf das Aufmarschgelände, auf dem früher die Horden zu Feuer- und Fackelspielen zusammengekommen waren, und dann sah er zur Seite, zwei Türme umstanden das olympische Tor, hinter dem Haupteingang das Stadion mit der Pfeilerfassade, und wie immer zwang er sich, nicht vor Ehrfurcht zu erstarren, den Himmel ging es nichts an, was er überspannte, ein Mauseloch, eine Grabesstätte, eine Hütte am Rande einer Schlucht oder eben dieses Kolosseum auf deutschem Boden.

Zu dieser Zeit verirrten sich nur schlechte Männer hierher, und als hätte er ihn herbeigedacht, trat Franz aus dem Waldstück, sie gaben einander nie die Hand, oder nur ganz selten, sie riefen einander nie Namen zu, oder ganz selten, also starrten sie nur, Franz konnte starren, ohne daß ihm Tränenwasser über die Lider drang, Heldt aber verblinzelte jeden Blick, dafür war er bekannt. Den beiden Männern wehte der Wind den Nieselregen ins Gesicht, ein Grund mehr, zu schweigen, wer machte den Anfang, dies elende Kräftemessen, vielleicht bildete es sich der Fotograf auch nur ein, auch Franz hatte monatelang im Knast die Lust an der Rache am Leben erhalten, die große Einbildung, wer hält es länger durch, schlägt das Schwein den Bock, oder nimmt der Bock das Schwein auf die Hörner. Du bist nicht mehr der alte Franz, dachte Niklas, du rennst noch aus Versehen in eine Kugel, oder eher in ein Messer, ich habe gehört, daß einige deiner … Freunde abgestochen wurden, hast du an ihren Gräbern irgendwelche Schwüre aufgesagt, weil du glaubst, das ist das mindeste, was du machen kannst, wie bist du nur geschmacklos, Franz, mein Gott, wer trägt heute noch einen Kamelhaarmantel, sogar die Zuhälter lassen sich bei der Wahl ihrer Kleider beraten, und du schlüpfst in diesen Mantel, an den Schultern ist die Naht aufgeplatzt, und die Frau, die sich deiner erbarmt hat, muß auch nicht richtig im Kopf sein, sie näht dir die Nähte mit rotem Garn zu … Ich komme draußen zurecht, sagte Franz, danke der Nachfrage. War lange nicht mehr hier, die Nazis waren zwar Säue, aber das Stadion haben sie doch ordentlich hingekriegt … Ja, klar, sagte Niklas Heldt unsinnigerweise, er sollte eben recht haben, und weil er sich verstellt hatte, schlug Heldt zornig den Jackenkragen hoch, eine heftige Geste, die Franz ganz sicher nicht entgangen war, sie unterhielten sich eine Weile über das Geld, das durch die Finger rann, und über die ansteckende Blödheit, seine Zeit damit zu vertun, daß man zum Erbrechen süße Modecocktails trank, Franz hatte nicht nur nichts dagegen, er stopfte sich von morgens bis abends mit süßem Zeug voll, wenn es so weiterginge, müßte er in einem Laden für Mollige einkaufen … Seine eigenen Ansichten ödeten Heldt an, und wieso sollte er also an Franz' Einsichten interessiert sein, er kannte den Grund nicht, wieso der Mann ihn an diesen gottverlassenen Ort bestellt hatte, vielleicht wollte er einem Gefühl nachspüren – die Melancholie eines Molligen. Der Mann tunkte Weißbrot in eine dicke Soße aus geräuchertem Dorschrogen, löffelte Garnelencurry und aß zum Nachtisch Pflaumengrütze, er hatte eine dieser Freßorgien miterleben müssen, kurz bevor man ihn wegsperrte – was konnte er also von ihm erwarten? Nichts, gar nichts. Seelenteer, Franz schwitzte Seelenteer aus, und er sagte es ihm, ohne Vorwarnung, ohne Abschwächung; und jetzt grinste der Mann, als wäre er dadurch sehr geschmeichelt. Er warf den Kopf in den Nacken und lachte mit aufgerissenem Mund, und da verstand Heldt, daß er nicht anders konnte, als die verteerte Seele zu seinem besten Freund zu machen. Beim nächsten Mal würde er ihm zurufen: Mensch Franz, lach mal, daß dir das Maul aufklappt, er würde dann blitzschnell ein Foto schießen und später entdecken, daß er manchmal aussah wie eine tote Forelle, die man mit Küchenpapier trockengetupft hatte.

Ich will ’n Ding drehen, sagte er plötzlich, da schon wieder, da schon wieder diese altmodischen Worte, Heldt starrte ihn an, und fast hätte er gesagt: Tu’s nicht, Franz kam ihm aber zuvor und erzählte von dem schönen Leben in seiner Stadt, Geld hatte er erst einmal genug, und Jacinta, seine Holde (!), eröffnete ihm gestern kurz vorm Einschlafen, daß sie neun ihrer tausend Talente nicht vergeuden wollte, als da wären: Gescheitheit, Schlichtheit, Stimmigkeit, Unwurstigkeit, Springteufelmunterkeit, Hoffnungsseligkeit, Prunklosigkeit, Seelentümlichkeit, Linealhaftigkeit. Er, Franz, hätte im Dunkeln gelegen, kurz nachgedacht und sie auf die letzten beiden Talente angesprochen, Jacinta ließ einige Minuten verstreichen und sagte, seelentümlich wäre sie, weil sie an das Seelentum glaubte, und linealhaft, weil sie sich nicht in Schleifen, nicht in Bögen, aber in kurzen und langen Geraden fortbewegte. Und sie hatte als kleines Mädchen in Werkkunde das Leihlineal aus Holz eingesteckt und wäre also, im strengen Sinne, zur Diebin geworden.

Aus dem Munde von Franz hörte es sich an, als hätte er der raunenden Erde ein baldiges Vorkommnis abgelauscht, er verlor sein Herz an eine Frau, die sich ihm anschloß, am Tage, da er nach ihm, dem Jäger der Schwärmer, suchte, und Heldt sann nach über diesen heutigen mistigen Tag des schäumenden Himmels, an den Türmen entdeckte er Schießscharten, von weitem sahen sie aus wie schwarze Striche auf hellem Grund – alles Imposante war ihm ein Greuel, und wollte er sich wirklich klein fühlen beim Anblick der Naziarena, wollte er wirklich Franz lauschen, dem Unbekümmerten, der jetzt erzählte, daß die Tochter der Freundin der besten Freundin von Jacinta um kurz nach sechs Uhr vom fünften Stock eines Kulturzentrums in den Tod gesprungen war, Stunden später hätten eine Lehrerin und ihre ausländische Schulgruppe die Leiche gesehen, und sie alle hätten erst einmal laut geschrien. Eigentlich kam es schlimmer, sagte Franz und blickte Heldt mißmutig an, ein Mann und eine Frau, ein Ehepaar schlich dort zufällig herum, und der Mann beruhigte die Schüler mit den Worten, das wäre eine Kunstaktion, die Frau am Boden wäre nicht tot, sie würde sie auf die Probe stellen, sie würde sie alle auf gut deutsch verarschen, doch ein Schüler, der wohl Filmtote von echten Toten unterscheiden konnte, kniete sich an der Leiche hin und sagte, dies sei eine echte tote Frau. Er sagte es auf englisch, und weil wir Berliner nur vorgeben, gut Englisch zu verstehen, dauerte es noch eine ganze Weile, bis die Bullen anrückten. Jacinta ist sehr traurig, sie hat vielleicht nicht tausend, aber bestimmt dreimal so viele Talente wie ich, die Nachricht hat sie so stark aufgewühlt, daß sie über den Sinn meines Lebens nachdenkt.

Also, ich will ein legales Ding drehen, Krimskrams für die Touristen, Abzüge von Fotos von dir, die wir bunt einrahmen, eine schöne Einnahmequelle für uns beide … Heldt hörte nicht mehr richtig hin, und bevor das Messer in sein Fleisch eindrang, merkte er auf, weil Franz mitten im Satz abbrach, da aber gaben seine Knie nach, und er stürzte zu Boden, er hatte im Fall sogar die Zeit, an sich herunterzuschauen, ein Messer stand seltsamerweise von seiner Brust schräg ab, er blieb einfach liegen, auf der linken Seite, das Messer mit dem schwarzen Schaft hatte sich aus dem Fleisch gelöst und war neben sein Gesicht gefallen, was war passiert, verdammt noch mal. Und er sah Franz nach dem Messer greifen und es hin- und herdrehen, er sah ihn sich hinknien und das Loch im Jackenstoff inspizieren, und dann hörte er ihn sagen: Spiel nicht den toten Mann, steh auf, du bist heil. Tatsächlich richtete er sich auf, langsam, und griff in seine Brusttasche, das Portemonnaie war in seiner ganzen Dicke durchstochen, er begann in Gedanken dies Wunder zu formulieren: das Wunder der dikken Brieftasche, das Wunder bei Nieselregen, Franzens Wundertat, das Wunder des Siegs über den tückischen Spanier … Schlägst du die Tür hinter dir zu, schlägst du dir die Himmelstür zu, rief Franz dem Spanier am Boden zu, er zerrte ihn vom Boden, holte kurz aus und gab ihm eine Backpfeife, daß der Kopf des Spaniers herumflog, und wenn du die Himmelstür zuschmetterst, fuhr er fort, kommt ein kleiner Teufel wie ich und tut dir weh, und wieder schlug er ihm ins Gesicht, diesmal war es nur ein heftiger Klaps, doch der Mordbube flennte wie vorm Scharfrichter, also rief Niklas Heldt bei der Polizei an und gab seinen Namen und ihren Standort an. Sie warteten, Franz nannte den Spanier immer wieder einen Mordbuben, er hatte aber aufgehört, ihm Schläge zu versetzen.

Welche Geschichte würden sie den Polizisten erzählen? Es sieht zwar aus, als hielte ein Vorbestrafter einen armen unschuldig dreinschauenden Südländer fest, würde er sprechen, aber es ist alles anders, der Mann ist krankhaft eifersüchtig und überhaupt ein kranker Mensch, und wenn er ihnen beteuert, ich hätte ihn mit der Anstecknadel gestochen, so glauben sie ihm kein Wort. Er lügt. Und wir? Wir sind einfache Bürger.

Diese Insel ist entstanden im Sturm und wird, so Gott sie einst auf den Grund spült, wie alles Obere zuunterst gekehrt. Wenn Wasser kommt, in Groll, in Braus, ist kein Wall so stark, er bricht, ist kein Kirchenstieg so fest, er bricht. Es ist überliefert: Dies Wasser kam nicht von der Ferne, und es riß Särge aus der Erde. Was früher von Wasserläufen durchzogen war, ward geraubt. Halbinseln wurden zu Inseln, Inseln gingen unter. Was schützt uns? Der Deich. Hinterm Wall sind wir nicht sicher, wir werden zerschlagen dort und überall. De nich will dieken, mut wieken – wir deichten und sind doch gewichen. Wir deichten hoch mit Klei und Schlamm, wir brüllten: Bis hierher, dann aber fort, fort und wieder hin vor die Wälle! Und doch brach der Deich. In den großen Manntränken ersoff ein ganzes Volk: Männer Frauen Kinder Vieh. Die Tölpel, die auf unsere Insel übersetzen, nennen das Wasser Mordsee oder die höh're Gewalt. Es macht, was es immer machte: Es kommt über uns. Keine Abwehrschlacht hilft, die blanke Kraft peitscht sie an, der See, und die Flut läuft hoch auf. Der eine überlebte, weil er auf einem Heudiemen ausgeharrt hat, ringsherum nur Wasser, darin elendig versoffene Schweine; der andere hielt sich am ersoffenen Vieh fest und trieb ab von den Toten seines Hofes. Keine Knicke, keine Ränder, kein Sockel und keine Stütze. Was gereckt war und geradegestellt, ward schlaff und schlotterig. Was Füllung war und Herz, ward entmummt. Kein Vordergrund, keine Rückseite, keine Muschellinie, keine Krümmung, nicht himmelan, nicht unterhalb, kein Grat und kein Buckel. Glattgeschmiert und stumpfgeschlagen hat uns die blanke Kraft, wir haben sie nicht gerufen. Sie kam, und das Hinterland verschwand. Nicht verschwand aber das Volk der Hinuntergebannten, sie hörten unsere Klagen, wir hörten ihre Klagen. Sie lebten schon vor uns, und als das Land in Teile brach, in der Zeit danach, in ihrer Zeit tausend Zeiten später, standen die wenigen Nichtersoffnen beisammen auf fester Erde, und sie schworen, nie länger als einen Kindertag ihre Erdheime zu verlassen. Unten sind sie näher dem Grund. Wir bauten auf festgetretenen Hügeln, sie zogen um und bohrten sich hinab, und mit Zauberspruch riefen die Twarge die Fische des Meeres herbei. Mit Zauberspruch brachten sie Spuk zum Schwinden, den Spuk, als den sie uns bezeichnen. Unheimlich sind sie uns, weil wir sie oft nicht sehen. Unheimlich sind wir den Twargen, weil wir bei jedem Streich der blanken Kraft aller Kraft beraubt sind. Der Friesenahne wußte noch, daß er die Innenhaut der Schale eines Hühnereis abziehen mußte und auf die Wunde legen, so sie denn verheilt. Der Friesenahne legte auch einen spuckenassen alten Faden auf die Wunde, so sie denn zur Narbe wird bald. Der Friesenahne schrieb mit angespültem Stecken in den Sand:

G S M S G
S S E S S

Das hieß, so ward überliefert:
Gilt Sünders Macht? Siegt Gott!
Sünders Seele edelt SEIN Sieg!

Der Ahn schrieb diesen Zauberspruch, um das Meer von Mord abzuhalten, doch die Twarge wußten's besser: Der Tag, daß ihr Volk und unser Volk absäuft, ist nicht fern. In den Ackerfurchen liegen nicht wie einst von Twargen gestreute Goldstücke, und in den Korngarben auf dem Feld versteckten sich nicht mehr Bauernsöhne, die diebischen Hinuntergebannten das Handwerk legen wollen. Die Hünengräber unbehaust, da lebten sie, man fand ihre kleinen kalten Öfen, man fand Werkzeug, für kleinerer Hände Gebrauch bestimmt. Bei Notstand schrien sie nicht, sie stopften Löcher zu, die Löcher am Ausgang ihrer Wege im Unterreich. Was als Pfropfen jeden Eintritt hindern sollte, bröckelte, niemand kann dies Wasser bannen. Einige wenige kannten wir, sie kannten uns alle. Radbod kannten sie. Der lausige Tod des Brudermörders, des Dänenkönigs Abel, geschah durch seine Hand. Mit einem Spaten erschlug der Friese ihn in der Schlacht. Wer legte ihm auf die Kastenbank den Spaten? Ein Twargenherr. Wer pustet in die kalte Glut des Schwibbogenherds, da alle zu Bett sind und in tiefen Schlaf gefallen? Ein Twarg. In manches Mangelbrett kerbte der Ahn das Gesicht eines Langbärtigen. Den Deckel der Bettwärmepfanne des Vaters meines Vaters ziert ein stierender Twarg. Aus geknüpften Satteldecken starren uns fremde Angesichter an, dem Land und der See sind wir fremder als sie, erst war die Twargentränke, dann die Manntränke. Erst war'n sie geschunden, dann wir. Gilt Sünders Macht? Gilt doch, auf unsrer Insel Föhr wie an allen Orten. Von Spalten sprach der Ahn, von Spalten, aus denen das Feuer aus tiefstem Innren quillt. Dies wird der Anfang sein. Bis das Wasser alles löscht.

Er stand auf dem Deck der Fähre vom Festland zur Insel, als ihm die dünnen Stämme auffielen. Die wie Hexenbesen auffächernden Zweige der Krone wippten knapp über dem Wasser, und schon hörte er jemanden sagen, das wären Spieren, nein Pricken, die die Fahrrinne markierten, in der Nähe des Fahrwassers sah er grüne Tonnen, und eine grüne und eine rote Leuchttonne. Wenn er sich nicht täuschte, stand zur Linken die Hallig Oland, auf der man den weltweit einzigen reetgedeckten Leuchtturm besichtigen konnte, er hatte vorhin im Inselführer geblättert, und dann und wann eine Zeile, oder einen Absatz vorgelesen. Doch sie hielt sich nur an der Reling fest und schwieg – vielleicht verdiente er es auch nicht anders.

Er hatte vorgegeben, waschechter Föhringer zu sein, unter Androhung von Gewalt, und was trieb ihn nur dazu, in ihrer Bar mit dem eigenartigen Namen plötzlich zu sagen: Wir fahren auf meine Insel, ich mache es damit wieder gut. Eine Stunde später erst klärte er sie darüber auf, daß er doch kein Inselfriese war. Was tat sie? Sie haute ihn, ihre Faust krachte auf seinen Kopf, und er fiel schon wieder hin: ein Mädchen, das in Ohnmacht fällt. Für lange Zeit mußte er sich das Lügen verkneifen, das nahm er sich noch am selben Tage vor. Man hatte ihm die Zigarette aus der Hand geschlagen, vorhin, und ihn darauf hingewiesen, daß auf der Fähre nur die Schornsteine rauchten, und da niemand in der Laune war, ihm mit Touristenwissen zu imponieren, machte er es ihnen nach, den Urlaubern, und starrte geradeaus und ließ den Blick rundherum schweifen. Keine Seehundsbank, kein Grönlandwal, der mit dem Schwanz aufs Wasser schlägt. Eine Weile blätterte er im dünnen Büchlein über die friesischen Walfänger von einst, und er las Cora laut vor, daß die Zunge eines Bartenwals fünf Meter lang und drei Meter breit wäre und achtzig Zentner wöge, er heuchelte große Verwunderung. Da sie aber beharrlich schwieg, klappte er das Büchlein zu und ging von ihr weg. Kein schäumendes Meer und kein drohender Himmel. Eine Frau, die Netzstrumpfhosen trug – so eine hatte er noch nie gekannt. Coras nacktes Hinkebein steckte im Netz, und er mußte sich zwingen, daß er … er mußte einfach aufpassen.

Als die Fähre am Hafen von Wyk, der Föhrer Hauptstadt, anlegte und die Fußgänger vor den Autos hinausströmten, trug er ihre Taschen und sein eigenes Gepäck und ließ sich mittreiben, er legte die Taschen zu ihren Füßen ab und hielt Ausschau nach dem Taxifahrer, der sie zur Ferienwohnung bringen sollte. Und tatsächlich händigte die Vermieterin ihnen wenig später einen Satz Schlüssel für die Wohnung in ›Emmes Hüs‹ aus, erster Stock rechts, vierzig Quadratmeter, sagte sie, die telefonische Übereinkunft gilt, in der Hauptsaison nehmen wir pro Nacht fünfundsechzig Euro und für die Endreinigung dreißig, die Haustür brauchen sie nicht abzuschließen, hier passiert nichts … Wie meinte sie das? Und wieso starrte ihn Cora böse an, als er trotzdem abschloß und den Schlüssel im Schloß zwei Male drehte? Ganze zehn Minuten waren sie in der Wohnung gewesen, und bevor er verkünden konnte, daß er ihr gerne den Vortritt überlasse, stürmte sie ins Bad, er glaubte schon, sie würde sich einschließen, sie kam bald wieder heraus, leicht geschminkt und mit bitterer Miene.

Jetzt gingen sie die Friedrichstraße entlang, bis sie beim ersten Restaurant haltmachten, sie aßen Scholle ohne Gräten nach Fischers Art und nicht Föhrer Lammfleischpfanne. Er legte endlich Messer und Gabel auf den Teller, er zog eine Gräte zwischen den Backenzähnen heraus, und als er sich umdrehte, erstarrte er: Auf großem Nest auf hohem Pfahl standen vier Störche, sie schlugen immer wieder die Flügel auf, als wollten sie das kommende Dunkel verfächeln, und am anderen Ende des Parks sah er eine wuchtige Windmühle, er wußte, daß die Müller in alter Zeit durch die Flügelstellung Arbeit und Feierabend, Freude und Trauer anzeigten, und da sagte er: Es war eine Mühle, die hatte acht Kanten, in jeder Ecke stand ein Sack, auf jedem Sack lag eine Katze mit sieben Jungen, in der Mühle standen der Müller und sein Geselle. Wie viele Füße sind in der Mühle? … Vier Füße, sagte Cora, ohne nachzudenken, ich finde die blöde Mühle und die blöden Störche kitschig. Und dann auch noch diese Lampen! … Die Kugellampen im Gras leuchteten im matten Violett, Gelb und Rot, tatsächlich war der Park gegenüber nichts anderes als ein besserer Vorgarten. Dann schrie ein plumper Vogel mit rotem Schnabel auf dem Dachfirst entsetzlich laut auf, und die Kellnerin sagte ungefragt, das wäre ein Austernfischer, sie würde ihm Teller und Besteck wegräumen, damit er der Dame nicht bissenneidisch die verbliebene halbe Scholle wegaß.

Was wußte er über diese Frau? Sie gab nichts preis, und wegen seiner Lügen hatte sie sich verschlossen, sie kippte beim Gehen halb weg, doch nie wäre er auf den Gedanken gekommen, sie als … beeinträchtigt zu bezeichnen. Sie spazierten am Sandwall, der Uferpromenade, und drehten am Fähranleger mit der alten Mole um, ein Schild wies sie darauf hin, auf weitere Hinweisschilder zu achten, und also las er, daß sich der Nichtraucherstrand zwischen der Mittel-und Seglerbrücke befand, die Hundestrände waren in der Zone zwölf – gleich hinter dem Leuchtturm am Olhörner Knick – und der Zone dreißig am Heidewäldchen, der benachbarte Abschnitt war für die Nacktbader vorgesehen, in der Strandzone neunzehn konnte man sogar Drachen steigen lassen … Es reicht, ich kann auch lesen, sagte Cora und stieg hinab zum Strand. Vor den Sitzen der Strandkörbe waren Holzgitter angebracht und mit Vorhängeschlössern gesichert, wie schade, dachte sie, ich hätte jetzt gern in einem Korb gesessen und dem Schlag der Wellen gelauscht … Das Meer aber war ruhig. Ein Liebespaar dort auf dem Steg, ein kleiner Heißluftballon zog durch den Himmel über ihnen, kleine Muscheln knirschten unter ihren Füßen, sie wollte ihre Hand ins Wasser tauchen, doch nicht jetzt, nicht im Schatten des Mannes, also stand sie auf und schlenderte voran, auf dem Heimweg erschrak sie wegen einer Wachspuppe im Seeräuberkostüm, sie hatte ein Messer zwischen den Zähnen und hing an einem Tau, das am Holzgeländer eines Balkons festgeknotet war, der leichte Wind ließ die Puppe sachte schaukeln. Dann blieb sie am erleuchteten Schaufenster eines Bernsteinschmuckgeschäfts stehen und sagte zu dem Mann hinter seinem Rücken: Ich mag den Norden nicht. Dich mag ich auch nicht. Jetzt bin ich hier. Wer du bist, ist mir egal, was wir die nächsten Tage machen, ist mir egal. Schade, daß du meine Gedanken nicht lesen kannst. Dann würdest du wissen, was ich mir wünsche. Du schläfst auf dem Sofa. Und morgen will ich ausschlafen. Auf ein gemeinsames Frühstück lege ich keinen Wert …

Sie sah seinen Schatten an sich vorbeiziehen, der Einbrecher verschwand, vielleicht verschluckte ihn auch das Dunkel nach einem einzigen Schritt, das Dunkel, das die Störchenflügel grau melierte und die Menschen aus den Gassen vertrieb, dies Dunkel ließ sie frösteln und weitergehen, dem Schatten nach, der kurz verweilte und sich als Fleck über den Bürgersteig ergoß, dann aber floß der Schatten zurück in den Körper und wurde zum Umriß des fremden Mannes. Robert – kein Name, der eine Frau aufmerken ließ. In der Wohnung schaute sie ihm dabei zu, wie er Hemden über Kleiderbügel und die Bügel an die Haken über den Fenstern hängte, er wollte den Männern im Haus gegenüber die freie Sicht in ihre gute Stube nehmen, sie verlieren jeden Respekt, wenn sie einen Menschen in Unterhose sehen, sagte er, und sie fand ihn in diesem Augenblick derart lächerlich, daß sie sich im Badezimmer einschloß, um zu lachen und sich vor dem Spiegel abzuschminken.

Boldixum, Wrixum, Oevenum, Alkersum, Oldsum, Utersum: Sie lag im Bett und studierte die Inselkarte, sie las die seltsamen Namen der Siedlungen, auch wenn die friesischen Namen deutsch angeschliffen waren, sie klangen schön alt und … wie Kriegersprache. Das Wort Heidentum endete auch auf die Endsilbe um, ja genau, es waren alles verstockte Heiden, und dieser Gedanke gefiel ihr so sehr, daß sie Robert im Nebenzimmer zurief, sie würde die Föhringer besser verstehen, sie hätte etwas Wichtiges erkannt, und ab sofort hieße er, der ungeschickte Einbrecher, Frerk. Als sie keinen Laut der Zustimmung vernahm, stand sie auf, ihr fiel im letzten Moment noch ein, sich eine Decke überzuwerfen, sie sah ihn am kleinen Fenster in der Dachschräge stehen und durch den Spalt zwischen den aufgehängten Hemden spähen, hatte ihn eine Unruhe wegen der lautlos herumgehenden Nachtspaziergänger erfaßt? Plötzlich flogen die Saatkrähen von dem wuchtigen Baum neben dem Haus auf, der Lärm ließ ihn vom Fenster abprallen, und da entdeckte er sie, die ihre Netzstrumpfhosen abgestreift hatte und sich vor ihm verbarg. Ich weiß auch nicht, ob mir die Insel gefällt, sagte er, ich weiß, es klingt albern, aber irgend etwas liegt in der Luft, überhaupt die Luft, ich bin völlig fertig … Dann schlaf doch, sagte sie, und morgen gehen wir zusammen frühstücken. Ich will nicht allein am Windbeutel kauen …

Später unter der Decke, die an seinem Kinn kitzelte, kämpfte er gegen das schlechte Gefühl, und kurz überkam ihn die Angst: Was wäre, wenn die Wellen anrollten und sie für lange Zeit nicht mehr wegkamen von der Insel, was wäre, wenn sie sich an den freigewehten Sparren eines Reetdachs festhalten mußten?

Überm Eulenloch im Giebelspitz hat Boye Oluffs ein Wagendach gesetzt, und der Storch fand den Platz zum Nisten. Gefällig dem Himmel wollt er sein, allen gefiel's, und nur Brar murrte, wie er immer murrt, weil sein Weib Keike aus Toftum ihm den Tag und die halbe Nacht verplärrt: Sie will als Freie gelten. Es ist überliefert, nur der Tod geht frei durch alle Gänge. Keike hält's nicht mit dem Alten, sie hat vermerkt, daß auf den Grabstelen von tapferen Mannen die Rede wär. Die konnten mit wenigen Hieben dem Wal die Fluke abhauen, ein Speckschneider und sein Flensmesser, das wär wie Krieger und gewetzte Klinge. Und all das Geld! Und allüberall Wohlstand, weil der Speck, zum Tran ausgebrannt, aus Friesenlümmeln echte Herren machte. Mein Weib ist tot, ich war allein ›to üpsitten‹ gekommen, die Sitte hält sich, trotz der Neuartigen wie Keike und andre. Man trifft sich in der Stube eines Nachbarn, es ist nix andres als Sprechen bei Pfeife, Tee und süßem Zeug. Erst traut sich Keike was und plärrt. Dann murrt der Brar über Boje, der hätt man das Uhlenlock nicht verderben solln, der Storch ist der Eule über, ein Hack mit de spitze Schnabel und de Uhle ist blind, das Auge ausgehackt, die kommt nicht wieder zum Mäusefressen, und die Mäuse tanzen dem Boje auf den Balken hoch überm Kopp. Was zeigt de Digitalklock? ruft da die Levke, das Weib von Nickels, und Nickels glotzt auf de neue Klock an seinem Handgelenk und verkündet's laut: twintig veerundörtig. Der vierte Ausruf von Nickels ist es, das Toftumer Weib plärrt jetzt gegen die Levke, die Neue gegen die Neue, und beide, wenn man andre Fraun fragt, wolln mit dem Besenstiel kehren. Damit man Frieden einzieht in de Stube, erzähl ich von der Tat der Uthersumer Witwe Marret, gestern hat sie ein weißes Bettlaken verbrannt, und wegen der Flammen wurd ein Rind munter und stob im Galopp davon. Wollt das Gatter mit den Hufen einreißen, doch das glaub ich nicht, das ist die Mär von Tade, der sah der Witwe heimlich zu. Macht ihr schöne Augen, lange schon, streicht um ihr Huus und weiß meist, was sie in der Pfanne brät. Tades Tadel betrifft nur ein Ding: Die Witwe sagt ihm all das liebe Jahr nicht ja nicht nein, von Sneemand, dem Januar, bis zum Wintermaand, dem Dezember, tut er schon schmachten. De Leev mokt blind. Von Tade weiß ich um den Lakenbrand. Sie will ein Unheil wenden. Sie hat da was gesehen, was neu ist auf unsrer Insel. Sie schaut auf mich und uns herab, weil wir Plattdeutsch sprechen, und nicht so oft Friesisch. Sie hat ein schlecht Ding gesehen, das ihr Furcht eingibt. Durchs Uhlenlock zwängt sich auch manchmal ein Twarg und geht auf dem Heuboden auf und ab. Rastlos, ihn bestürmen tausend Winde Drang, hundert Atemzüge Unruh. In diesem Fall, denk ich, kaut der Twarg an den trocknen angespülten Tangbüscheln, die Witwe Marret sammelt. Und ablegt auf dem Boden, damit's nicht modert in ihrer Stube. Ein Handgemal auf einem Ding, das nannten und nennen wir Hausmarke. Der Ahn konnt nicht schreiben, er schaute sich ab, was in der Umgebung war, er machte seine Unterschrift unterm Dokument mit Balken. Lange und kurze Balken, kreuz und quer aufm Papier. Wes Eigentum das Land ist, ward gezeigt mit Spatenstichen. Dies Bild aus breiten Strichen, aus Halb-, Viertel- und Vollkreisen, erkannte der Friese seinem Nächsten an. Nur die Twargen nicht, sie zerstampften sie, kratzten sie ab oder brannten ihre Undingzeichen auf das Ding mit dem Handgemal. Mal war's die Handmarke als Inschrift auf der Steintafel im Kirchhof. Mal war's das Wirtshausschild. Mal die Fischbeinschachtel. Das Mangelbrett, das ein Grönlandfahrer, ein Kommandeur, seinem Weib vermachte. Eine Hutschachtel. Das Handgemal ward durch Twarges Hand gelöscht.

Ich sprach zu Ende, Brar und die Weiber Keike und Levke starrn mich an, als wär der Heilig Geist in mich gefahren. Nur Nickels klopft nachdenklich auf de Digitalklock und vermerkt, de Alten wärn tot, nur das Alte wär quicklebendig. Ihn hätt die Angst von heut auf morgen heimgesucht, die Angst, daß was passiert, und Broder, den man ja kennt, weil man ihn mal erwischt hat, wie er Eiszapfen am Reet schleckte … Broder hätt was Denkwürdges gemeint: Wenn ein Ahn vor sechsunddreißig Geschlechtern angstgepackt floh, vorm Untier, das ihn fressen will, wird seine Angst in dir entstehn. Nix geht grundlos verlorn, nix hat ewig Bestand, nix hat so viel Wert, daß er bis zum Auferstehungstag an dies Leben gebunden wär. Aber was im Garten des Museums als Viehtränke aus Stein ausgestellt wird, war Sandsteinsarg …

Die Levke fällt ihm ins Wort und vermerkt, daß de Urlauber Kjökkenmödding im Schaufenster anstarrten, im Museum, wie könnt man Hunderte Jahre alten Küchenabfall bewundern, das wär nix für sie, und die Marret, na ja, die hätt als Kind mit de schleichenden Verbildung begonnen. Die hätt vor gewarnt, daß man nicht ein Strick mit Knoten aufheben tut, weil allüberall de Twarge ihr Unding verteilen zum Verderb der Friesen … Brar brummt quer durch de Stube, wir sind nicht umschanzt vom Feind, wir sind schon verdorben, denn wenn der Friese de Uhl mit de Stork aussticht, birst der Dachstuhl, die schmiedeeiserne Giebelzier fällt und spießt die Sau am Trog auf, wegen der Sünde der Knechte und Herren wär doch mal auch der schwere Huthalter in der Kirche zu Boldixum entzweigespalten, und der Pastor hätt getobt …

Mir wurd bang ums Herz. Was Neues ist auf de Insel und umschwirrt uns wie Fliegen das Aas. Das Gebein der Ahnen ist verrottet, und de alten Grabstelen hat man für de Festländer aufgestellt zum Bestaunen. Was Neues bestaunt uns, das habn wir Friesen, ob mit oder ohne Wagendach überm Uhlenlock, im Ahnengut in uns, das de Neuen de Gene nennen. Vorn paar Jahrn hat Eiszapfenschlecker Broder einen Neuling von der Küste als Sexkommunist beschimpft. Hatte das noch nie gehört. Konnt auch nicht fragen, weil der Broder, der sagt was, und neun Stunden sagt der nix, ich hätt de neun Stunden bei ihm verbringen müssen, bis er wieder was Kurzes Knappes gesagt hätt. Hab mir über die Bedeutung den Kopp zerbrochen, was Gescheites ist mir nicht eingefallen … Ging weg to Huus. Bete vor de Seel meines Weibs. Wind bleibt Wind. De Seel holt de Herrgott zu sich. De Twarge – sie kommen, sich an uns rächen.

Der Eigentümer des Häuschens in der Mittelstraße hatte ein Schild an der Vorderfront angebracht: ›Bitte keine Halme (Reet) herausziehen. Wenn jeder einen Halm nehmen würde, hätte ich bald kein Dach mehr über dem Kopf.‹ Bestimmt wußte er um die alte Sitte, daß die Mutter eines ungetauften Kindes nur dann das Haus verließ, wenn sie einen Reethalm aus dem Dach zupfte und unterm Rock verbarg. So war das Neugeborene auch vor dem kühnsten Hexer geschützt. Waren diese Menschen, denen man den Friesen nicht ansah, tatsächlich unerschütterlich, oder gaben sie nur vor, es zu sein? Und hielten Urlauber jede Qual für ein Ärgernis, für so etwas wie einen bei der Wattwanderung verstauchten Knöchel? Auf welcher Seite stand sie? Es gab in ihrer Familie keinen, der Arfst Danklef hieß. War sie zur Erholung hergefahren?

Dies war der Tag nach ihrer Ankunft auf Föhr, sie verspürte fast immer Hunger, und sie kam um vor Müdigkeit, sie wollte einfach nur schlafen, oder, wie jetzt, auf den Mann einschlagen, der sich neben sie gestellt hatte und von einer Friesensitte sprach. Frerk aber lauschte ihm, er ließ ihn ausreden und nickte zum Dank, und hätte sie sich nicht bei ihm eingehakt und ihn mitgezogen, wäre er noch lange dort stehengeblieben, und kurz bevor er seinen Schritt ihrem Schritt anglich, musterte er den Himmel, als forschte er nach den Zeichen eines Unwetters. Sie sagte: Ich will meine Finger ins Wasser tauchen, nur bis zur Hälfte. Geht das? Er lächelte sie an, er sollte nicht so oft lachen, dachte sie, er wird unansehnlicher.

Sie sprangen von der hohen Gehwegkante herunter auf den Sand und schlängelten sich durch die Strandkörbe und um die trotz der Kälte halbnackten Urlauber, sie wurden von manchem angestarrt, weil sie Rollkragenpullover und dicke Westen trugen, kurz vor dem Spülsaum des Meeres entsann Cora sich ihres Vorhabens, nicht im Schatten des fremden Mannes das Wasser zu berühren. Und also kehrte sie um, löste ihren Arm von dem seinen. Es gefiel ihr nicht, daß man sie für Eheleute halten könnte, es mißfiel ihr, daß er zu glauben schien, ihre Versöhnung könnte als der Anfang einer … Liebelei gelten. Sie war keine Wadenprominente. Sie war keine halbbeschädigte gewesene Freundin eines Fotografen, dem nichts Richtiges gelang im Leben, bis auf die Bilder. Sie war nicht das Liebchen eines kleinen Gauners, der sich so leicht hatte übertölpeln lassen.

Und weil ihre Wut nicht versiegen wollte, stieß sie mit einem Mann zusammen, der seine Jackettärmel umgekrempelt hatte, mittlerweile standen sie im Menschengewühl am Kursaalgebäude gegenüber, im sogenannten Musikpavillon, spielte eine Kapelle, die Musiker griffen und zupften und bliesen und schwenkten beherzt ihre Instrumente, und als sie sich umschaute, sah sie Frerk mit dem fremden Mann sprechen, er stellte sich wenig später als Ocke Volkerts vor. Ein weggezogener und wieder hergezogener Inselfriese, die weite Welt ist so groß wie mein Dorf hier, sagte er, und Cora verzog das Gesicht, sie stieß die Herumstehenden beiseite, und zu ihrer Verblüffung machten sie ihr Platz. Im Weggehen hörte sie diesen Ocke Volkerts vom Friesenfleiß sprechen, ein Wort ohne Sinn, der Schrei einer Möwe schnitt in die kurze Stille in ihren Kopf hinein, und sie dachte: Möwen beschreien fleißige Friesen, ein Gedanke ohne Sinn. (Cora wurde zum Gespenst ihrer selbst in diesem Augenblick. Sie wurde unempfänglich. Ihre heile Hälfte und ihre beschädigte Hälfte wurden ein Körper, und der Körper wurde taub. Der Schnitt, der durch sie hindurchging, verschwand, und sie fühlte sich als eine Erscheinung, die sie beschaute. Es geschah, und nach einigen Sekunden verstrich die Seelentümlichkeit. Ihr Herz klopfte und klopfte, doch dann sog sie die herrliche Inselluft ein, und sie hörte auf, ein Gespenst zu sein.)

Ocker? Nein, Ocke, sagte Frerk, ein Mann mit eigentümlichen Ansichten über die Mode, wie auch immer, er hat mir verraten, daß man zum anderen Ende Föhrs fahren muß, zum Schöpfwerk Föhr-West, etwas weiter nördlich, in Dunsum, geht man los, der Wattenweg nach Amrum führt an Pricken vorbei, an den im Meeresboden festgepflockten dünnen Stämmen, sechs Kilometer wandern, und mit der Fähre wieder zurück … Er plapperte alles nach, was ihm der Friese erzählt hatte, die Nummer des Wattführers, den der Mann kannte, war leicht zu merken, also rief er ihn über das Mobiltelefon an – und erfuhr, daß alle Wattwanderungen abgeblasen waren, weil der Westwind trotz der Ebbe das Wasser zurückwehte. Sie gingen zum Friesischen Museum und traten durch das Walkiefertor ein, vielmehr trat Cora ein, Frerk aber kniete sich plötzlich hin und starrte das Gelenkende eines Kiefers an, und als Cora neben ihm kniete, entdeckte sie ein Zeichen aus Kerben, zwei durchgestrichene Längskerben mit abgeknicktem Stiel. Was auch immer Frerk berührte, er behielt es für sich, sie schritten das Außengelände ab, sie eilten erst an einer Scheune vorbei, von der es hieß, daß in ihr Korn gedroschen wurde früher, dann standen sie kurz an einer Bockwindmühle, die man in den Wind drehen mußte, damit der Wind die Flügel erfaßte, und dann sahen sie ein Haus, das als das älteste Haus Föhrs ausgewiesen war. Am Haupthaus sahen sie eine junge Frau in Festtracht; enge Ärmel, schwarzes Leibchen, weiße Schürze, die auf den Schuhen auflag, an der Kopfhaube schwarze Glasperlen, an der Brust eine Hakenkette. Ocke sprach mit ihr, mittlerweile hatte er die Jackettärmel heruntergekrempelt, er machte Anstalten, zur Brosche am

Schürzenband zu greifen, doch die Frau schlug ihm hart auf die Hand, und weil es ihm nicht gelang, diese peinliche Szene mit einem Scherz zu überspielen, fing er an, ›über die lumpige Zeremonie‹ zu lästern, festlich gekleidete Männer und Frauen bildeten am Eingang des Museums Gruppen, sie wurden auf den Ruhestörer aufmerksam und gingen auf Abstand.

Ocke zeigte plötzlich hoch zu einer mit einer Filzdecke verhüllten Figur in einer Nische, ein Imitat, schrie er, überall nur Imitate, Aufziehmöwen am Himmel, Plastikflaschen im Sand – wie lange ist es her, daß wir eine Wasserleiche aus dem Meer zogen? Ihr gebt doch nur mit altem Kram an, die Herrlichkeit ist vergangen! Verbiestert seid ihr alle, tot und leer, man hat uns gekauft, und jetzt stellen wir Kopien aus. Wer Friese ist, muß doch vor Trauer verrecken! … Sein Geschrei provozierte Gegengeschrei, nun war es an der Frau in Festtracht, ihm vorzuhalten, daß er in den Tagen, da er durch die Straßen Wyks geschlendert war, vor Langeweile verging, jedenfalls hatte er das behauptet, und eine Amtsperson mit lockerem Krawattenknoten sprach von dem Mann als einem kurzhaarigen Anarchisten, auf den der Himmel alles Wasser der Wolken niederregnen lassen sollte, die Verwünschungen nahmen kein Ende, auch nachdem Ocke zum Zeichen seiner Entspannung die Ärmel wieder hochkrempelte. Cora fand es seltsam, daß zum Beginn des Festakts, pünktlich auf die Minute, alle Anwesenden den Streit vergaßen, der Redner sprach von der spanischen Bark ›Ulpiano‹, die achtzehnsiebzig bei der Hallig Süderoog gestrandet wäre, um Weihnachten herum, die Einwohner hätten die Überlebenden aufgenommen, und der Kapitän hätte sogar ein Schreiben geschickt als Dank für die herzliche Aufnahme …

Was ist eine Bark? sagte Cora, und jemand hinter ihrem Rücken, nah bei ihr, flüsterte: ein mehrmastiges Frachtschiff. Ocke entfernte sich. Eine Amtsperson zog am Seil, die Filzdecke fiel herab und enthüllte eine prächtig glänzende Galionsfigur, weil das Original vom Tropfwasser vom Reetdach angegriffen war, hing es im Museum. Cora und Frerk drehten sich um, Ocke schrie vom Waltor aus hämische Hurrarufe hin, soll Gott das Falsche schützen und das Echte verstecken? schrie er, der Herr soll euch falsche Friesen in Taufbecken ertränken! Ihr beschlagt die Opferstöcke mit zierlichen Eisenbändern, einst gab der Dorfschmied dem Eisen Gestalt, jetzt sind's die Gecken, die Trauringe schmelzen. Der Beschlag an den Gruftportalen: Spiralen, Farnwedel, Firlefanz, in der Affenkunst habt ihr's weit gebracht …

Und da setzten sich die kräftigsten Männer in Bewegung, sie wollten das Bähschaf, als das Ocke Volkerts vor Gott und dem Wyker Volk ausgewiesen war, in Haft nehmen und ihm das Maul schleifen, daß ihm der Unsinn aus seinem dummen Schädel schwitzte. Eine große Lust überkam sie, diesen Polyesterjoppenträger zu jagen, und weil Ocke diese Lust roch, weil er den Anfangsbuchstaben seines Nachnamens, das F, durch ein V ersetzt hatte, aus Liebe zum Deutschen, ohne vom Ahnensinn abzugehen … und vornehmlich deshalb, weil alle Männer seiner Ahnenreihe schnelle Läufer waren, lief er ihnen vor der Nase davon, sie hatten schon die Hände nach ihm ausgestreckt und verharrten jetzt zwischen den beiden großen Walknochen, und genau darüber sprach Cora eine halbe Stunde später, sie saßen im Strandcafé am Tisch neben der großen aufgeklappten Doppeltafel, der Wirt hatte gerade eben in Schönschrift ›Spezielles mit Schuss‹ geschrieben, ganz oben, und darunter die Angebote aufgelistet: Föhrer Hasentraum (Toffeelikör). Italienische Tante (Amaretto). Tote Tante (Rum). Eisige Johanna (kaltes Getränk an heißen Tagen).

Man blieb beschäftigt auf der Insel, Wind und Wetter griffen die Dinge an, und man mußte aufräumen – oder eben die schwarzen Tafeln neu beschriften. Hör auf zu träumen, rief Cora, und Frerk wandte sich wieder ihr zu, er setzte sich aufrecht, er hatte sich, ohne es zu wollen, gegen die große Speisetafel gelehnt, er hörte sie sagen, daß die beiden Häscher zwischen den Kieferknochen sie an etwas erinnert hätten, das schon lange zurücklag, an ihre beiden Brüder, wie sie nebeneinander durch die Zaunpforte schritten, ihr Vater hatte tatsächlich den Eingang von der Straße in den Garten überdacht: Man trat nicht ein, man ging durch die Pforte. Frerk kniff ein Auge zu und hielt zwei abgewinkelte Finger vor das geöffnete Auge, und er freute sich, es paßten tatsächlich nur zwei Finger zwischen Horizont und ausgefransten Wolkensaum. Dunkel wurde der weite Himmel. Dunkel also der Himmel, ein dunkler Vorhang über dem Land dort drüben, war es Dagebüll, es ging Regen nieder, die Windräder wie die Stelzen eines Riesen, alles im Dunst, ein dunkler Himmel, auch über Föhr trübte es sich ein, würde es auch auf ihrer Insel regnen? Am Loch des umgedrehten Terrakottatopfes streifte er die Asche seiner Zigarette ab, in seiner Berliner Kneipe legte man bei starkem Wind eine nasse Serviette in den Aschenbecher. Er hätte nicht bei ihr einbrechen dürfen. Wie als könnte man sich in die Nacht verschauen, wenn man nur lang genug hinausstarrte, er konnte dieses schöne Gefühl fast auskosten, doch dann schwand die Stille, und Cora fragte ihn wieder, ob er nun endlich das Träumen lassen könnte. Und er hörte auf zu träumen.

Später in der Nacht sollte er sich über den großen hellen Stern wundern, sonst sah er ziehende Wolken vor unverschliertem Nachthimmel, die Leuchtkörper verwirrten ihn, das rote Blinklicht des Leuchtturms weit draußen, ein dahinfliegendes Flugzeug, und die Lichter, die das Festland säumten. Er war unwillig, sich schlafen zu legen, er tat es trotzdem, im Schlafzimmer knarrte das Bettgestell, und er stellte sich vor, wie sie auf der Bettkante saß, das abgeschminkte Gesicht von der Nachtcreme noch glänzend, wie hatte sie sich doch über die verrosteten Kronkorken gefreut, die sie im Treibsel am Strand fand; was hatte es ihn für Überwindung gekostet, nicht ihr schönes Gesicht zu streicheln und in ihr Ohr zu flüstern, daß er an Zufälle glaubte und daß, wenn sich die Zufälle häuften und ein Mann und eine Frau in ebendiese Zufälle gerieten, sie zu überragenden Athleten der Zuneigung wurden. Kurz vor dem ersten Schritt hatte er aufgegeben – so kam es ihm vor: Er gab auf und zwang sich, an etwas anderes zu denken als an ihre Beine in Netzstrumpfhosen.

Und jetzt? Jetzt nahm sie auf einem Stuhl Platz, sie schaute ihn an und schüttelte den Kopf, sie war in diesem Augenblick auch kurz davor, aufzugeben, doch dann sagte sie: Ich mache Urlaub mit einem Mann, über den ich nichts weiß. Das gefällt mir nicht. Wir fangen von vorn an. Wir tun so, als hätte uns eine Heiratsvermittlungsagentur zusammengeführt. Du erzählst mir, wer du bist. Im Gegenzug überlege ich, ob es mir wirklich nicht gefällt, daß du meine Beine anstarrst … Und Robert, der nicht Robert hieß, sondern … Frerk, begann zu erzählen. Bin Urberliner, sagte er, zu Mauerzeiten hab ich mal eine Arbeit angenommen, mal hab ich mich durch den Tag geschnorrt. Damals waren die Wirte und Kellner nicht so. Mein Vater ist Beklopptendoktor, meine Mutter war Schwester, hat sich lange geziert, bis er sie herumgekriegt hat. Mir ging's als Kind gut, dann zog ich aus, dann fand ich schnell Unterkunft bei Freunden, die keine Kiffer waren, aber mit Kiffern zusammengewohnt haben. Übernahm das Putzen, konnte deshalb mietfrei wohnen. Hab nicht gekifft. Arbeit gab's zuhauf, war lange Zeit Gerüstbauer. Meine Eltern hatten Angst, daß ich Omas Silberlöffel klau' und verscherbele. Brach den Kontakt ab. Nach dem Mauerfall, ein Jahr danach, war's vorbei mit dem Lotterleben. Bekam schon Arbeit, ging aber nicht mehr so leicht. Nach Sonnenuntergang waren fast nur die krummen Brüder unterwegs. Auf den Straßen, meine ich. Fing an zu saufen. Kneipenschlägerei. Sprach sich rum, bekam Lokalverbot. Hörte mit dem Saufen auf. Wurde Einbrecher, ein Freund eines Freundes hat's vermittelt. Sei mir nicht böse, wenn ich keine Namen nenne. Du hast mir gezeigt, daß … mir, nun ja, das Talent zum Einbrecher fehlt. Das war's im Großen und Ganzen … Ein halbes Leben gut zusammengefaßt, dachte Cora, der Mut, etwas mehr als das Allerwenigste preiszugeben, mußte belohnt werden, also atmete sie laut ein, und weil sie sich für keine gute Küsserin hielt, weil sie nur mit spitzem Mund einen Männermund zu küssen wagte, gab sie es auf und blieb sitzen. Ein versäumter Kuß. Er hätte eine große Kraft aufbieten müssen, einen ersten Schritt zu tun, doch Liebende waren sie nicht, einen Weg dahin sahen sie beide nicht zu dieser Stunde, da sie viele Becher Tote Tante getrunken und vergeblich auf Schwips und Schwindel gewartet hatten, es galt auch nicht, eine Müdigkeit zu vertreiben, die der kurzen Betrunkenheit folgte. Liebende küßten sich hastig und heftig im Anfang. Sie aber waren Amateure. Scheu in der Nacht.

Jung Rörde hatte kalte Hände beim Abschied von Marret, seinem Weib, und Marret kam die Ahnung: Den seh ich nie wieder, der wird von mir gerissen. Irren tat sie sich nicht. Die ging herum im ersten Jahr in schwarzer Tracht. Sagte: Tod und Teufel und's Gesetz könn nicht schaden, der Kranz verblüht nicht. Verdorrte aber bald, weil, man sieht de Grabplatten von Reifern, Müllern und Ratleuten, nur keinen Kranz. Witwe Marret blieb eisern bei, Jung Rörde nahm mich zur Frau, da war ich Jungfrau, nach ihm leb ich bis zum Ausvorbei weiter als Jungfrau. Hat sie uns Männern verklärt, damit wir klarsehen. Töffel Tade will ihr Herz knacken, als wär's eine gestutzte Klaffmuschel, und den herzlich gemeinten Rat, sich da man nicht als Rind unter Witwe Marrets Rinder zu mischen, hält er für ein Putschversuch. Der olle Angeber, kann Putsch und

Punsch nicht auseinanderhalten. Schlug wohl nach im Wörterbuch. Lang hat er geforscht, lang hat er den Kopp massiert, um sein Überschuß zu finden: Überschuß an Kraft, Überschuß an Klugheit, als könnt mans aus Schnee lecken. Stanken mir übel in die Nase, seine weisen Worte. Ich sag: Tade, die Witwe heißt nicht umsonst Witwe, die ist vor Augen süß, zu Rücken bitter, laß das Lieben. Und Tade sagt: Ich spring über ihrn Zaun, Mut ist der beste Harnisch. Als wär sie eine bunte Kuh, so lobt er ihr Gesicht, so lobt er sie, daß wir alle glauben solln, es ist Jahrmarkt. Und Rickmer, der noch denkt, wir Friesen warn die Besten der Welt, zur Zeit, da wir Wale harpunierten, der kann Tades Kindsgesänge nicht mehr hörn, der sagt: Ihr wißt nicht, was der Teufel uns schickt, was wir eingelöffelt habn, das solln wir jetzt ausscheffeln. Tade geht weg, Rickmer geht weg, ich sitz allein vorm Huus und spiel mit de Falte in meiner Schlumperhose. Zähl eins und eins zusammen, Witwe Marrets Lakenbrand. Bröders Warnen vor dem, das als überwunden galt. Rickmers Furcht, daß de Groote Richter dem Düwel freie Hand gewährn tut. Zu Lebzeiten lassn de wahren Föhrer Grabsteine aufstelln, das Todesjahr wird vom Steinmetz hineingehaun. Das tat auch Rickmer, er vermeint, daß jede alte Sitte einen neuen Anstrich braucht. Er hat sich schon die vollständige Inschrift auf den Stein meißeln lassen, also auch das Todesjahr. In zwo Jahrn wird er nach seiner Rechnung dood sein. Seine Modder ward auch wie er zu de komische Leut gezählt. Sie gehörte zu de veer Döchter eines Mannes, der hat kurz vorm Tod den Grabstein bestellt, darauf warn die Ehelüüd und de veer Döchter abgebildet. Stirbt einer nach dem andren weg. Vadder. Modder. Und de dree Swestern. Bleibt nur Rickmers Modder übrig. Was tut sie? Schleicht sich eines Nachts auf de Kirchhof mit Hammer und Meißel und schlägt ihr Gesicht auf de Grabstele ab. De Pastor hat getobt, konnt nix beweisen. Dieser Sippschaft entstammt der olle Rickmer, und wenn man mal abzieht, daß er die Walschlächter für de wahren Friesen hält, ist er vom Verstand her uns allen über. Der grübelt nicht, von welcher Seite ist mein Brot gebuttert, wie muß ichs anstellen, daß de Lüüd mir Glanz und Lack ansehn. Der steigt de Lüüd nicht aufs Dach mit de Zupffiedel. Sogar Brars Weib Keike, obwohls Geschwätz ihr aus de frischpoliertem Mündchen wächst, sogar die sagt: Rickmer ist auf Himmelsuche. Toftum, das heißt ins Festlanddeutsch übersetzt ›bei dem Hausgrundstück‹. De Toftumer erraten immer, wer sich auf seiner Scholle grämt und wer den Himmel sucht.

Rickmer bin ich also nachgegangen und hab ihn beim grooten Grübeln erwischt. Und er vermerkt, er hätt die Zahlen drei sieben drei aufm Rücken eines Mannes gesehn, den sein Weib hochöffentlich Frerk nennen tut, mit Kreide wärn die Drei und die Sieben und die Drei tattrig aufgemalt, da wo der Rücken von Achsel zu Achsel reicht, einmal hätt sein Weib ihn auf diese Stelle gekloppt, weil der Mann sich verschlucken tat an de Waffelbissen, und die Kreide hätt nicht aufgestaubt, dieser Frerk, von dem geht de Unruh aus, dieser Frerk wär kein Friese und trägt de Zahl aufm Rücken … Matz Peters, dacht ich. Jeder kennts bis zum Überdruß, de Inschrift der Stele von Matthias Petersen, auf latein heißts: Geborn dann, dood dann, der Schiffahrt nach Grönland kundig, wo er dreihundertdreiundsiebzig Wale fing, nach aller Urteil bekam er den Namen ›Der Glückliche‹. Ein Kommandeur und ein Walschlachter dieser Matz. Seinerzeit habn die Erben hundert Taler zugesagt, für de Grabstelle im Kirchhof der St.-Laurentii-Kirche, konntens aber nicht aufbringen. Petersens Knochen wurden rausgeschaufelt und in ein andres ausgescharrtes Loch geworfen. De Grabplatte ward dann hochkant aufgestellt.

Des Friesen Groote Schaustellung: Der Hausrat, vom Ahn geerbt, wird den Festlandreichen verkauft, und die Kartenbilder, von Schummelkratzern vor alt ausgegeben, hängn bei de

Fetten und Feisten überm Kanapee. Des unbekannten Frerks groote Ausstellung: Aufm Rücken trägt er Matzens Siegeszeichen. Ist er ein Laienmaler? Ist er einfältig, weil er Tropfen zählt? Das Stück Inselland ist vom Meer umrissen. Wir alle hier, fast alle, sind auf Himmelsuche. Doch wenn man de Seel zu Lebzeiten verhaucht hat, wird das nix. Steckt in diesem Frerk de Seel noch fest drin? Elektriker Wögen war in de Sankt Nicolai am Lampenklemmen, als er sieht, daß da man ein Mann und seine Fruu reinkomm'. Weil er ein' guten Tag hat, steigt er runter von der Leiter und verklärt ihnen die Bibelstelln im Unterbau des Altars. Da steht auf plattdüütsch: Evas Samen soll der Schlange den Kopp zertretn, und sie wird ihm in die Ferse stechn. Elektriker Wögen sagt: Es war, als hätt de Slang dem Kerl in de Foot gebissen, er rennt wech, de Fruu rennt wech, ich seh auf seinem Rücken dree Zahln, dree söven dree, ich werd verrückt! … Es heißt bei uns, soveel Ruten, soveel Snuten, so viele Fenster, so viele Schnauzen, der Klatsch hört nimmermehr auf, Rickmer und Wögen habn ihn gesehn, und wir kennen sein' Namen. Gehörn Frerk und Fruu, weil sie auch mit dem Dampfer herüberkam, zu de Lüüd, die vermeinen: Ich bin auf der entlegnen Insel? Wovon habn sie sich entfernt, und was habn sie zurückgelassn? Ich gönn allen die Erholung. Ich gönn uns das Geld, das die Festländer hier ausgebn tun. Bin neuerdings arg am Fürchten, daß de Pott kippt und all das heiß Wasser übers nackte Fleisch sich gießt. Gott sei davor. Gott mit uns und dem Bösen ein Hieb.

Cora band ihre Haare zu einem Pferdeschwanz, nach dieser Nacht, in der nichts geschah. Da ihr aber der Wind den Haarschopf gegen die Wange peitschte, zog sie das Gummiband ab und warf es in den Sand, die Mißbilligung der flanierenden Urlauber traf sie nicht. Heute war ein Tag, an dem ihre beschädigte Seite sie fast zu Boden zerrte, bei jedem Schritt, sie klammerte sich an Frerk und versuchte zu glauben. Zu glauben, daß es einen Sinn ergab, was Ocke Volkert im Eifer der Entsetzten erzählte. Zu glauben, daß er sie auf ihrem täglichen Spaziergang am Südstrand nicht abgepaßt hatte. Doch Ocke war kein dummer Mann, er plante seine Skandale vor, ihm war alles recht, was ihn in die Nähe der wenigen versprengten Föhrnationalisten rückte. Die Insel war nicht umsonst von Sturmfluten dem Festland entrissen worden. Früher hatte er sich mit Späßen die Zeit vertrieben, einmal sogar vor den hohen Herren Föhrs vorgeschlagen, die Friesensitte des Nasenspitzenbewerfens mit Erbsenpüreekugeln wieder einzuführen, doch diese Zeit der Verwirrung war für ihn abgeschlossen. All diese und andere Dinge erwähnte er gegenüber den Berlinern nicht, der Hosenstoff, seinem Bein angeschmiegt, kratzte ihn an intimen Stellen, und er schämte sich zu kratzen, deshalb sagte er: Wenn's juckt, haben die ein Problem. Denen fault eher die rechte Hand ab, als daß sie sie benutzten …

Wer waren sie? Wahrscheinlich die Alteingesessenen. Wahrscheinlich die Wahlfriesen, die Polinnen und Moldawier beschäftigten, um das erwirtschaftete Geld in Fassadenverschönerung zu investieren. Cora wurde nicht klug aus seinen Worten. Dort, am Spülsaum des Wassers, hielt ein kleines Mädchen eine zottige Meersaite in der Hand, der strandgetierkundige Vater erklärte es ihm, so laut, daß sie im schnellen Vorbeigehen alles verstand, diese … Saite sah aus wie ein aus dem Watt gezupfter Wurm. Bei ihren früheren Urlauben hatte sie auf angespülten Tang mit prallen Blasen gestarrt, vorhin hatte ihr Ocke erklärt, das wären Braunalgen mit gasgefüllten Schwimmblasen, und er hätte als Kind dem Drang widerstehen müssen, diese Blasen zu zerdrücken, appetitlich sähen sie doch aus, oder nicht? Wenn er ehrlich sein sollte, hätte er mit dem großen Zeh seines rechten Fußes die Blasen zum Platzen gebracht …

Frerk war in Gedanken versunken, auch wenn er sie festhielt und verhinderte, daß sie beide hinfielen. Er dachte nach: über die Twarge. Ocke Volkerts Worte ließen ihn zusammenzucken, immer wieder, und manchmal glaubte sie, er würde zappeln und schlackern, weil sich ein Anfall ankündigte. Zwerge, kleine keckernde Männchen, lächerlich. Ein Völkchen im Untergrund, verborgen, entrückt, ein Spuk der alten Zeit, geschützt vor den Blicken, mit Träumen zu locken, im wirklichen Leben verschwunden aus fast allen Winkeln, nicht totzukriegen, ein elender Spuk, Schaum der Phantasie und Überlieferung der Ahnen, lächerlich, Unsinn. In Unruhnächten drehte sich die von der Stubendecke hängende Heiliggeisttaube, ein holzgeschnitztes Gebilde, besonders oft im Luftzug, und man wußte, die Twarge feierten die Stunde, da sich der Bosheitssaft in ihr dickflüssiges Blut mischte, und sie kamen, um es sich zu holen: das bunte Ding, das ihre Augen glänzen ließ. Wie dumm von den vor Furcht erstarrten Friesen, Furcht zu haben vor irgendwelchen Hexen, das bildeten sie sich nur ein, das Große ward eingebildet, um das Kleine zu verschmähen, sie konnten sie doch sehen, die Wesen, die zwischen den Stuhl- und Tischbeinen flitzten, sie mußten doch nur künstlich schielen. Und da erfanden sie, die Abergläubischen, die Hexerkunst und die Frauen, die es in der Hexerkunst zur Meisterschaft brachten, und sie hängten die Holzgebilde über die Wiege des Säuglings, damit er den Blick heftete darauf und nicht scheeläugig wurde. Wie sie den Glauben verdrehten! Wer schielte, konnte sehen, konnte was sehen? Die Twarge, aber nicht etwa in voller Gestalt, sondern nur kleine farbige Tupfer in der Stube, sie blitzten auf und verblaßten, das Schielen war den Männern und Frauen eine dumme Verstellung, ein Kinderspiel, und bald gingen sie dazu über, all jene, die gebürtige Scheeläugige waren, als Feinde der Ahnen zu betrachten, sie schlossen sich zusammen, mit den Pfaffen ihrer Zeit, denn diese haßten alles, was älter und weiser war als ihr neuer Kult, Heidenmumpitz, schrien die Pfaffen, der Heide lernte das Schielen, weil der Teufel den klaren geraden Blick verbietet, geboten die Pfaffen, und unsere angstgeplagten Friesen waren froh, sie mußten sich nur noch vor dem Fegefeuer fürchten. Und die Twarge? Dies unmögliche Benehmen von seiten des Volks, das nach ihnen heimisch wurde auf der gesprengten Scholle, dies ungehörige Benehmen – es zwang sie, einfach tiefer zu graben. Dort unten singen sie ihre Spottlieder über uns, über die Bekrönung unserer Grabplatten, auf denen man abgetakelte Schiffe im Heimathafen sah, die Kommandeure ließen sich die Platten machen, diese besseren Harpunierer, die nicht einmal gut mit dem Wurfspeer umgehen konnten, sie verletzten sich an den Widerhaken, doch zu Hause, zu Hause im Friesenland, feierte man sie als Helden. Heute hieß es, der Friese entsprach nur unter Zwang der Sitte der Festländer, da sprachen die Idioten der Abart das Wort, sie mischten Billigkognak mit Cola und tranken die Proletenbowle, bis sie erbrachen …

Cora hatte genug, sie ließ sich zurückfallen, lehnte gegen die Umfassungsmauer der Häuser mit Meerblick und wählte die Nummer ihrer Bar, nach dem ersten Klingeln nahm ihr Kellner ab, ein schlechtes Zeichen, dachte sie noch, er wird mir gleich von der großen Flaute erzählen, doch sie erfuhr, daß alles bestens und wohlgeraten war; ein Tätowierter hat nach dir gefragt, sagte der Kellner, er sieht aus wie ein Student und kleidet sich auch so, er trug trotz der Kälte kurze Hosen, wahrscheinlich, um das Wadenbild zu zeigen. Hat keine Nachricht hinterlassen, ging einfach wieder weg. Und hier, ich habe es mir auf einem Zettel notiert, ich soll dich von einer gewissen Aneschka grüßen. Tschechin, jung. Sie fragt, ob du ihr etwas über Budapest erzählen kannst, ihr Freund ist allein da hingefahren. Diese Aneschka rief übrigens aus Prag an. Und mit einem gewissen Niklas Held oder Feld habe ich auch telefoniert, er fragt, ich zitiere: Willst du meine Fotos an deine Kneipenwände hängen? Wir machen Hälfte-Hälfte. Zitatende. Sonst noch was? sagte Cora. Wir machen ein gutes Geschäft, sagte ihr Kellner, die Leute trinken wie verrückt. Trübsinn steckt wohl an. Ja, das ist die große Wahrheit, dachte sie und schaute ihr Mobiltelefon an, als erwartete sie einen Digitalton der Zustimmung, und sie holte die Postkarte aus der Jackentasche heraus und sagte die Namen der abgebildeten Vögel an der Nordsee laut auf, Zwergseeschwalbe, Lachmöwe, Austernfischer, Eiderenten, Rotschenkel, Junge Silbermöwe, Brandgänse, Sturmmöwe, Kiebitz, Küstenseeschwalbe. Sie würde sich schonen und keine alten Hängeleuchter oder Wachsstockhalter und keine alten Stundengläser und keine alten Fanganlagen für Wildenten und keine Vogelkojen anstarren gehen. Sie würde nicht an der Föhrer Westküste wandern. Bald wäre sie zu Hause.

Und Frerk? Er spürte den Keim der Entzweiung wachsen, eine Liebe hatte diese Frau nicht zugelassen, eine kalte Glut würde er nicht anfächeln, dieser Ocke an seiner Seite, dieser … extreme Friese, der alles verfluchte, bis auf das Meer und den Himmel, war vielleicht ein Freund. Nicht mehr als elf oder zwölf Schritte entfernt stand Cora. Sie hatte nie wieder die Netzstrumpfhosen getragen und ihn aber darüber aufgeklärt, daß sie ihren Körper reduzierte, sie wollte abnehmen, deshalb aß sie keine Pfannkuchen und schaute ihm beim Kauen und Schlucken zu, und sie hoffte, das hatte sie ihm heute mitgeteilt, daß das Hinken nachließ, wenn sie weniger wog. Ocke sagte, er sollte nicht wie ein Tourist mitten auf dem Gehweg gehen, und Frerk, leicht verschämt, wich einem Familienvater aus, seine Frau und seine zornige Tochter folgten ihm.

weltgeist

Wie Ferda eine Kapelle nach Böhmisch-Kanada begleitet und glaubt, Abschied nehmen zu müssen von seiner Aneschka; wie er sich an der Seite einer Rosenstreuerin wiederfindet und am Tag der Überfälle von Patrioten um sein Leben bangen muß

Wer sah es ihr schon an, daß sie sich wünschte, verschönert zu werden. Mit den Worten ›verschöner mich!‹ hatte sie einen Georgier zu einer Heldentat aufgefordert, doch den Heldentod wollte der nicht sterben, also fuhr sie mit dem alten Russenauto ihres Vaters durch die freien Länder in die freien Städte und streifte durch die freien Viertel. Hier ein Gramm zuviel, dort ein Gramm zuwenig, hier drückte der Himmel auf die Dächer, dort war der Abstand zwischen dem äußersten Ende ihres Kopfes und der niedrigsten Wolke unüberbrückbar, kein Sprung kein Gebet kein saftiger Fluch rettete sie – verschönerte sie. Ein halbes Leben vorbei, ein großes Abenteuer vertan, vertan von dem Cousin zweiten Grades, dem die Lumpigkeit ins Gesicht drang: Dem ersten Tschechen, der sie gefragt hatte, aus welchem Stoff die Lumpigkeit bestand, daß sie ein Menschengesicht verzerren konnte … diesem Tschechen sagte sie: Alle Organe werden zum Wulst gebauscht, vom schlechten Abwind, vom Verzehr vergammelter Schokolade, von einer falschen Erinnerung. Ein freies Volk kam in ihren Wünschen vor, und weil sie an Spätsommerabenden es vermißte, angebetet zu werden, machte sie sich Luft, sie wurde halb verrückt, ihre Prager Kunden hörten dann auf, über ihre Hymnen an den großen Georgier Stalin zu lachen, das Väterchen war eine Bestie, und kein freier Mitteleuropäer wollte den gräßlichen Vater Stalin loben.

Der Vorhang ist gefallen, und man liebt sich hinter zugezogenen Vorhängen, dachte Gretá, sie war in der Stimmung, ganz verrückte Sätze auszusprechen, zu behaupten, daß jener, den die schwachen Männer in ihrem Lokal haßten, die Verdünnung der Moral nie zugelassen hätte, doch sie steckte nur die rauchende Zigarette in die Öffnung der leeren Schachtel und ging hinein, ihre Zigarette lag auf dem hochgeklappten Kartondeckel auf, der Rauch stieg in gerader Linie von der Glut hoch, und als die Aschesäule abfiel und die Zigarette in die Schachtel hineinzufallen drohte, kam sie rechtzeitig zurück, um die Zigarette zwischen ihre langen Fingernägel zu klemmen und weiterzurauchen. Die Männer hatten in der Zeit ihrer Abwesenheit, in den wenigen Minuten, schweigend den Finger in den Rauch gestoßen, es gefiel ihnen, zu spielen. Hätten sie sich auf der Terrasse nicht diesem harmlosen Spiel hingegeben, hätten sie aus Verlegenheit spucken müssen. Das taten sie nicht, sie wünschten nur, Gretás Wut wäre verraucht, was konnten sie dafür, daß sie ein Jahr zuviel schlecht gelebt hatte, ein jeder von ihnen hatte Georgien im Weltatlas nachgeschlagen und dies Land gefunden, ein jeder von ihnen besaß nur einen Atlas aus der Zeit der Kindheit, sie scheuten sich, zuzugeben, daß sie manchmal in den alten Karten und Atlanten blätterten, ihr Herz schlug dann schneller: Ein Kind schnappt nach Luft, weil es sich vor der eigenen Freude fürchtet. Gretá aber würde sie vielleicht deshalb laut beschimpfen, sie waren gewarnt worden von dem Komponisten, der oft genug in Gegenwart zorniger Frauen ausgeharrt hatte und es also verstand, eine Georgierin nicht mit zuviel Freiheit zu verärgern. Eine Scherbe auf dem Kopfsteinpflaster blinkte im Licht der Straßenlampe, Gretá hielt es nicht mehr auf ihrem Stuhl aus, sie eilte hin, hob die Scherbe auf, eilte zurück zum Tisch und legte die blaßgrüne Glasscherbe neben den Aschenbecher, sie sagte: Das Ding da erinnert mich an irgendein anderes Ding, aber ich komme nicht darauf …

Wann immer sie von Dingen sprach, wann immer sie sich weigerte, die Gegenstände zu benennen, hatte sie kurz davor einen zersprungenen Teller oder eine Tasse mit abgefallenem Henkel entdeckt und sich mit dem Spüler in der Küche gestritten, erst die Entdeckung, dann die umständlichen Worte, und am Ende aber nur eine weitere Zigarette, die sie anzündete.

Die Männer am Tisch erstaunte es nicht, daß der Tellerwäscher jetzt hinausstürmte und seine Schürze vor Gretás Füße warf, sie waren auch nicht verblüfft, als er wenig später Kognak trank. Natürlich weigerte er sich, auf einem Stuhl Platz zu nehmen, Gretás Verwünschung hatte seine Glieder und seine Knochen steif werden lassen, es kam ihm aber nicht in den Sinn, vor sich zuzugeben, daß ein georgischer Fluch seine Wirkung nicht verfehlte, daß er seit neuerdings aus dem Schlaf schreckte und nach der Taschenlampe griff und in die dunklen Winkel leuchtete. Der Strahl der Taschenlampe glitt dann nur über ein vertrautes Ding hier und ein vertrautes Ding dort, in den Dingen in seinem Besitz war kein Funken Leben. Nun aber stand er, wie es die Tüchtigen taten, nun aber verschwendete er keinen Gedanken an die jiependen und zirpenden Gegenstände in seiner Schlafkammer, in die er jede Nacht eintrat, nach dem Tellerwaschen und Töpfetrocknen, nach dem Abwischen des Bodens und der Wandkacheln. Er gab das Bild des tüchtigen Mannes kurz vor Feierabend, seine Chefin hätte gerne seine kräftigen Oberschenkel gelobt, seine großen groben Hände, doch sie war eine Garküchenstalinistin ohne wirkliche Begeisterung für das Väterchen, sie lobte nie – sie schwärmte oder verfluchte, sie tätschelte eine Wange oder zerkratzte ein Gesicht. (Viele ihrer Landsleute hielten die Bestie für einen Ahnherrn, der im Hain des Russenimperiums erblühte wie eine georgische Blutrose. Den Herrlichen ist es gegeben, Sterne vom Himmel zu pflücken oder eben den Knechten ein Brandmal auf die Stirn zu brennen, daß alles Gute und alles Schlechte sichtbar werde. So sprachen viele im ehemaligen Russenimperium, und nicht nur Georgier, aber auch Menschen anderer unterworfener Völker jiepten und zirpten, wenn die Rede auf den Wahrhaftigen kam: Hatte er nicht jene süße Knabenscham, weil er die nackte Oberlippe mit einem Bart bedeckte? Schlüpfte er nicht in einen Kulakenkittel, um sich als ihresgleichen auszuweisen? Das Schicksal, sagten sie, sickert aus den Brustspitzen, und wer glaubt, man sauge sich an der Brustspitze fest, um Muttermilch herauszupressen … wer an die Märchen der Biologie und Anatomie glaubt, muß das schüchterne Väterchen verkennen.)

Libor stieß den Finger wieder in den Zigarettenrauch und sagte: Der Henker wohnt immer außerhalb der Festung, so war das in früheren Zeiten. Wie ist es heute? … Und da Gretá sich keine Antwort entlocken ließ, drehte er sich zu Ferda um und fragte ihn, welche widerwärtige Macht die Verliebten auseinandergerissen hätte, die Ameise würde hier bei ihnen sitzen, Aneschka aber unterhielte sich im Lokal mit der Dame Vlasta, es sähe doch ganz danach aus, als verwandelte sich das Liebesband, das sie beide aneinander fesselte, langsam zu einem herkömmlichen Tau. Tatsächlich dachte in diesem Augenblick Aneschka nicht an ihren deutschen Liebhaber auf der Terrasse, sie fühlte gelegentlich seinen Blick auf ihrer linken Gesichtshälfte ruhen, und wahrscheinlich ging ihm irgendeine Unanständigkeit durch den Kopf … doch jetzt wollte sie ihn nicht neben sich dulden, sie hätte auch die stalinistische Verbitterung an seinem Tisch kaum ertragen. Ihre Haare, ihre Nase, ihre Augen, ihre glänzenden Oberlider, ihre goldreifbestückten Ohrläppchen, ihre mit einer nagelneuen Pinzette gezupften Augenbrauen gehörten ihr, sie verbat sich die Berührungen. Er hatte vorhin ihre Hand halten wollen und war in der Bewegung eingefroren, als sie ihm auf die Hand schlug – sie brannte immer noch.

Die Zugfahrt von Berlin nach Prag, fünf Stunden – er hatte es den Männern erklärt –, nicht länger und wirklich keine Verspätung, bei dem Halt am letzten deutschen Grenzort Bad Schandau trat ihm das Wasser in die Augen, schlimm rührselig seelentümlich, ja, er gab es zu, die Hotels mit der Elbansicht, und nach knapp zehn Minuten fuhr der Zug durch tschechisches Gebiet, und er hatte nur blind hinausgestarrt und versucht, Reue zu empfinden ob seiner Lüge, die Aneschkas ungerader Stille folgte. Sie streifte durch Berlins Vororte, er packte seinen Koffer, hinterließ ihr ein Mitteilungsblatt, ja, er gab es zu, dies war ein sehr deutsches Wort, die Lüge, die Lüge, die Lüge, er hatte behauptet, nach Budapest zu reisen. Und die Männer? Libor? Der Komponist? Der alte Amateur? Sie sahen, was sie sahen: Die entzweiten Liebenden werden die Lüge womöglich überleben. Gretá befahl dem Spüler, sich die Schürze wieder umzubinden und den großen Suppentopf ins Seifenwasser zu tauchen, und als er aber weiter reglos die Glasscherbe anschaute, sagte sie: Es wird der Tag kommen, da du an deiner verdammten Sturheit eingehst. Es wird der Tag kommen, da ich jede Achtung vor dir verliere …

Und die in dieser Sommernacht fast kummerlosen Männer, die das meiste nach Augenmaß und nicht nach strenger Maßgabe taten, hoben den Blick und entdeckten an der Georgierin die altmodische Hochsteckfrisur, das schulterlose hellbeige Kleid schnürte sie zu, ihre Haut so weiß, daß sie leuchtete im Dunkeln, ihre Worte so hart, daß sie sich einfraßen in jeden, der nicht ihren Lokalregeln folgte, und vielleicht zerschlug Gretá deshalb die Lüge eines ihr weitgehend unbekannten Verliebten, vielleicht brach sie – um mit ihren georgischen Glaubenssätzen zu sprechen – der galoppierenden Sau namens Lüge alle Läufe, denn es streifte sie nicht die Liebe eines Anbeters. Sie hatte schon beim ersten Besuch des braunäugigen Deutschen bemerkt, daß er nicht Teig nicht Fleisch bestellte, um sich für weitere Jahre den schlanken Leib zu erhalten.

Auch der Dame Vlasta war der fremde Überdreißigjährige auf der Terrasse nicht ganz geheuer, in den letzten Nächten hatten die Kleinchen und hatte das Buschweibchen, hatten die Tautröpfchen ihre Träume verwispert, ihre Augen fielen fast zu, und deshalb nahm sie alles nur verschwommen wahr. Und deshalb kam es ihr so vor, als füllte Aneschka ihr gegenüber den leergeblasenen Traum der letzten Nacht mit einer Bitte: Mochte sie bitte, bitte, ihr verraten, ob die Gerüchte stimmten? Ob sie dem Gerücht glauben sollte, daß sie das Unsichtbare sah. Nichts davon ist wahr, sagte die Dame Vlasta, sie wollte weitersprechen, aber das blinkende Licht lenkte sie ab, vom Regen waren die Papiertischtücher durchnäßt worden und wellten sich, die grüne Scherbe, an der sich ein kaltes Licht brach, brachte die Dame dazu, sich von ihrem Sitz zu erheben und auf einem Stuhl nah bei der Scherbe Platz zu nehmen, sie gesellte sich zu jenen Männern, deren Hosenboden am Gesäß klebte, sie hatten nur flüchtig die Gartenstühle auf der Terrasse abgewischt, und nun starrten sie alle auf das Bruchstück einer Mineralwasserflasche, und am liebsten hätte Ferda danach gegriffen, das Papieretikett abgekratzt, einen Streifen Tischtuch abgerissen, die Scherbe darin eingewickelt und sie in die Hosentasche gesteckt.

Gretá verdammte sich dafür, daß sie diesen kraftlosen Tschechen einen weiteren Anlaß zum Spielen gegeben hatte. Welcher Wille trieb sie an, kämpften sie gegen den Drang an, die Scherbe gegen Asphalt, Beton oder Stein zu schleudern, um vom hellen Klackton verzaubert zu werden? Sie verstand in eben diesem Augenblick, was der Untergang eines Imperiums bewirkte: Erst zerfiel das Reich, dann zerfielen die Untertanen; erst schloß man die Mausoleen der einbalsamierten Führer, dann verteilte man das Mumienmittel, auf daß jeder Untertan bei lebendigem Leibe verwachste. (Eine schöne absurde Vorstellung. Gretá war eine kluge Frau, die jeder außergewöhnlichen Idee eine Scherbe Wahrheit entnahm. Als Ferda ihr eröffnete, daß die Rotarmisten seine drei Großonkel an die Wand gestellt und andere Verwandte deportiert hatten, war das Stahlgehäuse ihres Glaubens an das Väterchen nicht etwa durchglüht worden. Im Kaukasus wurde damals aufgeräumt, und was sich zum Kehricht machte, wurde wie Kehricht behandelt. Mit der Menschenliebe kam man nicht weit, dort im fernen Kaukasus, man liebte … der Führer liebte die Menschen und Tiere und Pflanzen gleichermaßen, daher konnte er schlechte Menschen, schlechte Tiere und schlechte Pflanzen dem Kroppzeug zuschlagen – diesen Gedanken behielt Gretá aber vorsichtshalber für sich.)

Libor rieb sich ein weiteres Mal über das kalkweiße Gesicht, und da er Ferda schon nach den deutschen Brotsorten befragt hatte, hielt er es angebracht, ihm einfach nur alles Gute für die Reise nach Böhmisch-Kanada zu wünschen, auf dem Gebiet zwischen Neutriebitz und Königseck würde es regnen regnen und wieder regnen, Böhmen und Mähren wären ihm doch sicher ein Begriff, dazwischen erstreckte sich ein Hügelland, und wo genau der Komponist und sein hübsches Kind ihn hinbrachten, wüßte er nicht genau, vielleicht wären die Bewohner wegen der langen Dauer der Gegenreform etwas vergrämt, aber bestimmt freundlich …

Stalin, die Glasscherbe, Kanada, Gegenreform – all das klang in seinem Kopf nach, als er etwas später im Fonds des Autos saß, das der Komponist Aneschka erlaubt hatte zu fahren. Antonin war leicht angetrunken, und er zwang sich, nicht aufzulachen, er hatte die Musik laut aufgedreht, der Deutsche hinten wollte ganz sicher die Finger in die Ohren stecken und glaubte aber, dies aus Höflichkeit unterlassen zu müssen, er hatte ein Lied über hellwache Frauen morgens in der Bäckerei komponiert. Und was ist mit den Männern, dachte er, was spinnen sie sich zurecht, was tun sie, wenn sie weiche Knie bekommen, weil sie einen Riß im Lampenschirm entdecken, weil ihnen ein Schimmer über die Schnürsenkel wandert, wie schmeckt ihnen das erste Glas Wasser des Tages, blecken sie die Zähne nach dem Zähneputzen und werden sie dabei heimlich von einer Frau beobachtet, und war die Ameise, durch die seine Tochter hindurchsah, nicht ein bißchen mehr als ein Schuhmacher, das Schuhmachen war ihm, wie er erzählt hatte, ja von seinem Meister verboten worden. Und endlich lachte Antonin auf, Aneschka und der braunäugige Deutsche zuckten zusammen, und da sagte der Komponist: Ich habe einen guten Einfall, mein nächstes Lied handelt von der Fahrt eines Mannes in einem sowjetischen Auto, er wird in diesem Lied einen Mechaniker anrufen, weil sein Auto kaputtgeht, und der Mechaniker wird ihm durchs Telefon brüllen: Das Blech von gestern kümmert mich wenig.

Die weichgekochten Knoblauchzehen in der Linsensuppe trieben zum Tellerrand, kaum daß man den Holzlöffel hineintauchte, und die Wirtin des ›Gasthaus zu Herrn Hans‹ bat sie alle, das Krächzen des Papageien zu überhören, er hätte es gelernt, durch die Gitterstäbe seines Käfigs zu spähen und eine furchtbare Fanfare zu krähen, wann immer ein weißer Viertelmond im grünbraunen Brei aufschien. Tatsächlich stimmte jetzt der Vogel, im Augenblick seines halbvollkommenen Glücks, eine Melodie aus Hacklauten an, denn in vielen Tellern wurden die Knoblauchzehen hochgerührt, und er krallte sich fest und fächerte die Flügel leicht auf, dann sauste sein Körper nach unten, seine Kopfhaubenfedern streiften

Maiskörner und Kürbiskerne, und er verlor eine Schwanzfeder, die seinen Schnabelhöcker kitzelte.

Dieser Anblick ließ Pepa sofort die Bitte der Wirtin vergessen: Er krümmte seinen Finger zu einem Haken, tauchte ihn in die Suppe, und als er dem Vogel die auf der Kuppe ruhenden Viertelmonde darreichte, schnappte er sich die Delikatesse, und seine kleine Zunge berührte kurz Pepas Finger. Ein Glück. Sonst täuschte Pepa Versonnenheit durch mahlende Kiefer vor, auf der Bühne wie nach dem Auftritt, sonst kaute er ununterbrochen trocken, und es hatte viele Wetten unter den anderen Musikern gegeben, bis der alte Tenorbaßsaxophonist vor einem Konzert Pepa die Kiefer auseinandergerissen und wie irre in die leere Mundhöhle gestarrt hatte: kein Kaugummi.

Aber jetzt ein Glück. Ein Glück, daß der kopfüber hängende und schnalzende Papagei plötzlich verstummte. Ein Glück, daß Pepa, der sagenhafte Jazzgitarrist, als der er für einige wenige Jahre gegolten hatte, nun endlich das elende Kauen einstellte, um schweigend die weißen Lider dieses Vogels zu betrachten, und weil beide, das kleine Tier und der mürbe Mann, das Blinzeln vergaßen beim Melodienmachen, glaubte Ferda an ein Blickduell. Ich werde nach Bukarest, nein falsch, nach Budapest fahren, dachte er, ich werde mich dort wie ein Neuankömmling benehmen … Nachdem er sich zwei Male versprochen hatte, nannte man ihn in dieser Runde abwechselnd ›der Bukarester‹ oder ›Pane Jane‹, Herr Hans. Alle acht Musiker waren vom Bier und vom selbstgebrannten Schnaps betrunken, sie musterten ihn heimlich, ihr Blick ging von ihm, dem Liebhaber des hübschen Kindes, zum Papageiengaffer, dessen Kopf nun in eine Wolke aus Fliegen ragte, eine Wolke aus trägen Fliegen, die sich nicht fortwehen ließen, die helle schwere Soße auf dem Lendenbraten war geronnen, er hatte sein Essen kaum angerührt, was scherte es ihn, ob die Grillen heute zirpten und morgen vom Ästchen fielen, was gingen ihn die halbwilden Dorfköter an, die man darauf dressierte, jeden Fremden im Vorgarten zu verbellen, was kümmerte ihn der Trompeter, der in einer Plattenbauwohnung lebte, und wann immer er üben wollte, schlich er sich aufs Feld, blies und blies inmitten der wogenden Ähren, zum Teufel mit ihm, was sprachen die Musiker für einen Blödsinn daher, und da Pepa in dieser Zorneslitanei verging, senkte sich sein Kinn langsam auf die Brust. Davor hatte er den schwanzzerrupften Papagei von einem Moment zum anderen vergessen und ein einziges Mal geblinzelt – der Kontrabassist betrachtete ihn und erklärte Ferda, daß der leise schnaufende Pepa das Stadium ›Sterbender Büffel‹ durchlief, sein Oberkörper neigte sich gefährlich nahe dem Tisch entgegen, und da – er fing sich gerade noch und richtete sich wieder auf –, er gäbe Pepa nicht mehr als fünf Minuten, dann würde seine Stirn das Tischresopal küssen. Manche Männer schliefen in dieser Haltung tief und fest, der Gitarrist jedoch erreichte immer das dritte Stadium, das da hieße ›Betonhund‹, Pepa würde bald einen entsetzlichen Schnarchlaut ausstoßen, wie von fremder Hand gegen die harte Banklehne geschleudert werden und erstarren. Tatsächlich schlief Pepa bald tief und fest, und daß die Musiker mährische Volkslieder sangen und mit den Instrumenten zum Essen klapperten und klopften, störte nicht seinen Schlaf. Ferda schlug den Reiseführer über das Böhmische Kanada auf und sang zur Melodie der Lieder die deutschen Ortsnamen vor sich hin, Sichelbach Dobroten Albern, Thaya Datschitz Meires Modes Lipolz Temmerschlag, Markel Romau Stoitzen Strakonitz Platz, Zlabings Jareschau Stein-Moliken Wetzlers Wiltschitz Wolfers, Landstein Lainsitz Rosenau Wesseli an der Lainsitz. Pepa hatte also einen Teller Linsensuppe und einen Teller Lendenbraten bestellt, was für ein Luxus, das Essen stehenzulassen, was für ein Lumpenhund, daß er Heißhunger vorgetäuscht hatte, das dachten die meisten Musiker, und schließlich erhoben sie sich alle, bezahlten ihre Rechnung bei der Wirtin, die versprach, den schnarchenden letzten Gast bald wachzurütteln.

Ferda sah die Männer die ungepflasterte Straße hinunter zum Bauernhof torkeln, sie schlugen an der Kehre den Weg nach links ein, und als er zurückblickte, starrte ihn der kubanische Trompeter an. Seltsam doch, daß er mit der Jazztruppe durch südböhmische Dörfer zog, ohne mehr zu verlangen als einen Schlafplatz, eine Schüssel Suppe und Benzingeld, der Vogel schaukelte jetzt auf seinem Taureifen, schnarrte und pfiff – davon unbekümmert schlief Pepa tief, und sein gerader Oberkörper sackte langsam zur Seite. Der Kubaner schloß sich Ferda an, jeder der beiden verschränkte die Arme vor der Brust, um sich zu schützen gegen die Nachtkälte, und als sie den Innenhof betraten, kam ihnen schon der Gastgeber entgegen. Kein Erbarmen mit den Nachzüglern, sagte er, auch ihr müßt euch vorm Schlafengehen putzen, daß ihr mir auch nicht die Bettwäsche verdreckt. Es waren halb im Scherz gesprochene Worte, deshalb überließ Ferda dem Kubaner den Vortritt und wusch sich dann aber halb im Scherz den glänzenden Rauhreif vom Gesicht. Er stieg vorsichtig die Treppe hoch und bewegte sich stockend zwischen den Matratzen, auf denen die Suffseligen lagen, schließlich fand er den ihm zugewiesenen Schlafraum, der Komponist und die Frau, die man ihm als langjährige Freundin der Familie vorgestellt hatte, waren schon eingeschlafen. Und dort, hinter dem ausgedienten Klavier, das man wie einen Raumteiler an die Wand geschoben hatte, dort im hintersten Winkel lag Aneschka, ein Polinko unterm Pappendeckel, ein Stöckchen unter dem Pappdeckel, sie schlief oder gab vor zu schlafen. Den ganzen Abend hatte sie sich vor ihm verborgen, alles war klar, und er aber wußte nicht Bescheid. Langsam streifte er die Strümpfe ab, und als er auf einem Bein stand, mit den Strümpfen in der Hand, flüsterte sie, er sollte ihr von seinem Abend erzählen, und er sprach, daß ihn die Musiker fast die ganze Zeit in ihre Unterhaltungen einbezogen hatten. Er hatte ihr vom Mondglanz der zerkochten Knoblauchzehen erzählen wollen, doch da klingelte sein Mobiltelefon in der Hosentasche, vor Schreck fiel er hin, dann lief er aus dem Zimmer, rannte die Treppen hinunter und stieg im Innenhof vorsichtig über den Gitarristen, der auf dem Sand im Kasten ausgestreckt lag – Mutter, sprach er, mir geht es gut. Ja, sagte sie, ja. Dein Vater darf die große schwarze Sonnenbrille nicht aufsetzen, es irritiert Belinda, sie möchte uns in die Augen schauen, wenn sie hechelt. Und sie hechelt vor Freude, wenn sie mich sieht, sie bettelt immer darum, daß ich ihr drei Kekse in ihren Napf zerkrümele. Dein Vater hat sich daran gewöhnt, am Morgen erst Belinda auszuführen und dann das Teewasser aufzusetzen. Die Nachbarn haben ihre Analyse abgeschlossen, sie denken, wir würden in Belinda ein illegitimes Enkelkind sehen. Sie hat zwar zwei Ohren, zwei Augen und einen Mund, aber ich würde nie auf den Gedanken kommen, sie zu windeln. Ist Aneschka schwanger? … Um Gottes willen, nein, rief Ferda aus, und er dachte, daß seine Eltern in einer anderen Zeitzone lebten und daß sein Vater in zwei Stunden aufstehen würde. Seine Mutter hatte eines Tages erklärt, sie würde der Nachtruhe nicht mehr soviel Bedeutung beimessen, und also dämmerte sie bei Tage und wachte in der Dunkelheit. Sie sprach von einer Schlange, die vor ihr große Angst hatte und deshalb anfing zu zittern, wann immer sie sich zufällig trafen, eine Schlange im Haus wäre doch kein Unglück, sie wünschte dem Sohn gute Nacht …

Pepa stützte sich mit den Ellenbogen auf und zerstörte dabei die Sandburg, die die junge Frau gebaut hatte, heute, nein, gestern nachmittag. Ferda wußte von dieser Frau nur, daß sie sich dem Kontrabassisten, einem viel älteren Mann, hingab, es war keine Schande, es brachte sie nur in Gegenwart anderer Männer in Verlegenheit. Jetzt winkte ihn Pepa heran und bat darum, ihm auf den Rücken zu klopfen. Natürlich wollte

Ferda die Freundlichkeit erwidern, mit der die Musiker ihn behandelt hatten, und er schlug Pepa, auf seinen Wunsch hin, heftig auf den Rücken, da aber stieß der benommene Gitarrist laut auf, mehrere Male hintereinander, und weil er ihm in die Augen sah, mußte Ferda den Blick abwenden. Er klopfte weiter, und als er Pepa würgen hörte, tat er einen Sprung zur Seite, er hielt es für seine Pflicht, ihn wenigstens zu bewachen, während der Mann Galle und Bier und Schnaps ausspuckte. Pepa kam auf die Beine, er stieß die nackte Ferse immer wieder in den Sand, er streifte sich das bekleckerte Hemd ab, es blieb hinten mit einem Zipfel im Hosenbund hängen, dann zog er den Ledergürtel aus der Schlaufe, die Metallschließe verschwand in seiner Faust, und er begann, sich das Gesicht zu peitschen. Das Gürtelende schwang erst schlaff aus, Pepa drehte den Gürtel zwei Male um die Faust, und nun traf er seine offenen Augen, in ihnen kein Schmerz, kein Wunsch nach Abbitte, keine kleinen Flecken der Verachtung, Pepa schloß einfach nur nicht die Augen, während er sich vor dem Liebhaber des hübschen Kindes weh tat. Und der Deutsche, was tat er, fiel er ihm in den Arm, versuchte er, ihn mit Worten seiner Muttersprache zu trösten, nein, er stand neben dem Sandkasten und starrte ihn an, ihn, den keine Macht bewegen konnte, den Gürtel aus der Hand zu geben. Sein Gesicht brannte jetzt, und wäre der Gastgeber aus seinem Haus gekommen und hätte ihn gebeten, Vernunft anzunehmen, hätte er, der begnadete Jazzgitarrist, ihn angeschrien: Wieso, verdammt noch mal, sprecht ihr über den Trompeter im Weizenfeld?! Der Kerl liebt die Sensation, wir aber wissen doch … Was wissen wir? rief er laut, wir wissen, schrie er, daß wir in unseren kleinen Kammern üben müssen. Damit sie uns nicht sehen. Wer soll uns nicht sehen? Die Menschen, vor denen wir auftreten. Morgen haben wir unseren Auftritt, und ihr Schweine habt ihn mir verleidet mit dieser Geschichte! Hört ihr? …

Und sie hörten ihn, die meisten jedenfalls, nur die junge

Frau und der Kontrabassist waren Rücken an Rücken eingeschlafen und würden erst am Frühstückstisch von den unseligen Ereignissen erfahren, fast alle Musiker also hörten Pepa wider sie grollen. Vielleicht entschied es sich auf dem Höhepunkt seines Wutanfalls, vielleicht störte sie der Schnalzlaut des Gürtels, immer und immer wieder der Peitschenhieb, sie schälten sich, einer nach dem anderen, aus den Betten und folgten dem Weg ins Freie, barfuß waren sie und halb nackt, sie sahen ihn und seine aufgeplatzten Augenbrauen, denn mittlerweile war er dazu übergegangen, sich mit der Metallschließe in seiner Faust zu schlagen. Die Musiker schritten in seine Richtung, und dann holte der erste aus und verpaßte Pepa einen Tritt, der zweite und der dritte rempelte und trat, sie waren jetzt über dem Darniedergesunkenen und traten und schlugen. Plötzlich trieb der Kubaner einen Keil zwischen die Schläger und sagte einige Worte auf tschechisch, Ferda konnte sehen, wie die Saxophonisten und die Posaunenbläser mit sich rangen, doch schließlich ließen sie von Pepa ab und kehrten zurück in ihre kalten Betten. Da lag er, blutend. Er weinte nicht. Er wimmerte nicht. Und als Ferda sich später auf der Matratze ausstreckte, wußte er, daß er Aneschka nichts von den unwürdigen Vorgängen zwischen dem Haus und der Scheune erzählen durfte, er hatte Pepa aufgeholfen, und Pepas Blut war ihm auf dem Handballen getrocknet, er starrte die unter dem Oberlicht aufgestellte Wäschespinne an, an der seltsamerweise kein Wäschestück hing, und da drang das Dunkel in seine Augen, und er schlief ein, Rücken an Rücken mit einer still weinenden Frau.

Die Handtücher auf der Schulter, die zerschrammten nackten Füße in den Sandalen: Die junge Frau Lujza entdeckte die Männer vor der Scheune, Pepa saß still auf einem Baumstumpf, und da er in nüchternem Zustand jede vorbeigehende Frau höflich nach Nichtigkeiten zu fragen pflegte, sagte Lujza, danke, sie hätte zum Frühstück Blaubeeren aufs Butterbrot gestreut, und es hätte herrlich geschmeckt, das Brot, und hier, er könnte ja an ihren gefärbten Fingerspitzen sehen, man sollte beim Beerenwaschen äußerst vorsichtig sein. (Es waren dies nur Worte der Aufmunterung, ihr tat der Gitarrist leid, der fast reglos in der Sonne ausharrte. Abwartete. Er würde eine Stunde brauchen, bis es ihm mißfiele, daß ihm die Ameisen über und zwischen die Zehen krochen. Natürlich würde der Kubaner, sobald er wach wurde, einen Zinnkübel Wasser über sein Haupt schütten – er hatte es oft genug getan.)

Ferda las in der deutschen Bedienungsanleitung und erklärte dem Gastgeber, wie man die Brennstoffbehälter des Spirituskochers auffüllte, dann rief der Komponist nach ihm, und zu seiner Verwunderung stieg auch die junge Frau ins Auto ein. Auf der Fahrt nach Neuhaus am Teich Vajgar sprach Aneschka mit ihrem Vater über ihren Traum, in dem sie dünne blonde Haare von Männerpullovern, von Kissen und Dekken und sogar von der Tapete gezupft hatte, könnte er diesen Traum deuten? Ich könnte es, sagte Lujza und steckte ihren kleinen Kopf zwischen die Vordersitze, es ist eine symbolische Haushaltsauflösung, du trägst nicht den alten Hausrat hinaus auf die Straße, du zupfst die Haare eines fremden Menschen, die abgefallenen Haare einer anderen Frau, und hättest du zu Ende geträumt, hättest du die Haare zu einer Locke gezwirbelt oder sie einzeln in den Wind gehalten … War es unstatthaft von ihr, sich in anderer Menschen Träume zu begeben? Auf ihre Worte folgte eine Stille, die sie rochen wie schlechte Luft, und da man Lujza nicht dankte für ihre Deutung, drückte sie sich gegen den Wagenschlag und spielte mit dem abstehenden Faden an der Rocknaht.

Sie fuhren durch gottverlassene Dörfer, und da der Komponist vor den Temposchwellen viel zu spät abbremste, mußten sich Ferda und die beiden Frauen festhalten. Antonin parkte das Auto auf dem Gelände eines ehemaligen Jesuitenwohnheims, sie schauten sich um, kein Wächter rannte herbei, um sie fortzuscheuchen, kein Angestellter des Hauses verwarnte sie, und also gingen sie die Komenskistraße hinunter zum Friedensplatz. Ferda blickte kurz zu der Säule, die zur Verherrlichung eines katholischen Dogmas errichtet worden war. Die Herren der Stadt, so hatte ihn der Tenorbaßsaxophonist aufgeklärt, haben den Knechten alles Leben aus den Leibern herausgepreßt, fast alles Leben, und dann luden sie die armen Seelen zu Armenspeisung ein, sie durften einen Weizengriesbrei löffeln, die feisten Wohltäter preisen, und schon scheuchte man sie wieder weg und zurück zum Dienst am Herrn und an den Herren. Die Fronvögte von einst verfluchte man heute nicht etwa als Schinder, nein, man huldigte ihnen wie großen Schicksalsgöttern. Wie gern hätte Ferda in diesem Augenblick einen Schrei ausgestoßen, wie gern wäre er ausfallend geworden, doch die Hitze setzte ihm zu, und er folgte einfach dem Komponisten, der ihm die größte mechanische Weihnachtskrippe der Welt zeigen wollte, die aus eintausenddreihundertachtundneunzig Stücken bestand. Der Strumpfstickermeister Tomás Kryza hatte sie aus Holz, Papier, Glas, Zelluloid, Stroh und Keksen geformt und sie mit einem Klebstoff aus Mehl, Sägespänen, Gips und Leim verkittet. Sie standen also vor dem Schaufenster im ersten Stock des Stadtmuseums, sie starrten auf die kleinen Figuren, die ein Strumpfsticker in seiner freien Zeit gebastelt hatte, das Hell und Dunkel eines ganzen Tages wurde über das Licht von Dutzenden von Punktleuchten nachgeahmt, und als die Leuchten der Krippe erloschen und das Raumlicht anging, entdeckten Antonin, Aneschka und Ferda die rote Schrift am Schaufenster. Die Museumswächterin schrie auf und drängte die Touristen aus dem Krippensaal, sie verließen das Gebäude über einen Seiteneingang, bogen um zwei Ecken, bis sie wieder zum Friedensplatz gelangten, und dort, neben einem kindsgroßen Terrakottatopf, stand Lujza und ließ sich mit geschlossenen Augen von der Sonne bescheinen. Bald waren sie und der Komponist in einen Streit verwickelt, Aneschka übersetzte auf Ferdas Drängen hin, daß Lujza zugab, mit ihrem Lippenstift die Worte ›Rekorde sind lächerlich‹ geschrieben zu haben, Antonin warf ihr Sündenstolz vor, sie nannte ihn einen Mann, dem wohl das Mucksmäusertum über alles ging, mit ihrer kleinen Untat hätte sie sich doch einfach nur geweigert, vor der Pappkrippe zu erstarren wie vor einem Grab des unbekannten Soldaten, sie haßte diese feste Körperhaltung, und überhaupt wäre es sehr verdächtig, wenn ein Mann einer Frau Haltungsschwäche unterstellte, sie ginge nicht gebeugt oder hinkte sogar, sie hätte es vorhin gehaßt, die Großtat eines Strumpfstickers bewundern zu müssen, es mußte sein. Es mußte sein.

Ist irgend etwas an meiner Körperhaltung auszusetzen? sagte Ferda plötzlich, und wieso läßt du dich nicht mehr von mir küssen, hast du mich satt, ich kenne mich nicht gut aus in den Liebessitten deines Landes, habe ich irgendeine Parole auf eine Wand gekritzelt, hältst du mich für einen unanständigen Deutschen, dem du dich nicht mehr nachts hingeben magst, habe ich eine Bitte einen Wunsch ein Zeichen übersehen, habe ich ein Stoßgebet überhört, habe ich dich im Schlaf getreten, rieche ich schlecht aus dem Mund, und wenn nicht, wieso beißt du mir nicht mehr in die Oberlippe? … Der Komponist griff Ferda an die Schulter und zerrte ihn grob von seinem hübschen Kind weg, er flüsterte ihm ins Ohr, er sollte es nicht häßlich machen, er sollte sich nicht benehmen wie ein Esel in der Wiege. Das waren komische Worte für einen Mann, der gerade einer Frau Haltungsschäden vorgeworfen hatte, doch Ferda blieb nichts anderes übrig, als an seiner Seite zu gehen, denn der Vater des hübschen Kindes lockerte nicht etwa seinen Griff, er hielt ihn so lange an der Schulter, bis sie wieder ins Auto einstiegen. Das geplante Mittagessen in der Pizzeria fiel aus, natürlich bestrafte man ihn, weil er es gewagt hatte, auf einem öffentlichen Platz in barschen deutschen Worten zu sprechen. (Falsch: Er wurde bestraft, da der Komponist Imitationsartisten haßte, es störte ihn, wenn ihn, den ums rechte Benehmen Streitenden, ein Mann in seiner Nähe nachzuahmen versuchte. Sonst mischte er sich nicht in die Liebe seiner Tochter ein.)

Sie fuhren einen kleinen und einen größeren Kreis durch die Stadtmitte, um schließlich vor einer renovierten alten Mühle anzuhalten, ein Künstler hielt den Frauen den Wagenschlag auf und führte sie alle in die Dachkammer. Sie hatten keine Zeit, sich umzusehen, denn der Künstler erklärte aus Rücksicht vor dem Deutschen auf englisch, daß zur Ausstellung seiner Bilder nur Freunde gekommen waren, die sich nicht einmal fünf Farbtupfer auf einem Bild leisten konnten. Als er vom Englischen ins Tschechische überging, rückte Ferda von der Gruppe ab und beschaute kurz die an der Wand angebrachten Stahlgitter, er empfand dabei keine Freude, er empfand eigentlich nichts, er strebte verlegen in die Nebenräume, aber auch dort hingen kalte technische Stücke, die ihn als Straßenschrott begeistert hätten, als verbogene verbrannte verätzte Elemente im Rinnstein. Er hörte hinter sich Kleiderrascheln, hoffte, drehte sich um, sah aber Lujza. Kaum warst du weg, da hat der Künstler von der verschnipten Gelegenheit gesprochen, sagte sie, hübsche Formulierung. Was bedeutet das? sagte Ferda. Verschnipt wie vertan, sagte sie, er meinte zwar das Kunstereignis, das die Menschen dieses Städtchens nicht zu würdigen wüßten. Er nennt sie Teichmolche, hübsches Wort. Er ist übrigens mit Vater und Tochter rausgegangen …

Sie kam näher und näher, und als sie vor ihm stand, umfaßte sie seinen Kopf, zog ihn an den Ohren noch näher heran, und er ließ es geschehen, daß sie ihn küßte, ein zweites Mal, küßte, und noch einmal küßte, erst beim vierten oder fünften Kuß versteifte er sich, er sah die Ohrfeige kommen, und doch überraschte es ihn, daß sie ihn hart schlug. Einmal. Zweimal. Es half nichts, daß er sie anknurrte, sie antwortete mit einem Höllenraunen, ein langgezogener Laut, und sie versuchte ihn ein drittes Mal zu schlagen, er wich ihr aus, und da tat sie etwas Verrücktes. Sie riß ein Stahlgitter von der Wand und warf es nach ihm, doch er sprang hinter eine Säule, und mit zwei weiteren Sprüngen stürmte er aus dem Raum, rannte die Treppen hinunter und hinaus auf den Vorhof der Mühle. Sie hat mich angefallen, rief er Aneschka zu, und jetzt zerstört sie die Kunstwerke. Kaum hatte sie dem Künstler davon erzählt, lief er fluchend hinein, sie setzten sich wie auf ein Zeichen in Bewegung, sie würden Lujza zurücklassen, sie hofften, daß man ihr Benehmen beibrachte. Nein falsch, das war allein der Wunsch des Komponisten, der während der ganzen Rückfahrt vor Wut seine Nasenspitze wund rieb, er sah Ferdas blasses unrasiertes Gesicht im Rückspiegel, und als er Stunden später am Klavier saß und der Kontrabassist im entscheidenden Moment seinen Auftritt verpatzte, erinnerte er sich an dies Gesicht eines ermatteten Barbaren. Dann überlagerte Libors wachsbleiches Gesicht das Barbarenantlitz, und er dachte: Oh Libor, der du zu dieser Stunde in Prag Gretás Stalinismus ausgesetzt bist, wie gern würde ich dich hier im Publikum wissen, ich bin umgeben von Halbverliebten und Vollverrückten, ich wünschte, du wärest hier und würdest mich mit deiner Dreiviertelfreude anstecken …

Während er diesen Gedanken nachhing, fuhr der Amateurfotograf im Rollstuhl näher heran und glaubte, einen völlig versunkenen Musiker zu fotografieren, man machte dem Rollstuhlfahrer Platz, die acht Männer auf der Bühne schauten ihm dabei zu, wie er Fotos schoß: Von ihnen und von dem hübschen Kind. Die Männer und Frauen im Publikum saßen auf Wirtshausbänken und waren völlig hingerissen, dies war das Dorfglück, das sie sich herbeigesehnt hatten, und auch die Wirtin, der das Grundstück gehörte, machte ein zufriedenes Gesicht – sie hatte vor Jahren Dach, Tür und Fenster ihres Wintergartens abreißen lassen, nur an den Längsseiten des Pavillons stand die Sockelmauer, sie mußte aber die Terrasse überdachen, weil die Musiker sich weigerten, ihre Instrumente dem gelegentlichen Regen auszusetzen. Vorne am Bühnenrand saß der Gitarrist als einziger auf einem Stuhl, mal zupfte er an den Saiten, mal bückte er sich nach dem Glas Rotwein zu seinen Füßen, sein Gesicht war nur noch an einer einzigen Stelle geschwollen, am rechten Backenknochen, und vielleicht deshalb sah er für die Zuschauer aus wie … ein böhmischer Waldgeist. Ihn trieb kein Zorn mehr an, und daß seine Freunde, die jetzt in ihre Trompeten und Saxophone und Posaunen bliesen, ihn verprügelt hatten, machte ihn nur ein bißchen melancholisch. Nach diesem Konzert bekäme er ganz sicher keine Prügel, und da ihn die Aussicht auf heile Knochen begeisterte, brüllte er: Die Stille heilt!

Die Frauen auf den vorderen Bänken klatschten ihm daraufhin zu, Lujza aber starrte ihn nur verwundert an, Rekorde waren lächerlich, und die Stille heilte. Dieser starrgesichtige, trocken kauende Pepa, dessen Finger kurz von einer Papageienzunge berührt worden waren, wußte also davon, daß man das Dorfglück nicht verschnipsen konnte. Lujza riß sich los von ihrem Sitz, nahm Pepa das Weinglas aus der Hand und drückte ihm, vor den Augen des Kontrabassisten, einen Kuß auf die Lippen. (Nicht erst dieser Kuß, und auch nicht die vielen anderen Liebesbezeugungen mit ihrem Mund, machten ihrem Verhältnis mit dem Bassisten ein Ende. Er gab immer vor, er hätte sich ihrer nur angenommen, sie wäre von ihm abhängig. Dabei wußte er nicht einmal, wie man den Rücken einer Frau streichelte. Von ihrer Hörigkeit konnte keine Rede sein, auch wenn er in Männerrunden damit prahlte. Lujza liebte und hörte auf zu lieben, wenn es die Umstände erlaubten. In weniger als einer Woche würde sie sich von ihm trennen, sie würde keinen Riß in ihrer Außenhülle zulassen und sich auch keine Amokläufe gestatten. Sie küßte gern fremde Männer, und wen auch immer das Schicksal ihr zutrieb als Geliebten … diesen Mann würde sie darüber aufklären, daß sie die Kußuntreue für eine Selbstverständlichkeit hielt.)

Der Kubaner war Zeuge des Kusses dieser begeisterten Frau, und auch wenn er jetzt am einzigen Standmikrofon spielte, ihm entging nicht, daß Hornissen, zur Verrücktheit angepeitscht von den flackernden Neonstäben, dicht an der Decke flogen, sie schwirrten um die Köpfe der Musiker. Antonin schrie, sie würden sie totstechen, doch auch er spielte weiter, ließ den Blick kurz über die Zuschauer schweifen und sah, daß sich der Deutsche abwandte, er schritt von einem Ende der Festwiese zum anderen, blieb am Käfig des Vogels stehen, warf etwas hinein und ging, zum Himmel hochspähend, den Dorfpfad zum Bauernhaus hinunter, der Komponist begriff … nichts. Er hatte plötzlich Herzklopfen, und da suchte er mit den Augen nach seiner Tochter, sie hielt sich am Maschendrahtzaun fest und starrte dem Mann hinterher, von dem sie nicht mehr sicher sagen konnte, daß sie ihn begehrte. Natürlich hatte er es verstanden, sie wußte, sie würde am Boden des Käfigs die kleine, zur Gesäßform verwachsene Kastanie finden: Ein Fundstück, ihr Geschenk an ihn.

Eine halbe Stunde später fuhr ein Taxi langsam an der Wiese vorbei, auf dem Rücksitz saß ihr Geliebter, er schaute geradeaus, und sie verliebte sich wieder in seine rechte Gesichtshälfte und in seine Hände, obwohl sie sie nicht sehen konnte, dies war doch nur ein Ende von vielen Enden, verstehe es doch, dachte sie, wir werden vielleicht noch viele Enden zusammen erleben, deshalb ist ein Ende kein Ende, verstehe es doch, Glück wünsch' ich dir in BukarestBudapest.

Ich erinnere mich: In den Hinterhöfen begann im Hochsommer die Renaissance. Es begann damit, daß einige wenige Nichtkommunisten vom vielen Rauchen einen wunden Mund bekamen. Sie hatten Zweifel, Zweifel an den Tragebalken, an den Stützsäulen, an den Spannungs- und Strommessern, an Kugellagern, an Zahnrädern und anderen Maschinenteilen, sie zweifelten, weil ihnen die Roten alles als solide verkauften. Und dies alles ging auseinander, zerfiel. Jemand hörte jemanden Trinkgläser zerschmeißen, es war keinesfalls ein Angriff oder ein Übergriff. Nur eine Nachahmung des Zerfalls einer kommunistischen Maschine. Dieser Jemand, der Zeuge der Imitationsübung eines Jemands wurde, preßte nicht etwa sein Ohr an die Wand, er gehörte vielleicht nicht zu den Zuträgern. Und er war nicht überrascht, daß sein Hausnachbar der Stille überdrüssig wurde. Nachts feierten die Männer, bis sie nach Schnaps stanken. Einige wenige waren dagegen vom Weltgeist befeuert oder sogar bewohnt, sie sagten: Mein Leib ist bewohnt von höherer Macht. Dies war ihre Antwort auf die mindere Qualität der Radiatorrippen, der Spindel von Wasserhähnen, der Dachpappenstifte, der Tankklappen.

Die Spitzel, die Ohrenbläser, sie wußten um das schadhafte Material, das uns umgab, sie wußten, daß wir argwöhnten, der Boden würde bei einem festen Tritt nachgeben. In den Transkripten der Gespräche, die sie führten mit dem Führungsoffizier, ist nachzulesen: Die Person M. bleibt an unbeschrankten Bahnübergängen lange stehen. Sie nimmt keinen Kontakt mit anderen mürrischen Zivilisten auf. Eine politisch inspirierte Aufsässigkeit darf nicht ausgeschlossen werden. Die Person M. flucht bei jeder sich bietenden Gelegenheit. Das Gerücht hält sich hartnäckig, sie habe bei einem privaten Trinkgelage über die verbeulten Schraubverschlüsse von Schnapsflaschen geschimpft!! Ich erinnere mich an die Person M., einen Mann mit einem Wattepfropfen in jedem Ohr, er sprach von sich als von einem geschlechtsreifen Neutrum, das die Frauen abstieß. Tatsächlich waren die Frauen angeekelt von den grau gescheckten Wattebäuschen, und jedesmal, wenn M. den Kopf neigte, fürchteten sie, ein trüber Saft würde heraussickern. Vielleicht konnte M. es nicht länger ertragen, daß man ihn den Hinterhofmondsüchtigen zuschlug, und vielleicht deshalb warf er zwei Bierseidel und einen Römer hintereinander gegen die Wand.

Die Alten nennen das rote Interregnum ›az átkosban‹, die verfluchte Zeit. Die Neuen Ungarn haben diese Zeit abgeschafft, es kümmert sie nicht, was war, es kümmert sie nur, daß das bißchen Magyarenland nicht untergegangen ist. M. hat sich damals als einen Schnapspatrioten ausgewiesen, und die Ausspäher, die man auf ihn ansetzte, mußten viel Phantasie aufbringen, um aus seinen Flüchen eine Regimelästerung abzuleiten. Was leicht zu Bruch ging, was beim sanften Griff zersprang, was sich beim kleinsten Druck zerteilte, war kommunistische Materie – unsere Welt bestand aus Scherben Splittern Bruchstücken Stoffresten. Ich bin vor Angst erstarrt, in jener Nacht der Glaszerschlagung, ich wußte, M. war allein und betrank sich, ich wußte, er hatte bei der Frau, die immer Hosenkleider trug, nichts erreicht. Also rauchte er sich den Mund wund, aß Pistazien. Wenn man viele Pistazienschalen mit dem Mund knackt, hat man eine vom Salz zerrillte, brennende Unterlippe – deshalb rieb er ständig an seinen Lippen, eine für einen Mann seines Alters obszöne Geste.

Als ich mich aus der Erstarrung löste, kam mir der Gedanke, bei ihm zu klingeln und mit ihm ein Glas Wein zu trinken. Denn wir waren doch auf dem Weg zur Perfektion, wir alle ahnten, wir würden nicht unter Schutt und Schrott begraben werden, der Weltgeist fächelte mit erzenen Schwingen von jenseits der Grenze. Heute kann ich nur lachen über den Namen, den wir, die nichtdissidenten Nichtkommunisten, unserem Zusammenschluß gaben: Engelkommando. Welche Deutung war zulässig? Einem Außenstehenden sollten die

Ohren dröhnen, wenn er auf diesen Namen stieß, er sollte den Kopf einziehen und denken: Es hat begonnen. Die wenigsten unter uns glaubten, daß eine Himmelsmacht mehlbestäubte Fliegen hienieder entsandte, auf daß sie Weisungen vorlasen aus Steintafeln. Die Engel hießen wir die kleinen Apparate unseres Weltgeistes. Untergang ist uns nicht bestimmt, sagte ich zu M. und ließ den Wein im Glas leicht aufschwappen, es kommt immer darauf an, auf welcher Seite der Linie man steht. Oben und Unten haben uns die Russifizierten gelehrt, jetzt oder morgen oder übermorgen müssen wir uns für Norden oder Süden oder Westen oder Osten entscheiden. Nie wieder Osten, schrie er. Ich kann mich erinnern: meine Füße auf den Scherben der zerbrochenen Gläser, mein Blick fest auf ihn gerichtet. Sie waren an ihm dran, sie verfolgten ihn, sie schrieben ihre Berichte, sie hofften, ihn bei einer Lästerung zu erwischen.

In diesen Tagen der Auflösung durften wir nicht den Eindruck erwecken, wir wären hartleibig, muskulös, gesund. Deshalb fingen wir an, gleich zum Frühstück zu trinken, sie rochen den Alkohol in unserem Atem, sie sahen uns bei dem Versuch einer raffinierten Bewegung torkeln, und also beruhigten sie sich und blieben aber weiterhin mißtrauisch. In der milden Sommernacht, da die Renaissance begann, sagte der betrunkene M. zu einem angeschwipsten Jemand: Ich pfeife auf die Himmelsrichtungen! Hier soll es entstehen, hier an der Donau, genau wie damals, als der heilige Stefan die wahren Fürsten um sich scharte … Schnapsromantik. Einem Schnapsromantiker verzeiht man den Hieb, der zu hart ausfällt, man lächelt, wenn er den Hundebalg der Sackpfeife unter die Achsel klemmt und ein Volkslied spielt, man nickt, wenn er von dem ersten König der Ungarn spricht. Wie kann man ihm widersprechen? Auch ich widersprach M. nicht, vielleicht, dachte ich, ist er selbst ein kleiner Apparat, der seine Wachsflügelspitzen in Mehl getaucht hat, und es wird ihm gelingen, später in der kommenden Zeit, Luft zu fächeln und auf die Stirne der starken Ungarn unser Zeichen, das Doppelkreuz, in Mehlweiß zu zeichnen.

Der Argwohn, den die Ohrenbläser hegten, hatte auch mich mißtrauisch gestimmt – konnte ein besoffener Kerl, der sich jeden Tag neue Wattebäusche in die Ohren steckte und der aussah wie ein Schweinetreiber … konnte er die Spitze eines Keils sein? Konnte es mit ihm beginnen? Ich erinnere mich: Bei ihm gingen jene ein und aus, die im Neuen Chaos schnell Säume zu küssen lernten, die Säume von Männern von Rang, die Pelzsäume von Frauen mit Einfluß. Er bat sie alle hinein in seine schäbige Wohnung und erzählte ihnen die folgende Geschichte: Ich hatte einen Karpfen auf der Anrichte, ich glotzte auf die Bartfäden an seinem Maul. Und da! Der stinkende Fisch weinte eine Bluttränе. Da verstand ich …

Auch mir sagte er diese Sätze auf, auch mir gegenüber behauptete er, das wäre die ganze Geschichte und er hätte im Angesicht eines nicht fangfrischen Karpfens eine wahre wirkliche Erweckung erlebt. Als das Imperium in viele kleine Stücke zersprang, kamen die Männer zu ihm, und da er stand, standen auch sie, und da er sie mit einem schnapsstieren Blick musterte, wagten sie es nicht, ihr Anliegen vorzutragen. Schließlich trat einer vor, ich erinnere mich, er sagte: Die Schafe werden jetzt von der Herde getrennt, und die Vorstehhunde gehorchen nur dem Pfiff der Fremden … Wann hatten wir uns angewöhnt, Menschen mit Tieren und Tiere mit Menschen zu vergleichen? Ich empfand einen Widerwillen gegen diese Kerle, deren Nasenflügel bebten vor Glück, gegen diese echten Ungarn, die ihren schlechtgeschnittenen Anzug gegen eine schlechtgeschnittene Uniform eintauschten. Das Vaterland den Vaterländischen, rief der Sprecher des kleinen Haufens, er schrie im Drecksloch eines Zweiflers, und ich ging angewidert zum Fenster, hörte ihrer aller Worte, sah sie nicht. M. war geschmeichelt, M. war den Tränen nahe, deshalb sprach er, daß man gelegentlich Tränen vergießen sollte, bis man Blut weinte, und ich hielt mich zurück, um nicht hinauszulaufen.

Sie nannten sich ›Bund der Anbeter der heiligen Rechten unseres gottgekrönten Königs‹. Die mumifizierte königliche Klaue wurde im Stephansdom zur Huldigung ausgestellt und alljährlich in einem Umzug durch die Straßen Budapests getragen. Ich hatte sie entdeckt, diese Männer, sie fehlten nie, sie schritten neben dem Prozessionswagen daher, ihre groben Gesichter von Würde entstellt, sie verehrten eine Leichenhand, sie hatten Freude am Leblosen aus Lebensschwäche. Meine Tochter las mir damals im Wörterbuch die Definition für Nekrophilie vor, und ich wurde nachdenklich. Es hagelte Verwarnungen wegen ihr, denn sie beschimpfte M. und die Seinen als Totengläubige, als Matsch der Geschichte, als Ohrenschmalz des Weltgeistes. Dann paßte mich auf meinem Heimweg der Adjutant des ersten Anbeters ab und wies mich knapp darauf hin, daß dies der letzte Verweis wäre, ich sollte in meinem Stall saubermachen. Wer war der erste Anbeter der Mumienklaue? Natürlich M. Ohne seine Einwilligung hätte dieser Bursche mich, einen der Gründer des patriotischen Bundes, nie bedrängen dürfen. Dieser Einschüchterungsversuch gab den Ausschlag. Ich zog nach Buda um in der Hoffnung, der Fluß würde die Nekrophilen davon abhalten, mir Besuche zu erstatten. Bald aber suchten mich junge Männer auf, sie waren in großer Sorge, und sie berichteten mir, daß M. seine Schergen ausschwärmen ließ, auf daß sie Zigeunern in den rechten Fuß schossen. Aus Reliquienverehrern waren Fäulniserreger geworden.

An diesem Tag traf ich eine Entscheidung, ich gründete mit diesen Männern den Bund der Getreuen Mariä, der Rosenstreuerin. Die Glut unserer Körper gegen die Bluttträne eines stinkenden Fisches. Meine Tochter wählte ich zur Anführerin, ihre weibliche Vernunft sollte mäßigend auf die

Radikalen einwirken. Es gab sie auch in unseren Reihen, sie träumten davon, loszuschlagen gegen die Anbeter – hätte ich sie von der Leine gelassen, hätten sie dem Weltgeist ein paar Federn gerupft. Immer mehr Bürgerliche strömten zu uns, und natürlich dauerte es nicht lange, bis die Mumienklauenküsser über die Brücken auf unsere Uferseite schwärmten. Sie marschierten in Dreiergruppen, und kaum daß sie einen von uns sahen, fotografierten sie ihn mit dem Mobiltelefon. M. legte also ein Dossier über uns an, und bald klebten auf unserer Seite fast überall Steckbriefe, wir wurden als Zigeunerbüttel beschimpft, als antinationale Lümmel, als talismanbehängte neue Kommunisten, als Schänder des Andenkens der Heiligen Jungfrau; wir würden sie zu einer rosenverkaufenden Zigeunerin herabwürdigen, und wer nicht die heilige Rechte des wahren Königs ehrte, wäre Geschmeiß.

Wußte ich um das kommende Unheil? Ich ahnte es, der irre Teufel von der rechten Donauseite zerschmiß mittlerweile das Porzellangeschirr, so wurde mir hinterbracht, er ließ sogar einen Hexer vom Gellertberg kommen und beauftragte ihn, meine Haut schuppig zu fluchen. Der Zauber wirkte kaum. Ich vergesse nicht: der Schrei meiner Tochter, die Haustür aufstoßend, vor der Hausschwelle Aberdutzende Fischaugen, glänzende glotzende geiferbedeckte Murmeln. Ich zog sie ins Hausinnere, wir spritzten uns Kölnisch Wasser ins Gesicht, saßen zur Sicherheit auf dem Boden. Später sollten verirrte Kugeln einige unserer besten Kämpfer töten, aber zu der Zeit befahl der Pester Teufel nur Provokationen. Meine Adresse war ihm also bekannt. Ließen wir das auf uns sitzen? Ja, sprach ich, ja und nochmals ja, dieser gelackte Hinterhofrasputin wartet darauf, daß wir ihn angreifen. Wenn wir zur Polizei gehen, sagen sie uns: ein Haufen Fischaugen, na und? Wenn wir Rache üben, verwandelt sich der Vorteil des Erstschlags in einen großen Nachteil …

Heute erinnere ich mich voller Scham an die Ergriffenheit

der jungen Männer nach meiner Rede, in meinen Worten steckte keine Wahrheit, meine Worte umnarbten nur Scherben Splitter Bruchstücke Stoffreste. Wir kleinen Apparate der Renaissance, wir Rosenstreuer auf magyarischem Boden. Wir Kinder im Labyrinth. Wer hat wen verdorben? War ich tatsächlich stümperhaft vorgegangen? Und wieso versteckte ich mich vor ihnen, an diesem unterirdischen Ort in der Nähe des Brückenkopfes der Freiheitsbrücke? Buda gehörte uns, Pest gehörte ihnen, die Donau scheitelte Budapest. Nur für wenige Monate galt die Abmachung. Doch diejenigen, die mich umgaben, sie alle warfen mir eine dulderische Gesinnung vor. Meine vernünftige Tochter lehnte das Angebot ab, mich zu entmachten und die Männer anzuführen gegen den Mongolenkhan im Hinterhof. Wegen meiner Schwäche verwandelten sie sich alle in Radikale, und ich ahnte, und ich wußte: Sie würden mich früher oder später in meinem Badewasser ertränken. Der eine zöge am einen Badewannenende meine Füße hoch, der andere drückte mich am anderen Ende unters Wasser.

Ich floh, ein Schatten in der Tageshelle, ich sprang weg und floh. Hierher. Über mir die Wallfahrtsgrotte, die einstige Höhle des Eremiten Iwan, des Heilers, über mir Schritte von Besuchern des Gnadenorts, über mir die Felsenkapelle, manchmal ein Scharren wie von einem hirnlosen Tier, das nichts weiß vom Schicksal, und von denen, die dem Schicksal hinterherjagen. Ich war zum rufenden Berg geworden, zum Rufer im Berginneren, und meine Tochter, die an der Straßenbahnstation am Gellért tér ausstieg, den gewundenen Weg hochkletterte und die Grotte betrat, sie, die sie mir Brot und kalten Braten brachte … ich konnte ihr nicht in die Augen sehen. Als Kind war sie oft erschrocken gewesen über den Tod von Katzen und Katzen und Katzen, und ich hatte ihr das Gesicht mit Kölnisch Wasser gerieben, und wir hatten uns auf den Boden gesetzt. Jetzt saßen wir auf dem kalten Boden, und sie sprach von den toten Männern in unseren Reihen, von den Überläufern, die M. erst schlug und trat, um sie anschließend auf den stinkenden Fisch und die stinkende Mumienhand einzuschwören.

Wir lösten uns auf. Meiner Tochter riet ich vergebens, ein Versteck zu finden, am besten in der Nähe der Becken der Städtischen Wasserwerke am Hang des Berges – sie wollte nichts davon wissen. Wer sollte uns beide versorgen? Kannten wir einen Menschen, dem wir wirklich vertrauten? Der uns nicht gegen eine Handvoll Judassilberlinge verriet? Einmal wagte ich mich aus der Untererde heraus, trat an das Budaufer, blickte auf das Wasser der Donau, trüb kam es mir vor, milchig braun wie Ohrenausfluß. Mein Blick ging hinauf zum Azurhimmel, dann hinab zu den Pfeilerspitzen der Brückentore, dort sah ich die Turul mit gestreckten Schwingen auf kleinen goldenen Zwiebelknollen wachen. Nicht Adler, nicht Geier, nicht Bussard, nicht Falke: Ein Greifvogel, der sich nach der Sage mit unserer Urmutter vereinigte, und wir wurden zum Volk. Lange stand ich am Ufer und regte mich nicht, und da fiel ein Schatten auf die Kaimauer, und M. legte die Hand auf meine Schulter.

Ich nannte ihn naponta reggel, das hieß auf ungarisch täglich morgens. Im Gegenzug gab er mir den Namen van pörkölt, und er übersetzte mir gleich die Worte ins Deutsche: Gibt es Gulasch? Er kam täglich morgens frischrasiert zur Frühstücksbar an der Stephansallee in Leopoldtstadt, ich mußte nur aus meinem Hotel hinter dem Komödientheater in einer kleinen Seitenstraße heraustreten, und nach abgezählten fünfzehneinviertel Schritten stieß ich schon auf Arad. Er saß unterm Efeugerank auf der erhöhten Terrasse und blinzelte mich hinter verschmierten dicken Brillengläsern an. Ein

Intellektueller, dachte ich zunächst, ein Exilungar, der nach seiner Rückkehr mit einem kritischen Buch über sein Land befaßt ist, einer, der beim Nachdenken über die Übel auf die Bügelfalte am Knie starrt, um die Touristin, die er anspricht, milde zur Geduld anzuhalten. Er verriet mir gleich beim Eröffnungsgespräch, daß er auf die Fünfzig zuginge und sich zu einem amourösen Grundverständnis durchgerungen hätte: Das Weltbeste wäre zwar in Ungarn zu Hause, wer zuzöge oder dazukäme, könnte von ihm nicht viel lernen, dafür aber durfte die betreffende Frau aus Deutschland, aus England, aus Amerika auf einen schönen Flirt mit Konsequenzen hoffen.

Wieso haben Sie mich angesprochen? sagte ich, ich bin nicht reich, ich bin ein Mann, und ich bin in Budapest völlig orientierungslos ... Er überging meine Frage und täuschte einen Hustenanfall vor, vielleicht bereute er es, daß er einem Fremden gegenüber ein peinlich genaues Bild seiner Möglichkeiten gezeichnet hatte. Dann aber sagte er, ein bißchen sterben wäre nicht das Schlechteste, und ich nahm mir leicht verärgert vor, keine Fragen zu stellen, denn sie kitzelten anscheinend Kalenderweisheiten aus ihm hervor, die er in perfektem Deutsch und fast ohne Akzent vortrug. Er schnitt die besten Horoskope des laufenden Monats aus, klebte sie auf eine kleine Schautafel, die er rechts neben dem Badezimmerspiegel angebracht hatte, und las sie beim Zähneputzen. Sie ließen sich zu dem triumphverdächtigen Satz zusammenfassen: Heute glücken alle Ihre Vorhaben!

Kleine Triumphe, verkettet zu einer Girlande, machen einen großen Erfolg – wieder ein weiser Spruch, auf mein Unbehagen ob seiner Verklärung dieser seiner Geburtsstadt nahm er keine Rücksicht, im Gegenteil, es schien ihn anzustacheln, er erklärte mir, daß der sogenannte Stuhltourist am Ende Budapest viel besser verstünde als der von einer Attraktion zur nächsten flitzende Urlauber, was wollte ich also mit meiner freien Zeit anfangen? Gute Frage, dachte ich, was tue ich hier? Ich fliehe. Wovor? Davor, daß Aneschka mich zu sehr an sich bindet. Und daß ich nur noch darüber rätsele, wieso sie mich nicht mehr küßt. Bukarest, nein, Budapest: Ein heißer Ofen. War das ein gutes Zeichen, schon am Tag der Ankunft von einem Ungarn angesprochen zu werden, einem Weisheitsbesessenen, der sich mit Passanten in der fast unverständlichsten Sprache der Welt unterhielt; war das ein schlechtes Zeichen, daß ein Hund mit einem Menschengesicht erst an meiner Schuhspitze, dann am Hosensaum und schließlich an meinen Fingern schnüffelte: Ich zog die Hunde an.

Ich verstand viele Dinge nicht. Eine Straße im Stadtzentrum hieß einfach nur O, ein O mit einem rechtsgeneigten Strich über dem Buchstaben. Am Himmel über Ungarn gab es andere Sternbilder, zwei oder drei Sterne, die eigentlich, neben anderen Sternen, den Großen Bären bildeten, wurden dem Sternbild der Großen Kutsche zugeschlagen. Einem nörgelnden Kleinkind drohte man, die Eule mit dem kupfernen Penis würde es holen, wenn es sich nicht sofort bettfertig machte. Arad sagte nie, es ginge ihm gut oder schlecht, er drückte es in Prozentzahlen aus, einundsechzig Prozent Wohlbefinden, neununddreißig Prozent schlimme Laune und bestimmt noch einige versteckte Prozente in den Lungen. Ich hatte ihn mit der scherzhaften Bemerkung überrascht, daß damals im Magyarenland bestimmt mehr Mongolen seßhaft geworden waren, als es die offizielle Geschichtsschreibung vorgab, die Ungarn hätten wenig mit den Osmanen oder den Habsburgern gemein. Die große Katastrophe, flüsterte er, du mußt deine Gedanken für dich behalten, wir wären bei dem Mongolensturm fast untergegangen, und ich weiß nicht, ob es Gott oder der Teufel war, der uns davor bewahrt hat … Also doch kein Intellektueller, dachte ich, vielleicht ein schamhafter Mann, der gewillt war, das Liederliche vom Schönanzusehenden zu scheiden.

Heute aß er zum Frühstück das Gericht Saures Ferkelklein, der Koch hatte saure Sahne mit Mehl verrührt und das Fleisch mit sauren Estragonblättern gewürzt, und da Arad im Mund das Fleisch vom Knochen trennte und der Knochen gegen seine Zähne klackte, wandte ich mich ab. Junge Frauen schlenderten rauchend durch die Straßen, und wenn der Oberleitungsbus an der Haltestelle anhielt, schnippten sie die Zigarette mit dem langen lackierten Nagel ihres Mittelfingers zu dem Boden, daß die Glut in viele Gluten zerstob – so war das hier also.

Nach dem Zwangsaufenthalt in Budapest würde ich fast mein ganzes Geld ausgegeben haben, als Schuhmacher taugte ich nichts, ich mußte mich nach einer Arbeit umsehen, was konnte sich ein Studienabbrecher erhoffen? Woran denkst du? sagte Arad, und ich sagte, daß gerade sieben Prozent Unwohlsein meine schönen Gedanken verdrängten. Da musterte er mich, schob seinen Teller von sich, warf einen kurzen Blick auf seine furchtbar glitzernde Armbanduhr und bat um die Rechnung. Ich werde dich zu einem Treffen mitnehmen, sagte er, du verstehst unsere Sprache nicht, deshalb wird es für dich ein leichtes sein, zu schweigen, die ganze Zeit nur zu schweigen. Ich treffe mich mit einem Mann und einer Frau, er heißt Zoltan, sie heißt Eszter, mehr mußt du nicht wissen. Du stehst rechts hinter mir, du erstarrst zu einem Laternenpfahl, und du darfst während der ganzen Unterredung auf keinen Fall dich umschauen. Es stehen an dem Treffpunkt Standbilder aus der kommunistischen Zeit, sie könnten für dich ein Anreiz sein, sie wie gebannt anzustarren …

Ich willigte ein, ich hatte nichts zu tun, in dieser sengenden Hitze wollte ich mich führen lassen, doch ich bat ihn darum, mir dabei zu helfen, für eine Bekannte aus Prag eine Stalinbüste aufzutreiben, sie hegte nicht wirklich Sympathien für den zweiteifrigsten Schlächter aller Zeiten, aber sie würde ihn als einen georgischen Prominenten schätzen. Arad spuckte angewidert aus, hakte sich bei mir ein und sagte, es täte ihm leid, er würde mir nicht dabei helfen, ich sollte doch bitte sehr nach einem anderen Mitbringsel suchen. Ich stieg in sein Familienauto ein, soweit ich wußte, war er nach zwei Scheidungen ein Junggeselle, der jedem Mann und jeder Frau riet, auf einem anderen Gebiet als auf dem der Ehe und der Eheschließung leichtsinnig zu werden.

Wir fuhren über die Brücke zum westlichen Ufer und folgten der Donau in südlicher Richtung, auf der Höhe Kranfeld in Neuofen sah man die Landspitze der Tschepele-Insel, dann passierten wir Sachsenfeld und Sauwinkelgraben, zwischen der Tetinger Haide und Promontor im zweiundzwanzigsten Bezirk befand sich der Park – ich folgte unserem Weg auf der Landkarte mit deutschen Ortsnamen, und jedesmal, wenn ich einen Namen ausrief, schüttelte er mißbilligend den Kopf, wahrscheinlich machte er sich Vorwürfe wegen seiner Vertrauensseligkeit. Ich mußte schwören, daß meine Großeltern nicht zu den vertriebenen Ungarndeutschen aus Transdanubien gehörten. Schließlich stand ich vor dem Ziegelportal, in den Nischen rechts und links vom Haupttor waren die vom Sockel gestürzten Heiligen eingelassen, und je näher ich an sie herantrat, desto mehr wuchsen sie in die Höhe, Marx Engels Lenin, lächerliche Gespenstergenossen, die Abbilder waren gefangen in Mauerlöchern, vorbei die Zeiten, daß man Knechte zwang, Kohorten zu bilden, vorbei die Tage, da die Knechte übermannsgroße Spielzeugfiguren anbeten mußten – doch man stürzte Götzenbilder und stellte auf die Sockel andere erstarrte Gespenster.

Arad stieß mich mit dem Ellenbogen an und mahnte, ich sollte bloß nicht wie ein Wallfahrer auf die Knie sinken, wir betraten den Park durch den Seiteneingang, überall Statuengenossen, Heldendenkmäler, Freundschaftsdenkmäler, Denkmäler der Kämpfer der Arbeiterbewegung, Denkmäler der Helden der Volksmacht, Denkmäler der Räterepublik, das

Denkmal der Märtyrer der Konterrevolution, das Relief der Wächter des Friedens, Büsten, Gedenktafeln, und in der Mitte der Anlage der rote Blumenstern auf Rasengrund – Arad zählte alles hastig auf, während wir auf dem Kies schritten. Es hatten sich an diesem trüben Sonntag nur wenige Besucher eingefunden, sie machten den Eindruck, als wollten sie nur einige interessante Objekte fotografieren, um schleunigst zu verschwinden. Sie hatten sich für den falschen Sonntagsausflug entschieden. Dann blieben wir an einem bannertragenden sowjetischen Soldaten stehen, und der Mann und die Frau drehten sich gleichzeitig zu uns um, die Frau richtete sofort das Wort an mich, ich schwieg wie versprochen.

Nach einer kurzen Unterhaltung mit Arad sagte sie: Ich bekomme sehr selten einen Deutschen mit braunen Augen zu sehen, Sie irritieren mich … Was sollte ich tun? Sie war schön, sehr schön sogar, das ostblocknostalgische Kleid tat ihrer Schönheit keinen Abbruch, ein dünner Streifen weißen Lidstrichs folgte dem Verlauf der Lidränder, und das Rouge hatte sie von den Jochbögen bis zu den Schläfen verstrichen – was sollte ich tun? Ich geriet fast immer an Menschen, die betrübt waren über das Verschwinden der alten Gegenstände und den Verlust der alten Freunde, und sie verwandeln sich im Kummer zu Blaufärbern ihrer Träume. Doch sie … Eszter konnte man schwer überlisten, obwohl ich sie nicht kannte, wußte ich, sie überragte alle Männer in ihrer Umgebung. Sie sagte: Alles Große steht im Sturm, der Krempel aber steht im Park … Sie sprach jetzt zu Arad, ein einziger Satz, und er knickte in den Knien ein, als hätte man ihm einen Schlag versetzt, ich hielt ihn am rechten Arm fest, er … Zoltan faßte links unter, er tat mit unserer Hilfe einige Schritte und ließ sich auf den Rasen zwischen den Statuen fallen. Er weinte, wir bewachten ihn beim Weinen. Mein Vater ist tot, sagte sie plötzlich, ich kenne den Mörder, man wird ihn für den Mord nicht belangen. Ihren Freund hat die Nachricht sehr getroffen, die beiden kannten sich schon seit der Schulzeit. Können Sie auf ihn aufpassen? Lassen Sie ihn nicht fahren …

Ich habe keinen Führerschein, rief ich ihr nach, nur Zoltan drehte sich kurz um und ballte die Faust zu einer Drohgeste, dann lief er der Vorauseilenden hinterher. Ich half Arad auf, und wir verließen den Park, er setzte sich in den Wagen und stierte durch die Windschutzscheibe. Das war die Tochter des ersten Abtrünnigen, sagte er, so hat die Gegenseite ihn genannt, meinen guten Freund. Du weißt nicht, wer ich bin und was hier bei uns geschieht, oder? Nein, sagte ich, ich habe geschwiegen, wie wir es vereinbart haben. Dann hat sie mich aber auf deutsch angesprochen, ich war sehr verblüfft. Ja, sagte er, sie hat viele Jahre in Deutschland verbracht. Bodor, so heißt ihr Vater, Bodor hat mir ein Bild geschenkt, zu keinem besonderen Anlaß, ein geschmackloses Ölbild, es heißt: Der Jäger und das nackte Mädchen. Die Badende tritt heraus aus dem See, der Jäger kauert am Ufer, die Flinte in der Hand und den Hund an der Seite, er schaut das Mädchen nicht an, der Betrachter aber sieht den Rücken der Nackten. Ich verstehe genug von Kunst, daß ich damals erkannte: Schlamm und Schund, mehr gibt es nicht zu interpretieren. Kleinbürgerpornographie. Aber Bodor versuchte mir einzureden, daß es sich um echte Volkskunst handelte, wir, die wir die Museen in westlichen Städten besucht hätten, dürften es und sie nicht geringschätzen. Es: das Volk. Sie: die naiven Werke des Volkes. Die Sowjets haben unter ihren Unterwerfungsdenkmälern in Budapest ihre toten Soldaten begraben. Bodor entführte einen exhumierten Sowjetkämpfer, ich gebe zu, ein böser Scherz, doch in den Wirren der ersten freien Tage war man in der Wahl seiner Mittel nicht besonders zimperlich. Anhand dieser beiden Beispiele können Sie, van pörkölt, erkennen, was das für ein Mann war: Ein Geschwächter, dem neue Kraft zuwuchs. Pannonia gegen Hunnia. Ist Pannonien Ihnen ein Begriff? Das Hotel, in dem ich abgestiegen bin, liegt in der Pannoniastraße. Ja gut, sagte Arad, ja gut. Die Römer haben Transdanubien Pannonia genannt, und wir Ungarn setzen es gleich mit dem magyarischen Bollwerk gegen Hunnia, das Reich der Horden. Wir sollten losfahren, ich kann weitererzählen, wenn Sie möchten? …

Wollte ich es? Zog er mich in eine Geschichte, wie es die Alten vom Turmschatten getan hatten, war ich in ihrer aller Augen liebenswürdig, weil mich meine Frau der Liebe unwürdig hielt? Man ließ mich eintreten in fremde Welten, man zeigte mir das Hausinventar, man erzählte mir von den Toten und den Lebenden, und von der Angst, die sie beschlich, wenn ihre Tarnung aufflog, denn sie tarnten sich als dem Horror verschlossene Träumer, als der Rosenstreuerin Dienerin, wie ich jetzt von Arad erfuhr, Eszter, die schöne Frau von der Sowjetsoldatenstatue, diente keinem Mann, sie begriff sich im Dienste der wahren Mutter, und bestimmt nahm sie deren Jungfräulichkeit zum Maßstab. Auch er, er müßte es beschämt zugeben, hätte sein Glück bei der Tochter des guten Freundes versucht, und auch er, wie alle in sie verliebten Männer, wäre von ihr aufgefordert worden, die rote Grenze nicht zu überschreiten. Sie ist eine harte Frau, fuhr er fort, in einem Moment schießen ihr die Tränen in die Augen, beim Anblick einer ausgemergelten streunenden Katze, im nächsten spricht sie davon, daß sie die schleichende Landnahme durch die Zigeuner ablehnt …

Er verlor sich in Erinnerungen an schöne Zufälle, die ihn und Eszter zusammengebracht hatten, und ich lehnte mich in meinem Sitz zurück und schloß die Augen, gerade jetzt wünschte ich mir, daß eine Frau mich küßte, eine unbekannte Frau, und ich öffnete wieder die Augen und schaute seltsam verlegen auf die unbekannten Frauen draußen, eine von ihnen könnte es sein, ein Neuanfang, vier Monate Liebe, danach kämen Arrangements, danach würde ich an jedem Tag mindestens zwei Fehler begehen. Schmutzige Substanzen spülen durch meinen Körper, dachte ich, und deshalb habe ich finstere Gedanken, die Amerikaner, so hatte ich gelesen, schluckten schon zum Frühstück eine Schmerztablette, vielleicht sollte ich es ihnen gleichtun, vielleicht war das Schmerzmittel meine Rettung. Ein Spiel, nichts weiter als ein Spiel mit einer brennenden Kerze im Keller, und bei jedem Herzschlag flackert die Flamme, durch eine Fuge in der Wand zieht der Wind hinein, und man glaubt, und ich glaube, daß ich die Stimme nah am Ohr höre, jemand flüstert zu mir: Bleiche die Nacht!, und wie schön ist es zu wissen, für vier Monate, daß es wahr wird, ich bleiche die Nacht, mag auch der Wind die Kerzenflamme flackern lassen, ich bleiche die Nacht, ich bleiche das Dunkel, dann geht das Licht an, und ich weiß: Ich bin das Kind, das die Kerze hält, damit sie nicht falle, ich könnte sie gegen eine Taschenlampe eintauschen, doch ich will nicht …

Was wollen Sie nicht? sagte Arad. Nichts, sagte ich, ich muß mit offenen Augen geschlafen haben. Haben Sie öfter diese Ausfälle? … Und wir führten das Gespräch von zwei Männern im Auto, die der Tod eines nahen Menschen und eine absterbende Liebe nicht länger zu erschüttern schien, mittlerweile waren wir im Stadtzentrum angelangt, und er äußerte den Wunsch, mit mir an der Pester Donauzeile zu sitzen, dem Abschnitt zwischen der Elisabeth- und der Kettenbrücke. Diese frühere Wagenauffahrtstraße kannte man auch unter dem Namen Donaucorso, und während er über die schöne Zeit der Grandhotels und Gartenlokale sprach, schloß ich wieder die Augen, in dem Wunsch, daß sich die Schönheit abbildete hinter meinen Lidern, ich sah aber nur Hell und Dunkel sich vermischen zum undurchdringlichen Dunst. Wollte er mir schonend Wissenswertes über die geheimen und versteckten Kämpfe in Bukarest, nein, in Budapest beibringen, oder brauchte er Gesellschaft? Wir setzten uns an den ersten Tisch des erstbesten Restaurants am Fluß, zwei Männer ohne weibliche Begleitung, und das mochte vielleicht der Grund sein, daß der Kellner davon sprach, das Management verböte es ihm, unsere Kaffee- und Kuchenbestellung aufzunehmen, man hätte schon für das Abendessen gedeckt. Da erhob sich Arad, streute Pfeffer auf seine Handinnenfläche, leckte die Pfefferkörner, zermalmte sie mit aufgeworfenen Lippen und spuckte aus. Nach einem heftigen Wortwechsel mit dem Kellner, der drauf und dran war, ihm an den Hals zu gehen, stürmte er von der Terrasse, ich folgte ihm aus Angst, man könnte mich für Arads unschickliches Benehmen zur Verantwortung ziehen.

Wir schritten auf dem Zierpflaster zwischen dem gußeisernen Geländer und dem Eschenspalier, um die Bäume waren mannshohe Schutzgitter angebracht, ich sah rote Briefkästen und Lichtmasten im Stil der Jahrhundertwende, über deren Schatten Kinder nicht zu springen wagten. Als eine gelbe Trambahn langsam vorbeifuhr, stießen sich Urlauber in kurzen Hosen an und jubelten, ein altes Fahrzeug auf blinkenden Gleisen brachte sie zur Verzückung, ich wollte eine abfällige Bemerkung über Billigpreisnostalgie machen, doch dann überlegte ich es mir anders – ein seltsamer Patriot hatte sich meiner angenommen, er würde mir, den Lästerer wider die Volkskunst, bestimmt die Gnade entziehen, ich wäre degradiert zu einem ortsunkundigen Touristen. Wenn du noch weiter abnimmst, wirst du plötzlich verschwinden, sagte er, du löst dich einfach in Luft auf, du mußt ordentlich essen. Werd' ich tun, sagte ich. Dieser Kellner ist geringer als ein Steppennagetier, sagte er, es ist noch nicht sieben Uhr abends, er hat von sich aus entschieden, uns nicht zu bedienen, weil er glaubt, ich sei ein älterer Galan und du ein amerikanischer Strichjunge … Wirst du mir schwule Avancen machen? Nein, sagte ich. Das ist gut, flüsterte er, wir sind nämlich die Russen nicht losgeworden, damit die Sodomisten wie die Ziesel in unser Land einfallen. So wie ich dich einschätze, liest du keine Zeitungen. In der ausländischen Presse steht viel über uns Ungarn, ich habe etliche Artikel gelesen und bin zu dem folgenden Schluß gekommen: Man wird uns erst die Zivilisationsreife zuerkennen, wenn wir die Homosexuellenrepublik ausrufen. Wann erklärt man uns für normal? Wenn ein schwuler Priester zwei Schwulen den Ehesegen erteilt und die Hochzeitsgäste zur Hälfte aus geschiedenen oder lesbischen Frauen bestehen. Sie sind rechts, stellte ich fest. Nein, sagte er, ich unterscheide nur zwischen reinem und trübem Wasser … Eine seltsame Antwort. Kein Intellektueller, kein Rechter – was dann? Ein Wiedererweckter.

Wir gelangten schließlich zu einer Statue auf dem Straßenbahngeländer, eine Menschentraube hatte sich davor gebildet, die Bronzegestalt war ein Mädchen mit einer verrutschten Papierkappe auf dem Kopf, es schaute offenen Mundes wie erschöpft, wie erstaunt über einen Lichtglimmer, den nur sie in weiter Ferne sah, über die Köpfe der Männer und Frauen hinweg, und inmitten der Menschen ein betender Mann auf Knien, die Arme abgewinkelt, die Handinnenflächen nach außen gewendet, ein Urchrist mit Krawatte, dachte ich, der Kniefall des Gläubigen vor einem Touristenschaustück, wie kann er das tun, und ehe ich dazu kam, Arad danach zu fragen, stand der Mann auf und sprang mit einem Satz zu Arad, dem er von hinten den Unterarm an den Hals legte, ich machte einen Ausfallschritt und wurde aber an der Schläfe von einem Faustschlag getroffen, und als ich mich am Boden krümmte, sah ich den ebenfalls zu Boden gestürzten Arad die Hand nach mir ausstrecken. Ich legte meine Hand in die seine und fühlte ein kurzes Holzstäbchen, nein, es war ein Streichholz, jetzt, da ihm Blut aus dem Mund sickerte, schien es ihm nichts auszumachen, daß man uns für schwule Verliebte halten könnte. Kurz vor der Ohnmacht blickte ich in fremde Gesichter von über mir kauernden Frauen, und wie dumm von mir, daß ich mich freute, der Wunsch nach einem Kuß von einer Unbekannten war mir nicht erfüllt worden, doch sie kümmerten sich um mich, die Frauen. Ich stand mit ihrer Hilfe auf und preßte ein nasses Papiertaschentuch an die Schläfe, vielleicht war es schäbig, den verletzten Körper Arads nicht zu bewachen, er saß aber mittlerweile auf seinem Hosenboden und versuchte, die leicht besorgten Schaulustigen wegzuscheuchen. Also entfernte ich mich langsam, warf das geknickte Streichholz in einen nostalgischen Kippmüllbehälter und hörte nicht auf Arad, der mir zurief, ich sollte auf ihn warten, und wenn ich schon einen Kameraden im Stich ließe, sollte ich an der Brücke am Zaubergarten warten, in zwei Stunden.

Dann gingen seine Rufe in ein Geschrei über, ich warf auch das nasse Taschentuch weg und lachte aus vollem Halse – Kamerad, wie kam er dazu, sich meinen Kameraden zu nennen, er rettete sein Vaterland, und ich war ein braunäugiger Deutschhunne, der sich an fremde Leute hielt wie an Blutsfreunde. Ein Hund mit einem zerbissenen Fell in einer leeren Gasse, mehr war ich nicht.

In zwei Tagen, am achten achten, wird eine Frau auf einen der Turuls der Freiheitsbrücke klettern, man könnte sie daran zu hindern versuchen. Es wird ihr gelingen. Im August, da die Händler und Geschäftsleute mit einer Devisenschwemme rechnen, will man die Touristen nicht mit Sicherheitskontrollen verärgern. Es wird ihr gelingen, es liegt etwas in der Luft. Davon sind nicht nur die Wetterfühligen überzeugt. Auf dem kleinen und großen Gürtel auf der Pester Stadtseite wurden vornehmlich Männer gesichtet, die so tun, als wären sie auf einem Erkundungsrundgang. Im Stephansdom stehen besonders andächtige Frauen vor der Handreliquie, und für die Umstehenden hört sich ihr Gemurmel an wie eine Litanei. Tatsächlich legen sie manchmal die Hand aufs Herz und beten inbrünstig um Beistand. Wieso sollte man die Herumstreicher und die Bittgebetsflüsterer miteinander in Verbindung bringen? Zwei Tage noch, das wissen diese Männer und Frauen, dann wird man ein Wunder erleben. Das Wunder sehen. Und in den Hinterhöfen wirft der erste Anbeter wieder Gläser gegen die Zimmerwand und erlaubt nicht einmal seinem Adjutanten, die Scherben zusammenzufegen. Was war, was ist, was sein wird: Mit Taschenlampen senden die Anbeter der königlichen Hand Signale von Fenster zu Fenster, und wer sie entschlüsselt, versteht, daß das Datum feststeht – das Vergangene, das Bestehende und das Künftige werden vom Zeitloch geschluckt. Danubia, Donau, Duna, das sind nur Namen für das Wasser, und jede Siedlung am Wasser zieht die Geister an. Ein Geist läßt das Wasser über die Ufer treten. Ein Geist läßt die Horden gegen die Wälle prallen. Ein Geist züchtet Geister aus Fleisch und Blut, das sind die Verräter von heute. In diesen Glaubenssätzen, die der erste Anbeter seinen harten Kerlen einflüstert, steckt die Angst des Narren, daß man ihn als Narren überführt. Ein Säufer, dem man nach dem Fall des Sowjetimperiums antrug zu führen, träumt nun, daß er ein Herr sei und daß sein Herrenfeuer wärmt und brennt. Der Kopf der Bande ist zerschlagen, denkt M., er hat einst an meine Tür geklopft und mich gedrängt, daß ich die verirrten Geister rufe. Ich rief sie, sie sammelten sich, und es begann. Sein vorzeitiges Ende hat er selbst verschuldet.

Das Geldkuvert war verschwunden. Er packte alle ordentlich gefalteten Kleidungsstücke aus dem Koffer aus, zog den Reißverschluß der Schonhülle auf und starrte auf den Kofferboden. Es konnte nicht sein, er verwahrte doch den Umschlag zwischen Hülle und Schale, ein sicherer, ein zugriffssicherer Platz, und natürlich verdächtigte er das Zimmermädchen, wer sollte ihn sonst bestohlen haben. Dann saß er auf dem Bettrand, hörte im Nebenzimmer einen Staubsauger röhren, und fast hätte er Mut gefaßt und wäre hinausgegangen, um die Putzfrau zur Rückgabe seines Geldes zu bewegen. Sie hatte ihm eine Tulpe in die schlanke Vase gesteckt, vielleicht zum Dank, vielleicht aus Hohn. Es war besser, den Vorfall zu beschweigen, es war besser, trotz der anderen verrückten Vorfälle zur Flußinsel zu gehen, die der blutig geschundene Mann einen Zaubergarten genannt hatte.

Doch dann stand er vor einem Polizisten, der am Brückenkopf postiert war und ihn wie andere Touristen am Weitergehen hinderte, er erklärte, daß man die Margitbrücke wegen der Bergung einer Fliegerbombe aus dem Zweiten Weltkrieg gesperrt hatte. Ihm blieb nichts anderes übrig, als im großen Bogen zur Arpadbrücke am anderen Ende der Insel zu marschieren. Zuerst wurde Zoltan auf ihn aufmerksam, und sein Gesicht versteinerte zu einer Maske des Hasses, und während er näher kam, sah er Eszter auf ihn einreden – wovon wollte sie ihn überzeugen? Davon, daß er zu den dummen Statisten einer Aufführung gehörte? Daß er zu richtigen Schlußfolgerungen fähig war, denn er hatte sich von einer Abweisung nicht abschrecken lassen, er ließ sich für das höhere Ziel einspannen. Tatsächlich sprach sie von ihrer Notlage, Zoltan sollte an die Worte des patriotischen Journalisten denken, der im hauptstädtischen Blatt geschrieben hatte: Wird man vor die Wahl gestellt, zwischen Gut und Böse zu wählen, entscheidet man sich für das Gute. Doch das Gute zerfällt in Fraktionen, sosehr ich mir auch wünschte, es wäre vereinigt wie Buda und Pest zu einem Großen und Ganzen. Das große Ganze aber ist angelegt in den Zielen jener Frau, deren Anhänger sie nicht zu Unrecht die Rosenstreuerin nennen …

Als Ferda bei ihnen ankam, sagte sie ihm: Wenn Sie Treppen wischen, wo fangen Sie an? … Oben. Genau. Wer zuerst die untere Stiege wischt, ist dumm … Wissen Sie was, sagte

Ferda, ich habe genug von Ihrem Geraune. Wo ist überhaupt Arad? … Er erholt sich zu Hause von dem Angriff, das vermute ich, er hat sich bei mir nicht gemeldet … Was hat es mit dem Streichholz auf sich? … Ach das, sagte Eszter lächelnd, ein umgeknicktes Streichholz bedeutet, daß man kurz davor ist, zu sterben. Sie müssen den alten Mann entschuldigen, er neigt doch zu oft zur Theatralik. Man hat mir zugetragen, daß Sie beide angefallen wurden, es tut mir leid … Ich wurde bestohlen, sagte Ferda, in meinem eigenen Hotelzimmer, ich habe gerade mal so viel Geld, daß ich mir ein Abendessen und zwei Fahrten mit der Straßenbahn leisten kann …

Seltsamerweise wußte er genau, was folgen würde, die Rosenstreuerin schickte ihren verliebten Adjutanten ins Hotel, auf daß er sich der Angelegenheit annehme. Zoltan nahm sich ohne Widerrede dieses Auftrags an, bestimmt dachte er daran, daß es tausend Gründe für Eszter gab, diesem Streuner durch seine Stadt nicht mehr Beachtung zu schenken als unbedingt erforderlich. Kaum war der Adjutant verschwunden, erzählte sie ihm von ihren Erinnerungsorten in Deutschland, von Berlin und Hamburg, von ihrem schönen Leben als Studentin, da sie froh gewesen war, von ihrem launischen Vater durch Tausende Kilometer entfernt zu sein. Dann war sie zurückgekehrt, und sie hätte erkennen müssen, daß der Teufel mehr als zwölf Apostel hätte, er sollte sie entschuldigen, sie spräche in Bildern, weil die Ungarn nur das … Geraune kannten, oder das Vaterunser der Husaren. Bei diesem Wettbewerb gewann jener, der am längsten schimpfte, ohne sich zu wiederholen, auch ihr Vater selig hätte bei diesen Wettbewerben mitgemacht, doch die Flüche gingen aus, und am Ende besoffen sich die Männer nur und glotzten trübe aus den Wirthäusern heraus, da hätte der Gedanke nahegelegen, die Besoffenen und die Nüchternen für etwas zu gewinnen, das nicht verging, wenn man sich den Bierschaum vom Bart wischte, das nicht verging, wenn man nachts den Wecker stellte und dachte: Dies war der alte Tag, und morgen beginnt ein neuer … Zoltan reichte Ferda den Briefumschlag, und er zählte nicht nach, weil er sich sicher war, daß kein Geldschein fehlte, wahrscheinlich hatte er dem Hotelmanager mit einem Überraschungsbesuch von Patrioten gedroht.

Sie stiegen hinab zur Margareteninsel, Ferda sah wie so oft in seinem Leben Ruinen, und zwischen den Mauerresten Menschen, die die Ruinen bestaunten, der verliebte Adjutant begann ohne Aufforderung zu reden, die Südspitze wäre einst eine Sandbank gewesen und allmählich mit der großen Insel verwachsen, weil sich Schwemmgeröll angelagert hätte. Er dankte ihm für die Wiederbeschaffung des Geldes sowie dafür, daß er mit ihm sprach, und zum ersten Mal sah er Ferda nicht feindselig an. Der Wasserturm ragte wie eine von großen Stricknadeln getragene Hutschachtel in die Höhe, sie verließen den Spazierpfad, gingen durch die Wandelhallen und betraten die Eingangshalle des Turms. Es überraschte Ferda nicht besonders, daß die Kassiererin bei Eszters Anblick herbeieilte, um ihr die Hand zu küssen, sie ließ es geschehen, es überraschte ihn nicht, daß es keinen Aufzug gab, er stieg die Treppen hoch, zählte die Stufen und hörte erst wieder damit auf, als Zoltan durch den Stoff in seinen Rücken kniff: Daß er Zahlen auf deutsch aufsagte, mißfiel ihm.

Dann standen sie auf dem Balkon ein Stockwerk unter der Turmspitze, es hätte ihm gut angestanden, sich über die schöne Aussicht zu äußern, er tat es nicht, er wäre sich wie ein Heuchler vorgekommen. Er sagte: Was tun wir hier? Ist es wieder einer Ihrer Irrsinnsschübe? Wollen Sie mich hinabstoßen? … Was wir hier tun, ist Zeitvertreib, sagte Eszter, Sie sind nicht Teil irgendeines Plans, vergessen Sie einfach das lächerliche Streichholz. Arad wird genesen, und ich werde ihn wegen gewisser Ungereimtheiten befragen müssen … Zoltan streckte ihr die Schachtel hin, sie zog eine Zigarette heraus und ließ sich Feuer geben, und als sie den Rauch durch die Nase ausstieß, entschied sie, daß es Zeit wurde, und bald folgten sie dem Hauptweg zur Südspitze, bis sie an einem Musikbrunnen ankamen, die Fontänen spritzen zu den Mißklängen pathetischer Lieder, Ferda glaubte, es werde wie an vielen Plätzen der Stadt auch das Vaterland besungen, doch Zoltan berichtigte ihn und wies ihn zurecht: Die Kleinen und Krummgewachsenen – einheimisch oder fremd – würden das Lichte und Wohlgeratene befehden, er hätte es satt, natürlich widerte auch ihn der Zuckergußfinalismus der Ungarn an, am Ende sterben die Besten, das wäre der ungarische Glaubenssatz, alles geht kaputt, nichts bleibt heil, in dieser Unheilserwartung lebten die Ungarn nicht erst seit dem Anbruch der roten Ewigkeit, und Ferda, der in sein reiches Land zurückkehren würde, sollte wissen, daß man nicht die Kleine Ofener Insel mit der Margareteninsel verbunden hätte, um es ihm recht zu machen, das Wasser des Brunnens schösse nicht in großen Strahlen hoch, um ihm zu gefallen – er forderte von dem Deutschen etwas mehr Zurückhaltung.

Der Deutsche aber besah das sogenannte Zentenariumsdenkmal, von dem man ihm sagte, es wäre zur Hundertjahrfeier der Vereinigung Budapests errichtet worden, er erinnerte sich an den südböhmischen Stahlgitterkünstler, der beim Anblick dieses Schandwerks vor Freude gehüpft wäre. Er verkniff sich eine Bemerkung über metallgewordenen Kitsch, er wurde abgelenkt von Frauen und Männern in Ausgehkleidern, sie strömten aus allen Richtungen kommend zur Inselmitte hin, schöne olivenhäutige Menschen waren das, die halberwachsenen Mädchen steckten in Abendroben, und sie schauten sich heimlich nach Männern um, die sie heimlich anschauten. Eszter schloß sich dem Strom an, und je näher sie der Freilichtbühne kamen, desto größer wurde die Menschenmasse. Ferda erblickte unter den vielen Zigeunern nur einige wenige Weiße, die vor Freude zu glühen schienen, was in Gottes Namen geschah hier, welche Zaubersprüche würde Zoltan gleich aufsagen, um seine Herrin zu schützen. Eine Mutprobe, dachte Ferda, seine Herrin fühlte sich wahrscheinlich genauso, als hätte sie sich mit dem nackten Po auf einen Ameisenhaufen gesetzt, und sie redete sich ein, daß die vielen kleinen Stiche ihr nichts anhaben konnten, ihr reiner Geist blieb unbeschadet. Eine Zigeunermatrone erstarrte bei Eszters Anblick, dann machte sie ein paar Schritte auf sie zu, küßte ihre Hand und steckte eine Rosenknospe in ihr Haar, eine andere Frau tat es ihr gleich, und bald waren die drei Weißen von übergewichtigen, herrlich schönen Frauen umgeben. Die Heilige Eszter. Die Rosenbekränzte.

Zoltan übergab Ferda seine Eintrittskarte, er ließ sie von dem Einlasser entzweireißen, suchte seinen Platz und ließ sich auf die harte Plastikschale fallen, und als ein Hornsignal den Beginn ankündigte, waren innerhalb von wenigen Minuten fast alle Plätze besetzt, an die hundert Musiker betraten die Bühne, ein alter Geiger übernahm die Rolle des Kapellmeisters und schwenkte den Bogen über seinen Kopf, dann schritt er feierlich zum Standmikrofon und zeigte mit dem Bogen in Richtung der Reihe, in der die drei Weißen saßen, und plötzlich erhob sich Eszter. Ferda zog die Füße ein, und in diesem Augenblick schaute sie dem Deutschen in die Augen, wie konnte er ihren Blick deuten, die Rosenbekränzte wurde auf die Bühne gebeten, und sie hätte einfach ihm den Rücken kehren und sich einen Weg auf der Betonstufe bahnen können, doch sie sah ihn erst an und ging danach weiter – was schwebte ihr vor? Zoltan sagte: Du irrst dich in mir. Ich bin ihr Halbbruder und passe auf sie auf. Dich habe ich die ganze Zeit im Visier, ich trau dir nicht. Humanisten hegen Sympathien für den Humus. Und du bist ein Humanist … Du sprichst Deutsch mit mir, sagte Ferda, wieso? … Meine Mutter ist eine Deutsche, sie hat mir nichts getan, also rede ich in ihrer Muttersprache. Mein Vater hat mich später bei sich aufgenommen. Er hat mir nichts getan, also bin ich

Ungar … (Was hätten die beiden Männer in Abwesenheit der Frau, die das Schlimmste verhinderte, tun sollen? Sie führten eine seltsame Unterhaltung, sie verwirrten einander mit Nebensätzen, mit unnützem Wissen, mit Hinweisen auf den verborgenen Sinn ihrer Worte, Zoltan fiel von einer Sprache in die andere, weil er Zeuge des besonderen Blicks geworden war, des Blicks, den sie auf Männer warf, die in ihren Augen mehr bedeuteten als die dienstbaren Geister, und mehr als die Rosenknospen in ihrem Haar. Als ihr die schönen Menschen applaudierten, verneigte sie sich tief, und bald saß sie wieder auf ihrem Platz, sie sagte, sie hätte die Zigeuner, die dies Land mindestens genauso liebten wie sie selbst, gebeten, sie zu schützen, nun wäre sie im Gnadenstand einer geschützten Rosenstreuerin. Tatsächlich sah Ferda, wie sich zu beiden Seiten der Sitzreihe junge Männer aufstellten, er verstand nichts, war das nicht die Frau, die vor der schleichenden Landnahme durch die Zigeuner warnte, jedenfalls hatte es Arad behauptet, und also flüsterte er in ihr Ohr: Arad hält Sie für eine Zigeunerhasserin, und sie sagte: Er ist nicht der, der er vorgibt zu sein. Außerdem sind Taschendiebe nur Taschendiebe. Das Zimmermädchen, das Sie um Ihr Geld erleichtert hat, ist eine Diebin, und mehr nicht. (Sie rümpfte natürlich über ›die ungewaschenen Mongolen‹ auf den Straßen die Nase, und sie drückte ihre Handtasche fest an sich, wenn sie an ihnen vorbeiging. Diese Menschen machten sie nicht neugierig, sie interessierten sie nicht besonders. Es fiel ihr auf, daß man ›in mongolischen Kreisen‹ über sie sprach, nein falsch, es wurde ihr zugetragen, und sie fand neuerdings Rosen ohne Stiel vor ihrer Haustür. Ohne ihr Zutun hatte sie Freunde gewonnen, die Zigeuner hielten sie für eine strenge Wunderheilerin, und wer war sie, daß sie sie aus einem vagen Gefühl des Desinteresses abwies.)

Und nun sauste der Bogen des Kapellmeisters nieder, auf dieses Zeichen hin hoben die Streicher an, ein Schauerstück zu spielen, das Ferda aus alten deutschen Filmen kannte, immer dann, wenn ein von Schicksalsschlägen zerschmetterter Leib am Boden lag, erklang diese Musik. Er sah die drei Männer an den Konzertzimbalen die Schlegel heben, um dann auf die Saiten ihrer Hackbretter auf Beinen zu schlagen, der Deutsche schloß die Augen, da er in der Öffentlichkeit nicht überschäumen wollte, und da stand Eszter auf und begann auf der Stelle zu tanzen, erst wiegte sie sich vor und zurück, bald aber legte sie ihre anfängliche Schüchternheit ab und zog Ferda von seinem Sitz hoch. In der Umklammerung fühlte er zunächst nur die Scham, die einen Mann befällt, wenn eine begehrenswerte Frau ihn an ihren Körper drückt, nur ein Tanz, nichts weiter als eine höfliche Geste, denn er sollte unbekümmert sein, bestimmt wollte sie ihn nur in eine bessere Stimmung tanzen, bestimmt verschränkte sie ihre Hände mit den seinen, weil sie ihm einen Gefallen tun wollte, denn er hielt sich zurück, er war gefaßt, fast immer, denn er hatte die Verrückten, die Entrückten, die vom Vertrauten Weggerückten verfallen vergehen verschwinden gesehen … Sie tanzte mit ihm zum Zigeunerlied.

In der Pause begleiteten Eszter und Zoltan ihn über die wieder zugängliche Margaretenbrücke bis zu seinem Hotel, sie standen schweigend da, und die pneumatische Tür öffnete und schloß sich immer wieder, und sie sagte: Nicht alles, was Sie sehen, ist bis zum Boden Sauerrahm – ein ungarisches Sprichwort, ich habe es etwas abgewandelt … An der Straßenecke im Dunkeln knackten die jungen Zigeunermänner mit den Fingern, sie wandte sich von dem Deutschen ab, der über ihr Geraune nachdachte, ihr Halbbruder gab ihm einen Klaps auf den Oberarm und folgte ihr.

Ferda setzte sich auf den Kantstein des Bürgersteigs gegenüber und starrte auf seine zerfaserten Schnürsenkel, es kam ihm richtig vor, daß sein Mobiltelefon in diesem Augenblick läutete, sie fragte ihn nach den Polizeisirenen, und er erklärte ihr, daß die Straßen nachts von Verrückten Entrückten vom Vertrauten Weggerückten bevölkert wurden, er bat sie, die Verbindung nicht zu kappen, und las die soeben eingetroffene Mitteilung durch, und auf ihre Nachfrage hin las er ihr die Zeilen vor, die seine Tante ihm geschrieben hatte: Wieso besuchst du nicht das Grab deiner Großmutter? Wie kannst du es mit deinem Gewissen vereinbaren? Alle Schande der Welt will sie auf dich abwälzen, sagte Aneschka, sie tut so, als würdest du dich in einer Schlammgrube wälzen. Apropos. Der Regen hat unseren Garten in einen Schlammboden verwandelt. Ich bin wieder in Prag. Ich träume viel zuviel, das möchte ich nicht. Wie geht es dir? … Viel zu fremde Stadt. Viel zu fremde Sprache. Vorhin war ich auf einem Zigeunerkonzert, und es gab für wenig Geld Stampfkartoffeln, sie heißen hier törtkrumpli, ich habe aber nicht davon probiert, wegen des Fetts und der gedünsteten Zwiebeln … Bleibst du noch lange dort? Weiß ich nicht, sagte er und zog die Schnürsenkel aus seinen Schuhen, er warf sie weg und erzählte von den langen Wegen, die er ging, um auf die Dinge zu stoßen, die er nicht verstand, und da ein Straßenkehrwagen in die Seitenstraße einbog und die Kehrbesen ausfuhr, floh er in die nächste Seitenstraße und starrte auf die Auslagen eines Spezialgeschäfts für handgefertigte Damenhandschuhe, und er fragte Aneschka, ob es in Prag so kalt war, daß man Handschuhe tragen könnte, sie sagte, er sollte ihr keine Geschenke machen, und legte auf.

Ein Hexenschuß, eine Verkühlung, eine ungute Vorahnung – für Männer seines Schlages und seines Alters waren das Gründe, nicht aus dem Haus zu gehen. An anderen Tagen hätte er sich eine Wolldecke auf die Knie gelegt, das Kristallglas mit Wein gefüllt und sich gefreut über den Regen, der auf die Blätter fiel, er wäre zwischendurch aufgestanden, um sich die Beine zu vertreten oder eine zweite Decke zu holen, sie zu wringen und um den Hals zu schlingen. Doch heute nacht ließ er sich naßregnen, er ging zu Fuß den langen Weg, es wäre ihm feige vorgekommen, ein Taxi zu bestellen, es wäre unangebracht gewesen, einen Regenschirm über seinen Kopf zu spannen, seine rechte Niere schmerzte bei fast jedem Schritt, und er dachte: Eine Niere gegen ein sauberes Vaterland, die zweite für ein bißchen mehr Liebe, die mir die Touristinnen gelegentlich schenken. Seit dem Überfall zog er den Fuß nach, es war nur eine Vorsichtsmaßnahme, um Angreifer auf Lauer gütig zu stimmen, er fühlte nicht den leisesten Lufthauch in seiner Seele, diese wie Tausende andere Wahrheiten hatte er dem Adjutanten gegenüber verschwiegen: Das Gesicht war ein Holzschnitt, dahinter verbarg sich eine über Muskeln straff gestraffte Haut, und die Stirn schirmte den königlichen Sitz gegen jeden bösen Einfluß ab. Diesem einfachen Glauben hing er an, und wer ihn fragte, wer denn auf dem von Knochen umwölbten Thron säße, den beschied er mit einem Lächeln – diesen Königsthron hatte nicht der Gläserzerschmeißer noch das Zigeunerliebchen bestiegen. (Arad stand völlig zu Recht in dem Ruf, Unbeschwertheit vorzugaukeln. Sein silbernes Pillendöschen war immer halb gefüllt, dabei sagte ihm sogar sein Hausarzt das Gemüt eines Schlächterhunds nach. Die Touristinnen, die ihn ob seiner einstudierten Gemütserregung abwiesen, bedrohte er, er drohte ihnen, er würde jeden Sonnenschein und jedes Mondlicht wegzaubern. Er vergab keine Ablehnung. Vom königlichen Sitz in seinem Kopf hatte er oft gesprochen, die fremden Frauen aber durchschauten ihn als einen Bauern in Bürgertracht.)

Einem Hinkenden tut man in dieser Stadt tatsächlich keinen Harm an, und deshalb gelangte Arad unversehrt und trotz des Gewirrs seiner Gedanken in jene unbeleuchtete Seitenstraße, die genau im Grenzgebiet zwischen dem fünften und achten Bezirk lag. Die Stadtherren der neuen Zeit waren sich nicht einig geworden, ob sie den Klinkerschlot der stillgelegten Ziegelei abreißen lassen sollten oder nicht, und am Ende hatte man sich damit begnügt, die Vakuumstrangpresse, die Trockenkammer und den Tunnelofen abzubauen. Der erste Inhaber wies die Arbeiter an, über den großen Bestand an Hohllochziegeln kein Wort zu verlieren, der letzte Inhaber ließ die Ziegel zu Wandmauern aufschichten und unterteilte die Räume des angrenzenden Werktätigenwohnheims in kleine und große Nischen. Und nun trifft sich das Gesindel hier, dachte Arad, und wenn das so ist, wieso habe ich ihr diesen Treffpunkt vorgeschlagen.

Er ging durch den breiten Korridor und bemerkte die Ausländer, die gegenüber der Damentoilette standen. Immer dann, wenn die Tür aufging, begannen sie zu wimmern und zu johlen, aus Freude darüber, daß sie einen kurzen Blick auf die halbnackten Frauen an den Waschbecken werfen konnten. Die Steppeisen an Spitze und Hacke seiner Schuhsohlen klackten bei jedem Schritt, er hielt es für angebracht, in Anbetracht der Begegnung auf das Hinken zu verzichten, und als er in den Innenhof trat, wäre er wegen des Lärms von einigen hundert Menschen fast hingefallen.

Sie hatte ihn natürlich sofort ausgemacht und winkte ihn an den Tisch im hinteren dunklen Winkel, er bat öfter, als ihm lieb war, darum, daß man ihm den Platz zum Durchschlüpfen freiließ, dann kämpfte er sich einfach den Weg frei, ein böser junger Mann versuchte, ihm ein Bein zu stellen, und da es ihm nicht gelang, rief er ihm nach, er sollte seine Inkontinenzwindel wechseln, er würde stinken. Warte, bis es soweit ist, bald wirst du vor Angst krank werden, und du wirst den Rat deiner Großmutter beherzigen und Roßkastanien in die Hosentasche stecken, sie, die Kräuterhexe, wird dir weismachen wollen, daß dir die Kastanien das Siechtum vom Leib saugen werden. Aber alles umsonst. Keine Gnade, denn es hat schon begonnen. Wie haben die Schlachthelme aufgesetzt.

Eszter verweigerte ihm den Handkuß, sie sagte: Du dienst also auch dem Mumienhandschnüffler – es war keine Frage, es war eine Feststellung. In diesem Moment stellte der Kellner ihm ein Glas rubinroten Rotwein auf den Tisch, wie konnte sie davon wissen, daß er sich für den langen Fußmarsch belohnen wollte, indem er sich einen schönen Schwips antrank, er nahm einen Schluck und sagte, es wäre keinesfalls so, daß sie ihn enttarnt hätte, denn er tat nichts verdeckt und verheimlichte auch keine Absprache, für ihn gäbe es kein Tauziehen zweier Mannschaften, keine offene Schlacht verfeindeter Patrioten, einige wenige Heißsporne in beiden Lagern würden allerdings von ihrer ersten Pflicht der Volksaufklärung absehen und älteren Herrschaften nachsetzen …

Während dieser Mitläufer in immer neuen Anläufen versuchte, eine Landkarte zu zeichnen, vielmehr eine Wetterkarte der Hoch- und Tiefzonen über den Köpfen jener, die ahnungslos dahinlebten … währenddessen blickte sich Eszter um und entdeckte auf der Empore eine betrunkene Frau, sie wischte mit den Roßhaarzöpfen über die Schnurreibtrommel, und da der Brummtopf ein traditionelles Instrument der Volksmusik war, lächelte sie, sie lächelte nicht mehr bei der Erinnerung an ihren Vater, der ihr auf der Krugdudel vorgespielt hatte, seine Hände waren mit dem Schilfrohr an der Schweinsblase hoch- und heruntergerückt, und weil er manchmal fester als nötig anpackte, war der Tonkrug zerbrochen – Eszter schrie Arpad zu seinem Entsetzen ins Gesicht, sie sprang ihn über den Tisch hinweg an und begrub ihn unter ihrem Körper, und schon krachte der Backstein auf die Holzbank, auf der Arpad gesessen hatte. Ein Splitter schlitzte einem Mann die rechte Augenbraue entzwei, sonst aber kam niemand zu Schaden.

Und dann schauten sie genauer hin: Am Backstein war

die rechte Vorderpfote eines Schäferhundes mit Paketschnur festgebunden, dies konnte nur ein in nächster Nähe sitzender junger Veterinär erkennen, doch es gab noch den einen oder anderen, der das Zeichen richtig deutete, ohne die linke von der rechten Pfote, ohne Vorderlauf vom Hinterlauf unterscheiden zu können. Sofort stürzten sich die Zigeuner auf die Rosenbekränzte und den Alten, sie halfen ihnen auf, stießen die Männer zur Seite und geleiteten die beiden nach außen, und sie zerrten an ihnen und liefen kreuz und quer durch die Gassen, bis sie hinter einem zerschrammten Container in Deckung gingen. Sie zogen die Messer, sie zogen aus dem hochgetürmten Schutt im Container Brocken heraus und legten sie nebeneinander auf das Pflaster, wer ihnen folgte und sie bedrängte, würde im Hagel der Geschosse den Rückzug antreten. Wen wollten sie töten? sagte Arad keuchend. Entweder hat der Kerl beim Wurf verzogen, oder er mag dich nicht besonders, sagte Eszter … Er? … Ich habe ihn gesehen, sagte Eszter, er muß einer von den Neuen sein, die der Mumienküsser rekrutiert hat, ich kenne ihn jedenfalls nicht … Wieso will mich M. ermorden lassen? … Weil du Straßenschmutz bist, den man vom Schuh abstreifen muß, sagte Eszter, und wenn wir schon dabei sind: Weil du dich mit Metall beschlagen läßt, als hättest du Hufe. Du glaubst, du bist besonders geschickt darin, zwei Herren zu dienen. Du hast dich mit mir getroffen, wie sieht das wohl für den Irren aus? Er ist eine böse Sau, die ihre eigenen Ferkel frißt …

Sie hatte aber unrecht, das böse Tier trieb die Ferkel aus dem Pferch, daß sie die Straßen durchkämmten nach Opfern, und sie schwärmten aus, jedes Menschtier hielt ein Werkzeug zum Stechen, Reißen und Zerschmettern in der Hand: eine Säkelle, eine Baumhippe, einen mit Eisenkugeln gefüllten Damenabendhandschuh, eine zweiseitig gezahnte Effilierschere, Schnitzeisen, einen Beitel, ein stumpfes Spundbajonett, einen orthopädischen Stock und viele gespitzte Bleistifte – M., ihr

Anführer, ihr Hirte, war der Versteckspiele müde, er mochte nicht länger fremdländische Produkte kaufen, um seine Migräneattacken zu bekämpfen, und, warum im Namen des wahren Königs, im Namen der ihm treu ergebenen Fürsten, im Namen seiner Krone, weshalb konnte er nicht wie in alten Zeiten in einem Wirtshaus sitzen und sich über die englische Übersetzung der Speisen und Getränke auf der Karte erregen?

Seine Männer zogen durch die Stadt. Die Kontrolleure, die an den Fahrscheinentwertungsapparaten standen, ließen sie nach einem Blick auf den Hals durch, denn jeder Anbeter hatte eine Mumienklauentätowierung auf der Haut unter dem Kiefer, man sollte sie sofort erkennen, sie wollten jede Verwechslung ausschließen. Zsambor stieg an der Metrostation Nyugati aus und entdeckte in der Bahnhofshalle den Mann, der Arad mit Valium belieferte, er schlurfte ohne Scham mit dem braunen Pillenfläschchen herum, einige zerknitterte Geldscheine im festen Griff seiner rechten Faust, er schlurfte im Glauben, Interesse geweckt zu haben, auf Zsambor zu, und als er aber das Zeichen am Hals sah und zu Tode erschrak, war es zu spät, der Stich mit dem Beitel ließ ihn zu Boden gehen.

Auf der Terezallee traf es zwei Straßenmusiker – der eine hatte dreizehn Gläser mit Wasser gefüllt, er saß auf einem Schemel und ließ die Schlegel vorsichtig auf die vollen Gläser sausen, er spielte die kleine Nachtmusik von Mozart, das Gläserspiel lockte seltsamerweise die jungen, traurig gestimmten Frauen an. Der Anbeter namens Botond stach in jenem Augenblick zu, da eine amerikanische Austauschstudentin leise zu weinen begann, sie war jedoch geistesgegenwärtig genug, die Flucht des Mörders zu vereiteln – sie stieß ihn einfach um, Botond wurde von traurigen Frauen festgehalten.

Der andere Musiker legte zur selben Zeit ein Stück Seidenpapier um den Kamm und mußte beim Anblick eines brüllenden tanzenden Mannes an einen hüpfenden Hantelheber denken, dem ein herabgefallenes Eisengewicht zwei Zehen gebrochen hatte; in Deak ter, dem Knotenpunkt der Metrolinien, befand sich der Graben, das war ein Club für Männer und Frauen, die auf den Stufen des einstigen Schachts des Nationaltheaters Wein und Cocktails aus Plastikbechern tranken, dorthin ging der Musiker, er holte tief Luft und begann, gegen den Kamm an seinen Lippen zu blasen, da aber erhob sich der Anbeter Kristofer von der oberen Steinstufe und schlug mit dem Damenabendhandschuh mehrmals auf den Kopf des Kammbläsers, und auch hier eilten junge Frauen zu Hilfe, sie waren mutig und munter, sie fanden es unpassend, daß ein Mann einen anderen Mann mit einem Stulpenhandschuh schlug, sie kamen gerade noch rechtzeitig, um dem Kammbläser das Leben zu retten.

Auf der Aufsichtswarte des Stephandsdoms traf es eine Dunkelhäutige, die Brustspangen aus Blech und Festtagsschmuck von Bäuerinnen aus der Tragetasche holte, und gerade zeigte sie Schleiernadeln vor, als der Anbeter Renato ihr den orthopädischen Stock in den Magen stieß, er wollte sie vor sich hertreiben, sie, die er für eine Zigeunerin hielt, er wollte sie Stoß um Stoß dazu bringen, daß sie die Treppen herunterfiel und sich das Genick brach, doch eine Deutsche entwand ihm den Stock und gab ihm eine schallende Ohrfeige: An diesem Tag der Überfälle waren es ausnahmslos Frauen, denen die Opfer ihr Leben verdankten, waren sie dafür vom Schicksal erwählt worden, oder schrieb man es dem Zufall zu?

Renato floh, so wie die meisten Anbeter nach der Attacke flohen, und sie kehrten zurück zu der bösen Sau, die es im Pferch nicht ausgehalten hatte. Ihr Meister wartete sitzend vor der Haustür, der Adjutant wies die Männer an, nur flüsternd zum ersten Anbeter zu sprechen, nur flüsternd zu bitten und zu danken, und sie beugten sich vor und raunten in das wachspfropfenverstopfte Ohr: Es ist getan, der Wirt des Café eklektika wird die Mädchen aus dem Westen nicht mehr durch

Häme über die Patrioten betören; es ist getan, der alte Russe, der im Kaffeehaus an der Festung eine Dobostorte aß, zerbiß den Karamelguß, bevor er starb; es ist getan, dem Bettler am Seiteneingang der Zentralen Markthalle in der Pipa Straße schoß man laut Befehl in den Fuß; es ist getan, wie befohlen sind den Banden im Südbahnhof Verluste zugefügt, im Morgenzwielicht wird man jene finden, die unter Bäumen, hinter Sträuchern und in den Mausoleen des Keresper Friedhofs liegen, unbrauchbar nunmehr, unbrauchbare beschädigte Leiber, die von der Budaer Verräterin nicht zu rekrutieren sind …

Und M. schüttelte immer wieder den Kopf, keiner in seiner Nähe wagte zu sagen, daß der Meister dadurch die graue Wattekugel herausgerüttelt hatte, er stand plötzlich auf und wankte fluchend zurück zum Hinterhof, seine Schweinejungen hatten die Ketzerin nicht ausfindig machen können. Wo steckte sie nur?

Sie verschanzte sich immer noch hinter dem Container und hielt ihre Beschützer davon ab, aus der Deckung herauszukommen und den vier Anbetern hinterherzulaufen, sie schickte Arad mit den Worten weg, sie würde keine Vergeltung üben, er sollte nur den Pester Irren fürchten, der kein Feuer außer seinem Herrenfeuer duldete; viel schwieriger war es, den jungen Männern zu erklären, daß sie sie bis zum Westbahnhof begleiten konnten, dann aber müßten sie sich auflösen, genauso wie sie sich auflösen würde, sie riefe sie an, zwei Stunden nach Sonnenaufgang. Sie gehorchten ihr widerwillig. Als sie an die Tür des Deutschen klopfte, wurde sie sofort aufgerissen, er bot ihr im Zimmer Wasser aus der Minibar an, ich brauche diese Nacht einen Schlafplatz, sagte sie, ich weiß, daß ich dich damit bedränge, sie jagen mich, sie werden mich auch morgen jagen, ich brauche nur etwas Schlaf …

Ferda betrat daraufhin das Badezimmer, und sie sah, daß er mit Toilettenpapier die Badewanne trocknete, um hernach die

Tagesdecke hineinzulegen, er ging einige Male zwischen dem Bett und der Wanne hin und her, sie würde im offiziellen Bett schlafen. Sie war über seine altmodische Art belustigt, und aus einer Eingebung heraus fragte sie ihn nach einer Frau, von der sie ahnte, daß es sie in seinem Leben gäbe, mittlerweile unterhielten sie sich durch die geschlossene Tür, sie saß davor, eingehüllt von der Bettdecke, er lag in der Badewanne, bedeckt mit einer Jacke und einem Mantel, und da sie zu dieser späten Stunde nur flüsterten, mußten sie immer wieder den geflüsterten Satz wiederholen. Wieso interessierte sie sich für seine Liebe, für seine Geschichte von der absterbenden Liebe. Und er sagte und wiederholte die Sätze: Ich lasse mich verwickeln in fremder Leute Leben, und vielleicht, weil sie mich sehr gut kennt, glaubt sie, ich hätte mich nur zufällig begeben an einen Platz, den sie auch nur zufällig aufgesucht hat … Er sprach idiotisch daher, und also verstummte er, und sie sagte und wiederholte die Sätze: Die Radaystraße verläuft zwischen der Kalvin ter und der Boraros ter, eine Restaurantgasse, vielleicht bist du dort spazierengegangen. Man kann dort Gulasch essen, der nach den sieben Stammesfürsten benannt wurde. Man kann aber auch Pfannenrostbraten oder auch nur einen Schusterstrudel essen. Kannst du mich hören? … Bis jetzt ja … Einmal sagte mir ein Mann: Treffen wir uns bei den gerafften Vorhängen, deren Säume zernagt und zerschlissen sind. Ich wußte, welches Wirtshaus auf der Raday er meinte, und wir trafen uns dort, im hinteren Teil des Eßraums. Man hatte aber die Vorhänge entfernt, sie schreckten die Touristen davon ab, in diesem Lokal ihr Geld auszugeben … Hörst du mich? … Ja … Dann werde ich einfach weitererzählen. Dieser Mann war lange vor mir gekommen, er glaubte, es gehörte sich so, er kam also ohne weibliche Begleitung, und die Tochter der Wirtin hatte ihn sich als Liebhaber ausgesucht. Sie flirtete mit ihm. Und ich platzte hinein, in diese unmöglichen Augenblicke der Anbahnung, ich brachte meinen Augenblick mit, sie waren in einem anderen Augenblick. Sollte ich lieber gehen? Sollte ich ihn verlassen, denn er und ich waren mehr als nur gut befreundet. Unverheiratete lieben besser, das ist einer meiner wenigen Gewißheiten. Ich blieb. Die junge Frau bediente mich nicht und wurde wütend, als ein Kellner mir Wein und Wasser brachte. Dieser Mann, mein damaliger Liebhaber, wollte sich mit Absinth betrinken, doch es gab in dem Lokal keinen Absinth, also betrank er sich mit Schnaps. Dann bot er mir die Trennung an. Du hast richtig verstanden, er tat so, als wären wir verheiratet, und er sprach also von der Möglichkeit, von der starken Wahrscheinlichkeit, daß nach diesem Treffen jeder von uns seiner Wege ging. Ich habe nur gesagt: Ist gut, ich bin aber sitzen geblieben. Trotz der verliebten Tochter der Wirtin. Trotz der lauten Männer am Nebentisch. Und obwohl mir der Wein nicht schmeckte und obwohl dieser Mann an meinem Tisch mit mir spielte, bin ich nicht hinausgestürmt. Wir hielten noch einige Monate an unserem komischen Verhältnis fest. Er starb nicht, er verliebte sich in keine andere, er wartete, daß ich den ersten Schritt tat. Ich tat ihn, den ersten Schritt. War nicht froh. War nicht traurig. Hörst du mich?

Nein, er hörte sie nicht, denn er war eingeschlafen. Aus Gewohnheit trat sie ans Fenster und sah unten die Zigeunermänner mit den Fingern knacken, natürlich kannte man sie in diesem Hotel, und bestimmt hatte man die Richtigen verständigt. Die Richtigen vertrauten nur ihrer Sippe und der Frau, die ihre Wege mit Rosen bestreute, sie wußten, die Falschen würden sie bald aufspüren. Eszter verschloß leise das Fenster, fuhr mit dem Aufzug ins Foyer, sprach die Rezeptionistin an und dankte ihr für die Gastfreundschaft. Man sollte wissen, daß sie das Hotel verließ, es durfte kein Anbeter den Schlaf des Deutschen stören. Bis zum Zwielicht ein guter Traum, dann wird ein böser Traum wahr.

An diesem Tag, dem achten achten, ließen sich viele Ungarn trauen, und den Beamten fiel es nicht ein, trotz der Aussicht auf einen langen Freitag böse zu werden, sie verbaten sich auch Spekulationen über die Haltbarkeit manch einer frisch geschlossenen Ehe. Es war richtig, es war ihretwegen auch heilig, und wenn der Standesbeamte Vilmos bei jeder Zeremonie lächelte, so aus Freude darüber, daß kein Mensch ihn zu enttarnen versuchte: Er würde lieber alle seine Handknöchel zerbeißen, als zu heiraten. Rechts hinten im Saal stand ein seltsam gekleideter Mann, er löste sich von der Wand, kam auf ihn zu und schüttelte ihm stumm die Hand, und Vilmos war kurz davor, ihn zu fragen, ob er zu denen gehörte, die an einem Freitag im August Glück suchten und fanden, doch dann fiel ihm die Halstätowierung auf, und er senkte schnell den Blick.

Ferda hatte dafür gesorgt, daß Vilmos ab sofort nicht mehr lächeln würde, es ließ sich nicht vermeiden, Zsoltan war über seine Bitte erst ungehalten gewesen, um dann aber grinsend das Zeichen der Mumienklauenanbeter auf die Haut dieses gar nicht so dummen Deutschen zu zeichnen. Er trat ins Freie, und nach einem langen Spaziergang fühlte er sich lächerlich stark, jeder, der ihn mit einem Blick streifte, sprang ihm aus dem Weg, und daß er die Augen zukniff, weil ihn die Sonne blendete, machte ihn in den Augen der echten Ungarn zu einem ultraechten Ungarn – lächerlich, dachte er, natürlich, aber was soll ich machen, mein Telefon klingelt nicht, Eszter streut an geheimen Orten Rosen, und das Zimmermädchen, dem ich auf dem Flur begegnet bin, hat sich bei meinem Anblick bekreuzigt und ist in die Abstellkammer geflohen …

Auf dem Heldenplatz sah er hoch oben auf einer Säule eine Figur im langen Gewand und mit aufgefächerten Schwingen, wieder ein Erzengel, der, an einer Triumphstele angekettet, die Fußgänger bedrohte, wieder ein Himmelsgesandter, der sich nicht auf die Seite der Besiegten, aber auf die der Sieger schlug. Man hatte dem Deutschen ein fast unaussprechliches Wort beigebracht, honfoglalok, es ließ sich in etwa übersetzen in ›Männer der Landnahme‹, Arpad war einst als Fürst der magyarischen Fürsten aus der Steppe ins Karpatenbecken gezogen, und es paßte, daß auf dem Sockel der Engelssäule die kleinköpfigen und großbrüstigen Statuen auf Pferden saßen, sie sahen nicht aus wie Dressurreiter, sie sahen aus wie Barbaren.

Das gefiel Ferda, überall auf Gottes Erde fälschte man die Geschichte, überall schrieben die Geschichtsfälscher die Fabel von den Heroen auf, die auf leeres Land und leere Luft stießen, und also wurden die Krieger seßhaft und machten dies Land fruchtbar, man sollte sich später an sie nicht wegen des vergoss'nen Blutes erinnern, aber wegen ihrer Kunst, den sturen Urslawen mit einem Schwertstreich in zwei fast gleiche Hälften zu spalten.

Ferda ging durch die Lücke zwischen den Kolonnaden, bog an der linken Säulengalerie nach links ab, schritt am Elefantenhaus des Zoos vorbei und verbrachte vor dem Kartenkiosk des Vergnügungsparks zehn Minuten damit, auffällig in alle Richtungen zu spähen, und tatsächlich lockte er seine Verfolger aus dem Stadtwäldchen, und als sie vor ihm standen, starrten sie auf das ungelenk mit einem Kugelschreiber gezeichnete Zeichen, auf ihr Zeichen, das den Hals dieses Fremden zierte – machen Sie sich über uns lustig? sagte der Adjutant und hielt Kristofer davon ab, nach dem Messer zu greifen, er hatte nach der nicht vollbrachten Tötung des Parasiten sich für eine herkömmliche Stichwaffe entschieden. Nein, sagte Ferda, ich bin nichts weiter als ein Besucher Ihrer Hauptstadt, ich lernte einen Mann namens Arad kennen, und ehe ich mich versah, geriet ich zwischen die Fronten. Ich bin kein Parteigänger … Wir sind keine verdammte Partei, rief der Beschützer des Adjutanten, Sie haben sich mit den Zigeunerbütteln eingelassen … Nein, ich schlage nur keine

Hilfe aus, und jetzt brauche ich Ihre Hilfe … Diese Männer wie alle seine Klauenanbeter hatte der Irre vom Hinterhof zum Deutschunterricht verpflichtet, dies verstand er als eine Maßnahme zur Schließung von Allianzen mit jenen, die er als die ärgsten Feinde der Russen verstand. Im Anfang war das Mondlicht, das ihn beschien, im Anfang war das Fenster, von dem aus er auf den Innenhof blickte, und dort saß die Frau im Hosenanzug auf dem Korbsessel, sie benutzte ihren Schneidezahn zum Pistazienknacken, und sie hörte erst damit auf, wenn die Schalen in einem Häufchen zu ihren Füßen lagen.

Also ahmte er sie nach wie ein Papagei, wie ein großer Vogel, wie ein Turul heutiger Zeiten, aß er Pistazien und manchmal auch Kürbiskerne. Er hätte das Hell und Dunkel der Tage auch nachahmen sollen, er hätte Poeme über seine salzzerfressene Unterlippe schreiben sollen. Doch Poeten mißtraute er zutiefst, in künftigen Zeiten würde er sie anhalten, wie Bauern zu denken, wie Bauern früh zu Bett zu gehen und wie Bauern wetterweise zu werden. Natürlich gewährte man ihnen freien Eintritt, eine Frau, die ohne Kinderbegleitung in der Paradekutsche des Karussells saß, setzte sich um, als die Sockelscheibe einen halben Kreis beschrieb, sie wollte die drei Männer im Auge behalten, Ferda bemerkte, wie sie zum Mobiltelefon griff, auf die Tasten drückte und aufgeregt sprach – war sie von Eszter zur Überwachung abgestellt, oder verschwand er selbst langsam in den verwischten Bildern dieser Stadt? Das Stützgerüst der Achterbahn bestand aus Aberhunderten von aneinandergenagelten oder -geschraubten Holzlatten verschiedener Stärke, und jedesmal, wenn ein Waggon in die Tiefe raste, kreischten die Schienen lauter als die Menschen im Wagen, dies war ein alter Jahrmarkt, man mußte befürchten, daß das Gerüst nachgab oder die Schiffsschaukel vom Bug bis zum Heck in der Länge zerbarst. Und obwohl er an Höhenangst litt, stieg er in eine Gondel des Riesenrads, die beiden Anbeter nahmen die übernächste Gondel, sie argwöhnten wohl, der

Deutsche könnte sich ihrer auf einen Streich entledigen, das Rad drehte sich langsam, und als die Gondeln in ihrer Aufhängung schwankten und Metall an Metall kratzte, stimmten die Anbeter ein Gebet an, Ferda schob seine schweißnassen Hände unter die Oberschenkel und wagte es, hinunterzuschauen auf die Teiche des Stadtwäldchens, doch ihn erfaßte gleich ein starker Schwindel: Es war ein Segen, daß der Einweiser die Gondel hielt, um ihn beim Aussteigen zu stützen, die Anbeter taumelten auf ihn zu, ihre noch vor kurzem zornesroten Gesichter bleich und ohne Würde.

Sie keuchten und lehnten Ferdas Angebot ab, am Getränkeausschank einen Kaffee zu trinken, sie waren nicht zum Vergnügen hier, sie waren auch nur mit dem verdammten Riesenrad gefahren, um Zeugen seines Gondelsturzes zu sein, denn diese Mannestat hätte ihn, in Kristofers Augen, erhoben … Der Adjutant schnitt ihm das Wort ab und fragte Ferda, wobei sie ihm helfen konnten, und er sagte: Ich bitte um die Schonung von Eszter, der Rosenstreuerin, helfen Sie mir dabei. Sie streut höchstens Dungfladen, zischte Kristofer, sie zieht die Maden aus dem Speck und verstreut sie … Nun war es an dem Adjutanten, Bestürzung über den nicht erfolgten Sturz aus der Gondel zu heucheln, und vielleicht hätte er sich auf Ferda gestürzt, wäre nicht jene Frau gekommen und hätte die drei Halstätowierten mit ruhiger Stimme gebeten, sofort das Gelände zu verlassen. Wenn sie zur Seite blickten, würden sie die Männer sehen, die sie benachrichtigt hätte, und tatsächlich eilten fünf Männer auf sie zu und begleiteten sie bis zum Drehkreuz am Ausgang. Ferda verstand kein Wort, seltsamerweise gab Kristofer die Unterhaltung wieder, Ferda spuckte daraufhin auf zwei Finger und begann, das Zeichen abzureiben. Sie sind keiner von uns, sagte der Adjutant, und Sie werden trotzdem zur unerwünschten Person erklärt – ist das nicht lustig?

Ein Kieselstein traf ihn genau in diesem Augenblick am

Kopf, und er starrte haßerfüllt auf die Frau, die den ersten Stein geworfen hatte, und schon kamen andere Steine geflogen, die beiden echten und der falsche Anbeter rannten los. Ein Friedensschluß war nicht möglich. Ihr Meister würde auf kein Angebot eingehen, auf keinen Schandfrieden: Anprall, Schlag Stoß Streich, Säuberung, das waren die Etappen, und dies war nicht der übliche Hader, also orderte der Adjutant Verstärkung an, man würde sich an der Anonymusstatue im Park treffen, der Statue des mittelalterlichen Chronisten, die Inschrift am Denkmalsockel lautete: Der Schreiber des glorreichsten Königs Bela, und so wie die Kapuze das Gesicht der Figur in tiefes Dunkel tauchte, so verfinsterte auch die Haßlust die Angesichter der Anbeter, nur wenig Zeit blieb ihnen, sie würden zu zehnt den Jahrmarkt stürmen, sie würden hiernach anderen Geschäften ihres Krieges nachgehen.

Ferda hatte sich von ihnen abgesetzt, und da an seinem Hals nicht mehr das Zeichen prangte, hielten die echten Ungarn ihn nur noch für einen Mann, den man ohne Gefahr im Vorbeigehen anrempeln konnte. Sein Entschluß stand fest. Vorhin war er auf dem Weg zum Riesenrad am Spiegellabyrinth stehengeblieben und hatte die vielen Handabdrükke an den Glasscheiben bemerkt, es stieß sich deshalb keiner den Kopf an – weswegen? Wegen der Glaskörpertrübung. Die Scheiben waren nunmehr Wegmarken. In den wenigen Minuten der Todesangst in der Gondel beschloß er, auf eine Donaudampferfahrt zu verzichten, er würde nicht im großen Einkaufskomplex Westend am Westbahnhof nach billigen Textilien suchen, und er würde auch nicht in einer der Cocktailbars am Oktogon, einem Knotenpunkt des Nachtlebens, so lange trinken, bis ihm der Kopf dröhnte. Er vermißte den deutschen Herbst, noch aber war Sommer, und also entschied er, eine weitere Reise zu unternehmen, und weil ihn der Versuch, die Liebe endlich endlich zu vergessen, in Anspruch nahm, bemerkte er auch nicht jene ihm bekannte Frau, die er in ihrer Verkleidung und mit der dunkelblonden Perücke auch hätte schwer wiedererkennen können.

Ihr Weg führte sie über die Brücken, die Arpadbrücke, die Margitbrücke, die Ketten-und Elisabethbrücke, sie wechselte in den letzten Stunden ihres Lebens von einem Ufer zum anderen, Danubia, Donau, Duna, das Wasser floß einfach dahin, und ob man es belegte mit einem Namen oder ob es einfach floß und strömte, ihr Feuer würde dies Wasser löschen, Donau Duna, was hast du nicht alles auf deinen Grund gespült, und sie schüttelte sich, weil sie anfing, aus dem Kummer einer bald Entseelten Stadt Land Fluß in Gedanken anzusprechen, und also dachte sie an den eingeschalteten Standventilator, den sie auf die Fensterbank gestellt hatte, um die Fliegen am Hineinschwirren zu hindern, sie dachte an ihren Halbbruder, dem man schon die Niederlage ansah, trotz der schönen Zigeunermänner wurden sie gejagt und geschunden, die milden Bürger suchten den Wachspfropfenheiligen auf, um ihn ihres Beistands zu versichern, und der Irre sprach von dem Erdspalt, der alles tilgte, was verkehrt und verkommen war. Sie aber hatte nicht einmal die Verkehrten von den Verkommenen geschieden, sie aber hatte vor Maria, der wahren Rosenstreuerin, gekniet. Und man trug ihr zu, daß bald die Anbeter zur Festung ziehen wollten, um nicht etwa einen Schloßherrn zur Aufgabe zu zwingen: Sie wollten mit den Fackeln in der Hand schweigend stehen und stehend schweigen. Danubia Donau Duna. Vom Donnerschlag bin ich heute nacht aufgewacht, dachte sie, das alles hat nichts zu bedeuten; auf der Kaimauerkrone am Korso waren alte abgelaufene Schuhe nebeneinandergestellt, immer nur der linke oder rechte Schuh, welcher Aberglaube steckte dahinter, das alles ergab keinen Sinn. Der Deutsche, dachte sie, er hätte früher oder später meine Stadt besuchen sollen, er ist an den falschen Mann geraten, und von unserer aller Geraune bekam er Kopfschmerzen, doch ich raunte ihm nur zu, daß all das nichts zu bedeuten hat, und er glaubte, er wäre von Fremden umstellt und müßte sich mit einem Tarnzeichen ausweisen …

Die Frau stieß mit einer Touristin zusammen, die ob des seltsamen Geruchs der Frau mit der schiefen Perücke schnell weiterlief, ein chemischer Geruch war das, Eszter schaute ihr kurz nach, um dann vorsichtshalber in einer Gasse zu verschwinden und erst nach einer halben Stunde wieder aufzutauchen – war es richtig, daß sie sich unterhalb des Halses mit Benzin übergossen hatte, war es richtig, daß sie auf einen Turulvogel der Freiheitsbrücke klettern wollte, um als lebende Fackel hinabzuspringen in den Fluß? Und da die Zweifel kamen und gingen und sie wieder anfielen, da sie die Turul von weitem sah, nicht Spatz, nicht Elster, nicht Falke, nicht Adler, umgab sie geballte Luft, eine Luft, die sich um den Leib staute, wenn die Seele einen Riß einen Spalt einen Durchschlupf fand, und von ihrer Seele Atem gestreift, schritt Eszter wieder zurück in die Gasse, das Sturmfeuerzeug in ihrer Manteltasche …

Sie griff danach und warf es in hohem Bogen fort, vielmehr zielte sie auf eine Mülltonne und traf sie, ein letztes Mal spürte sie einen leisen Hauch ihr Gesicht streifen, der Riß der Spalt der Durchschlupf war gekittet: Eszter hob eine blinkende Scherbe vom Boden auf, sie konnte ihr trübes Spiegelbild erkennen, nach einigen Handgriffen saß die Perücke ordentlich auf ihrem Kopf, und sie trat den Heimweg an. (Es hätte ihr gelingen können, am achten August, der Rotte des Hinterhofirren durch ihren Sturz vom Turulvogel zu zeigen, daß sie nicht alle Seelen zum furchtsamen Leben anleiten konnten. Aber war es das wert? Nein. Die Kämpfe dieser Tage werden nicht in Erinnerung bleiben. Eine Untat, dem einen ist sie Verbrechen, dem anderen ist sie Sünde. Die milden Bürger werden dem Irren abschwören, seine Bande wird zerschlagen werden, und die Seelen, die nicht schon durch einen plötzlich aufgerissenen Spalt entschlüpft sind, bleiben in den schönen Körpern. Eszter wird in ihrer Wohnung als erstes den Standventilator abstellen.)

Einmal hatte sie beim Küssen innegehalten und gesagt: Deine Brusthaare riechen nach alter Decke, ich hatte gelacht, sie hatte gelacht. So viele Worte, um einen schlechten Geruch, eine Enttäuschung, eine Nebensache zu übergehen, so viele ungesagte Worte, und es reichte mir aber jetzt. Unten zogen Männer in gestreiften Bademänteln und bunten perforierten Plastikgaloschen vorbei, die echten Ungarn aus der Hauptstadt, die nicht nach Hinweisschildern Ausschau halten mußten, um den Weg zum Wasser zu finden – ich war in Sicherheit.

Ein Deutscher am Plattensee fiel, so hoffte ich, nicht weiter auf, ich trug, wie andere Hotelgäste auch, am Handgelenk das blaue Schlüsselband mit dem Plastikzapfen, den man auf das Schloßfeld der Zimmertür hielt, um in die Suite einzutreten. Eine Suite zum normalen Tarif. Ich aß aus der Dose Erdnüsse und achtete nicht auf die Sommerspinnen in den Ritzen der Balkonwände, vor die Panoramafenster der Apartments gegenüber hatte man Sichtblenden gehängt, sie sahen aus wie hochkant gestellte Trampoline, und wäre ein Mann oder eine Frau auf die Terrasse getreten, ich hätte aus Übermut gewunken und ein Grußwort zugerufen. Statt dessen ging ich hinunter zum Schwimmbad, unterwegs verfehlte ich den richtigen Flur und fand mich wieder im Foyer, die Angestellten starrten mich an, starrten das Badetuch an, das ich um die Hüften geschlungen hatte, starrten mir böse auf die nackte Brust und die nackten Beine, ich kehrte um, schritt durch einen dunklen Flur, und kaum öffnete sich die pneumatische Tür zur Schwimmhalle, wies mich der Bademeister an, die

Hausordnung für das Badezentrum auf dem großen Schild zu lesen.

Es war untersagt, vom Rand in das große und in die kleinen Becken zu springen, Handtuchbenutzung war verbindlich, Kleinkinder hatten Schwimmringe zu tragen, und die erwachsenen Männer, sagte der Bademeister im gekünstelten Balkandeutsch, haben Damen mit Stringtangas nicht lüstern und unziemlich zu beglotzen. Sie sind ohne weibliche Begleitung angereist? … Ja … Sommeraffären müssen ausbleiben, fuhr er fort, wer hätte nicht Verständnis für den Zorn von Ehemännern auf Junggesellen? Wir haben vornehmlich Familien zu Gast, grundsätzlich ist aber jeder bei uns willkommen, der sich eincremt und in der Sonne liegt und den wir bei der Abreise nicht als Scheinfreund betrachten müssen … Ein schöner Empfang.

Ich drehte ihm den Rücken zu und ließ den Blick schweifen, vielleicht sollte ich den Dingen mit Sanftmut begegnen, vielleicht war es natürlich, daß man jeden Neuankömmling über die Regeln aufklärte, und da aber fast alle Blicke auf mich gerichtet waren, sagte ich dem Bademeister, ich wäre ein wohlerzogener Mann, der beispielsweise erst duschen und dann in das Wasser steigen würde, und als ich, wie versprochen, unter der Dusche stand, spähte er mit spitzem Mund in meine Richtung, tatsächlich schaute er auf das von meinem Körper abfließende Duschwasser. Er war beunruhigt, ich stieß gegen ein gelbes Klappschild, das man zur Warnung vor Rutschgefahr aufgestellt hatte, dann stieg ich vorsichtig in das große Becken. Ein kleines Kind setzte zum Flohsprung an und wurde aber gerade noch von der Mutter zurückgehalten, und da ich sie anlächelte, kam ihr Mann herbei, ich holte tief Luft und tauchte unter. Später saß ich im Aromaraum in den Heilkrautschwaden, ich wechselte über in den Salzraum und starrte auf den weißen Krustenbelag der Wände, und als ich zwei Frauen draußen bemerkte, überließ ich ihnen meinen

Platz, schließlich ging ich rundherum über Steine im kniehohen Wasser, ich hielt mich an der Haltestange in der Mitte des kleinen Beckens fest.

Hat man Sie auch zum Scheinfreund erklärt? sagte jemand hinter mir, nach einer halben Umdrehung um die Stange sah ich ihn, er rieb lächelnd seine Fußsohle über einen kantigen Stein, seine Badehose reichte ihm bis zu den Waden, bestimmt hatte man ihr wegen einer Unschicklichkeit einen Verweis ausgesprochen. Das erste, worüber man mich aufgeklärt hat, fuhr er fort, war der Hinweis auf die Damen in festen Verhältnissen. Ich bin zwar kein Kenner dieses Landes, aber es kommt mir nicht typisch ungarisch vor – der Ungar ist ja im allgemeinen ungezwungener. Was hat sie hierherverschlagen? … Weiß ich nicht genau, sagte ich. Sonnen Sie sich am besten am Seeufer, sagte er, auch dort streifen einige Hotelangestellte herum, aber wenn Sie nicht gerade eine Dame mit Blicken belästigen, wird man Sie auch nicht nach Ihrem Ehestand fragen. Ich gehe mal lieber, sonst verbreiten die Frauen in der Salzzelle Gerüchte über uns, und wir sind dann endgültig erledigt …

Eine halbe Stunde lang schritt ich auf den Steinen, es wollte sich währenddessen kein Ungar zu mir gesellen, etwas später lag ich auf der Sonnenliege am See, überall auf dem Rasenstreifen Liegen, und auf den Liegen wissende Männer, man hatte jedem von uns eine Schlinge gelegt, ein Blick zur Seite und des Nächsten Weib ward begehrt, den Familienvätern schien es schwerer zu fallen, in Würde sich aufzurichten, in Würde zum Kind zu schreiten, das Schilfrohre brach und in Sandbuckel steckte, eine Spanierin ging mit einem Rückenkratzer aus Holz über die Schultern ihres Mannes, sie riefen mittendrin nach der Tochter, und da sie aber nicht aus dem Schilfrohrdickicht heraustrat, lief der Mann über den kurzen Sandstrand, seine verhornten Fersen hinterließen tiefe Abdrücke, die Haut am Rücken hatte sich in Schuppen gelöst, seltsam war es, daß er plötzlich stehenblieb und sich nach dienstbaren Geistern umsah, und tatsächlich eilte eine Angestellte herbei und stapfte nach kurzer Unterredung auf englisch zur Verlandungszone, die als solche auf einem Emailleschild ausgewiesen war. Kaum hatte sie zwei Schritte gemacht, kam ihr das Mädchen entgegen, hinter ihm ein hagerer Mann mit einem Fotoapparat in der Hand. Der Spanier setzte sich in Bewegung, versetzte seiner Tochter eine Ohrfeige, dann riß er den Hageren um, und beide fielen ins Wasser. Kommen Sie, sagte jemand, hier brennt die Hölle.

Ich schlang das Badetuch über meine Hüften, ließ das Buch liegen, ich würde weder heute noch morgen darin lesen, wenige Minuten später saß ich im Strandcafé und hielt mich zurück, ich wollte sie nicht bedrängen, sie würde mir schon erklären, wieso sie meiner Spur von Budapest nach Siofok am Plattensee gefolgt war, man kannte sie hier nicht, und keiner steckte ihr Rosenknospen ins Haar. Die Geräusche, die Laute, der Lärm – sie wurden verschluckt, ich nahm alles gedämpft wahr, Eszter begann zu sprechen, ich verstand sie sehr schlecht, und als ich sie bat, das Gesagte zu wiederholen, hörte ich meine Stimme in meinem Kopf hallen, ein leises Rauschen hinter der Stirn.

Was in Gottes Namen ist mit mir passiert, sagte ich, und sie bedeutete mir mit der Hand, die Stimme zu senken, sie kam näher heran und sprach in mein Ohr. Sind Sie getaucht? sagte sie, wenn ja, dann sind Ihnen die Ohren zugefallen. Waren wir nicht schon zum Du übergegangen, ich wußte es nicht mehr. Sie bat mich mitzukommen, und während wir uns zwischen den Tischen und Liegen einen Weg bahnten, sprach sie einzelne Worte oder kurze Sätze, es mußte für Außenstehende den Eindruck erwecken, als liebkoste sie mich am Ohr – ich erschrak und ruckte zurück, und als der Bademeister uns von weitem kommen sah, fing er an, über das ganze Gesicht zu strahlen: Nein, er hatte sich getäuscht, nein, ich war kein lüsterner Urlauber, nein, an meiner Seite war sogar eine Ungarin, der er nicht erst umständlich die Regeln für den Aufenthalt im Badezentrum erklären mußte.

Doch er konnte uns nicht helfen, der herbeigerufene Sanitäter händigte mir vier Wattestäbchen aus und verschwand wieder, Eszter stieg in das kleine Becken, und ich folgte ihr, ein Schild wies darauf hin, daß die Wassertemperatur sechsunddreißig Grad betrug, ich legte den Kopf in den Nacken und schaute zu den Luftschächten an der Decke. Was hatte ich nur gehofft, in diesem Hotel mit den anständigen Angestellten zu finden, sah die Rosenstreuerin in mir einen harmlosen Mann, in dessen Nähe sie sich aufhalten konnte, ohne Gefahr zu laufen, in eine unmögliche Liebe verstrickt zu werden?

Sie sagte: Fast hätten Sie über Umwege über meinen gewaltsamen Tod erfahren müssen, ich hatte mich eigentlich längst entschieden, ich wollte brennen im Sturz – ist es nicht verrückt, daß ich bekümmert bin, weil ich nicht wie vorgesehen starb? … Nein, sagte ich … Doch, es ist verrückt, und es ist auch traurig. Sie müssen keine Angst haben, es gibt eine abwesende Frau in Ihrem Leben, und in meinem Leben gibt es einen abwesenden Mann, das ist mein Vater. Seien Sie beruhigt, Sie haben keine Mittelohrentzündung, ich vermute, das Ohrfett ist zu Klumpen verbacken und weiter nach innen gewandert. Ich will Ihnen etwas verraten: Budapest gleicht in diesen Tagen einem Blutfeld, der irre Meister der Anbeter läßt seine Schergen durch die Straßen streifen, und sie aber stoßen überall auf eine Übermacht. Als reichte es den Menschen, als haßten sie die Hitze und den Groll, als wollten sie nicht länger in dumme harte Gesichter schauen. Unterwegs im Zug rief man mich immer wieder an, man berichtete mir über die Zusammenstöße, und über das Blut. Bald wird man an seine Tür klopfen, er hat auch keine Teller mehr, die er zerschmeißen kann. Bald zerrt man ihn heraus aus seiner Grotte. Ich bin hier bei Ihnen, weil ich etwas ratlos war. Es macht mich ratlos, am Leben zu sein, meine Pläne und die Pläne des Irren sind zunichte gemacht worden. Ich begleite Sie am besten zu einem Arzt in der Stadt … Nein, sagte ich, ich habe mich entschieden, ich fahre morgen ab …

Ich beteuerte ihr, daß es nicht an ihr lag, ich log ein bißchen, tatsächlich wollte ich einfach nur meine Ruhe, die Stürme und Stürze der aufgebrachten Ungarn, ihre blutigen Spiele um Brot und Salz, die Gefechte der Nachtgeister am hellichten Tag … das alles ging mich nichts an. Auch wenn sie mir meinen Unwillen ansah, sie verabredete sich zu einem Abendspaziergang durch das Städtchen, es war mir recht, denn man mußte zum Abendessen in geziemender Kleidung erscheinen, und ich hatte keine Lust, von Kellnern im Eßsaal zurechtgewiesen zu werden. Ich schlief, ich wachte auf, ich schlief weiter und verbrachte eine Stunde auf dem Balkon, ich achtete darauf, die Spinnweben nicht versehentlich zu zerstören, schließlich stieg ich die Treppen hinunter und wartete eine halbe Stunde, ich fragte an der Rezeption, ob man mir eine Nachricht hinterlassen hatte, ich suchte nach ihr am Seestrand, in der Bar, im Billardzimmer und sogar in der Schwimmhalle, doch der Bademeister hatte nur Verachtung für mich übrig, einen Mann, der eine rosenbekränzte Dame in die Flucht schlug. Sie wußten es also auch.

Dann gab ich die Suche auf, verließ den Bunker der moralgestählten Ungarn und folgte der Erkel-Ferenc-Straße, die Wandelallee war gesäumt von Strandbars und kleinen Freiluftpinten, die am Gitterzaun befestigten Strohmatten hingen schlaff herab, vielleicht hatte man die Strohbündel mit Absicht heruntergezerrt, damit die jungen Säufer auf der Terrasse die vorbeiziehenden jungen Frauen in Miniröcken johlend begrüßen konnten. Der glitzerstaubbedeckte Schund zog die Touristen an, und ich dachte wieder an meinen Schuhmachermeister und seinen Haß auf Mitbringsel aus den Urlaubsorten dieser Welt, und je mehr ich mich in den unbeleuchteten Gassen verwirrte, desto größer wurde mein Haß, ein Haß, der sich gegen mich richtete, ein Selbsthaß, den ich empfand, weil ich nicht imstande war, Umrißzeichnungen von Füßen zu machen.

Die laute Jahrmarktsmusik peitschte mich an, ich lief an den Ständen vorbei bis zu einer großen umzäumten Baustelle, ein großer Kindergarten wurde gebaut, ich sah das Indianerfort und die Winnetouhütte, die Haltestange des Rundlaufpilzes war zerbrochen und der Reifen der Schaukel zerschnitten, unter der Berg-und-Tal-Rutschbahn umschlangen sich ein Mann und eine Frau, und als sie mich am Gitterzaun erblickte, stieß sie ihren Freund an. Ich bog in die Gegenrichtung ab und merkte zu spät, daß mich völlige Dunkelheit einhüllte. Ein Vergnügungsdampfer steuerte langsam die Anlegestelle an, auch wenn ich vor Angst einen trockenen Mund bekam, ich mußte den dunklen Kiesweg gehen, vorbei an den leeren Parkbänken, vorbei an den Ziersträuchern, es würde schon keiner auf mich lauern, ich würde unversehrt die Anlegestelle erreichen. Und ich kam auch unverletzt dort an und geriet in einen Haufen betrunkener Jugendlicher. Sie ließen mich passieren, sie waren wegen eines deutschen Urlaubers nicht beunruhigt. Auf dem Weg zurück zum Hotel traf ich meinen Landsmann, der mich zu einem Bordellbesuch überreden wollte, ich lehnte dankend ab, er sagte, wir könnten uns dann zum Altmännerschreiten auf den Steinen verabreden, und als ich von meiner Abfahrt am drauffolgenden Tag sprach, gab er mir den Rat, meine Entscheidung zu überdenken, man bräuchte zwei Tage der Gewöhnung, um sich dann anzupassen, man paßte sich doch überall an, überall und zu jeder Zeit, und war es denn nicht so, daß die Ungarn hier in Siofok uns Deutschen wirklich entgegenkamen. Ich zeigte auf mein Ohr, und bevor ich ihm ausweichen konnte, faßte er meine Ohren und kniff mir zum Abschied in die Wange.

Die Hölle brennt, und wir pflegen unser Werkzeug, dachte

ich und fing an zu laufen – und am nächsten Morgen lief ich zum Bahnhof, ich hatte auf das Frühstück verzichtet und wie ein rechtschaffener Bürger meine Rechnung bezahlt … (In Ferdas Schilderung fehlt eine Nacht. In dieser Nacht zählte er nicht die Spinnen, und er saß auch nicht auf der Bettkante und ließ sich seine Füße vom Licht der Lampe des Minibarkühlschranks bescheinen. Er nahm Reißaus, so wie auch Eszter geflohen war, denn es ergab keinen Sinn, aufgerissen von den großen Träumen, in kleinen Flegeleien sein Heil zu suchen. In dieser Nacht versteckten sich Ferda und Eszter in ihren Zimmern, Eszter reiste in aller Frühe ab, sie würde den Mann, von dem sie in manchen Augenblicken gedacht hatte, er könnte sie mit Gewalt herausziehen … sie würde diesen Mann nicht wiedersehen. Ihr Halbbruder fuhr die Strecke von Budapest bis zum nordwestlichen Plattensee in knapp zwei Stunden, und nachdem sie eine kleine Flasche Mineralwasser ausgetrunken hatte, sagte sie: Es war keine gute Idee, herzureisen, und ich weiß nicht, ob es vernünftig ist, wieder zurückzufahren. Zoltan sagte: Die Kämpfe sind vorbei. Verlieb dich endlich in den richtigen Mann. Ich werde jedenfalls das Andenken meines Vaters in Ehren halten, und aber seine Ideen zum Teufel jagen. Sie sagte … nichts. Es war entschieden. Ferda begegnete dem Bademeister, sie gingen schweigend aneinander vorbei.)

Was hatte ich erwartet? Zuverlässig und pünktlich war ich immer gewesen und mußte aber immer und überall warten. Der Regionalzug – ein bolschewistisches Wrack – fuhr mit halbstündiger Verspätung ab, und ich fiel in einen leichten Schlaf, aus dem mich eine böse Kraft riß, der alten Dame im Doppelsitz gegenüber fiel ein Sahneklecks auf die Hose, als sie den Löffel Eis zum Mund führte, ein Streifen Licht wanderte über den Gang des Abteils, ein von Mückenstichen zerstochener linker Unterarm hing schlaff herab: Dies waren die Bilder, die sich in meinem Kopf festsetzten. Immer nur dem Zug der Touristen folgen. Also strebte ich im Budapester Ostbahnhof zu der Metallgitterschranke im vorderen Steigabschnitt, die Kontrolleure in Warnwesten ließen uns durch eine schmale Lücke passieren, ich rannte zwischen den Bahnsteigen hin und her und fragte schließlich eine Angestellte an einer Schranke, wann der nächste Zug nach Prag fuhr – nix, sagte sie, tot. Dann zückte sie einen Kugelschreiber und schrieb auf ihre Handinnenfläche eine Zahl, ich mußte viereinhalb Stunden warten, nix und tot, wiederholte sie.

Ich dankte ihr mit einem Nicken und eilte in das Bahnhofsrestaurant ›Baross Etterem‹, der bolschewistische Staub hatte sich in die Wände, in die Möbel und in den Frack des Oberkellners hineingefressen. Er aber sagte: Sie, lieber Herr, sehen aus, als seien Sie vom Matsch in die Pfütze gekommen … Ich bin in eine Gegend gereist, die mir nicht gefallen hat, sagte ich. Er brachte mir das Tischzeug für einen ermatteten Mann, mit diesen Worten stellte er den Becher Kaffee und das Glas Cola auf den Tisch, ich wunderte mich nicht, daß er auf dem freien Stuhl Platz nahm. Bald ist die Zeit des fallenden Laubs, sprach er, und bevor Sie fragen, ich bin ein Donauschwabe, es gibt viele von uns im Budapester Exil, und bevor Sie die zweite Frage stellen, nein, ich hege keine Hintergedanken, ich will mich nur eine Weile mit Ihnen auf deutsch unterhalten. Wenn es nicht zuviel verlangt ist, würde ich gerne wissen, wie der Herbst in Deutschland beginnt … Die Zweige, also die Ästchen, wiegen sich leichter im Wind, sagte ich, und manches Blatt, das sich vom Ästchen gelöst hat, wird hochgewirbelt und fliegt gegen die Fenster. Wegen des Herbstlaubs sind die Hunde schreckhafter, sie bellen jede Wade und jede weggeworfene leere Tüte an. Die Männer stehen verträumt an den Leergutautomaten, die Großmütter suchen öfter den Damensalon auf, und wenn die Friseurin ungeschickt am Schwenkarm der Trockenhaube rüttelt, fürchten sie sich. Die Frauen verlieren seltener einen Lippenstift oder einen Handspiegel – wie ist es hier bei Ihnen?

Das Tauziehen der Flöhe beginnt, sagte er, das heißt, die Flöhe zerren nicht an einem Tau, aber an einem Bindfaden. Das ist nur ein Bild, und das Bild steht beispielsweise für die fliegenden Geldwechsler in der Bahnhofshalle und auf dem Vorplatz. Sie stellen sich jedem Ausländer in den Weg, der in der Wechselstube zum offiziellen Kurs Euro in Forint wechseln will. Es gibt aber auch andere Flöhe. Die Zeitschriftenhändlerin drüben – sehen Sie bitte nicht gleich hin – verkauft pornographische Magazine, und das viele Geld, das sie damit verdient, zahlt sie auf ihr Sparkonto ein. Welchen Traum möchte sie verwirklichen? Ich weiß es nicht. Wir Flöhe in diesem Restaurant weisen die Gäste auf den Aufdruck auf den Zuckertüten hin, es gibt uns schon seit achtzehnhundertvierundachtzig, bald werden wir anderthalb Jahrhunderte alt sein. Andere Flöhe springen einfach von einer Hautpore zur nächsten, von einem Haar zum nächsten.

Natürlich verstand ich den Oberkellner nicht, und es war ihm anzusehen, daß er mir wegen meiner fehlenden Weisheit grollte, er ließ mich trotzdem stundenlang am Tisch sitzen und brachte mir ›das Herrengedeck‹: zwei Scheiben Schmalzbrot. Er streuselte Röstzwiebeln auf die Scheiben, ich aß und wurde satt. Viel später im Zug packte ich den Reiseproviant aus, den er mir mitgegeben hatte, und während ich in die Schmalzbrotscheibe biß, dachte ich an seine Herbstliebe, schlief ein und wachte erst in Bratislava auf. Dutzende von orthodoxen Juden drängelten sich auf dem Bahnsteig, woher kamen sie, wohin gingen sie, wollten sie alle etwa in den Zug steigen? Ein zehnminütiger Halt war vorgesehen, ich rauchte auf der Zugtreppe und wurde aber von zwei Polizisten über das strikte Rauchverbot in slowenischen Bahnhöfen aufgeklärt, sie scheuchten mich wieder hinein. Beim Halt in Breslau wagte ich nicht auszusteigen, ein alter Mann in kurzen Hosen löffelte stehend rote Konfitüre aus dem Glas, selbstvergessen und zu dieser Nachtstunde nicht unglücklich, aus seinem klaffenden Rucksack hingen nasse weiße Badetücher herunter. Rauschen in meinen Ohren. Der alte Schnellzug beschleunigte auf der Strecke zwischen den Kleinstädten, die Räder dröhnten auf den Schienen, und die leichten Taschen fielen von den Kofferablagen, ich bekam Angst vor einem schnellen Ende, ich bestellte auf deutsch auf englisch vom Zug aus ein Taxi, und mein bißchen Tschechisch reichte aus, um die Telefonistin zu verstehen, der Fahrer würde auf mich vor dem Seitenausgang des Bahnhofs vor der Fantova Kavarna warten.

Doch dann stand ich am Scherengitter, das die Putzfrau gerade eben heruntergelassen hatte, und sie verweigerte mir den Durchgang durch das Café auf den Vorplatz. Ich vereinbarte einen anderen Treffpunkt, lehnte mich in der dunklen Tiefgarage gegen einen Pfeiler, in meinen Ohren ein leises Wispern, als bliese eine Brise über den Grund scheuernde Sandkörner aus der Ohrmuschel heraus, und als ich endlich im Fonds des Taxis sitzen durfte, schrie ich gegen das Wispern an. Der Fahrer wollte das Gespräch nicht fortsetzen, er wuchtete meine schwere und meine leichte Tasche aus dem Kofferraum, stellte sie vor die Tür des Hauses.

Ich bin in ihrem Dorf, dachte ich, es ist halb vier morgens, hoffentlich wecke ich nicht ihren Vater auf. Der Komponist schloß mir die Tür auf, er hatte sich noch nicht schlafen gelegt, ich schüttelte ihm und Libor die Hand. Und ich setzte mich zu ihnen an den Küchentisch. Keine Sensationen – Libor schwor, er würde sich die pochenden Backenzähne nicht ziehen lassen, er nahm starke Schmerztabletten und verzichtete auf das Bier, der Komponist schwor, er würde Krater im Zahnfleisch in Kauf nehmen, denn alles andere stünde gegen die Zivilisation. Ich wünschte gute Nacht, stieg die Wendeltreppe hoch und klopfte gegen ihre Tür, auch sie war noch auf, sie küßte mich zur Begrüßung nicht auf den Mund. Ich wollte Gretá mit einer Stalinbüste beschenken, sagte ich, die

Budapester wollten mir dabei kaum helfen, es gibt keine Büsten und keine Stalinisten in Budapest. Die roten und weißen Rosen hingen einzeln oder im Strauß kopfüber an Angelschnüren von den Deckenbalken herab, und nun nahm Aneschka, vor meinen Augen, die Rosenabhängung vor: Sie stieg auf den Trittstuhl, zog mit einer Rohrzange die Reißzwecken heraus, und am Ende trug sie eine große Tüte vertrockneter Blumen zum Müllcontainer, und als sie zurückkam, sagte sie mir, ihrem fast ertaubten Geliebten, daß ich mir bitte keine Eifersucht einbilden sollte, sie hätte die Rosen von Bekannten erster und zweiter Güte bekommen, zum Geburtstag und zu anderen besonderen Anlässen. Der Wind wehte durch das offene Fenster amerikanischen Lärm herbei, ein Lied über tote süchtige Seelen, die ihr blutendes Herz dem Nichts vorzeigten, und ich steckte durch das Kippfenster in der Dachschräge meinen Kopf, und ich wünschte mir, daß sie sich an mich schmiegte. Und es geschah.

hexenbesen

Wie die Frau des zornigen Regisseurs im Keller alte Gespenster aufscheucht und von Hochstaplern belauert wird; und wie Ferda in Krakau der verzweifelten Dame, einer listigen Witwe, drei zwielichtigen Altwarenhändlern und einem kummervollen Tataren begegnet

Traurige Funde. Zerbrochene Kaminfliesen, Läusekämme aus Ton, Öllämpchen, Schwefelscheiben zum Herstellen von Marzipanreliefs, Schokoladenhohlformen. Und der traurigste Fund: die jahrhundertealten Pflaumenkerne aus einem Wasserloch.

Stell dir vor, sagte sie leise, ein Mann, den wir heute wegen seines müden Gesichts für einen Fremden hielten, ißt Lammlendchen und – um die Mahlzeit süß abzuschließen – drei oder vier Pflaumen, er spuckt die Kerne in ein Schälchen, und die Kerne ergeben in seinen Augen ein Bild. Gott allein die Ehr, ruft der Mann, weil er am Morgen des Tages, da er die Kerne ausspuckt, ein Himmelszeichen entdeckt hat, so wenig Kummer hatte er gefühlt bislang, der Kummer paßte gerade mal in das Schälchen. Dies war bestimmt, so vermute ich, die Handreichung einer Frau, die ihm zugetan oder verfallen war, die Schalenscherben sind alle enthalten, und ich habe sie mit herkömmlichem Leim zusammengeklebt. Diese Frau also brachte den Mut auf, den Junggesellen zu beschenken, und da sie wußte, daß er sich die Mahlzeiten versüßte, gab sie das Schälchen her …

Der Mann am anderen Ende der Leitung, der junge Regisseur in Prag, lauschte der Stimme seiner Frau, die es ablehnte, sich von ihm scheiden zu lassen. Sie brachte ihn durch ihre gelegentlichen Anrufe dazu, mit dem Rücken am Geschehen zu sitzen, das Geschehen und die Geschehnisse, das waren Theaterrevolten, das war der Irrsinn, der eine Schauspielerin anging, weil sie ein Mottenloch im Ärmel ihrer Auftrittsrobe entdeckte. Und jetzt aber hörte er ihr zu, seiner Frau in Krakau, nein falsch, seiner Frau in einem Krakauer Kellerloch, sie war geflohen, um sich im Dunkeln aufzuhalten, soviel hatte er verstanden, die Gasse vor ihrer Haustür nannte sie ›die vom Wind umheulte Galgenschanze‹, und selten, meist bei schwindendem Tageslicht, verließ sie das Haus und schaute sich nach einem Liebhaber um, sie klärte ihn über ihr ›polnisches Leben‹ auf und blieb ehrlich, hart und gerecht. Ihre traurigen Funde.

Ihr Vermieter hatte vor Jahren dem Geschehen den Rücken gekehrt und angefangen, den Weinkeller in alle vier Richtungen zu erweitern, und daß man ihn heute noch einen Mann im Dachsbau schimpfte, störte ihn nicht, schließlich führte er manchmal, mit der Erlaubnis seiner neuen Mieterin, ausgewählte Frauen durch die freigelegten Gänge und Räume. Obwohl der Regisseur diesen Mann nur aus den Erzählungen seiner Frau kannte, mochte er ihn – wer viele Nachrufe überlebt hat, empfindet eine eigentümliche Sympathie für die Linkischen, für jene, die am Ende leblos in einer Wohnung gefunden werden, für jene, die derart verwirrt sind, daß sie einen Bezugsschein für Luft beantragen, also empfand der Regisseur für seine Frau Olivia … keine wirkliche Liebe mehr. Was dann?

Er liebte nur noch ihre Stimme, denn wenn er sie nicht sah, wenn sie sich vor ihm und den anderen gewöhnlichen Bürgern verbarg, war sie in ihren Bewegungen eingeschränkt, sie sprach in diesem ihrem Zustand der Entrückung mit dunkler

Stimme über die traurigen freigescharrten Tonscherben, über gußeiserne Türklopfer in der Vase, die sie neben die dicke halb heruntergebrannte Altarkerze gestellt hatte, sie sprach von den Rattanstäben, Mahagonisamen, Thikanutzapfen und Affenbrotbaumfruchtkapseln in den hohen Glasschalen: Sie verwahrte ihre kleinen Güter – ihren schönsten Besitz – im Keller, im Untergrund ihres Mietshauses. (Die Verwirrung des Regisseurs ist echt. In der Zeit, da sie das Ehebett teilten, wäre es Olivia nie eingefallen, ihre fingerlangen oder handtellerbreiten Besitztümer aufzuzählen. Einmal war sie vom Laut einer herabfallenden Kastanie wach geworden, an einem Dienstagmorgen im Oktober, und sie hatte aber die Augen nicht geöffnet, weil sie spürte, daß ihr Mann ihr Gesicht anschaute, und hätte sie sich geregt, hätte er ihre Lippen mit der Zungenspitze geleckt. Diese Zeiten sind vorbei. Es gibt für sie andere Beschäftigungen, sie sammelt kleine Dinge oder bekommt sie geschenkt, und wer sie etwas besser kennt, liest im Augenblick der Geschenkübergabe in ihren Augen die Wut einer Sammlerin – sie wird ein weiteres Stück ihrer Sammlung einverleiben müssen. Doch der Ärger vergeht rasch. Neben ihren vielen Ängsten ist auch die große Angst, daß das Haus absackt und sie unter sich begräbt.)

Drei oder vier Pflaumen, flüsterte Olivia in den Hörer, das war die Nachspeise des Mannes mit dem müden Gesicht, ich habe die Kerne gefunden, weil ich an einer dunklen Stelle in der Erde gewühlt habe, nur ein dünner Lichtstrahl fällt darauf, deshalb habe ich mich nicht dorthin gewagt, ich stelle mir seit meinem Fund vor, wie der Mann sich wie ein Kind freut, wenn die Kerne in das Schälchen auf seinem Schoß fallen …

Olivia hielt plötzlich inne, sie hörte von oben das Klopfen, der Vermieter schlug den Kochtopf gegen die Tischkante, um sie hochzurufen, sie verabschiedete sich von ihrem Mann mit den Worten, wenn man tief die Erde abtrug, würde man noch im Krakauer Boden Tatarenpfeile finden.

Und während sie hinaufstieg, die lange Wolldecke wie eine Schleppe hinter sich herziehend, zählte sie die Risse im Stein der Stufen, brach aber mittendrin ab, als Heliodor auf der Kellertürschwelle erschien. Sie machte ihm ein Zeichen, das er als Aufforderung verstand, ihr in den ausgemauerten Hohlraum zu folgen. In dieser Stadt der jubelnden Wallfahrer lernt man mit gesenktem Kopf daherzuschreiten, die Inbrunst war das Geschenk des Menschen an den Himmel, und auch wenn er den Dogmen nur Verachtung entgegenbrachte, er wollte nicht halbherzig erscheinen, und also beugte er den Kopf wie ein bußfreudiges Kind, das wider besseres Wissen fürchtet, sich den Kopf an der niedrigen Decke zu stoßen. Kaum hatte sie Platz genommen, sprach sie ihn mit diesem alten tschechischen Namen an, Heliodor, sagte sie und schwieg ihn dann an, als Lichtduft hatte sie den Namen für ihn übersetzt und seinen Hinweis, daß Licht nicht duften würde, einfach übergangen, so wie sie auch jetzt seine Gesten der Ungeduld überging.

Aus lauter Verlegenheit erzählte er von den Krähen auf der regennassen Parkwiese, sie hackten mit dem Schnabel in die Erde und zerrten Regenwürmer heraus, er hatte sie bei der Futtersuche beobachtet und war aber abgelenkt von einem kleinen Schwarm von Kindern mit bunten Schulranzen, die aus der Ferne wie gelbe und rote und grüne Wachsflügel aussahen, und weil aber weder die Krähen noch die Kinder aufgeflogen wären, hätte er schnell das Interesse an diesen Dingen verloren. Was meinst du mit den Dingen? sagte sie, und er sagte: All das, was in deinen Tagträumen vorkommt, die tropfenden Schwingen, der Schrei eines kleinen Mädchens, das sich über ein neues Geschenk freut, zerbrochene Bleistifte, zerbrochene Pfeile …

Er schaute auf die Schale zwischen ihren Händen, sie hatte darin die benutzten Teebeutel abgelegt, vielleicht war sie kurz davor, aufzubrausen, hier im halbdunklen Keller kam er sich ungeschützt vor und würde ihr ausgeliefert sein. Wieso mußte sie die wichtigen Unterhaltungen unter der Erde führen, und weshalb war es ihr gleichgültig, daß er in seinem dünnen Hemd fror, in ihrem Gesicht las er die Zeichen, in seinem Gesicht las sie die Zeichen, es war also lächerlich, ihn ins Halbdunkle zu locken. Du willst dich von mir trennen, sagte er, und sie sagte: Ich lebe getrennt von meinem Mann. Außerdem kann ich mich nicht von dir trennen, weil ich aus dem Haus und aus dem Keller ausziehen müßte … Mir ist kalt … Ja, sprach sie, deck dich doch zu, so wie ich …

Und er schob einen Korbstuhl neben den ihren, Armlehne an Armlehne, als er saß, warf sie ihm die Decke über die Schultern, sie versetzte ihm unabsichtlich Rippenstöße, weil sie die Decke auf ihren Beinen flachklopfte, jetzt konnten sie einander nicht ansehen, er streifte unabsichtlich ihr Ohr mit seinem Ohr und nahm sich danach vor, diese nicht entwürdigende nicht trostlose Situation nur merkwürdig zu finden, und er verdrehte den Kopf und sah sie mit der Schale spielen, der Leim war aus den aneinandergepreßten Scherbenbruchflächen aufgequollen und getrocknet, gelbe Adern überzogen das kleine Tongefäß, es wäre wahrscheinlich nicht angebracht gewesen, die Schale und ihre Hände an der Schale zu berühren. Auch der Herbst hatte schöne Tage, dieser war ein solcher Tag, draußen auf den Straßen spazierten Frauen in Mänteln von der Farbe dunkler Kirsche, und es kam vor, daß man in der Luft schwebende Bindfäden sah, weil der kalte Wind nicht nur Kastanien von den Zweigen riß, sondern auch leichte unscheinbare Dinge emporblies, und er hatte blitzschnell nach dem Bindfaden in Brusthöhe gegriffen, ein Griff ins Leere – ein kurzes Stück Faden bindet das Licht an die Leere, das hätte Heliodor ihr in diesem Augenblick am liebsten gesagt, doch sie wäre über seine Worte unglücklicher geworden, als sie es schon war. Bestimmt hatte es mit der dunklen Stelle am Ende des breiten Ganges zu tun, der an einer natürlichen Grotte im Felsgestein endete, was konnte er dafür, wenn sie sich nachts davonstahl, um ebendiesen Gang entlangzugehen. Dort gab es außer rostzerfressenen Nachttöpfen aus der Weltkriegzeit nichts zu sehen.

Dort schlug keine ruhelose Seele einen Kochtopf gegen den Stein. Dort lag nur ein eingerahmter blinder Spiegel auf dem Boden. Sie zupfte vorsichtig an einer gelben Ader und zog sie langsam ab, dann legte sie die Schale auf die breite Armlehne und blinzelte einen Tagtraum weg, in den sie sich versenkt hatte, sie sprach mit fester Stimme von ihrer Herbstlaune, und daß es sie trotz seiner Bitten und Warnungen zur Grotte zog, der Spiegel und die Nachttöpfe im Haufen interessierten sie kaum, nur die dunkle Stelle …

Sie hätte Angst, dort alleine zu graben, und aber sie wünschte sich so sehr, auf andere Funde zu stoßen, es sollte alles so bleiben, wie es war, das war ihr Wunsch, es sollte nicht alles in seine Einzelteile zerfallen, und wenn sie aber hier, unter dem Haus und unter der Straße, von den begrabenen Bruchstükken wußte, dann konnte sie nicht länger in aller Ruhe ihren Entschlackungstrunk aus Gurke, Karotte und Petersilie zubereiten. Eine feuerrote Furche durchzog die Bilder ihrer Tagträume, sie waren zweigeteilt, und auf der Stirn der Männer der Kinder der Frauen in den Nachtträumen sah sie blasse Narbenwülste.

Sie war schön verrückt – wann hatte es angefangen? Er hatte die Nachbildung einer spätmittelalterlichen Assistenzfigur gekauft und den Fehler begangen, Olivia, dieser anfälligen Tschechin, die Skulptur zu zeigen: Ein Äffchen, auf dem mehrfach gekringelten Schwanz hockend, hielt die sogenannte Steintafel der Weisen vor die Brust. Vom verdorrten Feigenbaum kopfüber herabhängende Verdammte zeichneten mit dem kleinen Finger Orakelworte in die Luft, die Gesichter der Weisen waren vom Bodennebel verschleiert, da und dort sah man spitze Nasen herausragen, da und dort hatte sich das Seil gelöst, und ein Bein stand vom Körper ab. Die Zeile auf der unteren Steinfalz war unleserlich, und so konnte jeder dies Bild des Elends deuten, wie er wollte. Olivia las in die Tafel ihre eigene Versteinerung hinein. Es half nichts, daß Heliodor sie zum Antiquar mitnahm – eine ihrer seltenen Ausflüge in die Obererde –, es half nichts, daß der Antiquar ihr von der Erzfeindschaft der Alten gegen die Neuen erzählte: Das Äffchen hatte vielleicht in der Krone des immergrünen Baums der Erkenntnis gehockt und die träge auf den Ästen hängende Schlange mit einem gezielten Schlag auf das Maul geweckt, und weil das Äffchen ein Luftgeist war, nicht mehr als ein Meister der rettenden Luftsprünge, nicht mehr als ein Geschöpf mit einer Gottheit im Herzen, wurde die Schlange mit der Aufgabe betraut, sich einzuschleichen, einzudringen in die verbotene Zone – Adam nannte sie den Tatarenpfeil des Teufels, für Eva bestand kein Anlaß, sie anders als die träge Schlange anzusprechen. In diesen Details erging sich der Antiquar, er flehte Olivia sogar an, die Skulptur wie ein gut erhaltenes Schmuckstück aus einer finsteren Epoche anzusehen, die Weisen würden Ratespiele hassen, sie würden grübeln, tüfteln und erfinden, im Gegensatz zu den Söldnern eines Glaubens, der Haß und Zwietracht säte.

Heliodor gestand sich ein, daß es ein Fehler gewesen war, eine anfällige Frau mit einem detailverliebten Mann bekannt zu machen. Olivia ließ sich nicht überzeugen, sie starrte jeden Tag auf die Steintafel und entdeckte fast jedesmal eine Kleinigkeit: Die Weisen, allesamt Männer, trugen luftige Kleider, durchsichtige Überfallhosen und Hemden, deren Saum aus lauter Zipfeln bestand; dort, wo der Nebel zerriß, waren Fratzen in das Relief eingemeißelt. Der Feigenbaum trug zwei Früchte, eine Frucht umgriff eine himmlische Hand …

So also hatte alles angefangen, und jetzt saß Heliodor wie gelähmt auf dem Korbstuhl und verweigerte ihr jede Hilfe bei ihrer Suche, denn er suchte nicht, er wollte nichts finden, es wäre ein guter Augenblick, sie fürsorglich zu entkleiden und zu lieben, ihre Augen mit der Hand zu bedecken, daß endlich der feuerrote Geist in ihr die Zeit der Ungezügeltheit ausrief. Aber nein. Vielleicht stürzte sie sich zu Tode, wenn sie alleine voranstolperte. Aber nein.

Er bat sie, auf dem Fleck zu verharren, er stürmte hoch und kam wenig später mit einer Taschenlampe wieder, und als er das Licht der Lampe kurz über ihr Gesicht wandern ließ, lächelte sie ihn an und sagte: Ich habe nur geblinzelt, komm, wir wagen es … Ihre kleinen Lügen. In der Zwischenzeit hatte sie die Wolldecke gefaltet und seltsamerweise auf den leicht schmutzigen Boden gelegt, doch er wollte sie ja nicht der Lügenhaftigkeit überführen, also leuchtete er ihr den Weg und folgte ihr in einem Abstand von einem großen Mannesschritt.

Nach zwei Kehren standen sie vor der dunklen Stelle, die aufgewühlte Erde war wegen der Kälte verbrockt und würde aber, wenn man sie zerdrückte, zwischen den Fingern zerrinnen. Olivia ging in die Hocke und verharrte eine Weile, dann bat sie ihn, den kleinen Klappspaten herzuholen, sie würde sich ganz sicher nicht ängstigen. Er eilte zurück in die Obererde und fand sie in der Untererde an derselben Stelle stehen, sie sagte etwas über ihre eingeschlafenen Beine und trat beiseite. Es ärgerte Heliodor, daß sie ihm die Arbeit übertrug, sie wollte sich die Hände nicht schmutzig machen und würde aber, falls sie auf eine zerbrochene Phiole oder eine Fetischfigur stießen, ihn beiseite drängen. Er fing an, mit der Spatenspitze vorsichtig zu wühlen, und weil er sich dabei vorbeugte, hing ihm bald das Hemd hinten aus der Hose. Er verließ sich auf Olivias Gespür für die verborgenen Einzelteile und sah immer wieder zu ihr hin, die sie mal auf lehmartig verschlickte Klumpen, mal auf von hellbraunen Schlieren durchzogene Buckel zeigte, doch sosehr er auch das Untere zuoberst wühlte, er förderte nur kleinen Abfall zutage. In ihren Augen glimmende Flecken. In Erwartung eines schönen Funds brannte sie und glühte sie, sie glühte Heliodors Rücken an und griff nun zum Hemdzipfel und zog ihn weg von der dunklen Stelle. Es blieb ihm nichts anderes übrig, als ihr den Spaten zu überlassen, und bei ihrem ersten Spatenstich hörten sie einen harten Laut. Sie kniete sich hin. Sie stocherte mit den Fingern blind zwischen den Erdkrumen, und als sie es sah, im Schein der Taschenlampe, schrie sie und richtete sich auf. Sie hatte es gesehen, das Einzelteil, und weil sie vom leichten Schwindel fast zu Fall gebracht wurde, hielt er die Taumelnde fest, sie aber riß sich los und rannte weg.

Der Widerschein des Lichts im blinden Spiegel. Ein leerer Platz dort, wo sie gestanden und gehofft hatte, daß des Äffchens Weissagung auf der Tafel wahr würde, daß die Luft, die sie umgab, viel mehr verbarg als enthüllte. Daß kein Mann sie milde stimmen könnte: Das Tote war nur totgeglaubt, das Tote tauchte auf. Später überzeugte Heliodor diese schön verrückte Tschechin von seiner Unschuld. Viele sanfte Worte. Viele Tassen Tee. Sie konnte ihn doch nicht wirklich für einen Mörder halten. Er verscharrte keine Leiche im Weinkeller, seine Frau hatte es Olivia gleichgetan und den Ehemann, also ihn, verlassen. Sie ging, wie andere Frauen gehen, wenn die Aufmerksamkeit des Liebhabers nachlässt. Im Laubengang des hellen Himmels – eine Arkade in einem Krakauer Vorortviertel – hatte sie ihn heftig geohrfeigt, weil sie glaubte, ihm auf die Schliche gekommen zu sein, doch zu der Zeit unterhielt er keine heimliche Beziehung zu einer Lehrerin oder zu der ältesten Tochter des Polizisten, der in ihrer Straße wohnte, er wurde der Affären verdächtigt, die er nicht unterhielt, und war das nicht alles bemerkenswert geschmacklos: Wie konnte man einen Bogengang, der an kleinen Unterwäsche-, Strumpf- und Hutläden vorbeiführte, einen Laubengang nennen? Wie konnte man, ohne sich zu genieren, einen Gang mit dem heiteren Himmel in Verbindung bringen? Wie konnte sie, seine gewesene Frau, die Plastiktüten mit ihren Einkäufen erst abstellen und ihm dann eine Ohrfeige geben, daß ihm der Kopf noch am drauffolgenden Tag davon schmerzte wie nach einem Besäufnis? Er hätte sie damals nicht morden wollen, und daß die besagte Lehrerin, kaum daß seine Frau auszog, bei ihm sechzehn Nächte in Folge verbrachte, war eine schöne Art des Zufalls, sich zum Schicksal zu vervielfachen.

Seine Unschuld – ein altertümliches Wort, das er benutzte, um Olivia in dieser Stunde ihrer Mißstimmung zu erheitern. Er schwor auf die Zlotys und die Groschen in seiner Geldbörse, er schwor auf die Pflaumenkerne und das Schälchen, er schwor auf die Vorräte, die er angelegt hatte, weil er wegen der jahrelangen Armut die Knappheit fürchtete. Seltsame Schwüre. Natürlich lachte sie nicht, sie dachte über den Fund nach: ein menschlicher Unterkieferknochen, schmutzig bleich und an der Kinnlinie gesplittert, kein Totenschädel, aber ein Einzelteil, sie hatte den Kiefer versehentlich berührt und war deshalb aus der Fassung geraten. Seine Frau? Seine schlagende Frau im Laubengang des hellen Himmels? Nein, sagte sie, vielleicht bist du kein Totschläger, vielleicht bist du nur ein wohlgestimmter Mann. (Jubelnd oder still ziehen die Wallfahrer durch die Gassen. Jubelnd erstehen die Touristen polnische Alltagsgegenstände oder Christusfiguren aus Holz. Die ehemalige Ehefrau von Heliodor hat im Laufe der letzten Jahre hundertzwölf dieser Figuren gekauft, sie sind in ihren Augen nur Sammlerstücke, und sie träumt davon, ihre Sammlung einem Museum zu vermachen. In dieser Stunde Olivias schwindender Mißstimmung geht sie durch die Straßen der Altstadt und beschaut die Waren in den Schaufenstern. Heliodors Unschuld ist für sie bewiesen, sie hat ihn damals einfach nur ein Mal hart schlagen wollen. Im Herbst einen Mann verlassen, das war ihr Wunsch, und sie machte diesen großen Wunsch wahr. Jetzt ist wieder Herbst, und der heftige Wind stößt sie voran und vorbei an Heliodors Haus. Es brennt Licht in einem Zimmer, Schattenspiele an der Wand. Sie schreitet lächelnd vorbei.)

Als er schon glaubte, sie überzeugt zu haben, sagte sie: Ich traute meinem Mann nicht, es gab sehr viele Frauen, die ihm nicht trauten. Man hat mir hinterbracht, daß man ihm die Schuld gibt für den Selbstmord eines jungen Schauspielers. Er und du seid verschieden. Eine Gemeinsamkeit habt ihr aber doch: Ihr macht euch verdächtig. Ihr seid die Abkömmlinge des Äffchens, des Meisters der Luftsprünge. Wenn ich dich bei einem Luftsprung erwische, bin ich weg – und es wird nicht bei einer einzigen Ohrfeige bleiben.

Wo war ich? Sie hatten gesagt: Geh aus der Altstadt heraus, an der Stelle, an der sich der Grüngürtel öffnet, du läßt das Königsschloß im Wawel rechts liegen, immer geradeaus, immer gegen den Menschenstrom, in schnellen Schritten, manchmal auch im Laufschritt voran, und dann mußt du dich im Gassengewirr im Kazimierz verlieren. In den Gassen, die Jacuba Estery Kupa Izaaka Nowa Josefa heißen, wirst du dich finden, nichts ist so belassen, wie es die Stadtväter erbauten, manches Haus hat einen neuen Anstrich, mancher Tempel steht in altem Glanz, dort, im erzalten Stadtkern, bist du richtig.

Ich tat, wie mir gewiesen. Als junger Kerl erwartete man keine Schonung, und ich rechnete also damit, daß sie mich in die falsche Richtung geschickt hatten. Nicht allen Reifeprüfungen war ich gewachsen, ich verbarg mich viel zu oft, und sie versammelten sich unter meinem Fenster und lockten mich mit lautem Lachen. Ein gescheiter Pole wedelte mit einem Rezeptbuch der vorletzten Jahrhundertwende, ich kaufte es ihm ab, ich verkaufte es an einen Sammler, ich machte Gewinn. Sie nannten mich: den Schrotthändler. Der nostalgische Bürger war mein Kunde, einem deutschen Zwischenhändler vertrauten sie mehr als einem Einheimischen – ein großes Mißverständnis. Ich sah aus wie ein Angestellter in einer Wechselstube, ich wechselte Goldstücke der Bürger gegen das Blech aus meiner Truhe. Nicht zittern, nicht blinzeln, nicht die Augen weiten: Das waren die Regeln.

Wo war ich? Der Herbstnebel verbarg sie alle, die Besucher, die Spätaufsteher, die Studenten, die Marktfrauen, und wären sie so lang wie ergeben, könnten sie in die Kamine spucken. Meine Gedanken. Meine vorsichtige Erkundung nach dem Geheimnis – ein Haus war ein Seelengrab, und die Seelen schwiegen nicht, sie rissen auch nicht die Lebenden zu Boden, sie lauerten keinem Drachentöter auf. Den Seelen galt meine Liebe, ich stieß auf keine Gegenliebe, weil ich ihnen ihre Gerätschaften entriß, die Aussicht auf den ewigen Kummer ließ die Besucher die Spätaufsteher die Studenten die Marktfrauen Frohsinn vortäuschen. Sie ergaben sich aber doch alle, vor Angst standen ihnen die Haare am Hinterkopf zu Berge.

Jetzt trat aus dem Nebel ein Furchtsamer heraus, er betrieb ein halb illegales Geschäft für verbogenen und verätzten Krempel, seinen Laden hatte er nach dem ersten polnischen Kino ›Edisons Zirkus‹ genannt, und was sollte ich es also dem Zufall zuschreiben, daß ich ihn traf. Daß er mich ängstlich musterte. Daß er mir einen knappen Gruß entbot, als gälte es, nur die gebotene Höflichkeit aufzubringen.

Ich sagte: Hast du wild geschlafen? Eine Locke steht dir hinten ab. Es gefiel ihm überhaupt nicht, wie ich mich verhielt, denn den Nebel konnte man nicht narren, wenn man im Nebel stand, mußte man der Tollheit entsagen, soviel stand für ihn fest. Seine Gedanken. Als ich mich schon abwenden wollte, fragte er mich, welcher dunklen Spur ich folgte, und fast wäre ich vor Schreck weggelaufen. Fast gezittert und geblinzelt. Ich belog ihn, weil er es verdiente, der Illustrierte Generalanzeiger steckte eingerollt in seiner Manteltasche, das war eine mit unwichtigen Stadtnachrichten versetzte Liste des Tands im Angebot, er tat sich als gehobener Geschäftsmann hervor: Er durfte nichts anderes erwarten, als von mir belogen zu werden. Natürlich machte ich keinen Spaziergang, natürlich hatte ich laut Anweisung mich verlaufen. Den Wildschläfer trieb es immer an, entlang der Strecken der Gerüchtemacher allen Krempel aufzusammeln, er stolperte geradezu darüber, und es hatte mich keine Überwindung gekostet, ganze Abende zu verbringen: mit den Alteingesessenen. Und dann hatten sie es mir verraten, hatten sie mich losgeschickt im Nebel, in Vorfreude darüber, daß ich an viele Türen klopfen und aber mit leeren Händen zurückkommen würde.

In seinem Zirkus der Obstkisten voller tränenförmiger Glühbirnen, der Glühbirnen mit den durchgeschmorten Glühfäden, in Edisons Warenlager war er der Troll, der vor den Touristen mit den Federbällen, Kerzenstummeln, Ballerinafiguren und Duftkissen jonglierte, er sprang manchmal in die Luft, bog die Beine und schlug die hohen Schuhabsätze aneinander – wo war er, und weshalb tat er dies alles? Seinen Nachbarn war er ein Greuel, den Ausländern aber gefiel der Edison, der Troll. Denn er gaukelte ihnen vor, daß er eigentlich in der falschen Zeit lebte und die Goldstücke, die er schweren Herzens von ihnen entgegennahm, bei Menschen meines Schlages gegen Brot und Zwiebeln eintauschte. Ich belog ihn, ich sagte: Du wirst es nicht gerne hören, ich suche Zerstreuung nach einigen guten Geschäften. Schicksalsschonende Hände, sagte er, ich wünsche Glück für dich, und Glück für mich, wir werden es schon finden.

Und er trat wieder in den Nebel, der Saum seiner Schlaghose wischte über das Pflaster, dieses Geräusch des schleifenden Stoffes ernüchterte mich. Ich stellte mich an eine Hausfassade, machte mich klein, um den Freunden und Fremden auszuweichen – eine genaue Adresse hatte ich nicht, die Gerüchterauner, meist ältere unbeschäftigte Männer, wollten wohl prüfen, ob es mir gelänge, das verloren geglaubte Gut zu finden, es den Händen der Besitzer zu entreißen.

Erst letzte Nacht ließ mich eine Witwe in ihre Wohnung eintreten, ich schlüpfte, da sie es für eine gute Bürgersitte hielt, aus den Schuhen, und als sie mich am Ärmel meines Pullovers zog, erstarrte ich nur für einen kurzen Augenblick: Lockte sie mich ins Innere, weil sie ihren Wahnsinn nach außen gestülpt hatte? Meine Gedanken. Dann aber verharrte ich reglos vor alten Beistelltischen, darauf standen sehr viele Styroporkegel, sie waren gespickt mit hölzernen Grillstäben, an deren Enden falsche buntlackierte Fingernägel klebten. Die Witwe erklärte, sie könnte mich verstehen, der Anblick der kleinen Nagelpyramiden würde einem das Atemzünglein flattern lassen, die wenigen Menschen, denen sie erlaubte, diese ihre Kunstwerke anzuschauen, wären berührt und ergriffen, sie müßte sich jedoch von diesen Stücken trennen, weil die Nagelstäbe sie an kleine Lanzen erinnerten, an Werkzeug des Krieges also, und der Gedanke, daß man sie für eine Militariasammlerin hielte, plagte sie schon seit Wochen.

Sie verschwand in der Küche, kam mit belegten Brotscheiben zurück, die sie auf einem Porzellanteller zu einer schiefen Säule aufgetürmt hatte, ich aß zwei Scheiben, meine Frage, was sie dazu bewogen hatte, Styropor zu bespicken, ließ sie unbeantwortet, sie berief sich seltsamerweise auf ihren Familienstand, als Witwe dürfte sie keine privaten Geheimnisse ausplaudern, nicht vor einem jungen Mann, das brächte sie nur in Verruf. Ich wußte aber, daß sie eine geheime Liebesbeziehung zu einem Altwarenhändler unterhielt, und vielleicht hatte sie mich herbestellt, um ein bißchen mit mir zu spielen – als schöne Frau traf sie ihre Wahl unter vielen Bewerbern, und daß ich noch nicht um sie geworben hatte, war in ihren Augen ein verzeihliches Versäumnis. Bildete ich es mir nur ein? Die Dutzende Kegel gehörten in die Mülltonne, die

Beistelltische stammten aus den Lagerraumbeständen ihres Lieblings, der sich erst vor kurzem mit Edison, dem Troll, entzweit hatte, und sie … und sie spielte mit den Männern wie mit falschen Nägeln.

Nach meiner Danksagung und meiner Bitte, es nicht falsch zu verstehen, weil ich leider an dem Kauf der Pyramiden nicht interessiert wäre, nach einem Blick auf meinen vor Verlegenheit hochroten Kopf stand sie auf, rückte einen Schemel an meine Seite, setzte sich auf das rote Polster und raunte mir ein Gerücht zu: Mein Mann war Aufzugwärter und zuständig für die Liftbetreuung. Für die hohen Herren blieb er unsichtbar, sie sahen in ihm ja nur einen dienstbaren Geist, und Geister flattern in Kaminen, in Schloten und in Kabinen, die in Schächten auf- und abfahren. Mein Mann, der Geist, erfuhr viele prekäre Details aus dem Privatleben der Reichen und Mächtigen. Und eines Nachts, spät, sehr spät, kam er nach Hause und erzählte mir von den hundertvierundneunzig Holzköpfen. An der Kassettendecke des Gesandtensaals im Königsschloß. In Wawel. Wie Sie wissen, sind nur noch dreißig Kopfskulpturen erhalten, und wie Sie vielleicht auch wissen, haben einige laue nichtsnutzige Intellektuelle sich in Theorien ergangen über den Verbleib der Wawelsköpfe. Hat man sie außer Landes geschafft? Obwohl wir nicht Krieg führten gegen die Russen, aber die Russen uns bekriegten in der Nachkriegszeit – wurden die Köpfe als Teil der Reparationszahlungen uns geraubt? Steckt ein reicher amerikanischer Sammler dahinter? Mein Mann lauschte an jenem Tag der Unterhaltung zweier Herren im Aufzug. Er erfuhr, daß wir Polen dahinterstecken, daß die fehlenden hundertvierundsechzig Köpfe hier in Krakau sind. Versteckt in Tresoren. Versteckt in Kellern. Versteckt hinter Kartoffelsäcken. Versteckt hinter alten Lastwagenreifen. Versteckt vergraben verstaut versteckt. Was haben die Nichtsnutze gesagt, wo Sie suchen sollen? … In Kazimierz … Suchen Sie in

Wesola, suchen Sie in Kleparz, in Piasek, in Nowy Swiat. In diesen Stadtteilen werden Sie fündig werden, geben Sie aber nicht zu schnell auf …

Wo war ich jetzt? Nicht in jenen Vierteln, von denen die Witwe behauptet hatte, daß dort die Köpfe in Säcken und Kisten lagerten, ich war im ehemaligen Judenviertel. Als Nebelgeist getarnt schlich ich durch die Gassen, und ich mußte lächeln über der Witwe Gerücht – nicht ihr Mann, ihr jetziger Liebhaber hatte für wenige Monate als Aufzugwärter gearbeitet, und sie verriet sich also durch den Flüchtigkeitsfehler. Die alten unbeschäftigten Männer: Sie wuchsen zusammen zu einer Schwefelbande, und sie belogen mich, den Deutschen in ihrer Stadt. Die Witwe: Sie malte mit dunkler Tinte Fabeln aus. Sie alle glichen bislang ungesehenen Geschöpfen in der Waldlichtung, sie tauchten auf, und sie verschwanden, und doch konnte ich sie entdecken, konnte ihre lügnerischen Münder riechen, konnte im dichten Nebel verschmorte Glühfäden und rot leuchtende Frauennägel erkennen. Wer versteckte die Köpfe?

Und da trat jemand an meine Seite, jemand sprach mir ins Ohr: der mehrfach gefaltete Raum der Deutung, und ich erschrak mich zu Tode, verbarg vor Angst meine Füße im kleinen Haufen Herbstlaub, rote grüne gelbe Blätter, ich hörte ihn sagen, daß wir beide gleich die Betörung eines Mannes versuchen mußten, bald hieße in einigen wenigen Minuten, der Mann könnte schlecht mit einem Holzspieß zwei Nebelteufel im Vorgarten verscheuchen, wüßte ich eigentlich, was er meinte?

Der Troll hatte also meine Spur nicht verloren, er hatte mich nur vorgehen lassen, seine Eingebungen waren stärker als meine Instinkte. Wir sind Rivalen, sagte ich einfältig, und natürlich ballte er vor Freude die Fäuste und lachte und lachte. Stocke, wildes Blut! rief er aus, und da mich aber der Unsinn seiner Worte nicht vertrieb, erzählte auch er eine Geschichte. Darin kam sein ehemaliger Geschäftspartner Jacek vor, ein miserabler Wirtschafter wäre er gewesen, der ihn, Edison, zermürbt hätte mit seinen Liebesgeschichten, er lernte nämlich vor der Totengedenksäule bei der Sankt-Nikolaus-Kirche empfindsame, in Wunschgebeten versunkene junge und reife Frauen kennen, und Jacek mischte sich unter die schönen Entrückten dieser Stadt und schloß einfach die Augen, blind für alle Reize und wegen des stillen Kummers anziehend für die trauernden Frauen, und was gab es deshalb für einen Seelenstau über dem Säulentürmchen, die angerufenen Seelen würden über dem Nebel und den Trauernden im Nebel schweben und schweben. Und Jacek, der Hund, würde davon unberührt die Augen öffnen, meist in jenem Augenblick, da ihn eine Frau anschaute. Auf diese Weise hätte er die listige Witwe Wislawa kennengelernt, ihr war dieser Mann aufgefallen, und sie hatte sofort beschlossen, ihn für sich zu beanspruchen. Jacek war jedoch kein Mann, der seine Gewohnheiten ablegte, der Quell seiner Alltagsfreude sprudelte in der Kopernika-Straße, an der Säule, dort trieb er sich herum, die Witwe wußte nichts davon, oder sie wußte es und bandelte deshalb mit anderen zugänglichen überhitzten Männern an.

Was willst du von mir? sagte ich, du hältst mich auf ... Du solltest mich nicht unterbrechen, sagte Edison, ein Geheimnis bliebe dir verborgen, wenn ich mir deine Grobheiten zu Herzen nehmen würde ... Ich bin nicht grob, sagte ich und wühlte mit der Schuhspitze im Herbstlaub, ich war kurz davor, meine Suche aufzugeben, andererseits konnte ich davon ausgehen, daß mir der Wildschläfer an Straßenecken und in Hauseingängen auflauern würde, und so bat ich ihn fortzufahren. An der besagten Säule lernte Jacek eine Fremde kennen, sagte er, eine Polin mit leichtem tschechischem Akzent, eine Polin, die sich mit ihm über die Seelenschwärze unterhalten wollte, über leere verbrannte Seelen in der Untererde. Zunächst einmal hielt Jacek diese Frau für schwierig, für ungeeignet, aber wir wissen ja alle, daß jeder von uns sich erhofft, von einem Übel erlöst zu werden, und Jacek zeichnete eine unsichtbare Diskretionslinie zwischen sich und der Seltsamen, und solange sie sie nicht überschritt, wollte er ihr lauschen. Das alles begab sich übrigens zwischen Kaffeezeit und Abend, in diesen Stunden ist Jacek, der Hund, in guter Stimmung, er hat gut gegessen, er muß nur dort stehen und den bekümmerten Seelenrufer mimen. Die Polin erzählt ihm stockend, daß sie im Keller ihres Hauses, des Hauses ihres Geliebten, auf den abgesplitterten Kinnknochen eines bemalten Holzkopfes gestoßen sei, sie sagte tatsächlich Kinnknochen, und da wird Jacek hellhörig, es will ihm scheinen, als wäre er unverhofft an die richtige Frau geraten. Sie mißversteht ihn, sein Zentralgelenk ist der Mund, und weil er plötzlich spricht und spricht, glaubt sie, er hätte Hintergedanken. Hat er, auch wir hätten sie, seelenschwarz würden wir werden vor Lust, nicht aber vor Wollust.

Sie hat ein schönes Geheimnis ausgeplaudert. Also folgt er ihr heimlich, er hat Angst, daß sie ihn entdeckt, denn sie schaut gelegentlich über die Schulter, nein falsch, sie starrt nach hinten auf den Boden, vielleicht befürchtet sie, von einem leise anschleichenden Hund gebissen zu werden. Er folgt ihr bis nach Hause, notiert sich in diesem lächerlich kleinen Büchlein, das immer in seiner Hosentasche steckt, ihre Adresse. Dann denkt er nach. Er kann unmöglich bei ihr klingeln und um Einlaß bitten, den würde sie ihm, den würde ihm ihr Liebhaber nicht gewähren …

Und er hat dich um Mithilfe gebeten, stellte ich fest, es stimmt also nicht, daß ihr euch zerstritten habt … Wir sind keineswegs im Unfrieden auseinandergegangen, sagte Edison und zuckte zusammen, als ihm eine fast unsichtbare Gestalt im Nebel eine Schmähung zurief, ich ließ es geschehen, daß er sich bei mir einhakte, dieser Stadtteil galt bis vor wenigen

Jahren als Glasscherbenviertel. Noch heute strichen arbeitslose Wiegenschnitzer und Holzknechte durch die Gassen, sie stießen in ihrer Wut Schnapsgalle auf und spuckten sie vor die Füße eines Jungen, der nicht durch Hausfleiß noch durch mächtige Hand an der Axt sich auszeichnete – wußte er, daß man den Wipfel am gefällten Stamm lassen mußte, wollte man ihn zu Brennholz hacken und spalten? Wußte er, daß der Wipfel alles an Saft aus den Fasern zog? – nein. Und also spuckten und fluchten die Knechte, ihr Zorn traf mal einen nachlässig gekleideten Studenten, mal einen Altesachenhöker, er traf immer den Richtigen, und doch zogen die Knechte, einer nach dem anderen, um in die Außenbezirke. Es waren schließlich die neuen Zeiten ausgebrochen, da man im Gasthaus Hirschsteak mit Maronenkruste bestellen konnte, in der Überfülle aber verglomm der Lichtschein in der Höhe, und manch ein Schnitzer sprach, wenn er das böse Raunen aus dem Erdinneren vernahm, immer noch den Satz: Stein, Stahl und Eisen wehr ich durch deine Kraft.

In ihren Augen war ich der fremde Räuber, ein Söldner, den Troll schlugen sie derselben Schwefelbande zu, sie hatten uns entdeckt, sie drückten bestimmt die Faust in den Magen, daß die Galle hochkam, ich ließ mich widerwillig von Edison mitziehen, weil ich den harten mürrischen Kerlen nicht gewachsen war, wir hasteten stolpernd durch die bleichen weißen Schwaden, und er erklärte mir, daß er auf meine Hilfe angewiesen wäre, als Deutscher würde ich als vertrauenswürdig gelten, und wenn wir gleich vor der Tür der tschechischen Polin stünden, würde ihr Blick erst auf mich und dann auf ihn, meinen Assistenten, fallen. Ich wüßte ja, daß er in seinem Antikladen unschlagbar wäre, in der Welt draußen jedoch maß man ihm keine große Bedeutung zu, gerade eben hätte ich mit eigenen Ohren gehört, was man ihm androhte, wir könnten, wenn wir zusammenhielten, ein sehr gutes Geschäft machen …

Die List der Witwe Wislawa, dachte ich, die listige Witwe, die mich in ihre Wohnung bittet, um mich einzustimmen auf den baldigen An- und Verkauf von Holzköpfen, es ist alles recht und richtig: Daß wir fliehen müssen vor einem aufgebrachten Holzknecht. Daß wir in Deckung gehen vor einem Geschoßhagel, daß wir kauern hinter zwei Reihen von aufgestapelten Obstkisten, damit wir nicht getroffen werden … Große spitze Steine flogen dicht über uns hinweg, einige schlugen weit hinten auf, andere trafen eine Tür, die aufgerissen wurde, und kaum daß der Mann im Türrahmen den Steineschmeißer verfluchte, hörte ich im Nebel den Knecht wider Gott lästern. Er brüllte dann, er würde sich eher den linken Fuß beidhändig abhacken, als die Plünderer zu schonen, er hätte in seinem ganzen Leben als Holzfäller nicht einen einzigen Fehlhieb getan, er wüßte, wie man Bäume und Menschen zu Fall brachte, er wüßte jede Lindwurmhöhle auszuräuchern … Seine Stimme versagte ihm plötzlich, dann hustete er stark, dann verschwand er.

Wo war ich? Ich stand dem Geliebten der Polin gegenüber, der Troll hatte genickt, als ich ihn fragend ansah, und ich stellte mich vor, Daniel Heister ist mein Name, sagte ich und verbeugte mich leicht, Sie haben uns gerettet, jetzt müssen Sie uns nur noch aufnehmen, ich und mein Assistent würden uns gerne mit Ihnen über eine Sache unterhalten … Sie können mich nicht täuschen, sagte der Mann, Sie sind kein Polizist … Nein, sagte ich, wir handeln mit alten Gegenständen, und seien Sie beruhigt, wir möchten Ihnen nichts verkaufen, wir … Laß ihn herein, sprach die Frau hinter ihm, der andere bleibt draußen, er sieht mir aus wie einer, der zum Luftsprung ansetzt …

Der Troll starrte sie an, doch sie ließ sich nicht erweichen, ich folgte ihr in die große Küche und staunte über den großen Teebecher, den sie mit beiden Händen unterfaßte. Sie bot mir getrocknete Aprikosen und Feigen an, ich lehnte ab, sie bot mir

Nüsse oder Sonnenblumenkerne an, ich bedankte mich und lehnte ab, ihr Geliebter klopfte mir von hinten auf die Schulter und wies mit dem Kinn auf den Hocker, ich nahm Platz und sprach ein zweites und ein drittes Mal meinen Dank aus, für die Zeit, die sie mir opferten, für ihr freundliches Benehmen, und bevor ich weiter ausholen konnte, legte sie den Becher auf den Tisch, holte aus einer Spanschachtel eine Zinnfigur heraus und sagte, dies wäre Nikolaus, der Struwwelpeter ins Tintenfaß tauchte, ich möge bitte die Tintenkleckse an Nikolaus' Beinen bewundern und ihr verraten, ob es sich bei der Figur um ein wertvolles Stück handelte oder um Krempel. Im Aufspüren von Zeug von Tand von kleinem feinen Zierat kannte sich Edison aus, bestimmt hatte er die Arme angewinkelt und die Hände wie ein Mönch in die Ärmel gesteckt, bestimmt hauchte er den Nebel mit seinem Atemhauch dichter, und ich besah mir die Figur und sagte: ein Altersfleck der Moderne, ein Affenaffekt. Sie ließ die Spanschachtel fallen.

Wie färbte man einen Greifvogel? Man schaute in die untergehende Sonne und schaute schnell zu dem herabstürzenden Falken: roter Kopf, rote Brust, rote Augen.

Die Dame Vlasta und die Dame Wislawa aßen die Minzblättchen vom besten Krakauer Konditor, und sie lauschten schwermütigen Liedern über das plötzliche Verstummen der Frauen, über den Seelenfrieden, den sie nach vielen Liebschaften fanden, und die Witwe schloß die Augen, weil sie verstört war von der Dame Vlasta Worten, sie hatte ihr von den Bindfadenfallen der Tautröpfchen erzählt, um hernach einen harten Bruch zu wagen und von der Rotfärbung von großen Vögeln zu sprechen, dann aber schrie sie gegen die laute Musik an und sagte: Ein Daumengroß ist auf meinem Handteller seilgesprungen; es hat Moosfäden aneinandergebunden und sprang darüber genau hundert Male, es schaute mir dabei in die Augen und bat mich zu ergründen, wieso so viel Moos an seinem Kleid hängenblieb – ich konnte das Rätsel nicht lösen.

Die Dame Wislawa streifte eine dünne unsichtbare Haut ab, so kam es ihr jedenfalls vor, ab diesem Augenblick hielt sie ihre gute Freundin für wunderlich, für leicht verrückt, für eine Person, bei der sie darauf achtgeben mußte, was sie sprach und was sie verschwieg. Jetzt griff sie zu einer Riechbüchse, zupfte mit spitzen Fingern das Lavendelschwämmchen heraus und roch daran, sie massierte sich das eingeschlafene Bein und verstrickte ihre Prager Freundin in eine Unterhaltung: über die Halunken, die zu Hause Modemagazine in kleinen Stapeln auf niedrigen Tischen übereinanderlegten und die Putzfrau anwiesen, nicht nur die oberste Staubschicht abzuwischen. Über Essig, Zucker und Spülmittel, die man in einer tiefen Schale zusammenrührte, die Obstfliegen wurden angelockt und ersoffen. Über trudelnde Flugzeuge, die in Windwirbel gerieten, über die bleichen Passagiere, denen die Todesangst eingab, nach einer geglückten Landung nicht länger in der Nachahmung anderer Leute Leben zu veröden …

Die Dame Vlasta hatte zwei Jahre verstreichen lassen, um ihre Freundin zu besuchen, Wislawa trug immer noch Schwarz, nein, das stimmte nicht, sie trug eine schwarze Seidenbluse, um die vornehme Blässe ihres Teints zu unterstreichen: Der Tod ihres Mannes hatte sie nur wenige Monate betrübt. War sie deswegen ein schlechter Mensch? Sie garantierte jedem Gast, daß keiner ihre Gastfreundschaft zu einem anderen Preis erhielt als eben dieser bestimmte Gast, das alles klang sehr dramatisch und geschäftlich, das alles verwirrte sie, und sie dachte darüber nach, ob sie ihren Besuch in Krakau bereuen sollte. Sie traute sich auch nicht, ihre Freundin darum zu bitten, den Pegel auf Zimmerlautstärke herunterzudrehen, man spielte klassische Musik auf Bahnhofsvorplätzen in Deutschland, um die Obdachlosen zu vertreiben, doch der Lärm vertrieb auch Frauen wie die Dame Vlasta. Das alles – das alles war zuviel für sie.

Da aber klingelte ihr neues Mobiltelefon, und als sich Karel am anderen Ende der Leitung meldete und einen Liebesschwur sprach, errötete sie vor den Augen der Witwe, und natürlich mußte sie nach dem kurzen Telefongespräch von diesem Mann erzählen, sie schrie gegen das Lied an, in dem eine Frau Klageschreie ausstieß, er ist ein Taxifahrer, sagte sie, und auch wenn es ihm anfangs schwerfiel, an die Existenz von Finna, dem Moosweibchen, zu glauben, hat er wegen der Narreteien dieser Großkäppchen kapituliert, ich ging mit ihm bis zum Waldrand und wies ihn behutsam ein, hier ein wippender Farnwedel, dort ein rundgeschliffener Kieselstein, und nach zwanzig oder dreißig Wimpernschlägen begann er daran zu zweifeln, daß es im Wald mit rechten Dingen zugeht. Wir mußten aber wieder ins Haus zurück, weil er mich unbedingt küssen wollte, und ich wollte es nicht vor den Augen der Daumengroßen tun …

Die Dame Wislawa starrte sie lange an, diese von ihrem Mann wegen einer Jüngeren verlassene Frau hatte also endlich endlich einen Liebhaber, vielleicht litt er an ihrem Hang, Sonderbares zu entdecken, vielleicht sprach er sogar darüber mit seinen Kollegen am Taxistand, aber auch er mußte ein Sonderling sein, denn jetzt erzählte die Dame Vlasta, daß er sich neue Schuhe gekauft hatte und mit den neonroten Preisschildern auf den Ledersohlen tagelang herumgelaufen wäre – vielleicht fanden zwei verwandte Körper zusammen.

Die frischen Minzplätzchen. Der schwarze Kaffee. Der Nebel. (Heliodors ehemalige Frau streicht draußen herum, auch an diesem Abend, auf ihre Spaziergänge kann sie nicht verzichten, da sie sich sonst lange windet, um vergessen zu können. Ein schöner Zufall, daß sie am Haus der listigen Witwe vorbeigeht, ein Zufall, mehr nicht. Es gab, vor einigen Monaten, eine kurze Begegnung, sie standen nebeneinander an der Totengedenksäule, und beide Frauen flüsterten ihre Gebete vor, denn es darf keines Menschen Seele unbetrauert in großen Höhen schweben. Jetzt pfeift sie in der Melodie ihres sonstigen Gemurmels ein Gebet, es treibt sie die Angst voran, aber es geschieht ihr nichts, sie kommt heil zu Hause an.)

Plötzlich bekam die Dame Vlasta Herzklopfen, es half nichts, daß sie die Luft anhielt, es half nichts, daß sie an ihren Schneidezahnspitzen zog, um durch diese Ablenkung den Körper mit einem anderen Schmerz zu beschäftigen, die Witwe stellte sich dicht hinter ihr auf, umgriff ihre Schultern, zwang sie, aufzustehen und vor ihr in kleinen Schritten durch die Wohnung zu gehen, und als die Türglocke ertönte, bugsierte sie ihre Freundin in den Flur, und was sollte Edison beim Anblick der Frauen mit hochrotem Kopf denken? Er ging hinter den beiden Damen her, die jede Diskretionslinie verwischt hatten, er kam zu dem Schluß, daß die Witwe diese Fremde wohl am Nacken massierend durch die Wohnung führte, um ihr die neuen Möbel zu zeigen, und das Alte war verschwunden, das Alte hatte sie nach dem vorzeitigen Tod ihres Mannes entsorgt. Sein Blick fiel auf die Styroporkegel und die glänzenden Nägel an den Spießen, und er sagte: Früher legten sich die Bauern in die Ackerfurche und warteten, bis der Geist oder der heulende Wind über sie hinwegzog. Die kleinen Steine zerkratzten ihr Gesicht. Heute fallen sie wie böse Geister Menschen an und bewerfen sie mit Steinen …

Er hinterbrachte der Witwe die Neuigkeit, dann verriet sie der Fremden, daß dieser junge Mann, den die Bauern, die Tuchscherer, die Wamsmacher, die Seifenhändler, die Faßbinder, die Tierbalgabzieher, die Wiegenschnitzer, die Verkäufer von giftvertreibenden Arzneien und Hosenträgern … der Mann also, den all diese Leute nicht mochten, manchmal, etwas öfter als selten, sie nachts besuchte, um sie froh zu stimmen, und auch er war froh gestimmt, wenn er sie nach einer

Stunde, nach zwei Stunden verließ, was wollte sie ihrer guten Freundin aus Prag ihren Frohsinn verheimlichen. Edison schämte sich zu Tode, am liebsten hätte er ihr den Mund zugehalten, sie daran gehindert, ein weiteres Geheimnis zu verraten, statt dessen ließ er sich auf den freien Stuhl fallen und ließ sie davon erzählen, wie sehr es ihr gefiel, von mindestens zwei Männern im besten Alter begehrt zu werden. Von Jacek nämlich und dem Mann, den man der Einfachheit halber Edison nannte, das war der Meister der Gnadenstöße, jedenfalls wenn es um den Ruin von Konkurrenten ging, das war dieser hier, der mit jenem Geschäfte abwickelte, sie verteilte ihre Zuneigung zu gleichen Anteilen an die zwei aufstrebenden Geschäftsmänner, da sie – im Unterschied zu vielen anderen Polen – sich nicht einfach der neuen Ordnung ergaben – und außerdem sollte Edison bitte sehr ein Minzplätzchen probieren, sie wüßte, daß Minze im Winter bitter wäre, Bitterminz verklebte ihren Gaumen – was sollte Edison glauben?

Die Fremde beäugte sie. Er traute sich zurückzuschauen, und da begriff er: Sie war kurz davor, ihm eine Frage zu stellen, eine für sie wichtige Frage, deshalb wandte er sich ab und bat Wislawa, den Plattenspieler auszuschalten, und ohne wie üblich ihn wegen seines Sehnsuchtsbanausentums aufzuziehen, kam er seiner Bitte nach. Endlich Stille. Die Dame stellte sich als Frau Vlasta vor, er ließ das Plätzchen in der Hosentasche verschwinden, wo es augenblicklich zerkrümelte, stand auf, gab ihr die Hand, setzte sich wieder hin. Jetzt, dachte er.

Sie sagte: Wislawa ist ein freches Mädchen, das war sie schon immer. Sie meint es gut. Ich sehe ihr an, daß sie aufgeblüht ist. Sie entehrt nicht etwa das Andenken ihres Mannes. Ich glaube an folgendes: Wenn es gut ist, werde ich es nicht vergessen. Wenn es schlecht ist, wird es in meiner Erinnerung verblassen – Sie können mir folgen? … Ich verstehe Sie … Erstens: Schämen Sie sich nicht und schämen Sie sich nicht für sie. Zweitens: Sie machen auf mich den Eindruck, als wären Sie vor irgend etwas weggelaufen und als hätten Sie vorgehabt, Ihrer reifen Geliebten davon zu erzählen. Nur meine Anwesenheit hindert Sie daran …

Du hast den Deutschen überzeugt, und ihr seid auf die Köpfe gestoßen, stellte die Dame Wislawa fest, das müssen wir feiern … Moment noch, sagte Edison, da gibt es eine Polin mit einem tschechischen Akzent, die nicht so will, wie wir es wollen … Eine weitere Tschechin in dieser Stadt, rief die Dame Vlasta aus, ich will sie kennenlernen … Konnte das gutgehen? Konnte er es wirklich zulassen, daß immer mehr Mitwisser ihn zur Seite drängten, und würde er nicht am Ende leer ausgehen? Jacek und er kannten sich in dem Kinderspiel aus, um der Witwe und anderer Frauen Gunst zu buhlen, und man hielt den einen für den Nebenbuhler des anderen, in Wahrheit aber … die Wahrheit war doch nur eine Wolke im Himmel.

Und also sah er sich wenig später an der Seite der Damen Vlasta und Wislawa lustlos dahertrotten, er hatte auf eine Taxifahrt bestanden und war überstimmt worden, und da er im Nebel ging, wurde sein Gesicht feucht, seine Ohren und sein Hals wurden feucht, dies blasse Weiß der Ungestümen, der Herz- und Heißblütigen nahm ihm das Hochgefühl, das ihn bis vor kurzem glühen ließ, es kam ihm vor, als legte sich Kreidestaub auf alles, was ihn umgab, und es hob auch nicht seine Laune, daß die Dame Vlasta immer wieder einen deutschen Abzählreim aufsagte: Eins, zwei, drei, vier/Deinen Daumen quetsch ich dir – sie hatte es übersetzt, und Edison fragte sich, was das für Kinder waren, die bei dem Gedanken an Daumenquetschen vor Freude quietschten.

Sie gingen am Rathausturm vorbei und betraten gegen seinen ausdrücklichen Wunsch die Tuchhallen, die Witwe wollte ihre Freundin herumführen, an den Ständen Krempel Schund Tinnef, und trotzdem kaufte die Dame Vlasta einen Wanderstock und eine Flasche schwarzen Johannisbeersaft, trotzdem blieb sie vor den ausgelegten Waren stehen und verfing sich schließlich im Netz eines Schattenrißschneiders. Das war ein junger Maler mit einem seltsam schiefen Gesicht, er sah aus, als wollte er sich die Brust aufreißen und das pochende blutrote Herz zeigen. Edison drängte zur Eile und wurde aber wieder überstimmt, und der Maler mit dem Gesicht einer Passionsspielfigur verstellte die Stehlampe und übertrug die an eine weiße Wand projizierte Profilsilhouette auf das schwarze Kartonpapier auf seinem Schoß, er schaute gelegentlich zur Wand und riet der Dame Vlasta, den Atem nicht anzuhalten, er fragte sie, ob er an dem eingefangenen Schatten ihres Kopfes und ihrer Brust Schönheitskorrekturen vornehmen sollte, sie hätte zwar kein Doppelkinn, aber er könnte auf dem Papier den Hals straffen, eine Haarpracht herbeizaubern oder die Brustpartie … phantasievoller gestalten.

Die Witwe unterbrach ihn und wies ihn an, in seiner Kunst das Lügnerische nicht zuzulassen, der Maler schwieg erst ob der barschen Unterweisung, dann sagte er leise: Die Lüge lebt. Es ist nicht schlecht, daß wir unser Leben mit kleinen Lügen verschönern. Wieso mußte es geschehen, weshalb wurde die Witwe philosophisch, warum stritt sie jetzt mit dem Kartonschneider? Edison klopfte auf das Glasgehäuse seiner Armbanduhr und rollte mit den Augen, er war machtlos gegen die ungestüme herz- und heißblütige Wislawa, der es große Lust zu bereiten schien, einen Touristennepper zum Glauben an die kleine Wahrheit zu bekehren, eine Wolke machte der nächsten Wolke Platz, und kaum hatte er diesen Satz ausgesprochen, fauchte sie ihn an, ein Mann, der die Zeitumstellung verschlafen hätte, müßte vor den Frauen schweigen.

Edison dachte nach, fragte zwei Markthallenbesucher nach der Uhrzeit, und tatsächlich, er hatte die Uhr in der letzten Nacht, in der Nacht von Samstag auf Sonntag, nicht eine Stunde zurückgestellt, und dies unwichtige Versäumnis brachte ihn dazu, schweigend die Muskel zwischen Daumen und Zeigefinger zu kneten. Sind Sie bald mit meinem Schattenriß fertig? sagte die Dame Vlasta. Geben Sie mir die Zeit, die ich brauche, sagte der junge Maler und fing an, vorsichtig an der dünnen weißen Umrißlinie entlangzuschneiden. Kreidestaub. Kreidestrich. Natürlich verlangte diese Arbeit seine ganze Aufmerksamkeit, und es überraschte Edison, daß der Mann das Wort an die Dame Vlasta richtete, er schaute dabei nicht auf, er sprach davon, daß er vor kurzem eine seltsame Illustration gesehen hätte, die Nachzeichnung eines Originals, darauf wäre ein sogenannter Allsamenbaum abgebildet, ein Baum, der keine Früchte trug, aber Gesichter, eine Magd schüttelte am Baum, und einige Gesichter fielen in ihren geschürzten Rock, ein Gesicht aber hielte sie wie eine Fastnachtslarve vor ihr eigenes Gesicht, das nur zur Hälfte verdeckt werde, deshalb könnte man auch erkennen, daß sie lächelte, und genau dies Lächeln wäre auch in alle Gesichter auf dem Bild eingezeichnet – ein Rätsel, ein Bild voller Rätsel, das rätselhafte Lächeln auf den Gesichtern …

Und weil ihn die Witwe dazu ermunterte, legte der Maler kurz die Schere weg und versuchte, dies bestimmte Lächeln zu imitieren, erst mußte er mit den Fingern die Mundwinkel hochschieben, dann gelang es ihm, natürlich zu lächeln, weil ihn die Witwe anstrahlte. Edison bemerkte widerwillig, daß ihn das Lächeln von einem mürrischen Nepper in einen gutaussehenden Spitzbuben verwandelte, und er ertappte sich dabei, wie er versuchte zu deuten: So lächelt man, wenn ein quälender Schmerz plötzlich versiegt. Wenn ein morgendlicher Tagtraum sich am Nachmittag erfüllt. Wenn man in einer Efeunische steht, die losen Ranken wie ein Vorhang aus Klettersprossen, man bleibt, von Nebel und Pflanze verhüllt, vor allen anderen verborgen – wenn man also in diesen Augenblicken der Schonung glaubt, man sei ein Eintagswesen. Das gefesselt ist von einer treibenden Wolke.

Der Maler widersprach ihm nicht, da Edison in diesen Bildern sprach, und er geriet in des Malers Gelächter hinein, er verschwand im Efeu seines Lächelns und Lachens. Die Dame Vlasta dankte dem jungen Mann und bezahlte ihn für die Arbeit, die Witwe verriet ihm ihren Namen und versprach, bei nächster Gelegenheit zu prüfen, ob ihn die Lüge nur noch kleine Sprünge machen ließ. Sprechen wir Polen alle so seltsam? dachte Edison, ein drittes und kein letztes Mal an diesem Tag wurde er überstimmt, und er führte sie zu Fuß zum Keller der Köpfe.

Der ängstliche Heliodor – der Name, den die Neue ihm gegeben hat, paßte besser als sein eigentlicher Name: Wojciech. Damals fürchtete er, daß ich ihn verließe, irgendwann bald, irgendwann in der Zeit nach der Teestunde, irgendwann an einem bedeutenden Feiertag.

Das Fleisch der Pfauen verweste nicht, und auch nicht das Fleisch der Seele, diesen Glauben konnte man den Lebenden nicht nehmen, dieser alte Glaube hatte Bestand, weil man ihn für beweisbar und für nicht beweisbar hielt. Auf diese Weise hob sich der Zweifel auf. Ich war eine der Seelen über dem Totengedenkturm, und manchmal erlaubte man mir, daß ich wie ein Ungestorbener durch die Straßen meiner Stadt zog, daß ich mich unter die betenden Frauen mischte, daß ich mich nachahmte: Unentschieden war ich immer gewesen, bis zu dem Morgen, da der Faden riß und ich für die kommende Ewigkeit vergessen mußte, mit nassen Schuhen im Regen zu stehen. Ich vergaß, ich wurde belohnt, ich empfand keinen Schmerz mehr. Es riß jemand hinter meinem Rücken ein Streichholz an, es sprach jemand dicht an meinem Ohr: Ein läuternder Schlaf, nun bist du aufgewacht. Und ich sah mich um, Nebel, flackernde Lichter im Nebel, die Nähe war ein großer glimmender Raum, die Ferne ein mit Myriaden

Scherben gespickter azurblauer Himmel, von dem brennende schwarze Stücke herabfielen, und sie zerfielen nach dem Aufprall in schwarze Augen, und diese Augen blinzelten kein einziges Mal. Sie konnten sehen, sie verstanden nichts. Ich ging über dies neue schöne Land und verstand immer mehr. Was hörte ich? Wenn man Packpapier knüllte und in einen Wegwerfbecher steckte, knisterte es beim Entknüllen.

Dies Knistern hörte ich, und jemand dicht bei mir sagte: Hast du eine solche Landschaft schon betrachtet, kommt sie dir bekannt vor? Nein. Das andere Leben hatte begonnen, jenes, das ich in der Zeit, da ich lebte, für möglich und unmöglich hielt, es gab ja keinen Menschen in meiner Umgebung, der mich bat, klar zu entscheiden und zuzugeben, daß Gold wie Gold glänzte und wie Gold wog. Auch Heliodor, der harmonische Ehemann, hatte mich selten gedrängt, ich kochte das Essen, das mir schmeckte, und er aß mit, ich stellte ihm einen Teller hin, und er ließ an keinem Tag einen Anstandsrest stehen. Bissen für Bissen, Teller für Teller verging die Zeit, und wenn ihn eine unsichtbare Hand würgte, wenn er voller Unruhe einen Zipfel der Stoffserviette um den Finger wickelte, wußte ich, er wollte im Kellergang verschwinden, und ich stritt mich mit ihm. In den Nebensachen wurde ich zermürbt, ich warf ihm vor, daß er nur aß, daß er für eine kurze Weile meine Gegenwart duldete, um sich wieder der Hauptsache in seinem Leben zu widmen. So viele kleine verglühte schwarze Stücke fielen uns vor die Füße, und ich mochte nicht diejenige sein, die Worte wider seine Harmonie fand. Die ihm nicht folgen wollte in den dunklen Gang. Wojciech, der Mann, der die Schäbigkeit überwand, weil er das grelle Licht mied und das fahle Licht lieben lernte. Ich war machtlos gegen meine Ernüchterung, ich konnte ihn nicht betrügen.

Alle meine Freundinnen, fast alle, taten es: Sie stellten ihrem Ehemann ein Tellergericht hin, und keine zwei Stunden später lagen sie mit einem heimlichen Geliebten im Bett.

Wieso? Es war verdächtig, wenn die Männer anfingen, nur über das Essen zu reden, ein Gourmet, das Gegenteil eines Liebhabers, bat zwar nicht darum, daß der Koch die Pfannen und Töpfe vorzeigte. Er schnitt mit Messer und Gabel formvollendet ein kleines Rechteck, und das zarte Fleisch löste sich auf seiner Zunge auf. Heliodor wurde zum Gourmet in seiner eigenen Küche, er brauchte keine Zuschauer, er wurde satt und brauchte selten einen Nachtisch.

Ich liebte es, durch Säulengänge zu gehen, und nur dann, selten vor dem Einschlafen, wünschte ich mir einen Fremden, einen Unharmonischen, einen vom Licht vieler Lampen Ausgeleuchteten, einen Mann, der mich anlächelte, weil ihm unanständige Gedanken durch den Kopf gingen. Natürlich sprachen mich die Männer an, und ich konnte mich aber nicht entscheiden. Ein schöner Verlust war das, keinen Hunger zu spüren und für alle Ewigkeit das Kochen und Bekochen zu vergessen. Es schmerzte der Verlust, natürlich. Wir gingen herum, wir Seelen, wir erkannten einander, wir Seelen, wir litten, in der ersten Zeit des Glücks oder der Verdammnis, an Kopfsausen, seltsame Laute hallten wider in unseren leeren leeren Schädeln, in unseren leeren leeren Herzen, und was uns einst band, war nun verlass'nes Land, eine verlassene Küche, und wir vergaßen das Fleisch, das unter der Drahtglocke, geschützt vor Fliegen, nicht verdarb, wir vergaßen den Zukkerguß im Spritzbeutel, den wir durch die Tülle drückten, wir … nein, ich vergaß den Backpinsel, den Teigschaber, den Teigausstecher, die Schmorpfanne und den gußeisernen Bräter und die Stielkasserollen. Denn man brachte mir bei, daß immer dann, wenn mich die Fetzen und Schleier aus weißem Dunst berührten, daß immer dann, wenn ein großes schwarzes Stück in meiner Nähe zerbarst, daß ich wählen konnte: Zwischen diesem und jenem, und aber nie beides zur gleichen Zeit. Entweder verbarg ich mich mit anderen traumbesessenen Seelen dort, wohin es die Gestorbenen verschlägt;

oder ich schwebte über den Köpfen der seligen Jungfrauen und der harten Jungfern. Meist glitt ich hinab und schaute auf die gefalteten Hände, die gebeugten Köpfe, ich beherrschte das Lippenlesen, und also verstand ich die Heiligsprechungsfürbitten. Früher trugen die Frauen Palasthosen, damit die künftigen Propheten, die sie stehend gebaren, nicht auf den Boden fielen. Heute trugen die Frauen enge Hosen, weil sie wußten, sie würden keine Gotteslieblinge gebären.

Diese und andere Geheimnisse enthüllte ich den Betenden da unten, es war mir erlaubt, und ich tat nichts Unrechtes, manchmal rannte eine Frau nach Hause, um dies Geheimnis ihrer Tochter anzuvertrauen. Olivia aber kam und ging, wie durchlässig war doch diese Frau, und ich mußte darauf achtgeben, daß sie mich nicht aufsog, eingesperrt mit ihrer Seele in ihrem Körper würde ich große Mühe haben, hinauszufinden, ich würde ihr als verklebter Seelenrest andere jenseitige Worte eingeben.

Eines Abends schrie sie ihren Heliodor an, er sollte es durch ihre Augen sehen, und ich schlüpfte schnell in sie und sah hinaus durch die Augenschlitze: Ich entdeckte eine längliche Holzdose, der Schiebedeckel halb gezogen, in den Fächern der Dose Steinchen und Krümel und Sandkörner, dies waren die Mitbringsel eines Jerusalempilgers, und dies Holzgefäß gehörte ihrer Mutter – wir Seelen kommen durcheinander, mal sehen wir, was das Kind sah, das zur Frau gereift war, mal sahen wir, was das Kind sehen würde, wenn sein Blick Jahre später auf einen Gegenstand fiel. Verwirrt, vergangen, gestorben. Diese Olivia also trank Wasser, trank Johannisbeersaft, trank Tee, sie betrank sich aber nie.

Wovon konnte sie nie fortkommen? Von den schönen Souvenirs ihrer Mutter, die in weiter Ferne im Nebel wandelte, und einmal kreuzten sich unsere Wege, und ich sagte der wunderschönen Seele: Einen im Traum gehauchten Gruß würde ich dir gerne bestellen wollen von deiner Tochter, doch sie kennt mich nicht, und wahrscheinlich spricht sie zu dir am Turm der lebenden Beter … Sie aber bedeutete mir, ihr zu folgen, und da schwebten wir über einer dunklen Stelle unter dem Boden eines Hauses, im nächsten Moment war sie verschwunden. Hatte sie mich in die Irre geführt? Doch ich schob es auf meine Verwirrung ob meines Todes, der nur wenige Tage zurücklag, ich fand mich nicht gut zurecht und verstand nicht, als aber die neue Frau im Leben des von mir lange bekochten Mannes auftauchte, verstand ich: Hier im Keller wollte sie es ausgraben, ein Ding, nein, viele Dinge wollte sie finden, es würde sie zu dem Kind machen, das einst verbotenerweise die Schubladen aufzog: darin die Souvenirs, das versteckte Hab ihrer Mutter. So oft hatte sie an der Holzdose gerochen, so oft hatte sie mit sich gekämpft und die Dose schweren Herzens wieder in die Schublade zurückgelegt.

Der Winterwind zwang die dünnen Zweigspitzen, sich aneinanderzureiben, dieses Geräusch entsprach dem Widerhall eines Schreckens in einer Seele. Olivia erschrak im Keller, und ich hörte, daß sich zwei Zweige rieben – in mir oder in ihr? Eine Ungestorbene konnte unmöglich sehen, was wir Seelen sahen. Da schlug Heliodor mit einer Pfanne oder einem Topf gegen die Tischkante und rief sie nach oben, ich freute mich, denn damals war ich es gewesen, der ihn herbeigeklopft hatte, und lange, sehr lange, hielt ich mich bei ihnen auf: bei einem Mann, den die Nachbarn wegen seiner unglücklichen Wortwahl aufzogen; bei einer Frau, der ihr bekannte und unbekannte Frauen nachsagten, sie wäre zwar nicht geistesgestört, sie würden sie aber für eine schlechte Gesellschaft halten. Dann zog eine Kraft mich hinaus auf die Straße, und ich schritt, wie zu meinen Lebzeiten, an Heliodors Haus vorbei, und ich träumte, wie vor einigen Tagen, davon, meine Sammlung von Christusfiguren einem Museum zu vermachen.

Die Seelen von zwei Toten aus Krakau waren heute aufgestiegen und aufgenommen worden, natürlich starben viel mehr Frauen und Männer, doch die beiden Gestorbenen suchten meine Nähe, und wir liefen übers neue Land, und die Seele des Mädchens bedeckte ihr Angesicht, um sich zu schützen vor den Blicken der wimpernlosen schwarzen Augen. Es verbrennt dich nicht, daß sie dich anschauen, sagte ich, es verbrennt sie, daß sie bis in alle Ewigkeit dazu verdammt sind, Löcher zu sein im azurblauen Samt des Himmels. Dies Mädchen wurde tot in der Wohnung ihres Freundes gefunden, den sie zum Einkauf in einem Supermarkt geschickt hatte, dort traf er seine Exfreundin, sie beschlossen, der alten Tage wegen, in einem Café über die neuen Sorgen zu sprechen. Das Mädchen trank eine Flasche Abflußreiniger leer und starb. Weswegen? Es verriet es mir nicht, es gehörte zu den Selbstmördern, denen die Gnade zuteil wurde. Ein anderer Selbstmörder aber mußte sich in der Ferne, am Rande unseres neuen Landes, aufhalten, also hatte er eine leichte Strafe abzubüßen: Ein dünner Rauchwirbel, blaß und rot. Der zweite Gestorbene zeigte auf ihn und sagte: eine kleine Pilzwolke, der Mund aufgerissen, die Zähne wie Knochensplitter, bleich und rot. Später würden wir mit ihm sprechen dürfen. Wir zogen zur Kuppe eines Hügels, der vom Mondlicht beschienen wurde, das Mädchen und der Mann, ihre Seelen, begannen, das Sterben zu verlernen, Tau auf ihre Haare wünschte ich ihnen an, und sie flackerten im Mondschein, aus Angst, es könnte eine Kraft sie verschlingen und ausspucken in die Nähe des jungen Mannes, dem jeder Schritt in unsere Richtung, jeder Schritt in unseren Nebel verboten war.

Da verließ ich sie alle, um wieder zu Heliodor, dem Kellergeist, zurückzukehren, zwei Damen und ein Glühbirnenverkäufer saßen in seiner Küche, und ein Fremder mit leichtem Akzent besprach sich mit Olivia. Verschwörer, umgeben von vermorschten Möbeln. Gerbera, um den behaarten Stiel Draht in weiten Spiralen gewickelt, das Drahtende steckte in der Blüte, die Pflanze aufgerichtet durch eine Schiene. Am

Fuß der hohen Vase Staub. Ich sah dies alles, denn ich sah durch Edisons Augen – hatte er mich nicht kurz vor meinem Tod angesprochen mit den Worten: Sie sind bestimmt verheiratet, aber ich kann Sie trotzdem zum Lachen bringen. Hatte er nicht beim Abschied, da ich mich von ihm abwandte, mir zugeflüstert, ein Haus wäre ein Seelengrab, ein Satz, den er dem Fremden stahl, wie ich es nun wußte.

Was wollten sie hier rauben … die Köpfe an der dunklen Stelle. Und nun sagte Olivia zu diesem Mann: Die Vase, die Sie anstarren, ist kein wertvolles Stück, die Putzfrau bringt jedesmal eine Vase mit und steckt eine geschiente Gerbera hinein, sie knickt ja schnell nach dem Pflücken, wie Sie vielleicht wissen. Er gab zu, es nicht zu wissen, und sosehr er sich auch anstrengte, die Unterhaltung am Laufen zu halten, in der nächsten Viertelstunde schwiegen die Hausherren, ein jeder von ihnen starr vor Verlegenheit, wie hatten sie nur so viele seltsame Menschen hereinbitten können. Die Damen tranken Johannisbeersaft aus Wassergläsern, und die Männer … sie dachten nach. Über den Draht, der in den Stiel schnitt. Über ihre Ambitionen, von denen sie hofften, daß sie sie nicht einem unheilvollen Ende zuführten. Über die Frage, ob es unstatthaft war, bei der Arbeit schwitzende Putzfrauen anziehend zu finden. Über den Winter, über die Schneeflokken, über den schmelzenden Schnee auf den Haaren und die Rinnsale an ihrem Nacken, an ihrem Rücken.

Und ich wollte doch so sehr auch in dieser Küche stehen, nur kurz zog die Kraft an mir, daß ich mich nicht aussetzte einem Schmerz, den ich nicht länger spüren durfte, ich gewöhnte mich doch so langsam an mein Seelentum. Plötzlich schaute Olivia in die Höhe, und auch eine der Damen, die Dame Vlasta, stellte das Wasserglas auf dem Boden ab, ihr Kopf ruckte hoch, doch ich war nicht dort, wo sie hinsahen, dort zitterte eine Spinnwebe, dort machte ein Äffchen einen Luftsprung, dort verfing sich ein Moosweibchen …

Es ist unheimlich kalt hier, sagte der Deutsche, er wollte die Stille zersprechen, ich verstand ihn gut, in meinem früheren Leben hätte ich ihn nicht sofort abgewiesen, er zitterte sehr schön. Mein Heliodor schlug vor, in den Keller hinabzusteigen, und bald schwebte ich über seinem Kopf, an der dunklen Stelle, ein verletzter Käfer kroch zu ihm heran, vielleicht hatte er ihm beim Wegschlagen vom Mantelkragen ein Bein ausgerissen, die Dame Vlasta und Olivia standen in einiger Entfernung und unterhielten sich auf tschechisch über ihr Nasenbluten, über das Blut, das aus ihrer Nase schoß, wenn sie sich zu sehr freuten über Geschenke; über Luxusgerichte wie glasierte Gänsebrust auf Beifußjus mit karamelisiertem Rotkraut oder Crème brulée von der Gänseleber; über erwachsene Männer und eine erwachsene Frau, die nach Spielzeug für Erwachsene suchten. Aber sie wollten ja nicht spielen, es ging ihnen um einen guten Handel und um Geld.

Viel zu lange war ich meiner eigentlichen Welt ferngeblieben, und ich fand mich nach wenigen Wimpernschlägen in der Nähe des zweiten Gestorbenen, und er erzählte, daß ein Amokfahrer ihn um das schöne Leben gebracht hatte: Er litt an Psychose, er entschied, seine Tabletten abzusetzen, eine Woche später fuhr er einen Fußgänger an der Ampel tot. (Die Seligen, sie machen sich miteinander bekannt und streifen auf diese Weise die alten Häute ab, Schicht um Schicht. Ihre Angst ist begründet, daß man sie zurückholte, erst am Ende aller Tage werden sie auferstehen: Dies passiert ihnen, denn sie sollen erkennen – auch in der als ewig genannten Zeit gibt es Ereignisse. Jene fremde Seele am Rande des leichten Nebels, es ist der zweiundzwanzigjährige Tomas, der junge Schauspieler, von dem sie alle dachten, Olivias Mann hätte ihn so lange zermürbt, bis er Hand an sich legte. Ein Ereignis. Er starb, er wachte auf, und er hörte eine Stimme hinter seinem Rücken: Wieso hattest du es so eilig, hierherzukommen?)

Vielleicht bald würde ich mich endgültig entscheiden. Das

Fleisch der Pfauen verweste, natürlich, es half nichts mehr, Palasthosen zu tragen, und es langweilte mich, herabzublikken auf die Frauen am Totengedenkturm. Tau auf ihre Haare wünschte ich ihnen an.

Hier in Berlin, in der Straße der Kastanien, erlebte Aneschka den Triumph ihrer Lieblingssachen, Geduldspiele, Wetterhäuschenmagnete, Bastelbögen, Streifen verschiedener Stoffe, zu Röcken und Kleidern geschnitten, hingen an Haken in schwach beleuchteten Schaufenstern, ich starrte all das an, allein, sie war nicht bei mir.

Sie hatte mich angerufen in der Zeit des Morgenglanzes, und ich war enttäuscht, weil sie nicht von unserer Liebe sprach, sie bat mich um Hilfe. Die Zwergendame hielte sich in Krakau auf und wäre in undurchsichtige Geschäfte verwickelt, ein langes Telefongespräch hätte Aneschka davon überzeugt, daß sie auf der Schwelle zur Umnachtung stand, und nur ein Deutscher könnte sie freikämpfen, denn der Kopf der Bande, der oberste Einflüsterer, wäre auch ein Deutscher … Ich ließ mir diese Geschichte noch einmal erzählen, und wieder sprach sie von der umnachteten Dame Vlasta, der man nicht ausreden konnte, Rouge aufzulegen, sie strich so viel Rouge auf die Jochbögen auf, daß allen ihr bekannten Frauen bange wurde: Traf sie Vorbereitungen, um zu verschwinden? Sehnte sie sich danach, verschluckt zu werden? Der sehr verliebte Taxifahrer hatte sich an den Komponisten gewandt, und Aneschka hatte versprochen, es wieder zu richten, es wieder heilzumachen, es zusammenzukleben – ihre Worte.

Ich wünschte mir ein herrlich Ding, das nicht zerbrach und dessen Scherben man nicht zum Häufchen kehren mußte, wollte Aneschka aus diesem meinem Kindertraum ausbrechen, und wenn sie nicht von ihrer Liebe sprechen mochte, war ich dann nichts weiter als ein dummer Schuster, der sich am Grablicht die Hände wärmte? Ich würde nicht gleich aufbrechen können, Aneschka hatte mich zwar gebeten, nicht zu trödeln und sie bald in Prag zu besuchen, aber ich wußte, sie wollte lieber alleine sein, sie wollte lieber allein in ihrem Zimmer über ihre wenigen gehorteten Lieblingssachen streichen, mit zwei Fingerspitzen, mit dem Handrücken, sie berührte die Schutzhülle der Bastelbögen, den giftgrünen Briefbeschwerer in der Form einer Lakritzschnecke, die Nadelkissenpüppchen, an die sie Garnschlaufen angenäht hatte, um sie in einer schiefen Reihe an einer Tragesäule aufzuhängen. Nur viereinhalb Stunden Fahrt, fünf Stunden, wenn der Zug wie üblich auf freier Strecke stehenblieb; dann wäre ich in ihrer Stadt, bei ihr, und sie würde glauben, sie müßte mir zuliebe ihre Unbeschwertheit aufgeben, und ich würde sie aus Verlegenheit beschenken und hoffen, daß sie die kleinen, fast unwichtigen Sachen, meine Geschenke, berührte und vielleicht sogar in die Hand nahm, wenn ich nicht da war. Ohne Aneschka an meiner Seite glich diese Stadt jeder anderen Stadt am Fluß … ich sollte damit aufhören, alles und jeden zu verwünschen.

Ich hatte mich in einem Hotel am U-Bahnhof Senefelder Platz eingemietet, der Ausblick aus dem Fenster auf eine Baustelle bekümmerte mich nicht, auch nicht die gelb verwelkten Blätter, die, vom Zweig gerissen, das Dunkel des Winterabends betupften, dann aber fielen sie hernieder, und alles Leuchten verglomm.

Die Kälte war hinterhältig schnell eingebrochen, ich hatte leichtes Fieber, der billige Wollpullover kratzte überall, ich sah weniger als nötig, ich stolperte öfter als nötig. Also gut, dachte ich, mein Meister hat vielleicht doch Verwendung für mich, und es ist sinnvoll, daß ich mich in Berlin aufhalte, und ich werde dem Deutschen in Krakau erklären, daß man Damen ziehen läßt, es wird sich alles zeigen. In der Wolke über dem höchsten Haus der Kastanienallee sah ich schwarze Risse, und wenige Schritte später stolperte ich über den in gußeisernen Schnörkeln auslaufenden Fuß einer Parkbank, an deren beiden Seiten Plastikbottiche standen, sie waren gefüllt mit verrosteten Kronkorken, ich zog die Tüte aus meiner Manteltasche, faltete sie auseinander, legte sie auf die Bank und setzte mich hin – ich kam mir vor wie jemand, den man bei seinem Ausbruchsversuch beobachtete, und tatsächlich entdeckte ich auf der anderen Straßenseite einen Vermummten, der zu mir herübersah.

Er bemerkte, daß ich ihn erblickt hatte, und stapfte durch das nur an manchen Stellen festgefahrene Laub der Straße, dann stand er unsicher am Plastikbottich, er eröffnete mir, daß ihm nichts ferner lag, als mich zu belästigen, die Gassen wären finster, und er handelte mit Mondschein in der Flasche, mit dem Abbild eines blitzenden Krähenschnabels, mit Fetzen und Fitzeln aus dünn ausgewalztem Zinn, besser bekannt unter dem Namen Stanniol, mit dem Rot des Kamms eines mageren Hahns, er zählte sie auf, seine Liebesstücke, und da ich in der Stimmung war, jedem Wilden zu lauschen, reichte ich ihm die zweite Plastiktüte aus meiner Tasche. Er verstand, er strich sie auf der Bank glatt und nahm nach einigem Zaudern Platz.

Vollmond ist heute, sagte er, alle werden verrückt, die Hirtenhunde beißen die Lämmer in die Kehle, und denen, die das Haar geschoren haben, tanzen die Läuse auf den Stoppeln. Keine Angst, wirklich, ich habe mir die Weisheiten nur angelesen, bin nicht verrückt, die anderen schon, ich aber nicht. Schau … Und er zog ein Leporello auseinander, auf dem ersten Foto war der Mond zu sehen, auf dem zweiten ein Buchstabe, wie mit fahlem Licht gemalt, und die Bilderreihe schloß mit einem glühendweißen Großbuchstaben, ich konnte den Blick nicht von diesem schönen Licht abwenden. Ich habe den Vollmond im Sucher und den Finger auf dem Belichtungsknopf, sagte er, ich bewege die Kamera und zeichne alle Buchstaben eines Namens mit weißer Tinte, die Nacht ist mein Fotopapier, der Mond mein Tintenfäßchen …

Aus einem offenen Fenster drangen die Stimmen von jungen Frauen, sie sangen im Chor ein altes deutsches Lied, nicht zu laut, nicht zu leise, sie sangen sich bestimmt die Köpfe heiß und die Wangen rot; wir standen beide gleichzeitig auf und bogen in eine Seitenstraße ein, im Schaufenster eines Ladens sah ich Schutzhüllen für Erstkläßlerschulhefte, auf der Vorderklappe Rehe Kirschen Schlitten, weiß auf buntem Grund, und der Wilde blieb plötzlich stehen und richtete seinen Fotoapparat auf den Mond am Himmel, und während er weiße Tintenkleckse zu Buchstaben und die Buchstaben zu Aneschkas Namen formte, schabte ich mit dem Sohlenrand aus der Fuge zwischen den Pflastersteinen schmutzige Kiesel. Meine Lungen brannten, mein Hals brannte, mein Körper schmerzte, nichts Schlimmes, nur eine einfache Verkühlung, ich hatte mich seit acht Tagen nicht rasiert, nichts Schlimmes, nur ein kleines Versäumnis, und der Wilde sprach zu mir jetzt, mich aber brachte ein Schwindel zu Fall, und es war für ihn keine große Sache, mir aufzuhelfen und mich zu stützen. Ich wollte zurück in mein Hotelzimmer, doch er hielt nichts davon, ich humpelte an seiner Seite die Choriner Straße entlang, in der Ferne ragte ein Baukran, überragte die Häuser mit den naß glänzenden Dächern, auch als mich ein Hustenanfall schüttelte, löste er sich nicht von mir, und ich achtete darauf, die entgegenkommenden dunklen Gestalten beizeiten zu bemerken und ihnen aus dem Weg zu gehen. Der Wilde stapfte drauflos und schien eher willens, einen Zusammenstoß zu riskieren, und würden wir beide zu Boden gehen, würde ich liegenbleiben. Ich schwitzte wie ein Lustmörder.

Heut ist mein Menschentag, flüsterte er mir zu, und bevor ich fragen konnte, drückte er mich durch die Tür eines Lokals, erst die guten Leute mit Grippe, rief er mir von hinten zu, dann die gesunden Männer mit einem schwarzen Herz.

Sein Gelächter erschreckte die jungen Männer und Frauen an den Tischen und auf den Barhockern. Sie sahen: einen Vermummten, der sich einen grauen Wollstrumpf über die linke und einen schwarzen Strumpf über die rechte Hand gestreift hatte, er trug zwei leichte Sommermäntel übereinander, er war überraschenderweise rasiert. Sie sahen: einen zweiten Verrückten mit einem bleichen Gesicht, Bartschatten, zerzauste Haare. Nach einem Blick auf den Fotoapparat waren sie beruhigt, hier schlichen sich keine wirklich ungewaschenen Kerle in eine ihrer warmen Stuben ein, und weil wir Rotwein bestellten, glaubten sie, wir wären nur zornig wegen der Kälte, die uns zittern ließ. Die uns fiebern ließ. Die uns den Leichtsinn austrieb.

An meinem Menschentag bleib ich meistens stumm, sagte der Wilde, aber seitdem ich bei der schönen Franziska bügeln darf, helf ich den Schwachen und den Kranken … Wir wurden gebeten, keine Kleidung auf den wachsbetropften Deckel der Nachtspeicherheizung zu legen, wir wurden gebeten, kein Zeitungspapier auf dem Tisch auszubreiten und mit einer Nagelschere die Bartüberlänge abzuschneiden, alles hätte sie schon gehabt, und nicht alles, aber vieles wäre möglich, und als wir die Kellnerin um eine Schale Erdnüsse baten, sagte sie, sie würde sie aber auf die Rechnung setzen.

Von der Decke hing ein Drosselkäfig aus entdornten Brombeerzweigen herab, der Wilde verriet es mir, er zeigte auf die Körbe in den Winkeln und Regalen, neben den Türrahmen und Holzbänken: ein Hopfenpflückerkorb, eine Aalreuse aus Weidengeflecht, ein Bienenkorb aus Roggenstroh, ein Nistkorb für Enten, und sogar die hinter dem Tresen ausgestellten Korbflechterwerkzeuge wußte er zu benennen, Pfrieme, Fetthorn, Klopfeisen, Rindenschäleisen. Ich fragte nicht, er gab freiwillig Auskunft.

Wer erlebte in diesem Lokal den Triumph seiner Lieblingssachen? Wann würde es schneien? Warum hielt ich es zu Hause nicht aus und reiste in andere Städte? Was munterte den Wilden auf, daß er einem Studenten halb im Spaß drohte, er würde ihn aus dem Anzug stoßen, wenn er nicht endlich das Chansonettenbrüstchen aufißt; und als der Student ihm den Teller zuschob, stach der Wilde mit der Gabel in die Frikadelle, teilte sie in zwei Hälften und kaute lange an den großen Bissen. Von einem finsteren Gelaß sprach er, von einem Gelaß, in dem blinde Kellner die Gäste bedienten, und der Wirt des Restaurants würde ihm die besseren Küchenabfälle mitgeben, denn nicht das, was man kaufte, sondern das, was man fand, wäre entscheidend – er hätte schließlich auch mich, den dämmernden Geist, gefunden, ich sähe nicht aus wie ein neuer Berliner, nicht wie ein Geisteskranker, auch nicht wie einer dieser Angeber, die ihre Lokale mit Körben schmückten …

Es gefiel mir, hier im Warmen zu sitzen, das Fieber hatte nachgelassen, nur mein Hals brannte immer noch, also schwieg ich und ließ ihn raunen und zischen, und obwohl an den Nebentischen über die Russen gesprochen wurde, die sich in den Westen einkauften, verlor der Wilde gerade darüber kein Wort. Plötzlich brach er ab und bat mich um mein Mobiltelefon, er wählte eine Nummer, drückte das Telefon an sein Ohr, drückte auf die Aus-Taste, um erneut eine Nummer einzutippen, und diesmal aber hielt er mein Telefon an mein Ohr: Ich hörte den Ansagetext eines Anrufbeantworters, die Frau verhaspelte sich mitten im Satz, forderte nach kurzer Stille den Anrufer dazu auf, keine Nachrichten zu hinterlassen und aufzulegen.

Dies war meine Frau, vor drei Jahren gestorben, sagte der Wilde, manchmal ruf' ich bei mir zu Hause an und lausche ihrer Stimme, rührselige Geschichte, ich weiß schon, keine Angst, keine Angst, ich fall' dich nicht an, das Faltalbum bekommst du morgen, hier um dieselbe Zeit, bring zehn Euro mit, komm nicht auf die Idee, bei mir zu Hause anzurufen …

Ich sollte mich von Kopf bis Fuß waschen, meine Nägel hatten Überlänge, die Handwerker ließen sich die Nägel nicht wachsen, meine Gedanken drehten sich um meine Lieblingsstücke, Schustermesser, Absatzhobel, Kantenzieher, Ausweitzange, Glätteisen, Schnitteisen, wie gerne hatte ich meinem Meister zugeschaut, wenn er das Oberleder über den Leisten zog und in den Falz der Sohle nagelte. Auf der Toilette verwirrte mich das Vogelgezwitscher vom Band, die Wände und der Boden waren mit Mosaiksteinchen beklebt, ein apfelgrünes Steinchen lag nah an der Abflußrinne, ich hob es auf, wusch es rein und blank, und als ich an meinen Platz zurückkehrte, stand der Wilde vermummt am Tisch und reichte mir meinen Mantel, mitkommen, sagte er, wir ziehen los. Der Vollmond machte brausende Geister, ich würde nicht Schaden nehmen, wenn ich ihm folgte.

Am Rosenthaler Platz stiegen wir in die U-Bahn, wir zeigten einem Mann, den wir für den Kontrolleur hielten, unaufgefordert unsere Fahrscheine, am Alexanderplatz stiegen wir um und fuhren Richtung Zoologischer Garten, an der Station Spittelmarkt drückte sich eine Urlaubergruppe hinein, eine Frau mit drei oder vier Tüten in jeder Hand trat beiseite und setzte sich auf einen Platz am Ende der Sitzreihe gegenüber, sie stellte ihre Tüten auf den Sitz neben sich – sie schien zu warten. Sie sieht doch aus wie ein Zauberweib, flüsterte der Wilde, es küßt viele Male am Tag die dicke Kröte, die es in einem Aquarium aus dickem Glas gefangenhält, aber es kann sie küssen, so oft es mag, es wird nicht erlöst …

Was war nur mit ihm los, daß er mir, einem Unbekannten, seltsame Beichtformeln raunte, dies war der Tag meines hohen Fiebers, dies war der späte Abend meines Schüttelfrostes, und er konnte mir viele Geschichten erzählen, die ich ihm sofort glauben würde, es änderte sich so vieles, und das ewig unversehrte Ding war doch nur eine Fabel, erdacht für Halbstarke und Verliebte, wir alle streckten die Köpfe in eine Wolke, in eine Jenseitswelt, in eine Dunkelheit aus verwehtem schwarzen Sand, und unsere Körper blieben zurück, also ließ ich es zu, daß meinen Kopf die Wolke aus seinen gezischten Worten verhüllte, Gott behalte sein Himmelreich, sagte er, wir warten nicht, bis dürre laublose Bäume grünen, wir leben unsre Tage und behalten jene im Blick, die Übel stiften. Die Frau dort drüben, die verdächtige ich, ich hab sie im Verdacht, daß sie Erdklumpen gegen den Mond streut. Daß, wenn sie durchs Land zieht, im Umkreis von zehn Gehöften alle Euter leergemolken sind. Daß sie Kälber ohne Strick reitet. Daß sie Morgentau von anderer Leute Wiesen sammelt und damit ihre Nase bestreicht, damit sie nicht klumpig gerate, wie das bei Zauberweibern geschieht. Wenn du ihr ins Auge siehst, erkennst du dein verkehrtes Abbild, die Füße dort, wohin der Kopf gehört. Alles verkehrt herum. Was meinst du, sind die Tüten voll? … Ich glaube schon … Sie sind halb voll mit Socken, fuhr er fort, und halb voll mit Luft, sie löst zwei Fahrkarten, eine Karte für sich und eine Karte für die Tüten, irgendwann will sich jemand dort hinsetzen, und da zeigt sie lächelnd ihre Karten vor, sie muß keinem Menschen Platz machen, jeden Tag ein kleiner Sieg, Hunderte Siege in einem Jahr, in drei Jahren über tausend kleine Siege – deshalb liebt sie die Stadt. Denn in der Einöde hat sie's nicht ausgehalten, sie konnte zwar Milch in Blut hexen, sie konnte einen Spinnrocken besteigen und aus dem Schornstein anderer Leute Häuser hoch in den Himmel sausen. Blauen Schein kann sie, auch in der Stadt, auch hier bei uns, anblasen dem Tageslicht. Daß sie Wachsbilder knetet und bösen Atem eingibt, daran glauben wir nicht. Daß sie in deinen oder meinen Fußabdruck spuckt und wir den Fuß, den verfluchten Fuß, nachziehen müssen, daran glauben wir nicht. Ich kenne sie gut, sie gibt sich unbeteiligt, aber laß dich davon nicht täuschen, sie weiß, daß ich dir ihre Geheimnisse verrate, so wie ich sie für ein Zauberweib halte, so hält sie mich für einen schlechten Kerl mit einem schlechten Ruf …

Keinen anderen als diesen Stadtpfeifer hatte ich verdient, er war eindeutig nicht bei Verstand, und vielleicht litt auch die Frau, die der Wilde leise beschimpfte, an einer Gemütskrankheit – es geht zu weit, dachte ich und sagte: Hör auf, sie hat dir nichts getan, und er sagte: Woher willst ausgerechnet du das wissen? Ich gab ihm das Geld für das Mondscheinleporello, nein, ich wollte es nicht, nicht morgen und nicht übermorgen, ich stieg allein am Zoologischen Garten aus und schaute mich eine Weile auf dem Bahnhofsvorplatz um, und auch wenn ich bald vor Kälte zittern würde, ich mußte mich im Freien bewegen, in der Hardenbergstraße sah ich einige verwahrloste Männer, die mit dem Hut in der Hand herumstehende Studenten um Geld baten, und ein Blinder schrie im Moment, da ich einen Bogen um ihn machte, von den Miesen und Mürben, sie würden in ihrem Horoskop zur Mildtätigkeit aufgefordert werden und sich aber darüber hinwegsetzen.

Geschrei, geraunter Haß, Tüten voller Luft. Es paßte, daß mich meine Mutter anrief und zwei Mardergeschichten erzählte; Geschichte eins: Mein Onkel parkte sein Auto am Hintergarten, die Marder benutzten es als Rutsche, sie zerkratzten den Lack, das ließ sich der Onkel nicht gefallen und deckte den Wagen mit einer Plane ab. Die Marder waren derart wütend darüber, daß sie die Plane zerfetzten und das Profil aller Reifen zerbissen, in einer einzigen Nacht. Geschichte zwei: Meine Mutter fütterte ein streunendes Kätzchen mit Schafskäse, gestern früh standen sie im zerwühlten Garten, mein Vater trat den Rasen fluchend fest, ein eifersüchtiger Marder hatte sich gerächt. Ich werde nach Polen reisen, sagte ich, es geht um eine rührselige Geschichte, und ich weiß, du hast Angst, daß mir etwas zustößt im Osten, aber es wird gutgehen, es geht mir nicht schlecht, trotz der Erkältung, ich bin in Berlin … Sie sagte, sie würde die Ehrbarkeit der Menschen im Osten genausowenig anzweifeln wie die Tugenden der Menschen im Westen, in beiden Gegenden gäbe es die Tradition und das maßlose Leben nach der Befreiung, ich wüßte doch, was ein gläserner Aromatresor wäre, die Pralinen kämen unter die Glasglocke, damit ihnen nicht das Aroma entströmte, man hätte den ehrbaren Männern und den ehrbaren Frauen im Osten vor kurzem die Pralinenhaube zerschlagen, und wenn ich die Nase in den Wind hielte, würde ich die entwichenen Gerüche riechen, die Parfümwinde in der Luft, über den Dächern der Häuser, in jeder beliebigen Oststadt – sie würden sogar die schwebenden gleitenden aufsteigenden Seelen vertreiben, ich, ihr Sohn, verblaßte zunehmend, so befürchtete sie, zu der Seele eines mageren Kätzchens, dem die Marder immer näher kamen, um es totzubeißen; von den wahren Gefahren wüßte ich nichts, bis gestern wäre ich ein Schuster gewesen, man müßte mich nun, da mir nichts Besseres einfiele, als einen Arbeitslosen bezeichnen, sie müßte nicht die Nachbarsfrauen befragen, sie kannte mein Inwendiges gut genug, um genau zu wissen, wonach es mich verlangte: nach der Vergessenheit …

Was machte mich vergessen? Ein Herzmedikament? Das Töpfchen mit Hirsebrei, das ich wie im Märchen leer aß, dann fiele ich in einen Schlaf, und ich wäre vergiftet, ich wäre vergangen. Ich wachte auf und sähe Nebelschleier. Kein Tageslicht, nur blauer Schein.

Es ging wie im Märchen zu, die wenigsten erkannten dies: Die Frau, die vom Wilden verunglimpft wurde, war zwar nicht zaubermächtig, aber wann immer sie an ihren juckenden Ellbogen kratzte, glaubte man, sie riebe einen Fluch herbei – ein kindischer Glaube.

Einmal hatte sie sich in einen Mann verliebt, der Mann hatte nicht viel Zeit darauf verwandt, sie zu erkennen, viel lieber ging er Dungpilze suchen, am Waldrand, an einer Böschungskante, auf der Wiese, sie wuchsen in der Nähe von gedüngten Feldern, und er zeigte ihr die Pilze in der durchsichtigen Lebensmitteltüte, geschuppte weiße Kegelhauben, die bis zur Stengelwurzel reichten, aus Dung geschaffenes Tierfutter. Er schnitt sie in dünne längliche Scheiben und gab sie einer brodelnden Brühe bei. Verstrickt in die Liebe zu diesem Mann begann sie, alles andere als trügerisch, als Trugbild, anzusehen: Wenn sie ihn besuchte, legte sie heimlich einzelne blonde Haare aus, sie hoffte auf einen Betrugsverdacht, der sich in den Frauen festsetzen würde. Den Frauen, die die gewachsten Limetten und Zitronen unter dem heißen Wasser abbürsteten, um sie mit Ingwer zur Marmelade zu verkochen. Die den zerkochten Rhabarber durch ein dünnes nasses Tuch seihten, weil dieser Mann, weil dieser Mann Erdbeer-Rhabarber-Gelee über alles liebte. Weil dieser Mann – diese drei Worte sprachen die verliebten Frauen, sie konnte es ihnen nicht verargen, auch sie dachte viele Male am Tage: Weil es ihm gefällt.

Gefiel es ihr, sich ziellos herumtreiben zu lassen, in der Zeit zwischen zwei Besuchen, hatte sie ein großes Vergnügen daran, die Ellbogen zu kratzen, vor den Augen wildfremder Menschen im Bus, im Zug und an anderen Plätzen? Sie verlor ihn an einem Mittwoch, da er ihr zur verabredeten Stunde die Tür nicht aufschloß, sie hatte ihre Haare aus der Bürste umsonst gerupft und auf Kissen, den Teppich, die Tagesdecke ausgelegt. Sogar um die abstehenden Nägel der Dielenzierleiste hatte sie die Haare gewickelt. Der Stabparkettboden aus Achateiche war im Fischgrätmuster verlegt, das habe ich mit Hammer und Schlagklotz selbst getan, sagte er, und sein erbärmlicher Stolz hinderte sie nicht daran, blonde Haare in den Dielenritzen zu verstecken. Alles umsonst.

Er streute das Gerücht, man müßte sich vor ihr in acht nehmen, sie wäre in Liebesdingen zum Schlechten verwandlungsfähig, und ehe sie sich versah, galt sie für viele, sogar für die Herumtreiber auf den Straßen, als Hexe. Die Gerüchte: Das Zauberweib verdrillte seinen Gürtel, wie man nasse Wäsche wrang, versteckte ihn unter einem Plastikbottich neben einer Parkbank, klebte ihn unter einem Kneipentisch fest oder warf ihn hoch, daß der Gürtel an einem kahlen Ast hängenblieb. Die Verwünschung, die sie in den Lederriemen hineingezischt hatte, sprang die Männer an oder infizierte sie wie eine Krankheit. Ihr Blick streifte den Wilden, er knickte mit dem Fuß seitlich um, und seitdem glaubte der dumme Kerl, sie wäre in der bösen Kunst meisterhaft. Wenn die Männer Wind und Witterung ausgesetzt waren, verwandelten sie sich aus eigener Kraft zu Veteranen alles verschlingender Dummheit, und man mußte sie nicht erst schütteln, daß sie plauderten, und daß sie plauderten, kam ihr gelegen: Sie strich durch die Straßen, und man machte ihr Platz.

In einem zur Galerie umgebauten Werkhaus beschaute sie Holzpaletten, die man bis zur Hallendecke aufeinandergestapelt hatte, und sie hörte eine Stimme nah an ihrem Ohr: Sind Sie diejenige, über die die Männer sich das Maul zerreißen? Wer sprach sie an? Wie es sich bald herausstellte, war das eine Kneipenwirtin, der sie gefiel, weil sie allen bösen Gerüchten über sie Glauben schenkte. Fallenstellen wäre ihre Nebenbeschäftigung, sagte sie ihr, Geschmeiß umschwirrte sie an manchen Sommertagen, aber im Winter, in der Jahreszeit der verhüllten Geister, würde sie nicht bedroht, nicht angegriffen, sich freimachen.

Das alles klang nach Philosophie, nach der Wehmut einer Frau beim Marmeladekochen, das alles roch nach billigen scharfen Pfefferminzbonbons, die man lutschte, um den geschwollenen Rachen zu betäuben. Aber sie, die hexende Dagmar, behielt diese Gedanken für sich, sie schaute viel später auf die Lammkeule, auf das Fleisch am Knochen, sie rührte das Essen nicht an, obwohl Cora sie mehrmals darum bat.

Nichts, wofür man sich schämen mußte. Sie saßen in der Razzia in Budapest, und weil Dagmar weder Likör noch Schnaps trinken wollte, argwöhnte der Tresenmann, daß ihre Chefin das nonnenhafte Weibchen zum Bemuttern hergebracht hatte. Sie bemutterte gerne jene Frauen, über die getuschelt wurde, die in diesem kleinen Viertel plötzlich auftauchten und von denen die jungen Mütter behaupteten, es wären Berliner Originale. Diese Fremde starrte auf die regelmäßig blinkende Kontrolleuchte des Rauchmelders an der Decke, er hielt sie nicht wirklich für eine böse Hexe.

Ich beabsichtige, mich in einen bestimmten Mann zu verlieben, sagte Cora, er arbeitet jetzt als Staplerfahrer, er hat mir von seiner Arbeit erzählt, daher weiß ich es: Es sind Doppeldeck-Flachpaletten, oben, unten und an den Seiten vertäfelt, die Künstler, fast alle, die ich kenne, schwören auf billiges Material. Billig ist aber Pfusch und Fiasko …

Nichts sagen, wenn man nichts zu sagen hat, dachte Dagmar, sie stand auf und brachte den Teller weg, vom Geruch des Lammfleisches wurde ihr übel, und als sie Cora wieder gegenübersaß, legte sie vor Verlegenheit die Hände auf die Tischkante. Da aber griff Cora nach ihrer Tasche, holte kleine Gegenstände hervor und stellte sie auf den Tisch, sie bat sie, ihre Hand in die ihre zu legen, dann führte sie die Sandblattfeile an jedem Finger vom Rand zur Mitte des Nagels und ging mit der Polierfeile nach. Sie ließ es zu.

Sie dachte nach: über den Palettenkünstler, einen Mann, der große Gegenstände auftürmte in der Hoffnung auf die Sympathie der Frauen. Über die Wirtin, die jetzt leicht auf eine fingerkuppenbreite Tube drückte, sie schaute verträumt auf den Cremetropfen an der Spitze der Tubenpipette und verstrich die Salbe auf ihre rissige Nagelhaut – es schien der Wirtin nichts auszumachen, daß die Gäste herübersahen, und da erzählte Dagmar ihr das Märchen von dem Händler auf Reisen, der nach vielen Jahren nach Hause zurückkehrt, seine

Frau ist Mutter eines sechsjährigen Kindes und behauptet, sie sei, weil sie einen Ruf vernommen habe, nach draußen geeilt, sie habe Durst und Hunger gleichzeitig verspürt und wie blind nach unten gegriffen, um mehrere Handvoll Schnee zu essen – davon sei sie schwanger geworden. Der Mann bricht bald zu einer Handelsreise auf und verschenkt das Kind an die Kesselflicker, er kommt zurück und sagt seiner Frau, das arme Kind sei unter der Sonne geschmolzen, und er habe aber sein Trinkbalg mit der Hälfte des Schneewassers aus der Kindspfütze füllen können. Sie soll das Wasser trinken oder aber ihren Mund damit ausspülen und in den Bach vor dem Haus spucken, denn dann würde bestimmt in weniger als einem Jahr dem klaren Bachwasser ein Kind entsteigen. Er warte auf dies Wunder, und wenn das Wunder nicht geschehe, wisse er, daß sie damals der Teufel ins Freie gelockt habe, um ihn höchstpersönlich zu treffen. Die Frau verabredet sich mit ihrem Liebhaber am Bach, der Händler ist ihr heimlich nachgeschlichen, er schlägt sie beide tot und wirft ihre Körper ins Wasser. Nach knapp einem Jahr entsteigen dem Bach zwei kleine Kinder, ein Mädchen und ein Junge, sie zittern am ganzen Leibe, der Händler führt sie zum Kamin, und da aber schmelzen sie dahin, der Händler verliert beim Anblick der Pfützen den Verstand und zieht für den Rest seines Lebens als Bettelmönch durchs Land … (Das Märchen ist an dieser Stelle nicht zu Ende, auch wenn die hexende Dagmar jäh verstummt. Der Bettelmönch hält sich nicht an das Gebot der Keuschheit und schwängert im Laufe weniger Jahre viele barmherzige Frauen, vornehmlich Witwen. Eine Witwe, deren Mann bei einem Raufhändel erschlagen wurde, nimmt den Wanderer auf, und der Mönch wandelt sich zurück zum Händler. Natürlich fallen ihm, bei dem ersten Liebesspiel, die seltsamen Weihbilder in der Schlafkammer auf: Sie hängen an Schnüren von der Decke herab, es sind sogenannte Gebärmutterkröten, in Wachs gegossene Votive, und weil sie immerzu sachte pendeln und seine Verrücktheit in seinen Träumen anstacheln, möchte er sie abhängen. Die unfruchtbare Witwe stimmt unter einer Bedingung zu: Er solle ihr, er solle ihnen, ein schönes Kind holen, nicht älter als sechs Jahre, am besten etwas jünger, dann würde sie die Wachskröten eigenhändig verbrennen. Der Händler reist zum Bach und wartet dort so lange, bis dem Wasser ein Mädchen entsteigt. Die Witwe umsorgt und liebt es über die Maßen, das Mädchen liebt die Witwe und erkennt aber den ehemaligen Händler und Mönch nicht als seinen Vater an … Das Märchen könnte weiter- und weitergehen. Doch Dagmar verstummt, sie möchte die Gerüchte über ihre vermeintlichen Hexenkünste nicht durch die Erwähnung von Gebärmutterkröten anfachen. Sie unterschlägt auch ein gräßliches Detail: Der Witwe fallen die Bisse in den Wachsvotiven auf, sie schickt den Händler weg, auch weil sie um ihr Leben fürchtet.)

Cora sagte: Man müßte eine Schneefrau sein – Sie verstanden sich nicht, das wurde Dagmar in dem Moment bewußt, als ihr Blick auf die Gardinen am türlosen Eingang zur Toilette fiel, sie wurden von zerschlissenen Stoffhaltern gerafft, eine Pomponborte war an die Vorderkanten genäht, unechte Winterjasminzweige mit Blüten, an Bambusstäben unterhalb der Decke festgezwickt, rankten sich herab. Sie stand auf und ging durch diesen Durchlaß, die Seidenblüten streiften ihre Wangen, dann spritzte sie sich lauwarmes Wasser ins Gesicht: Sollte sie so tun, als hätte sie die Macht, durch Hexerei die Speisen zu verwürzen? Sie hatte nichts gegessen, sie hatte nichts getrunken, sie war dieser Frau nichts schuldig, und also ging sie ein zweites Mal durch den Durchlaß, rupfte heimlich eine Blüte und sagte ihr, sie müßte sich auf den Weg machen.

Es mochte sein, daß man einander wiedersah, doch so bald würde sie dieses Lokal nicht aufsuchen, und als sie weiterzog, dachte sie über Coras Worte nach, wieso glaubte sie an diesen Unsinn, daß es viel mehr Glück verhieß, wenn man als Schneefrau wie ein Schneemann zur Pfütze vertropfte? Es ging in mancher Frauen Leben zu wie im Märchen, man sagte märchenhaft und meinte ungewöhnlich oder sehr unpassend, man glaubte, in einem Viertel zu wohnen, in dem es Beteiligte und Statisten gab, helle Gassen und dunkle Straßen, Tage der Selbstbefeuerung und Nächte des Verdrusses, und man war überrascht, wenn sich ein Hochgefühl einstellte: im Frisierstuhl, beim ersten Schluck heißen Ingwertees, beim Anblick einer Pomponborte.

Die hexende Dagmar empfand keine große Freude, als sie in ihre Wohnung im Stockwerk über einer Bäckerei eintrat, sie schlüpfte aus ihrem langen schwarzen Mantel, legte ihre schwarze Perücke über den gesichtslosen Styroporkopf, holte die Schabsteine aus den Plastiktüten heraus und stellte sie zurück auf die Kommode: Über die flachen Seiten jeder Tonscheibe zogen sich winzige Kerben, ein marokkanischer Berber hatte ihr erklärt, daß man mit dem spitzen Ende eines Hölzchens in den feuchten Ton hineinstach; man schabte an der Haut und rieb sich den Schmutz ab. Beim Anblick der Steine empfand sie Glück, deshalb schlüpfte sie in Römerpantoletten und strich durch die Zimmer; an keiner Balkontür und an keinem Fenster hing ein schwerer Vorhang. Tüll und Leinen. Keine Schabracken, keine Schleifen, keine Raffhalter. Sie setzte sich mitten auf den Wohnzimmerboden und massierte ihre Fußballen, und als es an ihrer Haustür klingelte, sprang sie mit einem Satz auf und ließ ihn eintreten.

Das Obst des Sohnhändlers, so nannte sie ihn, oder auch nur kurz Obst, und sie wußte, daß der Sohn Mladens, des Obst- und Gemüseverkäufers, diese ihre Neckerei alles andere als amüsant fand, vielleicht würde er sich unwirscher verhalten, wenn er nicht in sie verliebt wäre. Er nannte sie: Goldbraut. Er sprach von sich als dem Blechbräutigam. Obst sagte: Hier bin ich. Ist das ein Rätsel, oder verrätst du es mir?

Wieso gehst du nicht ohne die Perücke aus dem Haus? Du könntest dir die Haare auch schwarz färben … Will ich nicht, sagte sie … Hält die Perücke deinen Kopf warm? Dafür gibt es Mützen … Und sie erzählte ihm, daß ihr eine barmherzige Wirtin bei einem Teller Lamm die Nägel poliert hatte, und er glaubte ihr wie so oft kein Wort, er war fünfzehn Jahre und zweieinhalb Monate jünger als sie, und deshalb verwirrte sie ihn immer mit einer sonderbaren Geschichte, auf die ein flüchtiger Kuß auf den Mund folgte, und dann sagte sie einen einzigen Satz: Ich würde gerne Beeren im Waldschatten pflücken. Oder: Schenk mir doch endlich eine Mädchenbluse mit Rüschen. Obst kam ihr zuvor und erzählte von den zwei miteinander balgenden Windhunden vor dem Geschäft seines Vaters, die schlanken halbierten Hunde hätten dabei vor Wut geheult, er war versucht gewesen, sie mit leichten Stockhieben zu trennen, und dann aber erkannte er: Halb und halb addiert sich gern, also lief er auf und davon, er lief zu ihr, es betrübte ihn nicht der Gedanke, daß ihm sein Vater die Ohren langziehen würde, weil er sich unerlaubt entfernt hatte, er war zu ihr gelaufen, um zu sagen: Unsere Liebe ist ein ganzer Hund, er fletscht nicht die Zähne, wenn ihn halbe Tiere auf der Straße anknurren, der ganze Hund wird nicht angeleint, also beschnüffelt er fast alles, aber nicht jedes Hosenbein, aber nicht jeden Strauch. Aber nicht jede zermatschte Mandarine auf dem Bürgersteig …

Sie verstanden sich gut, er brachte Winterfrüchte mit, zu jedem Wiedersehen in dieser Jahreszeit, und nachdem sie über das Wichtige und Unwichtige gesprochen hatten, schälte er zwei Orangen, zupfte die Haut ab und legte die Schnitze auf den Basthocker vor der am Boden sitzenden Dagmar. Sie aß alle Schnitze, er sah ihr dabei zu. Sie liebten sich, sie küßte ihn öfter, als sie es sonst tat. Er kleidete sich an, sie schlüpfte in einen weißen Bademantel und begleitete ihn zur Tür, und nach einem flüchtigen Kuß schloß sie auf, Mladen stand, von ihnen aus gesehen, auf der unteren zweitletzten Stufe, und daß er Obst herbeinickte, anstatt ihm einen barschen Befehl zuzurufen, war kein gutes Zeichen. Erst einige Zeit später, nicht vor den Augen der sonderbaren Frau, würde er seinen kleinen Finger in das rechte Ohr seines Sohnes stecken – eine Sicherheitsmaßnahme, um ihn zu arretieren –, und er würde das kroatische Donnerwetter ausmalen, das dem Sohn beim nächsten Anfall von Verrücktheit blühte.

Hexerei hielt Mladen für den Aberglauben empfindsamer Männer, junger Männer, denen mehrmals am Tag das Blut aus der Nase tropfte, man brauchte sie nur böse anzublicken, und schon bekamen sie Nasenbluten, von diesen Männern gab es viele in diesem Viertel. Seinem Sohn mußte er nur das Ohr zupfropfen, und schon floß das Wasser aus seinen Träumeraugen ab, und er konnte wieder Herumtreiber von Kunden unterscheiden. Er hatte ein Verhältnis … nein falsch, er war verliebt in eine Frau, die eine Perücke aufsetzte, bevor sie das Haus verließ. Gut. Diese Frau sah aus wie eine Frau, verhielt sich wie eine Frau, es ging über sie jedoch das Gerücht, sie könnte einmal in die Hände klatschen, und eine Fliegenwolke zöge in die befohlene Richtung. Zwei Male klatschen: Die Milch verrahmte. Zwinkern: Die Korken flogen aus den Weinflaschen. Blinzeln: Wadenkrämpfe im Schlaf. Mit dem Zeigefinger eine Null in die Luft malen und in deren Mitte den Finger stoßen: Die Dochte trennten sich, wie unsichtbar abgeschnitten, von den Kerzen und bildeten in Hüfthöhe eine leuchtende Krone. Einmal schnipsen: Man zauberte einem Mann mit einem kräftigen Bartwuchs wieder einen Flaum an die Wangen. In schneller Folge schnipsen: Eine Frau mußte sich plötzlich zwischen Wohlbehagen und Vereisung entscheiden …

Das alles war aber Unsinn, Klugheit machte einsilbig, und diese … Zauberkräftige, die an seinem Stand so tat, als würde sie seine Orangen und Mandarinen prüfen und wiegen, hinterließ Nagelkerben an den Schalen. Und blieb stumm. Sie wünschte ihm weder einen guten Morgen noch gute Geschäfte. Unheil hatte sie ihm auch nicht herbeigehext. Die Schneeflocken und die Regentropfen und die Hagelkörner – man konnte Mladen nicht einreden, daß sie Wetter machte und Wetterumschwünge bewirkte, weil sie mit einem blechernen Kamm durch das gefärbte Roßhaar ihrer Perücke strich.

Sie schaute ihnen nach, am Fenster, es fiel kein Schnee in diesem Augenblick, der Vollmond weichte die milden Egoisten des Viertels auf, besonders die jüngeren Männer, sie trugen dunkle Kleidung und mußten, da die Unruhe sie verwirrte, da die Verwirrung sie frösteln ließ … sie mußten aufpassen. Plötzlich tauchte dieser fiebrige Mann auf, der Mann, der in der Bahn neben dem Herumtreiber gesessen hatte, er blickte hoch, ihre Blicke trafen sich, sie wich zurück, sie hüllte sich voller Angst in eine Decke ein. Sie erkannte in ihm einen halben Windhund, der in dieser finsteren Nacht durch spärlich beleuchtete Straßen strich. Um nach der Schneeflocke zu schnappen, die sich an seinen Wimpern verfing.

(Und Aneschka? Über eine Prager Brücke läuft sie, ohne sich umzusehen nach einem Mann, nach einer Frau, und als sie nach anderthalb Stunden Fahrt mit Bus und Straßenbahn wieder in ihrem Zimmer steht, besieht sie ihre Lieblingssachen, und wie in der Stadt, so fühlt sie sich auch zu Hause unberührt. Mein Geliebter sollte mich jetzt berühren, denkt sie, und weil es nicht augenblicklich geschieht, geht sie mit der Hand über den Knauf ihres Bettpfostens, über das Fensterglas, und sie späht hinaus auf das Betonbollwerk der Neureichen, das an ihren Garten grenzt – sie versinkt, sie taucht ein, sie versinkt. In wenigen Wochen wird sie die Weihnachtstanne behängen, sie, die herrlich Heidnische, liebt Licht und

Lametta und den falschen Glanz der Perlen, ihr Glaube an das Fest am Jahresende kommt nicht ohne Girlanden aus. Die Neureichen von nebenan haben den Baum ins Wohnzimmer gestellt, sie kann an der Tannenspitze eine große grüne Vlieskugel erkennen. In welchen Städten traut sich ihr Geliebter, der Einladung von Frauen zu folgen?

Dies ist die Stunde, da eine Trennung am möglichsten erscheint. Sie will aber nicht von dem falschen Mann berührt werden, für keinen blankgeriebenen Groschen dieser Welt. Nicht versinken. Vor dem Ankleidespiegel schminkt sie sich ab, es gefällt ihr, daß das Licht ihr einen goldenen Umriß auf die Schultern zeichnet. Dann blättert sie in alten Fotoalben, auf vielen Bildern ist sie als das Mädchen festgehalten, das die meisten Gänseblümchenringe an den Fingern trägt, die anderen Mädchen haben Grashalme um die Nase gewickelt und lachen wie feixende kleine Teufel. Sie wird ihm ein Foto schenken: sie als Zehnjährige an jenem Tag, da sie sagte, ihre Seele hätte einen leeren Magen. Daran kann sie sich erinnern.

Und ihr Vater, von dem sie lange gedacht hat, er würde die Hände zu Fäusten ballen und die nebeneinanderliegenden Fingerknöchel auf weißen und schwarzen Tasten abrollen, ihr Vater, der Klavierkomponist, bat sie damals, sich zu kneifen, sie zwickte ihr Fleisch, sie spürte fast nichts, der Schmerz kam später, als sie mit vollem Grießpuddingmagen im Kinderbett lag. Sie läßt das Licht brennen, sie schläft ein.

Und sie versinken alle in Prag – was bedeutet das? Gretá fordert die Männer in ihrem Lokal auf, ihre alten Geschichten zu erzählen, das erste Mal, daß sie verwundert sind über einen Lippenabdruck, über das dicke Stück Schokoladenstreuselkuchen, über ihre Lungenflügel auf dem Röntgenbild, über das Nachbarskind, das nicht weiß, wie man Pferdemähnen, Hundeköpfe und die spitzen Knie der Großmutter streichelt: Die ersten Male ihrer Kunden werden sie fröhlicher stimmen, und sie wird damit aufhören, auf die Oberlippen der Gesichter in der Illustrierten Väterchens Zwirbelbart zu zeichnen. Und Vilma, die im Frühling für einige wenige Tage verschwand, hat es sich für sie gelohnt, daß sie wieder aufgetaucht ist? Sie lauscht dem Betrunkenen, sie betrachtet die leeren Weingläser, und sie überlegt kurz, ob es ein Fehler war, daß sie sich von diesem Mann einladen ließ, und er spricht jetzt von seinem Stolz, in seinem ganzen Leben hat er keine Zinsgewinne gemacht, er wechselt übergangslos zu seiner Entdeckung: Damit sich die Langstreckenreisenden nicht auf den Bahnsteigen drängen, würde im Prager Hauptbahnhof die Nummer des Bahnsteigs erst eine Viertelstunde vor Abfahrt bekanntgegeben …

Vilma verrückt ihren Stuhl und sitzt nun neben Gretá, die Männer nennen sie insgeheim die zu Mädchen Gewordenen in langen hautengen Ärmeln, sie nennen sie: Atemwolken. Vor allem Libor muß über sie beide nachdenken, er vergißt über diese seine unnützen Gedanken die letzte und vorletzte Nacht, in denen ihn eine Fotografie aus dem Jahre achtzehnhundertfünfundsiebzig beschäftigt hat, sie trägt den Titel ›Der Antikenhändler und seine Ware‹. Eine Szene aus Ägypten. Ein dunkelhäutiger Junge kauert vor einer rissigen Lehmwand, neben ihm aufgerichtet eine in Tuch gehüllte und eine nackte Mumie, der liegende Leichnam steckt im Körperkokon, nur Kopf und Brust sind frei – wie kommt es, daß ein Tscheche sich in dieses Bild verschaut? Daß er in ein goldfadenbesticktes Hemd schlüpft, weil er es dem dämmernden Grabräuber nachtun will? Libor hat vor Jahren über das Mumienpulver gelesen, das die einen verkaufen und die anderen kaufen, eine unsinnige Beschäftigung, es berührt ihn allein der Junge im Gewand, den die Erschöpfung aller Kraft beraubt hat, er wird – das verspricht die Aufnahme – sich schon wieder erholen, und es werden Amerikaner vor seiner Handelsware stehenbleiben und ihn notfalls aufwecken.

Viele Schnipsel streuen, viele Schnipsel beschauen, das bedeutet also versinken. Es geschieht in den frühen Morgenstunden, auch der Komponist hat den Weg zu Gretás Lokal gefunden, erst besieht er die Schnipsel des Säufers, dann lächelt er der zum Mädchen gewordenen Schauspielerin zu, die mit der Glut ihrer Zigarette gelbbraune Kringel in den Bierdeckel brennt – Antonin könnte, wie alle versammelten Männer, sie in ein Gespräch verwickeln, in der Hoffnung, daß sie ihn zum Küssen mit nach Hause nimmt. Der Komponist ist jedoch der einzige, dem es nicht schwerfällt, seinen Tag zu verschnipseln, er tut es oft genug, und deshalb bleibt er jetzt wach und wachsam: Er braucht keinen, der ihn in den Augenblick zurückkneift. Er benötigt keine Fotografie eines Mumienhökers aus einer orientalischen Kolonie, um in ein gestärktes Folklorehemd zu schlüpfen. Natürlich zieht Libor alle Blicke auf sich, Kolonie und Kommunismus sind Worte, die man immer noch miteinander in Verbindung bringt, Exoten stehen in dem Ruf, Verbote zu mißachten. Du würdest im Westen nur ein schlecht gekleideter Mensch sein, sagt Antonin, die schönen Frauen, deren Gefallen du suchst, würden durch dich hindurchsehen, als wärest du durchsichtig. Ich beherrsche zwei Fremdsprachen, sagt Libor, also würde ich nach sehr kurzer Zeit wieder sichtbar werden … Und sie sprechen dann doch über den jungen ägyptischen Händler, Vilma taucht vom Grund ihrer Tiefe auf, und Libor holt das Foto aus dem Brustbeutel und faltet es auseinander: ein Bild aus vielen Schnipseln. Nicht versinken. Nicht ein kleines Vergehen bereuen …

Und Aneschka? Während sich ihr Geliebter zum halbierten Hund hungert, wird sie ihre zu einem Viertel schönen, zu einem Dreiviertel ruhigen Tage leben, sie wird an ihn denken, und aber auch an die Dame Vlasta. Bei ihrem letzten Gespräch hat sie von der Wut der Zwerge gesprochen, sie wären zornig, wenn sie aufwachten, sie schliefen daher nicht eng beieinander, sie würden sich sonst in aller Herrgottsfrühe prügeln, jeden Morgen. Wie nehmen die Polen ihre Geschichten auf, denkt Aneschka, erklären sie sie für verrückt, oder fangen sie an, in dunkle Winkel ihrer Zimmer zu spähen und das Kekkern zu hören, von dem sie bislang gedacht haben, daß es der durch Ritzen fegende Wind pfiff?)

Der kummervolle Tatar Ismael Sobolewski aus dem Dorf Bohoniki an der Grenze zu Weißrußland wartete ab, bis der Bus in der Haltebucht zum Stehen kam, und als die Türen aufgingen und die Männer und Frauen und Kinder hinausdrängten, blieb er auf seinem Platz sitzen, denn nichts konnte ihn locken oder erschüttern, und hätte der Fahrer ihn nicht zur frohen Ankunft beglückwünscht, wäre er nicht aufgestanden – nun aber schulterte er den doppelt und dreifach geschnürten Bündel voller Engel und besah nach dem Aussteigen die Menschenströme im Omnibusbahnhof, er lüpfte seinen breitkrempigen Filzhut und fuhr sich durch das plattgedrückte Haar: Der Schweißriemen hatte ihm ein rotes Mal auf die Stirn gezeichnet, er starrte in den Handspiegel und strich dicke schwarze Strähnen ins Gesicht.

In der Wartehalle, vor der großen Anschlagtafel, forderte ein Polizist ihn auf, kein öffentliches Ärgernis zu erregen, er sollte bitte schön seinen Kartoffelsack ins Freie tragen. Das tat der Tatar Ismael denn auch, er war das erste Mal in Krakau, der Liebenswürdige überlebt, der Liebenswürdige lebt zwei Stunden länger als der Ungehobelte, diese Worte seines weisen Onkels rief er sich in Erinnerung, und da er in falsche Straßen bog, stand er bald in der mehrstöckigen Einkaufshalle Krakowska. Gott hat Verkäufern und den Kunden sehr viel Lichtglück geschenkt, dachte er, derart beleuchtet ist man einfach schön. Die Beschämung hatte man ihn als Tugend gelehrt, er lief aus keinem besonderen Grund immer wieder rot an, lag es daran, daß seine Schlupflider bei den Polinnen für Aufsehen sorgten, oder daß er über die gestiefelten Frauen staunte, sie machten große Schritte, als müßten sie über Schlaglöcher hüpfen, und bei jedem Schritt bebten ihre Wangen.

Das große Bündel über der rechten Schulter, die kleine Provianttasche in der linken Hand, Hut auf dem Kopf – Sobolewski erreichte über einen Umweg den Grüngürtel, er beschloß, fürs erste den Stadtkern zu meiden und durch den Park am inneren Stadtring zu gehen, und nach kurzer Zeit stand er vor einem großen runden Backsteinbau, ihm fielen die sieben Türme, die Schießscharten und der Graben auf: Von hoch herab hatte man wohl auf die Angreifer geschossen, Tataren waren es nicht gewesen, eher schon die Osmanen; er wäre fast zu den Männern hinübergetrottet, zu den Männern, die ihn finster anblickten, und er hätte zu ihnen gesagt: Einst versprach der polnische König meinen Tatarenahnen Land, wenn sie sich seinem Feldzug gegen die Türken anschlossen, meine Ahnen kämpften also auf seiner Seite, und der siegreiche König hielt Wort. Ich bin der Nachfahre dieser Krieger, Ismael Sobolewski, stolzer königstreuer Pole und stolzer Besitzer eines Zertifikats, das mich als berechtigten Holzschnitzer ausweist …

Er setzte seinen Fußmarsch fort, bis er auf ein illuminiertes Gewächshaus stieß, darin saß man wie in einem tatarischen Dorfkaffeehaus an Tischen, der kummervolle Ismael fand großen Gefallen darin, am Gewicht seiner Last zu tragen und hineinzusehen, er wandte den Blick bald ab und schaute in die andere Richtung. An der Fassade eines Theaterhauses am Gleisdreieck leuchtete die Werbewand in ständig wechselnden Bildern, sie war umkränzt von einfachen Reklametafeln, und jedesmal, wenn zwei Straßenbahnen in engem Bogen aneinanderfuhren, fiel auf die Gesichter Licht, und das Licht aber war zerteilt in helle Bänder, in hellere kleine Banner, in gleißende Feuerfunken war dies Licht zersprüht, und dann verblaßte dies Licht und nahm die Farbe von vergossener Milch an.

Weiter, nur weiter, ein Traum so lang wie tausend Träume, er kettet dich an, weiter, nur weiter, rechts in die Gasse, links in die nächste Gasse, keine Zeit, innezuhalten für zwei Bisse in den Teigkringel in der Tasche, weiter, eine zweite, dritte Gasse, eine große Burg, dunkel, düster, wuchtig, auch hier wehrten sie die Angriffe der Tataren ab, nein, schon eher die der Osmanen, weiter, nur weiter.

Die breite Straße Stradomska ging nach einer Kreuzung in die Krakowska über, und er befand sich in Kazimierz, in jenem einstigen Ruinenviertel, von dem die Leute sagten, es hätte dem Ansturm der Studenten und Touristen nicht lange standhalten können. Für den bekümmerten Tataren war es wie der Eintritt in ein verbotenes Gelände, auch hier bebten die Wangen der weit ausschreitenden Frauen, auch hier mußte er sich vorsehen, daß er nicht beschämt den Kopf neigte und gegen eine Mauer oder mitten auf dem Weg streitende Eheleute stieß. Die Standtische auf dem Placa Nowy waren hochgeklappt, auf dem kleinen Marktplatz strichen junge Ausländer herum, und da sie ihn für einen verspäteten Händler hielten, lächelten sie vor Vorfreude über die Waren in seinem Leinensack. Er aber fand endlich in der Estherstraße das Geschäft, trat ein und gab dem Mann, der hinten im Raum an der Kasse saß, nach siebeneinhalb flinken Schritten die Hand, der kummervolle Ismael Sobolewski sagte: Ich habe dir das Spielzeug gebracht, das du bei mir bestellt hast. Es sind bemalte Engel, grob geschnitzt, mit herausquellenden Augen und einem Vorbiß. Schwarze lange Haare, blonde lange Haare, ein bißchen Lippenstift – so möchtest du sie am liebsten haben, und ich richte mich streng nach deinen Wünschen.

Dieser Tatar war ein guter Bote, entschied Cyprian, er erkannte die Stimme, bislang hatte er sich mit dem Schnitzer von engelsähnlichen Matronen nur am Telefon unterhalten, und er wußte nur, daß der fremde Pole einen Rohling in kleine

Klötze zersägte, aus einem armdicken Klotz wurde ein Engel, die Fittiche in Silbergrau paßte er an, es wuchsen unter seinen Händen zwei Zapfen an den Schwingen, an der Innenseite, die Zapfenenden spitzte er kegelstumpfförmig zu, in den Rücken des Engels schnitzte er, ohne mit dem Messer auszurutschen, zwei Löcher, und dann trug er grellbunte Farben auf. Ein einziges Mal war es zu einem heftigen Wortwechsel gekommen, er hatte den Engelsschnitzer gebeten, den Rundkragen etwas tiefer zu setzen und Brustknospen anzudeuten, doch ehe er sich versah, verwickelte ihn Sobolewski aus dem Dorf Bohoniki in ein Streitgespräch, bei dem es um in Himmelssphären flatternde Wesen ging, in den heiligen Überlieferungen konnte man von jenen Engeln lesen, die sich mit Menschen gepaart hatten, und sie zogen sich den Zorn des Herrn zu, die Hände des Tataren würden faulen und abfallen, wenn er Verdickungen an verbotenen Stellen schnitzte.

Jetzt holte Sobolewski die geschlechtslosen Matronen aus dem Leinensack und stellte sie auf seinem Ladentisch auf, die Sündenangst hatte ihn flachbrüstige, aber stark geschminkte dicke Frauen schnitzen lassen, neunundreißig Stücke standen auf seinem Tisch und auf dem Boden, der Tatar ordnete die Engel um die äußeren Tischbeine herum, in kleinen und größeren Kreisen, und als er sich aufrichtete, fragte er ihn nicht etwa nach seinem Lohn, nein, er fragte ihn nach ›meiner lieben Frau Saphir Filomena‹. Er wollte sie zwecks telefonischer Konsultation anrufen, er benutzte doch tatsächlich ein Fremdwort, und zu seiner eigenen Verwunderung überließ Cyprian ihm sein Hinterzimmer, durch die Glasscheibe sah er ihm dabei zu, wie er zwei zerrupfte Papierservietten umständlich auffaltete und auf die Sitzfläche des antiken Stuhls legte. Der Tatar holte aus seiner Tasche einen Kümmelkringel hervor, riß ihn in Brocken, führte einen Brocken zum Mund und verhielt mitten in der Bewegung – wahrscheinlich fand er es unstatthaft, während des sogenannten Beratungsgesprächs zu kauen und zu schlucken. Cyprian wandte sich seinen Geschäften zu, vielmehr tippte er Zahlen in seinen Taschenrechner, um eine üppige Gewinnmarge für sich zu ermitteln.

Der kummervolle Ismael Sobolewski war entzückt über Saphir Filomenas Bereitschaft, die richtige Antwort zu der Frage zu ertropfen und zu erschmeißen, er sagte, er hätte das Spielzeug mit der Post schicken können, doch es trieb ihn dieses eine Mal an, die geflügelten Klotzdamen eigenhändig abzuliefern, er wüßte gerne, ob er einer bloßen Laune nachgegeben hatte, und wenn nicht, sollte er sich so lange in dieser Stadt aufhalten, bis es geschah? Er war gewohnt, daß sie zunächst schwieg, er hörte sie auf einem Stuhl Platz nehmen, und weil sie ihn über die Mittel ihrer Zukunftsdeutung aufgeklärt hatte, schien es ihm, als könnte er sie bei der Wundertat beobachten: Sie saß mit dem Rücken zur Tür, sie schloß die Augen und atmete tief durch, dann schlüpfte sie aus ihren Schnürstiefeln, sie warf den rechten Schuh über die rechte Schulter, den linken Schuh über die linke Schulter, und er hörte etwas zeitversetzt ihre Stiefel auf den Boden krachen. Saphir Filomena stand nun bestimmt über den Schuhen und versuchte, sich ein Bild zu machen – ihre Klugheit kannte keine Grenzen.

Seltsamerweise liegen die Schnürsenkel, die schwarzen Schnürsenkel, über Kreuz, sprach sie, das ist ein auffälliges Zeichen, das zu übergehen sträflich wäre. Also übergehe ich es nicht. Es bedeutet: Du bist gerade dort, wo du zu sein hast. Du versäumst nichts, weil du nicht in deinem Heimatdorf verweilst. Ein Scharlatan würde dir wegen der aufeinanderliegenden Schnürbänder eine wichtige oder lustvolle Bekanntschaft mit einer Frau verheißen. Ich werde keine falschen Hoffnungen wecken. Du hattest mir verraten, daß Frauen bei deinem Anblick nicht unbedingt vor Freude anfangen zu hüpfen … So ist es, sagte Ismael, die Frauen können mir nicht in die Augen schauen, weil sie unter den dicken Oberlidern verschwinden … Gut, was ist mit deinen Händen? Hast du weiche mondblasse Hände oder Männerhände, wie es sich gehört? … Holzschnitzerhände, einige Narben aus der Zeit, da ich glaubte, ich bin unverwundbar … Versteck deine Hände nicht vor Scham unter deinen Oberschenkeln, wenn du einer Frau im Sitzen begegnest, und leg sie auch nicht wie zwei fleischgewordene Terrinentöpfe auf den Tisch, damit erreichst du nur, daß sie dich schneller als nötig durchschaut. Zurück zu meinen Schnürstiefeln, sie liegen beide auf der Seite. Das bedeutet: Du darfst dich nicht besonders bemühen, atme, wie du immer atmest. Sonst hat dein Aufenthalt in Krakau keinen Sinn …

Sie legte den Hörer beiseite, und er wußte, was nun folgte, sie hielt eine brennende Kerze schräg in der Hand, das Wachs tropfte in das Wasser in der Porzellanschüssel und erstarrte zu Gebilden, die liebe Frau Saphir Filomena beschaute sie, und die Tropfen, die auf den Boden fielen, waren auch wichtig für ihre Deutung. Wasserspritzer an den Füßlingen ihrer Strumpfhose, die Zehen nach innen gekrümmt wegen der Kälte, sie heizte nicht oder nur im harten Winter, da die Kinder draußen ihre Nasen mit der behandschuhten Hand umschlossen. Sie sagte: Ich habe hier zwei sternförmige Klumpen, du wirst also zwei Male aufpassen müssen, daß du dir keine Schmerzen zuziehst. Was zieht deinen Blick eher auf sich, das Dach oder das Erdgeschoßfenster eines Hauses? … Ich schaue hoch zu Türmen und leuchtenden Dachziegeln … Du wirst es in diesen Tagen unterlassen, du könntest stolpern und fallen. Geh mit durchgestrecktem Rücken, dein Körper muß gerade sein und darf nicht vom Lot abweichen. (Filomena verspricht und wirkt keine Wunderheilung, man nennt sie unsere liebe Frau von der Kopernika, weil sie in der Nähe der Totengedenksäule an der Kopernikastraße wohnt: Hier empfängt sie einfache Menschen aus dem einfachen Volk. Sie berät sie, und sie finden Halt. Sie bezahlen sie in Naturalien, manchmal wird ihr sogar ein Schuldschein gereicht, der den Schuldner dazu verpflichtet, der lieben Frau bei Rohrbruch und Verstopfung in den Rohren zu Hilfe zu eilen. Der listige Kaufmann Cyprian hat ihr eine Zeitlang erfolglos nachgestellt. Während eines Telefongesprächs erwähnte er ihren Namen, er machte sich über die pensionierte Beamtin lustig, die den Bauern versprechen würde, daß man Sterne pflücken kann. Der Tatar war aber sofort Feuer und Flamme.)

Sie hatte aufgelegt, und Ismael aß die Kringelbrocken einen nach dem anderen auf, er dachte nach, und wie immer, wenn er glaubte, ein Rätsel lösen zu müssen, saß er im Schneidersitz auf dem Fußboden. Er dachte nach über das Theater der Verwesung, als das ihm dies Leben von seiner seligen Mutter erklärt wurde, harte Worte aus dem Munde einer Frau, der Zierlichkeit über alles ging, und der kummervolle Ismael Sobolewski stand wieder auf, schnürte sein Bündel, betrat den Ausstellungsraum für Engel und nachdenkliche Propheten mit Dornenkrone, er starrte kurz auf den stummen Diener, das war ein hagerer langbeiniger Apfelpflücker, einen Weidenkorb trug er am Rücken, der Heiligenschein bestand aus einem Drahtkranz, an dem glasperlengespickte Vögel hingen, er nahm sein Geld in Empfang, wünschte Cyprian viele freudebringende Geschäfte, versprach ihm auch für die Zukunft viele bunte keusche Flügelfrauen und verließ den Laden.

Vielmehr machte er einen Schritt über die Schwelle und wich einem Mann aus, der ihn einfach anlächelte, er lächelte zurück, und so standen sie sich gegenüber, bis der Mann ihm einen Zettel zum Lesen hinhielt, und weil Ismael jeder Bitte nachkam, die nicht gegen die Gebote der Ziemlichkeit und der Zierlichkeit verstieß, bedeutete er dem Fremden mit Handzeichen, ihm zu folgen, er würde ihn zu der angegebenen Adresse führen. Der Mann klatschte daraufhin in die

Hände, und Ismael war kurz versucht, ihn stehenzulassen und wegzurennen. Statt dessen hakte er sich bei ihm unter, Ferda kam nach einem Seitenblick zu dem Schluß, daß er von dem Mongolen nichts zu befürchten hatte, und also liefen sie nebeneinanderher, und manch ein Pole wunderte sich über die beiden Männer – er sah: einen Touristen mit einer Fellmütze, die Ohrenklappen standen ab, er stemmte sich gegen den leichten Wind. Und er sah: einen Schlupflidpolen, die Krempe seines Filzhuts verschattete sein Gesicht, er ging gerade, als wollte er seinen Kopf in den Himmel stecken. Fiedel und Bogen.

Die beiden Männer machten kurz halt auf dem großen Marktplatz, ein Artist hantierte mit zwei blauen Stangen, zwischen denen eine große dünne Schlaufe hing, er tauchte sie ins Seifenwasser, und dann schwenkte er die Stangen über seinem Kopf, eine wurmförmige Blase schwebte kurz in der Luft, da aber sprangen die Kinder hoch und brachten sie zum Platzen. Sie hätten noch lange zuschauen können, sie waren für einige schöne Augenblicke entrückt, und es mehrte nicht Ismaels Kummer, daß man ihn für den Lajkonik hielt, den tatarischen Karnevalskhan auf hölzernem Roß. Jedes Jahr am Donnerstag nach Fronleichnam führte der Khan mit dem angeklebten Bart und der Phantasietracht eine Prozession an, und jeder, den er mit seinem Zepter berührte, konnte über das ihm beschiedene Glück sicher sein …

Sobolewski trug keine Narrenkappe und keine roten Schaftstiefel, und er hätte sich nie bereit erklärt, ein seelenloses Reittier aufzusatteln, er rüttelte am Arm des Fremden, und sie wandten sich zur Häuserzeile zwischen dem Marienplatz und der Grodzka-Straße, und tatsächlich stand wie verabredet vor dem Haus Nummer acht, dem Haus der streitenden Eidechsen, die Dame Vlasta.

Sie zeigte nicht ihre Verwunderung über den Fremdenführer an Ferdas Seite, der Tatar küßte nicht ganz formvollendet ihre Hand, er machte mit geradem Rücken einen Hofknicks, und dann sagte er: Dieser Mann ist ortsfremd, ich habe ihn hergeführt, ich habe keine schlechten Absichten. Ich schnitze Engel mit Hammer und Beitel, die Raspel benutze ich, um die Kanten abzurunden, und manchmal benutze ich auch grobes Schleifpapier. Die Dame Vlasta sagte: Er ist der braunäugige deutsche Freund einer schön verträumten Tschechin … (Sie sprechen, als müßten sie einen Abstand wahren, als würden sie einander von den entgegengesetzten Rändern eines Spielplatzes zurufen, daß sie über die Bekanntschaft erfreut sind. Sie sind es tatsächlich. Denn es zeugt zuweilen von Freundlichkeit, wenn man die Hand des Fremden nicht mit der Hand berührt. Kann man das Nachtdunkel verwedeln? Kann man im Abenddämmer verlegen werden? Der Kummervolle läuft wieder einmal rot an. Die Dame erinnert sich, daß man unter den Kommunisten in den Krämerläden nur Salz Essig Senf kaufen konnte – für Milch und Butter mußte sie zwei Tage anstehen. Sie verbietet sich sofort die verbotene Sehnsucht nach diesen Zeiten. Ihre Hand fährt auf und ab wie ein Fächer, und die Männer glauben, sie würde sich wegen einer Hitzewallung Luft zufächeln.)

Und die Männer folgten der Dame, die sich mit Blicken über die Schulter vergewisserte, daß sie unterwegs auch nicht verschluckt wurden von den Scharen in den Straßen und auf den Plätzen, und als sie vor einem Haus in der Kanoniczagasse stehenblieb und die Neuankömmlinge ermahnte, der Witwe Minzplätzchen bloß nicht auszuschlagen, starrte der Bekümmerte auf das Stück Festungsmauer der Wawelsburg am Ende der Gasse: Auf buntem Papier hätte er gleich dies Bild festgehalten, wenn er ein Maler gewesen wäre, ihm schien, als müßte er wieder ein Rätsel lösen, das Rätsel vom Nebel, der den Stein fast verhüllt. Er atmete, wie er immer atmete. Er verbat sich jedes unnötige Wort.

Die Witwe Wislawa hieß ihn willkommen. Sie hieß auch

den Deutschen willkommen. Sie schlüpften aus ihren Straßenschuhen, sie tranken ihren Tee, sie aßen ihre Minzplätzchen, die lange am Gaumen klebten. Der Tatar war zunächst nur ein Beisitzer, und er verfolgte die Bewegungen des Deutschen, der versuchte, eine komplizierte Situation zu erklären. Man hatte ihn veranlaßt, herzureisen, um die Dame Vlasta freizukämpfen, das ergab für Ismael zunächst einmal keinen Sinn. Denn die Dame lächelte gelegentlich, und wahrscheinlich hatte sie sich neue Zähne machen lassen, sie kniff in ihre Vorderzähne immer dann, wenn sie sich unbeobachtet wähnte.

Da sprach die Witwe zu ihm: Meine Freundin hat mir ins Ohr getuschelt, daß Sie ein Holzschnitzer sind. Können Sie auch Köpfe schnitzen? … Köpfe, dachte Ismael Sobolewski, Köpfe … Wenn ich Ihnen Klötze und Werkzeug besorge, und natürlich auch wasserfeste Farben, würden Sie sich zutrauen, nach Originalmodellen zu arbeiten? … Ein Kopf, dachte der Tatar, ein Kopf ist ein Rund, in das man eine Scheibe hineinpaßt, vorne, nein falsch, man muß, ich muß den Klotz abrunden und in die Vorderseite die bekannten Organe hineinschnitzen, und vielleicht sollte ich von großen geweiteten Augen absehen … Weilen Sie noch unter uns, sagte die Witwe mit erhobener Stimme, oder sind Sie eingeschlafen? … Ich lausche Ihnen, sagte Ismael, ich bin nur etwas aufgeregt, es ist eine große Herausforderung, ich arbeite zwar schnell und gründlich, aber es wird einige Tage dauern, bis ich fertig bin. Wie groß sollen die Köpfe sein?

Und sie ballte die Hände zu Fäusten, sie streckte die Zeigefinger, der eine Finger ruhte auf ihrem Rock, den anderen Finger hielt sie in Brusthöhe, sie gab ihm auf diese Weise das Maß vor, eine Handspanne und der Abstand zwischen den beiden gespreizten äußeren Fingern, der Bekümmerte nickte zum Zeichen, daß er verstanden hatte, und er vernahm, daß man ihm für die Dauer seiner Arbeit eine Unterkunft stellen wollte, drei Mahlzeiten am Tag wurden ihm versprochen, er müßte allerdings mit der Schlafstätte im Flur vorliebnehmen, und sie mußten sich auf Kennrufe einigen, um jede unbeabsichtigte Unziemlichkeit zu vermeiden: Morgens würde die Witwe ›Jetzt‹ oder ›Wir kommen‹ rufen, Herr Sobolewski drehte sich auf den Bauch, zöge die Decke über den Kopf und schlösse vorsichtshalber auch die Augen; nach dem Ruf ›Sie dürfen‹ oder ›Zeit für die Morgentoilette‹ könnte der Mann im Haus, in die Decke eingewickelt, zum Bad rennen und ›Los, meine Damen‹ oder ›Der Herr hat sich zurückgezogen‹ rufen – überhaupt wäre jeder … Austritt immer zu verkünden, sie duldete es grundsätzlich nicht, daß man die Hände am Spülbecken wusch, nach der Dusche mit tropfenden Haaren am Frühstückstisch saß und sie, die Witwe, schon am Tagesbeginn über Gebühr beanspruchte. Und außerdem müßten sie über seinen Lohn sprechen.

Die Dame Vlasta stieß sie von der Seite an, und nach einem Blick auf den braunäugigen Deutschen sagte die Witwe, ob es dem Herrn Schnitzer etwas ausmachen würde, wenn sie einen zweiten Gast im Flur unterbrachte, nein, das wäre wunderbar, die soeben von ihr verkündeten Regeln gälten natürlich auch für den zweiten Mann im Hause, ihre Freundin könnte sie ihm bitte übersetzen … Ferda lauschte der Zwergendame, wieder einmal hatte er sich in einer fremden Stadt verirrt, wieder einmal fand man ihn und brachte ihn in Sicherheit, er konnte noch so viele Schauplätze auf dem Stadtplan ankreuzen, er wurde am Ende an andere Orte geführt von Männern, die von der unsterblichen unbenutzbaren Seele sprachen, die ihn seltsame Regeln und Gebote lehrten: Schone dich und iß Fleisch. Wende den Blick ab, wenn eine Frau mit der Zungenspitze die Klappe eines Briefumschlags befeuchtet. Sei vorsichtig beim Ablecken der Messerklinge, die Spitze kann sich versehentlich in den Gaumen bohren – er stapfte durch den Matsch des Ostens, und jeder zweite Pole sagte ihm: Wir verpassen nicht die Erleuchtung, diesmal nicht, diesmal können wir die Schuld nicht auf andere abwälzen, wenn wir seelenschwarz werden.

Im Westen, in Berlin, waren Halbverrückte auf ihn aufmerksam geworden, der Wilde hatte ihm das Mondschein-Leporello bei der Hotelrezeption hinterlegt, es steckte in einem braunen Kuvert, darauf standen die Worte ›Liebe die Frau wie dein eigenes Haar‹. Er lebte, und es war keine Schande, manchmal die Liebe einfach zu vergessen. Die Dame – sie berührte ihn leicht am Arm, ja, er würde sich selbstverständlich an die Hausregeln halten, die Luft, die ihm im Schlaf durch die Nase schnarrend entwich, würde den freundlichen Mongolen bestimmt nicht wecken.

Kaum hatte sie seine Einverständniserklärung für die Witwe und Sobolewski übersetzt, starrte ihn dieser von der Seite an, er wollte wissen, ob es in seiner Ahnenreihe einen … nun ja, Tataren gegeben hätte, die leichte Schrägstellung der Augen wäre Ismael sofort aufgefallen, und alle Welt würde über die Frage rätseln, in welche entlegenen Gebiete die wilde Horde eigentlich eingedrungen wäre, er würde ein diskretes Schweigen verstehen und es richtig zu deuten versuchen. Ferda wandte sich an die Dame Vlasta: Sagen Sie ihm bitte, daß es keinen in meiner Familie gibt, der sich für Ahnenforschung interessiert. Meine Mutter erzählt mir von Mardern und spitznäsigen Igeln, mein Vater sammelt alte Pfeifenhalter, und alle meine Onkel und Tanten grübeln jeden Tag über das Horoskop.

Der Tatar stellte keine weitere Fragen, und die Witwe musterte ihre Gäste, sie bot also einer halbbekannten Freundin und zwei wildfremden Männern ohne Referenzen Unterkunft, sie würde in den nächsten Tagen davonschleichen müssen, sie würde behaupten, zu einem langen Spaziergang aufzubrechen, sie kam sich wie ein junges Mädchen vor, das Lügen erfindet, um zum heimlichen Treffen mit seinem Liebhaber zu eilen – Edison, der Troll: Er hielt es nicht lange aus und suchte sie regelmäßig auf. Jacek: Ein Wirrkopf, ein Schwindler und Täuscher, ein Einschmeichler – sie empfand für ihn mehr als für jeden anderen Mann auf dieser Welt.

Ich war in Posen, in Warschau, und jetzt bin ich hier in Krakau, sagte Daniel Heister, ich war untergebracht in einer ehemaligen Dienstbotenkammer des königlichen Schlosses, ich mußte das Zimmer mit dem Pförtnergesellen teilen – ja, das gab es, den Meister und den Gesellen der Pförtnerloge, sie baten jeden Besucher barsch, sich auszuweisen, sie setzten jeden Unbekannten sofort unter Druck. Sie spielten ihr Spiel mit mir, sie hatten sich den Nachdruck eines Posener Stadtplans aus dem Jahre neunzehnhundertsiebzehn besorgt und die deutschen Namen eingeprägt, und jeden verdammten Tag brüllten sie mir von weitem die Namen entgegen. Ich kenne sie auswendig: Eisenbahndirektion. Oberpostdirektion. Ansiedelungskommission. Ostbank für Handel und Gewerbe. Mittelschule für Mädchen. Mittelschule für Knaben. Artilleriedepot. Haus des Posener Feldartillerieregiments. Kaserne des Grenadierregiments Nummer sechs. Kaserne des Jägerregiments zu Pferde. Die Polen heute, die Posener heute, interessieren sich nicht für die Fremdvölkischen, sie glaubten alle, ich litte an der Heimwehkrankheit. Ich litt aber an der Hitze im Zimmer, es wurde die ganze Nacht geheizt, man konnte an der Temperaturspindel drehen, es nutzte nichts. Draußen im Hof fünf kopflose Rostkörper, jeden Morgen fiel mein Blick auf sie, und an einem Morgen kehrte ich zurück in die überheizte Kammer, packte meine Siebensachen und floh nach Warschau. War ein Streuner, geriet an Streuner, für mich gab es keine richtige Arbeit und keine richtige Zukunft in der Hauptstadt. Dort habe ich Jacek kennengelernt, als ein Nichts und ein Habenichts hat er sich mir vorgestellt, er folgte dem Ruf eines Freundes, des Trolls. Die Verachtung. Sie verachten jeden und alles, und sie wollen es mir beibringen: wie man auf wertvolle Ware achtet und wie man den Besitzer der Ware verachtet. Sie sind nicht schlechter als ich. In Deutschland habe ich zuletzt Steinschleudern auf dem Weihnachtsmarkt verkauft. Und Holzschwerter. Also habe ich mich gebessert. Mir gefällt der Triumph der Bürger, wenn sie beschädigte Möbel in ihre Wohnung stellen, ich verkaufe ihnen Möbel und kleine Gegenstände, deren Anblick fast jeden von uns wehmütig stimmt. Das bin ich, soviel zu mir, ich hoffe, es reicht …

Natürlich, sagte Ferda im Wissen, daß der andere ihn auch hätte schroff abweisen können, als er ihm den Grund seiner Herfahrt genannt hatte – Aneschka würde zufrieden mit ihm sein, Aneschka, die jetzt vielleicht dicke Saiten auf der Gitarre spannte oder sich vorstellte, wie er eine polnische Krippe aus buntem Stanniol in einen Schuhkarton einpacken ließ. Er konnte es nicht für sich behalten und verriet es ihr am Telefon, vorhin, auf dem Weg hierher, zu der fast nur von Frauen umstellten Säule im Garten der Nikolauskirche – was taten sie? Besprachen sie den Stein, einen Turm mit einem Stumpfkegeldach? Die Dame Wislawa, die Dame Vlasta, die Dame Olivia: Sie baten etwas herbei, sie wünschten etwas hinauf, ihre Lippen bewegten sich in einer stummen Litanei.

Ein Gesteck aus Tannenzweigen und Grablichter lagen auf der steinernen Bruchplatte zu Füßen der Säule, und er wollte schon herantreten, als ein Zug über die Bahntrasse auf der kleinen Brücke zur Rechten fuhr, keine der Frauen schreckte auf oder beendete die stumme Anrufung, nur er war seltsamerweise plötzlich beunruhigt, und er beschloß, den Kopf nicht zum Himmel zu heben, er schaute zwischen den Gitterstäben hindurch geradeaus in die Radziwillowskastraße. Es näherte sich, langsam und ohne Eile, der kummervolle Ismael Sobolewski, er kaufte erst Kaugummi für frischen Atem am

Kiosk gegenüber, dann überquerte er die Straße, schob das schmiedeeiserne Gittertor weiter auf, nickte dem Deutschen zu und stellte sich neben die versunkenen Frauen.

Man hatte dem moslemischen Tataren ›freigegeben‹, aus Rücksicht vor seinem Glauben, und tatsächlich war er zunächst froh darüber gewesen, es reizte ihn immer zum Lachen, wenn er an einem Heiligengrab stehen mußte, und da aber kam ihm am Florianstor, dem einzigen nicht abgerissenen Stadttor, der folgende Gedanke: Wie kann ich die schöne strenge Witwe derart enttäuschen? Sie überrascht zwar ihre Gäste damit, daß sie zweimal in fünf Minuten über ihre schwarze Seidenbluse wischt, obwohl ich keine Minzplätzchenkrümel oder Schuppen oder tote Ameisen entdecken konnte; die Auftragsarbeit ist von sonderbarer Art, Halbreliefs soll ich schnitzen, eine gerade Fläche des groben Klotzes soll der Hinterkopf sein, und die letzte Handübung will sie übernehmen, sie wird die Köpfe an gerahmte Holzplatten kleben … Ismael hatte also lange über die Witwe Wislawa nachdenken müssen und war zu dem Schluß gelangt, daß er sich der Trauerprozession anschließen wollte, vielleicht kam im Garten des Gotteshauses auch eine Familie zusammen, deren Mitglieder in Dickichten verschwanden, und wenn die Wildnis unheimlich wurde, traten sie heraus und trafen sich im Freien.

Jetzt war die Stunde der Trübnis und der Vertrübung. Jetzt war die Stunde, daß Ewa Zofia, das flatternde Geschöpf im Nebel über dem Stumpfkegeldach, vergebens nach Heliodor Ausschau hielt, sie konnte nicht gleichzeitig hier und dort sein, es mochte sich der Himmel noch so sehr weiten, sie entschied, der betrübten Olivia und dem Kummervollen Tau auf das Haar zu wünschen, auf daß sie sich nicht mehr nach Abschieden sehnten. Ihr ehemaliger Mann, den sie bekocht hatte und für dessen Bürgerbauch sie mitverantwortlich war, aß zu Hause eine Scheibe Schmalzbrot mit Wacholdergeschmack, er plante, seinen Keller weiter auszuschachten, vielleicht fand er außer Pflaumenkernen alte Gegenstände von Wert.

Jetzt war aber die Stunde, da Ewa Zofias Seele von einem Abwind leicht in die Höhe geweht wurde, Jacek kam durch die Unterführung, auch ihn hatte die Witwe verständigt, auch er sollte den Handel, von dem sie hoffte, er würde in einigen Tagen zu einem glänzenden Abschluß führen, mit einem Handschlag besiegeln: Der Tatar zögerte kurz und gab ihm höflicherweise dann doch die Hand. Er darf ja nicht fehlen, sagte Daniel Heister, auch der Pförtnergeselle hat sich verbessert, er glaubt, er sei als Witwentröster und als Geschäftsmann unschlagbar. Wir werden sehen … Was genau werden wir sehen? sagte Ferda … Ein gutes Geschäft reicht ihm nicht, er will noch mehr herausschlagen. Er kleidet sich wie ein pomadisierter Tangojüngling, er bestellt in der Bar Campari mit Grapefruitsaft und schlägt noch vor dem ersten Schluck die Beine übereinander, damit auch jeder seine teuren Strümpfe sehen kann …

Er trug seine große Anklage weiter vor, und Ferda beschloß, diesen Ankläger im Zwielicht, und auch all die anderen, auf der Stelle zu verlassen, er verabschiedete sich von der Dame Vlasta, die aus ihrer Stofftasche ein nicht eingepacktes Geschenk für Aneschka hervorholte, er sah an einer Plastikstange aufgereihte kleine Haken, an denen Glücksbringer hingen, die Zwergendame sprach von Cocktailmerkern, wenn man sein Glas abstellte, würde man es später wiederfinden, und seltsamerweise zeigte sie auf jede Plastikfigur und benannte sie: Ferkel. Hufeisen. Edelweiß. Kleeblatt. Fernglas. Kaminkehrer. Dackel. Weinflasche. Anker. Schwarzwaldhäuschen. Reh. Fliegenpilz. Sie würde hier bleiben, einige wenige Tage, eine ganze Woche, vielleicht sogar anderthalb Wochen, es wäre zwar unziemlich, mit einem Tatarenmann unter einem Dach zu hausen, doch von ihm ginge keine Gefahr aus, er hätte ihr von der einzigen halbwegs gepflasterten Straße erzählt, die durch sein Dorf führte, und von den Holzmoscheen mit der Zwiebelkuppel auf dem Minarett, der Herr Sobolewski würde schnitzen und, wenn ihm die Finger weh taten, ein Kartoffelküchlein backen …

Ja, sagte Ferda und ging davon. Sie alle schauten ihm hinterher, Schlammspritzer an beiden Hosensäumen, er sollte die Hose wechseln. Nur die Witwe, sie verschwendete keinen Gedanken an ihn, sie fror, sie hatte eine böse Vorahnung. (Wird es zu einem glänzenden Abschluß kommen? In den folgenden Tagen schnitzt der Tatar, er schnitzt und schnitzt, und unter seinen Händen entstehen die Köpfe von Freifrauen, Ammen, Pagen, Henkersknechten, Helm- und Rüstungsschmieden, von Pechsiedern. Er versucht vergeblich, schöne Nasen herauszuarbeiten, es gelingt ihm nicht, und vor Zorn hackt er, mit je einem Hammerstoß auf das Griffende des Beitels allen Gesichtern die Nase ab. Und auch sein Versuch, die Augen kleiner zu gestalten, mißlingt. Die Witwe, herbeigerufen zur Präsentation, starrt auf die nasenlosen glupschäugigen Vollmondgesichter, auf die Lippen hat dieser grobe Mensch ein leuchtendes Kirschrot aufgetragen, die Köpfe stehen nebeneinander auf den Blumenbänken, und da begreift die Witwe. Sie ordnet ihre Gedanken und faßt sie in vier Punkten zusammen: 1. Der wilde Mongole hat ihren Plan zunichte gemacht, die Originale gegen Fälschungen einzutauschen. 2. Die echten Köpfe, elf an der Zahl, befinden sich im Besitz ihrer beider Liebhaber. Edison wurde wie üblich überstimmt, und man bedachte den deutschen Altwarenhändler mit einer großzügigen Summe. Der Mann und die Frau, in deren Kellerloch einst ein deutscher oder russischer Soldat – so vermuten sie – die Köpfe begraben hat, kassierten einen unverschämt hohen Finderlohn. Die Witwe ist ihr erspartes Geld auf einen Schlag losgeworden, und sie muß sich nach einem reichen ausländischen Käufer umsehen. 3. Elf geteilt durch drei macht am Taschenrechner drei Komma sieben Sechsen. Ihr gehören also drei ganze Köpfe und etwas mehr als ein halber Kopf. 4. Sie muß den wilden Mongolen loswerden …

Sie fügt einen weiteren Punkt hinzu, also 5., ihre Freundin ist eine Mitwisserin. Sie mag verwirrende Geschichten von der Freundschaft zu … einem rot bemützten Zwiebelweibchen erzählen, ihr kann sie nichts vormachen, sie hat die Witwe durchschaut. Und es scheint, als würde sie mit dem Dorftataren anbändeln, seine Schlupflider haben es ihr wahrscheinlich angetan. Wie kann sie auf ihre tschechische Freundin einwirken? Wie kann sie sie zur strengen Geheimhaltung verpflichten, ohne daß es sie viel Geld kostet? Sie beschließt, bis zu Vlastas Abreise eine vorzügliche Gastgeberin zu sein …

Ihre beiden Liebhaber, Jacek und Edison, werden unruhig, die Witwe vertröstet sie in der Liebe auf bessere Zeiten, sie aber haben den Verdacht, daß sie als Liebhaber nicht mehr in Frage kommen. Eine falsche Annahme, sie führt zu Mißverständnissen und sinnlosen Zornausbrüchen. Es wird sich alles geben, es werden sich alle beruhigen.

Und Olivia? Die Aufregung ob des Funds der Holzköpfe und der eigentlich nicht legale Handel haben sie aufblühen lassen. Also sagt sie bei einem ihrer Gespräche mit ihrem nicht mehr geliebten Ehemann, dem jungen Regisseur: Ich glaube, ich habe in letzter Zeit viele Äffchen kennengelernt, du weißt, das sind Männer, die kleine Luftsprünge lieben. Ein Äffchen heißt Daniel, ein polnisch verwandelter Deutscher, er stach sich bei meinem Beisein versehentlich in den Finger, und ein Tropfen quoll heraus. Eine Blutblüte. Ein Tropfen Blut am Finger einer kriminellen Person. Hab keine Angst, ich sehe mich vor, es gab nur eine einzige Abwechslung, aber du möchtest es ganz sicher nicht wissen, was passiert ist. Du klingst seltsam, was ist los?

Und der Regisseur erzählt von dem Lob, das er für seine neueste Theaterarbeit bekommen hat, und davon, daß ihm nach der letzten Krise keine Schauspielerin und kein Schauspieler abhanden kommt. Du wirst dort ansässig werden, stellt er fest, und Olivia gibt ihm recht, sie schweigt und erwägt, endlich in die Scheidung einzuwilligen. Doch jede Trennung ist ein Tod, und ein Leben nach den Regeln der Philosophie mißlingt bei der ersten Feuerprobe. Man darf den Schmerz nicht vergöttern. Sie sagt ihm eine Nettigkeit und erfährt im Gegenzug Einzelheiten über das Wetter und das Verrücktwerden der Prager Künstler bei Wind und Nieselregen.

Sie legt auf, und als sie sich umdreht, sieht sie Heliodor mit dem Klappspaten in der Hand ins Zimmer eintreten, er lehnt ihn an die Wand und verkündet, er werde ab sofort anfangen zu fasten, sein Glaube sei erschütterlich und sein Leib ihm fremd geworden …

(Die kummervollen Äffchen, hienieden. Die Seelen, hoch droben. Ein Nebel, der sie verhüllt: die Hunde die Katzen die Kaufmänner die listigen Witwen.)

Sie waren glänzend in dem, was sie hauptsächlich waren, und in dem, was sie beiläufig taten – das dachte Ferda beim Anblick der Bekannten nach seiner Rückkehr, und weil Libor, vom Bier erheitert, ihn anstieß und ihn aufforderte, ein weiteres Mal die deutschen Namen der Städte der Städtchen der Dörfer an der polnisch-tschechischen Grenze aufzusagen, vergaß er seinen Tagtraum und sprach: Bielitz, Hindenburg, Oppeln, Glatz, Waldenburg, Hirschberg, Görlitz. Mährisch Ostrau, Olmütz, Mährisch Schönberg, Königgrätz, Jungbunzlau, Trautenau, Gablonz, Reichenberg, Schneekoppe.

Es war der einundzwanzigste Dezember, ab heute würden die Tage länger werden, die Aussicht auf die baldige Helle an Spätnachmittagen wollten sie alle bei Gretá feiern, und er war der Einladung gefolgt, denn sie verschloß sich ihm, Aneschka, die ihre vertrauten Lieblingssachen berührte und aber nicht berührt werden wollte von ihm, dem fremden Mann.

Vom Hotel im Stadtzentrum dauerte es eine Viertelstunde Fußmarsch bis zum georgischen Restaurant, und nun saß er mit dem verwandelten glühenden Libor an einem Tisch. Wenn ein tibetanischer Mönch spürte, daß es dem Ende zuging, aß er nur noch Wassersuppe und trank einen entwässernden Kräutertee, bis die Abmagerung zum Tode führte, dann wurde der Mönch in einer Trockenkammer zur Anbetung ausgestellt. Diesen Weg der Selbstmumifizierung wollte auch Libor gehen, so lange, bis sich endlich die richtige Frau in ihn verliebte, oder so lange, bis ein Würgeengel an ihn herantrat, am besten auf der Straße vor dem Lokal. Gretás Trauer war ansteckend, sie trauerte um die große Sowjetballerina Olga Lepeschinskaja, die viermalige Trägerin des Stalinpreises, der Gestrenge Vaterländische Vater hatte sie ›Libelle‹ oder ›Libellchen‹ genannt, und Gretá sprach also auch von der libellengleichen Tänzerin und verbot jede abfällige Bemerkung an diesem Abend.

Lange hielt Ferda es aus, zwei lange Stunden, dann sprach er der Georgierin sein Beileid aus und wünschte dem mumienversessenen Libor noch ein langes Leben, lange zögerte er, viel zu lange, bis es ihm reichte, schließlich stand er vor ihr und mußte ihr zuerst erklären, daß nicht der Tatar die Dame Vlasta daran hinderte, endlich herzureisen, sie kannte ihn nur vom Hörensagen, sie wollte sich deshalb kein Urteil über ihn erlauben – Ferda setzte schon zu einer Rechtfertigungsrede an, schwieg aber dann doch.

Es ist genug, sagte er, und ich habe genug. Er sprach kein weiteres Wort, es war genug. Er küßte ihre glänzenden Lider, Aneschka wandte sich nicht ab. Im Garten einer alten Schmiede kauften sie einen Tannenbaum, eine kleine Tanne, aus dem Übertopf ragten die unteren Zweige wie befiederte Stecken, sie stellten sie auf den Küchentisch und behängten sie mit kristallflitterbestreuten Styroporkugeln, und welch ein Wunder, daß der Komponist nicht grollte, weil das erste Mal seit fünf Jahren ein Weihnachtsbaum im Wohnzimmer seines Hauses stand. Volksluxus, rief er aus und verschwand wieder. Er küßte sie am glänzenden Hals und überreichte ihr die Cocktailmerker an der Plastikstange, über das Geschenk freute sie sich so sehr, daß sie das schmutzige Geschirr und die ungebügelten Hemden und die ungewässerten Zimmerpflanzen vergaß, und es machte ihr auch nichts aus, durch das verschlierte Küchenfenster zu schauen, draußen bellten sich die Vorgartenhunde gegenseitig an – keine Menschenseele in der Kälte. Er küßte sie an der Schläfe.

Einen Tag später fielen ihm all die vielen Tschechen auf, die ins Taschentuch schnieften, aus Übermut ging er das Nachbargrundstück ab und wurde aber von einem Dorfwachtmeister auf Streife vertrieben, und als er zurückkam, wurde er Aneschkas Großvater vorgestellt. Der unangekündigte Besuch aus Cheb, also aus Eger, sie sprachen Deutsch, während der Unterhaltung trug er seinen Koffer und legte seinen Mantel nicht ab, als wollte er sich gleich zurück zum Bahnhof aufmachen. Aneschkas selbstgebackene Plätzchen auf einem Silbertablett, der Plätzchenbruch des Großvaters auf einem großen Teller, die kleine Tanne verlor Nadeln, und immer wieder wischte er den Tisch sauber. Er blieb bis zum Heiligen Abend, sie umarmte ihn immer häufiger.

Sie besuchten die Mitternachtsmesse in der Erlöserkirche an der Karlsbrücke, ein Ordensbruder stellte sich vor das Mikrofon und bat die Nichtkatholiken, sich am Ende der Messe zurückzuhalten, die Hostien wären nur für die Gläubigen der Kirche bestimmt. Dann trat der populäre Priester auf, es war tatsächlich nicht mehr als ein Auftritt – mehr hatte sich Ferda in dieser steinernen Gotteshalle nicht versprochen, er stand anderthalb Stunden und sah einen Mann niedergehen, man half ihm auf und setzte ihn auf die Kirchenbank. Der Weihrauchgeruch ließ eine alte Dame und andere Katholiken ohnmächtig werden.

Der Großvater hatte sich geweigert, die Messe zu besuchen, weil er die Mütze bei der Kälte nicht abnehmen mochte, und als Aneschka, der Komponist und Ferda Gretás Lokal der trauernden Sowjetgeorgier betraten, klopfte er auf den freien Stuhl neben sich und winkte den Freund seiner Enkelin heran. Neunzehnhundertzweiundvierzig, sagte er, ich war elf, da kam ein deutscher Kommissar in unsere Schule, er prüfte uns auf Germanisierungstauglichkeit, und er ließ jeden von uns den folgenden Satz aufsagen: Hinter dem hohen Gartenzaun stehen hohe Pappeln. Und der nächste Satz lautete: Kleine Kinder können kaum Kirschkerne knacken. Ich bestand die Prüfung. Ich tat mich auch in den psychotechnischen Übungen hervor. Zu meinem Verdruß stellten sich merkwürdige Zufälle ein, und etwas später wurden die Grenzen gezogen, und wir galten als Russenland …

Was sollte Ferda ihm entgegnen? Nichts. Ein Zufall, das wußte er von Aneschka, hatte den Großvater eine Frau heiraten lassen, die bald zur Direktorin des Hygieneinstituts in Prag aufstieg, ein anderer Zufall brachte sie dazu, zerstoßenen Fliegenpilz in geringen Mengen zu verzehren, und vielleicht deshalb rief er gelegentlich aus, das Blatt wäre voll. Nun aber Gretá, sie zeigte, von den vielen Gläsern georgischen Kognaks und Wermuts angepeitscht, ihnen allen die georgische Betrunkenheit vor: Man lacht, man springt von seinem Platz auf, man schreit, und man strengt sich übermäßig an, um nicht als erster sich ins Fleisch zu schneiden.

Schöne nüchterne und schöne besessene Menschen, dachte Ferda, ich muß zurück in mein Land, und er sagte zu Aneschka: Wir könnten doch morgen nach Berlin reisen … Ihre Finger schmerzten, weil sie dicke Saiten auf ihre Gitarre aufgezogen hatte, in Gegenwart ihres Geliebten kostete es sie einige

Mühe, um nicht in Schweigen zu verfallen, und sie fragte ihn also aus nach seinen Krakauer Tagen, nach der Besonderheit des Tataren aus dem Grenzland, nach der Eiseskälte, nach loscypek, dem geräucherten Schafskäse, nach den Schokoladenlebkuchen, die an gelben Geschenkbändern von den Armen des Kronleuchters herunterhingen, in den Restaurants für die besseren Touristen und die besseren Polen – er hob an zu einer großen Geschichte, brach aber mittendrin ab, und bevor er sie bitten konnte, mit ihm nach Berlin zu fahren, fing der Großvater an, ein Lied zu summen, ein Lied, das er zuletzt vor fünfundsechzig Jahren gesungen hatte: Üb immer Treu und Redlichkeit, bis an dein kühles Grab. Und weiche keinen Finger breit den Gottes Wegen ab …

Die falsche Grammatik der alten Zeit, das warme Gefühl der Frommen, vorher. Gesänge im Lokal der Georgierin, jetzt. An den Fenstern der Häuser in der Kastanienallee hingen Gestecke aus Birkenästen, Kiefern- und Fichtenzapfen, aus Ligusterbeeren, rote Organzabänder waren um die Mooskränze gewickelt, ein glänzendes Gesicht sah man manchmal neben dem Kranz am Fenster, das Gesicht einer Frau, die vor Schreck ins Dunkel des Zimmers zurückwich, das Gesicht eines Mannes, der seine Bügelarbeit beendet hatte und scheu und müde am Fensterbrett stand. Und es rieben sich die kahlen Äste aneinander, und das Licht des Mondes konnte zu Buchstaben eines Namens vertropfen. Aneschka sagte: Übermorgen in Berlin, Limonade, Erdnüsse im Zug, Hausmannskost am Abend …

Ihr Glanz.

– Ende –

(Dies ist nicht das Ende. Die Dame Vlasta hat die Köpfe, die der höfliche Herr Tatar ihr verehrte, mit dem Gesicht zum Wald in ihrem wilden Garten aufgestellt. Das Moosweibchen mag keine Nasenlosen, deshalb beklebt sie, rasend vor Zorn, die Mitte eines jeden Gesichts mit einem Knollen aus Moosfäden. Ismael Sobolewski erfährt es, weil die Dame Vlasta ihm diese Begebenheit und andere Geschehnisse in einem langen Brief mitteilt. Ihr Brief endet mit den Worten: Die Seelenschwärze ist die Tinte der Nacht, lieber Herr, Sie werden verstehen … Er verstand, und sein Kummer verging für eine ganze Stunde.)